Perry Rhodan

DAS TABORA

Das Jahr 3438: Als Perry Rhodan von einer Fernexpedition in die Milchstraße zurückkehrt, wird er Zeuge eines gigantischen Schauspiels. Tausende von Sonnen und Planeten tauchen auf, gehüllt in riesige Blasen – der Schwarm.

Eine Strahlungswelle eilt dem Gebilde voraus, die den Intelligenzen der Milchstraße den Verstand raubt. Nur wenige erweisen sich als immun, darunter Perry Rhodan und seine wichtigsten Gefährten …

Bei verzweifelten Einsätzen gegen die Übermacht der Invasoren erfahren die Terraner mehr über den Schwarm, seine Geschichte und seine faszinierenden Bewohner. Doch alles Engagement nützt letztlich nichts: Das gesamte Solsystem mit all seinen Planeten sowie Milliarden von Menschen werden vom Schwarm verschluckt.

Kurz darauf tobt die Schlacht um die Heimat der Menschen, greifen Tausende von Raumschiffen den Schutzschirm an, der das Solsystem beschützt. Noch hält der Schirm, doch sein Zusammenbruch ist abzusehen – damit wäre das Ende der Erde nicht mehr aufzuhalten.

In dieser hoffnungslos erscheinenden Lage bricht ein Cyno sein Schweigen. Der Angehörige eines uralten Volkes weist Perry Rhodan den Weg zum Tabora. Und dies ist nichts anderes als der Schlüssel zur Macht im Schwarm ...

Perry Rhodan

DAS TABORA

Pabel-Moewig Verlag KG, Rastatt

www.moewig.de
Redaktion: Klaus N. Frick
Titelillustration: Dirk Schulz
Druck und Bindung: GGP Media GmbH, Pößneck
Printed in Germany 2006
www.perry-rhodan.net
ISBN-10: 3-8118-5548-4
ISBN-13: 978-3-8118-5548-9

Prolog

Der Schwarm, ein Verbund aus vielen Tausend Planeten und Sonnen, hat die Heimatgalaxis der Menschheit in Chaos und Zerstörung gestürzt. Keine der Zivilisationen hat der Strahlung des Sternenschwarms etwas entgegenzusetzen – ihre Angehörigen »verdummen«, ihre Intelligenz sinkt auf das Niveau von Kindern.

Nur wenige Menschen und andere Wesen erweisen sich als immun gegen die Strahlung des Schwarms. Darunter befinden sich Perry Rhodan und seine engsten Gefährten.

Nach langen Kämpfen und zahlreichen wagemutigen Einsätzen gegen die Herrscher des Schwarms kommt es zum Endkampf um das Solsystem – und damit zur Schlacht um die Erde. Zigtausende von feindlichen Raumschiffen stehen zum Sturm auf die von Menschen bewohnten Planeten bereit.

Nur ein uralter Cyno kann die Menschheit retten, der Angehörige jenes Volkes, dessen Schicksal seit einer Million Jahren mit dem des Schwarms verbunden ist. Er weist Perry Rhodan den Weg zum Tabora, dem Machtzentrum des Schwarms ...

1.

März 3443; Der Schwarm

» … Dragon vom Girl … geortet … Solsystem … unseren … Schirm … Flower …«

Peter Mangrove glaubte im ersten Augenblick, daß sich jemand einen Scherz mit ihm erlaubte. Der Funkspruch ergab überhaupt keinen Sinn. Eigentlich war es nur ein Fragment, denn starke Störungen verstümmelten ihn fast zur Gänze. Aber da es darin um Drachen, Mädchen, einen Schirm und Blumen ging, mußte er einfach annehmen, daß es sich um einen Streich eines Betrunkenen handelte.

Der Funkspruch wiederholte sich, und diesmal hörte er sich so an: » … Kapitän Pantyr … ruf… Paratronschirm … vermuten … Solsystem … hier ist … Girl …«

Jetzt wurde Mangrove hellhörig.

Er war in der Hauptschaltzentrale von Imperium-Alpha und zwar in der Außenring-Wachgruppe beschäftigt. Das hieß, daß er alle jene Funksprüche und Ortungsergebnisse auffing und auswertete, die von den Mikrosonden außerhalb des Paratronschirms aus dem Schwarm empfangen und durch winzige Strukturlücken ins Solsystem weitergeleitet wurden. Mangrove wußte über die Schiffsbewegungen der Schwarmflotte ebenso Bescheid, wie über die Manöver der eigenen Einheiten.

Seit das Solsystem um über 900 Lichtjahre transitiert und an die halb lichtschnelle Schwarmgeschwindigkeit angepaßt worden war, hatte man das Sondennetz des Außenrings erneuert und sogar verdichtet. Perry Rhodan hatte das angeordnet, weil er eine verstärkte Aktivität der Schwarmgötzen befürchtete.

Seine Befürchtungen hatten sich bestätigt. Zwar hatten die Götzen eingesehen, daß sie mit roher Gewalt nichts ausrichten konnten und auf weitere direkte Angriffe ihrer Flotte auf den Paratronschirm verzichtet. Dafür hatten sie zu List und Tücke gegriffen, was sich als viel wirksamer erwies. Am Beispiel Ü'Krantomürs und seines Parapsibionten Yorgho hatte es sich gezeigt, daß die Götzen auch die psychologische Kriegsführung zu handhaben verstanden.

Deshalb war man im Solsystem auf alle Eventualitäten vorbereitet. Und

Mangroves Ärger verwandelte sich in Mißtrauen, je öfter sich der Funkspruch wiederholte. Er kam nie vollständig durch, sondern war jedesmal von Störgeräuschen überlagert.

So lautete die dritte Version: »... Forschungsschiff ... haben den ... Solsystem bitte ... und schleusen ... Paratronschirm ... Girl ...«

Mangrove ließ die Fragmente der einzelnen Sendungen vom Computer speichern, um so nach und nach den richtigen und kompletten Wortlaut zu erhalten.

Nach der siebten Wiederholung war es geschafft, der Computer warf den vollständigen Text aus: »Kapitän Pantyr Dragon vom Forschungsschiff FLOWER GIRL ruft das Solsystem. Wir haben den Paratronschirm geortet und vermuten, das Solsystem vor uns zu haben. Solsystem bitte melden! Bestätigen Sie unseren Funkspruch und schleusen Sie uns durch den Paratronschirm.«

Peter Mangrove leitete den Funkspruch sofort an Roi Danton weiter.

»Was sollen wir davon halten?« fragte Danton und schob die Abschrift des Funkspruchs an Atlan weiter.

Der Arkonide las die wenigen Zeilen mit ausdruckslosem Gesicht. Als er damit fertig war, blickte er zu Rhodans Sohn auf und sagte schleppend. »Es scheint sich um den Hilferuf eines unserer Raumschiffe zu handeln.«

»Dir scheint diese Sache auch nicht zu gefallen«, meinte Danton. »Ich war sofort mißtrauisch und habe Nachforschungen angestellt. Dabei ist herausgekommen, daß ein Forschungsschiff mit der Bezeichnung FLOWER GIRL überhaupt nicht auf der Erde registriert ist. Ich habe alle Datenquellen angezapft, aber weder bei der Explorerflotte, noch sonstwo auf Terra sind Kapitän Pantyr Dragon und die FLOWER GIRL bekannt.«

»Das ist im höchsten Maße mysteriös«, murmelte Atlan.

In diesem Moment erschien Perry Rhodan in dem kleinen Konferenzraum der Hauptschaltzentrale.

»Hat man dir den Inhalt des Funkspruchs mitgeteilt?« fragte Danton. Nachdem Rhodan genickt hatte, wollte er wissen: »Was hältst du davon?«

»Wir werden die Angelegenheit weiterverfolgen«, antwortete Rhodan. »Wenn es sich um einen in Not geratenen Raumfahrer handelt, müssen wir ihm beispringen. Roi, veranlasse, daß man die FLOWER GIRL mit einem Richtstrahl anfunkt. Wir brauchen genauere Informationen, bevor wir etwas unternehmen.«

Während Danton sich mit der Außenring-Wachgruppe in Verbindung setzte, sagte Atlan: »Weißt du schon, daß weder dieser Pantyr Dragon noch sein Schiff auf Terra bekannt sind? Das sollte uns zu denken geben.«

Rhodan nickte kaum merklich. »Ich habe es mir sofort gedacht. Aus dem Funkspruch geht klar hervor, daß Kapitän Dragon nur *vermutet*, das Solsystem vor sich zu haben. Das zeigt auch, daß er keine Ahnung davon hat, was mit dem Sonnensystem geschehen ist.«

»Das kann ein Täuschungsmanöver sein«, warf Atlan ein.

»Was willst du damit sagen?«

»Das liegt doch auf der Hand«, sagte Atlan. »Es kann sein, daß der Notruf nur ein Trick der Götzen ist, um eine Fünfte Kolonne ins System einzuschleusen.«

»Wir werden auf der Hut sein«, versicherte Rhodan. »Andererseits müssen wir auch damit rechnen, daß der Notruf echt ist. Wenn es sich um ein Schiff handelt, das aus irgendwelchen Gründen in den Schwarm verschlagen wurde, müssen wir Hilfe leisten.«

Atlan verzog spöttisch die Mundwinkel. »Willst du mir dann auch verraten, *wie* dieses Schiff in den Schwarm gelangt sein soll, Perry? Seit wir die zentrale Steuerungswelt Stato vernichtet haben, ist der Schmiegeschirm des Schwarms nach beiden Seiten hin praktisch undurchdringlich.«

Rhodan ging nicht darauf ein.

»Wir werden zwei Leichte Kreuzer ausschleusen«, sagte er. »Die Kreuzer sind schnell genug, um den außerhalb des Paratronschirms patrouillierenden Schwarmschiffen in den Linearraum zu entkommen, noch bevor diese auf sie aufmerksam werden können. Dadurch ersparen wir uns eine aufwendige Begleitflotte, was den zusätzlichen Vorteil hat, daß die beiden Kreuzer im geheimen operieren können. Sie sollen die FLOWER GIRL anfliegen und herausfinden, was es mit ihr für eine Bewandtnis hat ...«

Die beiden Aufklärungsschiffe hießen CARNUNTUM und HALLSTATT. Sie waren gerade zu einem Flug in den Schwarm von einer terranischen Raumstation gestartet, um astronomische Messungen vorzunehmen, als Rhodans Einsatzbefehl sie erreichte.

Beide Schiffe gingen gleichzeitig in eine kurze Linearetappe über und kamen nahe einer der vier Strukturschleusen an der Innenseite des Paratronschirmes in den Normalraum zurück. Ohne die Geschwindigkeit zu verringern, flogen sie auf die vorprogrammierte Strukturschleuse zu, die sich erst im letzten Augenblick öffnete.

Da es von außerhalb nicht möglich war, die Vorgänge hinter dem Paratronschirm mit lichtschnellen oder auch hyperschnellen Ortungsimpulsen zu beobachten, wurden die CARNUNTUM und die HALLSTATT von den Schwarmschiffen erst bei der Ausschleusung entdeckt.

Bevor die Schwarmschiffe sich noch den neuen Gegebenheiten anpassen und ein Abfangmanöver durchführen konnten, hatten die beiden schnellen Kreuzer mit ihrem extrem hohen Beschleunigungsvermögen bereits einen ausreichend großen Sicherheitsabstand zwischen sich und ihre Verfolger gebracht.

Zwischen den beiden Schiffen und Imperium-Alpha wurden einige Rafferfunksprüche gewechselt, wobei die Sonden des Außenringes als Relaisstationen dienten.

CARNUNTUM: »Wir befinden uns auf Kurs. Die Schwarmschiffe haben wir erst einmal abgeschüttelt.«

Imperium-Alpha: »Dann werden wir die FLOWER GIRL anfunken. Geht auf Pfeilfrequenz und schaltet die Hyperortung ein!«

CARNUNTUM: »Funkortung läuft! Hyperortung auf Empfang!«

HALLSTATT: »Hyperortung auf Empfang! Funkpeilung läuft!«

Imperium-Alpha: »Terra ruft die FLOWER GIRL! FLOWER GIRL bitte melden. Wir haben Ihren Notruf empfangen. Starke Störgeräusche machten einwandfreien Empfang unmöglich, so daß wir erst jetzt antworten können. Senden Sie mit höchster Kapazität, damit wir Sie anpeilen können. Terra ruft Kapitän Pantyr Dragon von der FLOWER GIRL!«

FLOWER GIRL: » ... verstanden ... höchste Zeit ... tatsächlich das Solsystem? ... phantastisch ... Peilung ermöglichen ...«

Imperium-Alpha: »Terra an FLOWER GIRL! Funken Sie weiterhin auf dieser Frequenz, bis wir ein klares Peilergebnis erzielt haben. Bleiben Sie auf Sendung, Kapitän Dragon!«

Während die Funkpeilung und die Hyperortung bei den beiden Leichten Kreuzern auf Hochtouren lief, kam es an Bord der CARNUNTUM zu einem Zwischenfall.

Der Astronom, der die wissenschaftliche Leitung der Expedition hatte, rief in der Hauptzentrale an und stellte den Kommandanten, Major Omar Voisell, zur Rede.

»Was geht hier vor?« rief der Astronom aufgebracht vom Bildschirm des Interkoms. »Es war beschlossen, in die Regionen der Schwarmmitte einzufliegen. Warum weichen Sie um fast dreißig Grad vom ursprünglich vorgesehenen Kurs ab, Major?«

»Regen Sie sich wieder ab, Demidestapha«, sagte der Kommandant. »Wir haben Order erhalten, ein in Not geratenes Schiff zu bergen.«

Demidestapha beruhigte sich schnell. Er war jener Astronom, der zusammen mit seinem Zwillingsbruder, dem Ezialisten Demidegeve, den Beweis erbracht hatte, daß die vom Schwarm scheinbar verdrängten Sterne der Galaxis weiterhin an ihren Koordinaten existierten. Allerdings waren sie in energetische Sphären gehüllt und solchermaßen abgekapselt und im Schwarm nicht stofflich existent.

Demidestapha war mit den beiden Leichten Kreuzern ausgeschickt worden, die Natur dieser »energetischen Sphären« zu ergründen. Er sah jedoch ein, daß die Rettung in Not geratener Raumfahrer vorrangig behandelt werden mußte.

»Kennen Sie die Koordinaten der Unglücksstelle?« erkundigte sich Demidestapha.

»Ja, eben haben wir ein klares Peilergebnis erhalten«, antwortete Major Voisell. »Wir haben die Hypertaster auf die Quelle der Funkimpulse ausgerichtet und … Aber das ist unmöglich?«

»Was ist passiert?«

»Die Funkimpulse kommen geradewegs aus der Koma eines Kometen!«

»Wieso soll so etwas unmöglich sein«, sagte Demidestapha zu dem verdutzten Kommandanten. »Die Koma eines Kometen bietet für ein Raumschiff einen geradezu idealen Ortungsschutz. Geben Sie mir die Koordinaten, dann kann ich unabhängig von der Ortungszentrale Untersuchungen anstellen.«

Nachdem Demidestapha die gewünschten Unterlagen bekommen hatte, gab er sie in die Automatik des 5-D-Teleskops ein, das sein verstorbener Zwillingsbruder konstruiert hatte.

Es behagt mir nicht, daß du von mir immer wie von einem Toten denkst, Stapha, meldete sich Demidegeves Geist.

»Schon gut«, murmelte der Astronom gedankenverloren und betrachtete den Bildschirm des Telekops, der das Okular ersetzte.

Überhaupt nichts ist in Ordnung, begehrte Geve auf. *Es ist auf den Tag genau zehn Wochen her, daß ich meinen Körper verlor und mich zu dir flüchtete. Mein Gott, manchmal wünsche ich mir, lieber tot zu sein, als in deinem Körper wie in einem Gefängnis eingesperrt. Hörst du mir überhaupt zu, Stapha?*

»Da ist der Komet«, murmelte Stapha. Seit sein telepathischer Zwillingsbruder bei einem Raumschiffsunglück seinen Körper verloren hatte und sein Geist zu ihm geflüchtet war, hatte es sich Stapha angewöhnt, laut zu sich selbst zu sprechen. Es war die einzige Möglichkeit, sich trotz der störenden Gedanken seines Bruders zu konzentrieren.

Was hast du nur für einen knochentrockenen Wissenschaftlergeist, meldete sich wieder Geve. *Hast du denn nur die Sterne im Kopf? Seit ich in dir bin, habe ich noch kein einziges weibliches Wesen zu Gesicht bekommen. Ich halte das nicht mehr aus!*

»Laß mich mit deinen Weibergeschichten in Frieden«, sagte Stapha unwillig. »Du bist in meinem Körper nur Gast und mußt dich meinen Wünschen fügen.«

Geve kicherte lautlos. *Wetten, daß ich ganz leicht die Kontrolle über deinen Körper gewinnen könnte! Soll ich es dir zeigen?*

Stapha saß über dem Bildschirm des Telekoms gebeugt, auf dem der

Komet vergrößert zu sehen war, und stellte Berechnungen an. Plötzlich hoben sich seine Hände gegen seinen Willen und vollführten Schwimmbewegungen.

»Laß den Unsinn, Geve!« rief Stapha zornig.

Ich verlange Gleichberechtigung, drangen Geves Gedanken zu Stapha durch. *Erinnerst du dich noch an unsere Abmachung, daß wir unser beider Wesen zu einer starken Persönlichkeit vereinen wollten? Bisher hast du dich immer davor gedrückt.*

Plötzlich sprach Geve durch Demidestaphas Mund: »Ich möchte, daß wir endlich aus unserer Symbiose etwas machen!«

Demidestapha hielt sich die Ohren zu.

»Es ist zum Wahnsinnigwerden mit diesem Quälgeist!« Er seufzte. »Also schön, Geve, wir werden uns ernsthaft über unser Problem unterhalten, aber laß mich vorher diese Sache zu Ende bringen.«

»Wir werden sie gemeinsam erledigen«, sagte Geve durch Staphas Mund.

Ein uneingeweihter Beobachter hätte den Astronomen für schizophren halten müssen, weil er mit zwei Stimmen sprach, die sich Rede und Antwort standen. Und in der Tat war es das auch – eine Schizophrenie auf parapsychischer Ebene: Zwei Personen wohnten in einem Körper, sprachen aus einem Mund.

»Wir sind noch zehn Milliarden Kilometer von dem Kometen entfernt«, stellte Geve fest.

»Er bewegt sich mit einer Geschwindigkeit von fünfundvierzig Kilometern in der Sekunde vorwärts«, sagte Stapha. »Wenn er auf diesem Kurs bleibt, dann wird er in ungefähr achtzehn Jahren das Solsystem erreichen.«

»Wieso zweifelst du daran, daß er den Kurs beibehält?« fragte Geve.

»Weil ich bezweifle, daß es sich um einen Kometen handelt, deshalb«, antwortete Stapha.

»Und worauf stützt du deine Vermutung?«

»Es ist reine Gefühlssache«, sagte Stapha. »Theoretisch wäre es möglich, daß das Solsystem während der Transition diesen Kometen eingefangen hat. Aber noch wahrscheinlicher ist es, daß die Götzen für uns eine Falle gestellt haben.«

»Schau einmal an, der knochentrockene Wissenschaftler gibt plötzlich etwas auf seine Gefühle«, spottete Geve. »Da bin ich aber gespannt, was dabei herauskommt.«

Demidestapha wollte die Beobachtung des Kometen weiterführen, doch dieser verschwand von einem Augenblick zum anderen vom Bildschirm. Ein Blick durch das Bullauge des Observatoriums zeigte ihnen, daß auch alle anderen Sterne des Weltraums verblaßt waren.

»Linearetappe«, stellte Geve fest.

Kurze Zeit später fiel die CARNUNTUM wieder in den Normalraum zurück. Der Kugelraumer der Städte-Klasse war nun nur noch zehntausend Kilometer von dem Kometen entfernt und leitete das Bremsmanöver ein, um sich seiner Geschwindigkeit anzupassen.

Der Interkom schlug an, und Major Voisell meldete sich.

»Untersuchen Sie den Himmelskörper mit Ihren Instrumenten, Demidestapha«, bat er den Astronomen. »Ich brauche Ihre Ergebnisse schnellstens, um sie mit den Daten der Hyperortung vergleichen zu können.«

»Warum fordern Sie die Vergleichswerte nicht von der HALLSTATT an?« erkundigte sich Demidestapha.

»Weil die HALLSTATT die Schwarmwachschiffe ablenkt, damit wir hier ungestört arbeiten können«, antwortete der Kommandant ungehalten. »Machen Sie schon, Demidestapha!«

Stapha nahm eine Feinjustierung des 5-D-Teleskops vor, tastete das Beobachtungsprogramm ein und wartete, bis die Automatik die Daten auswarf.

»Er sieht mir ganz und gar wie ein waschechter Komet aus«, meinte Geve spöttisch. »Er hat zwar noch keinen Schweif, dafür ist die Entfernung zur Sonne zu groß, aber die Koma ist schon recht stattlich, und auch die Enveloppe ist deutlich erkennbar. Was sagt dir dein Gefühl jetzt?«

»Selbst wenn es sich tatsächlich um einen Kometen handelt, kann er von den Götzen manipuliert worden sein«, sagte Stapha.

Das 5-D-Teleskop druckte die Untersuchungsergebnisse aus. Stapha warf einen kurzen Blick darauf, runzelte die Stirn und stellte eine Bildsprechverbindung zur Kommandozentrale her.

»Folgendes habe ich herausgefunden«, meldete er Major Voisell. »Die Koma durchmißt vier Kilometer und weist ein typisches Bandenspektrum auf, das das Kennzeichen für das Leuchten von Molekülen ist. Die chemische Verbindung von Kohlenstoff, Wasserstoff in Form von CH und Kohlenstoff-Stickstoff als Cyan herrschen bei den Neutralen vor. Bei den Ionen treten Kohlenmonoxyd und Kohlendioxyd hervor. Der Kern selbst durchmißt dreihundertfünfundzwanzig Meter und besteht zu 89,7 Prozent aus Eisen. Aber das ist noch nicht alles. So unwahrscheinlich es auch klingt – es ist auch eine Metallegierung vorhanden, die dem Terkonitstahl entspricht.«

»Es *ist* Terkonitstahl!« sagte Major Voisell. »Und zwar handelt es sich um eine Hohlkugel mit einem Durchmesser von 1,97 Meter. Das hat die Hyperortung einwandfrei ergeben.«

»Eine Bombe«, stellte Demidestapha fest.

»Strengen Sie Ihr Gehör an, Major, vielleicht hören Sie sogar das Ticken«, sagte Geve mit veränderter Stimme aus Demidestaphas Mund.

Major Voisell runzelte die Stirn. »Haben Sie Stimmbruch?« fragte er.

Major Voisell nagte an seiner Unterlippe, während er auf den Bildschirm des Metalltasters starrte. Darauf war ein Ausschnitt des Kometenkerns als grauer Untergrund und darauf ein hellerer, stecknadelgroßer Punkt zu sehen. Der Farbenindex des Metalltasters wies den helleren Punkt eindeutig als Terkonitstahllegierung aus.

»Es könnte sich natürlich um eine unserer Robotsonden handeln«, vermutete der Kommandant der CARNUNTUM, »die die Notsignale des Forschungsschiffes FLOWER GIRL aufgefangen und gespeichert hat und nun abspielt. Sparks, wie ist der Empfang?«

Der Funker nickte. »Ausgezeichnet. Aus dieser Nähe wirkt sich die Koma des Kometen nicht mehr störend auf den Funkverkehr aus. Ich empfange den automatisch abgestrahlten Notruf einwandfrei.«

Der Erste Offizier wandte sich an den Kommandanten: »Wenn es sich tatsächlich um eine unserer robotischen Forschungssonden handelt, dann frage ich mich, wie sie auf den Kern des Kometen kam.«

»Die Götzen«, sagte Major Voisell in verschwörerischem Ton. »Die Götzen haben die Sonde präpariert und sie dann auf dem Kometen deponiert. Sie rechneten mit unserer Neugierde.«

»Ich glaube, Sie haben sich zusehr von den Hirngespinsten des Astronomen beeinflussen lassen, Major«, sagte der Erste Offizier respektlos.

»Wieso?«

»Nun, Imperium-Alpha hat die FLOWER GIRL angerufen und Antwort erhalten«, begründete der Erste Offizier. »Auf dem Kometenkern muß sich demnach mehr als nur eine vollrobotische Anlage befinden. Vielleicht ist dieser Kapitän Dragon eine Schöpfung der Götzen – wer weiß? Aber andererseits wäre die Terkonitstahlkugel auch groß genug, um einem durchschnittlich großen Menschen Platz zu bieten.«

»Sie meinen, die Kugel könnte eine Art Rettungsboot sein?« meinte Major Voisell zweifelnd. Er machte eine abschließende Handbewegung. »Genug der Spekulationen. Ich werde einen Funkspruch abschicken, und zwar über Telekom, damit die Schwarmschiffe die Sendung nicht anmessen können. Vielleicht erhalten wir dadurch Aufklärung.«

Der Kommandant der CARNUNTUM ließ aus dem Funkraum eine Telekomleitung in die Hauptzentrale legen. Vorher gab er Alarm an alle Gefechtsstationen. Er wollte gegen alle Eventualitäten gewappnet sein. Sollte sich die fast zwei Meter durchmessende Terkonitstahlkugel als eine Art trojanisches Pferd der Götzen herausstellen, dann würde er hart und erbarmungslos zuschlagen.

»Kreuzer CARNUNTUM ruft FLOWER GIRL«, sprach Major Voisell ins Telekom. »Wir sind ausgeschickt worden, um die Überlebenden des Forschungsschiffes FLOWER GIRL an Bord zu nehmen. Kapitän Pantyr Dragon, bitte melden! Die CARNUNTUM befindet sich dreißig Kilometer vom Kometenkern entfernt, wir haben alle Vorbereitungen für die Bergung getroffen.«

Major Voisell brauchte nicht lange auf eine Antwort zu warten.

»Es wird aber auch Zeit, daß man ein Rettungskommando geschickt hat«, ertönte eine empörte Frauenstimme aus dem Lautsprecher. »Wir dachten schon, Sie wollten bis zum Jüngsten Tag warten, bevor Sie sich zu der längst fälligen Rettungsaktion entschließen könnten. Was zögern Sie denn noch immer? Setzen Sie endlich Ihre Traktorstrahlen ein und bergen Sie die FLOWER GIRL.«

Dem Kommandant der CARNUNTUM schwindelte. Ihm verschlug es fast die Sprache. Alles, was er sagen konnte, war: »Kapitän Dragon ist nicht allein?«

»Dumme Frage«, kam wieder die wütende Frauenstimme aus dem Telekom. »Warum sollte er sich allein an Bord eines Forschungsschiffes befinden. Ich bin Dr. Daisy Dragon, Kosmohistorikerin und seine Schwester. Wenn Sie noch mehr über uns wissen wollen, dann holen Sie uns endlich auf Ihr Schiff. Wir haben lange genug ausgeharrt. Aber machen Sie schnell, sonst hetze ich Pluto auf Sie.«

»Pluto?« machte Major Voisell. Er begriff immer weniger. »Soll das heißen, daß sich noch eine dritte Person in dieser winzigen Rettungskugel befindet?«

»Mann, sind Sie schwer von Begriff!« stöhnte Dr. Daisy Dragon. »Erstens ist Pluto keine Person, sondern unser Hund, und zweitens handelt es sich nicht um eine Rettungskugel, sondern um das Forschungsschiff FLOWER GIRL!«

»Dieses Weib macht mich noch verrückt!« sagte Major Voisell verzweifelt. »Ich begreife immer weniger. Verdammt! Wir haben eine Hohlkugel mit einem Durchmesser von 1,97 Meter geortet, aber kein Raumschiff. Wollen Sie mich ...«

»Nein!« wurde er von der Frauenstimme unterbrochen. »Kommandant, die 1,97 Meter durchmessende Terkonitstahlkugel ist die FLOWER GIRL! Wenn Sie immer noch nicht begriffen haben, dann will ich Ihnen weiterhelfen. Welches Volk ist von so kleinem Wuchs, daß ...«

»Siganesen!« platzte Major Voisell triumphierend heraus. Er lächelte entschuldigend in Richtung seines Ersten Offiziers und meinte: »Manchmal ist man auch wie vernagelt!«

Wenig später wurde das siganesische Forschungsschiff FLOWER GIRL mittels Traktorstrahl an Bord der CARNUNTUM geholt.

Das Eintreffen der beiden siganesischen Forscher und ihres Haustiers verursachte unter der Mannschaft von Imperium-Alpha einiges Aufsehen. Ihr Schicksal erweckte aller Interesse, vor allem aber stellte man sich die Frage, wie es ihnen gelungen war, mit der FLOWER GIRL in den Schwarm einzudringen.

Vorerst wurde darüber jedoch noch nichts bekannt, denn die siganesischen Geschwister und ihr winziger Hund mußten jene Kontrollen über sich ergehen lassen, die auf alle Neuankömmlinge in Imperium-Alpha warteten. In diesem speziellen Fall kam noch hinzu, daß man die Befürchtung hegte, die Götzen könnten irgendwie die Hände im Spiel haben.

Über das Aussehen und die Eigenschaften der beiden Siganesen erhielt die Mannschaft gleich nach ihrer Ankunft ziemlich erschöpfend Auskunft.

Professor Dr. Pantyr Dragon war 13,89 Zentimeter groß. Sein Fachgebiet war Mikrobiologie. Wenn man nach der allgemeinen Ansicht ging, daß Siganesen redegewandt, eitel, stolz waren und gegenüber normalgroßen Menschen ihre Winzigkeit mit Frechheit und Spott zu kompensieren versuchten, dann war Pantyr Dragon kein typischer Vertreter seines Volkes. Er war eher ein bescheidener, in seinen Äußerungen zurückhaltender Wissenschaftler, der nur aus sich herausging, wenn die Sprache auf sein Fachgebiet kam. In der frisch angelegten Personalakte wurde sein Alter mit 546 Jahren angegeben, sein Körpergewicht mit 583,17 Gramm.

Seine Schwester war da schon aus einem ganz anderen Holz geschnitzt. Sie war nur 12,54 Zentimeter groß und um fast zweihundert Jahre jünger – zumindest hatte sie ihr Alter mit 351 Jahren angegeben. Gucky, der sich bei ihrer Durchleuchtung in einem Nebenzimmer aufhielt und ihre Gedanken telepathisch überprüfte, wußte es jedoch besser.

Er behauptete: »Sie hat sich aus purer Eitelkeit glatt um hundert Jahre jünger gemacht.« Über ihre Redegewohnheiten wußte er zu sagen: »Sie ist frech wie ein Rohrspatz und hat ein Mundwerk wie ein Dauerredner.«

Als der Beamte, der ihre Personalakte anlegte, sie nach ihrem Geburtsort fragte, antwortete sie schnippisch: »Ich wurde auf Ertrus geboren. Sieht man mir das nicht an?«

Daisy Dragon besaß, wie alle Siganesen, eine lindgrüne Haut und tiefschwarzes Haar; für siganesische Begriffe war sie eine ausgesprochene Schönheit.

Pluto war eine Art siganesischer Schäferhund, 5,58 Zentimeter hoch und 7,34 Zentimeter lang. Er war nur schwer von Daisy Dragons Seite wegzubekommen, aber selbst nachdem sie ihn durch gutes Zureden dazu gebracht hatte, sich von ihr zu trennen, gestaltete sich seine Untersuchung schwierig.

Eine Minute lang saß er still, aber als er die auf einem Antigravstrahl schwebende Mikrosonde, die ihn durchleuchten sollte, über sich schweben sah, sprang er nach ihr und verschluckte sie.

Daisy Dragon erklärte später zu diesem Vorfall: »Sicher hat er die Sonde für eine Fliege gehalten. Er frißt nämlich für sein Leben gern Fliegen. Das hat er sich auf Taphour angewöhnt.«

Pluto besaß noch eine zweite Unart – er konnte an keinem Stiefel vorbeigehen, ohne ein Hinterbein zu heben.

»Das ist ebenfalls eine selige Erinnerung an Taphour«, erklärte Daisy während der folgenden Befragung, als Pluto von Guckys blankpolierten Stiefeln magisch angezogen, seinem inneren Drang nicht mehr wiederstehen konnte. Gucky ließ ihn als Strafe dafür solange einen Meter über dem Boden schweben, bis Daisy versprach, fortan besser auf ihn aufzupassen.

Außer dem Mausbiber, dem siganesischen Geschwisterpaar und ihrem Mini-Schäferhund waren bei der Befragung noch drei weitere Personen anwesend:

Roi Danton, der an Stelle Perry Rhodans die Vernehmung leitete; Danton erhoffte sich neue Erkenntnisse und Informationen über den Schwarm und vielleicht Hinweise auf eine wirksamere Methode zur Bekämpfung der Götzen.

Der Astronom-Spezialist Demidestapha-Geve, der als astronomischer Berater hinzugezogen worden war.

Der Cyno Arman Signo, Techno-1 und Kommandant der ATON, die vor drei Monaten mit 60 Cynos auf Terra gelandet war. Arman Signo hatte das gleiche Aussehen angenommen wie die übrigen Männer seiner Mannschaft, von denen nur Kukuruzku eine Ausnahme bildete. Er war 1,85 Meter groß, schlank, schwarzhaarig, wirkte muskulös und besaß blaue Augen.

Der Cyno hatte darum gebeten, bei dieser Befragung dabeisein zu dürfen, um eventuell auftauchende Fragen von Wichtigkeit sofort zu klären und zu verhindern, daß die Terraner sich auf irrige Spekulationen einließen.

»Was hat es mit dieser Welt Taphour sonst noch auf sich?« erkundigte sich Roi Danton. »Ich irre doch nicht, wenn ich annehme, daß es sich bei Taphour um einen Planeten handelt?«

»Sie haben richtig getippt«, bestätigte Daisy Dragon über die Verstärkeranlage ihrer Kombination. »Auf Taphour hat alles angefangen.«

Und dann erzählte sie ihre Geschichte, die bei Einbruch der Verdummungswelle begann und mit der abenteuerlichen Odyssee der FLOWER GIRL durch den Schwarm endete.

Daisy und Pantyr Dragon hielten sich schon zwei Wochen auf der Dschungelwelt Taphour auf, als sie endlich auf die Eingeborenen stießen, derentwegen sie gekommen waren.

Die Taphourer waren aus Echsen hervorgegangen. Sie besaßen Linsenköpfe wie die Blues, ein auf dem Schädel sitzendes, großes Teleskopauge und ein riesiges zahnbewehrtes Maul, das die Hälfte des flachgedrückten Kopfes beanspruchte. Ihre kurzen Hälse gingen in einen schlanken Oberkörper über, der sich im Unterleib birnenartig erweiterte. Sie hatten drei paar Arme mit fünffingrigen Händen und zwei kurze, stämmige Beine mit großflächigen Füßen. Sie waren intelligent und besaßen eine primitive Zivilisation: Holzhütten, einfache, steinerne Werkzeuge und Waffen, als Schmuck trugen sie bunte, behauene Steine und Trophäen von erlegten Raubtieren; sie bemalten ihre Schuppenkörper mit Erdfarben und machten auf primitiven Instrumenten Musik.

Das exotische Aussehen war für die Geschwister Dragon nicht maßgebend. Sie waren nur nach Taphour gekommen, um einem Gerücht nachzugehen, das sie auf Siga gehört hatten. Es hieß, daß die Taphourer einen ähnlichen Verkleinerungsprozeß durchmachten wie die Siganesen. Daisy und Pantyr Dragon waren hergekommen, um das Geheimnis der Taphourer zu ergründen und vielleicht Rückschlüsse auf die noch nicht ganz erforschten Vorgänge auf Siga ziehen zu können.

Jetzt konnten sie sich mit eigenen Augen davon überzeugen, daß etwas Wahres an den Gerüchten sein mußte. Es gab Taphourer, die fast zwei Meter groß waren, und andere, die kaum einen halben Meter maßen. An verschiedenen Körpermerkmalen konnten sie feststellen, daß es sich keineswegs um »Kinder« handelte. Es waren voll ausgewachsene Echsenwesen, nur eben ein Viertel so groß wie die übrigen.

Nachdem sie die Eingeborenen einige Tage aus der Sicherheit ihres Raumschiffes beobachtet hatten, fanden sie einige weitere Besonderheiten heraus.

Die kleinen Taphourer stellten die Herrscherklasse dar und wohnten im Wrack eines terranischen Raumschiffes, während die voll ausgewachsenen Taphourer die Holzhütten bewohnten und ihren kleineren Artgenossen Geschenke und Opfer darbrachten. Die Geschenke wurden an einem vier Meter hohen Holzobelisken abgeliefert, der die Form eines Stiefels hatte. Die Kleinen kamen nur aus dem Raumschiffswrack, um die Gaben anzunehmen und gleich darauf wieder zu verschwinden. In ihrer Begleitung befanden sich normalgroße terranische Hunde, deren Rasse aber nicht mehr zu erkennen war, weil sie offensichtlich eine Mutation durchgemacht hatten. Diese Hunde hatten die Angewohnheit, jedesmal, wenn sie mit ihren kleinen Besitzern bei dem Obelisken ankamen, ein Bein zu heben. Als Pluto, Daisys siganesischer Schäferhund, das sah, tat er es seinen größeren Vettern nach. Diesen Brauch vergaß er auch nicht während der Verdummung.

Daisy und Pantyr Dragon besaßen an diese Zeit nur eine recht lückenhafte Erinnerung. Sie wußten nur noch, daß die gesamte Tierwelt von Taphour von diesem Tag an wie verwandelt war; ehemals friedliche Spezies wurden zu reißenden Bestien und fielen sogar über ihre eigenen Artgenossen her. Auch die Taphourer sanken in noch tiefere Primitivität zurück.

Eines Tages entdeckten die außer Rand und Band geratenen Eingeborenen die FLOWER GIRL und versuchten, die 1,97 Meter durchmessende Terkonitstahlkugel mit Prügeln und Steinen zu zerstören. Da Daisy und Pantyr Dragon ebenfalls verdummt waren, konnten sie das Schiff nicht starten und sich nur durch Flucht in die Wildnis retten.

Sie wußten nicht, wieviel Zeit vergangen war, als plötzlich am Himmel ein leuchtendes Gebilde auftauchte. Darin tat sich ein gigantischer Riß auf, in dem Taphour mitsamt seiner Sonne verschwand.

Gleichzeitig mit diesem Ereignis erhielten Daisy und Pantyr Dragon ihre Intelligenz zurück, ebenso wurden die Tiere und die Eingeborenen wieder normal. Erst jetzt gelang es den beiden Siganesen die Ereignisse zu rekonstruieren. In den Speichern ihres Raumschiffes fanden sich während der Verdummung automatisch aufgezeichnete Funksprüche, die ihnen einige Aufschlüsse gaben.

Die ganze Galaxis war verdummt, ein riesiges, lichtjahrtausendegroßes Gebilde war aufgetaucht, das der »Schwarm« genannt wurde. Dieser Schwarm hatte das Taphour-System aufgenommen, wodurch der Verdummungseffekt aufgehoben wurde.

Die siganesischen Geschwister begannen mit der Reparatur ihres Raumschiffs, das von den verdummten Eingeborenen beschädigt worden war. Dabei fanden sie auch heraus, was es mit dem angeblichen Verkleinerungsprozeß der Taphourer auf sich hatte. Sie wurden Augenzeugen eines Rituals und sahen, wie die Eingeborenen Kleinkinder einbalsamierten und im Raumschiffswrack aussetzten. Damit war das Rätsel gelöst: Die solcherart mit Pflanzenextrakten behandelten Jung-Taphourer wuchsen nicht mehr und blieben Zeit ihres Lebens einen halben Meter groß. Auf diese Art und Weise schufen sich die Eingeborenen offensichtlich die Götzen, die sie anbeteten.

Daisy und Pantyr Dragon blieben nicht mehr lange genug, um die letzten Geheimnisse dieses Volkes zu ergründen. Als sie die Reparaturen an ihrem Raumschiff beendet hatten, verließen sie Taphour, um im Schwarm nach Siganesen oder anderen Menschenvölkern zu suchen.

»Das hätte ich beinahe zu erwähnen vergessen«, warf Daisy Dragon an dieser Stelle ein. »Auf Taphour gab es Schwärme von Fliegen, fette Brummer, die es aus irgendeinem Grund hauptsächlich auf Pluto abgesehen hatten. Dadurch wurde er zu einem meisterlichen Fliegenfänger und begann, diese Insekten als Delikatesse zu schätzen.«

Roi Danton hatte sich inzwischen die Unterlagen über den Planeten Taphour kommen lassen und meinte: »Taphour und seine Sonne Ran-Tpah gehörten zu den ersten Himmelskörpern dieser Galaxis, die vom Schwarm aufgenommen wurden. Aber das nur am Rande. Fahren Sie bitte fort. Jetzt kommen Sie langsam zu dem Punkt, der auch für uns interessant sein dürfte.«

»Mach du weiter, Pan«, bat Daisy Dragon ihren Bruder.

Die siganesischen Geschwister waren für die lange Reise gewappnet. Sie ahnten, daß sie in diesem fremden Universum nicht so schnell auf Wesen der Galaxis stoßen würden. Dennoch, so sagten sie sich, würde Taphour sicherlich nicht die einzige Welt sein, die vom Schwarm aufgenommen wurde.

Die erste Zeit widmeten sie dem Studium der innerhalb des Schwarms gebräuchlichen Sprache – dem Interkarties. Sie mieden die fremden Schiffe und begaben sich nur in die Nähe bewohnter Planeten, um ihre Kenntnisse in Interkarties zu vervollständigen.

Als sie die Basissprache perfekt beherrschten, widmeten sie sich wieder der vordringlichsten Aufgabe, der Suche nach Menschen. Sie durchkreuzten den Schwarm wochenlang nach allen Richtungen und kamen dabei oftmals in die gefährliche Nähe von Kriegsschiffen des Schwarms. Obwohl die FLOWER GIRL im Vergleich zu der riesigen Weite des Schwarms nur ein winziges Staubkörnchen darstellte, wurde sie einige Male geortet und entging der Vernichtung durch Strahlenbeschuß nur knapp.

Einmal kreuzte die FLOWER GIRL den Weg einer Wabenschiff-Flotte. Durch Abhören des Funkverkehrs erfuhren Daisy und Pantyr Dragon, daß sich an Bord »teilungsbedürftige Karties« befanden, die den Schwarm verlassen wollten, um in der Galaxis eine Geburtswelt aufzusuchen. Damit stand ihr Plan augenblicklich fest. Aber noch bevor sie sich der Flotte der »Gelben Eroberer« anschließen konnten, wurden sie von starken hypnosuggestiven Impulsen überschwemmt. Es gelang ihnen gerade noch, sich dem fremden Zwang durch ein Überwechseln in den Linearraum zu entziehen.

Sie gaben ihre Hoffnung dennoch nicht auf, eines Tages in die Galaxis entfliehen zu können. Während sie durch Abhören des Funkverkehrs auf ihre zweite Chance warteten, setzten sie ihre Suche nach einer Welt mit Menschen fort.

Dabei stießen sie auf Kristallplaneten, auf Planeten mit seltsamen Bewohnern und fremdartigen Zivilisationen, auf eine Sonne mit vier Lichtjahren Durchmesser (wie sich herausstellte, handelte es sich dabei um die Zentrale Statiksonne, deren einziger Planet Stato von den Terranern später vernichtet worden war), auf Schwarmflotten mit Schiffen der seltsamsten Formen – und schließlich wieder auf eine Teilungsflotte der Karties.

In den Schiffscomputern der FLOWER GIRL waren alle bisher gesammelten Daten gespeichert und die beiden siganesischen Wissenschaftler waren überzeugt, daß diese Unterlagen dem Solaren Imperium bei der Bekämpfung dieses anscheinend übermächtigen Gegners behilflich sein konnten. Sie schlossen sich der Teilungsflotte an und sahen, wie die Wabenraumschiffe gegen den undurchdringlich gewordenen Schmiegeschirm prallten und verglühten.

Die FLOWER GIRL kehrte um und machte sich wieder auf die Suche nach Menschen. Daisy und Pantyr Dragon hatten ihre Hoffnung auf einen Erfolg schon beinahe aufgegeben, als sie nach einer Linearetappe auf das vom Paratronschirm umspannte Solsystem stießen. Anfangs vermuteten sie nur, das Solsystem vor sich zu haben, da sie nicht wußten, daß es vom Schwarm aufgenommen worden war. Aber ihre Vermutung wurde bald zur Gewißheit, als sie eine Reihe von Funksprüchen abhörten, die zwischen den solaren Stationen und den im Schwarm befindlichen 4000 terranischen Schiffen ausgetauscht wurden.

Aus dem Schutz des Kometen, wohin sie sich wegen der vielen patrouillierenden Schwarmschiffe zurückgezogen hatten, sandten sie ihren Notruf ab.

»Dort holte uns die CARNUNTUM mit Traktorstrahlen an Bord«, endete Pantyr Dragon.

Seine Schwester schloß sofort an: »Bestimmt ist vieles von dem Material, das wir gesammelt haben, längst überholt. Aber manches davon könnte immerhin neue, bisher unbekannte Erkenntnisse bringen. Und wenn es nur dazu dient, Wesen wie jene aus dem Meteorschwarm, oder die Bewohner des Planeten mit dem goldenen Ringsystem zu studieren und besser verstehen zu lernen ...«

»Was wissen Sie über Tronko Y Artefo?« unterbrach Arman Signo die Siganesen. Aller Augen richteten sich auf den Cyno, der zum erstenmal sein Schweigen brach.

»Ich habe diesen Namen vorher noch nie gehört«, sagte Daisy Dragon überrascht.

Arman Signo lächelte entschuldigend. »Verzeihen Sie, ich habe einen zu raschen Gedankensprung gemacht. Sie erwähnten einen Planeten mit einem goldenen Ringsystem. Haben Sie ihn selbst gesehen?«

»Wir sind mit der FLOWER GIRL in einigen Millionen Kilometern an ihm vorbeigeflogen«, erklärte die Siganesin. »Aber wir haben Aufnahmen gemacht, auf denen das golden leuchtende Ringsystem deutlich zu sehen ist. Außerdem befinden sich die Koordinaten dieses Planeten im Bordcomputer der FLOWER GIRL.«

»Tronko Y Artefo«, murmelte Arman Signo. Er wandte sich an Roi Danton: »Könnten Sie eine Besprechung mit Perry Rhodan für mich vereinbaren? Ich habe ihm eine wichtige Mitteilung zu machen.«

»Hängt es mit diesem Planeten zusammen?« fragte Danton.

»Jawohl, damit – und mit dem Tabora.«

2.

»Es freut mich, Signo, daß Sie sich wieder zur Zusammenarbeit mit uns entschlossen haben«, sagte Perry Rhodan und erhob sich von seinem Platz, als der Cyno und Gucky in dem kleinen Büro materialisierten.

Atlan und Lord Zwiebus blieben am Arbeitstisch sitzen. Der 2,20 Meter große Pseudo-Neandertaler trug eine maßgeschneiderte Kombination und hatte die unvermeidliche Keule zwischen den Beinen eingeklemmt. Er fühlte sich in seiner Kleidung sichtlich unwohl, rutschte ständig auf seinem Platz herum und kratzte sich an allen möglichen Körperstellen.

Das veranlaßte Gucky zu der Bemerkung: »Wenn du Ungeziefer hast, dann mußt du es nicht unbedingt so aufdringlich demonstrieren.«

Lord Zwiebus grunzte nur. Er machte ein düsteres Gesicht und betrachtete den Cyno mit gesenktem Kopf. Die Gegenwart eines Cynos machte ihn immer unsicher. Sein Instinkt sagte ihm, daß mit diesen humanoid erscheinenden Wesen einiges nicht stimmte.

»Wir sind gekommen, um mit den Terranern zusammenzuarbeiten, Rhodan«, sagte Arman Signo. »Wenn wir bisher zurückhaltend waren, dann lag das an den Umständen. Es war gut, daß Sie mich an der Vernehmung der beiden Siganesen teilnehmen ließen. Ohne es selbst zu wissen, haben sie uns einen sehr wichtigen Hinweis gegeben. Jetzt haben wir einen Ansatzpunkt.«

»Die Dragons haben einen Planeten mit einem golden leuchtenden Ringsystem entdeckt, das den Saturnringen ähnlich sein dürfte«, platzte Gucky heraus, der sich an den Rand des Arbeitstisches gesetzt hatte und die Beine herunterbaumeln ließ. »Als Signo das hörte, war er auf einmal ganz aus dem Häuschen. Stimmt's?«

»Das ist richtig – wenn sich die letzte Redewendung auf meinen Zustand der Aufregung bezieht«, stimmte Arman Signo zu. »Uns ist ein Planet mit einem goldenen Ringsystem seit langer Zeit unter der Bezeichnung Tronko Y Artefo bekannt. Diese Welt birgt ein wertvolles Geheimnis.«

»Tronko Y Artefo – das bedeutet soviel wie *Hüter der Reinheit*«, murmelte Atlan.

»Das ist ziemlich exakt übersetzt«, bestätigte der Cyno.

Rhodan runzelte die Stirn. »Warum haben Sie uns von dieser Welt noch nicht erzählt, Signo?« fragte er.

»Was hätte es für einen Sinn gehabt?« sagte Signo und blickte Rhodan in die Augen. »Wenn ich Sie über die Existenz dieser Welt informiert hätte, wäre Ihnen damit nicht geholfen gewesen. Denn die Koordinaten hätte ich Ihnen nicht nennen können – sie sind auch mir nicht bekannt. Tronko Y Artefo ist erst jetzt wieder aktuell geworden, da die siganesischen Forscher durch Zufall darauf gestoßen sind.«

»Ich habe das Gefühl, daß Sie noch viel wertvolles Wissen vor uns verbergen, Signo«, sagte Atlan und sah den Cyno durchdringend an.

Der lächelte schwach. »Wenn ich den Terranern all mein Wissen preisgeben würde, dann wäre damit nur ihre Neugierde gestillt – aber helfen würde es ihnen nicht.«

»Lassen wir das«, verlangte Rhodan. Er wandte sich an den Cyno. »Sind Sie bereit, uns zu sagen, welches Geheimnis der Planet mit dem seltsamen Namen Hüter der Reinheit verbirgt?«

»Ich sagte schon, daß das Problem jetzt aktuell geworden ist«, antwortete Arman Signo. Er zögerte.

»Wir hören«, drängte Atlan.

Lord Zwiebus beugte sich in seinem Sitz weit vor und umfaßte den Griff seiner Keule mit beiden Händen. Gucky sprang vom Tisch, als sich der Cyno langsamen Schritts näherte und neben Atlan Platz nahm. Der Arkonide und Rhodan ließen ihn nicht aus den Augen.

Arman Signo schloß die Augen und begann zu erzählen.

»Vor langer Zeit genoß mein Volk die Freundschaft eines unscheinbaren, aber mächtigen Wesens. Sein Name lautet Tabora. Das Tabora besitzt unglaubliche, ja, unheimliche Fähigkeiten, die aufzuzählen ich im Augenblick nicht in der Lage bin. Solange mein Volk die Freundschaft des Tabora genoß, ging alles gut. Aber dann wurde es von Verrätern aus unseren eigenen Reihen entführt. Das Tabora galt für uns lange Zeit als verschollen, bis wir dahinterkamen, daß es den Karduuhls zugespielt worden war. Es bedurfte langwieriger Nachforschungen, um herauszufinden, wo die Götzen das Tabora versteckt hielten. Endlich bekamen wir die Information, daß es nach Tronko Y Artefo gebracht worden war, zu jener Welt, die als einzige ein golden leuchtendes Ringsystem besitzt. Damit war uns allerdings nicht geholfen, weil uns die Koordinaten des Planeten nicht bekannt waren.«

Der Cyno machte eine Pause und blickte Rhodan an. Noch bevor irgend jemand etwas sagen konnte, fuhr er fort: »Jetzt sind wir im Besitz dieser

Koordinaten. Es kann keinen Zweifel daran geben, daß der Planet mit dem goldenen Ringsystem, den die beiden siganesischen Wissenschaftler entdeckten, mit dem Hüter der Reinheit identisch ist. Rhodan, wir haben die Möglichkeit, diese Welt anzufliegen und den Götzen das Tabora zu entreißen.«

Rhodan hatte das Kinn nachdenklich in die Hand gestützt. Nach einigen Sekunden des Schweigens sagte er: »Wer weiß, ob dieses Wagnis dafürsteht.«

»Es steht dafür«, versicherte Arman Signo eifrig. »Das Tabora besitzt ungeheure Macht, seine Fähigkeiten sind beinahe ultimat.«

»Das ist eine ziemlich nebulöse Umschreibung«, warf Atlan spöttisch ein.

»Das ist richtig«, meinte auch Rhodan. »Sie werden uns schon etwas mehr über das Tabora sagen müssen, Signo, wenn Sie uns dafür interessieren wollen.«

»Sie glauben doch nicht, daß ich Sie belüge!« rief Arman Signo empört aus. »Ich versichere Ihnen, daß alle meine Angaben richtig sind.«

»Das Dumme daran ist nur, daß Ihre Angaben nichts als vage Andeutungen sind«, meinte Rhodan und lächelte schwach. »Sagen Sie uns präzise, was das Tabora eigentlich ist.«

Der Cyno wand sich. »Das Tabora ist der Schlüssel zur Macht im Schwarm. Mehr kann ich darüber nicht sagen. Wer es besitzt und wer vor allem seine Freundschaft genießt, der kann den Schwarm indirekt beherrschen.«

»Das hört sich vielversprechend an«, sagte Rhodan. »Aber was ist das Tabora nun wirklich? Auf welche Art und Weise kann man über dieses Wesen zur Macht im Schwarm gelangen?«

»Das Tabora war eines der bestgehüteten Geheimnisse meines Volkes«, antwortete der Cyno.

Rhodan seufzte resigniert.

Atlan beugte sich zu dem Cyno hinüber und sagte: »Warum diese Ausflüchte, Signo? Geben Sie uns eine Beschreibung des Tabora. Wenn wir es suchen sollen, dann müssen wir auch wissen, wonach wir suchen. Erläutern Sie uns seine Fähigkeiten, damit wir eine Vorstellung davon haben, welcherart seine Macht ist.«

»Ich bin nicht in der Lage, weitere Auskünfte darüber zu geben«, sagte Signo unnachgiebig. »Aber wenn Sie meinen Vorschlag annehmen und eine Expedition nach Tronko Y Artefo starten, dann werde ich Sie begleiten. Oder können Sie sich dazu nicht entschließen?«

Rhodan ging in dem kleinen Büro auf und ab.

»Sie haben uns wahrlich nicht viel verraten, Arman Signo«, sagte er und blieb vor dem Cyno nachdenklich stehen. »Gerade so viel, um uns neugierig zu machen, aber nicht genug, um das Geheimnis zu lüften. Aber wenn Sie uns begleiten, ist das schon eine große Hilfe. Ich glaube, wir könnten es riskieren.«

Der fünfhundert Meter durchmessende Schwere Kreuzer KAPELLA befand sich in einer Umlaufbahn um den irdischen Mond, als der Funkspruch von Imperium-Alpha eintraf. Oberstleutnant Harun Matakin hatte schon lange auf einen Einsatz im Schwarm gewartet. Als es jetzt soweit war, ließ er sich äußerlich nichts von seiner Erregung anmerken. Er bewahrte in jeder Situation die Ruhe und verlor nie seinen trockenen Humor.

Er war ein Erdgeborener, groß und hager; hatte das blonde Haar bürstenkurz geschnitten; der Blick seiner braunen Augen wanderte schnell durch die Kommandozentrale, seine harte Stimme gab die Befehle knapp und präzise.

Es genügte, wenn er einen Befehl einmal gab, er brauchte ihn nicht mehr zu wiederholen. Seine Mannschaft spurte. Die Männer behaupteten, den besten Kommandanten der Solaren Flotte zu haben, und Oberstleutnant Harun Matakin erklärte mit Stolz, die homogenste Mannschaft zu besitzen.

»Schiff klar machen für einen Blitzstart!« ordnete der Kommandant an.

Der Erste Offizier leitete den Befehl weiter, dann fragte er: »Handelt es sich um ein Manöver oder um einen Ernstfall?«

»Ernstfall«, antwortete Matakin knapp. »Es geht in den Schwarm hinaus.«

»In dem Einsatzbefehl hieß es, daß sechs Personen aus Imperium-Alpha über Transmitter an Bord kommen sollen«, bohrte der Erste Offizier weiter. »Wissen Sie, um wen es sich handelt?«

Oberstleutnant Matakin schüttelte den Kopf. »Es kommen sechs Personen von Imperium-Alpha – aber nur fünf werden den Transmitter benützen. Machen Sie sich selbst einen Reim darauf.«

»Und was ist mit dem Wissenschaftler, den wir mitsamt seiner Ausrüstung von der CARNUNTUM übernehmen sollen?«

Matakin zuckte mit den Achseln. »Lassen wir uns überraschen. Übernehmen Sie die Kommandozentrale, Leutnant Morgott. Ich werde die Expeditionsteilnehmer in der Halle empfangen.«

Er sprang in den Antigravschacht. Als er wenig später in die Transmitterhalle kam, fand er bereits einen der Expeditionsteilnehmer vor – es war der Mausbiber Gucky, Rhodans Parademutant. Jetzt wurde ihm auch klar, warum von den sechs Personen nur fünf den Transmitter benutzten: Der Ilt war einfach auf die KAPELLA teleportiert.

»Was ist denn mit euch Stümpern los?« schimpfte Gucky mit den Transmittertechnikern. »Warum um alles in der Welt blockiert ihr die Transmitterverbindung zu Imperium-Alpha?«

»Wir mußten zuerst den Feinjustierungs-Vollzugsimpuls von der CARNUNTUM erhalten«, rechtfertigte sich einer der Techniker eingeschüchtert, der mit Guckys Schnoddrigkeit anscheinend noch nicht vertraut war.

In dem schweren Wabern des Energiefeldes zwischen den beiden Transmittersäulen materialisierte ein Gegenstand, der ungefähr die Form einer antiken Kanone hatte und ebenso plump und schwer wirkte. Daneben nahm ein Mann in der Kombination eines Wissenschaftlers Gestalt an.

»Was schleppen Sie denn da an!« rief der Mausbiber verblüfft. Er konnte sich die Antwort selbst geben, nachdem er kurz in die Gedanken des Wissenschaftlers eingedrungen war. Er war über das Schicksal Demidestaphas und seines Bruders informiert und deshalb nicht überrascht, zwei grundverschiedene Gedankenimpulse von einer Person zu empfangen.

»Das ist also das berühmte Fünf-D-Teleskop«, meinte er spöttisch.

»Das Gevesche Fünf-D-Teleskop«, berichtigte Demidestapha mit Geves Stimme.

»Machen Sie trotzdem auf der Transmitterplattform für wichtigere Persönlichkeiten Platz!« rief Gucky. »Oder brauchen Sie erst die Unterstützung eines Telekineten?«

»Nein, nein«, sagte Demidestapha schnell und schwebte mit dem Teleskop auf den Antigravfeldern des eingebauten Projektors von der Plattform.

»Feinjustierungs-Vollzugsimpuls von Imperium-Alpha eingetroffen!« meldete der Funker und gab die Werte an die Techniker weiter.

Eine Minute später materialisierte Fellmer Lloyd zwischen den Transmittersäulen. Damit befanden sich zwei Mutanten an Bord der KAPELLA. Spätestens jetzt wurde Oberstleutnant Matakin klar, daß es sich um einen wichtigen und vielleicht auch gefahrvollen Einsatz handelte.

»Das hätten Sie schon bei meinem Eintreffen erkennen müssen«, sagte Gucky leicht beleidigt.

Bevor Matakin eine treffende Antwort einfiel, gab der Transmitter die nächste Person frei. Es war der Haluter Icho Tolot. Die Techniker zuckten unwillkürlich, als der 3,50 Meter große Riese mit den vier Armen und den beiden kurzen Säulenbeinen von der Plattform stieg und seine knapp vierzig Zentner Lebendgewicht dröhnenden Schrittes durch die Halle trug.

»Es freut mich jedesmal zu sehen, daß die Kinder Terras bei meinem Erscheinen beeindruckt sind«, rief er mit seiner gewaltigen Stimme, breitete die beiden Handlungsarme aus und stieß sein gefürchtetes Lachen hervor, das die Transmitterhalle erbeben ließ.

Oberstleutnant Matakins Aufmerksamkeit wurde wieder auf den Transmitter gelenkt. Dort materialisierte Lord Zwiebus zusammen mit einem großgewachsenen Mann mit schwarzem Haar und intelligenten, blauen Augen, der neben dem Pseudo-Neandertaler jedoch fast zwergenhaft wirkte. Matakin erfuhr erst später, daß es sich um den Cyno Arman Signo handelte.

Im Augenblick dachte er nur daran, daß, wo Lord Zwiebus sich befand, auch Perry Rhodan nie weit entfernt war. Seine Ahnung bestätigte sich gleich darauf. Perry Rhodan materialisierte auf der Transmitterplattform.

Rhodan ging geradewegs auf den Kommandanten der KAPELLA zu, begrüßte ihn und sagte dann: »Wenn Ihre Leute soweit sind, Oberstleutnant, dann können wir starten. Folgen Sie vorerst den fünfzig Kreuzern und Korvetten aus der Strukturschleuse. Sie werden uns Geleitschutz geben. Führen Sie uns in die Kommandozentrale, damit ich Ihnen die Zielkoordinaten geben kann. Ich werde Sie auch nicht über den Zweck dieser Reise in den Schwarm im unklaren lassen.«

Während die KAPELLA durch die Strukturschleuse im Paratronschirm mit höchsten Beschleunigungswerten in den Schwarm hinausflog, wurde sie von den fünfzig Korvetten und kleineren Kreuzern flankiert und gegen die Schwarmschiffe abgeschirmt, die von allen Seiten heranschossen. Als die KAPELLA die erforderliche Geschwindigkeit erreicht hatte, ging sie in den Linearflug über. Die Begleitschiffe kehrten um.

Oberstleutnant Harun Matakin hatte keine Fragen gestellt. Er erhielt von Rhodan die Flugkoordinaten und nach und nach auch Einzelheiten über Sinn und Zweck dieses Einsatzes.

Der Planet, den sie anflogen, war der vierte von insgesamt sieben einer weißgelben Sonne. Das System lag exakt 6473,11 Lichtjahre um drei Grad nach Steuerbord des Schwarms abweichend in Richtung Schwarmschwanz. Für diese Strecke benötigte die KAPELLA insgesamt nur drei Linearetappen, dann hatte sie das Ziel erreicht.

Oberstleutnant Matakin kam mit seinem Schiff nahe der gelbweißen Sonne vom Typ A3 heraus und ging sofort in ihren Ortungsschutz. Aus diesem verhältnismäßig sicheren Standort heraus wurden die ersten Ortungen des vierten Planeten vorgenommen, der innerhalb des Schwarms die Bezeichnung Tronko Y Artefo – Hüter der Reinheit – trug.

Noch bevor die sechs ausgeschickten Robotsonden die ersten verwertbaren Ergebnisse funkten, kamen von der Ortungszentrale und aus dem Observatorium übereinstimmende Daten über den vierten Planeten.

Demidestapha-Geve hatte mit dem 5-D-Teleskop folgendes herausgefunden: Tronko Y Artefo besaß einen Äquatordurchmesser von 13.545 Kilometern, war also etwas größer als die Erde. Was die Gravitation, die Dichte und die Atmosphäre betraf, so konnte man den Planeten durchaus als erdähnlich bezeichnen. Mit 1,07 Gravos war die Schwerkraft durchaus erträglich, die Atmosphäre war atembar, die Oberflächentemperatur, mit plus 26 Grad Celsius errechnet, war wie für Menschen geschaffen.

Über das golden leuchtende Ringsystem sagte Demidestapha-Geve: »Es besteht aus vier ineinandergefügten Teilen, die jedoch nahtlos ineinanderfließen. Der äußerste, der A-Ring, erstrahlt fast weiß, während die Ringe nach innen, zum Planeten zu, sich gelblich verfärben und der D-Ring goldgelb leuchtet. Das Ringsystem verläuft genau über dem Planetenäquator, endet zweitausend Kilometer über der Oberfläche und besitzt eine Stärke von annähernd hundert Kilometern.«

Die Ortungszentrale fügte dem noch hinzu, daß das Ringsystem aus einem schwach radioaktiven Staub bestehe, dessen Radioaktivität zum Planeten hin stark zunehme, jedoch nie die für Menschen kritische Grenze überschreite. Die Hyperortung fand auch heraus, daß den Planeten drei Monde umkreisten.

Perry Rhodan rief im Observatorium an und fragte Demidestapha-Geve: »Könnte das Ringsystem durch einen Himmelskörper entstanden sein, der die Rochesche Grenze überschritt und durch die Schwerkrafteinwirkung des Planeten zerfiel?«

»Theoretisch schon, denn der Ring liegt innerhalb der Rocheschen Grenze. Doch müßte es sich um einen sehr kleinen Asteroiden gehandelt haben. Gemessen an der Masse des Ringes hätte der Asteroid bei einer Dichte von fünf Gramm pro Kubikzentimeter höchstens einen Durchmesser von fünfhundert Metern gehabt.«

Rhodan bedankte sich und unterbrach die Verbindung.

»Du glaubst, daß der Ring nicht natürlichen Ursprungs ist?« erkundigte sich Gucky.

»Ich vermute es – aber hoffentlich irre ich mich«, meinte Rhodan. »Wenn das Ringsystem nämlich künstlich erschaffen wurde, dann sicherlich nicht nur wegen seiner Schönheit. Ich fürchte, daß uns bei einer Landung von dort Gefahr drohen könnte.«

Wenig später erhielt Rhodan aus der Ortungszentrale eine Meldung, die ihn in seiner Vermutung bestärkte: »Das gesamte Ringsystem besteht aus einem einzigen Element, und nur die Stärke der Radioaktivität verursacht die Verfärbung von weiß bis zu goldgelb.«

»Um welches Element handelt es sich?« erkundigte sich Rhodan.

Die Antwort kam prompt: »Wir können es weder chemisch noch physikalisch analysieren. Auch die ersten Untersuchungen der Robotsonden verliefen diesbezüglich negativ. Es handelt sich hier ziemlich sicher um ein künstlich erzeugtes Element.«

»Also doch«, murmelte Rhodan.

»Warum läßt du denn den Kopf hängen«, wunderte sich Gucky. »So kenne ich dich gar nicht. Warten wir erst einmal die weiteren Untersuchungsergebnisse ab. Bisher liegt kein Grund zur Resignation vor.«

Arman Signo warf ein: »Irgendwo auf diesem Planeten befindet sich das Tabora – diese Tatsache allein rechtfertigt jedes Risiko.«

»Es kann überhaupt keine Rede davon sein, daß ich resigniere«, erklärte Rhodan. »Es behagt mir nur nicht, daß das Ringsystem eine Gefahr darstellen könnte, weil ich entschlossen bin, auf jeden Fall auf Tronko Y Artefo zu landen.«

Die Ortungszentrale meldete sich wieder. »Auf keinem der sechs anderen Planeten waren hyperenergetische Emissionen anzumessen, Sir. Wenn sich dort technische Stationen befinden, dann sind sie jedenfalls unbedeutend. Unter Verwendung der astronomischen Unterlagen läßt sich sagen, daß sie unbewohnt sind.«

»Und wie steht es mit Tronko Y Artefo?« wollte Rhodan wissen.

»Ebenfalls keine Tätigkeit auf hyperenergetischer Basis festzustellen. Allerdings steht fest, daß der Planet bewohnt ist. Die ersten Funkbilder der Robotsonden ...«

»Projizieren Sie die Funkbilder auf die Bildschirmgalerie der Hauptzentrale und geben Sie laufend die Meßergebnisse durch!« unterbrach Rhodan.

Auf einem der Bildschirme erschien über die ganze Breite der vierte Planet. Die Aufnahme war von der nördlichen Hemisphäre aus gemacht worden; auf dem Nordpol zeichnete sich recht deutlich die Eiskappe ab – das golden strahlende Ringsystem war nur teilweise zu sehen, weil es vom Bildschirm nicht erfaßt werden konnte.

Da die Aufnahme mit Normaloptik im sogenannten »optischen Fenster« des Spektrums der elektromagnetischen Wellen gemacht worden war, litt die Schärfe unter der Atmosphäre, Wolken verdeckten große Teile der Oberfläche.

Die nächste Aufnahme wirkte dagegen wie eine schematische Darstellung. Weder das Ringsystem noch die Atmosphäre oder die Wolken trübten das Bild. Auf einem Bildschirm wurde die eine Kugelhälfte, auf dem zweiten die andere Kugelhälfte gezeigt. Von den weiten Meeren, die sich als schwarze Fläche zeigten, hoben sich auf jeder Kugelhälfte zwei Kontinente grau ab. Es waren eigentlich zwei Doppelkontinente und ähnlich miteinander verwachsen wie Nord- und Südamerika. Sie zogen sich jeweils vom Nordpol zum Südpol und trennten die Meere in drei annähernd große Teile.

Dazu erschienen auf dem dritten Bildschirm in Computerschrift Erläuterungen über die Atmosphäre und die Bodenbeschaffenheit, die bereits durch die Fernortung bekannt waren. Lediglich die Hinweise, daß sich auf Tronko Y Artefo die Entwicklung von Flora und Fauna ähnlich wie auf der Erde abgespielt hatte, waren neu.

Nacheinander wurden Teile der Kontinente in Vergrößerung gezeigt. Darauf waren deutlich die Spuren einer Zivilisation zu erkennen: geradlinige Straßen, die größere und kleinere Ansiedlungen miteinander verbanden. Dazu erklärte eine mechanische Stimme, die die Funksignale der Robotsonden in Interkosmo übersetzte:

»Die Höhe der Gebäude, ihre Dichte und ihre Form läßt von den Bewohnern folgendes Bild entstehen: Sie sind nicht kleiner als zwei Meter; sie gehen aufrecht, auf zwei Beinen. Sie haben gerade, schlanke Körper, sind feingliedrig. Neben diesen Lebewesen unbestimmten Aussehens, muß es noch andere geben. Drei andere Arten dürften noch über den ganzen Planeten verteilt sein, es sind jedoch Minderheiten. Minderheitenvolk 1: bis zu vier Meter groß, breit, gehen ebenfalls auf zwei Beinen, dreißig bis vierzig Zentner schwer. Minderheitenvolk 2: Schneckenwesen, möglicherweise den Karties ähnlich, ziemlich sicher ohne gewachsene Glieder, möglicherweise mit Pseudopodien. Minderheitenvolk 3: niedrige Gestalt, flachgedrückter Körper, viele Glieder, Typ Tausendfüßler.«

»Kaum anzunehmen, daß all diese Wesen von Tronko Y Artefo stammen«, kommentierte Fellmer Lloyd. »Wenn sie aber von anderen Welten gekommen sind, dann muß es auf dieser Welt die Raumfahrt geben. Wo sind die Raumhäfen, wo die Raumschiffe? Warum empfangen wir keine Hyperimpulse?«

Rhodan nickte. »Die Sonden fangen eine Menge Funksprüche auf, aber alle in Normalfrequenz. Manche sind in einer fremden Sprache abgefaßt, andere wieder – die Mehrzahl – modifizierten in Interkarties. Das beweist ebenfalls, daß die Artefoker Kontakt zu den übrigen Schwarmwelten haben müssen.«

»Selbstverständlich haben sie Kontakt zu den Schwarmgötzen«, erklärte Arman Signo bestimmt. »Die Karduuhls müssen sogar einen Stützpunkt hier haben, denn sonst hätten sie wohl das Tabora nicht hergebracht.«

»Das hört sich logisch an«, sagte Rhodan. »Aber wieso können wir keinen solchen Stützpunkt orten? Die Sonden befinden sich in nächster Nähe des Planeten, können aber keine noch so schwache hyperenergetische Tätigkeit feststellen. Auf Tronko Y Artefo herrscht absolute Fünf-D-Stille.«

»Dafür gibt es eine plausible Erklärung«, entgegnete der Cyno. »Der Schwarm ist keineswegs eine so homogene Einheit, wie es scheint. Die Götzen kontrollieren die Schwarmbewohner zwar, aber sie haben sie nicht immer fest in der Hand. Außerdem sind sie klug genug, um eine Bedrohung von außen nicht gänzlich aus dem Bereich des Möglichen auszuschließen.«

»Worauf wollen Sie hinaus?« fragte Rhodan.

Der Cyno lächelte. »Nicht der aufwendigste Safe ist auch der sicherste. Vielleicht haben die Götzen absichtlich auf eine 5-D-Sicherung verzichtet, um erstens die Aufmerksamkeit nicht auf dieses Versteck zu lenken und zweitens ein unauffälligeres und vielleicht deshalb gerade wirkungsvolleres Sicherheitssystem zu entwickeln. Ich bleibe dabei, daß es auf Tronko A Artefo einen Stützpunkt der Götzen gibt.«

»Es gibt dort keine Götzen!« rief Gucky fast ärgerlich. Er wandte sich an Fellmer Lloyd. »Habe ich recht?«

»Ich möchte sagen, ja«, meinte der Telepath und Orter vorsichtig. »Es ist mir jedenfalls auch bei größtmöglicher Konzentration nicht möglich, die für die Götzen typischen Gehirnimpulse zu empfangen.«

»Gucky dem Großen ist das ebenfalls nicht möglich«, sagte der Mausbiber herausfordernd. »Wie erklären Sie sich das, Signo?«

»Vielleicht durch die Existenz des Ringsystems«, meinte der Cyno. Er blickte Rhodan an. »Sie haben sich gefragt, wozu der goldene Ring um den Planeten erschaffen wurde. Es ist immerhin denkbar, daß er die Götzen abschirmen soll.«

»Das wird sich bald herausstellen«, sagte Rhodan. »Jetzt darüber zu theoretisieren, bringt uns nicht weiter. Wir werden uns an Ort und Stelle ein Bild von der Situation machen. Eine Space-Jet mit entsprechender Ausrüstung steht bereit. Es hat keinen Sinn, noch länger zu warten. Oder haben Sie noch irgendwelche Bedenken vorzubringen, Signo?«

»Grundsätzliche Bedenken habe ich nicht«, antwortete der Cyno. »Ich sagte schon, daß sich jedes Risiko lohnt, das Tabora zu suchen. Nur – ich werde Sie bei diesem Einsatz nicht begleiten können, die Götzen würden mich aufgrund meiner Ausstrahlung sofort entlarven.«

Rhodan starrte ihn entgeistert an. »Sie können uns jetzt nicht im Stich lassen, Signo. Wie sollen wir das Tabora finden, da wir nicht einmal sein Aussehen kennen!«

»Wem es freundlich gesinnt ist, dem zeigt sich das Tabora von selbst«, sagte Arman Signo. »Ich würde mich gerne persönlich an der Suche beteiligen, doch ist mir das aus dem schon erwähnten Grund nicht möglich. Ich würde Sie alle in Gefahr bringen.«

»Gucky und Fellmer haben einstimmig erklärt, daß es auf Tronko Y Artefo keine Götzen gibt, die sie an Ihrer Ausstrahlung als Cyno identifizieren könnten«, sagte Rhodan fast beschwörend.

»Das ist noch kein Beweis für mich«, entgegnete Arman Signo. »Ich setze meinen Fuß nicht auf Tronko Y Artefo – das ist mein letztes Wort.«

Rhodan wollte noch etwas sagen, überlegte es sich dann aber anders. Er sah ein, daß er den Cyno nicht umstimmen konnte. Er fragte sich im stillen, ob er wirklich nur aus Angst vor einer Entdeckung durch die Götzen zurückblieb.

3.

Denke nicht an morgen, vergiß das Gestern – dann bist du rein!

Bin ich soweit? fragte sich Wayar. Er konnte es nicht sagen. Aber der *Tag DAH* würde es zeigen, er war nicht mehr fern …

Wayar versuchte sich auf die unmittelbaren Geschehnisse zu konzentrieren, aber seine Gedanken kreisten ständig um den einen Punkt: War die Reinheit in ihm?

Beim letzten *Tag DAH* vor einem Jahr hatte er geglaubt, wahnsinnig werden zu müssen. Die stählernen Wächter hatten ihn nicht für würdig befunden und ihm den Zutritt zum Tempel verweigert.

Er fragte sich in diesem Zusammenhang, warum vor zwei Jahren Logyon in den Tempel eingelassen worden war, obwohl er ganz sicher nicht rein, sondern ein *Vielebenendenker* gewesen war.

Auf Tronko Y Artefo herrschten seltsame Gesetze, und man sollte sich nicht erst bemühen, sie verstehen zu wollen. Es war besser, sich keine Gedanken zu machen und nur auf das eine Ziel loszugehen – nämlich die ewige Reinheit zu erlangen. Tat man das nicht, dann konnte man schon leicht vor dem »Tag der aufgehobenen Hemmungen« wahnsinnig werden.

Wayar erstarrte und schaltete seinen Denkprozeß ab. Es – das Nichtdenken – verlieh ihm ein unbeschreibliches Wonnegefühl. *Jetzt war er rein!*

Als er sich wieder entspannte, fühlte er sich wohler. Jetzt konnte er sich wieder auf die gegenwärtigen Probleme konzentrieren.

Er wandte sich vom Fenster ab und blickte in den Spiegel. Das sah er, das war er: ein Artefoker von 35 Jahren, einen Meter und neunundneunzig Zentimeter groß, also sehr klein. Das Auge, das über das ganze Gesicht reichte, blickte ihn in klarem Grün aus dem Spiegel an. Die Riech- und Hörorgane über dem oberen, elastischen, faltenlosen Lid vibrierten leicht; die Reihe der fünf Sprechorgane unter dem unteren Lid formten sich zu Os (was bei den Artefokern nicht Erstaunen, sondern Zufriedenheit ausdrückte).

Wayar hob die beiden Arme vor sein Augengesicht und ließ die feingliedrigen Finger schnelle Bewegungen ausführen. Sie bewegten sich so schnell, daß ihre Konturen verschwammen – die Hände sahen aus wie die Schwingen von Vögeln. Wayar war zufrieden, die Reaktion seiner Finger war ausgezeichnet.

Er ging wieder zum Fenster und beobachtete die Straße. Der Verkehr hatte zugenommen. Die Elektrobile schleppten sich in einer endlosen Kolonne dahin, kamen zum Stillstand, blockierten die Kreuzungen und hinderten die Abbieger daran, in die Garagen der Büro- und Geschäftshäuser einzufahren. Wenn das noch lange so weiterging, würde Artefont bald im Verkehr ersticken.

Die Unternehmer und Finanziers hatten schon tausendmal bei der Regierung gegen die Verkehrsmisere protestiert und verlangt, daß etwas gegen diesen untragbaren Zustand unternommen würde. Die Regierung hatte auch Abhilfe versprochen, war aber nach Wayars Ansicht unfähig, eine Lösung zu finden.

Ja, wenn die Artefoker die Geschicke ihrer Welt selbst in die Hände nehmen könnten, dann würde alles anders werden. Tronko Y Artefo würde zu einer geordneten Welt mit einer aufstrebenden Zivilisation werden.

Im Augenblick machte es Wayar nichts aus, daß es überall drunter und drüber ging. Sollten die Unternehmer und Finanziers zugrunde gehen. Was störte es einen Artefoker, daß die Geschäfte rapide zurückgingen, weil die Kunden lieber zu Hause blieben, als sich stundenlang vom Verkehr mittreiben zu lassen, bevor sie an ihr Ziel kamen. Es war schon passiert, daß Artefoker zwei und mehr Tage hindurch mit ihren Elektrobilen in den Verkehr eingekeilt waren, bevor sie eine Garage gefunden hatten, in der es noch Parkmöglichkeiten gab.

Manche der Stadtbewohner machten aus der Not eine Tugend. Sie aßen und schliefen in ihren Elektrobilen und sparten dabei Energie, indem sie ihre Motoren abstellten, den Freilauf einlegten und sich von den nachfolgenden Fahrzeugen weiterschieben ließen.

Das waren alles Dinge, die es nicht mehr geben würde, wenn erst die Artefoker die Macht übernahmen. Es war ein untragbarer Zustand, daß die Minderheitenvölker den Planeten der Reinheit regierten.

Wozu brauchten die Artefoker die Regierung der Groß-Autoritärs? Es wäre nicht nötig, daß die Kriech-Autoritärs das Ökonomie-System leiteten! Und die Artefoker konnten auch ebensogut wie die Füßler-Autoritärs das Finanzwesen in die Hand nehmen!

Tronko Y Artefo den Artefokern!

Vielleicht würde das bald Wirklichkeit werden. Die drei Minderheitenvölker stützten ihre Macht nur auf das Tabora. Wenn es den Artefokern gelang, ihnen das Tabora abzujagen, dann würden sie mit leeren Händen dastehen.

Die drei Minderheitenvölker wußten das und wachten entsprechend über das Tabora. Es war nicht bekannt, wo sie das Schlüsselwesen versteckt hielten. Es kursierten zwar unzählige Gerüchte, aber all die Tausende von Abenteurern und Revolutionären, die ihnen nachgegangen waren, hatten versagt.

Wayar formte das mittlere seiner fünf Sprechorgane zu einem »O«, was einem Schmunzeln entsprach.

Seine Gruppe war erfolgreicher gewesen, als all die Sucher vor ihnen. Sie hatten die Spur des Tabora gefunden!

Wayar beobachtete die Bank auf der gegenüberliegenden Straßenseite. Da kam das luxuriöse Elektrobil aus der Garage der Bank gefahren. Am Steuer saß Xoon, der Groß-Autoritär, den er schon seit Tagen von seinen Leuten beschatten ließ. Und im Fond des Wagens lag ein schwerer Tresor. Es war ein Kasten so groß und schwer, daß nur ein überdurchschnittlich starker Groß-Autoritär ihn tragen konnte – gut doppelt so schwer wie ein Artefoker.

Wayar zog jetzt alle fünf Sprechorgane o-förmig zusammen.

Xoon würde ihnen diesmal nicht entkommen, und mit ihm würde ihnen auch das Tabora in die Hände fallen. Wayar war überzeugt, daß sich das Schlüsselwesen in dem Safe befand. Die lange Vorbereitungsarbeit, die mühsamen Recherchen würden bald ihre Früchte tragen.

Wayar griff nach dem Funksprechgerät und sprach hinein: »Anxa, dein Artgenosse hat eben mit dem Tabora die Bank verlassen!«

»Verstanden!« kam die Antwort.

Aus einer anderen Garage kam ein Elektrobil heraus, an dessen Steuer ebenfalls ein Groß-Autoritär saß, und folgte dem Wagen, der aus der Bank gekommen war.

Wayar winkte den beiden Artefokern zum Abschied spöttisch zu und verließ das Zimmer. Ihm war keine andere Wahl geblieben, als die Inhaber dieser Wohnung niederzuschlagen und zu fesseln, weil sie sich geweigert hatten, ihn hier einen Beobachtungsposten beziehen zu lassen. Irgendwann würde schon jemand kommen, der sie befreite …

Wayar begab sich in die unter dem Straßenniveau angelegte Fußgängerzone. Da ihm Anxa ständig die Position der Fahrzeuge über Sprechfunk durchgab und der starke Verkehr ihnen ein rasches Vorwärtskommen unmöglich machte, konnte ihnen Wayar durch die Fußgängertunnels mühelos folgen.

In den Randbezirken angekommen, bestieg Wayar ein Elektrobil, das er von seinen Leuten über Funk angefordert hatte, und folgte Yonns Wagen. Als Anxa merkte, daß er von seinem Anführer abgelöst worden war, setzte er selbst die Verfolgung nicht mehr fort und bog in eine Seitenstraße ab.

Wayars Gruppe gehörten je ein Groß-, ein Kriech- und ein Füßler-Autoritär und zwanzig Artefoker an – einschließlich ihm waren es vierundzwanzig Mann. Sie galten als »gemischte Gruppe«, weil sich von jedem der vier auf Tronko Y Artefo lebenden Völker zumindest ein Mitglied darin befand. Die Gruppenbildung war legal, ja, es gehörte ganz einfach zu den ungeschriebenen Gesetzen, daß man sich zu Gruppen zusammenschloß.

Ursprünglich war diese Sitte eingeführt worden, um sich in der Gemeinschaft der Reinigung zu unterziehen und sich auf den *Tag DAH* vorzubereiten. Aber nach und nach fand man sich auch zusammen, um nebenbei anderen Interessen nachzugehen. Dazu gehörten auch die patriotischen Artefoker, die nur Gruppen bildeten, um zusammen nach dem Tabora zu jagen.

Es gab auf ganz Tronko Y Artefo wahrscheinlich einige hunderttausend solcher Tabora-Gemeinschaften. Aber die »gemischten Gruppen«, die sich dieses Ziel gesetzt hatten, konnte man an den fünf Fingern einer Hand abzählen. Das war auch verständlich, denn es gab nur wenige Autoritärs aus den drei Minderheitenvölkern, die von ihren Artgenossen verstoßen worden waren und sich auf diese Art und Weise rächen wollten.

Wayar blieb mit seinen Leuten in Sprechfunkverbindung, während er Xoon in seinem Elektrobil nachfuhr. Einmal schien es so, als würde der Groß-Autoritär die Schnellstraße nach Ae Tefeolunga, der Stadt, die sich Zentrum der Reinheit nannte, nehmen. Aber dann bog er im letzten Augenblick ab und fuhr auf eine der veralteten und kaum benutzten Landstraßen.

So ging es einige Stunden dahin. Es wurde Nacht. Wayars Leute fragten in immer kürzeren Abständen an, ob sie ihm nicht zu Hilfe kommen sollten, um Xoon einfach zu stoppen und ihm den Safe mit dem Tabora mit Gewalt abzunehmen. Aber davon wollte Wayar nichts wissen.

Gerade als er wieder über Sprechfunk eine Auseinandersetzung mit seinen Leuten hatte, verlor er Xoons Wagen aus den Augen. Die Straße verlief schnurgerade, links und rechts davon lag ein dichter Wald. Wayar konnte nur vermuten, daß Xoon in einen der Seitenwege abgebogen war. Aber obwohl es sich einfach nicht anders verhalten konnte, kamen Wayar doch Zweifel.

Was sollte Xoon dazu veranlassen, in den Wald abzubiegen. Vielleicht wollte er hier irgendwo den Safe mit dem Tabora verstecken?

Trotz seines Mißtrauens blieb Wayar keine andere Wahl, als beim nächsten Waldpfad abzubiegen. Er hatte die Scheinwerfer abgeschaltet und ließ den Wagen langsam über den holprigen Weg rollen. Er streifte einige Büsche und stieß einmal beinahe gegen einen Baum.

Plötzlich blitzte zwischen den Bäumen ein Lichtschein auf.

Als er näherkam, entdeckte er auf einer Lichtung ein seltsames Gebilde aus Metall. Es sah aus wie zwei übereinandergelegte Radkappen, durchmaß dreißig Meter, war achtzehn Meter hoch und stand auf vier Teleskopbeinen.

Obenauf befand sich eine durchsichtige Kuppel, in der ein grelles Licht brannte. Im nächsten Moment wurde es ausgeschaltet.

Wayar hatte ein ähnliches Gebilde noch nie gesehen. Bevor er sich noch weitere Gedanken über seine Herkunft machen konnte, erschien auf der Motorhaube seines Elektrobils plötzlich ein pelziges Wesen, das aus dem Nichts gekommen zu sein schien. Es richtete ein Ding auf ihn, das wie eine Pistole aussah und sagte: »Das hast du davon, weil du zu neugierig bist, Wayar!«

Dieses Wesen sprach Interkarties! Und es kannte ihn!

Wayar spürte noch, wie ihn irgend etwas Unsichtbares traf und seinen Körper lähmte.

Nachdem Gucky mit dem Artefoker in eine der Kabinen auf Deck 3 teleportiert war, materialisierte er in der Steuerkanzel unter der Panzerplastkuppel. Er ließ sich erschöpft in einen Kontursessel fallen.

»Jetzt haben wir von jedem der vier auf diesem Planeten lebenden Völker einen Vertreter gekidnappt«, sagte er mit müder Stimme. »Nun könnt ihr mich für eine Weile vergessen.«

»Simulierst du nicht zu auffällig?« meinte Rhodan. »Du brauchtest nur zweimal über größere Strecken hinweg zu teleportieren, die beiden anderen liefen dir geradewegs in die Arme.«

»Wahrlich, Perry, ich schneide nicht auf«, versicherte Gucky, »wenn ich sage, daß ich erschöpft bin. Eine Teleporter-Rallye könnte mich nicht ärger hernehmen.«

Rhodan blieb skeptisch.

»Na, dann erhole dich erst einmal von der Schwerarbeit.« Er ging zu der Interkom-Schaltstelle, wo auf vier Bildschirmen das Innere der Kabinen zu sehen war, in denen die Gefangenen untergebracht worden waren. »Übernehmen Sie die telepathische Überwachung unserer Schützlinge, Fellmer«, sagte er zu dem Orter-Mutanten, »wenn sich einer von ihnen rührt, melden Sie es mir sofort.«

»Ja«, sagte Fellmer Lloyd. Dann fügte er hinzu: »Ich glaube, daß Gucky recht hat. Mir ergeht es ähnlich wie ihm. Jedesmal wenn ich meine parapsychischen Fähigkeiten einsetze, kostet mich das ungeheure Kraft. Als sich der Koloß in seinem Fahrzeug der Space-Jet näherte, spürte ich seine Gedanken nur schwach. Ich hatte überhaupt Mühe, den Kontakt zu ihm nicht zu verlieren. Es war, als müßte ich mich durch eine Nebelwand zu ihm durchkämpfen.«

»Sie meinen, Tronko Y Artefo sei kein guter Platz für Mutanten?« fragte Rhodan mit leichtem Spott.

»Genau«, rief Gucky. »Hier muß es irgendeine Strahlung oder so etwas geben, die parapsychische Impulse absorbiert – eine Art psionischen Strom, gegen den wir nur mühsam anschwimmen können.«

»Die Mutanten sind also müde«, konstatierte Rhodan, und seine Stimme klang nun besorgt.

»Soll ich den Deflektorschirm wieder einschalten?« erkundigte sich Lord Zwiebus, der abwartend am Kommandopult stand. »Da wir uns nicht mehr darauf verlassen können, daß uns die Telepathen einen Einheimischen rechtzeitig melden, der sich hierher verirrt, wäre es besser, wir blieben einstweilen unsichtbar.«

»Deflektorschirm einschalten!« ordnete Rhodan an. »Aber wir dürfen auch die Gefahr einer Fünf-D-Ortung nicht unterschätzen.«

»Wo bist du nur mit deinen Gedanken, Perry?« rief Gucky, der schon wieder recht munter war. »Wir haben auf dem ganzen Planeten keine Fünf-D-Impulse geortet. Selbst wenn es Hyperortungsgeräte geben sollte, dann stehen sie still. Der Deflektorschirm kann uns nicht verraten.«

»Natürlich, Kleiner. Sehen wir uns jetzt einmal die Gefangenen an.«

Icho Tolot kam zu Rhodan, der immer noch an der Interkomanlage stand. Der Haluter wies mit dem Handlungsarm auf den Bildschirm, der Kabine eins zeigte. Er sagte: »Wenn wir uns verkleiden, um mit den Planetenbewohnern Kontakt aufzunehmen, dann könnte ich ohne große Schwierigkeiten das Aussehen dieses Wesens annehmen.«

Rhodan nickte zustimmend. Kabine 1 beherbergte den Groß-Autoritär, den Wayar in seinem Elektrobil verfolgt hatte. Er lag in seiner vollen Größe von 3,60 Metern ausgestreckt auf dem Boden. Die beiden faustgroßen Augen in seinem halbkugeligen Kopf waren geschlossen, dafür stand der breite Mund halb offen, und vier Reihen scharfer Zähne waren zu sehen. Die beiden Arme mit den vier Fingern und den beiden Daumen standen etwas von dem tonnenförmigen Körper ab, die Hände waren zu Fäusten geballt. Die großen Füße an den stämmigen Beinen waren etwas nach innen geneigt.

»Falls wir uns unter die Bevölkerung dieses Planeten mischen müssen, dann bekommen Sie das Aussehen dieses Wesens, Tolotos«, bestimmte Rhodan.

In der angrenzenden Kabine lag ein Angehöriger des Minderheitenvolkes Nummer drei. Es sah aus wie ein Mittelding zwischen Schildkröte und Schnecke. Nur besaß es keinen Panzer, sondern einen Höcker aus Fleisch und einer knorpeligen Masse, die den eigentlichen Körper darstellte. Der Kopf mit den Sinnesorganen saß vorne und konnte offensichtlich in den Körper eingezogen werden. Jetzt war er aber nach unten gebogen und zwischen den gut zwei Dutzend langen, dünnen Beinen eingebettet. Stehend mochte dieses Wesen etwas mehr als 1,40 Meter groß sein.

»Was die Größe betrifft, wäre Gucky prädestiniert, in die Maske dieses Wesens zu schlüpfen, aber ...«, begann Rhodan.

Gucky warf ein: »Das könnt ihr mir nicht antun! Wollt ihr, daß ich während unseres ganzen Aufenthaltes auf sechsundzwanzig Stelzen gehen muß? Jawohl, so viele Beine hat dieses Geschöpf, ich habe sie gezählt.«

»Aber«, fuhr Rhodan ungerührt fort, »wir haben nicht die Zeit, eine solch komplizierte Maske wirklichkeitsgetreu anzufertigen.«

In der dritten Kabine war ein Vertreter des zweiten Minderheitenvolkes untergebracht. Wie es schon die Computeranalyse vorausgesagt hatte, erinnerte dieses Wesen sehr an eine Schnecke ohne Gehäuse und hatte etwas von einem Gelben Eroberer an sich. Seine Grundgestalt war die eines dicken, fast zwei Meter langen Wurms, dessen hinteres Ende nach hinten gebogen war und wahrscheinlich das Gewicht des Körpers zu tragen hatte. Aber aus dem Körper ragten an willkürlichen Stellen Arme und Beine verschiedener Länge und Form heraus. Das waren die von der Computeranalyse erwähnten Pseudopodien, die bedarfsweise an jeder Stelle des Körpers gebildet werden konnten.

In der vierten und letzten Kabine schließlich lag der Artefoker. Er hatte von allen vier Spezies das humanoidste Aussehen.

Rhodan deutete auf den abgebildeten Artefoker. »Das wird unser Vorbild sein. Fellmer und ich werden mit einiger Mühe sein Aussehen annehmen können. Icho Tolot ist ebenfalls versorgt. Aber was machen wir mit Lord Zwiebus und Gucky?«

»Die Schnecke in Kabine drei kommt zu Bewußtsein!« rief Gucky.

»Stimmt«, bestätigte auch Fellmer Lloyd. »Ich empfange ganz schwach die Gedankenimpulse.«

Ich bin rein, dachte Varfa, als er zu sich kam. Sein zweiter Gedanke war: *Wo bin ich?*

Varfa war, wie alle aus seinem Volk, schon immer rein gewesen – aber wo befand er sich in diesem Augenblick?

»Du brauchst keine Angst zu haben, Varfa«, sagte eine Stimme zu ihm, die aus der Wand zu kommen schien. Er blickte in diese Richtung, sah einen Bildschirm und ein Gitterwerk eines Lautsprecherschutzes.

»Du hast nichts zu befürchten, Varfa«, sagte wieder die Stimme, die Interkarties mit einer seltsamen Betonung sprach. »Wir wollen dir nur einige Fragen stellen.«

Fragen? Wer wollte was von ihm wissen? Hatten sie ihn vielleicht schon wieder in eine Klinik eingeliefert? Er hatte viele Feinde in seinem Volk, das wußte er. Sie hatten schon oft versucht, ihm sein Geschäft wegzunehmen. Er war ein Krüppel, er hatte sein Nervensystem nicht unter Kontrolle. Er konnte seine Glieder nicht beliebig aus seinem Körper wachsen lassen und wieder einziehen wie seine Artgenossen. Er war sein Leben lang dazu verurteilt, sich mit den Armen und Beinen zu behelfen, die er vor seinem Schlaganfall gerade gebildet hatte.

Dadurch war er benachteiligt. Er konnte nicht alle Arbeiten verrichten, die im Aufgabenbereich eines Kaufmanns lagen. Die Hände, die er besaß, waren nur für derbe Arbeit geeignet, er konnte mit ihnen nicht schreiben, seine Bücher nicht führen und war deshalb gezwungen, sich einen geschickten Artefoker als Gehilfen zu halten.

Aber das war noch lange kein Grund, ihn in eine Klinik abzuschieben!

»Du brauchst nicht zu befürchten, in eine Heilanstalt eingeliefert zu werden, Varfa«, sagte wieder die Lautsprecherstimme, als könnte der Sprecher seine Gedanken lesen. »Wir werden dir nur einige Fragen stellen, dann wirst du dieses Erlebnis vergessen und dich in deinem Geschäft wiederfinden.«

»Welche Fragen?« wollte Varfa wissen.

Plötzlich überkam ihn mit schrecklicher Gewißheit die Erkenntnis, wem er in die Hände gefallen war: den Revolutionären. Sie wollten wissen, wo er das Tabora versteckt hatte!

»Niemals!« schrie er und entschloß sich im selben Augenblick, sich lieber selbst zu töten, als sein Wissen preiszugeben. *Das Tabora durfte den Revolutionären nicht in die Hände fallen!* Varfas Arme zuckten gleichzeitig hoch, die Finger tasteten sich über seinen Rücken und suchten den Druckpunkt seines Gehirns. Seine Finger drückten gegen die weiche Stelle, die einzige empfindliche Stelle an seinem Körper. Die Finger drangen immer tiefer ein … Er wartete auf den Schlag, der seine Lebensfunktion ein für allemal auslöschen würde.

Aber da war plötzlich eine unsichtbare Kraft, gegen die er ankämpfen mußte. Irgend etwas, das nicht zu sehen war, versuchte, dem Druck seiner Finger zu widerstehen. Der Kampf mit der unsichtbaren Macht dauerte lange, doch schließlich behielt Varfa die Oberhand.

»Tut mir leid«, sagte Gucky keuchend. »Ich konnte Varfas Selbstmord nicht verhindern. Ich versuchte mit aller Kraft dem Druck seiner Finger auf sein Gehirn telekinetisch entgegenzuwirken, aber …«

»Niemand macht dir Vorwürfe, Gucky«, tröstete Rhodan den Mausbiber.

Gucky hörte ihn nicht. Er schüttelte den Kopf, als könne er das Vorgefallene nicht begreifen.

»Meine parapsychischen Fähigkeiten wurden immer schwächer«, murmelte er fassungslos. »Zuerst wurden seine Gedanken leiser, dann konnte ich sie überhaupt nicht mehr empfangen. Ich versuchte mich auf seine Hände zu konzentrieren, aber das telekinetische Feld konnte Ihnen keinen Widerstand bieten …«

»Du konntest seine Gedanken nicht mehr lesen, weil er bereits tot war«, behauptete Rhodan.

»So war es nicht«, widersprach Gucky. »Ich habe meine parapsychischen Fähigkeiten verloren, Perry … Aber vorher habe ich noch eine interessante Tatsache erfahren. Varfa wußte, wo das Tabora versteckt gehalten wird.«

Rhodan hob beschwichtigend die Arme.

»Nun mal langsam der Reihe nach. Was deine parapsychischen Fähigkeiten anbelangt, so glaube ich, daß du einfach erschöpft bist, Gucky.«

»Da bin ich anderer Meinung«, ließ sich Icho Tolot mit seiner dröhnenden Stimme vernehmen. »Als Fellmer Lloyd und Gucky über Ermüdungserscheinungen klagten, wollte ich versuchsweise meine Körperstruktur verändern. Zuerst war es mir unter größter Anstrengung möglich, doch jetzt bin ich dazu nicht mehr in der Lage.«

Seinen Worten folgte eine unnatürliche Stille. In das Schweigen hinein sagte Rhodan mit gedämpfter Stimme: »Es scheint, als besitze diese Welt tatsächlich eine Ausstrahlung, die sämtliche parapsychische und auch andere komplexe Fähigkeiten lahmlegt. Fellmer, was ist mit Ihnen?«

Der Telepath und Orter schüttelte den Kopf. »Als nach Varfas Selbstmord der Vielfüßler in Kabine zwei zu sich kam, versuchte ich sofort, seine Gedanken zu lesen. Aber mir erging es ebenso wie den anderen. Es ist so, als hätte ich die Gabe der Telepathie nie besessen. Meine Fähigkeiten wurden immer schwächer, jetzt sind sie endgültig erloschen.«

»Wir sind in eine Falle gegangen«, stellte Icho Tolot nüchtern fest. »Wahrscheinlich haben die Götzen unsere Space Jet geortet, mit ihren eigenen Fähigkeiten geespert, daß sich Mutanten an Bord befinden, und augenblicklich reagiert.«

»Wenn dies zutrifft, dann werden die Götzen nicht lange auf sich warten lassen«, sagte Lord Zwiebus und schwang seine Keule. »Sollen sie nur kommen!«

Rhodan schüttelte ungläubig den Kopf. »Es muß sich anders verhalten. Ich erinnere daran, daß wir auch während des Anflugs nirgends auf dieser Welt fünfdimensionale Energiequellen anmessen konnten. Das bedeutet, daß es auf Tronko Y Artefo keine Hyperortung gibt, oder daß man sie zunächst nicht einsetzt. Mit konventionellen Ortungsanlagen können die Götzen uns jedoch nicht aufgespürt haben. Ich bin immer noch davon überzeugt, daß unsere Landung nicht entdeckt wurde. Das würde dann aber auch bedeuten, daß das Erlöschen der parapsychischen Fähigkeiten keine gezielte Attacke, sondern eher eine sekundäre Erscheinung ist.«

»Das Ringsystem!« rief Icho Tolot mit donnernder Stimme. »Es wäre immerhin denkbar, daß das unbekannte Element, aus dem der golden leuchtende Ring besteht, eine uns verborgene Strahlung ausschickt, die auf jede Art von parapsychischer Tätigkeit hemmend wirkt.«

»Das muß es sein!« stimmte Rhodan zu. »Damit würde sich auch der seltsame Name des Planeten erklären. Tronko Y Artefo heißt bekanntlich Hüter der Reinheit – damit könnte gemeint sein, daß es auf dieser Welt keinerlei parapsychische Aktivitäten gibt. Aus welchem Grund auch immer!«

Lord Zwiebus warf ein: »Das klingt logisch. Andererseits leuchtet mir nicht ein, warum die Götzen diesen Planeten mit einer Hemmstrahlung überfluten sollten, die auch ihre eigene parapsychischen Fähigkeiten lahmlegt.«

»Mit dieser Frage können wir uns später noch beschäftigen«, erwiderte Rhodan. »Im Augenblick erscheint es mir wichtiger, daß wir durch den Ausfall der Mutanten nicht benachteiligt werden.«

»Ein schwacher Trost«, meinte Gucky.

Rhodan wandte sich dem Mausbiber zu. »Sagtest du nicht, daß du von Varfa vor seinem Tode noch eine Information über das Tabora erhieltest?«

»Varfa muß mehr über dieses Wesen gewußt haben«, bestätigte Gucky. »Er versuchte krampfhaft, nicht daran zu denken. Und schließlich beging er nur Selbstmord, um uns sein Wissen über das Tabora nicht verraten zu müssen. Seltsam daran war nur, daß ich ihn darüber überhaupt nicht auszufragen versuchte. Er kam von selbst auf den Gedanken, daß wir das Tabora von ihm wollten.«

»Das ist allerdings seltsam«, stimmte Rhodan zu. »Aber immerhin – wir haben eine erste Spur. Wir können mit unseren Nachforschungen dort beginnen, von wo du Varfa geholt hast. Vorher müssen wir uns von den anderen Gefangenen weitere Informationen über die Lebensgewohnheiten der Planetenbewohner besorgen. Es ist schade, daß wir sie nicht mehr telepathisch verhören können. Aber wir werden uns auch durch Hypnose das benötigte Wissen verschaffen können. Nehmen wir uns gleich den Vielfüßler in Kabine zwei vor.«

Loysh hatte nur im ersten Augenblick Panik empfunden, als die beiden Artefokerähnlichen in sein Gefängnis gekommen waren. Aber sie gaben ihm irgendein Mittel, das ihm die Angst nahm. Jetzt empfand er beinahe Zuneigung für sie, und es drängte ihn, mit ihnen zu sprechen und alle ihre Fragen zu beantworten.

»Ich heiße Loysh«, antwortete er auf die erste Frage und beantwortete auch die folgenden bereitwillig: »Mein Volk stammt nicht von dieser Welt. Wir wurden nur hierher abgestellt, um das Finanzwesen der Artefoker zu leiten. Obwohl sie selbst nicht in der Lage sind, ihren Planeten selbst zu verwalten, lehnen sie sich gegen die Bevormundung auf. Sie nennen uns Füßler-Autoritärs. Das Volk, das die Regierung stellt, nennen sie Groß-Autoritärs. Und zu dem Volk, das die Händler-Kaste stellt, sagen sie Kriech-Autoritärs.«

»Wie lange verwaltet ihr schon diesen Planeten?« fragte Rhodan.

»So lange wir zurückdenken können«, antwortete Loysh. »Wir wissen nur, daß wir irgendwann in ferner Vergangenheit nach Tronko Y Artefo abgestellt wurden, um das Finanzwesen der Artefoker zu leiten.«

»Aber die Artefoker haben sich damit noch nicht abgefunden?« fragte Fellmer Lloyd. »Sie lehnen sich gegen das herrschende System auf?«

»Jawohl«, antwortete der Füßler-Autoritär. »Sie hüten sich natürlich vor einer offenen Rebellion, weil sie befürchten, daß ihnen dann die ewige Reinheit versagt bleibt. Deshalb kämpfen sie nicht offen gegen uns an, sondern versuchen, uns das Tabora abzujagen und so an die Macht zu kommen.«

Rhodan und Lloyd wechselten einen schnellen Blick.

»Loysh, willst du damit sagen, daß du weißt, wo das Tabora versteckt wird?« fragte Rhodan schließlich erwartungsvoll.

»Ich gehöre zu den Eingeweihten«, antwortete Loysh.

»Bist du in der Lage, uns zu diesem Versteck zu führen?«

»Jawohl.«

Rhodan und Lloyd verließen die Kabine und kehrten in die Zentralekuppel zurück. Die anderen hatten das Verhör über Interkom mitgehört.

»Nun haben wir erst zwei Bewohner dieses Planeten verhört, und beide behaupten, das Versteck des Tabora zu kennen«, meinte Rhodan. »Da stimmt doch irgend etwas nicht.«

»Vielleicht ist das Tabora teilbar und wird an zwei verschiedenen Orten verborgen«, vermutete Lord Zwiebus.

Rhodan schüttelte den Kopf. »Selbst wenn es so wäre, ist es ziemlich unwahrscheinlich, daß wir unter Millionen von Planetenbewohnern auf Anhieb die beiden Geheimnisträger herausfinden.«

»Es wäre zu schön, um wahr zu sein«, meinte auch Lloyd. »Andererseits steht fest, daß Varfa und Loysh nicht gelogen haben. Von Varfa kennen wir die geheimsten Gedanken und Loysh sagte unter Hypnose aus. Beide mußten davon überzeugt sein, das Versteck des Tabora zu kennen. Ich sehe noch nicht klar, glaube aber, daß in beiden Aussagen ein Körnchen Wahrheit steckt.«

»Uns wird nichts anderes übrigbleiben, als beide Spuren zu verfolgen«, sagte Rhodan. »Aber bevor wir näher darauf eingehen, nehmen wir uns noch die beiden anderen Gefangenen vor.«

Xoon dachte nicht an Gegenwehr, als das Fremdwesen, mit seinen 3,50 Meter so groß wie er selbst, zu ihm in die Kabine kam.

»Bei der geringsten verdächtigen Bewegung werde ich Sie lähmen«, drohte Icho Tolot in Interkarties. Während er Xoon mit dem Paralysator in Schach hielt, injizierte er ihm blitzschnell das schnell wirkende Wahrheitsserum.

Rhodan und Lloyd betraten kurz darauf die Kabine und begannen mit dem Verhör. Xoon gab auf alle Fragen bereitwillig Antwort.

»Mein Volk hat auf Tronko Y Artefo die Aufgabe, die Artefoker zu verwalten. Ohne uns wären sie ein Haufen Wilder, ohne die geringste Chance, jemals die ewige Reinheit zu erlangen. Wir achten darauf, daß sie enthaltsam leben und die Reinheit anstreben. Aber obwohl sie uns alles zu verdanken haben, schätzen sie unsere Hilfe nicht in gebührendem Maß. Sie nennen uns abfällig Groß-Autoritärs und versuchen, unsere Position aus dem Untergrund zu unterhöhlen. Den offenen Kampf wagen sie jedoch nicht, weil sie dann befürchten müssen, daß wir den *Tag DAH* abschaffen. Das würde sie um die Möglichkeit bringen, durch die Tore der Reinheit zu höheren Aufgaben zu gelangen.«

Die vielen Angaben verwirrten Rhodan und Lloyd, und sie versuchten sich durch gezielte Fragen ein klares Bild der Verhältnisse auf Tronko Y Artefo zu verschaffen.

Xoon beantwortete alle ihre Fragen bereitwillig. Zusammenfassend kam dabei folgendes heraus:

»Die Artefoker sind ein Volk mit wertvollen Eigenschaften. Doch sie sind auch wild, hemmungslos und haben sich nicht unter Kontrolle. Wenn wir nicht über sie wachten, würden sie sich gegenseitig ins Verderben stürzen. Wir versuchen schon seit urdenklichen Zeiten, ihnen den Weg zur Reinheit zu weisen. Doch haben wir damit nur zu einem gewissen Prozentsatz Erfolg. Um nun die gereinigten Artefoker von jenen abzusondern, denen es noch nicht gelungen ist, die Erbübel abzulegen, gibt es einmal im Jahr den Tag der aufgehobenen Hemmungen. An diesem Tag entlassen wir alle Artefoker aus der Vormundschaft – und die Tore der Reinheit werden geöffnet. Jene Artefoker, die inzwischen geläutert sind, ertragen die Gegenwart ihrer mit den Erbübeln behafteten Artgenossen nicht mehr und retten sich vor dem Wahnsinn durch die Tore der Einheit. Die anderen müssen auf ihrer Welt zurückbleiben.«

»Das ist interessant«, murmelte Lloyd. »Wenn Sie mit Ihrer Vermutung recht haben, und dieser Planet Hüter der Reinheit heißt, weil es hier keinerlei parapsychische Aktivitäten gibt, dann ließe sich ein interessanter Schluß auf die Artefoker ziehen.«

»Sie meinen, daß die Hemmstrahlung von den Götzen nur erschaffen wurde, weil die Artefoker parapsychisch begabt sind?« rief Rhodan verblüfft aus. »Natürlich, das könnte der Grund für das goldene Ringsystem sein! Die Götzen brauchen die Artefoker als Besatzungen für ihre Raumschiffe. Aber mit ihrer parapsychischen Begabung sind sie ihnen zu gefährlich. Deshalb haben sie die Strahlung eingeführt, die ihre Fähigkeiten nach und nach zum Erlöschen bringt. Einmal im Jahr werden die Artefoker, die ihre Psi-Fähigkeiten verloren haben, von den anderen abgesondert. Sie sind nun ›rein‹ und können von den Götzen beliebig eingesetzt werden. Es hört sich phantastisch an, aber es könnte wahr sein.«

»Ich frage mich nur, um welche Fähigkeiten es sich handelt, daß sich die Götzen davor fürchten«, meinte Lloyd nachdenklich.

»Vielleicht fürchten die Götzen auch gar nicht die parapsychische Begabung der Artefoker an sich«, gab Rhodan zu bedenken, »sondern allein die Tatsache, daß sie sie nicht unter Kontrolle haben. Xoon hat dies zumindest angedeutet.«

»Trotzdem könnte es für uns wichtig sein, zu wissen, um welches Talent es sich handelt«, sagte Lloyd. Der Mutant wandte sich mit dieser Frage an den Groß-Autoritär.

»Die Artefoker sind in der Lage, in verschiedenen Ebenen gleichzeitig zu denken«, antwortete Xoon. »Wenn sie diese Fähigkeiten unter Kontrolle hätten, dann könnten sie ihre Welt, ja, das ganze Universum verändern. Aber so wird sie ihnen selbst zum Verhängnis. Am *Tag DAH* stürzen sie ihre Welt in ein Chaos, und viele, die gereinigt sind und die Fluchttore nicht rechtzeitig erreichen, verfallen für alle Zeiten dem Wahnsinn. Wir Autoritärs würden davon ebenfalls befallen, wenn wir uns nicht in Tiefschlaf begäben. Nur die stählernen Wächter sind in der Lage, sich in dem Chaos zurechtzufinden.«

»Das sagt kaum etwas über die Paragabe der Artefoker aus«, stellte Lloyd enttäuscht fest. »Aber nach allem, was wir gehört haben, können wir direkt froh sein, daß es die Hemmstrahlung gibt.«

»Wie lange dauert es noch bis zum nächsten *Tag DAH?«* erkundigte sich Rhodan.

Der Groß-Autoritär antwortete: »Nur noch sechs Tage, dann werden wieder einige tausend Artefoker durch die Tore der Reinheit in die Freiheit schreiten.«

»Sechs Tage!« stellte Rhodan bestürzt fest. »Innerhalb dieser Frist müssen wir das Tabora gefunden haben. Wir können nicht riskieren, am *Tag DAH* dem parapsychischen Sturm der Artefoker ausgesetzt zu sein.«

»Glauben Sie wirklich, daß wir in dieser kurzen Zeit in den Besitz des Tabora kommen können?« meinte Lloyd zweifelnd.

Er hatte Rhodan angesprochen, doch Xoon, der die Worte gehört hatte, mußte annehmen, daß die Frage an ihn gerichtet sei. Er sagte: »Es ist keine

Frage der Zeit, das Tabora zu finden, sondern man muß rein sein, um seine Freundschaft zu gewinnen.«

Rhodan und Lloyd waren verblüfft. »Kennst du das Tabora?« fragte Rhodan.

»Jawohl.«

»Weißt du, wo es sich befindet?«

»Jawohl.«

»Wo?«

»In dem Tresor in meinem Wagen.«

Rhodans Stimme klang rauh, als er sagte: »Führe uns hin und öffne den Tresor für uns.«

»Jetzt kennen wir schon drei Wesen, die behaupten, im Besitz des Tabora zu sein, oder zumindest zu wissen vorgeben, wo es versteckt gehalten wird«, sagte Lloyd stirnrunzelnd.

»Ich bin jedenfalls gespannt, was tatsächlich in dem Tresor ist«, meinte Rhodan.

Sie erfuhren es wenig später.

Icho Tolot war Xoon dabei behilflich, den Tresor aus dem Elektrobil zu heben, dann zog er sich zu Rhodan und den anderen zurück. Xoon stellte die Kombination des Schlosses ein – und die Safetür sprang auf. Im selben Augenblick explodierte ein Sprengkörper im Innern des Tresors, und der Groß-Autoritär wurde auf der Stelle getötet.

4.

Logbuch des Schweren Kreuzers KAPELLA – Situationsbericht von Kommandant Oberstleutnant Harun Matakin:

29. März 3443 – 22 Uhr.

Wir befinden uns seit zwölf Stunden im System der namenlosen Sonne vom Typ A3, deren vierter Planet Hüter der Reinheit heißt. Das fünfköpfige Einsatzkommando mit Perry Rhodan, Icho Tolot, Gucky, Fellmer Lloyd und Lord Zwiebus ist vor zehn Stunden mit einer Space-Jet auf dem Planeten gelandet. Es scheint keinen Zwischenfall gegeben zu haben, denn das für einen Notfall vereinbarte Funksignal wurde nicht gesendet. Da auf Hüter der Reinheit auch weiterhin keine Aktivität auf fünfdimensionaler Ebene festzustellen war, haben wir mit der KAPELLA den Ortungsschutz der Sonne verlassen und sind in den unmittelbaren Raum des vierten Planeten eingeflogen. Nach wie vor konnten wir keine feindlichen Raumschiffe orten.

Persönliche Bemerkungen:

Ich mißtraute dem Cyno Arman Signo seit dem Augenblick, da er sich mit der fadenscheinigen Ausrede, die Götzen von Tronko Y Artefo würden ihn sofort identifizieren, weigerte, an dem Einsatzkommando teilzunehmen. Ich behielt ihn deshalb ständig im Auge. Deshalb fiel es mir auf, daß er immer nervöser wurde. Ich vermutete sofort, daß er uns irgend etwas im Zusammenhang mit Tronko Y Artefo und seiner Weigerung, an dem Einsatzkommando teilzunehmen, verschwiegen hatte. Aber ich drang nicht weiter in ihn. Ich hoffte auf sein Verantwortungsbewußtsein und darauf, daß er Perry Rhodans Vertrauen nicht mißbrauchte.

Besondere Vorkommnisse:

Arman Signo wurde von Stunde zu Stunde unruhiger. Schließlich brach er das Schweigen und vertraute sich mir an. Das Gespräch wurde von mir, ohne das Wissen des Cyno, auf Band festgehalten, jedoch mit seinem nachträglichen Einverständnis im Logbuch gespeichert.

Arman Signo: »Haben Sie einige Minuten Zeit für mich, Oberstleutnant Matakin?«

Harun Matakin: »Gewiß, Techno-1. Es gibt im Augenblick nichts für mich zu tun. Auf Tronko Y Artefo ist alles ruhig. Wenn es so bleibt, dann ist kaum mit einer Gefahr für Perry Rhodans Einsatzkommando zu rechnen.«

Signo: »Die Ruhe ist trügerisch. Denn gerade von ihr geht eine Bedrohung aus.«

Matakin: »Was meinen Sie damit?«

Signo: »Ich habe Ihnen etwas verschwiegen. Als ich sagte, daß ich mich vor einer Entdeckung durch die Götzen fürchtete, sprach ich nicht die Wahrheit. Es ist zwar anzunehmen, daß sich auf Tronko Y Artefo Götzen aufhalten, doch verweigerte ich nicht ihretwegen die Teilnahme am Einsatzkommando.«

Matakin: »Und was ist der wahre Grund?«

Signo: »Der goldene Planetenring. Besser gesagt, die Strahlung, die von ihm ausgeht.«

Matakin: »Um was für eine Strahlung handelt es sich?«

Signo: »Die Strahlung des Ringsystems bringt die Fähigkeiten parapsychisch Begabter zum Erlöschen. Im konkreten Fall bedeutet das, daß der Mausbiber die Fähigkeit der Telekinese und der Teleportation ebenso verloren hat wie die der telepathischen Kontaktaufnahme zu Fellmer Lloyd. Der Haluter wird unter dem Einfluß der Strahlung nicht mehr in der Lage sein, die Molekularstruktur seines Körpers zu verändern.«

Matakin: »Und das sagen Sie erst jetzt?«

Signo: »Ich war der Meinung, daß es für das Vorhaben nicht von Bedeutung wäre.«

Matakin: »So? Aber immerhin waren Sie vorsichtig genug, sich nicht an dem Einsatzkommando zu beteiligen.«

Signo: »Das hat mit Feigheit nichts zu tun. Meine Zurückhaltung entspringt einer anderen Art. Vielleicht ist Ihnen bekannt, daß wir Cynos menschliche Gestalt nur *angenommen* haben. Nun, unter den Strahlen des Ringsystems hätte ich diese Fähigkeit verloren und wäre gezwungen gewesen, mich in meinem wahren Aussehen zu zeigen.«

Matakin: »Aber das ist noch keine Erklärung dafür, warum Sie Perry Rhodan und die anderen ahnungslos ins Verderben gehen ließen. Sie hätten sie über die Bedeutung des Ringsystems aufklären müssen!«

Signo: »Ich sagte schon, daß ich in der Strahlung keine Bedrohung für das Einsatzkommando sah. Ich bleibe auch dabei, daß die Beschaffung des Tabora jedes Risiko rechtfertigt. Und ich meine, Perry Rhodan wird sich auch ohne die Fähigkeiten seiner Mutanten gegen die Eingeborenen zu behaupten wissen.«

Anmerkung:

Ich drängte den Cyno, doch Lösungsvorschläge zu unterbreiten, aber er meinte nur, daß kein Grund zur Besorgnis bestünde. Aber ich habe ihn durchschaut – er ist lange nicht so sicher, wie er den Anschein erwecken möchte.

Als Wayar die Augen aufschlug, war er der Meinung, daß er zum erstenmal seit seiner Gefangennahme das Bewußtsein erlangte.

Er wußte nichts davon, daß er schon einmal zu sich gekommen, von Rhodan verhört worden war und ihm unter Drogeneinwirkung alle Fragen wahrheitsgemäß beantwortet hatte. Er erinnerte sich auch nicht mehr an Rhodans wirkliches Aussehen, oder an die wahre Gestalt der anderen vier Personen. Diese Teile seines Gedächtnisses waren gelöscht worden.

Er entsann sich nur noch, daß er Xoon in seinem Elektrobil auf einem Waldweg gefolgt war – dann setzte seine Erinnerung aus.

Jetzt fand er sich auf einer Waldlichtung wieder. Es war Tag; am Rand der Lichtung sah er die beiden Elektrobile stehen; der Tresor lag neben einem Baum, halb im Boden eingesunken, die Tür war aufgesprengt worden – Xoon lag regungslos davor. Nach seinen Verletzungen zu schließen, war er tot.

Wayar blickte zu den fünf Personen, die abwartend vor ihm standen – und begriff augenblicklich. Er hatte eine »gemischte Gruppe« vor sich, die aus zwei seiner Artgenossen, zwei Groß-Autoritärs und einem Kriech-Autoritär bestand.

Sie haben Xoon das Tabora abgenommen und ihn daraufhin getötet, war sein erster Gedanke. Aber dann erkannte er, daß das wahrscheinlich nicht der Fall war. Denn wären sie im Besitz des Tabora gewesen, hätten sie wohl auch mit ihm kurzen Prozeß gemacht. Wayar kicherte, indem er seine fünf Sprechorgane O-förmig spitzte.

»Für einen Totgeweihten hast du überraschend viel Humor«, sagte einer der beiden Artefoker, der anscheinend der Anführer der gemischten Gruppe war.

»Ich habe nur gelacht, weil ich sehe, daß Xoon uns alle zum Narren gehalten hat«, erklärte Wayar eingeschüchtert. »Stimmt es, daß er das Tabora gar nicht im Safe hatte?«

»Es stimmt«, sagte wieder der Artefoker, der schon vorhin gesprochen hatte. »Nur wußte er es ebensowenig wie wir. Als er den Tresor öffnete, kam es zur Explosion.«

Wayar nickte beeindruckt.

»Dann war Xoon nur ein Strohmann, der nicht wußte, daß er den Köder für eine Falle abgab. Ich müßte euch demnach dankbar dafür sein, daß ihr ihn abfingt und ihn selbst den Tresor öffnen ließet. Wer weiß, sonst wäre vielleicht ich in Stücke gerissen worden.«

»Ich hoffe darauf, daß du dich dankbar erweist, Wayar.«

»Du kennst meinen Namen? Wer bist du? Was erwartet ihr von mir?«

»Mein Name ist Rhodan«, sagte der Artefoker. Dann stellte er die anderen Mitglieder seiner Gruppe vor. Der zweite Artefoker hieß Lloyd, der größere der beiden Groß-Autoritärs hieß Tolot, der kleine Zwiebus, der Name des Kriech-Autoritärs war Gucky.

Rhodan fuhr fort: »Wir haben deine Gruppe schon eine Weile beobachtet, Wayar, und waren bereits einige Male Nutznießer eurer Tätigkeit. Ihr habt uns auch auf die Spur von Xoon gebracht – nur schade, daß es ein Reinfall war. Ich empfinde Hochachtung vor dir und deinen Leuten, Wayar, und habe schon lange auf die Gelegenheit gewartet, dir eine Zusammenarbeit vorzuschlagen. Jetzt hat sie sich endlich ergeben, was sagst du dazu?«

»Ich bin jederzeit bereit, mit Gleichgesinnten zusammenzuarbeiten«, versicherte Wayar, schränkte jedoch sofort ein: »Allerdings muß ich mich von der Tüchtigkeit dieser Leute überzeugt haben. Über euch ist mir überhaupt nichts bekannt.«

Rhodan zeigte sich belustigt. »Das dürfte eher für uns sprechen, als gegen uns. Daß du uns nicht kennst, obwohl wir über deine Gruppe genau informiert sind, sollte dir zeigen, wie vorsichtig wir arbeiten.«

»Dieses Argument hat etwas für sich«, gab Wayar zu. »Bleibt nur noch unklar, welche Ziele ihr verfolgt. Ihr jagt dem Tabora nach, das ist mir klar, aber – was bezweckt ihr damit?«

»Tronko Y Artefo den Artefokern!« sagte Rhodan leidenschaftlich.

Der Groß-Autoritär, der sich Tolot nannte, trat einen Schritt vor.

»Warum vergeuden wir unsere Zeit mit diesem Versager«, sagte er mit furchterregendem Baß. »Wir haben selbst gesehen, wo die Spuren enden, die er verfolgt. Er hat uns in eine simple Falle hineinmanövriert. Das hätte uns beinahe das Leben gekostet.«

Rhodans fünf Sprechorgane zuckten. »Du hast recht, Tolotos. Bestimmt kommen wir eher ans Ziel, wenn wir uns von Wayars Gruppe distanzieren und auf eigene Faust handeln.«

Wayar wurde plötzlich von Panik ergriffen. Wenn Rhodan und seine Gruppe tatsächlich zu dem Entschluß kamen, von einer Zusammenarbeit mit ihm abzusehen, dann hatten sie auch keinen Grund, ihn am Leben zu lassen.

»Seid nicht so voreilig mit euren Entschlüssen«, sagte Wayar schnell. »Ich habe mir gerade überlegt, daß eine Zusammenarbeit vielleicht doch von Vorteil wäre. Allerdings stelle ich die Bedingung, daß ihr euch mir unterordnet.«

Rhodan schüttelte den Kopf, sein über das ganze Gesicht reichende Sehorgan funkelte.

»Auf dieser Basis kommen wir nicht überein. Ich kann dich nicht als unumschränkten Gruppenführer akzeptieren, Wayar. Du mußt mich als gleichberechtigten Partner anerkennen – das bin ich schon meinen Leuten schuldig.«

Wayar gab sich geschlagen. Aber nur nach außen hin. In Wirklichkeit mißtraute er Rhodan und hielt sich die Möglichkeit offen, ihn und seine Leute beim geringsten Verdacht fallenzulassen – oder auch auszuliefern.

»Ich bin nach wie vor der Meinung, daß wir bei Xoon auf der richtigen Spur waren«, behauptete Wayar, nachdem ihm Rhodan von Varfa, dem Kriech-Autoritär, der Selbstmord begangen hatte, und von Loysh, dem Füßler-Autoritär, der Bankier war, erzählt hatte. »Xoon war nur ein Strohmann, aber seine Auftraggeber wissen sicherlich mehr über das Tabora. Ich kenne einige von ihnen, so daß es uns nicht schwerfallen wird, die Nachforschungen fortzusetzen.«

»Trotzdem bleibe ich dabei, auch die anderen beiden Spuren zu verfolgen«, sagte Rhodan. »Varfa hat nicht ohne Grund Selbstmord begangen. Er muß etwas gewußt haben. Vielleicht hat er sogar mit Loysh zusammengearbeitet. Es liegt zumindest nahe, denn beide stammen aus Ae Tafeolunga, dem Zentrum der Reinheit.«

Rhodans Naivität belustigte Wayar. Hatte er ihn am Ende gar überschätzt?

Laut sagte Wayar: »Wenn du alle Spuren verfolgst, die von den Autoritärs gelegt werden, dann wirst du am Ende verrückt – aber das Tabora findest du nie. Es gibt Tausende von Gerüchten über das Versteck des Tabora!«

Rhodan schwieg für einen Moment betroffen, und Wayar schien es, als fühlte er sich durchschaut. Aber der Anführer der kleinen gemischten Gruppe faßte sich schnell und sagte mit gewohnter Selbstsicherheit: »Ich bestehe darauf, daß wir die Sache mit Varfa und Loysh weiterverfolgen.«

»Und wie stellst du dir das vor?«

»Ich habe schon einen Plan entwickelt«, antwortete Rhodan und deutete mit seinem etwas zu plump geratenen Arm auf den Kriech-Autoritär seiner Gruppe. Dabei sagte er: »Gucky könnte die Rolle des toten Varfa übernehmen. Er sieht ihm nicht nur äußerlich ähnlich, sondern gleicht ihm auch in einem anderen Punkt. Varfa war teilweise gelähmt, er konnte seine Pseudopodien nicht mehr kontrollieren. Gucky hat ebenfalls einen Schlaganfall erlitten, auch bei ihm funktioniert nur noch das vegetative Nervensystem.«

Wayar nickte zufrieden. »Ich habe mich schon gefragt, warum er nicht seine Pseudopodien wechselt.« Er blickte zu dem größeren der beiden Groß-Autoritärs und fragte wie nebenbei: »Was ist eigentlich mit Tolot los? Warum hat er vier Arme, anstatt wie alle Groß-Autoritärs nur zwei?«

Rhodan lächelte. »Wer sagt, daß alle Groß-Autoritärs nur zwei Arme haben? Tolot jedenfalls ließ sich, wie schon so mancher andere Diplomat vor ihm, zwei zusätzliche Arme einpflanzen. Er bildete sich ein, damit mehrere Arbeiten gleichzeitig verrichten zu können. Freilich, damals wußte er noch nicht, daß er einmal ein Abtrünniger werden würde.«

Wayar nickte wieder. Obwohl er selbst noch nie einen Groß-Autoritär mit vier Armen zu Gesicht bekommen hatte, wußte er aus Erzählungen, daß es einige wenige gab, die sich zusätzlich zwei Arme einpflanzen ließen. Was er allerdings nicht wissen konnte, war, daß Rhodan sich diese Information von ihm geholt hatte und sie dazu benützte, um Icho Tolots vorhandene Laufarme logisch zu begründen.

»Jetzt sind wir vom Thema abgekommen«, fuhr Rhodan fort. »Gucky wird die Ähnlichkeit mit Varfa dazu ausnützen, um seine Rolle zu übernehmen. Wir wissen, daß Varfa in seinem Geschäft einen Artefoker als Gehilfen hat. Vielleicht kann er uns weiterhelfen. Wenn er uns nicht auf die Spur des Tabora bringt, dann können wir immer noch auf Varfas Mittelsmänner hoffen. Sollte es solche nicht geben und sich diese Spur als Sackgasse erweisen, können wir die ganze Aktion immer noch abblasen.«

»Einverstanden«, stimmte Wayar zu. »Ich werde einen meiner Männer nach Ae Tafeolunga schicken, damit er sich mit Gucky in Verbindung setzt. Das ist also klar. Doch ich frage mich, was du mit Loysh zu tun gedenkst. Du kannst ihn nicht einfach laufenlassen, andererseits wüßte ich auch nicht, wer seine Rolle übernehmen könnte.«

»Tolot und Lloyd werden die Sache in die Hand nehmen«, erklärte Rhodan. »Sie werden in Loyshs Bank gehen und Lösegeld für seine Freilassung verlangen. Die Summe wird so hoch sein, daß die Bank nicht zahlen kann, ohne einen Bankrott zu riskieren. Loysh hat uns über die Finanzlage Auskunft gegeben, so daß wir wissen, wie hoch wir mit unseren Forderungen gehen müssen. Da wir das Lösegeld nicht bekommen, werden wir mit einer zweiten Forderung herausrücken: Loyshs Leben gegen das Tabora. Damit dürfte die Sache ins Rollen kommen.«

Wayar war von diesem Plan fasziniert. Ihm war klar, daß Loyshs Verbündeten sein Leben weniger wert sein würde als das Tabora, und das mußte auch Rhodan wissen. Aber durch diese Erpressung würde sich zumindest zeigen, ob sie bei Loysh auf der richtigen Spur waren. Wayar empfand neue Hochachtung für Rhodan. Er wurde aus diesem Artefoker einfach nicht klug, der sich einmal fast kindlich naiv gab und im nächsten Augenblick die raffiniertesten Pläne ausheckte. Er mußte vor diesem Mann auf der Hut sein. Denn wer garantierte ihm, daß er wirklich die gleichen Ziele verfolgte wie er selbst?

»Ich glaube, ich werde besser vier Mann nach Ae Tafeolunga entsenden«, sagte er. »Wenn sich eine der beiden Spuren wider Erwarten als zielführend erweist, sollten wir eine schlagkräftige Gruppe zur Verfügung haben.«

»Du mißtraust uns wohl noch immer«, sagte Rhodan spöttisch. »Aber meinetwegen sollst du deinen Willen haben. Ich werde jedoch mit Tolot, Gucky und Lloyd ständig in Sprechfunkverbindung bleiben. Außerdem trägt jeder von uns ständig eine Waffe bei sich. Das sage ich dir nur, damit du siehst, daß auch wir vorsichtig sind.«

»Wir werden bestimmt gut zusammenarbeiten«, versicherte Wayar. »Da ist nur noch eines, was wir nicht übersehen dürfen. Wenn Tolot, Gucky und Lloyd in Xoons Wagen nach Ae Tafeolunga fahren, könnte das Verdacht erregen. Obwohl Xoon das Tabora nicht im Tresor transportierte, könnten ihn im Zentrum der Reinheit Mittelsmänner erwarten.«

Rhodan winkte ab. »Die drei haben ihr eigenes Fahrzeug. Xoons Wagen werden wir hier einfach zurücklassen. Zwiebus und ich werden in deinem Elektrobil nach Artefont zurückkehren.«

Wayar blickte sich verstohlen um, konnte jedoch nirgends ein drittes Fahrzeug erblicken. Er grübelte nicht weiter darüber nach, denn schließlich mußten Rhodan und seine Leute irgendwie hierhergekommen sein; wie, das war nicht seine Sache.

Allerdings hätte er seine Meinung darüber radikal geändert, wenn die Space-Jet für ihn sichtbar gewesen wäre, die nur wenige Meter von ihm entfernt im Schutz des Deflektorfeldes am anderen Ende der Lichtung stand.

Gucky, Icho Tolot und Fellmer Lloyd flogen mit der Space-Jet in Richtung Ae Tafeolunga. Während Lloyd das Steuer übernommen hatte, behielt Icho Tolot die Ortungsgeräte im Auge. Die Existenz einer Station der Götzen war noch nicht ausgeschlossen, und es konnte passieren, daß plötzlich irgendwo eine Maschinerie anlief, die auf fünfdimensionaler Ebene arbeitete.

Während die beiden anderen mit wichtigen Aufgaben beschäftigt waren, hatte Gucky nichts Besseres zu tun, als mit seinem Schicksal zu hadern. Er beschwerte sich über die Biomaske, die ihm das Aussehen eines Kriech-Autoritärs verlieh, weinte seinen verlorenen Para-Fähigkeiten nach und zerbrach sich den Kopf über die Eßgewohnheiten der Kriech-Autoritärs.

»Deswegen brauchst du dir keine grauen Haare wachsen zu lassen«, meinte Fellmer Lloyd. »Wenn dir die Nahrung auf Tronko Y Artefo nicht zusagt, kannst du immer noch von dem Fett zehren, das du in letzter Zeit angesetzt hast.«

»Von wegen Fett!« piepste Gucky entrüstet. »Das ist alles nur Biomolplast.«

Sie erreichten die Hauptstadt von Tronko Y Artefo ohne Zwischenfälle und flogen im Schutz des Deflektorfeldes dicht über die niedrigen Gebäude der Randbezirke dahin.

Schon beim Anflug an den Planeten hatten sie bemerkt, daß es weder einen Flugverkehr noch eine Überwachung des Luftraumes gab. Das war eigentlich ein Widerspruch zu der relativ hochstehenden Technik der Artefoker. Obwohl sie die technischen Voraussetzungen besaßen, um Flugzeuge zu bauen, und schon allein deswegen gezwungen wären, den Luftraum zu erobern, weil der Verkehr auf der Oberfläche chaotische Formen annahm, hatten sie in dieser Richtung nichts unternommen.

»Das ist eine ganz und gar unnatürliche Entwicklung«, behauptete Fellmer Lloyd, »die meiner Meinung nach von außen gelenkt wird.«

»Wahrscheinlich von den Götzen«, fügte Gucky hinzu. »Aber ich kann mir nicht vorstellen, daß es nicht zumindest einen Raumhafen gibt. Wenn die Götzen hier tatsächlich eine Station unterhalten, dann werden sie mit ihren Raumschiffen wohl kaum in der Wildnis landen.«

Gucky hatte kaum ausgesprochen, als Lloyd nach vorne deutete und sagte: »Da hast du deinen Raumhafen – er befindet sich im Zentrum der Hauptstadt!«

Durch die Panzerplastkuppel hindurch sahen sie inmitten des Häusermeeres eine weitläufige Betonebene. Sie maß fünf mal fünf Kilometer und wurde an drei Seiten von einer gut hundert Meter hohen Mauer abgegrenzt. Über die ganzen fünf Kilometer der vierten Seite erstreckte sich ein langgestrecktes Gebäude, das so hoch wie die Mauer und fast einen Kilometer breit war. Es besaß nur auf der dem Landefeld zugewandten Seite verschlossene Tore in Hundert-Meter-Abständen. Sonst waren keine Öffnungen zu sehen, der ganze Komplex schien aus einem Stück gegossen zu sein.

»Wenn ich nur teleportieren könnte!« rief Gucky ärgerlich. »Ich würde zu gerne einmal nachsehen wollen, was sich hinter den metallenen Wänden dieses Gebäudes verbirgt.«

»Vielleicht ein Kraftwerk«, vermutete Icho Tolot, »das die Stadt mit Energie versorgt. Die Ortungsgeräte zeigen an, daß innerhalb des Komplexes eine starke normalenergetische Aktivität vorhanden ist.«

»Der Raumhafen jedenfalls liegt wie ausgestorben da«, stellte Fellmer Lloyd fest. Das Landefeld war vollkommen leer, kein einziges gelandetes Raumschiff war zu sehen, ja es schien nicht einmal Bodenfahrzeuge zu geben. Trotzdem wagte es Lloyd nicht, den Raumhafen mit der Space-Jet zu überfliegen; er blieb immer in einem Sicherheitsabstand von zweihundert Metern zu der Mauer.

»Ich vermute, daß in einigen Tagen hier mehr Betrieb sein wird«, sagte Lloyd.

»Du meinst am *Tag DAH?*« erkundigte sich Gucky.

»Genau«, antwortete Lloyd. »Wir wissen, daß an diesem Tag, an dem die Hemmstrahlung aufgehoben wird, alle Artefoker, die ihre parapsychischen Fähigkeiten verloren haben, durch die sogenannten Tore der Reinheit gehen. Wo kommen sie heraus? Was passiert mit ihnen?«

»Du hast den Nagel auf den Kopf getroffen, Fellmer!« rief Gucky. »Klar, so muß es sein. Die Artefoker ohne parapsychischen Fähigkeiten werden zum Raumhafen gebracht und mit den Raumschiffen in den Schwarm geflogen, wo sie neuen Aufgaben zugeführt werden.«

»Ich glaube, wir haben uns genug umgesehen«, schaltete sich Icho Tolot in die Diskussion der beiden Mutanten ein. »Es wird Zeit, daß wir uns unserer Aufgabe widmen, meine Kleinen.«

»Diese Redewendung werden Sie sich abgewöhnen müssen, Tolotos«, ermahnte Gucky ihn. »Immerhin sollen Sie einen Groß-Autoritär darstellen.«

»Würdest du lieber mit ›kleiner Kriecher‹ angesprochen werden?« fragte Lloyd und grinste anzüglich.

Icho Tolot gab ein donnerartiges Lachen von sich, das das Innere der Space-Jet erbeben ließ.

Sie landeten die Space-Jet in einem Park, den nur Kleintiere bevölkerten und der von den Stadtbewohnern gemieden wurde. Icho Tolot und Fellmer Lloyd blieben mit dem gefangenen Füßler-Autoritär zurück, während sich Gucky durch die Fußgängertunnel auf den Weg zu Varfas Geschäft machte.

Der Mausbiber war mit einem Kombi-Armbandgerät und einem Paralysator ausgerüstet. Er ärgerte sich, weil es ihm durch die Biomaske, die ihm das Aussehen der Kriech-Autoritärs gab, nicht möglich war, einen Kampfanzug anzuziehen. In Varfas Kleidung, einer enganliegenden, einteiligen Kombination, mit drei Dutzend Öffnungen für die Pseudopodien, konnte er gerade noch den Paralysator unterbringen. Er kam sich darin nackt und schutzlos vor.

Dazu kam noch, daß er sich in den Tunneln nur schwer zurechtfand. Es gab zwar überall Wegweiser, doch sagten sie ihm nichts. Als er in diese Stadt teleportiert war und Varfa zur Space-Jet entführte, hatte er sich einige markante Bauwerke gemerkt, um wieder zu Varfas Geschäft zurückzufinden. Deshalb mußte er jetzt immer wieder die subplanetare Fußgängerzone verlassen, um sich auf der Oberfläche zu orientieren.

Endlich fand er den Häuserblock, in dem Varfas Geschäft untergebracht war. Es handelte sich um eine Art Drugstore, in dem man praktisch alles erstehen konnte.

»Hätte mir nie gedacht, daß ich einmal einen Krämer spielen würde«, murmelte Gucky und betrat das Geschäft.

Im Verkaufsraum sah es aus wie in einer unaufgeräumten Lagerhalle. Die Kunden, Vertreter aller vier auf Tronko Y Artefo lebenden Völker, durchwühlten die ausgestellten Waren. Gucky drängte sich an ihnen vorbei und strebte dem hinteren Teil des Geschäftes zu, wo Varfas Privaträume lagen. Er hatte die niedere, magnetische Pendeltür noch nicht erreicht, als ihn sein artefokischer Gehilfe erspähte, der sich gerade mit sechs Kunden gleichzeitig beschäftigte.

»Varfa, da bist du endlich!« rief er ihm zu, und die elastischen Lider seines riesigen Sehorgans zuckten nervös.

Gucky fragte sich im stillen, ob Perry Rhodan diese seltsame Gangart je erlernen würde und schmunzelte hinter seiner Maske, als er sich das bildlich vorstellte.

»Was ist los?« fragte der Mausbiber und brauchte dabei seine Stimme kaum zu verstellen, um Varfas Tonfall zu imitieren.

»Das Geschäft läuft vor Kunden über, und ich brauchte dreißig Arme, um sie alle bedienen zu können«, beschwerte sich Varfas Gehilfe.

»Dann lasse sie dir wachsen«, schnauzte ihn Gucky an.

Der Artefoker schien betroffen. »So war es nicht gemeint, Varfa. Ich wollte nicht auf dein Gebrechen anspielen.«

»Dann wolltest du dich nur über den guten Geschäftsgang beschweren?« fragte Gucky angriffslustig. Er merkte es am Verhalten des Gehilfen, daß er den richtigen Ton getroffen hatte.

»Ich wollte dir ausrichten, daß Torlof schon wieder wegen der Urne da war«, sagte der Artefoker eingeschüchtert. »Er sagte, du müßtest sie ihm unter allen Umständen verkaufen. Ich glaube, er läßt sich nicht mehr vertrösten. Ich konnte ihn gerade noch bis zu deiner Rückkehr hinhalten. Er will nach Geschäftsschluß wiederkommen.«

»Meinetwegen schenke ich ihm die Urne«, sagte Gucky und bereute seine Worte sofort wieder. Ein Blick in das Sehorgan des Artefokers zeigte ihm jedenfalls, daß dieser in höchstem Maße erstaunt war.

Gucky zog sich schnell durch die Pendeltür in Varfas Privaträume zurück. Es war alles noch so wie bei seinem ersten Besuch. Der Schreibtisch, an dem der Artefoker die Geschäftsbücher führte, zeigte die gleiche Unordnung, die Schränke und Regale waren halb ausgeräumt. Gucky hatte Varfa dabei überrascht, wie er sie gerade durchwühlte; die muschelartige Liegestatt schien unberührt.

Gucky rollte seinen birnenartigen Schneckenkörper mit den größtenteils unbeweglichen Pseudopodien darauf zusammen und blickte zu den drei Hähnen mit den Schläuchen, an deren Enden sich Mundstücke befanden, hinauf.

Die Hähne waren folgendermaßen beschriftet: ESSEN – TRINKEN – SPÜLEN. Gucky verspürte beim Anblick des Nahrungsspenders ein heftiges Magenknurren. Er hätte seinen Hunger auch mit den stark konzentrierten Nahrungstabletten stillen können. Aber dann sagte er sich, daß die Nahrung der Kriech-Autoritärs auch nicht übler schmecken könnte als die Konzentratnahrung – und wer wußte, vielleicht stellte sie sich als wahre Gaumenfreude heraus!

Kurz entschlossen nahm er den Schlauch des Nahrungsspenders in den Mund, drehte den Hahn auf und sog daran. Er tat nur einen Zug, dann spuckte er den Schlauch aus. Der Brei stank wie nach faulen Eiern und brannte wie Feuer in seiner Kehle. Um das Brennen zu löschen und den widerlichen Geschmack zu vertreiben, drehte er den Hahn mit der Aufschrift TRINKEN auf und sog gierig an dem Mundstück. Aber anstatt den Geschmack nach Faulem und das Brennen zu mildern, wurde beides durch die übelriechende Flüssigkeit noch verstärkt. Gucky sah seine letzte Rettung in dem dritten Hahn. Er drehte ihn bis zum Anschlag durch – und eine süßliche Duftwolke wurde in seinen Rachen gesprüht, die so intensiv war, daß es seine Sinne benebelte.

Gucky sank auf die muschelförmige Liegestatt zurück. »Das Tabora für eine Mohrrübe«, jammerte er.

»Welchen Preis verlangst du, Varfa?« erklang von der Pendeltür her eine schrille Stimme.

Gucky fuhr hoch und sah sich einem Kriech-Autoritär gegenüber, der ziemlich nervös zu sein schien, denn er fuhr ständig Pseudopodien aus und zog sie wieder ein. Hinter ihm erschien der Gehilfe Varfas und sagte entschuldigend: »Ich wollte, daß Torlof draußen wartet, aber ...«

»Verschwinde, Hayg!« unterbrach ihn der Kriech-Autoritär, und der Artefoker zog sich wie ein geprügelter Hund zurück. An Gucky gewandt, fuhr Torlof fort: »Hast du nicht eben gesagt, was du für die Urne haben möchtest, Varfa?«

Gucky wollte berichtigen, daß er keineswegs von einer Urne gesprochen hatte, aber dann kombinierte er noch rechtzeitig: *Das Tabora befindet sich in dieser ominösen Urne, die in Varfas Besitz ist!*

»Ich habe nur phantasiert«, sagte Gucky ausweichend.

Torlof kam auf drei Pseudobeinen heran, murmelte verstehend: »Aha!« und brachte die Schläuche der drei Hähne in Ordnung. Dann sagte er anklagend: »Du hast dich also wieder einmal gehen lassen. Wenn du so weiterschlemmst, wirst du noch einmal platzen.«

»Ja, ich habe ein ausgiebiges Schlemmermahl gehalten«, meinte Gucky wehmütig und schüttelte sich, weil er immer noch den fauligen Geschmack des Breis und der Flüssigkeit im Mund hatte.

»Ich bin gekommen, um dir zu sagen, daß wir uns nicht länger mehr hinhalten lassen«, sagte Torlof. »Als wir dir die Urne übergaben, damit du sie bewachst, warst du noch gesund. Aber jetzt bist du halb gelähmt und könntest sie gegen eine Tabora-Gemeinschaft nicht verteidigen. Du mußt uns die Urne übergeben, damit wir sie in Sicherheit bringen.«

»Das ist ein denkbar ungünstiger Zeitpunkt für Verhandlungen, Torlof«, jammerte Gucky und hielt sich den Magen.

»Wir wollen nicht länger mehr warten«, sagte der Kriech-Autoritär entschlossen. »Nimm doch endlich Vernunft an, Varfa. Du bist krank und gehörst in eine Klinik. Du mußt die Verantwortung an einen Jüngeren abgeben.«

Gucky erinnerte sich an Varfas Gedanken, aus denen die Angst, von den eigenen Artgenossen in eine Klinik eingeliefert zu werden, deutlich zu spüren gewesen war.

»Lieber töte ich mich, ehe ich in eine Klinik gehe«, rief Gucky. »Euch geht es weniger um das Tabora, sondern mehr um mein Geschäft. Wenn ihr mich noch lange quält, dann nehme ich mein Geheimnis mit in den Tod!«

Torlof zog vor Schreck sämtliche Pseudopodien ein. Als er sie wieder ausfuhr, zuckten sie nervös.

»Ich habe für die Verhandlungen mit dir alle Vollmachten bekommen, Varfa«, sagte er dann. »Du brauchst in keine Klinik zu gehen. Wir sind bereit, dir deine Freiheit und das Geschäft zu lassen. Einzige Bedingung ist, daß du die Urne an mich übergibst.«

Gucky tat, als überlegte er. Schließlich sagte er: »Komm in einer Stunde wieder, Torlof! Bis dahin habe ich die Urne beschafft. Ich werde sie dir übergeben. Aber du mußt dann zu deinem Wort stehen.«

»Ganz bestimmt, Varfa.« Torlof ging.

Gucky rief seinen artefokischen Gehilfen herbei. »Ich habe mich entschlossen, die Urne doch an Torlof zu verkaufen, Hayg«, sagte er. »Er kommt in einer Stunde, um sie abzuholen. Du weißt, wo sie ist. Bring sie mir sofort!«

Gucky konnte nur vermuten, daß Hayg den Aufbewahrungsort der Urne kannte, und wie sich zeigte, traf er damit genau ins Schwarze. Allerdings kam Hayg seinem Befehl nicht nach, sondern wich erschrocken zurück.

»Ich soll die Urne holen?« wiederholte er mit zittriger Stimme. »Das kannst du nicht ernst meinen. Die Bestie, die die Urne bewacht, würde jeden anderen als dich zerfleischen, der ihr zu nahe kommt.«

Bei dem Wort »Bestie« zuckte Gucky unwillkürlich zusammen.

»Wenn du zu ängstlich bist, um allein zu gehen, dann wirst du mich zumindest begleiten«, bestimmte Gucky.

Er verlangte dies nur deshalb von Hayg, damit er ihm den Weg zeigte. »Jetzt laß mich für einige Augenblicke allein. Ich werde dich rufen, wenn ich dich brauche.«

Nachdem Hayg gegangen war, setzte sich Gucky über Sprechfunk mit Perry Rhodan in Verbindung.

»Ich weiß jetzt, wo Varfa *sein* Tabora versteckt hat, Perry. Wenn du nicht in spätestens einer halben Stunde eine Erfolgsmeldung bekommst, dann bin ich von Varfas Haustier zerfleischt worden.«

»Beeile dich«, sagte Rhodan. »Wayars Leute sind bereits zu dir unterwegs.«

5.

Icho Tolot injizierte Loysh das Wahrheitsserum. Wenig später konnte Fellmer Lloyd mit der Befragung beginnen.

»Du hast gesagt, du wüßtest, wo das Tabora aufbewahrt wird«, sagte Lloyd. »Erinnerst du dich?«

»Ja, das habe ich gesagt«, antwortete der Füßler-Autorität und streckte seinen Schildkrötenkopf dem vermeintlichen Artefoker erwartungsvoll entgegen.

»Bleibst du bei dieser Behauptung?«

»Jawohl, ich weiß, wo sich das Tabora befindet.«

»Wo ist es versteckt?«

»In einem Schließfach im Tresorraum meiner Bank.«

»Ist es besonders gesichert?«

»Nur durch die allgemeine Alarmanlage.«

Lloyd erkundigte sich bei Loysh, ob er ihm eine Skizze der Bank und des Tresorraumes mit sämtlichen Sicherheitseinrichtungen anfertigen könne. Der Füßler-Autoritär bejahte und verlangte nach einer Folie und Schreibgeräten. Er zeichnete gleichzeitig mit vier Griffeln und hatte den Plan innerhalb von fünf Minuten fertiggestellt.

Eines fiel Fellmer Lloyd sofort auf – die Alarmanlage und die Sicherheitsschlösser beruhten weder auf elektronischer noch auf positronischer, sondern auf mechanischer Basis. Es würde also nicht schwerfallen, die Sicherheitsanlagen zu umgehen.

Mit dem Grundriß der Räumlichkeiten kam Lloyd seltsamerweise weniger gut zurecht. Nachdem er sich von Loysh Einzelheiten erklären ließ, erfuhr er auch, woran das lag. Er hatte den Begriff »Bank« einfach mit terranischen Geldinstituten assoziiert. Auf Tronko Y Artefo hatten Banken jedoch noch andere Aufgaben. Man kam nicht nur hierher, um Geld auf Konten einzuzahlen, oder von diesen abzuheben, um Wertgegenstände zu deponieren, oder sich in Finanzangelegenheiten beraten zu lassen. Banken waren auch Kommunikationszentren. Hier trafen sich die Artefoker zu Diskussionen, ebenso wie die Groß-Autoritärs zu wichtigen Regierungsgesprächen.

Der sogenannte Tresorraum einer Bank nahm einige Stockwerke ein und bot Platz für einige tausend Personen – und war während der Öffnungszeiten der Bank zumeist überfüllt. Der Schalterraum, in dem sich der Geldverkehr abspielte, nahm sich dagegen bescheiden aus.

»Das ist unglaublich«, stellte Lloyd fest. »Der gesamte Kundenverkehr spielt sich ausgerechnet in jenen Räumen ab, die eigentlich vor dem Zutritt Fremder geschützt sein müßten.«

»Das stimmt nicht«, widersprach Icho Tolot. »Loysh sagte, daß die Privatpersonen aller vier Völker ihre Schätze und die anderen persönlichen Habseligkeiten in den Schließfächern des Tresorraumes untergebracht haben. In jeder Bank gibt es an die hunderttausend solcher Schließfächer. Wie sollten die Schließfachinhaber an ihre Wertgegenstände gelangen können, wenn man ihnen den Zutritt nicht gestattet?«

»Das schon – aber in den Tresorräumen muß es ja zugehen wie auf einem Jahrmarkt«, meinte Lloyd kopfschüttelnd. Er wandte sich an Loysh: »Stimmt es, daß das Tabora im *Tresorraum* deiner Bank untergebracht ist?«

»Jawohl.«

»Fürchtest du nicht, daß sich das herumsprechen könnte?«

»Jeder weiß es, in welchem Schließfach das Tabora untergebracht ist«, antwortete Loysh. »Überall auf Hüter der Reinheit haben sich Sekten um das Tabora gebildet. Viele von ihnen pilgern von weit her zu meiner Bank, um es anzubeten.«

»Mußt du nicht befürchten, daß es gestohlen werden könnte?« fragte Lloyd.

»Nein.«

»Und warum nicht?«

»Weil es so schwer ist, daß nicht einmal zwei Groß-Autoritärs es tragen könnten. Das Schließfach wurde schon oft aufgebrochen, aber nie gelang es den Revolutionären, das Tabora zu stehlen. Darum behaupten sie auch, daß ich nicht das wirkliche Tabora besäße.«

»Aber du bist sicher, daß es echt ist, Loysh?«

»Ich besitze das wahre Tabora!«

»Und würdest du uns zum Schließfach führen und es für uns öffnen?«

»Das tue ich gerne.«

Lloyd wandte sich an Icho Tolot.

»Ich glaube, wir können unseren Plan vereinfachen. Soll uns Loysh zum Schließfach führen. Wenn wir zu der Meinung gelangen, daß sich darin tatsächlich das Tabora befindet, können wir später mit einer Antigrav-Transportscheibe wiederkommen und es an uns nehmen.«

Die erste Überraschung erlebten Tolot und Lloyd, als sie mit Loysh vor dessen Bankgebäude ankamen. Gegenüber der Bank stand auf einem frischen Platz ein zwanzig Meter hoher Torbogen, aus dessen Sockel mächtige Isolatoren herausragten.

»Was stellt dieser Torbogen dar?« erkundigte sich Lloyd bei dem Füßler-Autoritär.

»Das ist eines der Tore der Reinheit«, antwortete Loysh.

Lloyd hatte es sich beinahe gedacht.

»Ein Transmitter, der im Augenblick noch stillgelegt ist«, stellte er fest. »Aber am *Tag DAH* wird man ihn aktivieren. Jetzt wissen wir, wie die der parapsychischen Fähigkeiten beraubten Artefoker zu ihrem Bestimmungsort gebracht werden.«

Sie betraten die Bank. Der Schalterraum entsprach genau der Skizze Loyshs. Er war nicht größer als sieben mal fünfzehn Meter. An seinem Ende führten eine breite Treppe und drei mechanische Aufzüge zu den in der Tiefe gelegenen Tresorräume und zu den vielen Büros in den Obergeschossen.

Einer der hier angestellten Füßler-Autoritärs kam bei Loyshs Anblick schnell hinter seinem Schalter hervor.

»Loysh!« rief er, offenbar erleichtert. »Wo hast du die ganze Zeit über gesteckt?«

»Er war zu Besuch bei uns«, sagte Fellmer Lloyd anstelle des Bankiers, der noch immer unter dem Einfluß des Wahrheitsserums stand. »Wir sind seine Freunde. Loysh hat uns eingeladen, sein Tabora zu besichtigen.«

»Jawohl, das stimmt«, sagte der Füßler-Autoritär automatisch. »Der Artefoker und der Groß-Autoritär sind meine Freunde. Sie beten das Tabora an und möchten es mit eigenen Augen sehen. Geh du wieder an deine Arbeit, Ilshor!«

»Wie du wünschst, Loysh.« Der Bankangestellte zog sich an seinen Arbeitsplatz zurück.

Loysh würdigte ihn keines weiteren Blickes und bestieg mit Tolot und Lloyd einen der Aufzüge. Sie fuhren fünf Etagen in die Tiefe. Als sie die Aufzugkabine verließen, kamen sie in eine große Halle, in der sich an die fünfhundert bis sechshundert Personen aufhielten.

Es waren Vertreter aller vier auf Tronko Y Artefo lebenden Völker anwesend. Sie standen in diskutierenden Gruppen beisammen, saßen im Kreis um seltsame Reliquien, oder hatten sich auch in ruhigere Winkel zurückgezogen. Ein unbeschreibliches Stimmengewirr herrschte.

Entlang aller vier Wände zogen sich in schier endloser Reihe und bis zu der zehn Meter hohen Decke hinauf die Schließfächer, die eine Abmessung von fünfzig mal vierzig Zentimeter hatten. Auf der dem Aufzug gegenüberliegenden Breitseite gab es jedoch auch Schließfächer, die um ein Vielfaches größer waren. Auf diese Wand steuerte Loysh zu.

Er bahnte sich durch die Menge einen Weg, stieß vor ihm stehende Artgenossen ebenso beiseite wie die fast dreimal so großen Groß-Autoritärs. Aber die meisten der Anwesenden erkannten ihn und machten ohne besondere Aufforderung Platz.

Fellmer Lloyd und Icho Tolot blieben dicht hinter ihm. Sie behielten die Umgebung scharf im Auge und waren bereit, sofort von ihren Paralysatoren Gebrauch zu machen. Für Lloyds Geschmack war bisher alles zu glatt verlaufen, er schloß nicht aus, daß das Ganze nur eine geschickt angelegte Falle war.

Er hielt die Hand mit dem Kombinationsgerät in Gesichtshöhe, um sich jederzeit mit Rhodan über Sprechfunk in Verbindung setzen zu können. Aber obwohl sie der Wand mit den größeren Schließfächern schon bis auf fünfzehn Meter nahegekommen waren, hatte er noch nichts Verdächtiges entdekken können.

Die umstehenden Kriech-, Füßler- und Groß-Autoritärs und die Artefoker schenkten ihnen nicht mehr als einen oberflächlichen Blick.

Zwei Meter vor einem vier Meter hohen Schließfach blieb Loysh stehen. Er deutete mit einem halben Dutzend seiner Glieder darauf und sagte etwas. Lloyd mußte sich zu ihm hinunterbeugen, um ihn verstehen zu können.

»Hier habe ich das Tabora aufbewahrt.«

»Öffne das Schließfach!« ordnete Lloyd an.

Der Füßler-Autoritär ging zu der Wand, drehte an den vier Rädchen mit der Symbolkombination – und die vier Meter mal fast drei Meter große Schließfachtür sprang auf. Überall verstummten die Diskussionen, ein Raunen ging durch die Menge, alle Augen starrten auf das Innere des Schließfachs.

Als Lloyd sah, was sich darin befand, war er sofort felsenfest davon überzeugt, das wahre und echte Tabora vor sich zu haben.

Er aktivierte den Armbandinterkom und sprach mit gedämpfter Stimme in das winzige Mikrophon. »Lloyd ruft Rhodan! Ich glaube, daß wir das Tabora gefunden haben.«

Rhodan meldete sich augenblicklich.

»Was macht Sie so sicher, Lloyd?« fragte er.

»Das Aussehen des Tabora. Es handelt sich dabei um einen versteinerten Götzen von gut 3,20 Meter Größe. Wir wissen, daß es sich bei dem Tabora um ein Wesen handelt, in dem übernatürliche Kräfte schlummern. Ich nehme an, daß der versteinerte Götze durch bestimmte Kräfte zum Leben wiedererweckt werden kann.«

»Wir werden sehen«, meinte Rhodan nicht gerade überzeugt. »Bleiben Sie auf jeden Fall am Drücker, Lloyd. Ich bin mit Zwiebus und Wayar gerade unterwegs nach Ae Tafeolunga. Eine Nachricht von Wayars Mittelsmännern hat uns veranlaßt, nicht nach Artefont, sondern zum Zentrum der Reinheit zu fahren. Wenn wir angekommen sind, setze ich mich mit Ihnen in Verbindung.«

Rhodan unterbrach die Verbindung.

Lloyd betrachtete den versteinerten Götzen genauer. Seine Haut besaß auch jetzt noch eine goldgelbe Farbe. Sein dreieckiger Insektenmund war geschlossen, die großen Facettenaugen in dem achtzig Zentimeter durchmessenden Kugelkopf waren starr und stumpf ins Leere gerichtet, die vier 30 Zentimeter langen Fühler standen steif in die Höhe. Seine beiden Arme standen etwas vom Körper ab, die vier Finger und die beiden Daumen der Hände waren gespreizt.

»Das ist das Tabora?« sagte Lloyd, um Loysh zu einer Stellungnahme zu bewegen. »Es ist tot.«

»Es wird wieder leben, wenn man es ruft!« behauptete Loysh.

Icho Tolot war näher an das Schließfach herangegangen. Jetzt griff er hinein und holte einen zerknitterten Zettel heraus, der dem versteinerten Götzen unter den Fuß geklemmt worden war. Er warf einen Blick darauf und gab ihn dann an Lloyd weiter. Dieser konnte die Schriftzeichen mühelos entziffern.

Er las: »Wir lassen uns nicht täuschen, sondern täuschen selbst andere. Das ist nie und nimmer das Tabora. Aber wir wären nicht die Pai'uhn K'asaltic, würden wir uns nicht das wahre Tabora doch noch holen.«

Lloyd überreichte dem Füßler-Autoritär den Zettel und verließ mit Icho Tolot den Tresorraum. Hinter ihnen entstand ein Tumult, als bekannt wurde, welche Nachricht die Pai'uhn K'asaltic – was frei übersetzt soviel hieß wie die Vielgestaltigen mit den flinken Händen – hinterlassen hatten.

Lloyd gab die Meldung über ihren Mißerfolg an Perry Rhodan weiter.

»Warum müssen wir unsere Pläne ändern und statt nach Artefont nach Ae Tafeolunga fahren?« fragte Rhodan, als sie von der Schnellstraße in die Abfahrt zum Zentrum der Reinheit abbogen.

»Du hast den Funkspruch meiner Leute selbst gehört«, antwortete Wayar. »Sie haben Xoons Mittelsmänner ausgeforscht und Anhaltspunkte dafür gefunden, daß sie im Besitz des Tabora sind.«

»Glaubst du immer noch, du seist auf der richtigen Spur?« fragte Rhodan spöttisch.

Wayar entgegnete im gleichen spöttischen Tonfall: »Nun, deine Leute haben bisher nichts weiter als eine steinerne Statue entdeckt.«

»Hoffentlich sind wir bald am Ziel«, sagte Zwiebus mürrisch. Da Wayars Elektrobil nicht für einen Groß-Autoritär gebaut war, mußte sich Zwiebus, der in seiner Maske immerhin eine Größe von 3,10 Meter hatte, auf dem Rücksitz zusammenkauern. Seine Keule, in der Waffen und Ausrüstungsgegenstände verborgen waren, mußte er aus Platzmangel zwischen den beiden Vordersitzen deponieren.

»Kannst du den Prügel nicht anderswo unterbringen?« beschwerte sich Wayar. »Er stört mich beim Fahren.«

»Du brauchst dich von meiner Keule nicht einschüchtern zu lassen«, sagte Zwiebus. »Sie wird nur meinen Feinden gefährlich.«

Wayar verstand diese Drohung wohl, ging aber nicht weiter darauf ein. Er lenkte das Elektrobil auf eine Zufahrtsstraße mit acht Fahrstreifen und ließ sich dann vom dichten Verkehr nach Ae Tafeolunga hineintreiben. Sie kamen immer langsamer weiter, je mehr sie sich dem Stadtkern näherten. Als sie schließlich nur noch im Schrittempo vorankamen, parkte Wayar den Wagen in einer Tiefgarage, und sie gingen zu Fuß weiter.

Sie fielen in den Fußgängertunneln nicht weiter auf, denn es waren auch andere gemischte Gruppen unterwegs. Nur Lord Zwiebus' Keule verführte manche Passanten dazu, sich nach ihnen umzusehen.

»Kann dieser Groß-Autoritär nicht auf seinen Prügel verzichten«, regte sich Wayar auf. »Er erregt damit zu großes Aufsehen. Das gefällt mir nicht, denn es könnte die Aufmerksamkeit einer anderen Tabora-Gemeinschaft auf uns lenken.«

Rhodan schwieg. Lord Zwiebus antwortete an seiner Stelle: »Die Keule ist meine stärkste Waffe.«

Wayar richtete sein Sehorgan kurz auf ihn, verzog seine fünf Münder abfällig und wandte sich dann während des Gehens wieder an Rhodan. »Warum bist du so schweigsam?« erkundigte er sich.

»Ich frage mich, warum Gucky nichts von sich hören läßt«, sagte Rhodan nachdenklich. »Er hat mir über Sprechfunk gemeldet, daß er wisse, wo Varfa sein Tabora versteckt halte. Danach habe ich nichts mehr von ihm gehört.«

»Erinnere dich daran, was mit Xoon geschah, als er den Tresor öffnete, in dem er *sein* Tabora glaubte«, sagte Wayar.

»Du kannst mir keine Angst einjagen, Wayar«, entgegnete Rhodan. »Ich weiß, was ich von Guckys Fähigkeiten zu halten habe. Ihm könnte ein ähnliches Mißgeschick wie Xoon nicht passieren. Er ist der vorsichtigste Kriech-Autoritär, den ich kenne.«

»Man kann nie wissen«, meinte Wayar. »Ich hoffe jedenfalls, daß meine Leute rechtzeitig bei ihm eintreffen.«

»Das eben befürchte ich.«

Die Blicke der beiden Artefoker trafen sich. Rhodan hatte sich zwar schon an das künstliche Sehorgan, das sein ganzes Gesicht bedeckte, einigermaßen gewöhnt, aber er konnte nicht verhindern, daß er durch das getönte Linsensystem seine Umgebung manchmal doppelt sah.

»Die Anspielungen gefallen mir nicht, Rhodan«, erklärte Wayar verärgert. »Entweder wir arbeiten auf einer Basis gegenseitigen Vertrauens zusammen, oder wir trennen uns.«

»Mir gefällt auch einiges nicht an dir, Wayar«, entgegnete Rhodan. »Zum Beispiel, daß du hinter meinem Rücken Vereinbarungen mit deinen Leuten triffst.«

»Ich habe nur einen Treffpunkt mit meinen Leuten vereinbart«, rechtfertigte sich Wayar vehement. »Dort werden wir darüber beratschlagen, wie wir Xoons Mittelsmännern eine Falle stellen können. Übrigens, wir sind schon hier.«

Sie verließen den Fußgängertunnel über eine Treppe, die geradewegs in ein Wohnhaus hinaufführte. In der fünften Etage blieben sie vor einer Tür stehen. Rhodans Hand war wie zufällig unter den Umhang geglitten und umspannte dort den Griff des Paralysators. Er traute Wayar ohne weiteres zu, daß er ihnen hier einen Hinterhalt gelegt hatte. Ein Blick zu Lord Zwiebus zeigte ihm, daß der Pseudo-Neandertaler ebenfalls seine Keule fester umfaßte.

Wayar schlug einige Male gegen die Tür, daß es dröhnte. Als sich nach einer Weile immer noch nichts rührte, holte er eine Art Schlüssel hervor und schloß die magnetgesicherte Tür auf.

Sie betraten einen zehn Meter langen, schmalen Korridor, der so niedrig war, daß sich Lord Zwiebus bücken mußte. Von dem Korridor zweigten Räume ab, die mit fremdartigen Möbeln ausgestattet waren. Offensichtlich handelte es sich hier um die Wohnung eines Artefokers. Ein kurzer Rundgang zeigte, daß sie verlassen war.

»Meine Leute hätten schon längst hier sein sollen«, sagte Wayar. »Ich kann mir nicht vorstellen, was sie in Varfas Geschäft so lange aufgehalten haben könnte.« Er schüttelte den Kopf und fuhr wie zu sich selbst fort: »Möglicherweise ist Varfas Tabora echt ...«

Plötzlich ertönte ein durchdringender Heulton. Rhodan zuckte zusammen und brachte den Paralysator in Anschlag. Lord Zwiebus hob die Keule und war bereit, den Mechanismus zu betätigen, der den Lauf des Thermostrahlers ausfuhr.

Wayar blickte auf Rhodans Paralysator und sagte amüsiert: »Eine seltsame Waffe – aber ein Telefon wirst du damit wohl nicht bekämpfen wollen, oder?«

Er ging in einen der Räume, stülpte sich ein Gerät wie einen Helm über den Kopf – und der Heulton verstummte. Er lauschte einer für Rhodan und Zwiebus unhörbaren Stimme aus den Kopfhörern und sprach gelegentlich in die Mikrophongabel, die von dem Telefonhelm über die ganze Reihe seiner fünf Sprechorgane reichte. Allerdings beschränkte sich Wayar auf nichtssagende Kommentare.

»Ja ... Gut ... Tut das ... In Ordnung, wir kommen sofort!«

Als er den Telefonhelm abnahm und zurück in die Halterung legte, wirkte er verstört.

»Was ist passiert?« erkundigte sich Rhodan.

»Meine Leute sind noch in Varfas Geschäft«, sagte Wayar. »Sie haben das Tabora gefunden. Leider hat es Verluste gegeben. Zwei meiner Leute und Gucky hat es erwischt.«

In Rhodan krampfte sich etwas zusammen. »Ist ... ist Gucky noch am Leben?«

»Ich glaube schon.« Wayar schüttelte den Kopf. »Wir müssen sofort hin. Bestelle auch Tolot und Lloyd in Varfas Geschäft. Es scheint so, als hätten wir diesmal tatsächlich das wahre Tabora gefunden.«

Hayg begleitete Gucky bis zur Kellertreppe.

»Weiter gehe ich nicht, Varfa«, sagte der artefokische Gehilfe zitternd.

Gucky stieg allein die schwach erleuchtete Wendeltreppe hinunter. Als er außer Haygs Sicht war, holte er den Paralysator hervor. Die Aussicht, von der Bestie angefallen zu werden, die Varfas Tabora bewachte, behagte ihm nicht.

Der Mausbiber hätte sich wohler gefühlt, wenn er Icho Tolot und Fellmer Lloyd bei sich gehabt hätte. Aber es blieb ihm keine Zeit, sie anzufordern. Rhodans Andeutung, daß Wayars Leute herkommen wollten, zwang ihn zu schnellem Handeln.

Er erreichte das Ende der Wendeltreppe und fand sich vor einer mehrfach verriegelten Tür. Er schob die Riegel vorsichtig beiseite und zog dann die schwere Eisentür auf. Den Paralysator hielt er schußbereit.

Vor ihm lag undurchdringliche Schwärze. Nur ein Stück des betonierten Bodens vor ihm wurde von dem Treppenlicht schwach beleuchtet. Er lauschte angestrengt in die Finsternis, konnte jedoch nicht das geringste Geräusch vernehmen.

Der Raum vor ihm lag in absoluter Stille da.

Er tastete mit der einen Hand entlang der Türfüllung die Innenmauer ab. Als er einen Lichtschalter fand, atmete er erleichtert auf und legte den Kipphebel um. Augenblicklich wurde der Keller von einem grellen Licht überflutet. Für einen Moment war er geblendet und schloß die Augen. Als er sie wieder öffnete, erblickte er die Urne. Sonst nichts.

Inmitten des zehn mal zehn Meter großen Kellergewölbes stand die Urne auf einem Sockel. Von einem Raubtier, das die Urne bewachen sollte, fehlte jede Spur.

Es war Gucky schleierhaft, wie Hayg auf die Idee gekommen war, daß hier eine Bestie hauste. Vielleicht hatte ihm Varfa das nur eingeredet, um ihn von diesem Kellergewölbe fernzuhalten. Wie dem auch war, Gucky blieb vorsichtig.

Er blickte sich ständig um, während er sich der Urne näherte. Als er nur noch einen Meter von ihr entfernt war, betrachtete er sie genauer. Sie bestand aus einer nichtrostenden Metallegierung, hatte an ihrer dicksten Stelle einen Durchmesser von vierzig Zentimetern und war insgesamt siebzig Zentimeter hoch. Verschlossen wurde die Urne von einem Deckel mit Gewinde.

Gucky klopfte mit dem gekrümmten Finger gegen die Wandung; das dumpfe Geräusch zeigte ihm an, daß die Urne nicht leer war. Dann probierte er am Verschluß. Er ließ sich leicht drehen.

Nach einigen Umdrehungen konnte er den Deckel abheben. Bevor er das jedoch tat, warf er einen Blick auf die Ortungsgeräte des Kombi-Armbandes. Der Energietaster schlug schwach aus. Gucky machte einige Versuche und stellte fest, daß sich die Energiequelle auch bei zugeschraubtem Verschluß anmessen ließ, dagegen zeigte der Energietaster in einer Entfernung von vier Metern überhaupt keine Werte mehr an.

Gucky entfernte den Deckel endgültig und blickte in das Innere der Urne. Dort lag – in einer Konservierungs- oder Nährflüssigkeit – ein Wesen zusammengerollt, das einer Fledermaus ähnlich sah, jedoch viel größer war und wahrscheinlich eine Flügelspanne von eineinhalb Metern besaß. Gucky vermutete, daß sich das Wesen im Tiefschlaf befand.

Er fragte sich schaudernd, ob man es weckte, wenn man den Deckel entfernte und wollte ihn schnell wieder zuschrauben. Da ertönte von der Kellertreppe her eine befehlende Stimme: »Wirf die Waffe weg, Kriecher.«

Gucky drehte sich um und sah, wie vier Artefoker nacheinander das Gewölbe betraten. Sie hielten Pistolen in ihren zierlichen Händen und zielten damit auf ihn. Obwohl Gucky keine Ahnung von der Zielgenauigkeit und Schußkraft dieser Waffen hatte, hielt er es für besser, die vier nicht herauszufordern.

»Hat Wayar euch geschickt?« fragte er.

»Jawohl, aber nicht, um dich freundschaftlich zu umarmen«, sagte der zuerst erschienene Artefoker. »Und jetzt wirf die Waffe weg!«

Als Gucky dieser Aufforderung nicht rasch genug nachkam, drückte der Artefoker seine Pistole ab. Eine Detonation wie von einem Geschütz erklang, und Gucky spürte, wie ihn die Wucht eines Geschosses gegen die Wand schleuderte. Dabei entfiel ihm der Paralysator. Er glaubte, das großkalibrige Projektil würde ihn zerschmettern, dabei verspürte er nicht einmal den geringsten Schmerz. Er erkannte auch sofort wieso – das Projektil hatte nur das Biomolplast durchschlagen, aber seinen Körper nicht einmal gestreift.

»Wieso kommt aus der Wunde kein Tropfen gelben Blutes?« wunderte sich einer der Artefoker. Die anderen wurden ebenfalls mißtrauisch.

»Dreh dich um!« befahl ihr Anführer. Nachdem Gucky dem Befehl nachgekommen war, trat der Artefoker hinter ihn und drückte mit dem Lauf der Waffe gegen eine bestimmte Stelle seines Rückens. Gucky erinnerte sich noch gut daran, wie Varfa mit den Fingern seiner Pseudopodien gegen die gleiche Stelle gedrückt hatte und auf diese Weise Selbstmord begangen hatte.

»Der fällt nicht um!« rief der Artefoker verblüfft. Und dann: »Das ist kein Kriecher, sondern ein Pai'uhn K'asaltic.«

»Wenn das stimmt, dann sind auch Rhodan und die anderen Vielgestaltige mit den flinken Händen!«

Gucky hatte keine Ahnung, für wen sie ihn hielten, er wußte nur, daß seine Maske durchschaut worden war. Und plötzlich erinnerte er sich wieder des Wesens in der Urne. Es mußte sich dabei um die Bestie handeln, von der

Hayg gesprochen hatte und wahrscheinlich erwachte sie aus dem Tiefschlaf, wenn man den Verschluß öffnete!

Der Mausbiber hörte hinter sich ein Geräusch, das sich wie das Flattern von Flügeln anhörte und rief: »Achtung! Die Urne!«

Seine Worte waren noch nicht verhallt, als er einen Schmerzensschrei vernahm. Schüsse lösten sich aus den Waffen der Artefoker, die sich in dem Kellergewölbe wie Bombenexplosionen anhörten.

Gucky wirbelte herum und sah, wie das fledermausähnliche Tier über den Artefokern kreiste und mit Krallen und einer langen mit Widerhaken bewehrten Zunge, die es aus dem breiten Maul blitzartig hervorschnellen ließ, auf sie einschlug.

Ein Artefoker lag blutüberströmt auf dem Boden, ein zweiter brach gerade leblos zusammen. Die beiden anderen schossen blindlings um sich und versuchten sich auf die Treppe zurückzuziehen.

Ohne lange zu überlegen, griff Gucky nach seinem Paralysator und schoß die fliegende Bestie mit einem breitgefächerten Lähmstrahl ab. Das Tier fiel zu Boden, zuckte noch einige Male und blieb dann reglos liegen.

»Du hast das Tabora getötet!« schrie einer der überlebenden Artefoker von der Treppe her. »Das kostet auch dich das Leben.«

»Mit dieser Waffe kann man nicht töten«, verteidigte sich Gucky. »Ich habe das Tier nur für einige Zeit gelähmt.«

»Wie dem auch sei – wirf die Waffe zu mir«, befahl der Artefoker. Gucky blieb keine andere Wahl, als diesem Befehl nachzukommen. Er schleuderte den Paralysator in Richtung der Kellertür.

Der Artefoker hob ihn auf und richtete ihn auf Gucky. »Wenn das wirklich eine Lähmpistole ist, dann wirst du gleich ein sehr hilfloser Pai'uhn K'asaltic sein«, sagte der Artefoker und drückte ab.

Gucky lag gelähmt auf der Seite. Er konnte sehen und hören, was um ihn vorging, aber es war ihm nicht möglich, auch nur einen Muskel zu bewegen. Sein Körper gehorchte ihm einfach nicht mehr. Nach einiger Zeit gelang es ihm, den Kopf zu wenden und sich umzusehen. Die Paralyse ging sogar so weit zurück, daß er die Lippen bewegen konnte. Aber der Versuch, zu sprechen, mißlang ihm vorerst.

Er beobachtete die beiden Artefoker. Zuerst hatten sie die fliegende Bestie in der Urne deponiert und den Deckel verschlossen, dann waren sie aus dem Kellergewölbe geeilt. Gucky wußte nicht, wieviel Zeit verstrichen war, als sie wieder zurückkamen.

Während der eine von ihnen faustgroße Kugelbehälter entlang der Wände aufstellte, die Gucky an Bomben erinnerten, kam der andere zu ihm, stieß mit dem Fuß gegen die Biomolplastschicht seines Körpers und sagte:

»Ich sehe, du bist bei Bewußtsein. Kannst du mich hören? Dann will ich dir etwas sagen. Was du jetzt siehst, das sind die Vorbereitungen für den Empfang deiner Freunde. Verlasse dich darauf, daß sie kommen werden – alle vier. Wayar hat versprochen, dafür zu sorgen.«

Der Artefoker verließ zusammen mit seinem Kameraden den Keller. Gucky war wieder eine endlos scheinende Zeit allein. Er fragte sich, was die Kugelgefäße enthielten. Er kämpfte gegen die Lähmung in seinen Gliedern an und versuchte, wenigstens ein Bein oder einen Arm zu bewegen. Aber das gelang ihm nicht.

Die beiden Artefoker erschienen wieder. Diesmal brachten sie kleine Holzkästchen mit, die Lüftungsschlitze aufwiesen. Sie überdeckten damit die Kugelbehälter.

»Damit deine Freunde nicht gleich erkennen können, woran sie sind«, erklärte der Artefoker, der auch vorhin zu Gucky gesprochen hatte. »Soll ich dir sagen, was wir mit euch vorhaben?«

Gucky wollte bejahen, aber nur ein kaum hörbares Krächzen kam über seine Lippen. Trotzdem empfand er einen stillen Triumph, als er sich selbst hörte. Es war ein unverkennbares Zeichen dafür, daß er bald wieder sprechen konnte. Die Artefoker durften davon jedoch nichts merken.

Der Artefoker fuhr fort: »Wir werden deine Freunde betäuben, wenn sie kommen und dann in den Tempel der stählernen Wächter bringen. Was dann mit euch geschieht, kann uns egal sein. Uns ist jedoch eine Belohnung gewiß. Es ist nämlich ein großer Unterschied, ob man als Bewohner von Tronko Y Artefo nach dem Tabora sucht, oder als Fremder. Es sind schon viele auf unsere Welt gekommen, um das Tabora an sich zu bringen und damit unumschränkte Macht zu erlangen. Doch sie scheiterten alle – und landeten im Tempel der stählernen Wächter. Von allen Fremden, die zu uns kamen, um uns das Tabora zu stehlen, seid uns ihr Pai'uhn K'asaltic am verhaßtesten. Man sagt euch nach, daß ihr nicht zu fassen seid. Um so höher werden die Ehrungen für uns sein, wenn wir gleich fünf der Vielgestaltigen mit den flinken Händen im Tempel abliefern. Vielleicht dürfen wir dafür am *Tag DAH* das Tor der Reinheit passieren.«

Gucky hätte den Artefoker gerne darüber aufgeklärt, daß sie keineswegs Pai'uhn K'asaltic seien, aber er zweifelte daran, daß ihm das etwas genützt hätte.

Die Artefoker ließen ihn wieder mit den getarnten Kugelbehältern, der Urne und den beiden Toten allein. Nach einiger Zeit hörte Gucky näherkommende Geräusche. Zuerst nahm er an, daß ihm die Artefoker wieder einen Besuch abstatteten, um ihn zu quälen. Doch dann hörte er die Schritte von mehreren Personen auf der Treppe.

In der Kellertür erschien Perry Rhodan. Hinter ihm folgte Icho Tolot – er mußte seinen Körper stark krümmen, um nicht mit dem Kopf an der Decke anzustoßen.

»Gucky, was ist passiert?« rief Rhodan und kam schnell auf ihn zu.

Er beugte sich über Gucky. Hinter ihm tauchten jetzt nach und nach auch die anderen auf. Wayar und zwei weitere Artefoker waren bei ihnen.

»Perry …!« Gucky mußte sich anstrengen, um das Wort aussprechen zu können.

»Schon gut, Kleiner«, sagte Rhodan begütigend. »Du kannst mir später alles erzählen.«

Gucky versuchte sich aufzubäumen. Aus den Augenwinkeln sah er, wie sich die Artefoker an den Holzkästchen zu schaffen machten und sich dann zur Tür zurückzogen.

»Hauptsache, wir haben das Tabora gefunden!« Das war Lord Zwiebus.

»Eine … Falle!« stieß Gucky unter größter Kraftanstrengung hervor.

Die Kellertür flog ins Schloß. Von draußen war zu hören, wie die Riegel vorgeschoben wurden.

Rhodan sprang auf die Beine und wirbelte herum. Lord Zwiebus war schon bei der Tür und stemmte sich dagegen – sie gab nicht nach. Aus den Lüftungsschlitzen der Holzkästchen strömte dichter, grüner Qualm.

Icho Tolot schob Lord Zwiebus beiseite und rannte selbst einige Male gegen die Tür an. Aber auch er richtete nichts gegen sie aus. Da die Hemmstrahlung des goldenen Ringsystems auch auf ihn wirkte, konnte er die molekulare Struktur seines Körpers nicht verändern. Aus dem gleichen Grund, aus dem er das Hindernis nicht beseitigen konnte, war es ihm auch nicht möglich, die giftigen Dämpfe zu absorbieren.

Da das Gas schwerer war als Luft, setzte es sich zuerst auf dem Boden fest, und Gucky fiel ihm als erster zum Opfer. Dann folgte Fellmer Lloyd.

Rhodan sah noch, wie der Orter-Mutant die Besinnung verlor, dann gaben auch seine Beine nach. Er glaubte, ersticken zu müssen, um ihn begann sich alles zu drehen … und dann wußte er nichts mehr von sich.

Icho Tolot fing Lord Zwiebus auf und wollte ihn mit seinen vier Armen in die Höhe heben. Doch die Kräfte verließen ihn. Er ging langsam, wie in Zeitlupe, in die Knie und kippte dann zur Seite – Lord Zwiebus immer noch in den Armen haltend.

6.

Y'Chatramyr glaubte jetzt zu wissen, daß ihn sein eigenes Volk verraten hatte.

Dieser Verdacht war ihm vorher nie gekommen, sondern erst an dem Tag, an dem er als Wächter des Tabora nach Tronko Y Artefo abgestellt wurde. Im Laufe der Zeit war der Verdacht schon beinahe zur Gewißheit geworden: Seine Artgenossen wollten ihn nicht ehren, indem sie ihn zum Wächter des Tabora ernannten, sondern ihn einfach kaltstellen.

Er erinnerte sich noch gut an den Tag, als man an ihn herangetreten war und ihm mitgeteilt hatte, daß Untersuchungen über seinen Geisteszustand ein erschreckendes Ergebnis geliefert hätten. Man sagte ihm offen, daß es wohl keine andere Möglichkeit gäbe, als ihn zur Heilung nach Yatnokan zu schicken. Yatnokan – das war jene Welt, die man auch »Idiotenplanet« nannte.

Y'Chatramyr hatte damals zu toben begonnen. Seine Artgenossen unterbreiteten ihm daraufhin einen Alternativvorschlag. Da Yön'Xontrayion sich der Aufgabe, das Tabora zu bewachen, nicht mehr gewachsen fühlte, hatte er Selbstmord begangen. Man legte Y'Chatramyr nahe, seinen Posten einzunehmen, um so der Verbannung nach Yatnokan zu entgehen.

Er nahm das Angebot dankbar an und fühlte sich geehrt. Aber kaum hatte er seinen Fuß auf Tronko Y Artefo gesetzt, erkannte er, daß man ihn hintergangen hatte. Er verlor fast von einem Augenblick zum anderen seine parapsychische Fähigkeit – und da wurde ihm zum erstenmal klar, daß man ihn fürchtete.

Sein eigenes Volk – die Karduuhls – fürchteten seine Paragabe des Dekodierens! Mit dieser Fähigkeit konnte er alle biologischen, chemischen, physikalischen und selbst die fünfdimensionalen Vorgänge entschlüsseln und entsprechend beherrschen. Seine Fähigkeit war beinahe ultimat. Er konnte damit die Vorgänge innerhalb einer Sonne steuern, in den Hyperraum eindringen und selbst das Geheimnis des Lebens enträtseln.

Davor hatten seine eigenen Artgenossen Angst. Sie überlisteten ihn und schoben ihn nach Hüter der Reinheit ab. Hier, unter der Strahlung des golden leuchtenden Ringsystems, verlor er seine Paragabe.

Die anderen Karduuhls behaupteten, diese Strahlung sei nötig, um die

Artefoker in Schach zu halten, die ihrerseits über unheimliche Fähigkeiten verfügten, mit denen sie den Schwarm, ja, das ganze Universum erschüttern konnten, wenn man sie nicht im Zaum hielt. Das sah Y'Chatramyr ein, doch wußte er, daß die Hemmstrahlung seinen Artgenossen auch gelegen kam, ihn selbst zu eliminieren.

Er besaß zwar die Möglichkeit, die Hemmstrahlung abzuschalten – und er war auch gezwungen, dies einmal im Jahr zu tun. Aber das bot ihm keinen Ausweg aus seinem Dilemma, denn wenn er die Hemmstrahlung aufhob, dann war er den parapsychischen Impulsen der Artefoker ausgesetzt, was sich auf seinen Geist unheilvoll auswirkte.

Yön'Xontrayion, sein Vorgänger, war dieser Belastung nicht gewachsen gewesen und hatte seinem Leben ein Ende gemacht. Immerhin erfüllte er auch nach seinem Tod, in versteinertem Zustand, einen guten Zweck: Viele der Planetenbewohner beteten ihn als das Tabora an!

Doch war es bedauerlich, daß sich die Pai'uhn K'asaltic nicht hatten täuschen lassen. Diese Vielgestaltigen mit den flinken Händen waren ihm schon immer ein Dorn im Auge gewesen. Er hatte gefühlt, daß sie die einzigen unter den vielen Fremden waren, die nach Tronko Y Artefo kamen, die eine wirkliche Chance besaßen, das wahre Tabora zu finden.

Dieses Gefühl hatte ihn nicht getrogen, denn den Pai'uhn K'asaltic war es schließlich auch gelungen, ihm eine Niederlage zuzufügen.

So war es auch verständlich, daß er triumphierte, als die Artefoker zu ihm in den Tempel der stählernen Wächter kamen und ihm fünf gefangene Vielgestaltige mit den flinken Händen anboten. Er ließ ihnen durch die Roboter ewige Reinheit prophezeien und bemächtigte sich der Gefangenen. Er brachte sie in ein ausbruchsicheres Stahlgefängnis, das er zusätzlich durch einen Energieschirm absicherte. Er war sogar versucht, die 5-D-Sperre aufzuheben und einen fünfdimensionalen Schutzschirm um die Gefangenen aufzubauen, um sicher zu sein, daß sie ihm nicht entkommen konnten. Aber dann wagte er doch nicht, gegen das Verbot zu verstoßen, das besagte, daß nur einmal im Jahr, am *Tag DAH,* die Hyperaggregate laufen durften. Er sagte sich schließlich, daß auch ein normalenergetischer Schutzschirm seinen Zweck erfüllen mußte.

Er reichte auch tatsächlich aus. Über das versteckte Beobachtungssystem verfolgte er die vergeblichen Ausbruchsversuche seiner fünf Gefangenen. Doch dabei machte er auch eine Feststellung, die seinen anfänglichen Triumph in bittere Enttäuschung verwandelte.

Seine fünf Gefangenen gehörten keineswegs dem Volk der Pai'uhn K'asaltic an. Im ersten Augenblick empfand er solche Wut, daß er die Kampfroboter ausschicken wollte, um sie kurzerhand töten zu lassen. Doch dann besann er sich seiner Aufgabe und begann mit der routinemäßigen Untersuchung der

Gefangenen. Er ließ Lgyon zu sich kommen, den permanenten Temporärdenker, der nicht einmal durch die Hemmstrahlung davon abgehalten werden konnte, die verschiedenen Zeitebenen parapsychisch zu durchwandern, und suchte zusammen mit ihm die Gefangenen auf.

Wie gesagt, er beabsichtigte nur ein Routineverhör. Er wollte lediglich herausfinden, woher die Fremden in der geschickten Verkleidung kamen und wie sie nach Tronko Y Artefo gelangt waren. Danach sollten sie getötet werden.

»Ein Götze!« entfuhr es Lord Zwiebus, als sich die Tür des Stahlgefängnisses öffnete und hinter den beiden Kampfrobotern der Karduuhl die Zelle betrat.

»Er hat einen Artefoker bei sich«, stellte Fellmer Lloyd fest.

Icho Tolot fügte mit dröhnender Stimme hinzu: »Der Götze sieht wie ein Doppelgänger jenes Versteinerten aus, den wir in Loyshs Tresor gesehen haben.«

Perry Rhodan beobachtete den Götzen schweigend. Er besaß eine goldgelb schillernde Haut. Sein Körper war in ein goldenes, wallendes Gewand gehüllt, unter dem wahrscheinlich sein Kampfanzug verborgen war. Aus seinem fast achtzig Zentimeter durchmessenden Kugelkopf blickten die faustgroßen, starren Facettenaugen; die vier vorne gefächerten Fühler pendelten unruhig hin und her; der zahnlose, dreieckige Insektenmund war halb geöffnet.

Mehr noch als von dem Götzen war Rhodan von dem Anblick des Artefokers gebannt. Er war 2,20 Meter groß, besonders schlank und feingliedrig und hatte die elastischen Lider über dem Gesichtsauge geschlossen. Er bewegte sich so sicher und so vorsichtig wie ein Traumwandler, der auf einem Balken über einen Abgrund wandelt.

»Aus welchem Grund läßt sich der Götze von einem Artefoker begleiten?« fragte sich Rhodan. »Es handelt sich bestimmt nicht um einen von Wayars Leuten.«

»Glaubst du, daß das einen besonderen Grund hat?« fragte Gucky, der Rhodans Worte gehört hatte. »Wenn nur diese Hemmstrahlung nicht wäre, dann konnte ich die Absicht des Götzen leicht durchschauen.«

Fellmer Lloyd zog eine Grimasse.

»Ohne die Hemmstrahlung hätten wir dieses Gefängnis schon lange verlassen können. Der Energieschirm würde für dich als Teleporter kein Hindernis darstellen, denn er ist nicht fünfdimensionaler Natur.«

Rhodan winkte ab. »Vielleicht findet sich auch so ein Ausweg.«

Seit sie vor einigen Stunden in diesem Gefängnis erwacht waren, hatten sie noch kein Lebewesen zu Gesicht bekommen. Nur die Roboter waren von Zeit zu Zeit erschienen, um die Sicherheitsvorkehrungen zu überprüfen. Sie wußten nicht, wie sie hergekommen waren und wer sie ihrer Waffen und Ausrüstungsgegenstände beraubt hatte. Als die Wirkung des Schlafgases von ihnen abfiel, fanden sie sich in der Energieglocke innerhalb der Metallwände wieder – bar ihrer Biomasken.

Der Götze stellte sich breitbeinig vor den Energieschirm hin und sagte mit gellender Stimme:

»Ihr seid also die Abenteurer, die nach Tronko Y Artefo gekommen sind, um das Tabora zu stehlen, und die nun mit leeren Händen in den Tod gehen werden. Seid ihr euch dessen bewußt?«

Rhodan machte einige Schritte auf den Götzen zu und blieb drei Meter vor ihm stehen – nur durch den schalldurchlässigen Schutzschirm von ihm getrennt.

»Du sprichst, als wüßtest ausgerechnet *du,* wo das Tabora versteckt gehalten wird«, sagte Rhodan spöttisch – ohne jedoch zu ahnen, daß er mit dieser Formulierung den Karduuhl an seiner wunden Stelle traf.

»Ich, Y'Chatramyr, bin der Wächter des Tabora!« kam es gellend aus dem dreieckigen Insektenmund des Götzen. »Ihr habt eure Nachforschungen in der falschen Richtung betrieben.«

»Wir haben viele Spuren verfolgt«, sagte Rhodan, »und wären früher oder später auch auf dich gestoßen, wenn wir nicht Opfer eines unglücklichen Zufalls geworden wären.«

»Du glaubst an einen Zufall!« rief der Götze schrill und ließ ein gellendes Lachen folgen. »Ihr habt euch in den Netzen verfangen, die ich ausgelegt habe. Ihr habt euch in dem Labyrinth gefangen, das ich für Abenteurer wie euch aufgebaut habe. Ihr seid Opfer meiner Täuschungstaktik geworden!«

Jetzt begann Rhodan zu begreifen. Er mußte eingestehen, daß Y'Chatramyrs Plan einfach und raffiniert zugleich war. Der Götze verschwieg nicht, daß das Tabora sich auf dieser Welt befand, weil das ohnehin nicht geheimzuhalten war. Im Gegenteil, er verteilte Tausende von Reliquien über den ganzen Planeten und behauptete von jedem, daß es das Tabora sei. Und manche dieser Behälter, zum Beispiel Xoons Tresor, oder Varfas Urne, stellten tödliche Fallen dar. Y'Chatramyr ließ jeden Besitzer einer solchen Attrappe in dem Glauben, er besitze das wahre Tabora, so daß die Irreführung von den Suchern kaum zu durchschauen war. Viele erkannten erst dann, daß sie sich auf einer falschen Fährte befanden, wenn sie von dem vermeintlichen Tabora getötet wurden.

Rhodan konnte nicht anders, als dieses weltweite und ungemein zielführende Täuschungsmanöver zu bewundern. Aber er hütete sich, dem Götzen Anerkennung zu zollen. Er wußte, daß sie nur dann eine Chance zum Überleben und zur Flucht aus diesem Gefängnis hatten, wenn es ihnen gelang, Y'Chatramyr so zu reizen, daß er eine Unbesonnenheit beging. Rhodan hatte keine genaue Vorstellung davon, wie das zu bewerkstelligen war, aber er ahnte, daß das Tabora für Y'Chatramyr weniger ein Machtmittel als eine Belastung war. Hier mußte er einhaken.

»Du bist klug, Y'Chatramyr, aber vielleicht doch nicht klug genug, um das Tabora vor fremdem Zugriff zu schützen«, sagte Rhodan.

Für einen Moment schien es, als wolle sich der Götze auf ihn stürzen. Wäre der Schutzschirm nicht zwischen ihnen gewesen, hätte er es auch sicherlich getan.

»Glaubst du wirklich, uns getäuscht zu haben?« fuhr Rhodan fort. »Du bewachst das Tabora, aber du besitzt es nicht. Wenn du nämlich sein Vertrauen und seine Freundschaft gewonnen hättest, dann würdest du auch seine Macht anwenden können. Doch dazu bist du nicht in der Lage. Wir dagegen können mit dem Tabora umgehen.«

Rhodan machte eine Pause, um zu sehen, wie sein Bluff auf den Götzen wirkte. An seinem unsicheren Verhalten glaubte Rhodan zu erkennen, daß er sich auf dem richtigen Weg befand. Selbstsicherer fuhr er fort:

»Unser Problem war nur, wie wir in die Nähe des Tabora kommen sollten, um es anrufen zu können. Deshalb ließen wir uns von den Artefokern gefangennehmen, um in deinen Stützpunkt zu gelangen. Das ist uns gelungen. Wir können das Tabora jederzeit anrufen und dich mit seiner Hilfe vernichten. Aber bevor wir das tun, sollst du die Möglichkeit erhalten, mit uns zusammenzuarbeiten.«

Rhodan wunderte sich selbst darüber, daß er sich so weit zu gehen wagte, dem Götzen ein Ultimatum zu stellen. Aber dessen Unsicherheit hatte ihn geradezu herausgefordert. Jetzt wartete er gespannt auf eine Reaktion.

Y'Chatramyr stand eine Weile nur reglos da, dann kam eine Reihe schriller, hysterisch klingender Laute aus seinem Mund, die Rhodan einen Schauder über den Rücken jagten. Er glaubte in diesem Augenblick, der Götze würde wahnsinnig werden.

»Was hat er?« wunderte sich Lord Zwiebus. »Ist er verrückt geworden?«

Y'Chatramyr beruhigte sich endlich und sagte: »Ich kann deine Behauptungen leider nicht widerlegen. Und du kannst sie nicht beweisen – denn das Tabora befindet sich nicht mehr hier. *Es wurde mir gestohlen!«*

Es dauerte eine ganze Weile, bis sich Perry Rhodan von seiner Überraschung erholt hatte. Aber es war Lord Zwiebus, der zuerst die Sprache wiederfand.

»Ich glaube dem Götzen kein Wort. Er will uns nur täuschen, damit wir wieder ohne das Tabora fortfliegen.«

»Dazu kommt es bestimmt nicht mehr«, erklärte der Götze. »Denn ihr werdet nur noch solange leben, bis ich euch verhört habe. Und verlaßt euch nur nicht auf die Hilfe des Tabora – es befindet sich nicht mehr auf Tronko Y Artefo.«

Rhodan konnte es noch immer nicht glauben, daß sie all die Gefahren umsonst auf sich genommen hatten. Seltsam, aber in diesem Augenblick bedrückte ihn Y'Chatramyrs Drohung, sie alle zu töten, weniger als die Tatsache, daß das Tabora entwendet worden war. Er überlegte fieberhaft, konnte sich aber nicht vorstellen, aus welchem Grund der Götze sie belügen sollte. Vielleicht wollte er sie nur auf die Probe stellen, wollte herausfinden, ob sie tatsächlich in einem besonderen Verhältnis zum Tabora standen.

Icho Tolot schien diese Möglichkeit ebenfalls in Betracht gezogen zu haben. Denn er sagte zu Perry Rhodan, aber so laut, daß der Götze ihn ebenfalls hören konnte: »Wir können auf Y'Chatramyrs Urteil nichts geben. Er befindet sich zwar in dem Glauben, das echte Tabora bewacht zu haben, aber Gewißheit besitzt er nicht. Er hat keine geistige Beziehung zum Tabora und kann es deshalb nicht eindeutig identifizieren. Ihm ergeht es wie all den anderen Planetenbewohnern, die glauben, das wahre Tabora zu bewachen.«

Rhodan nickte dazu und ließ den Götzen nicht aus den Augen. Ihm fiel wieder auf, daß er von Zweifeln geplagt zu werden schien. Das seltsame Verhalten des Götzen vergrößerte das Geheimnis um das Tabora nur noch mehr. Was war das Tabora wirklich? Wie sah es aus? Welche Fähigkeiten besaß es? Existierte es überhaupt?

»Wie kannst du beweisen, daß du das wahre Tabora bewacht hast?« fragte Rhodan spöttisch. »Du gibst selbst zu, daß du keinen Kontakt zu ihm hattest und es deshalb nicht exakt identifizieren konntest.«

»Das habe ich keineswegs behauptet«, kreischte der Götze. »Im übrigen brauche ich euch nicht zu beweisen, daß mir das wahre Tabora anvertraut wurde. Ich werde euch auf der Stelle töten lassen.«

»Hoffentlich sind wir nicht zu weit gegangen«, raunte Lloyd Rhodan zu. »Er scheint mir ein äußerst labiler, unberechenbarer Charakter zu sein.«

»Das ist wahrscheinlich der Einfluß der Hemmstrahlung«, flüsterte Rhodan zurück. »Denn unter normalen Bedingungen müßte auch Y'Chatramyr parapsychische Fähigkeiten besitzen – so wie alle Götzen. Der Verlust seiner Paragabe dürfte ihn psychisch ziemlich schwer belasten. Wenn wir es vorsichtig anfangen, können wir ihn vielleicht zu unseren Gunsten beeinflussen.«

»Ich werde euch töten lassen!« schrie Y'Chatramyr wieder. »Aber vorher werde ich euch beweisen, daß ich mich nicht geirrt habe. Kennt ihr die Pai'uhn K'asaltic? Kennt ihr die Vielgestaltigen mit den flinken Händen? Ich erfuhr schon vor langer Zeit, daß sie sich vornahmen, das Tabora zu stehlen. Und das gelang ihnen schließlich auch. Sie haben viele falsche Fährten verfolgt, aber am Ende immer das vermeintliche Tabora als Attrappe erkannt und nicht angerührt. Das Tabora, das ich bewachte, haben sie jedoch entwendet, weil sie es als echt erkannten.«

»Du bist auch noch stolz, daß du bestohlen wurdest?« rief Rhodan spöttisch und wußte, daß er damit einen gefährlichen Vorstoß wagte.

»Ich wurde von den Pai'uhn K'asaltic bestohlen – gegen dieses Diebesvolk kann sich niemand schützen«, behauptete der Götze mit sich überschlagender Stimme. »Man kann die Vielgestaltigen mit den flinken Händen nicht erkennen und bekommt sie deshalb auch nicht zu fassen.«

»Und obwohl man sie nicht sehen kann, behauptest du, daß sie dich bestohlen hätten?« sagte Gucky ungläubig.

Der Götze schien von dem unwiderstehlichen Zwang befallen zu sein, sich unbedingt zu rechtfertigen. Er deutete auf den meditierenden Artefoker neben sich und sagte: »Logyon hat mir gesagt, daß es die Pai'uhn K'asaltic gewesen sind. Er war es auch, der mich überhaupt erst darauf aufmerksam gemacht hat, daß das Tabora gestohlen wurde. Aber da war es schon zu spät. Denn als er die Pai'uhn K'asaltic bei dem Diebstahl beobachtete, hatten sie in der Realzeit schon längst Tronko Y Artefo verlassen.«

»Was für ein wirres Zeug der redet«, sagte Gucky. »Jetzt dürfte er komplett übergeschnappt sein!«

»Nein, das täuscht«, sagte Rhodan nachdenklich. An den Götzen gewandt, fuhr er fort: »Du sprichst von Logyon, als könne er in die Vergangenheit blicken – und das, obwohl die Hemmstrahlung existiert.«

»Logyons Fähigkeit wird von der Hemmstrahlung nachteilig beeinflußt – so daß er lediglich auf andere Zeitebenen *blicken* kann«, antwortete der Götze. »Wenn jedoch die Strahlung nicht wäre, so könnte er durch die Zeit *wandern* und sie auch *beeinflussen.* Er würde es allerdings nicht bewußt, sondern unbewußt tun, weil er seine Fähigkeiten nicht kontrollieren kann. Am *Tag DAH* – den ihr nicht mehr erleben werdet – hebt sich die Hemmstrahlung auf, und Logyon wird dann, zusammen mit den anderen Artefokern, die ihre Fähigkeiten noch nicht eingebüßt haben, das Zeitgefüge dieser Welt erschüttern. Gegenwart, Vergangenheit und Zukunft werden miteinander verschmelzen – und es kommt zu unglaublichen Mutationen der Zeit. Vielleicht werde ich euch gar nicht töten, sondern den *Tag DAH* erleben lassen. Er ist ohnehin nicht mehr fern …«

Mein Gott, nur das nicht, dachte Rhodan.

»Das ist also die Fähigkeit der Artefoker«, sagte er laut. »Sie können den Zeitablauf beeinflussen, alle nur erdenklichen Zeitebenen zur Realität werden lassen, ohne jedoch die Zeit auch wirklich zu beherrschen. Kein Wunder, daß die Götzen ihre Paragabe unterdrücken. Wir können froh sein, daß die Hemmstrahlung noch eine Weile wirksam ist.«

»Du irrst, Perry«, sagte Gucky zögernd. »Ich empfange Y'Chatramyrs Gedanken!«

Logbuch des Schweren Kreuzers KAPELLA, Situationsbericht von Kommandant Oberstleutnant Harun Matakin:

31. März 3443 – 23.50 Uhr.

Arman Signo suchte mich in der Kommandozentrale auf und erklärte, mir eine wichtige Mitteilung machen zu müssen. Ich bestand darauf, das Gespräch auf Band aufzuzeichnen. Der Cyno hatte nichts dagegen einzuwenden.

Arman Signo: »Ich muß gestehen, daß ich Ihnen nicht alles über den golden strahlenden Planetenring gesagt habe, Oberstleutnant Matakin.«

Harun Matakin: »Wollen Sie es bei diesem Eingeständnis bewenden lassen, Techno-1?«

Signo: »Keineswegs. Ich kann nicht länger schweigen. Perry Rhodan und seine Leute sind überfällig. Ich glaube nun nicht mehr daran, daß sie auf Tronko Y Artefo ohne parapsychische Fähigkeiten auskommen können.«

Matakin: »Sie wollen damit sagen, daß es eine Möglichkeit gibt ...«

Signo: » ... die antipsionische Ausstrahlung des Ringsystems unwirksam zu machen – jawohl, genau das möchte ich Ihnen sagen.«

Matakin: »Ich möchte mich jetzt nicht über Ihr Verhalten äußern, dazu ist später noch Zeit. Reden Sie jetzt endlich!«

Signo: »Die Methode ist im Prinzip einfach. Man braucht die Hemmstrahlung nur mit Hyperkomsendungen auf einer bestimmten Frequenz zu überlagern. Dadurch wird die Wirkung aufgehoben.«

Matakin: »Verraten Sie mir auch, um welche Frequenz es sich handelt?«

Signo: »Es handelt sich um die Hyperfrequenz der Sonne, nur muß die Intensität tausendfach verstärkt werden.«

Anmerkung: Ich handelte sofort. Der Astronom Demidestapha stellte mit seinem 5-D-Teleskop die Frequenz des gelbweißen Sterns fest, und wenig später – um Null Uhr – schickten wir einen ununterbrochenen Hyperkomstrahl auf dieser Wellenlänge gegen Tronko Y Artefo. Hoffentlich kommt das alles nicht zu spät.

Eine Alarmsirene heulte mit durchdringendem Ton auf.

Der Götze stand einen Moment wie zu Stein erstarrt da, und Rhodan dachte schon, er hätte durch Versteinerung seinem Leben selbst ein Ende gemacht. Aber soweit war der Götze Y'Chatramyr noch nicht. Er war rein psychisch robust genug, um noch einige Schicksalsschläge einzustecken. Plötzlich bewegte er sich und stürmte durch die Eisentür aus dem Gefängnis!«

»Was hat er vor?« rief Lord Zwiebus, der noch keine Ahnung davon hatte, welche Katastrophe sich anzubahnen begann. »Wieso erwachte der Artefoker plötzlich aus seiner Apathie?«

»Die Alarmanlage scheint durch Fremdimpulse ausgelöst worden zu sein, welche die Hemmstrahlung überlagern«, vermutete Rhodan.

»Dasselbe habe ich aus Y'Chatramyrs Gedanken erfahren«, bestätigte Fellmer Lloyd.

»Er ist verschwunden, um nach der Fehlerquelle zu suchen«, sagte Gucky.

»Glaubst du, daß du durch den Energieschirm daran gehindert wirst zu teleportieren, Kleiner?« erkundigte sich Rhodan gehetzt.

»Lächerlich«, behauptete Gucky. »Eine andere Frage ist, ob die Hemmstrahlung schon genügend abgeschwächt ist.«

»Du mußt es versuchen«, drängte Rhodan. »Du mußt die Hauptzentrale erreichen und den Schutzschirm abschalten, bevor die Artefoker ihre Fähigkeiten in vollem Umfang zurückgewinnen.«

»Roboter!« schrie Lord Zwiebus. Er stand mit geballten Fäusten da und starrte zu den fremdartigen Kampfmaschinen jenseits des Schutzschirmes hinüber.

»Gucky hat es geschafft!« rief Fellmer Lloyd erleichtert, als der Mausbiber entmaterialisierte.

Der Schutzschirm brach zusammen!

Icho Tolot raste wie vom Katapult geschossen auf die Kampfroboter zu. Er hatte seine Fähigkeit, mit der er seine Körperstruktur umwandeln konnte, in vollem Umfang wiedererlangt und fuhr wie ein riesiges Geschoß in die Reihe der Roboter hinaus. Seine stahlharten Arme rotierten wie Windmühlenflügel und hämmerten pausenlos auf die Roboter ein. Sekunden später war alles vorbei – von den Kampfmaschinen war nur noch ein Haufen Schrott übriggeblieben.

Gucky materialisierte wieder. Er hatte die Paralysatoren und Lord Zwiebus' Keule bei sich.

Rhodan sah, wie der Artefoker zu flimmern begann und die Konturen seiner Gestalt sich verflüchtigten. Er wollte nach dem Paralysator greifen, den Gucky zu ihm schweben ließ – doch seine Hand fuhr ins Leere. Der Paralysator hatte sich in Nichts aufgelöst. Gucky war ebenfalls nicht mehr zu sehen.

Plötzlich verschwanden auch die Stahlwände des Gefängnisses, vor ihm breitete sich eine endlose Staubebene aus. Vom Himmel schien eine blaßrote

Sonne. Es gab keinen Berg, keinen Baum, nicht einmal einen Hügel in dieser Landschaft. Alles war flach – als hätte die zersetzende Kraft von Jahrmillionen sämtliche Bodenerhebungen abgetragen. Es gab kein Leben in dieser Einöde, sondern scheinbar nur ihn – und den Artefoker, der mit traumwandlerischen Schritten von ihm fortging.

»Das ist keine Illusion, Rhodanos«, sagte Icho Tolot hinter ihm.

»Ich weiß, der Artefoker hat uns mit sich in die fernste Zukunft dieser Welt genommen«, sagte Rhodan. »Aber wo sind die anderen?«

»Vielleicht in der Gegenwart, wer weiß? Oder sie gerieten in die realisierte Zeitebene eines anderen Artefokers.«

Rhodan schüttelte den Kopf. »Das hier ist die Gegenwart für uns.«

Er blickte sich nach dem Haluter um und sah gerade noch, wie er sich mitsamt der Umgebung auflöste.

Im nächsten Augenblick befand er sich wieder in dem stählernen Gefängnis. Für den Bruchteil einer Sekunde befürchtete er, daß er sich selbst begegnen könnte. Aber er war allein. Auf dem Boden lag Lord Zwiebus' Keule. Er hob sie auf.

»Lord Zwiebus!« funkte er.

»Ich bin an Bord der Space-Jet«, kam die Antwort. »Gucky ist mit mir herteleportiert.«

Wo war der Mausbiber jetzt?

Rhodan konnte sich nicht mehr den Kopf darüber zerbrechen. Durch den Eingang stürmten Kampfroboter. Rhodan fuhr den Impulsstrahler aus Zwiebus' Keule aus und feuerte. Die Roboter verglühten, aber es drängten immer mehr nach. In diesem Augenblick wünschte sich Rhodan, von einem der Artefoker in eine andere Zeitebene gerissen zu werden.

Aber dieser Wunsch erfüllte sich nicht. Statt dessen materialisierte genau in seiner Schußlinie eine Gestalt. Rhodan stellte das Feuer ein, als er Gucky erkannte. Der Mausbiber erfaßte die Situation sofort. Er ergriff Rhodans Hand und teleportierte mit ihm fort.

Sie kamen in der Kraftwerkstation des Stützpunktes heraus.

»Ich wollte dir nur etwas zeigen«, sagte Gucky.

»Was?«

Der Mausbiber blickte sich verblüfft um. »Es ist nicht mehr hier«, stellte er fest. »Wir müssen in eine andere Zeitebene geschleudert worden sein. Hier sieht alles so neu aus, als sei der Stützpunkt eben erst erbaut worden.«

»So wird es auch sein«, sagte Rhodan düster. »Wir befinden uns einige Jahrtausende in der Vergangenheit.«

»Es hätte wohl keinen Zweck, die Anlagen zu sprengen«, meinte Gucky. »Sie würden bis zur Gegenwart wieder erneuert werden …«

»Gib mir deine Hand, damit wir nicht getrennt werden!« schrie Rhodan, als er sah, daß sich Gucky mitsamt der Umgebung aufzulösen begann. Aber es war schon zu spät.

Rhodan befand sich wieder in der Kraftwerkstation, aber er wußte nicht, in welcher Zeit. Er blickte sich suchend nach einem Anhaltspunkt um.

Er zuckte unwillkürlich zusammen, als er Y'Chatramyr erblickte, und hob die Keule, aus der immer noch der Lauf des Impulsstrahlers ragte. Aber er schoß nicht. Der Götze war versteinert.

Rhodan konnte nur ahnen, was den Götzen zu dieser Verzweiflungstat getrieben hatte. Zuerst war ihm das Tabora gestohlen worden, dann war durch die Aufhebung der antipsionischen Strahlung der temporäre Sturm der Artefoker über ihn hereingebrochen – und schließlich waren seine Gefangenen entkommen. Das mußte alles auf einmal zu viel für ihn gewesen sein. Er war hilflos allen Gewalten ausgesetzt und hatte nur noch eine Möglichkeit, diesem Chaos zu entfliehen – nämlich alle seine Lebensfunktionen erlöschen zu lassen.

Der versteinerte Götze löste sich vor seinen Augen auf, noch bevor er seinen Gedankengang abgeschlossen hatte. Er fand sich in einem Trümmerfeld wieder. Der Stützpunkt Y'Chatramyrs war nur noch eine Ruine.

»Das haben Gucky und ich irgendwann in der Vergangenheit getan«, vernahm Rhodan eine bekannte Stimme.

»Fellmer! Wo sind Sie?«

»Hier.«

Der Mutant trat hinter einer schiefstehenden, verbeulten Wand hervor.

»Glauben Sie, daß wir dieser Hölle jemals entrinnen werden?« fragte Lloyd.

»Ich bin zuversichtlich«, sagte Rhodan. »Gucky muß nur jedesmal den richtigen Zeitpunkt in der Gegenwart erwischen, um mit einem nach dem anderen zur Space-Jet zu teleportieren. Er kann auch in der Vergangenheit oder in der Zukunft zu der Stelle teleportieren, an der die Space-Jet gestanden hat oder stehen wird. Als ich zuletzt in der Gegenwart war, befand sich Lord Zwiebus bereits an Bord.«

Lloyd sah Rhodan mit seltsamem Ausdruck in den Augen an.

Er sagte: »Als ich zuletzt in der Gegenwart war, befanden Sie sich ebenfalls an Bord, Sir. Nur noch ich fehlte.«

»Ich habe befürchtet, daß es zu Zeitparadoxa kommen könnte, und daß ich mir selbst begegne«, sagte Rhodan düster.

»Wie sieht es denn hier aus!« hörten Rhodan und Lloyd die Stimme Guckys.

Im nächsten Augenblick materialisierte der Mausbiber neben ihnen. »Mich würde interessieren, wer die Bude in die Luft gesprengt hat«, sagte er.

»Du und ich – wir beide haben es getan«, sagte Lloyd mit belegter

Stimme. »Du bist mit einer Bombe zurückgekommen, nachdem du Icho Tolot an Bord gebracht hast.«

Gucky starrte ihn wie ein Gespenst an. »Ich habe weder Icho Tolot an Bord der Space-Jet gebracht, noch habe ich …«

Der Mausbiber verstummte.

Rhodan blickte sich um – und erstarrte.

Einige Meter vor ihm sah er zwei Gestalten, die gerade etwas hinter einer Maschine deponierten. Gucky und Lloyd, die die Bombe legten!

Er wollte sie anrufen, aber da entmaterialisierten sie gerade.

Er war allein mit der Bombe, die jeden Augenblick gezündet werden konnte. Wenn er jetzt nicht in eine andere Zeit verschlagen wurde, dann war er verloren.

Oder doch nicht?

Er konnte hier sterben, würde aber trotzdem in unzähligen Doppelgängern in anderen Zeitebenen weiterleben. Einen von ihnen würde Gucky sicher auf die Space-Jet bringen. Dieser Doppelgänger wäre dann er – nur besäße er für die Spanne der Zeitmutation eine etwas andere Erinnerung. Selbst wenn er hier im Zentrum der Atomexplosion verglühte, würde er in unzähligen anderen Duplikaten weiterleben.

Vielleicht aber auch nicht. Es konnte sein, daß, wenn er hier starb, er auch in den anderen Zeitebenen zu existieren aufhörte …

Rhodan schloß die Augen. Er konnte nichts an seinem Schicksal ändern, wie es auch ausfallen mochte. Er konnte nur hoffen.

Als er die Augen wieder öffnete, fand er sich in einem dichten Dschungel wieder. Irgendwann in der Zukunft würde an dieser Stelle eine Bombe explodieren – aber das konnte ihm nichts mehr anhaben.

Er legte sich ins Gras, um sich von den vorangegangenen Strapazen auszuruhen. Er wußte nicht, wie lange er vor sich hingedöst hatte, als er etwas hörte. Er schlug die Augen auf und sah sich dem Mausbiber gegenüber.

Gucky ergriff Rhodans Hand und teleportierte mit ihm zu jener Stelle, wo sie irgendwann in der Zukunft die Space-Jet landen würden.

»Ich muß mich noch nach Fellmer umsehen«, sagte Gucky, ließ Rhodan los und teleportierte fort.

Rhodan blieb nicht lange im Dschungel.

Plötzlich wurde er wieder in die Gegenwart geschleudert. Er fand sich in einem verlassenen Park wieder. Zwanzig Meter von ihm entfernt befand sich die Space-Jet. Er konnte sie sehen, weil der Deflektorschirm abgeschaltet war. Die Schleuse stand offen. Lord Zwiebus stand darin und winkte ihm zu.

Rhodan kletterte an Bord des Schiffes.

»Icho Tolot ist schon hier«, sagte der Pseudo-Neandertaler, während er mit Rhodan im Antigravschacht in die Steuerkuppel hochfuhr. »Hier in der Space-Jet sind wir sicher. Wir können nicht mehr in verschiedene Zeitebenen verschlagen werden. Wir machen jede Zeitreise zusammen mit der Space-Jet durch, das haben wir inzwischen festgestellt.«

Sie kamen auf dem Kabinendeck heraus und kletterten die Leiter zur Steuerkuppel hoch. Icho Tolot stand am Pult und blickte durch das Panzerglas ins Freie. Die Umgebung hatte sich wieder verändert. Sie befanden sich inmitten einer Ruinenstadt; gleich darauf war die endlose Ebene um sie, die Sonne stand als dunkelroter Zwerg am Himmel.

»Fremde Sternkonstellationen«, stellte Icho Tolot fest.

Im nächsten Augenblick stand die Space-Jet wieder in dem Park, der so etwas wie ein Naturschutzgebiet zu sein schien, denn die Artefoker hatten ihn schon immer gemieden.

Gucky materialisierte zusammen mit Fellmer Lloyd in der Hauptzentrale. Rhodan hatte bereits in einem Kontursessel Platz genommen.

»Wir starten!«

Die Space-Jet hob ab und schoß mit steigender Beschleunigung dem Himmel entgegen. Die Atmosphäre um sie war von gespenstischen Irrlichtern erfüllt. Tag und Nacht wechselten oft so schnell, daß das Auge den einzelnen Phasen nicht folgen konnte.

Perry Rhodan, Fellmer Lloyd, Lord Zwiebus, Gucky und Icho Tolot ließen die phänomenalen Begleiterscheinungen der Zeitverschiebung schweigend über sich ergehen. Und dann war der ganze Spuk vorbei.

7.

Auf dem siebzehnten Planeten der roten Riesensonne Merkados ruhte die Krone der Koltas in einem Schrein aus strahlensicherem Blei, dem in diesem System seltensten und wertvollsten Element. Niemand wußte oder ahnte, woher die Krone stammte, und nur ganz wenige Koltas hatten die Krone jemals gesehen. Ihre Herkunft verlor sich im Dunkel der Vergangenheit. Sie mußte noch aus jenen Zeiten stammen, in denen die Koltas als Schöpfer und Herren einer gewaltigen Zivilisation auf dem Höhepunkt ihrer Macht standen und mit ihren schnellen Raumschiffen von Stern zu Stern eilten, um Handel zu treiben oder die »Saat der Erkenntnis« im Universum zu verbreiten.

Heute beschränkten sich die Koltas lediglich darauf, Besucher aus dem All zu erwarten und es gab Jahre, in denen sich ihre Hoffnungen mehr als nur einmal erfüllten. Seit Jahrtausenden schon hatten sie ihre Missionstätigkeit eingestellt und ernteten nun die Früchte jener Saat, die ihre eifrigen Vorfahren in das Unterbewußtsein anderer Sternenvölker gepflanzt hatten.

Die Krone der Koltas war ein Geheimnis, von dem man nur im Flüsterton sprach, wenn man überhaupt darüber sprach. Jene, die sie nach langer Wallfahrt angeblich gesehen hatten, erzählten unglaubliche Dinge über sie. Ihr Anblick, so wurde behauptet, könne sogar die Lebensspanne verdoppeln, und ein zweites Gerücht wußte zu berichten, daß gerade diese Tatsache der Grund dafür sei, daß nur die »Auserwählten der Priester« nach langer Wallfahrt die Krone sehen dürften.

Kun Tares hielt sich nun schon seit drei Jahren auf dem Planeten der Koltas auf. Jeder mußte ihn für einen Kolta halten, denn er sah genauso aus wie sie – entfernt humanoid, jedoch mit einem seidenweichen Fell bedeckt. Sein kleines Raumschiff lag versteckt in den Bergen nahe der Stadt. Eines Tages würde er es brauchen, um sein Leben zu retten.

Er lebte in einem kleinen Dorf weit von der Stadt entfernt, und sein ruhiges, den Priestern wohlgefälliges Leben hatte ihn beliebt und geachtet werden lassen. Sein Lebensziel war es, so betonte er immer wieder, einmal die Krone der Koltas zu sehen, aber niemals wäre dem bescheidenen jungen Mann eingefallen, die Priester um die Erlaubnis zu bitten, an einer der Wallfahrten teilnehmen zu dürfen.

Kun Tares wußte, daß seine Stunde kommen würde, früher oder später. Der Hohepriester des Dorfes war ihm viel zu wohlgesonnen, um nicht eines Tages von selbst auf den Gedanken zu kommen, ihn den Auserwählten zuzuteilen.

Natürlich genügte die Wallfahrt allein noch nicht, um die Krone zu sehen. Die letzte Entscheidung lag bei den »Wächtern der Krone«, die auf der Felsenburg ihre Auswahl trafen und jede Empfehlung der Dorfpriester ignoriert hätten. Sie lebten in dieser Burg und verließen sie niemals. Ihr einziger Kontakt mit der Außenwelt waren die Wallfahrer, die ihnen auch die notwendigen Nahrungsmittel als Gabe mitbrachten. Es war ein offenes Geheimnis, daß die Wächter der Krone uralt waren, vielleicht sogar unsterblich.

An diesem Tag, von dem die Rede sein soll, ließ der Priester des Dorfes Kun Tares zu sich rufen. Der junge Mann wußte, daß die Zeit der diesjährigen Wallfahrt kurz bevorstand. Tief in seinem Herzen regte sich die Hoffnung, diesmal dazu gehören zu dürfen. Er hatte lange Abende mit dem Priester diskutiert und ihn durch seine geäußerten Vermutungen neugierig gemacht. Ein Wallfahrer, der von den Wächtern der Krone ausgewählt wurde und diese sehen durfte, brachte Segen über das Dorf, und nicht nur ideellen Segen. Aus allen Himmelsrichtungen kamen die Gläubigen, um ihn nach der Krone zu fragen. Sie brachten Geschenke für den Tempel und die Bewohner des Dorfes mit.

Kun Tares hüllte sich in ein buntes Tuch, das er mit einer Spange befestigte. Es war Mittag, und die rote Sonne stand hoch am Himmel, der rosa schimmerte und keine Wolken hatte. Es wurde niemals richtig warm, aber der Seidenpelz schützte vor der Kälte.

Der Priester streckte ihm beide Hände entgegen und bat ihn, Platz zu nehmen. Er wohnte in einer bescheidenen Hütte dicht neben dem Tempel, aber Kun Tares wußte, daß diese offensichtliche Genügsamkeit nur Tarnung war. Niemand außer ihm kannte die prächtig ausgestatteten Hinterräume der Hütte, die in den angrenzenden Felsen hineingebaut worden waren. Auch der Priester hatte keine Ahnung davon, daß sein junger Freund sein Geheimnis kannte.

»Willkommen in meiner bescheidenen Hütte, Kun. So hat mein Bote dich gefunden?«

»Sonst wäre ich nicht hier«, gab Kun Tares zur Antwort und setzte sich. »Du wolltest mich sehen? Kann ich dir helfen, du Liebling der Götter? Du weißt, ich würde für dich …«

»Nein, es ist keine Bitte, die ich dir heute vortragen möchte. Du hast mir deren schon zu viele erfüllt. Heute möchte ich dir für deine bewiesene Freundschaft danken und dir deinerseits eine Bitte erfüllen, die du immer wieder mehr oder weniger offen vorgetragen hast. Du wirst schon jetzt ahnen, wovon ich spreche.«

Kun Tares stellte sich dumm.

»Wie sollte ich das wissen, verehrter Freund? Ich hatte viele Bitten, mit denen ich zu dir kam. Du hast mir immer geholfen, und wenn ich dir manchmal eine Freude bereiten konnte, so zahlte ich damit nur einen nicht nennenswerten Teil meiner Schuld zurück.«

»Deine Bescheidenheit ehrt dich, mein Freund. So will ich dir sagen, wozu ich dich ausersehen habe. Du wirst an der diesjährigen Wallfahrt zur Krone teilnehmen, als Vertreter unseres Dorfes. Ich bin sicher, daß die letzte Wahl der Wächter in der Felsenburg auf dich fallen wird. Was das für uns alle bedeuten würde, weißt du.«

Besonders für dich, alter Gauner, dachte Kun Tares, aber er sagte:

»Ich darf die Wallfahrt unternehmen?« Fast weinte er vor gespielter Rührung und Stolz. »Wie soll ich dir jemals danken für diese Gnade, etwas für unser Dorf tun zu dürfen? Stehe ich nicht in der Schuld aller, die mich vor drei Jahren hier aufnahmen, nachdem ich in den Bergen von Räubern überfallen wurde und mein Gedächtnis verlor? Haben mir nicht alle nur geholfen, besonders natürlich du? Ich unternehme die Wallfahrt nicht für mich, ich mache sie nur für euch, um meine Dankbarkeit zu beweisen.«

»Das wußte ich, wir alle wissen das«, behauptete der Priester salbungsvoll. »Darum fiel die Wahl auch einstimmig auf dich, Kun Tares. Bereits in drei Tagen werden die Wallfahrer der umliegenden Dörfer und Gemeinden durch unseren Flecken ziehen, und du wirst dich ihnen anschließen können. Sie haben schon eine lange Reise hinter sich, sie werden müde und erschöpft sein. Deine Reise wird nur kurz sein, du kannst sie ermuntern und ihnen neue Kräfte geben. Hunderte von frommen Wallfahrern werden sich unter der Burg versammeln und auf die Entscheidung der Wächter hoffen. Dort können wir nichts mehr für dich tun.«

Kun Tares blieb äußerlich ruhig, wenn er auch innerlich vor Aufregung zitterte. Drei Jahre lang hatte er voller Bangen und Hoffen auf diesen Tag gewartet, um den größten Coup seines Lebens zu landen. Einzig und allein zu diesem Zweck war er nach Mercados' siebzehntem Planeten gekommen und spielte die Rolle des heimatlosen Koltas. Nun war es endlich soweit.

»Ich werde versuchen, ihr Wohlwollen zu erringen«, versprach Kun Tares. Er zögerte. »Gibt es keinerlei Hinweise, wie das vielleicht, nun, sagen wir gefördert werden könnte? Vielleicht besonders wertvolle Geschenke, schöne Worte ...«

»Die Wächter der Krone lassen sich nicht bestechen, mein Sohn«, erklärte der Hohepriester würdevoll. »Sie lassen sich nur vom Wert der Seele leiten, und dafür haben sie ein untrügliches Auge. Deshalb hast du die besten Aussichten; denn deine Augen spiegeln die Reinheit deiner Seele wider.«

»Oh, danke«, sagte Kun Tares ergriffen. »Mir ist das selbst noch nie so aufgefallen.« Er stand auf. »Dann werde ich mit meinen Reisevorbereitungen beginnen. Kannst du mir raten, was ich für die Kronenwächter mitnehmen soll?«

»Darum mache dir keine Sorgen«, sagte er Hohepriester und erhob sich ebenfalls. »Die Bewohner des Dorfes bringen alles zu meinem Tempel. Ich werde aussortieren und dir nur das Wertvollste mitgeben.«

Nachdem du dir vorher das Allerwertvollste unter den Nagel gerissen hast, dachte Kun Tares mit einer gewissen Bewunderung und etwas Neid. *Du bist bald noch besser als ich ...*

»Ich komme täglich vorbei, um nach dir zu sehen«, versprach er und kehrte in sein kleines Haus zurück, in dem er seit drei Jahren lebte.

Es erinnerte keineswegs an die Behausungen auf seinem Heimatplaneten, aber er hatte sich daran gewöhnt. Außerdem paßte es auch besser zu der Körperform, die er angenommen hatte, die ihm nun ebenfalls nicht mehr ungewohnt war. Nur manchmal, in der Nacht, wenn er vor Überraschungen sicher sein konnte, entspannte er sich und wurde wieder zu dem, was er wirklich war – zu einem echten Pai'uhn K'asaltic.

Auf diese Wohltat würde er von nun an verzichten müssen, wenn ihm sein Leben lieb war. Außerdem konnte er sich so dicht vor dem ersehnten Ziel keinen Leichtsinn mehr erlauben. Wenn er plötzlichen Besuch erhielt, und das war nicht ausgeschlossen, würde die Rückverwandlung zu lange dauern. Das bedeutete seinen Tod.

Es dunkelte bereits, da kamen ihn Freunde besuchen, um ihn zu beglückwünschen. Sie taten das nicht ganz selbstlos, denn jeder wußte, daß er die wichtigste Persönlichkeit des Dorfes sein würde, wenn er tatsächlich die Krone sehen durfte.

Kun Tares bewirtete seine Gäste freundlich, plauderte mit ihnen und blieb ungemein höflich. Er hoffte, daß sie ihn nach Einbruch der Nacht endlich verlassen und allein lassen würden. Sie tranken den köstlichen Wein und kamen bald in die richtige Stimmung, um bis zum anderen Tag durchzufeiern. Kun Tares verstand es jedoch geschickt, sie gegen Mitternacht aus dem Haus zu komplimentieren. Er mußte nachdenken.

Die drei Wartetage vergingen ohne besondere Ereignisse. Die Geschenke wurden gesammelt und ausgewählt. Die Frauen packten sie zu einem bequemen Bündel zusammen, das er leicht tragen konnte. In einem zweiten Bündel befanden sich Lebensmittel für die Reise.

Dann trafen die ersten Wallfahrer ein. Da die rote Sonne Merkados bereits tief stand, baten sie den Hohepriester um die Erlaubnis, auf dem Dorfplatz nächtigen zu dürfen. Man hatte ähnliches erwartet und vorgesorgt. Ein Stapel Holz würde für ein wärmendes Lagerfeuer sorgen, denn die Wallfahrer durften für die Dauer ihrer Reise nicht in Häusern nächtigen.

Kun Tares gesellte sich zu ihnen, um sie kennenzulernen. Sie nahmen ihn mit Freuden in ihrer Mitte auf, als sie erfuhren, daß er der Auserwählte des Dorfes war. Lange noch saß man um die glühenden Holzstücke und lauschte den Erzählungen der Weitgereisten, die zum Teil schon seit Wochen oder gar Monaten unterwegs waren. Man sah ihnen die Strapazen an, die sie nun bald hinter sich haben würden. Der Rückweg würde für sie nicht mehr so beschwerlich sein, denn dann durften sie einen Wagen benutzen oder sich von Freunden mitnehmen lassen.

Kun Tares kehrte in dieser Nacht nicht in sein Haus zurück, sondern schlief das erste Mal bei den Wallfahrern. Früh am anderen Morgen brach man auf.

Drei Tage später sah Kun Tares die Felsenburg aus der Ebene in den Himmel ragen. Sie lag einige Kilometer vom Rand einer großen Stadt entfernt inmitten eines Urwaldgebietes. Nur eine schmale Straße führte auf einem Damm durch das sumpfige Gelände, in dem es angeblich noch wilde Tiere geben sollte. Sie mußten das gefährliche Gebiet vor Dunkelwerden durchqueren, denn in dem riesigen Burghof erst würden sie in Sicherheit sein. Wer jetzt zurückblieb, der war so gut wie verloren. Doch auch diese letzte Strecke gehörte zu den vielen Prüfungen, die sich die Wallfahrer aufzuerlegen hatten.

Kun Tares fühlte sich noch frisch und ausgeruht. Nach einer kurzen Ruhepause nahm er sein Geschenkbündel und das zweite, bereits sehr geschrumpfte Bündel mit der Verpflegung und folgte den anderen. Das Gelände fiel zur Ebene hin ab. Die Straße, die von der Stadt zur Burg führte, war gut zu erkennen. Wie ein schmales Band zog sie sich durch den grünen Teppich des Urwaldes.

Auch von anderen Seiten kamen nun Pilger hinzu und stießen zu bereits bestehenden Gruppen. Kun Tares ging meist allein, um sich nicht das Geschwätz der anderen anhören zu müssen. Er hatte nun genug mit sich selbst und seinen geheimsten Plänen zu tun. Alles hing natürlich davon ab, daß diese Burgwächter ihn auserwählten und zur Krone führten. Er wußte nicht, was er tun sollte, wenn das nicht geschah, aber es würde sich auch dann schon ein Ausweg finden lassen. Nur wurde dann alles schwieriger.

Die Felsenburg lag auf dem abgeflachten Gipfel eines kegelförmigen Berges, ein gigantisches Bauwerk mit mächtigen Mauern, die an manchen Stellen mehr als hundert Meter senkrecht in die Tiefe fielen. Es würde unmöglich sein, sie ohne technische Hilfsmittel zu ersteigen. Die Wächter konnten sich recht sicher fühlen.

Eine tiefer gelegene Ringmauer umgab den Burghof, der dreihundert Meter unter der eigentlichen Burg lag. Eigentlich bestand er nur aus einem durch die hohe Mauer abgeschirmten Stück Urwald, das allerdings zum größten Teil gerodet war und nicht so wild wirkte wie der Wald, dem Kun Tares sich nun näherte.

Die Stadt lag weit hinter ihm, als er endlich die Straße erreichte und dem Zug der Pilger folgte. Die Burg ragte wenige Kilometer entfernt in den immer noch wolkenlosen Himmel. In zwei oder drei Stunden würde es dunkel werden.

Er beschleunigte seine Schritte, denn er hatte keine Lust, sich auch noch mit unbekannten Raubtieren herumschlagen zu müssen, zumal er keine Waffe besaß – oder besitzen durfte. Er überholte mehrmals ermattete Wanderer, warf ihnen ein aufmunterndes Scherzwort zu – und ging weiter. Jetzt mußte jeder für sich selbst sorgen. Die Auswahl würde morgen beginnen.

Kun Tares kam unangefochten durch das Gefahrengebiet und erreichte den

Fuß des Berges, als die Sonne noch zwei Handbreit über dem Horizont stand. Der Wald wurde etwas lichter, und von Raubtieren hatte er nichts bemerkt. Vielleicht gab es überhaupt keine, und sie waren nur erfunden worden, um die letzten Kraftreserven der Wallfahrer zu mobilisieren.

Zwei Wächter der Krone standen rechts und links des großen Tores, das in den Burghof führte. Die Kontrolle war nicht der Rede wert, denn niemand würde es wagen, sich unter die Pilger zu mischen, wenn er nicht von einem Priester für die Wallfahrt bestimmt worden war.

Kun Tares atmete auf, als er in dem bewaldeten Hof war, dessen Gelände zur Burg hin steil anstieg. Die Straße führte in Serpentinen weiter, aber sie war schmaler geworden. Wenn es hier regulären Verkehr gab, dann höchstens solchen mit Geschenklasten für die Burgwächter.

Er folgte der Straße, um noch vor Dunkelwerden so nahe wie möglich an die Burg heranzukommen. Es konnte kein Fehler sein, schon jetzt gewisse Erkundigungen einzuziehen, die ihm morgen nur wertvolle Zeit rauben würden. Er mußte das Gelände kennen, wenn sein Unternehmen von Erfolg gekrönt sein sollte.

Dicht unter der eigentlichen Burgmauer, die an dieser Stelle achtzig Meter hoch sein mochte, traf er einige Pilger, die er von der Reise her kannte. Durch die lange Pause, die er eingelegt hatte, hatten sie ihn überholt und waren vor ihm hier eingetroffen.

»Kun Tares, du hast es auch geschafft?« fragte ihn jemand spöttisch und deutete auf ein Stück Wiese. »Hier ist noch Platz für dich. Setz dich zu uns!«

Kun Tares setzte sich und packte die letzten Nahrungsmittel aus.

»Ich nahm mir Zeit«, erklärte er kauend. »Erst morgen beginnt die Auswahl, warum also sollte ich mich beeilen? Sind alle durchgekommen?«

»Ohne Ausnahme. Wir sollten in dieser Nacht ruhig schlafen und Kräfte sammeln, damit wir morgen den Wächtern der Krone offen in die forschenden Augen blicken können.« Er deutete hinab in die Ebene zur Straße. »Viele von denen, die noch unterwegs sind, werden in die Dunkelheit geraten und den Raubtieren zum Opfer fallen.«

»Es gibt keine Raubtiere«, sagte Kun Tares.

»Woher willst du das wissen?« fragte einer der Pilger.

Kun Tares sagte vorsichtig: »Ich hätte es bemerkt. Vielleicht schlafen sie aber auch am Tag und sind nur nachts munter.«

»So wird es sein«, sagte der Pilger.

Kun Tares beschloß, künftig vorsichtiger zu sein. Allzuviel Positives konnte sich sehr schnell in nur Negatives verwandeln. Es wurde schneller dunkel als im Dorf. An einigen Stellen wurden Feuer entzündet, aber Kun Tares rollte sich zusammen und versuchte, ein wenig zu schlafen.

Der Eingang zur Burg selbst wurde schärfer bewacht. Die Pilger mußten sich ausweisen, indem sie den Bleikristall vorzeigten, der ihnen vom Hohepriester ihres Dorfes mitgegeben worden war. Auch Kun Tares besaß diesen Kristall, den er nun auf flacher Hand dem Wächter entgegenstreckte, der ihn nur kurz musterte und dann dem nächsten Pilger zuwinkte.

Kun Tares ging weiter. Das Tor blieb zurück, und er befand sich jetzt im inneren Burghof, wo sich die Wallfahrer in Gruppen sammelten und diskutierten. Niemand wußte genau, wie die letzte Auswahl vor sich gehen würde. Es gab zu wenige, die die Krone gesehen hatten und erzählen konnten, und jeder erzählte die Geschichte ein wenig anders.

Gegen Mittag wurde das Tor geschlossen.

Sieben in Schwarz gekleidete Wächter der Krone standen hinter einem langen Holztisch, der unmittelbar neben dem Eingang zum Burginnern auf Steinsockeln angebracht war. Die Pilger mußten sich in einer Reihe aufstellen und an diesem Tisch vorbeigehen. Dabei breiteten sie ihre Geschenke aus, die von den sieben Wächtern dann begutachtet wurden. Wie immer die Wahl auch ausfiel, die Pilger waren ihre Geschenke in jedem Fall für immer los.

Beim Verlassen des Tisches bekamen die Wallfahrer, so als wäre das eine Art Quittung, einen Stein in die Hand gedrückt. Der Stein war nur faustgroß und rot, blau, grün oder gelb. Niemand konnte wissen, was die Farbe bedeutete, denn ihre Anzahl war gleich. Kun Tares konnte sich ausrechnen, daß nur ein Viertel der anwesenden Pilger die Krone sehen durften – immerhin noch mehr, als er angenommen hatte. Eine der Farben bedeutete die Genehmigung, aber welche Farbe das war, konnte jetzt noch niemand wissen.

Ihm blieb keine Zeit mehr, über das Rechenproblem nachzudenken. Die Reihe kam an ihn.

Er öffnete sein Bündel und breitete die Geschenke aus. Natürlich hatte er unterwegs heimlich nachgesehen, was ihm der Hohepriester eingepackt hatte. Wirklich nichts Besonderes, nach seinem eigenen Geschmack. Ein paar wunderschöne Bleifiguren, einige Bergkristalle und Diamanten, dann ein kleines Tongefäß, schließlich eine kunstvoll geschnitzte Holztruhe, nicht größer als eine Hand.

Kun Tares hielt nicht viel von diesen Geschenken, aber er wußte, daß die Koltas andere Wertbegriffe besaßen als er. Also hatte er ein recht gutes Gewissen, als er sein Bündel auspackte. Man betrachtete ihn mit einigem Wohlwollen und gab ihm einen grünen Stein.

Der nächste Pilger …

Kun Tares ging langsam zu den Wallfahrern, die auf die Entscheidung warteten. Einige andere hatten auch einen grünen Stein, den sie unschlüssig in der Hand drehten und nicht so recht zu wissen schienen, was sie damit anfangen sollten.

»Der Stein ist das Zeichen«, vermutete jemand. »Umsonst haben sie uns keinen Stein gegeben.«

Kun Tares konnte ihm nur beipflichten, auch wenn er selbst nicht ahnte, nach welchen Gesichtspunkten die Steine ihrer Farbe nach verteilt wurden. Vielleicht war alles gar nichts anderes als ein Glücksspiel, bei dem jeder Bewerber die gleichen Chancen hatte.

Es war eine langwierige Prozedur. In dem Hof war es nicht gerade warm, und es gab nur ein offenes Feuer, um das sich die frierenden Pilger drängten, um sich aufzuwärmen. Manchmal vergaßen sie sogar ihre Würde und stritten sich um den besten Platz.

Kun Tares stand abseits. In seiner Tasche ruhte der grüne Stein. In der anderen verwahrte er die Reste seiner Lebensmittel. Sie reichten noch für einen Tag, aber wenn er seine ursprüngliche Gestalt annahm, kam er auch ohne Nahrung aus.

Es dunkelte bereits, als der letzte der Wallfahrer seine Geschenke abgeliefert hatte. Die sieben Wächter der Krone zogen sich zurück, um ihre Entscheidung zu treffen, falls es da überhaupt noch eine Entscheidung zu treffen gab. Sie konnten nur zwischen den vier Farben wählen.

War das alles wirklich nur ein Glücksspiel? Oder wußten die Wächter schon vorher, welche Farbe die Krone sehen durfte?

Kun Tares konnte sich seine Chance klar ausrechnen: eins zu drei!

Es war Rot!

Jeder, der einen roten Stein erhalten hatte, war von den Göttern ausgewählt worden, die Krone der Koltas zu sehen. Kun Tares hatte das Spiel verloren.

Er hatte fast damit gerechnet, sich aber noch keinen festen Plan zurechtgelegt, wie er das Mißgeschick ungeschehen machen könnte. Es hatte wenig Sinn, einfach die Gestalt eines der anderen Pilger anzunehmen. Er benötigte einfach den roten Stein, und dann konnte er aussehen wie jeder andere der Wallfahrer. In dem relativ engen Hof jedoch war es unmöglich, jemandem den Stein abzunehmen.

Aber er ließ sich austauschen, und darin besaß Kun Tares einige Erfahrung. Jetzt, da er die Farbe kannte, war das kein Kunststück.

Die Pilger mit dem roten Stein sammelten sich vor dem Eingangsportal zum Innern der Burg. Noch in dieser Nacht sollten sie die Krone sehen, und morgen konnten sie den Rückweg in ihre Heimatdörfer antreten. Jene, die grüne, blaue, oder gelbe Steine erhalten hatten, wurden in den äußeren Vorhof entlassen.

Kun Tares hielt sich abseits und glitt dann zu der Gruppe der glücklichen Pilger, die den roten Stein erhalten hatten. Es war nicht leicht, seinen grünen Stein gegen einen roten auszutauschen, denn die Wallfahrer hielten ihn fest in der Hand, weil sie ihn bei der Kontrolle vorzuzeigen hatten.

Aber Kun Tares war gewitzt und erfahren. Es schien ein Zufall zu sein, als einer der Pilger stolperte und hinfiel. Vielleicht war es auch nur die Müdigkeit, die ihn straucheln ließ. Jedenfalls öffnete sich seine Hand, als er den Sturz zu bremsen versuchte, und als er nach kurzem Suchen seinen Stein wiederfand, hatte er die Farbe gewechselt.

Jetzt war er plötzlich grün.

Das Wehgeschrei half ihm nichts. Er mußte den inneren Hof verlassen und in den Wald zurückkehren. Man konnte sein Geschrei bis in die Burg hinein noch lange hören.

Kun Tares hielt den roten Stein fest in der Hand und folgte der Reihe der Pilger, die langsam durch das Portal Einlaß in die Burg fanden.

Niemand hatte dem kleinen Zwischenfall eine Bedeutung beigemessen, und keiner kannte den anderen so gut, um den Austausch bemerkt zu haben. Kun Tares fühlte sich absolut sicher. Es schien auch unwahrscheinlich, daß sich die Tempelwächter jedes Gesicht gemerkt hatten. Sie hatten nur Augen für die Geschenke gehabt.

»Die Götter werden ihn strafen«, sagte einer der Wächter laut, damit es jeder hören konnte, »er wollte die Krone sehen, obwohl er dazu nicht ausersehen war.« Er warf einen kurzen Blick auf Kun Tares' roten Stein und ließ ihn passieren. »Vielleicht werden ihn schon beim Heimweg die wilden Bestien zerreißen.«

Sie standen in einem riesigen Saal, dessen Steinwände mit Teppichen behangen und mit Bildern geschmückt waren. Mehrere Gänge führten in unbekannte Regionen weiter, aber das Auffälligste waren die breiten Stufen, die in die Tiefe hinabführten. Ein rotes Band versperrte den Abstieg. Rechts und links standen Wächter, mit blitzenden Messern bewaffnet, die sie blank im Gürtel trugen.

Nicht gerade sehr heilig, dachte Kun Tares, der seine Expedition gleichzeitig für das Studium fremder Sitten und Gebräuche nutzte. Das gehörte nun einmal dazu. *Ich wette, sie sind selbst auch gar nicht so heilig und fromm, wie sie nach außen hin tun. Doch wo wäre das nicht so?*

Insgesamt waren es vielleicht fünfzig Pilger, die von der ersten Auswahl betroffen worden waren. Einige von ihnen standen reglos da und beteten. Andere konnten ihre Ungeduld kam noch verbergen. Ihr Lebensziel war in Erfüllung gegangen. Sie würden zu jenen gehören, deren Lebensspanne sich vielleicht verdoppelte. Sie würden ihrem Dorf Ruhm und Reichtum bringen und sich bis zu ihrem Lebensende keine Sorgen mehr zu machen brauchen.

Immer wieder würden sie den Besuchern die Geschichte ihrer Pilgerfahrt erzählen und dafür Geschenke in Empfang nehmen können. Im Dorf würden sie alle Vorteile genießen, die ein solches Dorf vergeben konnte.

Kun Tares dachte nicht an solche Dinge. Er hatte andere Probleme, und er wußte noch nicht, wie er sie lösen sollte.

Nur eines wußte er mit Sicherheit: Die Wächter der Krone würden sich sehr bald nach einer anderen Beschäftigung umsehen müssen.

Drei dieser Wächter kamen nun mit lodernden Fackeln und entfernten das rote Band, das bisher den Abstieg in die unbekannte Tiefe verhindert hatte. Sie gaben durch Zeichen zu verstehen, daß man ihnen folgen möge. Kun Tares hielt sich hinten in der Gruppe, um nicht durch Hast oder Voreiligkeit aufzufallen. Hinter ihm gingen drei weitere Wächter, die bewaffnet waren.

Die Treppe schien endlos zu sein, aber dann mündete sie auf einem Quergang, der wiederum rechts von einem goldenen Portal begrenzt wurde. Die führenden Wächter nahmen diese Richtung und warteten, bis die Pilger nachgekommen waren.

Einer von ihnen sagte feierlich: »Hinter diesem Tor wartet die Glückseligkeit auf jeden, der die Beschwernisse der weiten Reise auf sich nahm und dem die Götter wohlgesonnen waren. Die Krone der Koltas wird allein durch ihren Anblick immerwährende Gesundheit und ein langes Leben schenken. Bevor wir das Tor öffnen, sollt ihr mehr über die heilige Krone erfahren, die das Erbe unserer Vorfahren ist und die ihnen von den Göttern selbst geschenkt wurde.«

Es war Kun Tares schon jetzt klar, daß es sich nicht um eine gewöhnliche Krone handeln konnte. Aber das hatte er schon vorher gewußt, sonst stünde er jetzt nicht hier. Es mußte sich um eine längst vergessene Errungenschaft der ehemals hochtechnisierten Koltas handeln, die heute nur noch religiöse Bedeutung besaß. Das gab es oft bei Kulturvölkern, die ihre eigene Vergangenheit vergaßen.

Der Wächter fuhr fort: »Mit der Glückseligkeit der Krone ist ein Fluch verbunden. Nur Auserwählte dürfen sie sehen, denn wenn sie jeder sähe, ginge die Wirkung verloren. Aus dem Bringer des Heils würde der Bringer der Katastrophe.« Er gab seinen beiden Kollegen ein Zeichen. »Wir werden nun die heilige Halle der Krone betreten und kurze Zeit in ihr verweilen. Bleibt ganz ruhig und betrachtet die Krone, versenkt euch in Gebete und dankt den Göttern für die Gnade, die euch zuteil wurde. Dann werden wir wieder nach oben gehen, aber das Erlebnis wird euch bis ans Ende eurer Tage nicht mehr verlassen.«

Euch auch nicht! dachte Kun Tares grimmig und überlegte, wie er es anstellen sollte.

Das Tor schwang auf. Dahinter lag ein Raum im Dämmerlicht schwach brennender Fackeln. Die Pilger drängten vor, wurden jedoch von den Wächtern zur Ruhe ermahnt.

Kun Tares blieb gelassen. Mit einem Blick erfaßte er seine Umgebung und seine Chancen. Die Frontseite des Saales wurde von einem Tisch eingenommen, auf dem die bleierne Truhe stand, von der er schon vage vernommen hatte. Sie war geöffnet, und in ihrem Innern ruhte auf seidigen Polstern die Krone.

Zu Kun Tares Überraschung sah sie wirklich wie eine Krone aus, aber das geschickt angebrachte Gitternetz verbarg ihr Inneres. Sie war nicht größer als ein Kopf und schimmerte in einem gelblichen Rot.

Roh behauene Steinfiguren stellten berühmte Persönlichkeiten und Heilige aus der Geschichte der Koltas dar. Sie zierten die übrigen drei Wände der Halle.

Gut, dachte Kun Tares zufrieden. *Sehr gut sogar! Es sind mindestens dreißig oder vierzig – da kommt es auf eine mehr oder weniger auch nicht mehr an.*

Die Pilger drängten sich vor dem Tisch oder Altar, um die Krone anzustarren. Die Wächter sorgten dafür, daß keiner zu nahe herankam, aber man bemerkte die Routine, mit der sie ihre Pflicht erfüllten. Mit ihren Gedanken waren sie schon ganz woanders, vielleicht bei der Aufteilung der mitgebrachten Geschenke.

Kun Tares wollte nicht auffallen. Sein Plan war längst gefaßt, zumindest in allen Einzelheiten seit jenem Augenblick, in dem er den Saal betreten und die Krone gesehen hatte. Trotzdem blieb er in der Mitte der Pilger und kniete andächtig vor dem Altar nieder.

Schwer konnte die Krone nicht sein, aber kompakt – und vielleicht auch gefährlich. Kun Tares wußte, daß Blei Strahlen jeder Art auffing. Wenn also die Krone schon immer in einem Bleisarg ruhte, dann mußte sie auch Strahlen aussenden. Strahlen, die eine lebensverlängernde Wirkung hatten. Vor Tausenden von Jahren, das war ihm klar, war die Krone nichts anderes als ein Mittel der Regenerierung gewesen, das nichts mit religiösen Hintergründen zu tun hatte. Vielleicht hatte es sogar viele dieser »Kronen« gegeben, aber nur diese eine war übriggeblieben.

Sie genügte, einer ganzen Welt ihren Stempel aufzudrücken.

Schweigend verharrten die Pilger, vom eintönigen Gemurmel der betenden Wächter fast in den Trancezustand versetzt. Jeder starrte die Krone an, als erwarte er von ihr sein ganzes Seelenheil oder ein sofortiges Wunder.

Rechts hinter Kun Tares stand die Steinfigur eines vor vielen tausend Jahren gestorbenen Herrschers, daneben die eines späteren Heiligen. Der Raum dazwischen war leer.

Und dann, einige Sekunden später, war er nicht mehr leer.

Und es fiel auch nicht auf, daß ein Pilger fehlte, als die Gruppe nach einer halben Stunde den Saal der Krone verließ.

Es war Kun Tares nicht schwergefallen, seine äußere Form umzuwandeln. Es war im Bruchteil einer Sekunde geschehen, und nun stand er scheinbar leblos zwischen den steinernen Silhouetten und wartete auf seine Stunde. Heute würde es keine Führung mehr geben, dessen war er sich sicher.

Trotzdem wartete er zwei Stunden. Die Fackeln waren nicht ausgelöscht worden. Seiner Schätzung nach würden sie noch Stunden brennen, aber im Notfall konnte Kun Tares auch ohne Augen sehen, wenn er die entsprechende Gestalt annahm.

Die Krone lag in dem geöffneten Bleisarg. Das Licht der Fackeln wurde tausendfach von ihr reflektiert, und dann hielt Kun Tares es nicht mehr aus. Er verwandelte sich wieder in den Kolta, der er gewesen war, und ging vor zum Altar. Jetzt endlich hatte er Zeit, die Krone in aller Ruhe zu betrachten – jene Krone, auf die er drei lange Planetenjahre gewartet hatte.

Das äußerliche Gitternetz war in der Tat nicht mehr als ein Netz. Darunter lag die eigentliche Zellerneuerungsanlage verborgen, die wahrscheinlich durch einen winzigen, aber äußerst leistungsfähigen Generator mit der notwendigen Energie versorgt wurde. Und das nun schon seit undenklichen Zeiten! Viel war nicht davon zu erkennen, aber Kun Tares hatte Phantasie und einen gut ausgebildeten technischen Verstand. Er fragte sich, ob die Wächter der Krone das Geheimnis in seiner ganzen Wahrheit kannten und nur Theater spielten, oder ob sie tatsächlich an ein Wunder glaubten.

Er trat einen weiteren Schritt vor und griff nach der Krone. Sie war leichter, als er geglaubt hatte. Eine gewisse Scheu überkam ihn, als er sie in den Händen hielt, das größte Heiligtum eines Sonnensystems, aber zugleich auch ein Wunder der Wissenschaft. Jedoch kein Wunder übersinnlicher Mächte, wie die Koltas glaubten oder glauben wollten.

Und er, Kun Tares, würde die Krone stehlen …

Langsam verging die Nacht.

Kun Tares konnte zwar jederzeit seine eigene äußere Erscheinung verändern und jede beliebige Form annehmen, aber die Krone vermochte er nicht zu verwandeln. Er konnte sie jedoch innerhalb der gewählten Erscheinungsform verbergen.

Ihm fiel keine bessere Lösung ein: Er verwandelte sich in einen dicken Holzstamm und verschlief in dieser Form die letzten Stunden vor der sich anbahnenden Katastrophe.

Kurz vor der Mittagsstunde öffnete sich erneut das Tor zum Heiligtum, und drei Wächter betraten den Saal, gefolgt von etwa fünfzig Pilgern, die alle die Krone der Koltas sehen wollten.

Es dauerte keine zehn Sekunden, bis der Diebstahl entdeckt wurde.

»Die Krone!« rief der erste der Wächter ungläubig aus. »Sie ist nicht mehr da!«

Jedenfalls war der Schrein leer, und mitten in dem Raum lag ein dicker Holzstamm, der vorher nicht dort gelegen hatte. Niemand kümmerte sich vorerst um ihn.

In aller Hast wurden die verblüfften Pilger wieder nach oben auf den Burghof getrieben. Das gewaltige Tor wurde geschlossen, nachdem man sie hinaus in den lichten Wald gejagt hatte, wo noch einige tausend Wallfahrer auf ihre Wahl warteten.

Die Krone war verschwunden! Etwas Ungeheuerliches war geschehen!

Und niemand wußte eine Erklärung.

Kun Tares lag ganz ruhig da und wartete. Er wußte aus Erfahrung, daß nun bald etwas geschehen mußte, wenn man ihn – in der Form eines Baumstammes – in dieser Situation auch nicht allzu ernst nehmen würde. Trotzdem war er im Weg, und damit rechnete er.

Er wurde Zeuge des Lokaltermins durch den Oberwächter, der das alles natürlich nicht begriff und versuchte, die Schuld auf einen der gewöhnlichen Wächter abzuschieben. Das gelang ihm nicht ganz, denn die anderen Wächter konnten bestätigen, daß die Krone noch vorhanden gewesen war, als man gestern abend den Raum verließ.

Also konnte sie auch nur noch in diesem Raum sein. Die Durchsuchung begann, und dann stolperte der Oberwächter über diesen Baumstamm.

»Wo kommt das denn her?« fragte er wütend und deutete auf den Baumstamm. »Was soll das?«

»Vielleicht hat es Bruder Pen Takos hereingeschleppt, Ehrwürdiger«, meinte einer der Wächter. »Er schnitzt gern, und vielleicht wollte er einen neuen Heiligen aufstellen – vielleicht dachte er sogar daran, Euer Hochwürdigen zu verewigen …?«

Der Oberwächter fühlte sich geschmeichelt. Er beschloß, der Sache im Augenblick nicht nachzugehen, um auch weiterhin beliebt zu bleiben und vielleicht ein Heiliger zu werden.

»Schon gut, aber schafft das Ding hinaus jetzt! Es stört.«

Vier Wächter waren notwendig. Dort blieb der Stamm vor dem Ausgangstor unbeachtet liegen, während im Innern der Burg die Suche nach der verschwunden Krone weiterging.

Kun Tares wartete. Er hatte Zeit, jetzt, da die begehrte Diebesbeute in seinem Innern ruhte. Einmal würden sie ihn schon hinaus in den Wald schaffen, von wo aus er dann unauffällig verschwinden konnte. Er bedauerte es in diesem Augenblick zutiefst, sich nicht auch noch in Luft verwandeln zu können, aber dann hätte er wahrscheinlich auch nicht gewußt, wohin mit der Krone.

Erst abends, als es bereits dämmerte, kamen zwei der Wächter zu ihm und betrachteten ihn nachdenklich.

»Nun, Pen Takos?« fragte der eine.

Der andere erwiderte: »Nein, den Stamm kenne ich nicht. Es ist schlechtes Holz. So etwas würde ich kaum zum Schnitzen nehmen. Ich habe keine Ahnung, wer das Ding herbeigeschleppt hat. Unten im Kronsaal, sagst du?« Als er keine Bestätigung erhielt, hob er beide Hände. »Ich schwöre es bei allen Geschenken, die wir gestern und heute erhielten, daß ich diesen Baumstamm noch nie zuvor in meinem Leben gesehen habe!«

Das genügte. Die beiden Wächter gingen davon und ließen den Stamm liegen.

Kun Tares wartete, bis es Nacht geworden war, dann verwandelte er sich in einen riesigen Vogel, der in Größe und Masse seiner eigentlichen Form entsprach, packte die Krone in die Klauen und erhob sich in die Lüfte. Mühelos schwebte er über die Burgmauern dahin und tauchte im Schatten der Baumwipfel unter. Niemand hatte seine Flucht bemerkt, wenn auch am anderen Tag der überflüssige Baumstamm vermißt werden würde. Aber das brauchte jetzt seine Sorge nicht zu sein.

Er behielt die Vogelform bei und flog an der Stadt vorbei in Richtung des Gebirges, wo er sein Raumschiff verborgen hatte. Dort würde er wieder die angenehme humanoide Form annehmen können, die zwar nicht seiner Ruhestellung entsprach, in der er jedoch am besten agieren konnte.

Er konnte die Landschaft unter sich kaum erkennen, aber er fand das Gebirge. Hier wurde die Orientierung schwieriger, aber er ließ sich Zeit. Niemand konnte vermuten, daß der Dieb der Krone einfach davongeflogen war, und erst recht würde in ihm niemand einen großen Vogel vermuten.

Sicher, eines Tages würde der Priester seines Dorfes den Pilger vermissen, den er ausgewählt hatte, die Krone sehen zu dürfen. Aber da Kun Tares vor drei Jahren so unvermutet in dem Dorf aufgetaucht war, würde man nicht viel Aufhebens davon machen, wenn er genauso spurlos wieder verschwand. Und gerade der Priester würde den Mund halten, wenn er zwei und zwei zusammenzählen konnte.

Im Schein der Sterne erkannte Kun Tares den Berg wieder.

Am Fuß des Berges war die Höhle mit seinem Raumschiff. Er verlor an Höhe und landete etwas unsanft auf dem felsigen Plateau. Vorsichtig setzte er die Krone auf einen Stein und verwandelte sich in ein humanoides Phantasiewesen mit erstaunlichen Fähigkeiten. Es handelte sich natürlich nur um körperliche Eigenschaften, denn Kun Tares konnte seine Intelligenz weder verringern noch erhöhen. Es war ihm auch nicht möglich, parapsychische Gaben zu entwickeln.

Er nahm sein kostbares Diebesgut und ging in die Höhle hinein. Unberührt stand sein kleines Schiff noch so da, wie er es vor drei Jahren abgestellt hatte. Mit einem Kodewort öffnete er die Luke und stieg ein.

Im kleinen Lagerraum fand er keinen Platz für die Krone. Er nahm sie kurzentschlossen mit in den Kontrollraum, schon um sie jederzeit dort bewundern zu können und sich an seinem Raub zu erfreuen. So einen guten Fang hatte er noch nie gemacht, aber schließlich hatte er auch drei Jahre seines Lebens dafür geopfert. Er konnte sich vorstellen, was seine Freunde auf Na'nac für Augen machen würden, wenn er mit seiner Beute herausrückte.

Dafür allein hatte sich die Arbeit gelohnt.

Er schaltete die Antigravfelder ein. Absolut geräuschlos schwebte das schlanke Schiff aus der Höhle, von winzigen Steuerdüsen angetrieben. Draußen erst, auf dem Plateau, veränderte Kun Tares die künstliche Schwerkraft derart, daß sein Raumfahrzeug sanft in die Höhe stieg wie ein Ballon. So entging er am besten einer Entdeckung durch die Polizei, die technisch gut ausgerüstet war und mit der wenig beschäftigten Raumbehörde eng zusammenarbeitete.

So einfach das Leben auf dem Land auch war, die Behörden der Koltas arbeiteten mit den modernen Mitteln der Vorfahren. Sie besaßen auch ein ausgedehntes Funknetz, in das Kun Tares sich nun einschaltete.

Der Diebstahl der Krone hatte den ganzen Planeten in Aufruhr gebracht, obwohl noch nicht feststand, daß es sich um einen echten Diebstahl handelte. Auf keinen Fall, so wurde behauptet, könne die Krone die Felsenburg verlassen haben. Sie müsse sich noch in ihrem Innern in einem unbekannten Versteck befinden.

Die Pilger waren die Hauptverdächtigen, aber da es keine reguläre Registrierung gab, würden die Nachforschungen in dieser Hinsicht eine geraume Zeit in Anspruch nehmen. Bis man dahinter kam, daß einer der Pilger fehlte, konnten Tage vergehen.

Mit einigem Bedauern dachte Kun Tares an sein Dorf zurück. Die Leute waren immer freundlich zu ihm gewesen. Sie hatten ihn wie einen der Ihren behandelt und ihm alles gegeben, was er zum Leben brauchte.

Aber Diebstahl war Diebstahl, da konnte es keine moralischen Bedenken geben. Die Ehre ging über alles.

Erst als er sich jenseits der Stratosphäre befand, schaltete er den regulären Antrieb ein. Mit hoher Beschleunigung raste das Schiff hinaus in den Weltraum.

Jetzt erst programmierte Kun Tares seine Linearetappe, während er gleichzeitig die über Funk eintreffenden Anrufe ignorierte. Er war als nicht gemeldetes Raumschiff identifiziert worden, aber niemand schien zu wissen, ob er starten oder landen wollte. Die Koltas besaßen zwar die technischen Mittel der Raumfahrt, wußten sie aber kaum noch anzuwenden, seit ihr System vor Tausenden von Jahren vom Schwarm übernommen worden war.

Kun Tares wußte, daß ihm nun nichts mehr passieren konnte. Er hatte den Diebstahl des Jahrhunderts begangen.

Die blaue Riesensonne Goghor stand etwa in der Schwarmmitte, wurde von neunundzwanzig Planeten umlaufen und galt allgemein als recht bedeutungslos. Lediglich der einundzwanzigste Planet war bewohnt. Die Eingeborenen nannten ihre Heimat Na'nac, und sie liebten sie, denn das Klima war mild, wenn auch etwas feucht. Im Grunde genommen war der ganze Planet mit Wasser bedeckt, aus dem Zehntausende von Inseln hervorragten, keine größer als das terranische Island. Auch die Form war ähnlich.

Als Kun Tares seine grüne Heimatwelt auf dem Bildschirm erblickte, freute er sich auf das kommende Ereignis. Man stahl ja nicht nur, um zu stehlen, sondern vor allen Dingen deshalb, um eine gute Geschichte erzählen zu können.

Der Raumhafen lag inmitten der Schildinsel Pag'her, Kun Tares' Heimat. Dort würde er das Schiff stehen lassen und einen Gleiter mieten, um an die Küste zu gelangen, an deren bewaldeten Ufern sein Schildhaus stand. Er wußte schon, wo er seine Freunde finden würde.

Die Landung verlief glatt. Kun Tares hatte sich nicht einmal die Zeit genommen, sein übriges Diebesgut auf den vierundzwanzigsten Planeten zu bringen, wo er eine Versteck-Kaverne besaß, regulär gekauft und von der Regierung genehmigt.

Er nahm die Krone, verpackte sie sorgfältig in einem gut gepolsterten Sack, verließ das Schiff und verschloß die Luke mit seinem Kodewort. Eigentlich war das eine absolut überflüssige Vorsichtsmaßnahme, denn kein Pai'uhn K'asaltic würde jemals den anderen bestehlen. Es war eigentlich mehr Gewohnheit.

Er bekam sofort einen Gleiter, gab dem Vermieter eine Münze und startete. Natürlich hätte er auch wieder die Gestalt eines Vogels annehmen können, aber er liebte die übliche humanoide Form und legte sie nur dann ab, wenn es unbedingt notwendig erschien.

Als er landete, sah er sie schon. Sie hockten und lagen in dem seichten Wasser der Bucht und ließen sich die warmen Wellen über den Bauch spülen. Weiter landeinwärts erhoben sich die flachen Dächer der Kellerhäuser, in denen es ebenso feucht war wie im Wasser. Ohne diese Feuchtigkeit gab es einfach kein Wohlbehagen.

Kun Tares landete direkt neben seinem eigenen Haus, nachdem er durch eine Ehrenrunde seine Rückkehr angekündigt hatte. Drei Jahre war er fort gewesen, aber das war keine Seltenheit. Es gab Meisterdiebe, die erst nach zehn Jahren wieder auftauchten, aber dann hatten sie auch eine lange und interessante Geschichte zu berichten.

Er warf einen Blick in das Innere seines Hauses. Der Pflanzenteppich, einen halben Meter dick, war vollgesogen mit Regenwasser – ausgezeichnet! Er würde angenehm ruhen können, wenn er seine Geschichte losgeworden war.

Im Laufschritt rannte er hinab zum Meer, wo er bereits voller Ungeduld erwartet wurde. Sein Freund Sher'Ger winkte ihm hastig zu, erzählte jedoch sein einmal begonnenes Abenteuer in aller Ruhe weiter. Es galt als unfein, jemanden bei dieser Tätigkeit zu unterbrechen.

Kun Tares zügelte seine Ungeduld und setzte sich zu den anderen, die ihm neugierige Blicke zuwarfen. Die meisten Blicke galten jedoch dem Sack, den Kun Tares vorsichtig zwischen den Knien hielt. Die Art, wie er ihn behandelte, ließ darauf schließen, daß er eine Überraschung barg.

Zum Glück wurde nun auch Sher'Ger neugierig. Eilig, wie es nicht seine Gewohnheit war, faßte er sich kurz und berichtete nur das Wesentliche. Als er endete, erntete er spärlichen Beifall, rettete aber die Situation in seinem Sinne, indem er ausrief: »Willkommen daheim, Kun Tares! Du bist lange weg gewesen, aber wir sind alle froh, daß du wieder da bist. Was hast du zu berichten?«

Kun Tares beschloß, nicht so schnell mit seiner Überraschung herauszurücken, aber er konnte es sich nicht verkneifen, gleich zu Beginn des Berichtes eine Anspielung zu machen: »Drei Jahre war ich fort, Freunde. Habt ihr nicht alle schon von der Krone der Koltas gehört, jenem sagenumwobenen Heiligtum des Volkes jenseits der grünen Sterne?«

Als alle nickten und die Blicke noch fragender wurden, fuhr Kun Tares fort: »Schon viele von uns und unseren Vätern haben versucht, sie zu stehlen, aber wir wissen alle, daß es unmöglich ist.«

»Ganz richtig, es ist unmöglich!« stimmte Sher'Ger zu und nickte.

»Das wollte ich herausfinden«, sagte Kun Tares unbeirrt. »Ich flog also nach Merkados' siebzehntem Planeten, landete unbemerkt und verbarg mein Schiff in einer Höhle. Dann mischte ich mich unter die Bevölkerung und fand ein Dorf, in dem ich aufgenommen wurde …«

Atemlos lauschten die anderen, während die Wellen leise über ihre Beine und Bäuche plätscherten. Als von einigen Hütten die energetischen Stimmen der Frauen hörbar wurden, die ihre Männer zum Essen riefen, kümmerte sich niemand darum.

Diese Geschichte war wichtiger als das Essen!

Kun Tares machte es ungemein spannend, und mehrmals mußte er einem Freund auf die Finger klopfen, der immer wieder versuchte, ihm den Sack zu entwenden – natürlich nicht, um ihn zu stehlen, sondern nur um nachzusehen, was er enthielt.

Als Kun Tares schilderte, wie er sich in einen Baumstamm verwandelt und die Krone in sich selbst versteckt hatte, brachen die Zuhörer in frenetisches Jubelgeschrei aus. Das war in der Tat ein Meisterstück gewesen! Uneingeschränkt zollten sie ihrem Mitbürger den verdienten Respekt und spendeten neidlosen Beifall.

Aber dann hielten sie es nicht mehr länger aus. »Erzähl den Rest, während du uns die Krone zeigst! Du hast sie doch bei dir, oder nicht …?«

Kun Tares öffnete den Sack und hob die Krone in die Höhe. Das Licht der blauen Sonne wurde tausendfach von ihr reflektiert und blendete die Zuschauer, die herbeigekrochen kamen, um nicht das warme Wasser zu verlassen.

Die Krone der Koltas!

»Ja, Freunde, *mir* ist es gelungen! Man kann sie nicht verkaufen, und ihr Diebstahl soll unser Geheimnis bleiben. Die Krone gehört uns allen, und vielleicht ist doch etwas Wahres an der Geschichte, daß schon ihr Anblick genügt, das Leben zu verlängern. Wir werden es ja mit der Zeit erfahren. Jedenfalls werde ich die Krone nicht in mein Versteck auf Suto A'fan bringen. Sie bleibt hier, und wer immer sie sehen will, kann sie sehen.«

»Bravo!« lobten ihn die Freunde, von denen jeder bereits eifrig überlegte, wie er Kun Tares übertrumpfen könne. »Du bist edel und gemeinnützig, das werden wir dir nie vergessen.«

»Ihr seid meine Freunde«, sagte Kun Tares bescheiden.

Vom Ufer her kam eine Frau gelaufen. »Auf dem Raumhafen ist ein fremdes Schiff gelandet«, rief sie aufgeregt. »Ihr solltet euch darum kümmern …«

Ein fremdes Schiff! Sie hatten alle nur *einen* Gedanken.

Mit verblüffender Eile verließen sie das Wasser und rannten zu ihren Behausungen, um sich mit den Werkzeugen zu versorgen, die unter Umständen benötigt wurden.

Kun Tares packte die Krone ein, brachte sie in seinem Kellerhaus unter, ging zu einem Gleiter und startete.

Ein fremdes Schiff kam nur selten nach Na'nac. Das wollte er sich auf keinen Fall entgehen lassen …

8.

Der Schwere Kreuzer KAPELLA schleuste die Space-Jet ein, die ihren Einsatz auf dem Planeten Tronko Y Artefo erfolgreich beendet hatte. Erfolgreich insofern, als die Flucht geglückt und keine Verluste eingetreten waren.

Der eigentliche Zweck der Expedition war nicht erreicht worden: Man hatte das Tabora nicht gefunden.

Der Kommandant des Schweren Kreuzers wartete keine weiteren Anweisungen mehr ab. Er aktivierte die vorher eiligst programmierte Linearetappe, um das Schiff in Sicherheit zu bringen, und das geschah noch, während Perry Rhodan, Gucky, Icho Tolot, Fellmer Lloyd und Lord Zwiebus die Space-Jet verließen und zum Antigravlift gingen.

Der Kreuzer legte nicht ganz vier Lichtjahre zurück, dann fiel er in den Normalraum zurück. Die KAPELLA war damit vorerst in Sicherheit.

Die blaßgelbe Sonne bot einen ausgezeichneten Ortungsschutz.

Perry Rhodan hatte die Teilnehmer der glücklich verlaufenen Expedition in seine Kabine gebeten, um das Ergebnis noch einmal zusammenzufassen. Dazu lud er auch den Cyno Arman Signo ein, der sie auf die Spur des geheimnisvollen Tabora geführt hatte.

Rhodan sah Gucky auffordernd an und sagte: »Würdest du uns noch einmal ausführlich berichten, was du von Y'Chatramyr erfahren hast, bevor dieser Selbstmord verübte?«

Gucky setzte sich in Positur, wie immer, wenn er sich als Hauptperson fühlte.

»Daß wir hier in dem Ringsystem umsonst nach dem Tabora suchten, wissen wir alle – der Götze hat es uns selbst verraten. Er hat das seltsame Wesen zwar einmal besessen, aber es wurde ihm gestohlen.« Der Mausbiber reckte sich ein wenig, um etwas größer zu werden. »Aber nun kommt ja der Clou der ganzen Geschichte. Später, als ich meine telepathischen Fähigkeiten zurückerhielt, konnte ich wieder die Gedanken des Götzen lesen. Und da fand ich etwas, das ich euch gegenüber bereits erwähnte. Ich möchte es wiederholen, denn ich halte es für ungemein wichtig bei unserer Suche nach dem gestohlenen Tabora.«

Rhodan nickte. »Rede nur weiter, Gucky.«

»Y'Chatramyr vermutet, daß ihm das Tabora von den Pai'uhn K'asaltic gestohlen wurde. In der Übersetzung heißt das etwa soviel wie: *die Vielgestaltigen mit den flinken Händen.* Hübscher und aufschlußreicher Name, nicht wahr?«

»Sicherlich«, gab Rhodan ihm recht. »Weiter, bitte!«

Gucky warf ihm einen fast fröhlichen Blick zu. »Klar erzähle ich weiter, wenn ich mir auch wie eine Schallplatte vorkomme. Ihr wißt doch schon alles.«

»Nicht alles!« machte Rhodan ihn aufmerksam, der einen Blick von Fellmer Lloyd aufgefangen hatte. »Wo ist das Tabora jetzt?«

»Die Pai'uhns haben es gestohlen, das sagte ich doch schon.«

»Und wo finden wir diese Meisterdiebe?«

Gucky schlug sich klatschend vor die Stirn. »Wie konnte ich das nur vergessen! Natürlich, ich habe ja auch noch die Koordinaten ihres Heimatsystems aus den Gedanken des Götzen holen können, bevor er diesem Universum ade sagte. Richtig, die Koordinaten ...!«

»Wie sind sie?«

Oberstleutnant Harun Matakin nahm die Sternkarten zur Hand, während Gucky die Koordinaten herunterleierte. Er sah Rhodan an.

»Fast Schwarmmitte, Sir. Ziemlich unruhige Gegend, würde ich sagen. Wenn Guckys Information nicht stimmt ...«

»Halten Sie die Luft an!« ereiferte sich der Mausbiber empört. »Meine Informationen und nicht stimmen! Das ist ja wohl das Letzte! Hoffentlich stimmt bei Ihnen noch alles!«

»Immer mit der Ruhe«, mahnte Rhodan. »Der Kommandant meinte das nicht so ...«

»Wenn er es noch anders meint, ist es noch schlimmer«, meckerte Gucky, schon etwas besänftigt. »Die Koordinaten stimmen, Herr Offizier, merken Sie sich das gefälligst!«

»Sehr wohl, Mr. Guck«, sagte der Kommandant tonlos. Er verspürte keine Lust, sich mit dem Mausbiber anzulegen, der ja nicht nur Telepath und Teleporter, sondern auch noch Telekinet war. »Ich wollte nur sagen: Hoffentlich hat der Götze nicht gelogen.«

»Hat er bestimmt nicht«, beruhigte ihn Gucky. »Die Daten stimmen!«

Rhodan nahm die Karte.

»Also in der Mitte des Schwarms etwa.« Er sah auf. »Da müssen wir dann ja wohl hin, ob wir wollen oder nicht.« Plötzlich schwieg er. Er hatte einen Blick des Cyno aufgefangen. »Was ist denn, Arman Signo? Sie sehen nicht gerade sehr begeistert aus.«

Der Cyno nickte langsam und zögernd. »Es wurden soeben die Pai'uhn

K'asaltic erwähnt, die Vielgestaltigen mit den flinken Händen. Sie sind berüchtigt. Sie leben vom Diebstahl.«

»Diebstahl?«

»Genau. Es ist eine Leidenschaft, der sie seit Anbeginn der Zeiten frönen, und niemand würde sie je davon abbringen können. Ich hätte wissen müssen, daß kein anderer für den Diebstahl des Tabora in Frage käme.«

»Wie sehen sie aus?«

»Verschieden, das sagt schon der Name. Wenn sie sich auf ihrer Welt bewegen, nehmen sie meist humanoide Formen an, aber im Ruhezustand sehen sie ganz anders aus. Sie werden dann zu zwei Meter hohen, sehr schlanken Kegeln aus weißgrauer, schleimiger Substanz ohne erkennbare Organe. Sie nehmen diese Form nur dann an, wenn sie sich im Ruhezustand befinden, wenn sie sich paaren und wenn sie sterben.«

»Dann werden wir das wohl nie zu sehen bekommen«, vermutete Gucky unzufrieden.

»Sie können sich praktisch in jedes andere Lebewesen verwandeln«, fuhr Arman Signo fort, ohne sich durch die Zwischenbemerkung stören zu lassen. »Wenn Masse fehlt, dann tun sich mehrere Meisterdiebe zusammen, allerdings müssen sie dann auch den Ruhm des betreffenden Diebstahls untereinander teilen. Nehmen sie eine Masse an, die kleiner als ihr ursprüngliches Volumen ist, lassen sie einen Teil ihres Körpers in einem Versteck zurück. Also eine recht seltene und merkwürdige Lebenserscheinung.«

»Und sie stehlen wie die Raben?« vergewisserte sich Rhodan ungläubig. »Niemand verbietet es ihnen?«

»Sie tun praktisch nichts anderes als stehlen und faulenzen«, bestätigte der Cyno.

»Dieb müßte man sein!« entfuhr es Gucky unwillkürlich voller Neid. Er verstummte, als er Rhodans fragenden Blick bemerkte. »Ich meinte ja nur«, murmelte er dann kleinlaut.

»Wer soll es ihnen verbieten?« Arman Signo lächelte. »Als das System Goghor vom Schwarm übernommen wurde, ahnte niemand, was man sich da eingehandelt hatte. Stehlen ist die Leidenschaft der Vielgestaltigen, sie könnten ohne Stehlen nicht existieren. Da sie nun aber ihre Diebstähle immer in einer anderen Gestalt durchführen, kam zuerst niemand dahinter, wer der Täter war. Die Götzen verdächtigten so ziemlich alle raumfahrenden Völker, und eigentlich tun sie es noch heute, denn Beweise konnten sie bisher noch nicht sammeln. Sicher, es gibt Verdachtsmomente, aber wenn man die Pai'uhns in ihrer wahren Gestalt erblickte, käme man niemals auf den Gedanken, es mit einer so vielseitigen Lebensform zu tun zu haben. Daß der Götze Y'Chatramyr hinter das Geheimnis kam, war reiner Zufall. Aber er ist tot. Er hat sein Geheimnis mit sich genommen, nur wir konnten es erfahren.«

Rhodan warf Gucky einen Blick zu, sich nun zurückzuhalten.

»Können Sie die Koordinaten bestätigen, die Gucky von dem sterbenden Götzen erhielt? Stimmen sie?«

»Sie sind richtig«, sagte Arman Signo und erntete ein beifälliges Nicken des Mausbibers. »Aber ich möchte Sie warnen, Perry Rhodan.«

»Warnen? Wovor?«

»Vor den Pai'uhns! Sie stehlen alles, was nicht niet- und nagelfest ist. Wenn Sie nicht aufpassen, fehlen Ihnen nach der ersten Begegnung mit Ihnen die Uniformen, ohne daß Sie es bemerkt haben.«

»Das dürfte doch wohl ein wenig übertrieben sein«, vermutete Fellmer Lloyd skeptisch. »So etwas gibt es doch gar nicht!«

»Haben Sie eine Ahnung, was es alles gibt!« behauptete der Cyno ernst. »Dabei kann man den Pai'uhns nicht einmal böse sein, weil sie es als ungeheuren Spaß auffassen, andere um ihr Hab und Gut zu erleichtern. Es ist ihr Lebenszweck.«

Rhodan fing Guckys Blick auf. »Diese Meisterdiebe möchte ich kennenlernen. Kann ja sein, daß wir sie zu unseren Bundesgenossen machen können. Und außerdem wissen sie genau, wo das Tabora ist! Ob sie es uns verraten?«

»Das müssen wir der Zukunft überlassen«, sagte Arman Signo. »Sie dürfen nicht ahnen, wie wertvoll das Tabora ist, dann rücken sie vielleicht damit heraus, oder zumindest mit einer Information, wo wir es finden können.«

»Gut, wir werden es versuchen«, entschloß sich Rhodan.

»Fein!« meinte Gucky, und als er die fragenden Blicke der anderen bemerkte, fügte er hinzu: »Wollen doch mal sehen, wer da besser klauen kann!«

»Reiß dich zusammen!« riet Rhodan.

Der Cyno setzte warnend hinzu: »Wir werden aufpassen müssen, daß man uns nicht das ganze Schiff stiehlt – das ist auch schon vorgekommen ...«

Das Gespräch in seiner Kabine hatte Rhodan eindeutig bewiesen, daß der Cyno in gewisser Weise mit den Pai'uhns sympathisierte. Nun war Stehlen nicht gerade etwas, das Rhodan besonders schätzte, aber wer kosmisch dachte, mußte seine eigene Erziehung und seine eigenen Anschauungen oft genug zurückstellen, um die Handlungen fremder Völker und auch Individuen zu begreifen. Diebstahl war bei den Pai'uhns nichts Verbotenes. Es gehörte zu ihrem Leben wie Essen und Trinken.

Die Berechnungen ergaben, daß die blaue Sonne Ghoghor exakt eintausendzweihundertundzwanzig Lichtjahre vom jetzigen Standort entfernt war. Da sich die KAPELLA im hinteren Sektor des Schwarms aufhielt, würde man in Richtung des Kopfes vorstoßen müssen, um das System der Diebe zu erreichen.

Harun Matakin programmierte zwei Linearetappen. Dann erst verließ das Schiff den Orterschutz der namenlosen Sonne und drang mit hoher Beschleunigung in den Raum vor. Die beiden Etappen verliefen ohne nennenswerten Zwischenfall, wenn man von der Tatsache absah, daß Gucky zweimal in den Vorratsräumen erwischt wurde, wo er versuchte, einige Konserven zu stehlen. Er behauptete, er habe nur üben wollen, was ihm jedoch niemand so recht glauben wollte.

In mehreren Lichtstunden Entfernung von Ghoghor tauchte die KAPELLA in den Normalraum zurück und schaltete alle entbehrlichen Aggregate ab. Die Fernorter begannen mit ihrer Tätigkeit.

Bereits nach kurzer Zeit hatte man insgesamt sechs fremde Schiffe aufgespürt und registriert. Arman Signo studierte die erhaltenen Daten.

»Keine Wacheinheiten des Schwarms«, stellte er fest. »Soweit meine Informationen stimmen, kann es sich nur um Schiffe der Diebe handeln. Sie benutzen meist sehr kleine Schiffe, um unbemerkt entkommen zu können, wenn sie es nach einem kleinen ... hm ... Abenteuer besonders eilig haben. Sie bedeuten keine Gefahr für uns, denn wir wollen ja ganz offiziell landen. Außerdem besitzen die Pai'uhns nicht einmal entfernt das, was wir als Abwehr bezeichnen würden. Sie sind friedlich und harmlos.

»Nun, das ist relativ«, schränkte Rhodan ein, dem die ganze Sache plötzlich nicht mehr so geheuer vorkam. Ihm fiel auf, daß Signo die Tätigkeit der Meisterdiebe zu verharmlosen trachtete, obwohl er vorher so eindringlich vor ihnen gewarnt hatte. »Jedenfalls beruhigt es mich zu wissen, daß wir hier nicht mit einem bewaffneten Überfall rechnen müssen.«

»Das auf keinen Fall!« versicherte Arman Signo, als sei er hier zu Hause. »Und noch etwas vergaß ich zu erwähnen: Auf keinen Fall dürfen wir mit der Tür ins Haus fallen und ihnen gleich sagen, was wir suchen. Dann würden wir es garantiert niemals finden.«

»Sie scheinen diese Leutchen ja ausgezeichnet zu kennen«, meinte Rhodan.

»Nur vom Hörensagen«, wich der Cyno aus. »Sie dürfen nicht vergessen, daß sich die Pai'uhns einmal außerhalb des Schwarms befanden. Ihr Sonnensystem wurde gegen ihren Willen übernommen.«

»Die Meisterdiebe wurden selbst gestohlen!« Rhodan mußte gegen seinen Willen lächeln. »Gut, daß ihnen das auch mal passiert ist.«

»Sie haben sich kaum etwas daraus gemacht«, entgegnete Signo.

»Da haben Sie auch wieder recht«, gab Rhodan zu.

Kommandant Matakin erhielt letzte Informationen aus der Orterzentrale.

»Sir, es sieht so aus, als wollten die sechs Schiffe das System nicht verlassen. Sie scheinen zwischen dem 24. und 21. Planeten hin und her zu pendeln.«

»Auf Suto A'fan lagert ihr Diebesgut«, sagte der Cyno. »Hin und wieder fliegen sie von ihrer Heimatwelt Na'nac, dem 21. Planeten, dorthin, ergötzen sich an ihren Schätzen oder machen Tauschgeschäfte. Es kommt auch vor, daß sie entbehrliche Dinge in Schiffe verladen und zu anderen Welten bringen, wo sie einen regelrechten Markt abhalten. So ist schon öfters vorgekommen, daß jemand seinen eigenen Besitz, der ihm abhanden kam, wieder zurückkaufte.«

Matakin fragte: »Ihre Anweisungen, Sir? Sollen wir den 21. Planeten direkt anfliegen?«

»*Sehr* direkt, würde ich sagen, Kommandant! Wenn das alles stimmt, was wir bisher über die Bewohner erfahren haben, wird ihnen ein kleiner Schreck nicht schaden. Programmieren Sie eine extrem kurze Linearetappe und gehen Sie mit der KAPELLA bis in die obersten Schichten der Atmosphäre. Dann erst landen wir, nachdem wir eine Umrundung durchgeführt haben.«

»Geht in Ordnung. Das wird sie immerhin zur Vorsicht mahnen, denn es sieht fürchterlich aus, wenn ein Schiff, direkt über einem Planeten aus dem Linearraum kommend, in den Normalraum zurückfällt. Wir werden aussehen wie eine Sonne.«

»Das ist der Zweck der Übung«, sagte Rhodan.

Arman Signo meinte trocken: »Das wird uns auch nicht viel nützen. Perry Rhodan, ich rate Ihnen, Ihren Armbandinterkom schon mal im Bordsafe zu verschließen, sonst haben Sie ihn eben das letztemal gesehen.«

»Na, Sie übertreiben! So schlimm kann es auch nicht sein!«

Der Cyno lächelte. »Es ist noch viel schlimmer«, prophezeite er.

Dem Kommandanten der KAPELLA machte es einen ungemeinen Spaß, das gewagte Linearmanöver durchzuführen. Es kam nicht alle Tage vor, daß man lediglich ein paar Lichtstunden im Pararaum zurücklegte. Meist waren es Hunderte oder gar Tausende von Lichtjahren, die man auf diese Art und Weise überwand.

Der Schwere Kreuzer kam in den Normalraum zurück, so genau berechnet und mit der Hand eines Experten gesteuert, daß fast schon die ersten Fetzen der Atmosphäre die Hülle streiften.

Die Schutzschirme wurden eingeschaltet. Die Funkzentrale arbeitete auf Empfang. Jeder Funkspruch, der auf Na'nac ausgestrahlt wurde, konnte automatisch aufgefangen werden. Und es waren eine ganze Menge von Funkmeldungen, die nun den Planeten verließen, kaum daß die KAPELLA zur ersten Umrundung ansetzte.

Und alle diese Sprüche waren für die KAPELLA bestimmt. Rhodan traute seinen Augen nicht, als er die schriftlichen Meldungen erhielt. Er hatte in der Tat angenommen, den Dieben einen zumindest gelinden Schreck zu versetzen, wenn er mit dem Schweren Kreuzer so unverhofft über ihrer Welt auftauchte.

Nichts von alledem!

Ein wenig ratlos rief er Arman Signo und reichte ihm die Meldungen. »Haben Sie das auch vorausgesehen, Signo?«

Der Cyno warf einen kurzen Blick auf die Notizen, sah Rhodan an und nickte. »Natürlich, das war kaum anders zu erwarten. Sie laden uns ein, ihnen einen Besuch abzustatten, dabei wissen sie nicht einmal, wer wir sind. Das ist typisch! Der Hintergedanke ist klar: Man hofft, uns erleichtern zu können. Mit anderen Worten: Man will uns bestehlen.«

»Das wird ihnen schwerfallen«, sagte Rhodan mit einem amüsierten Unterton. »Wenn wir entsprechend Vorsorge treffen, kann niemand unbemerkt in unser Schiff.«

»Das wird kaum helfen«, meinte Signo skeptisch.

Immer weitere Einladungen trafen ein. Zuerst wurden die freundlich gehaltenen Funksprüche mit Erstaunen aufgenommen, aber allmählich verwandelte sich die Fassungslosigkeit in Heiterkeit.

»Das ist doch der Höhepunkt der Frechheit!« stellte Icho Tolot fest. »Laden uns ein, damit sie uns bestehlen können!«

»Davon haben sie nichts gesagt«, machte Gucky den Haluter aufmerksam. »Das wissen wir nur von Signo. Diese Rekordklauer haben ja keine Ahnung, daß wir eine Ahnung haben.«

»Gut ausgedrückt«, lobte Icho Tolot. »Ich bin dafür, daß wir es riskieren. Was kann uns schon passieren?«

Es wäre unmöglich gewesen, alle Einladungen anzunehmen. Es sah so aus, als besäße jede der größeren Inseln eine eigene Funkstation. Es blieb Rhodan nichts anderes übrig, als sein Glück aufs Geratewohl zu versuchen.

Die KAPELLA war tiefer gegangen und hatte die Fluggeschwindigkeit herabgesetzt. In knapp tausend Meter Höhe flog sie über das endlose Meer, überquerte kleine und große Inseln und ging langsam immer tiefer.

Da traf eine neue Meldung ein. Der automatische Peiler zeigte zugleich den Standort des Senders an.

»Zweihundert Kilometer vor uns, eine Insel, größer als die anderen. Der Text: Wir schätzen uns glücklich, Besuch aus dem Universum zu erhalten und laden unsere Gäste herzlichst ein. Es wird uns ein Vergnügen sein, unsere Besucher von allen Sorgen zu befreien.«

Der Funkoffizier sah den Kommandanten ratlos an, der wiederum mit einem Blick Rhodan um seine Entscheidung bat.

»Dort und nirgendwo anders!« sagte Rhodan belustigt. »Sie wollen uns erleichtern, versprechen sie uns. Na, das möchte ich erleben, was immer sie auch damit meinen.«

»Die Bedeutung ist klar«, vermutete Signo. »Sie sind eben ehrliche Diebe!«

»Sehr sympathisch«, meinte Fellmer Lloyd und verschloß seine altmodische Uhr, die er noch von seinem Großvater hatte, im Safe der Kommandozentrale. »Da weiß man wenigstens, woran man ist.«

»Das denken *Sie!*« klärte ihn Signo auf. »Ich habe Sie jedenfalls gewarnt. Wer das Tabora gestohlen hat, der bringt es auch fertig, jemandem den Blinddarm wegzunehmen, ohne daß es bemerkt wird.«

Rhodan und die anderen hatten allmählich das Gefühl, daß der Cyno maßlos übertrieb und sich über sie lustig machen wollte. Immerhin konnte eine gewisse Vorsicht nicht schaden. Jeder beschloß, sich auf keinen Fall überraschen zu lassen.

Die Insel tauchte am Horizont auf und kam schnell näher.

»Die Raumhäfen befinden sich stets im Zentrum«, erklärte Arman Signo, ohne daß ihn jemand gefragt hätte. »Wir können dort landen, ohne irgendwelche Formalitäten zu beachten. So etwas gibt es hier zum Glück nicht. Es wird uns auch niemand fragen, woher wir kommen und was wir hier wollen.«

»So nette Menschen, und dann leben sie vom Klauen!« wunderte sich Gucky nicht ganz zu Unrecht. »Bin gespannt, welche Unsitten wir noch entdecken werden.«

Harun Matakin fand den Raumhafen sofort. Er lag in der Mitte der Insel, etwa hundert Kilometer vom Ufer des Ozeans entfernt. Die KAPELLA stoppte die Fahrt gänzlich und schwebte dann reglos über dem gut abgegrenzten Gelände und ging langsam tiefer. Die Funkeinladung wurde wiederholt, was einer offiziellen Landeerlaubnis gleichkam. Von allen Seiten näherten sich dem Landefeld verschiedenartige Fahrzeuge, darunter auch Luftfahrzeuge und Gleiter. Auf großen Parkplätzen gingen sie nieder, und der Vergrößerungsschirm zeigte menschenähnliche Lebewesen, die nun zu Fuß weitergingen, um die Gäste aus dem All zu begrüßen.

»So freundlich sind wir selten empfangen worden«, stellte Rhodan fest.

»Das hat auch seinen Grund«, bemerkte Signo trocken.

Harun Matakin ließ sich nicht stören. Ohne sich an dem Gespräch zu beteiligen, landete er das Riesenschiff mit einer Sanftheit, die jeden in Erstaunen versetzen mußte. Er schaltete den Antrieb und die Schutzschirme ab. Mit einem Seufzer wandte er sich um und sagte zu Rhodan:

»Da wären wir, und nun bin ich gespannt, ob es diesen sagenhaften Meisterdieben gelingt, die KAPELLA zu entwenden.«

Auf den Bildschirmen war nichts Verdächtiges zu sehen. Sehr diszipliniert, obwohl so etwas wie Polizei oder Raumordnungsdienst nicht vorhanden zu sein schien, blieben die Neugierigen am Rande des Landefeldes stehen und warteten ab, was weiter geschah.

»Sind doch sehr brav, die Leute«, murmelte Gucky und versuchte, erste Gedankenimpulse der Pai'uhns aufzufangen. Zwar gelang ihm das, jedoch nur zum Teil. Die Gedanken der Eingeborenen waren absolut sinnlos und erinnerten den Mausbiber an abstrakte Farbenmuster, obwohl dieser Vergleich *noch* abstrakter zu sein schien. »Entweder können sie nicht denken, oder sie wollen nicht.«

»Was willst du damit ausdrücken?« erkundigte sich Rhodan.

»Ich empfange auch nichts«, meldete sich Fellmer Lloyd. »Nur unverständliche Muster und Bilder. Ob sie das extra machen?«

»Diebe, deren Gedanken man nicht lesen kann, sind stets im Vorteil«, bemerkte Icho Tolot. »Ich glaube, wir müssen sehr vorsichtig sein.«

»Du mit deinem Gebiß!« hetzte Gucky.

Rhodan sagte: »Icho Tolot und Gucky, ihr begleitet mich, wenn ich jetzt das Schiff verlasse, um mich für die Einladung zu bedanken. Wir sind drei unterschiedliche Erscheinungen, sie können sich also denken, daß wir Kontakt mit vielen Völkern pflegen. Vielleicht macht sie das vorsichtiger.«

Sie trugen ihre normalen Borduniformen, denn die Atmosphäre von Na'nac war atembar und sehr mild. Die eigene Luftversorgung wurde somit überflüssig. Man hatte auch auf die Strahler verzichtet, denn Signo versicherte immer wieder, daß jede Bewaffnung unnötig sei und die Pai'uhns nur verärgern könnte.

Die Luke öffnete sich, dann trat Rhodan als erster auf die ausgefahrene Gangway. Er winkte den wartenden Eingeborenen freundlich zu und wertete ihre Zurufe als Begrüßung. Als er den Boden betrat, erschien oben im Ausstieg Icho Tolot. Seine Riesengestalt schien den Dieben zu imponieren, denn es dauerte einige Sekunden, ehe sie auch ihn durch Zurufe begrüßten. Als sie jedoch den kleinen Mausbiber erblickten, wurden Rufe des Entzückens laut, und einige der sich bisher so diszipliniert verhaltenden Eingeborenen vergaßen ihre Gewohnheit und liefen auf Gucky zu, der immer noch vergeblich versuchte, ihre Gedanken zu lesen. Zum Glück jedoch verstand er ihre Sprache, denn es war Interkarties.

»So ein süßer, kleiner Kerl!« säuselte einer mit einem langen, schwarzen Rock, über den er dauernd stolperte. »Ist er nicht zum Anbeißen?«

Gucky machte, daß er in die Nähe von Rhodan und Icho Tolot kam, deren Anblick nicht so appetitanregend zu sein schien.

»Die sind verrückt auf mich!« piepste Gucky und schwankte zwischen Stolz und Abwehr. »Da müßt ihr aufpassen, daß sie mich nicht klauen!«

Ein anderer Eingeborener, bis auf einen prächtigen Lendenschurz war er unbekleidet, näherte sich der Gruppe und blieb in zwei Metern Entfernung von ihnen stehen. Er deutete eine Verbeugung an.

»Willkommen auf Pag'her, unserer Heimatinsel. Jeder eurer Wünsche wird von uns mit Freuden erfüllt werden. Wir bekommen nur selten Besuch und sind glücklich, daß ihr unserer Einladung gefolgt seid.«

»Es ist eine Ehre für uns«, erwiderte Rhodan vorsichtig und achtete darauf, daß ihm niemand näher als bis auf zwei Meter kam. »Wenn wir dürfen, möchten wir einige Tage bleiben, um diese Welt zu studieren und ihre Bewohner kennenzulernen.«

»Das sei euch gern gestattet. Beginnen wir mit der Vorstellung. Mein Name ist …«

Rhodan konnte sich den ganzen Namen nicht merken, denn er hatte genug damit zu tun, auf seine Sachen aufzupassen. Da er jedoch jede enge Berührung mit den Eingeborenen vermied, schien es unmöglich zu sein, daß er schon jetzt bestohlen wurde.

Er konnte jedoch nicht verhindern, daß nun auch die anderen Pai'uhns näher kamen, sich um sie drängten und versuchten, ihrer Freude über den unverhofften Besuch Ausdruck zu verleihen. Besonders Gucky geriet in eine Gruppe hinein, die ihn geradezu einkreiste, auf ihn einredete und zu betasten versuchte. Sein buschiger Mausbiberschwanz, der aus dem rückwärtigen Teil seiner Uniform herausragte, erweckte das besondere Interesse der freundlichen Planetenbewohner.

Lediglich als einer versuchte, heftig an ihm zu ziehen, protestierte Gucky energisch: »Der gehört mir, und den kriegt ihr auch nicht! Laßt die Pfoten davon!«

Er war so sehr damit beschäftigt, seinen Schwanz zu verteidigen, daß er dabei einige andere wichtige Dinge vergaß.

Ein Mann zupfte Rhodan am Ärmel. »Seid meine persönlichen Gäste, ich werde euch die interessanteste Geschichte des Universums erzählen. Ich werde berichten, wie ich das größte Heiligtum und Geheimnis des Universums ge... nun, eh, gefunden habe. Ich wohne am Strand, hundert Kilometer von hier. Ich heiße Kun Tares …«

Er wurde von einem anderen abgedrängt, ehe Rhodan antworten konnte, aber in seinem Unterbewußtsein regte sich ein Verdacht. Das größte Geheimnis des Universums konnte nur das Tabora sein, das sie suchten. Kun Tares … den Namen würde er sich merken müssen!

»Das ist doch wohl nicht möglich!« Icho Tolots verblüffter Ausruf ließ Rhodan Kun Tares für einen Augenblick vergessen. »Das kann doch nicht wahr sein! Mein Unterzeug!«

Der Haluter war von sieben oder acht Pai'uhns umringt, die an ihm herumtasteten, als wollten sie sich davon überzeugen, daß er echt und kein Roboter war.

»Was ist mit Ihrem Unterzeug?« rief Rhodan und weigerte sich zu glauben, was er annehmen mußte.

»Weg!« grollte Icho Tolot. »Es ist weg!«

»Das Unterzeug?« Rhodan konnte es noch immer nicht glauben. Es war unmöglich, jemandem die Unterwäsche zu stehlen, ohne ihm dabei die Uniform vorher auszuziehen. »Sie irren sich bestimmt!«

Icho Tolot trat den Rückzug zum Schiff an.

»Sehen Sie lieber nach, ob *Sie* Ihre Unterhose noch anhaben!«

Dazu blieb Rhodan keine Gelegenheit, denn er vermißte plötzlich seinen Gürtel mit dem Allzweckaggregat. Einen Augenblick lang mußte er unaufmerksam gewesen sein, und schon fehlte ihm etwas. Er begann an Tolots fehlende Unterwäsche zu glauben.

Vorsichtig, um die Eingeborenen nicht zu beleidigen, begann er zum Schiff zurückzugehen.

»Wir werden uns noch erfrischen müssen, dann folgen wir Ihrer Einladung«, sagte er höflich. Um den Gürtel würde er sich später kümmern. »Wo ist der Mann namens Kun Tares?«

Einer der Eingeborenen ließ hastig einen undefinierbaren Gegenstand in seinen geräumigen Taschen verschwinden, dann kam er herbeigelaufen.

»Ich bin Kun Tares – Sie wollen meine Geschichte hören?«

»Ja, sie interessiert mich. Kommen Sie mit, wir gehen ins Schiff.«

Kun Tares sah Rhodan mit ungläubigen Augen an.

»Sie wollen mir erlauben, ins Schiff zu kommen?«

»Warum denn nicht, mein Freund? Begleiten Sie uns, bitte.«

Kun Tares konnte es in der Tat nicht glauben, daß jemand so leichtsinnig sein sollte, einen Meisterdieb zu sich ins Schiff einzuladen.

Icho Tolot stand schon auf der Gangway und fingerte an sich herum, als wolle er feststellen, ob sonst noch alles da sei. Gucky war überhaupt nicht mehr zu sehen. Er war ins Schiff zurückteleportiert.

Als Rhodan ihn wiedersah, stand der Mausbiber konsterniert zwischen einigen Mannschaftsmitgliedern der KAPELLA und kehrte eine Tasche seiner Uniform nach der anderen um. Es half ihm nichts. Sie waren alle leer.

Rhodan mußte unwillkürlich lachen. »Man hat dich also erleichtert!«

Gucky schüttelte den Kopf. »Unfaßbar!« Er sah Rhodan scharf an. »Wo hast du denn deine Stiefel?«

Nun war die Reihe an Rhodan, einigermaßen verblüfft zu sein.

»Das verstehe ich nicht. Ich habe dauernd auf den Füßen gestanden, wie kann mir da jemand unbemerkt die Stiefel ausziehen?« Er drehte sich um. »Kun … ja, wo ist er denn geblieben? Kun Tares, wo stecken Sie?«

Zusammen mit dem Pai'uhn hatte er die Schleusenkammer durchquert und den Korridor betreten. Nun war er spurlos verschwunden.

»Ich sah ihn eben mit zwei von unseren Leuten reden«, behauptete Icho Tolot und versuchte festzustellen, was ihm noch verblieben war. »Dann sah ich ihn nicht mehr. Das wäre ja entsetzlich, so einen Kerl an Bord des Schiffes zu haben!«

»Nicht auszudenken! Aber wenn er auch im Schiff ist, so schnell kommt er nicht mehr heraus!« Er rief den Männern, die an der Gangmündung zur Schleuse standen, einige Anordnungen zu, dann wandte er sich wieder an Icho Tolot und Gucky: »Kommt, oben stellen wir fest, was uns alles fehlt ...«

Lord Zwiebus wollte sich ausschütteln vor Lachen, als er die Geschichte zu hören bekam, während Arman Signo ein recht bedenkliches Gesicht machte.

»Ich habe Sie gewarnt«, sagte er und fügte besorgt hinzu: »Und einer von ihnen gelangte ins Schiff? Da müssen wir aufpassen, daß er uns nicht den Antrieb auseinandernimmt und davonschleppt.«

»Alle Ausgänge werden bewacht«, beruhigte ihn Rhodan. »Er kann das Schiff nicht mehr verlassen. Wir werden ihn finden, ehe er Unheil anrichten kann. Aber ich konnte ihn nicht in der Menge untertauchen lassen, nachdem er diese Anspielung machte. Mit dem größten Geheimnis des Universums, das er gestohlen hat, kann er doch nur das Tabora meinen. Was ist Ihre Meinung, Arman Signo?«

»Es wäre möglich, wenn es mir auch unwahrscheinlich vorkommt, daß er gleich zu einem Fremden davon sprechen sollte. Wir müssen jedoch jeder Spur nachgehen, um Erfolg zu haben.«

Harun Matakin wurde währenddessen immer nervöser. Mehrmals betätigte er einige Kontrollen, aber keins der Lämpchen leuchtete auf. Die entsprechenden Stromkreise gingen einwandfrei über die Relaisschaltungen, kamen auch wieder zurück, hatten jedoch ihre eigentliche Aufgabe nicht erfüllt.

»Zum Donnerwetter damit!« schimpfte Matakin fassungslos. »Das gibt es doch gar nicht!«

»Was ist denn los?« erkundigte sich Rhodan und trat näher. »Was ist mit den Außenluken?«

»Die Schotte schließen nicht! Wenn ich den Anzeigenkontrollen glauben kann, gibt es sie überhaupt nicht mehr.«

»Nun machen Sie einen Punkt!« sagte Rhodan ungläubig. »So etwas kann es doch nicht geben! Der Alarm wäre ausgelöst worden und ...«

»Ich fürchte, Sie unterschätzen die Pai'uhns noch immer«, sagte Arman Signo mit fast unmerklicher Genugtuung. »Habe ich Sie nicht gewarnt? Nun fangen sie also schon damit an, das Schiff auseinanderzunehmen.«

Rhodan nickte Icho Tolot entschlossen zu.

»Tolotos, Sie nehmen zwei Arbeitsroboter und verlassen das Schiff. Sorgen Sie dafür, daß sich ihm niemand mehr als bis auf fünfzig Meter nähert. Wenden Sie sanfte Gewalt an, wenn es doch einer tut.«

»Ich soll aus dem Schiff?« Icho Tolot schien regelrecht entsetzt zu sein. »Eine Garnitur Unterwäsche bin ich schon losgeworden, und Sie wissen, aus welchem wertvollen Material sie besteht. An Ersatz ist da vorerst nicht zu denken ...«

»Huch!« machte Gucky. »Unser Kleiner ist richtig neckisch!«

Der Haluter warf ihm einen wütenden Blick zu.

»*Ich* pflege mich eben!« knurrte er. »Dir kann man ja derartige Dinge nicht stehlen. Ich glaube, du gehst sogar mit der Uniform baden.«

Er nickte Rhodan zu, wenn seine Geste auch nicht viel Ähnlichkeit mit einem menschlichen Nicken hatte, und verließ den Kontrollraum.

Wenig später meldete er sich über den Telekom: »Vier Außenluken fehlen! Fein säuberlich abmontiert und die Stromkreise der Alarmanlage kurzgeschlossen. Ich patrouilliere jetzt mit meinen beiden Robotern um das Schiff. Die Eingeborenen haben sich zurückgezogen. Entfernung hundert Meter.«

»Nichts Verdächtiges?«

»Ich kann nichts sehen. Unser Arbeitstrupp beginnt gerade damit, die Ersatzluken anzubringen.«

»Passen Sie gut auf!« bat Rhodan.

Lord Zwiebus schüttelte den Kopf.

»Ihr müßt ja alle eine furchtbare Angst vor diesen Berufsdieben haben. Mir würden sie bestimmt nichts abnehmen können, ohne daß ich es bemerke.«

»Angeber!« fauchte Gucky ihn an. »Du hast zwar nur deine Keule und den komischen Lendenschurz, aber ich wette, dir klauen sie beides, und du denkst noch immer, du stündest mit einem Frack im Gelände.«

»Übertreiber!« sagte Lord Zwiebus würdevoll.

Arman Signo erzählte gerade eine Begebenheit aus der Geschichte der Cynos, als diese noch freien Kontakt mit den Pai'uhns hatten, als Icho Tolots Telekom sich meldete. Matakin stellte die Verbindung mit dem Haluter her, der sich noch immer außerhalb des Schiffes aufhielt.

»Hier Kommandant, was gibt es?«

»Sie werden es nicht glauben, aber mir fehlt ein Arbeitsroboter.«

Im Hintergrund begann Gucky hemmungslos zu kichern, als habe er nie einen besseren Witz gehört. Lord Zwiebus grinste von einem Ohr zum anderen. Perry Rhodan blieb ernst, als er Signos Blick auf sich ruhen sah.

»Was?« rief Matakin ungläubig ins Mikrophon. »Ein Roboter?«

»Ja, ich hatte zwei bei mir, nun habe ich nur noch einen.«

»Und wo ist der andere?«

»Er fehlt, das erklärte ich doch schon. Eben war er noch da, und jetzt ist er weg. Spurlos, als habe er sich in Luft aufgelöst. Ich versichere Ihnen, eine absolute Unmöglichkeit, denn ich habe die beiden kaum aus den Augen gelassen ...«

»Wenn das so weitergeht, werde ich noch verrückt«, sagte Matakin überzeugt und schaltete ab. Im gleichen Augenblick summte der Interkom der Bordanlage. »Ja, was ist los?« Er wandte sich kurz den anderen zu. »Die Verpflegungsabteilung! Ich habe eine seltsame Ahnung ...«

Die hatte Rhodan allerdings auch, aber er blieb ganz ruhig.

»Wissen Sie, ob Gucky tatsächlich in Rhodans Auftrag handelte, als er vor fünf Minuten zusammen mit Lord Zwiebus zehn Dosen mit Karottensaftextrakt wollte? Mir kam das merkwürdig vor, aber schließlich kann ich mich auch nicht um alles kümmern und ...«

»Moment mal, Degersen!« verlangte Matakin. »Gucky und Lord Zwiebus, sagen Sie?«

»Ja, die beiden!«

»Gucky und Zwiebus sind hier bei mir in der Kontrollzentrale, und das seit einer halben Stunde. Sie haben sie keine Sekunde verlassen!«

»Das gibt es nicht!« rief Degersen empört. »Ich habe doch den beiden die Dosen eigenhändig ausgeliefert!«

»Sie sind beide hier gewesen!« sagte Matakin mit Betonung.

Rhodan sah, daß Lord Zwiebus ungläubig auf die Interkomanlage starrte, während Gucky kurz vor dem Zerplatzen zu sein schien. Er winkte ihnen beruhigend zu und fragte Degersen:

»Hier Rhodan! Können Sie beschwören, Gucky und Zwiebus vor wenigen Minuten in Ihrer Abteilung gesehen zu haben?«

»Jeden Eid, Sir! Es kam mir gleich so komisch vor, weil jetzt nur noch fünf von den Dosen auf Lager liegen ...«

»Fünf!« stöhnte Gucky entsetzt.

»Außerdem schien mir Lord Zwiebus unsicher auf den Beinen zu sein. Er wirkte stark abgemagert.«

»Aus eins mach zwei!« murmelte Arman Signo. »Die Körpermasse des Pai'uhns reichte nicht ganz aus.«

»Was war das?« fragte Degersen, der die Bemerkung gehört hatte.

»Nichts«, sagte Rhodan, weil er einer langwierigen Erklärung aus dem Wege gehen wollte. »Besten Dank für Ihre Mitteilung. Künftig wird nichts herausgegeben, wenn keine schriftliche Bestätigung von mir vorliegt. Das gilt für alle Abteilungen des Schiffes. Keine Schraube, nichts!«

»Sehr wohl, Sir. Aber ich verstehe noch immer nicht ...« Matakin schaltete ab.

»Das wird dieser Kun Tares sein«, vermutete Icho Tolot. »Da haben wir uns ja eine hübsche Laus in den Pelz gesetzt.«

»Klaut meinen Rübenextrakt!« Die ganze Verworfenheit des Verbrechens schien Gucky erst jetzt zu Bewußtsein zu kommen. »Das ist ja eine bodenlose Gemeinheit! Na, denen werde ich es zeigen! Lord Zwiebus, darf ich dich bitten, mich in meine Kabine zu begleiten. Wir wollen einen Abwehrplan entwerfen ...«

»Keinen Unsinn!« warnte Rhodan schnell.

Lord Zwiebus folgte Gucky. Er drehte sich in der Tür noch einmal um. »Ich bin ja dabei, also wird es auch keinen Unsinn geben«, beruhigte er seinen Chef.

Fellmer Lloyd wartete, bis sich die Tür geschlossen hatte. »Vielleicht sollte man ihr Vorhaben nicht stören«, sagte er zu Rhodan, der darauf verzichtete, weitere Fragen zu stellen.

Er würde den wütenden Mausbiber ohnehin nicht zurückhalten können.

9.

Gucky war absolut nicht das, was man als wütend hätte bezeichnen können. Sicherlich schmerzte ihn der Verlust der wertvollen Dosen, aber er war davon überzeugt, sie früher oder später zurückzubekommen. Er fragte sich nur vergeblich, woher der Pai'uhn, in welcher Gestalt auch immer, von seiner Vorliebe für den Saft wissen konnte.

Überhaupt gab es eine Unmenge von Einzelheiten an der Geschichte, die unerklärlich und geheimnisvoll waren. Doch das war es nicht, was Gucky jetzt beschäftigte. Er wartete, bis Lord Zwiebus sich gesetzt hatte, dann sagte er: »Es ist dir doch klar, daß es so nicht weitergehen kann?«

»Ist mir klar, Gucky. Du hast einen Plan?«

»Ja, den habe ich! Diesen Klauheinis werde ich es mit gleicher Münze heimzahlen! Matakin hat den Prallschirm eingeschaltet, so daß kein Dieb mehr in die Nähe des Schiffes kommen kann, aber er behindert nicht die Teleportation. Du kannst dir denken, was ich vorhabe?«

»Denken schon, aber ich möchte dabei sein. Schließlich soll ich ja auch Saftdosen gestohlen haben.«

»Aber es waren immerhin meine!« schränkte Gucky ein. »Trotzdem nehme ich dich mit. Die sollen sich wundern!«

»Und was stehlen wir?« erkundigte sich Lord Zwiebus, den die Idee immer mehr begeisterte. »Alles, was nicht niet- und nagelfest ist?«

»Was uns in die Quere kommt! Wir haben unten in der KAPELLA einen unbenutzten Lagerraum, den machen wir voll, und wenn ich tausendmal teleportieren muß. In zwei Stunden etwa wird es dunkel. Heute wird sonst niemand mehr das Schiff verlassen, wir haben also genug Zeit.« Er betrachtete die Spezialkeule Lord Zwiebus', die neben der Kabinentür an der Wand lehnte. »Die würde ich hier lassen.«

»Lasse ich auch«, war Zwiebus einverstanden.

»Rhodan weiß natürlich, was ich plane, aber er hat es nicht verboten. Also genießen wir zudem noch das Wohlwollen der Obrigkeit.«

»Nun ja ...« machte Lord Zwiebus zweifelnd.

Der Mausbiber fuhr fort: »Sehr bald wird hier etwas los sein! Vielleicht finden wir dabei sogar dieses Tabora, dann wäre unsere Vergeltungsaktion nicht ganz umsonst gewesen.«

»Hoffentlich kriegen wir keinen Ärger ...«

Gucky hatte seine Uniform ausgezogen und stand, nur mit seinem natürlichen Fell bedeckt, vor dem Pseudo-Neandertaler. Er streckte ihm die Hand entgegen.

»Nun red keinen Quatsch und komm!«

Lord Zwiebus nahm die Hand und hielt sie krampfhaft fest, obwohl er schon oft genug mit dem Mausbiber teleportiert war. Aber das Wissen darum, in den nächsten Sekunden entmaterialisiert und durch eine andere Dimension transportiert zu werden, war für einen Nicht-Mutanten immer wieder unheimlich und neu.

Als Rhodan in Guckys Kabine kam, um sich noch einmal genauer nach seinen zweifelhaften Plänen zu erkundigen, fand er den Raum verlassen vor.

Sie standen auf einem bewachsenen Felsen in der Nähe eines Seeufers, keine zehn Kilometer vom Schiff entfernt. Gucky sah, daß die Sonne nur noch zwei Handbreit über dem Horizont stand. Die Dämmerung würde in einer Stunde beginnen.

»Was gibt's hier schon zu klauen?« fragte Lord Zwiebus und blickte sich aufmerksam nach allen Seiten um. »Da unten im seichten Wasser liegen ein paar Gestalten, aber sie haben nicht einmal eine Badehose an.«

»Dort drüben wohnen sie«, machte Gucky seinen Begleiter aufmerksam. »Die flachen Hütten, siehst du sie?«

»Du meinst ...?«

»Natürlich meine ich! Wenn sie irgendwo ihren Kram verstecken, dann in den Hütten. Los, gib mir wieder die Hand!«

Gucky teleportierte aufs Geratewohl in die erstbeste Hütte hinein und atmete auf, als er feststellen konnte, daß sie im Augenblick niemanden beherbergte.

Bis zu den Knien sanken die beiden in den feuchtweichen Moosboden ein. Das Wasser war zum Glück warm.

»Wenigstens gibt es hier keinen Staub«, stellte der Mausbiber fest und sah sich suchend um. »Möchte wissen, wo sie ihre Wertsachen versteckt haben. Wir können doch nicht den Algenteppich mitnehmen.«

Dort, wo die Seitenwände des einzigen Raumes den Abschluß bildeten, fanden sie eine metallene Truhe, die nicht verschlossen war. Sie öffneten sie, und was sie da erblickten, machte die beiden Gelegenheitsdiebe wieder froh und munter. Lord Zwiebus hielt den Sack auf, den er vorsorglich mitgenommen hatte.

»Alles Dinge, die sie aus Schiffen geklaut haben«, murmelte er. »Das sieht man doch! Was brauchen die hier positronische Meßgeräte für Bodenbeschaffenheit? Oder hier ...«, er hielt einen Gegenstand hoch und hielt ihn Gucky unter die Nase, » ... eine komplette Interkomanlage!«

»Nehmen wir mit!« entschied der Mausbiber und stopfte alles in den Sack, was er kriegen konnte. Sie leerten die Truhe restlos aus. »Und nun zurück ins Schiff!«

Sie rematerialisierten in einem unbenützten Lagerraum und schütteten den Inhalt des Sacks in eine Ecke.

Der zweite Raubzug brachte sie in eine stattliche Ansiedlung, die etwas erhöht auf relativ trockenem Gelände lag. Nachdem sie sich eifrig in den Häusern betätigt hatten, erregte ein besonders hohes Gebäude ihre Aufmerksamkeit.

Davor standen auf Steinfundamenten silberblitzende Statuen, die alle möglichen Lebewesen darstellten, darunter auch Humanoide.

»Sollen wir ihnen die wegnehmen?« fragte Lord Zwiebus.

»Sehen sehr hübsch aus, und wahrscheinlich würden sie sich darüber ganz schrecklich aufregen«, murmelte Gucky und grinste vor sich hin. »Aber sie sehen auch schwer aus. Außerdem laufen zuviel Eingeborene herum. Wir müssen warten, bis es dunkler geworden ist.«

»Kannst du probieren, wie schwer sie sind? Ich meine telekinetisch, damit wir hier bleiben können, ohne gesehen zu werden?«

Sie saßen gegenwärtig auf dem Dach eines rund gebauten Hauses mit schräg ansteigenden Wänden ohne Fenster. Niemand konnte sie bemerken, wenigstens nicht so schnell.

Gucky nickte und fixierte eine der Statuen, die etwa dreihundert Meter entfernt sein mochten. Er konnte sie sehen, also konnte er sie auch telekinetisch bewegen, wenn sie nicht gerade festgewachsen oder einzementiert waren.

Die fünfzig oder sechzig Eingeborenen, die sich gerade zufällig in der Nähe des Gebäudes mit den Statuen aufhielten, trauten ihren Augen nicht, als sich eine der Figuren plötzlich bewegte, ein wenig hin und her schwankte – und dann ziemlich unsicher davonschwebte. Sie gewann dabei an Höhe und verschwand zwischen den bewaldeten Hügeln südlich der kleinen Stadt.

Ehe sich die verdatterten Pai'uhns von ihrem Schrecken erholen konnten, flog ihnen die zweite Statue eines von der Regierung besonders geehrten Meisterdiebes davon.

Da packte sie das nackte Grauen.

So schnell sie konnten, verschwanden sie in ihren Häusern, wo sie zu ihrer Überraschung feststellen mußten, daß man sie inzwischen bestohlen hatte.

Das hatte es auf Na'nac noch nie zuvor gegeben! Unter sich waren die Pai'uhn K'asaltic die ehrlichsten Lebewesen, die man sich nur vorstellen konnte. Ein Pai'uhn K'asaltic wäre lieber verhungert, ehe er einem anderen etwas weggenommen hätte.

Und nun das!

Eine unbeschreibliche Aufregung entstand in der Stadt, obwohl es inzwischen dunkel geworden war und jeder normale Pai'uhn sich in die Urform zurückverwandelte und schlafen sollte. Doch niemand konnte jetzt an Schlaf denken.

Gucky und Lord Zwiebus rackerten sich ab wie Schwerstarbeiter. Sie brachten Dutzende von Säcken mit Diebesgut und auch die entwendeten Metallstatuen in die KAPELLA, in der nach Einbruch der Nacht Ruhe herrschte. Der Prallschirm sorgte dafür, daß sich kein Eingeborener mehr dem Schiff nähern konnte. Der gestohlene Roboter hatte sich nicht mehr eingefunden.

Allerdings waren in der KAPELLA auch keine Doppelgänger mehr aufgetaucht. Rhodan hatte befürchtet, daß der eingedrungene Pai'uhn sich in alle möglichen Persönlichkeiten verwandeln und schlimmste Unruhe stiften könnte.

Zum Glück geschah nichts Derartiges, und wenigstens im Schiff verlief die Nacht ruhig und ohne Zwischenfälle.

Wenigstens mußten die aufgestellten Wachen diesen Eindruck haben. In Wirklichkeit geschah eine ganze Menge.

Als draußen auf dem fremden Planeten der Morgen graute, wurde Kommandant Matakin von dem diensthabenden Offizier geweckt und gebeten, sofort in die Hauptzentrale zu kommen. Rhodan und die anderen seien bereits verständigt worden.

Matakin fragte nicht viel. Hastig zog er sich an und verzichtete sogar auf sein gewohntes Frühstück. So schnell er konnte, eilte er in die Kommandozentrale. Er war gespannt, was nun schon wieder passiert war, aber er konnte sich auch denken, daß es nichts Ernsthaftes war.

In Rhodans Gesichtsausdruck vermeinte er sogar einen amüsierten Zug entdecken zu können.

»Die Wachtposten also auch?« erkundigte sich der Cyno Signo gerade; er wirkte leicht angeschlagen. »Ich habe es geahnt!«

»Was hat er geahnt?« fragte Matakin den Offizier, den er abgelöst hatte. »Ist der Verwandlungskünstler wieder aufgetreten?«

»Das wissen wir eben noch nicht, Sir, aber man hat die nächtlichen Wachtposten ausgeraubt.«

»Ausgeraubt?« Matakin starrte den Offizier ungläubig an. »Sagen Sie das noch einmal!«

»Es ist wahr«, mischte Rhodan sich in die Unterhaltung. »Jedem fehlt etwas, ob es nun eine Uhr, die Waffe, ein Medikament oder die Socken sind. Einer hat sich sogar in Unterhosen vom Dienst ablösen lassen.«

»In Unterhosen?« Matakin bekam fast keine Luft mehr. »Das soll doch wohl ein Scherz sein!«

»Das nehmen wir auch an«, gab Rhodan ungerührt zu. »Fragt sich nur, wer ihn verübte.«

»Der Pai'uhn, wer sonst?«

»Da wäre ich an Ihrer Stelle nicht so sicher«, widersprach Rhodan, ohne jedoch seine eigene Vermutung zu äußern. »Jedenfalls haben wir es mit einem ungemein geschickten Burschen zu tun.«

»Es ist die typische Handschrift der Pai'uhns«, warf Arman Signo ein. »Denken Sie an Icho Tolots Unterwäsche gestern, und an den Roboter, den man ihm gestohlen hat, bevor wir den Prallschirm einschalteten.« Er sah Rhodan plötzlich sehr aufmerksam an. »Wer soll es denn sonst gewesen sein?«

»Vielleicht finden wir es heraus.« Er sah sich suchend um. »Wo steckt übrigens Gucky? Wurde er benachrichtigt? Und Zwiebus?«

Der Offizier, der eben die Zentrale verlassen wollte, um seinen verdienten Nachtschlaf nachzuholen, drehte sich um.

»Von beiden kam keine Bestätigung. Sie scheinen noch zu schlafen.«

Rhodan nickte ihm zu. »Danke, ich kümmere mich darum. Fellmer, kommen Sie mit, bitte.«

Auf dem Korridor sagte Rhodan zu dem Telepathen: »Die beiden schlafen natürlich nicht, sie sind überhaupt nicht im Schiff. Habe ich recht?«

»Ich kann jedenfalls ihre Gedankenimpulse nicht empfangen, und draußen werden sie von dem abstrakten Zeug der Eingeborenen überlagert, so daß ich nichts feststellen kann, zumindest nicht sicher.«

»Dachte ich es mir doch! Na, kommen Sie, ich habe eine unbestimmte Ahnung ...«

Sie durchstreiften den unteren Teil des Kugelraumers, kontrollierten einen Laderaum nach dem anderen und entdeckten schließlich nach zwei Stunden das Sammelsurium, von dem sie im ersten Augenblick nicht wußten, was es bedeuten sollte. Besonders die silberschimmernden Statuen, die wohlgeordnet in einer Reihe standen, gaben ihnen einzige Rätsel auf. Aber dann fanden sie, abseits der unbekannten Dinge, einen Stapel jener Gegenstände, die von den Wachtposten als vermißt gemeldet worden waren.

»Na, der kann etwas erleben!« murmelte Rhodan ratlos. »Alle beide!«

»Gucky und Lord Zwiebus?«

»Wer sonst? Die beiden haben sich zu perfekten Kleptomanen entwickelt, und wer weiß, ob wir es ihnen wieder abgewöhnen können. Die beiden stehlen noch besser als die Meisterdiebe!«

»Vielleicht wollen sie ihnen eine Lehre erteilen?«

»Natürlich, damit fing es an, und ich habe sie auch nicht daran gehindert. Aber wenn sie schon damit anfangen, unsere eigenen Leute um ihr Eigentum zu bringen, wird die Geschichte bedenklich. Natürlich war das der Kleine, und er hat sich nichts dabei gedacht. Kleiner Scherz, wird er sagen, aber es kann auch genausogut sein, daß er sich das Stehlen angewöhnt, unbewußt zuerst, dann bewußt!«

»Das glaube ich nie und nimmer!« protestierte Fellmer Lloyd. »Da vermute ich eher den erwähnten kleinen Scherz.«

Rhodan wollte antworten, als Gucky und Lord Zwiebus mitten in dem Raum materialisierten und den offensichtlich sehr schweren Sack einfach fallen ließen, als sie sich entdeckt sahen. Gucky setzte eine unschuldige Miene auf und watschelte auf die beiden zu. Etwas langsamer folgte ihm Lord Zwiebus. Das schlechte Gewissen stand ihm im Gesicht geschrieben.

»Nun?« machte Rhodan und deutete auf das Diebesgut, das ein halbes Warenlager gefüllt hätte. »Was soll das?«

Gucky las in Fellmers Gedanken, worum es in erster Linie ging. Er wußte jetzt, daß Rhodan ihm nicht böse war, weil er die Pai'uhns das Fürchten gelehrt hatte, daß er sich aber Sorgen wegen der Diebstähle im Schiff machte.

Der Ilt kicherte etwas verlegen, um Zeit zu gewinnen. »Die kommen so schnell nicht wieder stehlen«, sagte er triumphierend. »Außerdem hat die ganze Geschichte noch einen großen Vorteil, an den wir zuerst nicht dachten. Wir können das Zeug hier gegen die Gegenstände eintauschen, die man uns gestohlen hat, also ein richtiges Geschäft, bei dem niemand etwas verliert oder gewinnt. Wir bekommen aber wenigstens unsere Sachen zurück.«

»Und warum habt ihr unsere Wachtposten ausgeplündert?«

Gucky grinste.

»Das war doch nur ein Spaß. Die bekommen ihre Klamotten natürlich auch zurück. Eigentlich ist es gar nicht so schwer, jemanden zu bestehlen, wenn man geschickt genug ist.«

»Du scheinst auch noch stolz darauf zu sein, wie?« Rhodan schüttelte den Kopf. »Du wirst doch Lord Zwiebus nicht verdorben haben?«

»Der ist nicht mehr zu verderben!« entfuhr es dem Mausbiber unbedacht. »Der klaut fast noch besser als ich.«

»Damit ist nun Schluß!« befahl Rhodan, der davon überzeugt war, daß den Pai'uhns die erteilte Lehre genügte. »Wir werden den Eingeborenen mitteilen, daß sie ihr Eigentum zurückerhalten, wenn sie ihre Leidenschaft nicht weiter an uns auslassen. Und damit ihr schön in Übung bleibt, könnt ihr das Zeug gleich wieder aus dem Schiff bringen. Fangt gleich damit an.«

»Allein?«

»Ihr habt es ja auch allein hergebracht.«

Gucky seufzte: »Das hat man nun davon, wenn man helfen will.« Er versuchte, Rhodan ein wenig abzulenken. »Habt ihr meinen Doppelgänger schon gefunden, diesen Kun Tares, oder wie er hieß?«

»Leider nicht.«

»Daß der ins Schiff gelangte, war wenigstens dein, nicht mein Fehler«, sagte Gucky mit leichtem Vorwurf. »Wo mag er stecken?«

»Jedenfalls noch innerhalb des Schiffes oder Prallschirms. Wir werden ihn schon noch erwischen, denn unsichtbar kann er sich nicht machen.«

»Da wäre ich nicht so sicher. Zwiebus und ich jedenfalls haben feststellen können, daß sie sich auch in Bäume, Steine und sogar Tiere verwandeln können, in jeder Menge übrigens.«

Rhodan wurde sehr nachdenklich, denn wenn das stimmte, was der Mausbiber behauptete, dann konnte selbst der nächstbeste Generator der gesuchte Pai'uhn K'asaltic sein.

»Geht frühstücken«, sagte Rhodan zu den beiden »Meisterdieben«, »aber dann wird der Kram hier aus dem Schiff gebracht. Vielleicht habt ihr doch nicht ganz umsonst gearbeitet.«

Während des Vormittags waren Gucky und Lord Zwiebus damit beschäftigt, das gesamte Diebesgut aus dem Schiff zu bringen und dicht vor dem Prallschirm fein säuberlich aufzustapeln. Damit erreichte Gucky den Hauptzweck seines Unternehmens: Die Pai'uhns konnten sich nun selbst davon überzeugen, was ihnen alles abhanden gekommen und wo es geblieben war.

Die seltsame Ausstellung sprach sich bei den Eingeborenen schnell herum. In Scharen kamen sie herbeigeeilt, um ihre eigenen Schätze zu bestaunen, die ungreifbar hinter dem transparenten Energieschirm lagen. Rhodan dachte nicht daran, den Schirm auch nur für eine Sekunde abschalten zu lassen.

Er wollte Kun Tares haben, der vom größten Geheimnis des Universums gesprochen hatte. Und Kun Tares mußte sich noch innerhalb des Prallschirms aufhalten – dachte Rhodan.

Aber er irrte sich gewaltig.

Der Dieb der Krone der Koltas befand sich schon längst nicht mehr innerhalb der KAPELLA. Als gestern die gestohlenen Außenluken ersetzt wurden, hatte er sich in eine dieser Luken verwandelt, war aus dem Lager geholt und an der Außenhülle angebracht worden. Hier blieb er, bis es dunkel geworden war.

In der Gestalt eines Wachtpostens drang er noch einmal in das Schiff ein und wurde Zeuge der Raubzüge, die Gucky und Lord Zwiebus veranstalteten. Kun Tares bewunderte neidlos das Geschick und den Eifer der beiden Diebe. So etwas hatte er bisher nicht erlebt, wenn es sich bei den gestohlenen Gegenständen auch nicht gerade um Reichtümer handelte. Aber er ahnte den Zweck, den die beiden damit verfolgten.

Im letzten Augenblick konnte er noch verhindern, daß der Mausbiber ihm die Stiefel entwendete. Er floh aus dem Schiff und verwandelte sich blitzschnell in einige tausend Bohrkäfer, die alle wie auf Befehl vom Schiff fortzukriechen begannen. Als sie den schallundurchlässigen Prallschirm an jener Stelle erreichten, wo er sich elastisch gegen die Betonoberfläche schmiegte, bohrten sie sich einen Zentimeter tief in den Boden und kamen einen halben Meter weiter wieder nach oben.

Der Schirm lag hinter ihnen.

Hätte einer der Terraner oder Gucky sehen können, was dann geschah, er hätte seinen Augen nicht getraut. Die Käfer liefen alle, wie von einer Panik getrieben, auf einen Fleck zu – und begannen zu verschmelzen. Immer größer wurde die sich so aufbauende Materie, bis sie die ungefähre Masse eines ausgewachsenen Menschen besaß.

Als Rhodan kurz vor der Mittagsstunde aus dem Schiff kam und sich dem Prallschirm näherte, wo das Diebesgut lagerte und Gucky noch beim Ordnen war, wunderte er sich über die riesige Menschenmenge, die sich inzwischen dort angesammelt hatte. Eine Verständigung war unter den gegebenen Umständen nicht möglich, und Rhodan würde sich hüten, noch einmal einen Pai'uhn in die Energieglocke zu holen.

Aber Gucky konnte ihn hinausbringen, das war möglich. Er vergewisserte sich, daß er keine wertvollen Gegenstände bei sich trug, dann ging er zu dem Mausbiber.

»Na, haben sich schon Kunden angemeldet?« fragte er gönnerhaft.

»Wenn ich ihre Zeichensprache richtig verstehe, sind sie bald für den geplanten Tauschhandel reif«, versicherte er. »Sieh mal nach dort drüben, Perry! Ja, rechts von dem Baum. Was glaubst du, was dort liegt?«

Rhodan hatte nicht darauf geachtet, was die Eingeborenen trieben, aber nun sah er, was Gucky meinte. Neben dem Baum stapelten sich alle nur erdenklichen Dinge, die auf die relativ große Entfernung hin nicht alle erkennbar wurden. Immerhin konnte kein Zweifel daran bestehen, daß mindestens drei Außenluken dabei waren.

Die Diebe brachten ihre Beute zurück, wie Gucky es vermutet hatte.

»Du könntest mich jetzt hinausteleportieren, Gucky. Ich möchte mich mit den Leuten unterhalten. Beobachte mich, und wenn sie wieder anfangen zu stehlen, hol mich sofort hinter den Schirm zurück.«

»Bring Tolots Unterhosen mit, sonst weint er sich noch sämtliche Augen aus, unser Armer«, bat Gucky.

»Soll ich nicht besser mitkommen?« erkundigte sich Lord Zwiebus besorgt.

»Nein, das wäre überflüssig. Hier droht keinem von uns ernsthafte Gefahr. Ich habe selten friedlichere und glücklichere Lebewesen angetroffen.«

»Vielleicht kommt das vom Klauen?« meinte Gucky.

Rhodan warf ihm einen Blick zu, als er ihm die Hand gab. »Du sprichst wohl aus eigener Erfahrung, wie?«

Gucky nickte voller Stolz.

Die Eingeborenen wichen erschrocken zurück, als Perry Rhodan und sein pelziger Begleiter so unvermittelt bei ihnen aus dem Nichts auftauchten. Oben auf der dritten Außenluke der KAPELLA lag Icho Tolots Unterzeug, fein säuberlich gefaltet. Gucky ließ es heranschweben und teleportierte damit hinter den Schirm.

Ein ungläubiges Raunen ging durch die verblüffte Menge, aber für Intelligenzen, die jede beliebige Form annehmen konnten, war auch die Teleportation kein Wunder mehr. Zumindest in der Theorie würden sie sich mit parapsychischen Fähigkeiten abgeben, und es war sicherlich ein Glück für die anderen Völker, daß es in dieser Hinsicht bei der bloßen Theorie blieb.

»Ein guter Anfang für freundschaftliche Beziehungen«, sagte Rhodan und deutete auf den Stapel der zurückgebrachten Gegenstände. Er sprach das Interkarties genauso perfekt wie die Pai'uhns. »Darf ich fragen, wer die Rückgabe veranlaßt hat, oder handelt es sich um eine spontane und nicht organisierte Aktion?«

Einige der notorischen Diebe schienen plötzlich sehr verlegen zu sein, die Mehrzahl jedoch grinste vergnügt. Sie besaßen erstaunlich menschliche Gesichter, aber das war nicht weiter verwunderlich. Rhodan wußte von Arman Signo, daß sie *jedes* Gesicht nachbilden konnten.

Einer der Pai'uhns trat auf Rhodan zu. Er war ein älterer Mann und trug ein langes, würdevoll wirkendes Gewand. Auch sein Gesicht drückte Würde und Vornehmheit aus.

»Ich bin der Bürgermeister der Stadt, die Sie vom Schiff aus sehen können. Bereits gestern abend, als die Statuen unserer Nationalhelden gestohlen wurden, faßte ich den Entschluß, unsere Beute zurückzugeben. Ich schickte Boten in die benachbarten Siedlungen, und noch während der Nacht wurde alles eingesammelt, was Ihnen entwendet wurde. Dort lagert es, bereit, gegen die Statuen eingetauscht zu werden, die für uns einen unschätzbaren Wert besitzen.« Einen Augenblick zögerte er, als erwarte er eine Antwort, aber dann fuhr er fort, ehe Rhodan etwas sagen konnte: »Ich weiß nicht, wie ich Ihnen die mir sehr peinlichen Vorkommnisse erklären soll, aber gibt es da überhaupt eine Erklärung. Wir sind in Ihren Augen ein sehr eigentümliches Volk mit ebenso eigentümlichen Sitten und Gebräuchen, aber wenn es Sie interessiert, werde ich Ihnen gern einiges über uns erzählen.«

»Dazu haben wir später noch Zeit«, sagte Rhodan. »Zuerst sollten wir unser Tauschgeschäft abwickeln, damit es keine Mißverständnisse mehr geben kann. Die Frage ist nur, wie wir das bewerkstelligen, ohne daß weitere Diebstähle möglich sind.«

Der alte Mann lächelte verstehend.

»Zu unserem maßlosen Erstaunen haben wir feststellen müssen, daß Sie über noch geschicktere Diebe verfügen als wir. Es ist uns klar, daß sich ein Teleporter im Vorteil befindet. Das ist einer der Gründe, warum ich Ihnen einen Vorschlag machen wollte.«

Rhodan ahnte, worauf der Alte hinauswollte. Insgeheim hatte er sogar damit gerechnet, daß man ihm eine Art Waffenstillstand vorschlug, aber niemand konnte wissen, wie weit man den Pai'uhns trauen konnte.

Vorsichtig sagte er: »Auch darüber können wir uns später unterhalten. Im Augenblick wäre ich Ihnen für die Garantie dankbar, daß während des bevorstehenden Austausches nichts gestohlen wird – weder auf Ihrer noch auf unserer Seite. Ich muß den schützenden Energieschirm abschalten, um Sie hereinzulassen. Das bedeutet für uns ein Risiko, aber auch für Sie.«

»Ich kann Ihnen noch keine Garantie geben – leider. Das Gesetz unserer Welt verbietet lediglich den Diebstahl untereinander, aber Sie sind Fremde. Sie fallen nicht unter dieses Gesetz. Ich schlage in diesem Fall also vor, daß Sie den Energieschirm nicht abschalten und unser Eigentum durch Ihre Teleporter nach draußen teleportieren lassen.«

Rhodan begann einzusehen, daß ihm keine andere Wahl blieb, wenn er sich vor den notorischen Dieben schützen wollte. Allerdings hörte er im Geiste Gucky schon wie einen Rohrspatz fluchen, wenn ihm eröffnet wurde, daß er den ganzen Kram noch einmal transportieren sollte.

»Das dürfte die beste Lösung sein«, sagte er und nahm damit den Vorschlag des Alten an. »Aber es wird Abend werden, bis wir den Austausch vollzogen haben. Ich hoffe jedoch, daß wir uns morgen sehen werden. Wir haben uns viel zu erzählen, und ich möchte Ihr Volk besser kennenlernen, um es besser zu verstehen.«

»Ich erwarte Sie in der Stadt.« Der Alte lächelte. »Aber bringen Sie keine wertvollen Gegenstände mit, das erspart Komplikationen. Eine Gewohnheit, die so alt ist wie unser Volk, kann nicht von einem Tag zum anderen vergessen werden. Wenn Sie uns kennengelernt haben, verstehen Sie das. Ich freue mich auf Ihren Besuch.«

Ohne eine Entgegnung abzuwarten, drehte sich der alte Mann um und ging davon. Rhodan sah nachdenklich hinter ihm her, dann gab er Gucky, der hinter dem Schirm wartete, das verabredete Zeichen.

Der Mausbiber hatte geespert und wußte bereits, was Rhodan mit dem Alten besprochen hatte. Als er hinter dem Schirm wieder rematerialisierte, sagte er empört: »Ich soll mit Lord Zwiebus den ganzen Kram noch einmal durch die Gegend schleppen und gleichzeitig auch noch das andere Zeug hereinholen? Wie hast du dir das vorgestellt? Da sind wir ja am Abend tot!«

»Ihr habt es schon einmal überlebt, und außerdem sehe ich keinen anderen Ausweg. Zu deinem Trost kann ich dir versichern, daß eure Aktion keineswegs umsonst war. Ihr habt den Pai'uhns mächtig imponiert. Ich bin sogar überzeugt, daß sie uns demnächst einen Vorschlag machen werden, der darauf hinausläuft, daß nicht mehr gestohlen wird.«

»Oh, das wäre aber schade!« entfuhr es Gucky unbedacht.

»Fangt endlich mit der Arbeit an!« sagte Rhodan kurz.

Kun Tares war der Baum, unter dem der Austausch stattfand.

So hatte er unauffällig Gelegenheit, die ganze Aktion in aller Ruhe zu beobachten, ohne selbst aufzufallen. Dabei stand er nicht etwa auf einem Boden, der dem natürlichen Wachstum eines Baumes gerecht geworden wäre, sondern auf Beton. Keinem der Terraner war das aufgefallen, und selbst Gucky und Lord Zwiebus schöpften keinen Verdacht, wenn sie alle paar Minuten an dieser Stelle rematerialisierten und die mitgebrachten Gegenstände austauschten.

Kun Tares überlegte.

Sicher, er hatte die Krone der Koltas gestohlen und damit bewiesen, daß er ein Meisterdieb war. Aber wie gewaltig erst würde sein Ruf werden, wenn er den Fremden das Wertvollste stahl, das sie besaßen, und wenn ihn nicht alles täuschte, dann wußte er auch schon, was ihnen das Wertvollste war: dieses kleine, pelzige Wesen, das der ständige Begleiter des fremden Kommandanten sein mußte und außerdem noch besser stehlen konnte als die meisten der Pai'uhns.

Wenn er das teleportierende Pelztier stahl, würde seine Statue auch bald auf dem Platz von Pag'her stehen.

Aber wie konnte man einen Teleporter in seine Gewalt bringen, ohne ihm ernsthaften Schaden zuzufügen? Weder Fesseln noch Gefängnisse konnten einen Teleporter von der Flucht abhalten.

Die von Mun'ro, dem Bürgermeister der Stadt, angekündigte Vereinbarung mit den Fremden interessierte ihn wenig. Niemand würde sich daran halten, selbst wenn sie offiziell verkündet werden sollte. Die Fremden blieben Fremde.

Gucky teleportierte wieder hinter den Schirm, während Lord Zwiebus zurückblieb und eine der Außenluken für den nächsten Transport vorbereitete. Es war später Nachmittag, und in einer Stunde würde der Austausch des Diebesguts vollzogen sein.

Kun Tares hätte natürlich auch den Neandertaler stehlen können, aber dann würde er die Hilfe anderer Pai'uhns benötigen. Zwiebus war ihm zu groß und zu schwer. Allerdings war er auch kein Teleporter und konnte somit besser festgehalten werden.

Plötzlich fiel Kun Tares eine Begebenheit ein, die er schon fast vergessen hatte. Er begriff nicht, warum sie ihm nicht früher eingefallen war, denn sie bot ihm die Lösung seines Problems direkt an.

Vor sechs oder sieben Jahren – damit waren natürlich die Umlaufzeiten des Planeten Na'nac um die Sonne Ghoghor gemeint – war ein Raumschiff der Xeriden gelandet. Die Fremden waren genauso freundlich empfangen wie später dann bestohlen worden. Kurz danach hatten sie die unheimliche Welt, auf der alles verschwand, fluchtartig verlassen, um nie mehr wiederzukommen.

Unter anderem war den diebischen Pai'uhns dabei auch ein seltsames Gitternetz in die Hände gefallen, mit dem sie zuerst nicht viel anzufangen wußten. Dann aber, als sie wieder einmal Kontakt mit einem Telekineten erhielten, fiel ihnen auf, daß der Mutant seine Fähigkeiten verlor, sobald sich zwischen ihm und dem zu bewegenden Objekt das Gitternetz befand.

Als man ähnliche Versuche dann mit einem Telepathen anstellte, konnte kein Zweifel mehr daran bestehen, daß es sich bei dem Gitternetz um einen Paraschutz handelte.

Kun Tares wußte, daß dieses wertvolle Gitternetz auf dem Kavernenplanet Suto A'fan verborgen lag. Der rechtmäßige Besitzer war Mun'ro, der Bürgermeister der Stadt. Und den kannte er gut.

Als Gucky wieder einmal außerhalb des Schirms zu dem Stapel zurückkehrte, der sich erheblich verändert hatte, mußte er zu seiner maßlosen Verblüffung feststellen, daß der Baum fehlte. In der Menschenmenge, die sich inzwischen angesammelt hatte, fiel ihm auch der schlanke Pai'uhn nicht auf, der sich vorsichtig im Hintergrund hielt und langsam entfernte.

Es wurde dem Mausbiber klar, daß der Baum ein Pai'uhn gewesen war, aber er kam nicht auf die Idee, daß es der vermißte Kun Tares gewesen sein könnte. Auf dem Beton hätte überhaupt kein Baum wachsen können, aber daran hatte vorher niemand gedacht, nicht einmal Perry Rhodan, dessen Aufmerksamkeit auf wichtigere Dinge gerichtet gewesen war.

Zwei Stunden später war der Austausch vollendet. Ziemlich erschöpft sahen Gucky und Lord Zwiebus zu, wie die dafür bestimmten Mannschaften die Sachen aussortierten und ins Schiff brachten. Jenseits des Energieschirms holten sich auch die Pai'uhns ihr Eigentum zurück; der Stapel wurde schnell kleiner, und schließlich waren nur noch die schweren Statuen vorhanden. Wahrscheinlich sollten sie später mit Fahrzeugen abgeholt werden. Immerhin blieben einige »Bäume« als Wachtposten zurück.

Gucky erstattete Rhodan Bericht.

Harun Matakin wußte zwar, warum man auf dem Planeten der Diebe gelandet war, trotzdem riet er zum sofortigen Start der KAPELLA. Er wies darauf hin, daß man dem Wort der Pai'uhns keinen Glauben schenken dürfe.

Rhodan nickte Arman Signo zu, der sich zu Wort meldete: »Ihre Meinung, bitte.«

»Zu dem, was wir planen oder wünschen, kann es keine bessere Ausgangsbasis als die augenblickliche Situation geben. Wir haben Kontakt zu den Pai'uhns K'asaltic und unsere Erfahrungen mit ihnen gemacht. Sie haben lernen müssen, daß wir uns mit ihren eigenen Mitteln zu wehren verstehen und wissen, wie wir uns Respekt verschaffen können. Ich bin überzeugt, daß es keinen größeren Fehler geben könnte, als jetzt unverrichteter Dinge abzufliegen. Wenn wir bleiben, können wir das Tabora finden. Wir alle glauben, daß es eine erste Spur bereits gibt.«

»Unser Freund hat recht«, stimmte Rhodan ihm zu, sah aber dabei den Kommandanten an. »Wir werden morgen die Einladung des Bürgermeisters annehmen und die Stadt aufsuchen. Wir werden den Kontakt mit den Pai'uhns intensivieren, sie noch besser kennenlernen und ihre Eigenarten tolerieren. Und wir werden Kun Tares finden und ihn fragen, was er für das größte Geheimnis des Universums hält.«

»Ich werde ihm das Ding schon abnehmen«, versprach Gucky.

Rhodan warf ihm einen strafenden Blick zu. »Du wirst gar nichts, mein Lieber! Zumindest so lange nicht, bis ich dir das Zeichen dazu gebe. Ist das völlig klar, Gucky?«

Der Mausbiber nickte widerwillig.

»Gut, dann ist wohl kaum noch etwas dazu zu sagen.« Rhodan lächelte Gucky versöhnlich zu. »Wenn wir abermals bestohlen werden sollten, brauchst du auf mein Zeichen nicht lange zu warten. Zufrieden?«

Diesmal nickte der Mausbiber wesentlich glücklicher.

10.

Kun Tares hatte inzwischen die Stadt erreicht. Er wußte, wo Mun'ro wohnte und suchte ihn ohne Formalitäten auf. Die beiden kannten sich von früher her recht gut und waren so etwas wie Freunde, wenn sie sich jetzt auch seltener sahen als in alten, diebischen Zeiten.

Der Bürgermeister schien Sorgen zu haben. Er hatte seine humanoide Wahlform beibehalten und bat Kun Tares, Platz zu nehmen.

»Was führt dich zu mir, mein Freund? Ich bin beschäftigt.«

»Die Fremden, Mun'ro, sie haben unsere Ehre verletzt.«

»Richtig, das haben sie, Kun Tares, aber was soll ich daran ändern? Einige von ihnen sind eben noch geschickter als wir. Lassen wir es dabei bewenden, dann werden sie eines Tages wieder gehen und uns allein lassen.«

»Aber die Schande bleibt, Mun'ro!« sagte Kun Tares.

»Welche Schande?«

»Erinnere dich an jene Zeiten, in denen wir zusammenarbeiteten, Mun'ro! Weißt du noch, wie wir damals zur Welt der Phanoms flogen und ihren Gott stahlen? War das nicht ein herrliches Abenteuer, von dem wir wochenlang berichten konnten? Waren wir nicht die Helden unserer Insel, und hätte jemand behaupten können, ein gleichwertiges Meisterstück vollbracht zu haben? Gibst du zu, daß es so war?«

»Ja, es *war* so! Aber durch das Kommen der Fremden ändert sich das. Sie haben uns übertrumpft.«

»Nur weil sie unsere Statuen stahlen?« fragte Kun Tares.

Der Bürgermeister machte eine verneinende Geste. »Wir haben sie zurückerhalten. Und wenn wir das wollten, könnten wir auch mit diesem kleinen Teleporter in einen Wettbewerb treten, aber wohin führt das?«

Kun Tares stellte bei sich fest, daß sich ihr Gespräch dem Kernpunkt des Problems näherte.

»Warum kein Wettbewerb, Mun'ro? Vergiß nicht, daß unser Ruhm verblaßt, wenn wir tatenlos zusehen!«

»Ich habe die Fremden für morgen in die Stadt eingeladen und versprochen, daß es keine Diebstähle geben wird. Wir müssen unser Wort halten.«

»Diebstähle …? Handelt es sich bei dem gegebenen Versprechen um Wertgegenstände und Gebrauchsgüter?«

Mun'ro begriff nicht sofort, was Kun Tares meinte.

»Sicherlich, um was denn sonst? Ich habe die Fremden gebeten, nichts mitzubringen, was man ihnen abnehmen könnte. Wenn sie sich daran halten, kann ich mein Versprechen halten, denn du weißt, daß es immer wieder Abenteurer gibt, die der Versuchung nicht widerstehen können.«

Kun Tares machte einen zufriedenen Eindruck. »Um materielle Dinge also geht es – sehr gut! Erinnerst du dich noch an die Xeriden!«

Mun'ro konnte seine Überraschung nicht verhehlen.

»Die Xeriden …? Ja, ich erinnere mich. Es war vor vielen Jahren, als wir herrliche Sachen aus ihrem Schiff holten.« Mun'ro berauschte sich plötzlich an der Erinnerung. »Weißt du noch, wie wir beide gemeinsam das merkwürdige Gitternetz stahlen? O ja, wie könnte ich das je vergessen? Du hattest dich in einen Xeriden verwandelt und den Lagerraum geöffnet. Dann fandest du das Netz und holtest mich, weil du es allein nicht wegschaffen konntest. Wir stahlen es, und da wir es nicht teilen konnten, entschied das Los. Ich gewann.« Der Bürgermeister sah Kun Tares forschend an. »Wie kommst du eigentlich auf das Netz? Möchtest du es jetzt haben?«

»Nur geliehen, Mun'ro, alter Freund. Ich möchte, daß du mir das Netz für ein paar Tage überläßt. Du kannst mich nach dem Grund fragen, aber es wäre mir lieber, du würdest es nicht tun.«

»Hat es etwas mit den Fremden zu tun?«

»Ja, das hat es.« Kun Tares sah den Bürgermeister an. »Je weniger du darüber weißt, um so besser für uns alle. Selbst wenn du mit den Fremden eine Vereinbarung getroffen hast, so ist das kein Grund für mich, zu kapitulieren.«

»Ich ahne, was du meinst, aber ich weiß noch immer nicht, was das mit dem Netz zu tun haben soll.«

»Ich betone noch einmal: Es ist besser, wenn du es nicht weißt. Denke an meinen Ruhm als Dieb der Krone der Koltas, Mun'ro! Ich bin dein Freund, was könnte dir gelegener kommen, als wenn mein Ruhm sich noch vergrößerte? Ein Teil davon gehört auch dir, denn das Netz ist unser gemeinsames Eigentum, zumindest moralisch gesehen. Gib mir das Kodewort deines Verstecks, beschreibe mir seine Lage – und stelle keine weiteren Fragen mehr.«

Das wertvollste Diebesgut der Pai'uhns lagerte in den natürlichen Kavernen des Planeten Suto A'fan. Die Zugänge waren meist versiegelt, wenn auch ein Diebstahl so gut wie ausgeschlossen war. Aber niemand hätte die

Landung eines fremden Raumschiffes auf dem 24. Planeten ernsthaft verhindern können. Darum die Vorsicht.

Mun'ro gab schließlich nach. »Also gut, Kun Tares, ich will deiner Bitte entsprechen, aber ich bitte dich, nicht unüberlegt zu handeln. Inzwischen ist mir klar geworden, wozu du das Netz brauchst, wenn mir der Nutzen auch ein Rätsel bleibt. Offiziell weiß ich von nichts, Kun Tares, aber ich wünsche dir Erfolg, was immer du auch planen mögest. Hier die Daten und mein Kodewort ...«

Wenig später bestieg Kun Tares sein kleines Raumschiff und startete. Es war bereits Nacht geworden, und er mußte sich beeilen, wenn er rechtzeitig zurückkehren wollte. Der Kurs war schnell programmiert, und er konnte zwei Stunden schlafen, ehe sein Schiff zur Landung ansetzte.

Die Koordinaten stimmten, und er fand das Versteck sehr schnell. Das Kodewort öffnete den in Felsen eingebetteten Safe, und dann stand er staunend vor den Schätzen, die sein alter Freund hier aufgestapelt hatte.

Das Gitternetz war ein feinmaschiges Gebilde ohne sichtbare Energiequelle. Vielleicht war es nur die Anordnung des Gitters und das unbekannte Material, das die gewünschte Wirkung erzielte – Kun Tares konnte es nicht wissen. Aber er war dabei gewesen, als der Telekinet und der Telepath versagten. Mit Bestimmtheit war anzunehmen, daß auch ein Teleporter versagen würde.

Behutsam packte er die Rolle auf den kleinen Transportwagen, den er vorsorglich mitgebracht hatte, versiegelte den Eingang des Verstecks und kehrte zu seinem Schiff zurück. Das Verladen bedeutete keine Schwierigkeit mehr, und eine Stunde nach der Landung startete er bereits wieder.

Als sich sein Schiff dem zentral gelegenen Raumhafen von Pag'her näherte, graute bereits der Morgen ...

Perry Rhodan, Fellmer Lloyd und der Cyno Arman Signo bereiteten sich am nächsten Morgen auf den verabredeten Ausflug vor. Sie befolgten den Rat des Bürgermeisters der kleinen Stadt und trugen nur ihre Uniformen. Lediglich Rhodan nahm den kleinen Telekom mit.

Gucky und Lord Zwiebus blieben im Schiff. Bevor das kleine Bodenfahrzeug aus der Luke gerollt wurde, versuchte der Mausbiber noch einmal, Rhodan umzustimmen. Ziemlich kleinlaut meinte er:

»Ich sehe nicht ein, warum ich zurückbleiben soll, Perry. Du mußt doch zugeben, daß die Aktion, die ich gemeinsam mit Lord Zwiebus startete, einen Erfolg zu verzeichnen hatte. Wir imponierten den Dieben und stellten den Kontakt her. Ohne ihn würdet ihr heute die Stadt nicht besuchen können.«

»Das ist richtig«, gab Rhodan zu. »Aber ich möchte vermeiden, daß gleich zu Beginn unserer Beziehungen zu den Eingeborenen von unserer Seite aus ein Mißverständnis verursacht wird.«

»Ich klaue nichts«, versprach der Mausbiber ernsthaft.

»Darum allein geht es nicht«, erklärte Rhodan geduldig. »Ich möchte nicht, daß du offiziell in der Stadt auftauchst, auch Lord Zwiebus nicht. Ihr habt euch als Meisterdiebe produziert, und man würde euch wiedererkennen. Die Versuchung wäre zu groß, eine gewisse Rache auszuüben, denn ihr habt den Ruf der Diebe untergraben. Ihr würdet also allein durch eure Anwesenheit die Atmosphäre des ersten Treffens trüben.«

»Ich kann nicht einmal ein Wässerchen trüben – das hast du selbst einmal gesagt!« wehrte sich Gucky schwach. Dann nickte er. »Also gut, wenn wir nicht mitgehen dürfen, kann ich mir dann wenigstens mal die Gegend ansehen und versuchen, diesen Kun Tares zu finden?«

Rhodan überlegte nur einige Sekunden, dann nickte er zögernd.

»Dagegen hätte ich nichts einzuwenden, wenn du nichts stiehlst. Wenigstens solange nicht, wie wir in der Stadt nicht bestohlen werden. Aber wenn du schon das Schiff verläßt, dann sei vorsichtig. Suche nur kleine Siedlungen oder gar nur einzelne Häuser auf. Und nimm nichts mit, was man dir abnehmen könnte.«

»Ich gehe heute in Pelz«, versprach der Mausbiber.

»Fein. Aber laß dich auf keinen Fall in der Stadt sehen! Wichtig ist Kun Tares, Gucky. Wenn du ihn findest, dann frage ihn diplomatisch aus. Nicht mit der Tür ins Haus fallen, aber vielleicht kannst du seinen Ehrgeiz anstacheln, damit er seine Erlebnisse von sich aus berichtet. Du kennst die etwas unklare Beschreibung des Tabora, also kann keine Verwechslung möglich sein. Eine Art Flasche, wie wir wissen, und das sollte als Anhaltspunkt genügen.«

»Ich werde mich um die Flasche kümmern«, meinte Gucky etwas zweideutig.

»Und ich werde mich auf dich verlassen«, gab Rhodan zurück.

Kommandant Matakin schaltete den Prallschirm für wenige Sekunden aus, damit das Fahrzeug mit seinen drei Insassen die Sperre ungehindert passieren konnte. Er war fest davon überzeugt, daß die Männer zu Fuß zurückkommen würden, denn er konnte sich nicht vorstellen, daß man ihnen den Wagen nicht stehlen würde.«

Die Straße, die gleich am Ende des betonierten Raumfeldes begann, war ungepflastert und staubig, trotzdem legten sie die kurze Strecke in etwa einer halben Stunde zurück. Unterwegs gab es nicht viel zu sehen, wenn man von vereinzelten Flachhäusern an den Ufern der zahlreichen Seen und Flüsse absah. Die Pai'uhns liebten die Feuchtigkeit. Die Stadt lag jenseits der flachen Hügel, die den eigentlichen Raumhafen abgrenzten, und zwar nach allen Seiten. Sie war nicht sehr groß, trotzdem wurde sie als die Hauptstadt der Insel Pag'her bezeichnet. Der Bürgermeister war somit auch das Oberhaupt der ganzen Insel.

»Scheint kein großer Empfang zu werden«, sagte Fellmer Lloyd, als sie sich den ersten Häusern näherten. »Vielleicht hat der Bürgermeister unsere Ankunft erst gar nicht angekündigt, um Zwischenfälle zu vermeiden.«

»Dort nähert sich eine Art Delegation«, schwächte Rhodan die Befürchtung des Telepathen ab. »Immer noch keine vernünftigen Gedankenimpulse?«

»Da ist nichts zu machen. Total verworren und undefinierbar.«

»Ob sie das absichtlich tun oder ob einfach ihre Gedankenmuster auf einer anderen Frequenz liegen?«

»Es ist ein Phänomen, das ich bisher noch nicht beobachtet habe.«

Rhodan ließ das Thema fallen, denn sie näherten sich der Gruppe der Eingeborenen, die ihnen zu Fuß auf der Straße entgegenkamen. An der Spitze – das erkannte er jetzt – ging der Bürgermeister Mun'ro.

Der Wagen hielt an. Rhodan stieg aus und ging Mun'ro entgegen. »Wir hoffen, den rechten Zeitpunkt gewählt zu haben«, sagte er.

»Wir danken Ihnen, daß Sie der Einladung gefolgt sind«, entgegnete der Bürgermeister feierlich. »Wir werden Ihnen die Stadt zeigen. Den Wagen können Sie unbesorgt hier stehen lassen.«

Rhodan zögerte, dann beschloß er, ehrlich zu sein: »Ich befürchte, dann sehen wir ihn nicht wieder«, sagte er trocken.

Mun'ro machte eine abwehrende Handbewegung. »Niemand wird den Wagen stehlen, denn ein solcher Diebstahl würde dem Betreffenden nichts als Hohn einbringen, weil er damit weder besonderen Mut noch Geschicklichkeit bewies. Herrenloses Gut, und in diesem Fall würde ich den Wagen als solches bezeichnen, rührt niemand von uns an. Es brächte keine Ehre ein.«

Rhodan nickte. *Den* Standpunkt begriff er. »Fellmer, Signo – kommen Sie! Wir machen einen Spaziergang.«

Der Cyno und der Telepath verließen nun ebenfalls das Fahrzeug und gesellten sich zu den anderen. Etwa ein Dutzend Pai'uhns befanden sich in der Begleitung des Bürgermeisters, der sofort mit seinen Erklärungen begann, während sie langsam auf die Stadt selbst zuschritten.

»Dort liegen die Häuser unserer Bürger, im Zentrum befinden sich einige Verwaltungsgebäude und die Lagerhäuser der Lebensmittelversorgung. Wir werden Ihnen alles zeigen und hoffen, daß Sie sich dann ein Bild von unserer Zivilisation machen können. Später werden wir dann ein gemeinsames Essen zu uns nehmen.«

Rhodan interessierte sich für die Lebensgewohnheiten dieses seltsamen

Volkes und hörte aufmerksam zu. Fellmer Lloyd versuchte noch immer vergeblich, brauchbare Gedankenimpulse aufzufangen. Der Cyno blieb zurückhaltend und vorsichtig. Das Mißtrauen stand ihm auf dem Gesicht geschrieben.

Vor dem großen Gebäude standen die Statuen wieder auf ihren Podesten. Rhodan konnte sich vorstellen, daß sie unter den gegebenen Umständen Gucky zu dem großangelegten Diebstahl gereizt hatten.

»Das sind die größten Helden der Insel«, erklärte Mun'ro stolz, als sie die lange Reihe der Statuen abschritten, um zum Eingangsportal zu gelangen. Er blieb stehen, und alle folgten seinem Beispiel. »Dies hier ist Hen'rehr, der vor etwa zweihundert Planetenjahren starb. Ganz allein landete er auf dem 25. Planeten unseres Systems, auf dem ein fremdes Schiff niedergegangen war und dessen Mannschaft sich damit beschäftigte, die unbewohnte Welt zu erkunden. In der Zwischenzeit gelang es Hen'rehr den gesamten tragbaren Inhalt des fremden Schiffes zu stehlen und in ein nahegelegenes Versteck zu bringen. Als die Fremden zurückkehrten, fanden sie ein leeres Schiff vor. Sie begriffen nicht, was geschehen war, denn die Wachen hatten nichts bemerkt. Die unbekannte Welt schien ihnen so unheimlich geworden zu sein, daß sie wenig später starteten und für immer verschwanden. Hen'rehr aber kehrte mit seiner Beute zu uns zurück und wurde als Nationalheld gefeiert. Er hatte etwas vollbracht, was vor ihm nur wenige geschafft hatten.«

»Und darum steht er nun dort?« vergewisserte sich Rhodan.

»Ist das kein Grund?« entgegnete Mun'ro verwundert.

Sie schritten weiter.

»Und dies hier ist Gon'kales«, sagte der Bürgermeister, als die Gruppe unwillkürlich vor einer Statue stehenblieb, die an eine menschengroße Echse erinnerte, wenn auch einige Merkmale fehlten. »Er nahm diese Form an, um zur Welt der Ssstx zu fliegen. Dort mischte er sich unter die Bevölkerung und lebte einige Jahre mit ihr, nur um ihr größtes Heiligtum zu entwenden. Können Sie sich das vorstellen? Er stahl ihr größtes Heiligtum, ihren Gott!«

»Ihren Gott?«

»Oh, das passierte schon mehrmals, mein edler Freund. Götter sind meistens Reliquien, denen besondere Bedeutung zugemessen wird. In diesem Fall war der Gott nichts anderes als ein Robotgehirn, das von früheren Zivilisationen auf dem betreffenden Planeten zurückgelassen worden war. Niemand wußte das, am allerwenigsten die Ssstx selbst. Aber das Robotgehirn wußte es, und es war intelligent genug, die Lage zu nutzen.«

»Wie denn?«

»Es machte sich zum Gott des Planeten, und es wurde als solcher von den ahnungslosen Eingeborenen anerkannt. Aber dann kam Gon'kales und schaltete das Robotgehirn ab. Es gab keinen Gott mehr. Er nahm die wichtigsten

Teile und brachte sie in sein Schiff, das er irgendwo in einer unzugänglichen Gegend versteckt hatte, und floh. Die Ssstx gewöhnten sich wahrscheinlich daran, ohne ihren Gott zu leben, der nun nicht mehr antwortete – oder vielleicht schufen sie sich neue Götter, wir wissen es nicht. Jedenfalls erhielt Gon'kales sein Denkmal, denn seine Tat war einmalig und heroisch.«

Rhodan verzichtete darauf, dem Bürgermeister seine eigene Meinung zu dieser Einstellung darzulegen. Es hatte wenig Sinn, die Logik zweier Weltanschauungen gegeneinander abzuwägen, da sie aus unterschiedlichen Ursachen entstanden waren. Außerdem paßten sich Weltanschauungen der jeweiligen Umgebung und den bereits herrschenden Verhältnissen an, oder es waren ungesunde Weltanschauungen.

»Hat einer der Meisterdiebe auch das Tabora gestohlen?« fragte er direkt.

Mun'ro warf ihm einen forschenden Blick zu. »Das Tabora? Was ist das?«

Rhodan bedauerte es in diesem Augenblick ganz besonders, daß Fellmer Lloyd die Gedanken des Pai'uhns nicht lesen konnte. Der Gesichtsausdruck des Bürgermeisters jedoch verriet nichts anderes als ehrliches Erstaunen.

»Ein Gegenstand, der auf einem Planeten dieses Universums gestohlen wurde. Ich nahm naturgemäß an, daß Sie davon wüßten.«

»Leider nicht.« Mun'ro schritt zur nächsten Statue. »Und dies ist Keg'uhr, der vor einigen Jahren leider verstarb. Ihm gelang es …«

Nur mit halbem Interesse hörte Rhodan zu. Blieb also nur Kun Tares, sonst niemand. Er war sich nicht ganz sicher, ob er Mun'ro direkt nach Kun Tares fragen sollte. Er beschloß, den richtigen Augenblick abzuwarten.

» … und so brachte Keg'uhr die Brahnck mit auf unsere Welt, wo sie heute noch Gegenstand größter Bewunderung ist«, schloß Mun'ro und schritt weiter.

Sie folgten ihm. Auch die Geschichte der restlichen Figuren und Helden brachte keinen von Rhodan erhofften Hinweis. Es handelte sich fast immer um spezielle Gegenstände, von denen keiner an eine Flasche erinnerte, oder um die üblichen Diebstähle aus Raumschiffen, die in diesem System gelandet waren.

Nicht ohne geringeren Stolz führte sie Mun'ro dann in das Gebäude hinein, dessen Boden im Gegensatz zu den einfachen Wohnhäusern absolut trocken und fest war. In einem kleineren Saal gab es einen runden, reichlich gedeckten Tisch, an dem sie der Bürgermeister Platz zu nehmen bat.

Im Verlauf der Unterhaltung brachte Rhodan seine Frage an. »Kennen Sie einen gewissen Kun Tares, verehrter Freund?«

Ihm war, als zeige Mun'ro für den Bruchteil einer Sekunde nicht nur Überraschung, sondern sogar Erschrecken. Dann aber lächelte der Bürgermeister.

»Ja, ich kenne Kun Tares recht gut. Wir sind alte Freunde. Warum fragen Sie mich das, und woher kennen Sie seinen Namen?«

»Wir begegneten ihm am ersten Tag unseres Aufenthalts hier auf dieser Welt, und er stellte sich uns freundlicherweise vor. Wir kamen ins Gespräch, und dabei erwähnte er, daß er das größte Geheimnis des Universums besitzt. Er wollte es uns zeigen, aber leider haben wir den Kontakt mit ihm verloren. Vielleicht können Sie uns helfen, ihn wiederherzustellen.«

Mun'ro nickte langsam. »Ja, Kun Tares ...! Er ist schon immer ein Sonderling gewesen. Und er entwickelte ganz besonderen Ehrgeiz! Drei Jahre war er abwesend, und als er vor wenigen Tagen zurückkehrte, brachte er die Krone der Koltas mit.«

Rhodan beugte sich vor. »Die Krone der Koltas? Wie sieht sie aus?«

Mun'ro machte eine unbestimmte Geste. »Das weiß ich leider nicht, weil ich sie noch nicht gesehen habe. Bevor Kun Tares sie mir zeigen konnte, landete Ihr Schiff, und Sie wissen ja, was seitdem alles geschehen ist.«

»Die Krone der Koltas?« Rhodan warf Signo einen fragenden Blick zu, erntete aber nur ein Achselzucken. »Ist es möglich, diese Krone einmal zu sehen, von der wir noch nie zuvor hörten?«

»Das müssen Sie Kun Tares fragen, weil er der Besitzer ist. Aber warum interessiert Sie diese Krone so sehr?«

»Es ist ein allgemeines Interesse, mehr nicht«, sagte Rhodan und lenkte dann von dem Thema ab. »Sie wollten uns noch aus der Geschichte Ihres Volkes berichten, Mun'ro, und vor allen Dingen wollten Sie uns erklären, warum der Diebstahl zur Kunst der Pai'uhns wurde.«

Mun'ro lehnte sich bequem zurück und trank von dem undefinierbaren Getränk, das auf dem Tisch stand.

»Der Diebstahl und damit der Wille, das Eigentum eines anderen zu besitzen, ist so alt wie das Leben selbst. Erst dann, wenn jedes Besitztum gleichmäßig aufgeteilt ist, könnte dieses natürliche Verlangen eingedämmt, aber niemals restlos beseitigt werden. Die Veranlagung zum Diebstahl war bei unserem Volk von Anfang an vorhanden, und soweit sich unsere Geschichte zurückerinnern kann, wurde immer gestohlen. Dann wurde das Gesetz erlassen, das den Diebstahl verbot. Später erfolgte ein Zusatzgesetz, das den Diebstahl für alle solche Gegenstände erlaubte, die nicht von unserer Welt stammten. Dieses zweite Gesetz war notwendig, um ein Überdruckventil für das aufgespeicherte Verlangen zu schaffen, der nun einmal vorhandenen Veranlagung nachzugeben. Jeder Diebstahl an Eigentum, das keinem Pai'uhn K'asaltic gehörte, war rechtmäßig erlaubt.« Mun'ro sah Rhodan fest an. »Ich habe dieses Gesetz nicht gemacht, wenn ich es auch unter den geschilderten Umständen für sehr weise halte. Denn seit es existiert, hat noch kein Pai'uhn den anderen bestohlen.«

»Nun gut, das ist unbedingt eine Lösung für das Problem«, gab Rhodan zu.

Arman Signo meinte: »Die Arenakämpfe primitiver Kulturen reagieren den natürlichen Aggressionstrieb intelligenter Lebewesen ab, warum nicht ein solches Gesetz den Drang zum Diebstahl?«

»Ja«, gab Mun'ro zu, ohne verlegen zu werden, »es ist in der Tat ein Drang.« Er lächelte Rhodan zu. »Glauben Sie, es fällt mir unvorstellbar schwer, Ihnen nicht das schimmernde Armband zu entwenden, das Sie dort tragen. Es ist eine Aufforderung, wenn ich es einmal so ausdrücken darf, und wenn Sie nicht mein Versprechen hätten ...«

Rhodan hob den Arm mit dem Telekom. »Es ist ein Funkgerät, mit dem ich jederzeit den Kommandanten unseres Schiffes erreichen kann. Würde er eine andere Stimme als die meine hören, könnte es zu einem unliebsamen Zwischenfall kommen, und den wollen wir doch beide vermeiden ...«

Mun'ro verstand die Warnung nur zu gut. »Keine Sorge, niemand wird Sie bestehlen.« Er stand auf. »Nun möchte ich Ihnen den Rest der Stadt zeigen.«

»Nein«, sagte Gucky mit Nachdruck, »es tut mir leid, aber du bleibst hier im Schiff zurück! Das ist ein Befehl des Chefs!«

»Hat er mir aber nicht übermittelt«, protestierte Lord Zwiebus. »Warum sollst du Ausflüge unternehmen dürfen, während ich im Schiff bleiben muß? Das ist doch unlogisch!«

»Im Gegenteil, es ist logisch! Erstens bin ich Teleporter und kann jederzeit ins Schiff zurückkehren, wenn es brenzlig wird. Zweitens habe ich einen bestimmten Auftrag, und drittens bin ich allein beweglicher, als müßte ich dich immer durch die Gegend tragen. Klar?«

»Nichts ist klar! Ich verlange ...«

»Nun aber Schluß damit!« fuhr Gucky seinen Freund wütend an. »Ich habe dir die Situation erklärt, und ich kann nichts an ihr ändern. Was glaubst du, was ich von Perry zu hören bekäme, nähme ich dich mit?«

»Er schimpft höchstens ein bißchen, er hat ja bei unserem letzten Unternehmen auch nur geschimpft.«

»Mir hat es gereicht, besonders die Arbeit!« Gucky schüttelte den Kopf. »Auf Wiedersehen, bis später. Du kannst ja inzwischen mal versuchen, Matakins positronische Kennkarte zu organisieren.«

»Die Kennkarte?« Lord Zwiebus sah nicht gerade geistreich aus. »Die hat er doch unter der Haut ...«

»Eben, du Meisterdieb!« sagte Gucky und entmaterialisierte.

Er teleportierte durch den Energieschirm der KAPELLA hindurch und legte etwa fünfzig Kilometer in Richtung Küste zurück. Es war eine blinde Teleportation, und er fiel nur wenige Meter, als er rematerialisierte. Nicht weit entfernt erkannte er die runden Dächer einiger Kellerhäuser, die an einem kleinen See lagen. Beherzt marschierte er los und hoffte dabei, daß die Kunde von der Landung des fremden Raumschiffs inzwischen auch bis in diese Abgeschiedenheit gelangt war.

Er trug nichts bei sich, nicht einmal einen Telekom. Gemäß Rhodans Weisung wollte er die diebischen Eingeborenen nicht in Versuchung führen.

Die Männer des Dorfes aalten sich in dem seichten Wasser des Sees und blickten ihm neugierig entgegen. Niemand zeigte Erstaunen oder gar Angst, als er sich zu ihnen gesellte und auf einem Stein Platz nahm, der aus dem flachen Wasser ragte.

»Guten Tag«, sagte Gucky und betrachtete die Eingeborenen prüfend. Kun Tares war mit Sicherheit nicht dabei, falls er noch seine ursprüngliche Gestalt besaß oder wieder angenommen hatte. »Schön warm heute, nicht wahr?«

»So warm ist es immer«, belehrte ihn ein älterer Pai'uhn, der mit seinen Augen Guckys Gestalt vergeblich nach einem Gegenstand abtastete, den man ihm hätte abnehmen können. »Und das Wasser ist auch warm.«

»Woher wißt ihr von unserem Aufenthalt hier?«

»Es spricht sich herum, Fremder. Bist du der Meisterdieb, der unsere Helden stahl?«

»Richtig, ich bin der Heldenklau«, bestätigte Gucky stolz. »Da ist euch die Spucke weggeblieben, oder nicht?«

»Es war eine bemerkenswerte Tat«, gab der Alte zu, während die anderen beifällig nickten. »Leider können wir uns nicht mehr revanchieren.«

Gucky wechselte jetzt das Thema. Er sagte: »Ich suche Kun Tares, den ruhmreichsten Dieb der Insel. Wo kann ich ihn finden? Er versprach uns ...«

»Er lebt an der Küste, und er brachte die Krone der Koltas mit.«

»Ach, die Krone der Koltas? Nennt man es auch das Tabora?«

»Wie sie die Bewohner jener Welt nannten, von der sie stammt, wissen wir nicht. Wir wissen nur von der Krone der Koltas.«

»Gut, meinetwegen auch das. Wo also finde ich Kun Tares?«

»Du willst ihm die Krone stehlen?«

»Unsinn, ich will überhaupt nichts stehlen! Ich will nur mit Kun Tares sprechen.«

»Er lebt an der Küste im Norden.« Es folgte eine sehr plastische Beschreibung der zerklüfteten Küste und der speziellen Bucht, an deren Ufern Kun Tares hauste. »Wir hörten, du bist Teleporter. Es wird dir also leichtfallen, ihn zu finden.«

Gucky bedankte sich und blieb auf dem Stein sitzen, während er sich auf den beschriebenen Fjord konzentrierte, um dann zu entmaterialisieren. Als er in den Normalraum zurückkehrte, plumpste er ins Wasser.

Erschreckt stoben einige Eingeborene beiseite, die in dem flachen und lauwarmen Naß gelegen hatten, unter ihnen auch Kun Tares, der schon sehnsüchtig auf das Erscheinen des kleinen Teleporters gewartet hatte.

Er faßte sich sofort und kehrte zu dem Mausbiber zurück, der sich das Wasser aus dem Pelz schüttelte und den Gesuchten sofort erkannte.

»Du möchtest das größte Geheimnis des Universums bewundern – habe ich recht?«

»Du könntest Gedankenleser sein«, erwiderte Gucky und strebte dem nahen Strand zu. »Ich möchte die Krone der Koltas sehen, wenn du gestattest. Und ich gebe dir mein Wort, daß ich sie nicht zu stehlen versuche.«

»Das befürchte ich auch nicht«, meinte Kun Tares und ging voran. »Folge mir in mein Haus.«

Ohne jeden Argwohn folgte ihm Gucky. Die Krone der Koltas – was konnte das anderes sein als das Tabora? Sicher, im Aussehen bestand ein Unterschied zwischen einer Krone und einer Flasche, aber die Pai'uhns konnten ja auch keine Ahnung haben, was das Tabora in Wirklichkeit war. Sie konnten es nennen, wie sie wollten, ganz gleich, wie es aussah.

Kun Tares blieb stehen, als sie die Hütte erreichten. »Hier wohne ich, und ich habe die Krone hier. Tritt ein!«

»Nach dir, mein Freund.«

Kun Tares ging ohne Zögern voran. Es gab kein Risiko, seiner Meinung nach. Er hatte seine Vorbereitungen getroffen, und zwar mit aller Sorgfalt.

Als sie beide in dem halbdunklen Innenraum standen, deutete Kun Tares auf eine hölzerne Bank, vor der ein schmaler Tisch stand.

»Wir wollen uns setzen, damit ich dir die Geschichte meines Diebstahls erzählen kann, dann werde ich dir die Krone zeigen.«

»Warum kann ich sie nicht vorher sehen?«

»Weil sie schöner ist, wenn man ihre Geschichte kennt.«

Gucky zuckte mit den Achseln und setzte sich. Kun Tares holte aus einer Ecke einen Krug hervor, der mit einer goldgelben Flüssigkeit angefüllt war. Er schenkte sich und dem Mausbiber ein, dann trank er ihm zu.

Gucky probierte. Das Zeug schmeckte keineswegs unangenehm, und da er Durst verspürte, trank er den Becher in einem Zug leer. Kun Tares hingegen nippte nur daran.

Dann begann er umständlich von seinem dreijährigen Abenteuer zu berichten. Zwischendurch stand er auf und ließ eine mit feinem Draht bespannte Matte vor der Türöffnung herab. Die Wände und auch die Decke des Raumes waren mit dem gleichen Drahtnetz bespannt. Gucky achtete nicht darauf, aber er verspürte plötzlich eine Müdigkeit, die seine Glieder zu lähmen begann.

Die Worte Kun Tares' wirkten, als würden sie aus weiter Ferne gesprochen. Ihre Bedeutung kam dem Mausbiber nur noch halb zu Bewußtsein, obwohl er noch folgerichtig zu denken vermochte. Vielleicht ließ auch nur seine Konzentration nach.

Kun Tares hörte auf zu sprechen und beobachtete Gucky. Dann sagte er: »Ich glaube, nun ist es soweit. Ich werde dir die Krone der Koltas zeigen – warte einen Augenblick.« Er stand auf, als bemerke er den Zustand seines Gastes nicht, ging zu seiner Truhe und öffnete sie. Er nahm die Krone heraus und stellte sie auf den Tisch. Dann setzte er sich wieder. »Das ist sie, die Krone der Koltas, das größte Geheimnis des Universums, denn ihr Anblick allein genügt, die natürliche Lebensspanne zu verdoppeln. Ich habe sie gestohlen, und damit habe ich wohl auch dich, mein kleiner Freund, übertroffen. Doch was dich so wertvoll macht, ist etwas ganz anderes.«

Gucky stellte immerhin noch fest, daß die Krone keinesfalls das gesuchte Tabora sein konnte. Signos Beschreibung paßte ganz und gar nicht darauf. Zu seiner Enttäuschung gesellte sich ein Gefühl der Übelkeit. Er saß da und konnte sich kaum rühren. Ihn schien eine Art Lähmung befallen zu haben.

»Was soll mich wertvoll machen?« sagte er mühsam. »Und warum bin ich so müde? Was war in dem Zeug, das ich getrunken habe …?«

Kun Tares blieb ruhig sitzen, als er sagte: »Ich kehrte vor einigen Tagen mit der größten und seltensten Beute zurück, die jemals gestohlen wurde. Und heute, nur wenig später, gelingt mir ein noch größerer Diebstahl. Ich habe einen Teleporter gefangen, zudem noch einen Meisterdieb. Mein Ruhm wird sich auf unserer ganzen Welt verbreiten, und ich werde Denkmäler auf allen großen Inseln erhalten.«

Langsam begann Gucky zu begreifen, was mit ihm geschehen war.

»Ein Schlafmittel also …? Da hast du Pech gehabt, denn einen Teleporter kann niemand festhalten. Und da du ja nichts anderes als die Krone der Koltas besitzt, die nicht einmal der Rede wert ist, kann ich mich nun von dir verabschieden, oder hast du im Ernst angenommen, du könntest mich … *mich* stehlen?«

»Ich *habe* dich bereits gestohlen«, eröffnete ihm der Pai'uhn gelassen. Er stand auf, ging wieder zu der Truhe, in der er seine gesamten Habseligkeiten aufzubewahren schien, und holte einen festen Strick daraus hervor. »Und nun werde ich dich fesseln müssen, denn ich habe noch einen Besuch vor.«

»Fesseln? Damit?« Gucky begann zu kichern, aber es klang schwach. »Soviel Kraft habe ich immer noch, um zum Schiff zurückzuteleportieren.«

»Dann versuche es doch einmal«, riet Kun Tares jovial.

Langsam begann auch in Guckys Gehirn die Vermutung zu dämmern, daß der Pai'uhn noch einen Trumpf im Ärmel haben könnte, anders war sein Verhalten einem Teleporter gegenüber nicht zu erklären. Bevor er noch schwächer wurde, mußte er fort von hier. Und auf keinen Fall hatte er Lust, sich fesseln zu lassen.

Jemand hatte ihn gestohlen! Das war mehr als lächerlich.

Erst jetzt konzentrierte er sich auf die Kommandozentrale der KAPELLA, schloß die Augen – und entmaterialisierte.

Für Kun Tares mußte das, was nun geschah, erstaunlich und erfreulich zugleich sein. Der Mausbiber verschwamm vor seinem Blick, aber noch in derselben Sekunde rematerialisierte er wieder – unmittelbar an der südlichen Wand des Raumes, plumpste zu Boden und blieb dort liegen.

Die Teleportation war nur über drei Meter hinweg gelungen, bis zu dem Paranetz und keinen Millimeter weiter.

Kun Tares ging zu ihm, hob ihn behutsam auf und legte ihn auf ein trockenes Lager neben der Truhe. Gucky wehrte sich nicht, als er gefesselt wurde. Noch schob er die Fehlteleportation auf seinen geschwächten Zustand, aber dann, als er endgültig wehrlos geworden war, wurde er eines Besseren belehrt.

»Dieser Raum ist in ein Paranetz eingehüllt, durch das es keine Teleportation geben kann. Es läßt auch keine telepathischen Impulse durch, aber ein Telepath kannst du ja nicht auch noch sein, und wenn, dann würde es dir nicht weiterhelfen.« Kun Tares begann vorsichtig das Gitter von der nächsten Wand zu lösen und warf es über den Mausbiber, ehe dieser den Versuch zur Flucht machen konnte. Er rollte seinen Gefangenen in das Gitternetz ein und verschnürte ihn dann wie ein Paket.

So sicher gefangen war Gucky noch nie in seinem Leben gewesen, und er konnte froh sein, daß ihm niemand einen ernsthaften Schaden zuzufügen gedachte.

»Und nun«, sagte Kun Tares, »werde ich deinem Schiff einen freundschaftlichen Besuch abstatten.«

»Angeber!« sagte Gucky, dann wurde seine Müdigkeit überwältigend. Er schloß die Augen, und Sekunden später verkündeten regelmäßige Atemzüge, daß er eingeschlafen war.

Befriedigt betrachtete ihn Kun Tares, dann leitete er jenen Vorgang ein, der für ihn eine Selbstverständlichkeit war: Er löste sich in seinen Formen auf.

Das geschah langsam und ohne Hast. Die gallertartige Masse zerfloß auf dem feuchten Boden und teilte sich. Die eine Hälfte wurde zu einem schlanken Kegel, der halb in dem Moosteppich versank, während die andere neue Form anzunehmen begann.

Und dann verließ eine exakte Kopie des Mausbibers die Hütte.

11.

Am späten Nachmittag ließ Mun'ro durchblicken, daß er den Besuch für beendet betrachtete. Während des Rückmarsches zum Bodenfahrzeug versuchte Fellmer Lloyd, telepathischen Kontakt mit Gucky zu erhalten, aber vergeblich. Der Mausbiber meldete sich nicht.

Rhodan beschloß, nun selbst die Initiative zu ergreifen, schon um Zeit zu gewinnen und Guckys heimliche Aufgabe zu erleichtern.

»Wir suchen einen Gegenstand, der vor einiger Zeit auf einer anderen Welt gestohlen wurde, Mun'ro. Er besitzt lediglich symbolischen Wert und kann für Ihr Volk keine Bedeutung haben. Er wird Tabora genannt und ähnelt einer bauchigen Flasche. Wir wären bereit, für diesen Gegenstand andere einzutauschen, die für den Dieb des Tabora von größerem Wert sein dürften.«

Mun'ro sagte in ehrlicher Überzeugung: »Ich kann Ihnen versichern, daß ich niemals von dem beschriebenen Gegenstand gehört habe. Wenn er wertvoll wäre, wüßte ich davon, auch wenn der Dieb auf einer der anderen Inseln wohnte. Ich bitte Sie, mir das zu glauben. – Sehen Sie dort, Ihr Wagen ...«

Es war nichts gestohlen worden. Fellmer Lloyd schaltete probeweise den Motor ein. Er lief fast geräuschlos und ohne jede Störung. Die Pai'uhns hatten Wort gehalten.

Rhodan war auch davon überzeugt, daß Mun'ro die Wahrheit gesprochen hatte, als er abstritt, jemals etwas von dem Tabora gehört oder gar gesehen zu haben.

Blieb also doch nur dieser Kun Tares. Was aber, wenn diese geheimnisvolle Krone nun wirklich nichts anderes als eine Krone war?

Es hatte wenig Sinn, es auf einer der anderen Inseln zu versuchen. Die ganze Prozedur würde von vorn beginnen, und ehe man erneut Kontakt mit der Bevölkerung erhielt, konnte das Tabora längst für alle Zeiten verschwunden sein, wenn es auf Na'nac überhaupt das Tabora gab.

Der Abschied war sehr herzlich, und Mun'ro nahm die Einladung an, die Fremden am nächsten Tag in ihrem Schiff aufzusuchen. Ohne dazu aufgefordert zu werden, gab er das feierliche Versprechen ab, bei diesem Besuch seine Form nicht zu verändern und auch nicht den Versuch zu unternehmen, etwas zu stehlen.

Später, als sie über die Hügel fuhren, sagte Arman Signo voller Skepsis:

»Ich begreife das alles nicht so recht. Entweder haben die Pai'uhns sich grundlegend geändert, oder es ist etwas geschehen, von dem wir nichts wissen. Früher hätten sie sich niemals von einem lohnenden Diebstahl abbringen lassen, weder durch Drohungen noch durch Versprechungen. Ich möchte wissen, was dahinter steckt.«

»Vielleicht ist dieser Bürgermeister wirklich ehrlich und hat außerdem noch einen großen Einfluß auf seine Bevölkerung«, vermutete Rhodan unsicher. »Was sollte es sonst sein?«

Ehe Signo antworten konnte, summte der Telekom an Rhodans Arm. Er schaltete das Gerät ein und meldete sich.

Es war der Kommandant der KAPELLA.

»Sind Sie unterwegs zum Schiff, Sir?«

»Ja. Ist etwas geschehen?«

»Ich glaube schon, Sir. Gucky kam von seinem Ausflug zurück.«

»Was ist daran so erstaunlich?«

Matakin sagte: »Ich gehe jede Wette darauf ein, daß es nicht Gucky ist!«

Rhodan warf seinen Begleitern einen besorgten Blick zu.

»Wir sind in einer halben Stunde dort«, sagte er dann. »Lassen Sie diesen Doppelgänger nicht aus den Augen …«

Kun Tares hatte seinen Gleiter genommen und war zum Raumhafen geflogen. Denn wenn er auch wie der Mausbiber aussah, so konnte er natürlich dessen Parafähigkeiten nicht mit übernehmen. Er war kein Teleporter und auch kein Telepath.

Natürlich hatte er auch keine Ahnung von den Lebensgewohnheiten Guckys und war sich darüber im klaren, früher oder später als eine Nachbildung entlarvt zu werden. Das störte ihn wenig, denn er konnte jederzeit sein Äußeres wieder verändern, wenn auch nur bis zur Körpermasse des Mausbibers.

Er landete zweihundert Meter von der KAPELLA entfernt, verließ den Gleiter und schlenderte dann auf den immer noch eingeschalteten Prallschirm zu, bis er gegen die nachgiebige Energiewand stieß.

Er trat einen Schritt zurück und sah hinüber zum Schiff, dessen untere Ausstiegluke weit geöffnet war. Auf der obersten Stufe der ausgefahrenen Gangway saß der große Fremde, der zusammen mit dem Pelzwesen die meisterhaften Diebstähle ausgeführt hatte. Er trug nichts als einen Lendenschurz.

Kun Tares winkte ihm freundschaftlich zu. Lord Zwiebus winkte ebenso freundlich zurück und rührte sich sonst nicht. Erst als der Mausbiber – oder das, was er für den Mausbiber halten mußte – keine Anstalten machte, durch den Prallschirm zu teleportieren und immer wieder zu ihm hinüberwinkte, wurde Lord Zwiebus aufmerksam.

Konnte Gucky aus diesem oder jenem Grund nicht mehr teleportieren? Ohne Spezialfunk war keine Verständigung durch den Energieschirm möglich, und Gucky hatte keinen Telekom mitgenommen.

Lord Zwiebus benutzte den Interkom der Schleusenkammer. Matakin meldete sich sofort. Er war in der Kommandozentrale.

»Gucky, sagen Sie? Ja, ich habe ihn nun auf dem Bildschirm. Merkwürdig, daß er nicht teleportiert. Gehen Sie zu ihm und versuchen Sie es mit Zeichensprache oder einer schriftlichen Mitteilung.«

»Schalten Sie doch den Prallschirm aus. Vielleicht ist Gucky verletzt.«

»Das wäre eine Erklärung. Gehen Sie trotzdem hin und holen Sie ihn ab. Ich schalte in genau einer Minute für zehn Sekunden ab.«

Eigentlich hätte Matakin vorsichtiger sein müssen, aber ein Blick auf den Bildschirm erweckte in der Tat den Eindruck, als habe Gucky eine Verletzung erlitten.

Er schien sich nur noch mit Mühe auf den Beinen halten zu können und drohte jeden Augenblick zusammenzubrechen.

Jede Sekunde konnte wichtig sein. Matakin unterrichtete den diensthabenden Arzt und sah auf die Uhr. Lord Zwiebus hatte den Mausbiber erreicht, von dem ihn nur noch der Prallschirm trennte.

Als das matte Flimmern aufhörte, sprang er vor und packte Gucky im Nackenfell. Mit einem Satz war er dann wieder zurück und gleichzeitig fast leuchtete der Schirm wieder auf.

»Was hast du denn, Kleiner? Du siehst ja ganz verstört aus?«

Gucky gab keine Antwort. Er schien sich bereits wieder wohler zu fühlen. Sanft machte er sich von seinem Helfer frei und spazierte allein auf die geöffnete Luke zu. Lord Zwiebus folgte ihm kopfschüttelnd.

»Hast du das Tabora gefunden?« fragte er.

Gucky blieb stehen. »Das Tabora? Nein, das Tabora habe ich nicht gefunden.«

»Allen möglichen Mist haben diese Pai'uhns zusammengeklaut«, empörte sich Lord Zwiebus und holte Gucky wieder ein, »nur dieses Tabora nicht. Und gerade deswegen sind wir doch hier!«

Gucky betrachtete ihn aufmerksam. »Ach ja, deswegen sind wir hier?« meinte er erstaunt.

Lord Zwiebus musterte ihn eingehend. »Du tust so, als hättest du den Verstand verloren oder zumindest das Gedächtnis. Hat dir jemand auf den Kopf geschlagen?«

Gucky erreichte den Korridor. Hier kannte sich Kun Tares bestens aus. Schließlich war er eine ganze Nacht im Schiff gewesen und hatte sich umgesehen. Aber er wußte, daß er früher oder später den entscheidenden Fehler machen würde.

»Wie heißt der Kommandant?« fragte er den verblüfften Zwiebus.

»Matakin … sag mal, willst du mich auf den Arm nehmen?«

»Zu schwer!« lehnte Kun Tares-Gucky ab und ging weiter. »Bring mich zu diesem Matakin!«

Lord Zwiebus begann nun zu ahnen, daß da etwas nicht stimmte. Er beschloß, sich nichts anmerken zu lassen.

»Immer geradeaus, mein armer Freund. Das mit der Amnesie gibt sich schon wieder. Ich hatte auch mal etwas Ähnliches, als mir jemand eine Keule auf den Kopf schmetterte. Ich hatte sogar meinen Namen vergessen.«

»Wie ist der denn?« fragte der falsche Gucky leichthin.

Lord Zwiebus verschlug es für einen Augenblick die Sprache, dann ging er etwas schneller.

»Komm, dort vorn ist der Lift zur Zentrale …«

Matakin waren inzwischen Bedenken gekommen. Vielleicht war es doch ein Fehler gewesen, Gucky so ohne weiteres ins Schiff zu lassen. Aber der Mausbiber hatte wirklich den Eindruck erweckt, als stünde er kurz vor dem Zusammenbruch. Da blieb keine Zeit zu langen Überlegungen.

Er fixierte Gucky scharf, als Lord Zwiebus ihn in die Kommandozentrale schob, dabei fing er ein bezeichnendes Augenzwinkern des Neandertalers auf. Das konnte nur eine Warnung sein.

»Hallo, Gucky, was ist geschehen?«

Kun Tares beschloß, der Komödie ein schnelles Ende zu bereiten. Er war im Schiff und niemand konnte ihn daraus gegen seinen Willen entfernen.

»Ihr Gucky, oder wie Sie ihn nennen mögen, liegt in einem guten Versteck, eingewickelt in einem Paranetz, und kann nicht entkommen. Ich bin an seiner Stelle hier.«

Matakin sah seine Befürchtung wahr werden. Es hatte wenig Sinn, jetzt unbedacht zu handeln.

»Was wünschen Sie?«

»Eigentlich nichts. Ich wollte nur beweisen, daß ich der bessere und größere Dieb bin! Jemand, der einen Meisterdieb stiehlt, ist eben ein noch besserer Dieb, besonders dann, wenn der Gestohlene ein Teleporter ist.«

»Das bestreitet niemand. Können Sie übrigens für die Sicherheit Ihres Gefangenen garantieren?«

»Ihm geschieht nichts; er wird bald Hunger bekommen. Vorerst schläft er.«

Matakin drückte auf einen Knopf.

»Ich werde den Chef unserer Expedition unterrichten müssen. Bleiben Sie dort stehen.« Er nickte Lord Zwiebus zu. »Passen Sie auf ihn auf, bitte!«

Matakin rief Perry Rhodan über Telekom und erhielt sofort Verbindung.

Es konnte kein Zweifel mehr daran bestehen: Kun Tares war der größte Meisterdieb des Planeten Na'nac!

Selbst Rhodan mußte das neidlos zugeben, nachdem er mit dem falschen Gucky gesprochen hatte. Er begriff auch die Motive Kun Tares', der die Schande, übertroffen worden zu sein, nicht hatte auf sich sitzen lassen können.

»Nun gut«, sagte Rhodan am Ende der Unterredung zu dem Wesen, das genau wie Gucky aussah. »Wir bewundern Ihr Können und Ihre Geschicklichkeit, aber Sie werden auch verstehen, daß wir uns Sorgen um unseren Teleporter machen. Wollen Sie ihn nicht freilassen?«

»Das ist meine Absicht, aber zuvor muß das Volk von Na'nac alles über meine Heldentat erfahren. Ich möchte die Nachricht über Ihren Sender verbreiten. Wenn das geschehen ist, können wir das große Fest feiern.«

Rhodan sah ihn forschend an. »Was für ein großes Fest, Kun Tares?«

»Das Fest der Aufnahme und Abmachung. Ihr Gucky und dieser große Mann dort ...« er deutete auf Lord Zwiebus, » ... haben sich als Meisterdiebe erwiesen. Sie werden in unsere Gilde aufgenommen, und wenn das geschehen ist, gibt es keinen Diebstahl mehr zwischen uns und ihnen sowie allen ihren Freunden.«

Rhodan begriff. Bevor diese Aufnahme in die Diebesgilde erfolgte, hatte Kun Tares beweisen wollen, daß er *noch* ein größerer Dieb als alle anderen zusammen waren.

»Na schön, dann verkünden Sie Ihren Triumph über unseren Sender. Und dann befreien Sie Gucky so schnell wie möglich.«

Während Matakin die auf Na'nac übliche Frequenz einstellte, fragte Rhodan den falschen Gucky: »Wissen Sie etwas über das Tabora, Kun Tares? Sie würden uns helfen, wenn Sie uns verraten könnten ...«

»Ich habe die Frage nun schon oft genug gehört, aber ich kann immer wieder nur sagen, daß es so etwas wie ein Tabora hier nicht gibt. Doch warten Sie die große Feier ab. Dort werden Sie alle Meisterdiebe von Pag'her und der anderen Inseln treffen. Fragen Sie dann noch einmal. Vielleicht kennt wirklich jemand das Tabora.«

Wenig später unterhielt er sich mit Mun'ro, der sein Erschrecken nicht verbergen konnte. Als er jedoch erfuhr, daß die Fremden bereits unterrichtet waren und keine Vergeltung planten, beruhigte er sich wieder. Er versprach, die Aufnahmefeier für die beiden fremden Meisterdiebe einzuberufen und alles Notwendige zu veranlassen.

Kun Tares sah Rhodan triumphierend an. »Ich habe meinen Ruf retten können und werde sicherlich ein Denkmal erhalten. Nun werde ich in mein Haus zurückgehen und Ihren Teleporter befreien.«

»Fellmer, Kun Tares steht so lange unter Ihrer Obhut, bis Gucky befreit ist.« Rhodan ignorierte den Einwand des Pai'uhns. »Kommen Sie dann sofort mit ihm zurück. Sie dürfen nichts mehr unternehmen, denn ich glaube, morgen werden wir unser Ziel erreichen.« Er wandte sich an Kun Tares. »Wo findet die Feier statt?«

»Am Wohnort des besten Diebes – bei meinem Haus also.«

Ein wenig später wurde der Prallschirm wieder abgeschaltet, dann bestiegen Fellmer Lloyd und der falsche Mausbiber den Gleiter, der sich schnell in die Lüfte erhob und davonflog.

Als Gucky wieder zu sich kam, stellte er sofort fest, daß an eine Flucht nicht zu denken war. Das Paranetz war undurchdringlich, außerdem hatte Kun Tares ihn meisterhaft gefesselt. Also ergab er sich in sein ungewisses Schicksal und versuchte, noch ein wenig zu schlafen.

Als Fellmer Lloyd und Kun Tares den Raum betraten, war er sofort hellwach. Mit fassungslosem Blick starrte er auf sein Ebenbild, ehe er zu schimpfen begann. Der Telepath winkte ab.

»Schon gut, Gucky, keine Aufregung. Selbst wenn ich deine Gedanken nicht lesen könnte, wüßte ich jetzt, daß *du* es bist. Kun Tares hat dich ja ganz schön eingewickelt, er ist in der Tat der bessere Dieb.«

Gucky wurde befreit und rieb sich die Handgelenke. »Verrückte Sitten auf dieser Welt!« knurrte er wütend.

»Sie haben dir aber ganz gut gefallen«, machte Fellmer ihn aufmerksam. »Immerhin hat Kun Tares dich nun übertrumpft. Übrigens, Anordnung vom Chef: keine Vergeltung!«

»Ich werde mich hüten.« Er schritt auf Kun Tares zu und blieb mit verschränkten Armen vor ihm stehen. »Du hast gewonnen, du Gauner!«

Kun Tares bedankte sich mit einer Verbeugung für das Kompliment.

»Trotzdem werdet ihr morgen in die Gilde der Diebe aufgenommen, und alle eure Freunde werden Ehrenmitglieder.«

Gucky kicherte, bevor er Fellmer die Hand zur Teleportation reichte.

»Hihi, Perry als Ehrenmitglied der Gilde der Diebe ...! Darüber wird er sich mindestens tausend Jahre freuen.«

Sie teleportierten zurück in die KAPELLA.

Die Nachrichtenverbindung auf dem Planeten Na'nac funktionierte einwandfrei. Aus allen Himmelsrichtungen kamen die großen Diebe herbei, um an dem großen Fest teilzunehmen. Die Bucht, an der Kun Tares' Haus lag, glich einem Heerlager. Immer wieder landeten neue Gleiter oder riesige Vögel, die später humanoide Formen annahmen.

Mun'ro kümmerte sich um die Ehrengäste, die Terraner.

»So ein Aufnahmefest in die Gilde der Meisterdiebe bietet uns die beste Gelegenheit, neue Geschichten zu hören. Wenn es soweit ist, dürfte für Sie der richtige Augenblick gekommen sein, nach dem Tabora zu fragen, das Sie so dringend suchen. Wenn wir Ihnen helfen können, tun wir es gern.«

»Wir danken Ihnen«, sagte Rhodan höflich, obwohl ihm die Hänseleien Guckys auf die Nerven gegangen waren. »Wir sind uns auch der Ehre bewußt, als Mitglieder der Gilde gelten zu dürfen.«

»Sie haben bewiesen, daß Sie es wert sind«, sagte Mun'ro arglos.

Die Zeremonie selbst war kurz und schmerzlos. Über Lautsprecher wurde die Aufnahme verkündet, und dann gab Mun'ro noch bekannt, daß Kun Tares ein Denkmal erhalten solle. Es würde ihn in menschlicher Gestalt mit dem Mausbiber im Arm zeigen.

Danach begann das eigentliche Fest.

Rhodan und seine Begleiter bekamen die haarsträubendsten Geschichten zu hören, als die Diebe zu erzählen begannen.

Arman Signo, der neben ihm auf einem warmen Stein saß, schüttelte immer wieder den Kopf.

»Bisher wurde nichts beschrieben, was dem Tabora auch nur entfernt ähnlich sähe. Vielleicht ist alles umsonst.«

»Dann werden wir direkt fragen«, schlug Rhodan vor. »Sobald sie fertig sind, frage ich.«

Am Nachmittag, als Mun'ro das Zeichen zur Beendigung des Festes gab, stand Rhodan auf und bat den Bürgermeister, auch noch einige Worte sprechen zu dürfen. Es wurde ihm gewährt.

Jeder konnte hören, was Perry Rhodan sagte. »Es gibt etwas in diesem Universum, das einer Heldentat würdig wäre, aber soweit ich alle Erzählungen bisher gehört habe, ist es noch niemandem von Euch gelungen, das Tabora zu stehlen. Wenn überhaupt jemand das Tabora entwenden könnte, dann nur ein Pai'uhn K'asaltic! Wer das Tabora stiehlt, dessen Ruhm würde ewig währen, und man würde seine Tat noch nach Tausenden von Jahren preisen.«

»Was ist das Tabora?« rief jemand. »Wir hörten nie davon!«

»Es gehört den Beherrschern des kleinen Universums, in dem wir uns befinden, und wenn es auch keinen praktischen Wert besitzt, so betrachten sie es doch als ihr Heiligtum. Es sieht aus wie eine bauchige schwarze Flasche. Etwas mehr als einen halben Meter hoch ist das Tabora ...«

»Ich habe so eine Flasche!« rief jemand und unterbrach Rhodans Rede. Einer der Pai'uhn hatte sich erhoben und kam langsam auf die Rednertribüne zu. »Ich holte sie einst von einem gut bewachten Planeten und brachte sie mit. Wollt ihr sie sehen?«

Rhodan sagte schnell noch einige belanglose Sätze, ehe er das Podium verließ und zu dem angeblichen Besitzer des Tabora ging. Er reichte ihm die Hand.

»Zeigen Sie uns die Flasche, bitte. Vielleicht ist es nur eine gute Nachbildung, aber vielleicht gebührt Ihnen der Ruhm, von dem ich gesprochen habe.«

»Ich wohne auf der anderen Seite der Insel. Es ist ein ziemlich weiter Weg von hier.«

Rhodan nickte Gucky zu, der herbeigekommen war. »Unser Freund, der Meisterdieb, wird Sie begleiten.«

Kaum jemand hatte auf den Zwischenfall geachtet, denn was sollte an einer gewöhnlichen Glasflasche schon so bedeutend sein? Das Fest ging weiter, und es stellte sich heraus, daß die goldfarbene Flüssigkeit eine Substanz enthielt, die leicht berauschte. Gucky und Rhodan wechselten einige Worte, dann nahm der Mausbiber die Hand des Pai'uhn, der Pol Gro hieß, und teleportierte zur anderen Seite der Insel.

Drei weitere Sprünge waren nötig, sie ans Ziel zu bringen.

Pol Gro hauste in einer Höhle direkt am Ufer des Meeres. Der Boden war mit feuchten Algen bedeckt, und mehr als einmal drangen die Wellen in die primitive Behausung ein und zwangen den Mausbiber, sich mit einem Sprung auf einen Stein vor einem unfreiwilligen Bad zu retten.

Auf einem in Stein gehauenen Regal, mehr einer Nische, stand eine bauchige, dunkle Flasche, gut sechzig Zentimeter hoch und mit langem, schlanken Hals. Was in der Flasche war, konnte Gucky von seinem Standort aus nicht sehen.

»Das ist sie«, sagte Pol Gro stolz. Er hatte seiner Beute bisher noch nie besondere Bedeutung zugemessen. »Sieh sie dir an, Freund.«

Gucky holte sich die Flasche telekinetisch herbei und stellte fest, daß sie nicht verschlossen war. Als er einen Blick in ihr Inneres warf, glaubte er seinen Augen nicht trauen zu können.

Er sah ein goldfarbenes Wogen und Wallen im Innern der Flasche, das unwirklich und schemenhaft wirkte. Das, was in der Flasche war, blieb ohne feste Substanz, wirkte wie farbiges Gas, machte aber nicht den Versuch, die Flasche zu verlassen. Das also sollte das wertvolle Tabora sein?

Gucky überkamen ernsthafte Zweifel an der Aussage des Cyno, aber er wollte keinen Fehler begehen. Stehlen konnte er die Flasche nicht mehr, ohne gegen die Gesetze dieser Welt zu verstoßen, aber vielleicht gab es eine andere Möglichkeit.

»Hat die Flasche einen Wert für dich?« fragte er den Dieb.

»Nein, praktisch hat sie keinen Wert. Selbst wenn es sich dabei um das von euch gesuchte Tabora handelt, und selbst dann, wenn dieses Tabora der größte Schatz des Universums wäre, spielt der Besitz keine Rolle. Wichtig ist nur, wer es gestohlen hat, und das bin ich gewesen. Wenn ich dir die Flasche schenke, bleibt der Ruhm bei mir – und nur der Ruhm ist wichtig, nicht der Besitz.«

Das war eine lange Rede, stellte Gucky fest. Sie genügte.

»Würdest du mir die Flasche schenken? Der Ruhm bleibt bei dir.«

»Du kannst sie haben – sie hat mich schon immer gestört.«

»Danke.« Der Mausbiber nahm die Flasche hoch und stellte fest, daß sie erstaunlich leicht war. Vielleicht kam ihm das aber auch nur so vor, weil er mit mehr Gewicht gerechnet hatte. »Warum hat sie dich eigentlich gestört?«

»Weil sie manchmal zu mir sprach«, sagte Pol Gro.

Gucky verbarg seine Überraschung. Er preßte die bauchige Flasche fest gegen seinen kleinen Körper.

»Vielleicht kann ich mit ihr reden«, sagte er und teleportierte blind in das Innere der großen Insel hinein.

Telekinetisch fing er sich ab, als er einige hundert Meter über einem bewaldeten Gebirge rematerialisierte. Dann landete er sanft auf einer Lichtung, nachdem er sich davon überzeugt hatte, daß die Gegend unbewohnt war. Für die Pai'uhns war es hier wohl zu trocken. Vorsichtig setzte er die Flasche ab und betrachtete sie.

Die Bemerkung Pol Gros, die Flasche hätte zu ihm gesprochen, ließ ihn annehmen, daß es sich in der Tat um das Tabora handelte, wenn er auch noch immer nicht begriff, wieso man den Schwarm indirekt beherrschen sollte, wenn man es besaß.

Er beugte sich vor, um besser in den engen Hals hineinschauen zu können. Das goldfarbene Wogen war geblieben, schien sogar intensiver geworden zu sein. Und dann vernahm er telepathisches Gelächter.

Es war ein verhaltenes Lachen, das plötzlich in seinem Bewußtsein wirksam wurde, so als hätte er etwas Lustiges zu einem Telepathen gesagt, der ihm nun antwortete.

Sollte das Tabora telepathisch veranlagt sein und amüsierte sich nun über ihn?

Gucky überzeugte sich davon, daß die Flasche fest auf dem grasigen Waldboden stand und setzte sich selbst bequemer. Mit dem Rücken lehnte er gegen einen Baumstamm. Es war später Nachmittag, und es würde noch Stunden dauern, ehe es dunkel wurde.

Er betrachtete die Flasche, dann begann er sich auf sie und ihren Inhalt zu konzentrieren. Wenn das Tabora – was immer dieses geheimnisvolle Tabora auch war – telepathisch veranlagt war, würde er bald Kontakt erhalten müssen.

»Öffne deinen Geist!«

Gucky vernahm die telepathische Bitte klar und deutlich. Sie war in seinem Bewußtsein wie vorher das verhaltene Lachen. Kein Zweifel, der Inhalt der schwarzen Flasche versuchte, Kontakt mit ihm aufzunehmen.

»Du bist das Tabora?«

»Ich bin das Tabora, und ich wundere mich, daß du meinen Namen kennst. Es gibt nur wenige, die von meiner Existenz wissen. Öffne deinen Geist, so, wie ich meinen öffne; nur dann erhalten wir den gewünschten Kontakt. Wir brauchen ihn, wenn wir Freunde werden wollen.«

Gucky war überrascht. Er hatte mit viel mehr Schwierigkeiten gerechnet, und nun ging alles so erstaunlich schnell und einfach. Das Tabora verlangte seine Identität nicht und bot sogar seine Freundschaft an. Was bedeutete das? Der einzige, der darauf vielleicht eine Antwort wußte, war der Cyno Arman Signo. Aber Gucky zog es vor, den ersten Kontakt zu dem geheimnisvollen Wesen –war es ein Wesen? –selbst und ohne fremde Hilfe herzustellen.

»Bist du in der Flasche gefangen?«

Das Tabora antwortete sofort: »Nein, ich bin nicht gefangen, aber ich brauche einen Freund, um das Tabora sein zu können. Ich besitze keine Eigeninitiative. Besäße ich sie, könnte ich alle Universen beherrschen. Das ist der Sicherheitsfaktor, der mir mitgegeben wurde.«

Ein Sicherheitsfaktor .?.

»Wer bist du wirklich?«

»Ich bin das Tabora«, lautete die einfache Antwort zum zweiten Mal.

Das Problem war trotz der telepathischen Verständigung nicht einfach, erkannte Gucky gleichzeitig. Es konnte nicht durch die bloße Unterhaltung gelöst werden. Oder doch .?.

Sicherheitsfaktor . keine Eigeninitiative! Das war der Schlüssel!

»Warum besitzt du keine Eigeninitiative? Wer bestimmt das? Hast du denn die Entscheidungsgewalt, dir deine Freunde selbst wählen zu dürfen? Das ist doch schon sehr viel Eigeninitiative, Tabora.«

Die Gedankenimpulse kamen ungemein deutlich und stark.

»Ich kann meine Freunde wählen, Gucky. Du bist gut, darum kannst du auch mein Freund sein.«

»Und warum bist du das Tabora? Wer sind deine Herren?«

Die Antwort kam überraschend.

»Ich habe keine Herren, aber man schuf mich, um das Universum beherrschen zu können. Aber ich kann es nur, wenn ich einen Freund habe, der mit mir eine mentale, überdimensionale Einheit bildet.«

Das gab Gucky eine Menge zu denken. Er begriff längst nicht alles, aber es wurde ihm klar, daß er die Chance besaß, das Geheimnis des Tabora wenn auch nicht ganz zu lösen, so doch seiner Natur auf die Spur zu kommen.

»Berichte mir von dir«, bat er.

»Du hast den Planeten Stato gekannt?«

Natürlich kannte Gucky die Justierungswelt des Schwarms, mit deren Hilfe unter anderem auch der Schmiegeschirm durchlässig gemacht werden konnte. Stato war vernichtet worden, und seitdem war es den Beherrschern des Schwarms unmöglich geworden, die kleine Galaxis weite Strecken zurücklegen zu lassen. Unverändert flog der Schwarm seit dem mit halber Lichtgeschwindigkeit quer durch die Milchstraße.

»Ja, ich kannte Stato.«

Das Tabora teilte mit: »Es gibt noch einen zweiten Planeten mit den Aufgaben Statos, aber er liegt nicht im normalen Universum, sondern im hyperdimensionalen Kontinuum. Er ist unerreichbar, wenn man mich nicht zum Freund hat. Ich wurde geschaffen, um den Schlüssel zu diesem zweiten zentralen Justierungsplaneten zu bilden und damit zum Überraum. Mit Hilfe meiner parapsychischen Fähigkeiten kann ich diese verborgene Justierungswelt im Normalraum materialisieren lassen.«

Gucky betrachtete die Flasche. Ohne sich mental abzuschirmen, dachte er voller Zweifel, daß es ziemlich unwahrscheinlich sei, daß ausgerechnet dieses goldene Wallen und Wogen in einer Flasche imstande sei, derartige technische Wunder zu vollbringen. Aber dann wiederum sagte er sich, daß er immerhin telepathischen Kontakt mit dem Inhalt seiner Flasche habe.

»Verzeih mir die Zweifel«, dachte er intensiver. »Kannst du mir mehr Erklärungen geben?«

»Du bist mein Freund, das weiß ich. Einen Telepathen kann man nicht belügen. Aber ich kann dir nicht mehr sagen als das, was ich bereits sagte. Niemand kann mich zwingen, etwas zu tun, was ich nicht tun möchte. Aber glaub nur nicht, meine einzige Fähigkeit bestünde darin, diese zweite Justierungswelt im Normalraum zu rematerialisieren! Ich kann noch viel mehr, doch frag mich nicht danach. Noch nicht!«

Gucky begann zu begreifen, was ihm da in die Hände gespielt worden war. Das Tabora bezeichnete ihn als seinen Freund. Und nur ein wahrer Freund konnte dem Tabora sagen, was es zu tun habe.

Die Möglichkeiten waren grenzenlos. Oder hatten sie Grenzen?

»Du handelst niemals selbständig?«

»Niemals«, antwortete das Tabora sofort. »Ich handle niemals von mir aus. Aber ich tue alles, was mir ein guter Freund sagt, wenn es gut und gerechtfertigt erscheint. Dazu wurde ich erschaffen.«

Die schwarze, bauchige Flasche stand auf dem Tisch in Rhodans Kabine. In der Kommandozentrale bereitete Matakin den Start vor.

Arman Signo, Fellmer Lloyd, Lord Zwiebus und der Mausbiber saßen in bequemen Sesseln. Sie schwiegen. Der Bericht Guckys hatte sie sichtlich beeindruckt.

Fellmer Lloyd konnte keinen mentalen Kontakt mit dem Tabora erhalten.

Rhodan sagte: »Falls das Tabora unserem Gucky gehorcht, dürfte uns die Möglichkeit in die Hand gegeben worden sein, mit den Götzen zu verhandeln. Die Beherrscher des Schwarms werden Wert darauf legen, wieder Transitionen vornehmen zu können. Und was noch wichtiger ist: Sie werden den Schmiegeschirm wieder durchstoßen und die Gebärflotten der Karties hinauslassen können. Wenn das alles keine gute Verhandlungsgrundlage ergibt, weiß ich nicht, was wir noch tun müßten, um sie an den grünen Tisch zu bringen.«

»Wir werden jedenfalls mit ihnen reden«, meinte Fellmer Lloyd vorsichtig wie immer.

Arman Signo erhob sich: »Ich möchte mich in meine Kabine zurückziehen. Der Zweck unserer Expedition wurde erreicht.«

»Wir haben Ihnen zu danken«, sagte Rhodan einfach. »Was geschieht nun mit dem Tabora?«

Ehe der Cyno antworten konnte, rief Gucky schnell: »Ich nehme es mit in meine Kabine. Bei mir ist es sicher aufgehoben.«

»Einverstanden.« Rhodan gab das Zeichen zum Aufbruch. »Nach der ersten Etappe tritt eine Ruheperiode ein, dann unterhalten wir uns weiter. Die nächsten Schritte müssen sorgfältig überlegt sein. Meine Herren, ich danke Ihnen.« Er deutete auf die Flasche mit dem Tabora und sagte zu Gucky: »Du bist mir dafür verantwortlich, Kleiner. Nimm es mit in deine Kabine, und da bleibt es auch vorerst.«

»Wir haben ja niemand an Bord der KAPELLA, der klaut«, gab Gucky zurück und grinste. »Wenn wir auch alle Ehrenmitglieder des Vereins der Meisterdiebe sind.«

Rhodan lächelte flüchtig. »Ich denke, das sollten wir besser vergessen«, riet er und öffnete die Tür.

Gucky preßte die bauchige Flasche fest gegen seinen Körper und verließ als erster Rhodans Kabine. Er verzichtete auf eine Teleportation und ging zu Fuß. Der Weg war nicht weit. Sorgfältig verschloß er die Kabinentür hinter sich. Er stellte die Flasche auf den Tisch.

»Das waren ein paar turbulente Tage«, sagte er laut zu dem Tabora, obwohl das geheimnisvolle Wesen in der Flasche jeden seiner bloßen Gedanken einwandfrei verstand. »Aber sie haben sich gelohnt. Wir haben dich gefunden, Tabora, und wir sind Freunde geworden.«

»Es ist gut, einen Freund zu haben«, erwiderte das Tabora.

»Und ob das gut ist!« stimmte Gucky zu und warf sich auf sein Bett. »Zusammen werden wir eine Menge tun können, wenn ich auch nicht weiß, was du alles kannst. Stehst du dort gut, oder wünschst du einen besseren Platz?«

»Du kannst jetzt schlafen«, lautete die einfache Antwort.

Genau das hatte Gucky auch vor. Der Start der KAPELLA interessierte ihn nicht mehr. Er hatte auch keine Ahnung, wohin der Flug nun ging. Sie hatten das Tabora gefunden, und damit basta.

Hinter der KAPELLA blieb die blaue Riesensonne Ghoghor mit ihren neunundzwanzig Planeten zurück. Sie verschwand, als das Schiff in den Linearraum eintauchte.

12.

Im Nichts

Er besaß keine Augen, aber er konnte sehen! Er besaß kein Gehirn, aber er konnte denken!

Er schwebte in einem milchfarbenen unwirklichen Raum, der von wallenden roten Nebeln umgeben war.

Ab und zu trieb in einer Entfernung, die nicht abzuschätzen war, ein riesenhaftes quallenähnliches Gebilde vorüber. Dann wieder tat sich vor seinem Blickfeld ein unermeßlicher Abgrund auf; sein geschocktes Bewußtsein wirbelte darüber hinweg, versuchte vergeblich die Tiefe des unter ihm liegenden Raumes auszuloten und begann sich allmählich zu wappnen gegen die schreckliche unheimliche Wahrheit.

Ein Gedankensplitter von irgendwoher ...

Hesze Goort ...

Verbunden mit Abscheu und Entsetzen, aber auch voller Verständnislosigkeit.

Dann plötzlich ein ganzer Schwarm von Gedanken, ein wildes Durcheinander an Empfindungen und Strömungen.

Das waren die anderen!

Sie befanden sich gleich ihm in diesem unermeßlichen Raum, körperlos geworden und ohne die Möglichkeit einer Rückkehr in das Universum, aus dem sie kamen.

Die Erinnerung ...

Stato ... Orbinoyc ... YKantomyro ... PHV-System ... Transmitter ...

Plötzlich ein völlig klarer Gedanke.

»Sie müssen sich damit abfinden, Alaska Saedelaere. Sträuben Sie sich nicht dagegen, um so schneller überwinden Sie den Schock.«

»Schmitt!« Ein telepathischer Ausruf des Verstehens.

»Ja!« Obwohl er nur die Gedanken des Cynos empfing, glaubte Alaska, den kleinen Mann mit dem traurig-freundlichen Gesicht vor sich stehen zu sehen. »Wir sind im Hyperraum hängengeblieben. Genau, wie ich es Ihnen prophezeit hatte!«

»Das ist ja schrecklich!« Dieser Gedankenruf kam von Irmina Kotschistowa.

»Wir sind nicht völlig entstofflicht!« drangen Schmitts Gedanken in das Bewußtsein Saedelaeres. »Vor allem können wir untereinander eine Art telepathischer Verbindung aufrechterhalten. Das bewahrt uns vor völliger Einsamkeit.«

Stockend schaltete sich Ras Tschubai in das Gespräch ein. »Bedeutet das, daß wir für immer ...?«

»Ja!« bestätigte Schmitt. »Und es ist meine Schuld. Der Kontakt, den ich suchte, kam nicht zustande. Der Dreifachzyklus hat sich nicht geschlossen.«

Alaska konzentrierte sich auf diese Gedanken, sein Bewußtsein saugte sich förmlich an ihnen fest, denn sie waren die einzige Realität in diesem unwirklichen Raum.

»Der Behälter, den ich von Stato mitnahm, ist nicht mehr vollständig«, fuhr Schmitt fort. »Ich hatte gehofft, daß der fehlende Teil zurückkehren würde, doch das ist nicht geschehen. Ich habe die Situation völlig falsch eingeschätzt. Deshalb befinden wir uns jetzt in Schwierigkeiten.«

Corello meldete sich. Seine Impulse waren stärker als die Tschubais und Irminas. Sie drangen mit der gleichen Intensität in Alaskas Bewußtsein wie die des Cynos.

»Haben Sie keine Hoffnung mehr, daß der Kontakt, von dem Sie uns berichteten, doch noch zustande kommen könnte?«

»Ich glaube es nicht!« Die vier Terraner fühlten Schmitts Niedergeschlagenheit. »Aber auch wenn es noch dazu kommen sollte, weiß ich nicht, ob es gut für uns wäre. Wir wissen nicht, wieviel Zeit inzwischen in unserer Existenzebene verstreicht. Es kann sein, daß wir erst ein paar Sekunden im Hyperraum schweben, aber es können auch schon Jahrtausende vergangen sein. Im letzteren Fall hätte unsere Rückkehr sowieso keinen Sinn mehr.«

Die Gedanken brachen ab. Alaska Saedelaere erkannte, daß er sich vor den anderen verschließen konnte, daß nur jene Impulse nach außen drangen, die für seine Begleiter bestimmt waren. Das war gut so!

»Wer oder was ist Hesze Goort?« fragte Alaska schließlich. »Es war der erste Gedanke, den ich empfing. Er kann nur von Ihnen gekommen sein, Schmitt!«

Er spürte, wie das Bewußtsein des Cynos sich sträubte und die Antwort verweigerte. Danach brach der Kontakt zwischen Alaska und dem Cyno völlig ab.

»Glauben Sie, daß wir in dieser Zustandsform unsterblich sind?« erkundigte sich Irmina Kotschistowa.

»Hoffentlich nicht!« dachte Alaska. »Ich kann mir vorstellen, daß mein Bewußtsein auch in dieser Form nicht vor dem Wahnsinn sicher ist. Es würde sich bald verwirren. Ich glaube, daß keiner von uns – Schmitt vielleicht ausgenommen – in absehbarer Zeit noch einen klaren Gedanken wird fassen können. Der Druck auf unseren Verstand ist zu stark.«

»Schmitt besitzt den Schlüssel zur Rückkehr«, dachte Corello. »Dieser Behälter kann uns vielleicht retten.«

»Sehen Sie ihn?« fragte Ras Tschubai sarkastisch.

»Man braucht etwas nicht zu sehen, um zu wissen, daß es vorhanden ist«, versetzte Corello. Sein Gedankenstrom strahlte Gelassenheit aus, noch besser als Schmitt schien Ribald Corello sich mit der neuen Situation abzufinden.« Der Cyno hat den Behälter mit in den Transmitter genommen. Das bedeutet, daß er auch irgendwo in der Nähe ist.«

Alaska war nicht sicher, ob Schmitt diesen Gedankendialog verstehen konnte; es schien nicht einfach zu sein, sich in ein direkt auf eine Bewußtseinsexistenz gerichtetes Signal einzuschalten.

Aber sicher besaß der Cyno auch in seiner jetzigen Existenzform einige Vorteile gegenüber den Terranern.

»Wir müssen Schmitt dazu bringen, daß er uns mehr Informationen gibt«, meinte Tschubai. »Vielleicht gibt es eine Möglichkeit für uns, ihm zu helfen.«

Es war nicht zu leugnen, daß der Cyno immer sehr geheimnisvoll tat. Andererseits waren seine Informationen so unverständlich und verworren, daß die Terraner kaum etwas damit anfangen konnten.

Was war eigentlich dieser von Schmitt erwähnte Dreifachzyklus, der nicht vollständig war?

Der Behälter, den der Cyno seit ihrer Flucht von Stato mit sich herumschleppte, wurde auch immer rätselhafter.

Alaska schickte einen Impuls an den Cyno. Er erhielt keine Antwort.

»Schmitt hat sich abgekapselt!« teilte Saedelaere den anderen mit. »Er scheint nachzudenken. Vielleicht will er auch nur verhindern, daß wir seinen Gedanken bestimmte Einzelheiten entnehmen. Als ich zu mir kam, dachte er an Hesze Goort, wer oder was auch immer das sein mag. Auf jeden Fall handelt es sich dabei um etwas Negatives.«

»Wir müssen damit beginnen, uns mit den Tatsachen vertraut zu machen«, sagte Corello. »Halten wir noch einmal fest, was wir mit Sicherheit wissen. Wir folgten Schmitt auf Orbinoyc in einen Transmitter. Der Cyno warnte uns vor diesem Schritt – mit Recht, wie sich jetzt herausgestellt hat. Offensichtlich gab es zu diesem Transmitter nach der Zerstörung von Stato keine Gegenstation mehr. Wir sind also im Hyperraum herausgekommen. Merkwürdig ist nur, daß wir nicht *völlig* entstofflicht sind. Unser Bewußtseinsinhalt oder, wenn Sie so wollen, unsere Über-Ichs funktionieren noch. Wir können sogar etwas von unserer Umgebung erkennen, wenn ich auch glaube, daß sich dieser Vorgang nicht mit dem üblichen ›Sehen‹ vergleichen läßt. Wir empfangen energetische Strömungen, die sich in unserem Bewußtsein zu Bildern formen. Auf diese Weise erkennen wir ferne Universen, die durch das Nichts treiben. Wir spüren die Bodenlosigkeit des Nichts, in das alles eingebettet ist. Hinzu kommen ein paar farbliche Eindrücke. Bedauerlicherweise sind wir nicht in der Lage, die Bewegungen unserer Bewußtseinsinhalte zu steuern, obwohl sicher sein dürfte, daß wir uns auf geheimnisvolle Weise bewegen.«

Plötzlich waren auch die Mentalimpulse des Cynos wieder da.

»Daß wir nicht völlig entstofflicht sind, verdanken wir dem Behälter«, erklärte Schmitt. »Aber das hilft uns wenig. Nur ein völlig intakter Behälter könnte uns retten.«

»Was fehlt eigentlich, um diesen Behälter funktionsfähig zu machen?« wollte Ras Tschubai wissen.

Schmitt zögerte lange mit einer Antwort. »Eine Art Leben«, dachte er schließlich.

»Wie meinen Sie das?« fragte Irmina impulsiv.

Als Schmitt nicht antwortete, dachte Corello erregt. »Wie können Sie von uns erwarten, daß wir uns weiterhin mit Ihnen unterhalten, wenn Sie uns alle Informationen vorenthalten?«

Die Gedanken des Mutanten brachten Alaska auf eine Idee. Wenn Schmitt ihnen freiwillig nicht die volle Wahrheit sagte, mußten sie ihn dazu zwingen. Zum erstenmal hatten sie eine Chance, Druck auf den Cyno auszuüben.

»Wir werden ihm ein Ultimatum stellen«, wandte Alaska sich an Ras, Ribald Corello und Irmina. »Wenn er uns nicht mitteilt, was das Geheimnis dieses Behälters ist, werden wir ihn aus unseren telepathischen Unterhaltungen ausschließen. Wir werden keine Gedanken mehr an ihn richten.«

Danach strömten seine Gedanken in die Richtung des Cynos.

»Wir verdammen Sie zu völliger Einsamkeit, wenn Sie uns nicht alles mitteilen, was Sie wissen. Keiner von uns wird sich noch mit Ihnen beschäftigen. Sie werden völlig allein sein. Das können Sie nicht ertragen, auch wenn Sie ein Cyno sind.«

Er erhielt keine Antwort.

»Er reagiert nicht«, teilte Alaska den anderen mit, obwohl er sicher sein konnte, daß sie es ebenso wie er bemerkt hatten.

»Glauben Sie, daß Sie auf dem richtigen Weg sind?« fragte Tschubai. »Vielleicht verärgern wir ihn derart, daß er sich nicht mehr um uns kümmert. Auf diese Weise könnten wir uns selbst dazu verdammen, bis zu unserem Ende in dieser schrecklichen Form zu existieren.«

Der Transmittergeschädigte mußte zugeben, daß diese Gefahr bestand. Sie kannten Schmitt viel zu wenig, um zu wissen, wie er jetzt reagieren würde.

»Geben Sie nicht nach, Alaska!« empfahl Corello. »Schmitt muß endlich einsehen, daß er die Rolle nicht weiterspielen kann, an die er sich seit seinem Auftauchen an Bord der MARCO POLO gewöhnt hat.«

Alaskas Gedanken eilten für einen Augenblick zurück in die Vergangenheit. Wie lange war das jetzt eigentlich schon her, daß sie von der MARCO POLO aufgebrochen waren?

Es schien unendlich weit zurückzuliegen. Wahrscheinlich galten Alaska und seine Begleiter auf der Erde längst als tot.

Vorausgesetzt, daß durch ihren Transmittersprung in den Hyperraum keine Zeitverschiebung eingetreten war.

Saedelaere verbannte diese Gedanken aus seinem Bewußtsein. Solange er noch denken konnte, durfte er die Hoffnung auf Rettung nicht aufgeben. Schmitt und sein seltsamer Behälter waren ihre Chance.

»Alaska Saedelaere!« Der telepathische Ruf kam von Schmitt.

»Antworten Sie nicht!« forderte Corello den Maskenträger auf.

Doch Saedelaere wollte herausfinden, was der Cyno beabsichtigte. Immerhin bestand die Möglichkeit, daß Schmitt sein Schweigen endlich brechen würde.

»Doch, ich werde antworten!«

Er konzentrierte sich auf Schmitt. Während er seine Gedankenfühler nach dem Cyno ausstreckte, *sah* er im Hintergrund ein quallenförmiges Universum vorbeitreiben. Es war ein Bild von erhabener Größe; das gesamte Gebilde vollführte gleichmäßige Bewegungen, es sah fast aus, als würde es atmen. Alaska wurde sich der Tatsache bewußt, daß eingebettet in dieses Universum Millionen von Galaxien ebenfalls Eigenbewegungen vollführten.

Niemals zuvor war er sich der Unermeßlichkeit der Schöpfung in dieser Weise bewußt geworden. Das Gefühl löste Beklemmung, ja Furcht in ihm aus. Alles, was er bisher getan hatte, erschien ihm sinnlos angesichts der Unendlichkeit. Andererseits glaubte er sicher sein zu können, daß seine Existenz unauslöschlich mit dieser unfaßbaren Größe verbunden war, daß jedes Atom noch Bedeutung und Funktion besaß.

»Es hat keinen Sinn, wenn Sie darüber nachdenken«, meldete sich Schmitt, der alles aufgefangen hatte. »Ich bin schon ein Stück weiter als Sie in die Ewigkeit vorgedrungen und weiß doch nicht mehr.«

»Diese Gedanken waren nicht für Sie bestimmt!« Alaska fühlte sich wie ein Kind, das man bei einer verbotenen Tätigkeit erwischt hatte.

»Schämen Sie sich etwa dieser Gedanken?«

»Ich weiß es nicht!« Das war die Wahrheit. »Jeder sollte sich selbst klarwerden, wie er darüber denkt.«

Ein telepathisches Lächeln war die Antwort.

»Aber wir wollen uns mit anderen Dingen befassen«, lenkte Saedelaere ab. »Sie wissen, daß wir den Entschluß gefaßt haben, Sie in Zukunft zu ignorieren, wenn Sie uns nicht in alle Einzelheiten einweihen.«

»Ich weiß«, dachte der Cyno.

»Haben Sie eine Entscheidung getroffen?«

»Sie sind wie Kinder«, dachte Schmitt. »Sie glauben, daß Sie mit Geschrei alles erreichen können.«

»Sie werden also weiterhin schweigen?«

»Das kommt auf die Situation an.«

Alaska verbarg seine Enttäuschung nicht. Er hatte gehofft, daß der Cyno sein Wissen nun endlich vollständig preisgeben würde. Doch Schmitt ließ sich durch nichts beeindrucken.

Plötzlich nahm Alaska eine Bewegung wahr. Vor ihm tauchten die schattenhaften Umrisse jenes Zylinders auf, den Schmitt von Stato mitgenommen hatte und den er als Behälter und Paradimschlüssel bezeichnete. Das Ding rotierte langsam um die eigene Achse.

Alaska rief Corello.

»Ich sehe es ebenfalls!« bestätigte der Mutant. Auch Tschubai und Irmina Kotschistowa hatten den Zylinder inzwischen entdeckt und beobachteten ihn aufmerksam.

»Er wird allmählich stofflich!« stellte Saedelaere fest. »Das widerspricht allen Kenntnissen, die wir vom Hyperraum besitzen.«

»Was geschieht mit dem Paradimschlüssel?« fragte Saedelaere den Cyno.

Er bekam keine Antwort.

Gespannt beobachtete er weiter. Er selbst hatte keine Erklärung für das Phänomen. Normalerweise widersprach es allen hyperphysikalischen Gesetzen, daß ein Körper im Raum zwischen den Universen materialisierte. Wenn jedoch nicht alles täuschte, wurde Alaska in diesem Augenblick Zeuge eines solchen Vorgangs.

Warum, so fragte sich der Transmittergeschädigte, trat der gleiche Prozeß nicht auch bei ihnen ein? Schließlich waren sie zusammen mit Schmitt und dem Behälter durch denselben Transmitter gegangen.

Auch das war eine Frage, die nur der Cyno beantworten konnte. Doch der Cyno schwieg.

Der Behälter glühte auf. Er war jetzt deutlich zu erkennen. Das Licht, das von ihm ausging, überstrahlte das geheimnisvolle rote Wallen, das den gesamten Hyperraum einzuhüllen schien. Dann wurde der Zylinder allmählich durchsichtig.

Saedelaeres Enttäuschung wuchs, als er erkannte, daß das Gebilde hohl war. Er konnte nicht zum Ausdruck bringen, was er im Innern zu sehen erwartet hatte, aber daß er eine leere Röhre vor sich hatte, versetzte ihm einen Schock.

Schmitts Gedanken hatten etwas von einem fehlenden Teil berichtet. Sollte dieser fehlende Teil etwa den Hohlraum ausfüllen?

So sehr er auch seine Gedanken strapazierte, er kam der Lösung nicht näher. Und Schmitt schwieg.

13.

Terra
10. April 3443 – Erdzeit

Der Schwere Kreuzer KAPELLA war vor wenigen Stunden auf der Erde gelandet. Die Wissenschaftler hatten das Tabora in ein Labor von Imperium-Alpha gebracht.

Während des Anflugs auf das Solsystem hatten die Besatzungsmitglieder feststellen können, daß vor dem Paratronschirm große Flottenverbände aus dem Schwarm zusammengezogen wurden. Die Anzahl der bereits versammelten Schiffe war nur zu schätzen, aber es waren bereits weit über dreihunderttausend Einheiten.

Die schnellen Erkundungsschiffe der Solaren Flotte patrouillierten im Aufmarschgebiet.

Es bestanden keine Zweifel mehr, daß die Götzen einen weiteren Großangriff planten, um endlich den Paratronschirm zu knacken und die Erde zu vernichten.

Im Solsystem wurden die ersten Vorbereitungen getroffen, um den geplanten Angriff der Karduuhls abzuwehren. Die Geheimbasen auf Jupiter und allen anderen Welten befanden sich im Alarmzustand.

Wenn es kritisch werden sollte, mußte Rhodan den Einsatz aller Raumschiffe erwägen. Die Zeit des Versteckspiels schien damit endgültig vorbei zu sein.

Perry Rhodan hatte die Hauptschaltzentrale von Imperium-Alpha vor wenigen Augenblicken verlassen und befand sich zusammen mit Galbraith Deighton und seinem Sohn unterwegs zum Labor, in das man das Tabora gebracht hatte.

Über Sprechfunk wurden die wichtigsten Frauen und Männer des Solsystems ständig über die Ereignisse im Weltraum unterrichtet.

Danton trug zusätzlich noch einen kleinen Bildempfänger, auf dem ständig Aufnahmen erschienen, die von den Erkundungskreuzern gesendet wurden.

Rhodan wußte, daß sich Arman Signo ebenfalls im Labor von Imperium-Alpha aufhielt.

»Wir hätten dieses Ding nicht auf die Erde bringen sollen«, bemerkte Danton, während sie in einen Transmitteranschluß stiegen.

Rhodan konnte erst antworten, nachdem sie in einem anderen Gebiet der riesigen unterirdischen Station materialisiert waren.

»Ich bin genauso mißtrauisch wie du. Aber in diesem Fall wollen wir uns einmal auf die Aussage eines Cynos verlassen. Außerdem ist Gucky überzeugt davon, daß uns vom Tabora keine Gefahr droht.«

Danton seufzte. »Der Kleine ist euphorisch! Ich bezweifle, ob er dem Tabora objektiv gegenübertreten kann.«

Rhodan warf seinem Sohn einen Seitenblick zu. Michael Reginald Rhodan hatte in den letzten Monaten ein hartes Gesicht bekommen. Tiefe Linien hatten sich unter den Augen eingegraben und liefen von der Nase zu den Mundwinkeln. Zu wenig Schlaf und die Last einer großen Verantwortung hatten auf diese Weise ihre Spuren hinterlassen.

Er wirkt schon so alt wie ich! dachte Rhodan überrascht, und er wunderte sich, daß ihm das bisher nicht aufgefallen war. Mitgefühl mit seinem Sohn überkam ihn. Während er, Rhodan, dank seines Zellaktivators nicht alterte, wurde Danton von Jahr zu Jahr älter.

Während sie sich altersmäßig immer nähergekommen waren, hatten sie sich gefühlsmäßig immer weiter voneinander entfernt. Rhodan begriff, daß er in Danton einen befreundeten Mann sah, der fast gleichaltrig war, nicht aber einen Sohn.

»Träumst du?« erkundigte sich der ehemalige Freifahrer und deutete auf einen bereitstehenden Gleitwagen. »Wir müssen weiter!«

Rhodan wischte sich mit einer Hand über die Stirn, als wollte er ein paar düstere Gedanken verscheuchen.

»Ich dachte gerade über uns beide nach!« gestand er.

Deighton räusperte sich. »Wenn es Familienangelegenheiten zu besprechen gibt, gehe ich den Rest des Weges gern zu Fuß. Es ist nicht mehr weit bis zum Labor.«

»Betrachten Sie sich als Mitglied der Familie, Gal!« forderte Rhodan ihn auf. Danton nickte zustimmend.

»Ich habe gerade überlegt, ob ich dir einen der beiden Reserveaktivatoren geben soll«, fuhr Rhodan fort.

»Oh!« machte Danton.

»Du scheinst nicht sehr begeistert zu sein?«

»Es ist offensichtlich, daß ich den Aktivator aufgrund unserer Familienverhältnisse bekäme, nicht aber wegen hervorragender Leistungen oder Fähigkeiten.«

Deighton, der den Wagen gesteuert hatte, hielt jetzt vor einer Kontrollsperre an. »Wir sind da!« unterbrach er das Gespräch.

Rhodan sah seinen Sohn abschätzend an: »Ich werde darauf zurückkommen!«

Die Backenmuskeln des jungen Rhodan traten hervor. »Das liegt bei dir!«

Sie schwangen sich auf verschiedenen Seiten aus dem offenen Wagen. Trotz ihrer Identitätsplaketten auf den Jackenaufschlägen wurden sie an der Sperre überprüft. Eine Positronik verglich Gehirnwellenmuster, Netzhaut und molekulare Zellgruppierungen. Das dauerte genau dreißig Sekunden, dann öffnete sich die Paratronsperre.

Danton lächelte humorlos. »Zum erstenmal begrüße ich Bürokratismus!«

»Und weshalb?« wollte Deighton wissen.

»Ganz einfach. Die Paratronsperren wirken nach *beiden* Richtungen!«

»Sie wollen damit ausdrücken, daß sie nicht nur das Eindringen von Unbefugten verhindern, sondern auch die Flucht von Fremden aus dem Labor.«

Danton nickte. Hinter der Sperre lag der breite Gang, von dem aus die Seitenkorridore zu den verschiedenen Labors führten. Das Hauptlabor lag genau auf der entgegengesetzten Seite des Eingangs. Rhodan wurde niemals das Gefühl los, daß es in diesem Sektor der Station nach Sterilisationsmaterial roch. Das war natürlich Einbildung, denn die Luft, die er einatmete, war hier wie überall in Imperium-Alpha neutralisiert.

Sie passierten eine Explosions- und Seuchenschleuse, dann standen sie vor dem Eingang des Hauptlabors. Wände und Türen waren elfenbeinfarben. Vor dem Eingang standen zwei Mitglieder des Experimentalkommandos. Sie warteten offenbar auf Einlaß. Als sie Rhodan und dessen Begleiter erkannten, traten sie bereitwillig zur Seite.

Die Tür schwang auf. Zu seiner Überraschung stellte Rhodan fest, daß der Raum, den er betrat, fast in völliger Dunkelheit lag. Lediglich im Hintergrund erkannte Rhodan einen goldfarbenen Fleck, der zu pulsieren schien.

Eine Hand griff nach Rhodans Arm. »Wir haben alle Lampen ausgeschaltet!« Rhodan erkannte die Stimme von Fellmer Lloyd.

»Und weshalb?«

»Auf Wunsch des Tabora«, erwiderte Lloyd. »Es teilte Gucky mit, daß es Helligkeit nicht mag.«

Die Tür schnappte zu. Rhodan sah jetzt überhaupt nichts mehr. Jemand stand vor ihm und versperrte seinen Blick auf die Flasche. Instinktiv zog Rhodan die Mundwinkel nach oben. Er dachte an alte Geschichten von Flaschengeistern und ähnlichen Unsinn. Dabei war es sicher nur ein Zufall, daß das Behältnis, in dem das Tabora existierte, die Form einer großen Flasche besaß.

Rhodan spürte den Wunsch, den Schleier des Mystischen von allem zu reißen, was mit diesem Tabora zusammenhing. Aber irgendwie stieß er dabei auf Widerstand. Das Abschalten der Beleuchtung verstärkte eher noch den Anschein des Geheimnisvollen.

»Wie können unter diesen Umständen vernünftige Untersuchungen angestellt werden?« fragte Danton ärgerlich und drückte damit genau aus, was Rhodan dachte.

»Untersuchungen?« antwortete eine Stimme aus dem Dunkel. »Es wird keine Untersuchungen geben, solange das Tabora nicht einwilligt.«

»Signo!« rief Rhodan überrascht, denn er hatte die Stimme des Cynos erkannt. »Wollen Sie entscheiden, was in einem Labor des Solaren Imperiums geschieht?«

»Wir entscheiden an vielen anderen Stellen, was geschieht«, gab Arman Signo zurück.

Trotz seiner Härte ernüchterte dieser Ausspruch den Großadministrator. Rhodan wußte, daß er die Wünsche des Cynos zumindest anhören, vielleicht sogar respektieren mußte.

»Es hat sich weitgehend beruhigt«, mischte sich Gucky ein. Seine Stimme kam aus der Richtung, wo die Flasche stand. »Ich glaube, daß es lange Zeit unangenehme Zustände erlebt hat und sich jetzt langsam erholt.«

»Trotzdem haben wir keine Zeit«, sagte Perry. »Vor dem Paratronschirm kommen immer mehr Schiffe an, die unter dem Befehl der Götzen stehen. Wenn das so weitergeht, bedeuten sie bald eine Gefahr für den Schirm. Ich brauche niemand zu sagen, was das heißt. Auch Sie sollten sich darüber im klaren sein, daß ich der Vernichtung des Solsystems nicht tatenlos zusehen werde, Arman Signo.«

»Mir ist das bewußt«, sagte der Cyno kühl.

»Und warum können wir dann nicht mit der Untersuchung des Tabora beginnen? Wenn es tatsächlich ein Mittel zur Beherrschung des Schwarms ist, wollen wir dieses Mittel auch benutzen, solange noch Zeit ist.« Rhodan wandte sich demonstrativ zu der Seite des Labors um, wo sich die Schaltkästen befanden. »Schaltet das Licht ein!«

Augenblicklich flammten die Lampen auf. Der Techniker am Schaltpult hatte auf Rhodans Aufforderung sofort reagiert – trotz der Anweisungen, die er zuvor erhalten hatte.

Nachdem Rhodans Augen sich an die Helligkeit gewöhnt hatten, sah er im Hintergrund des Raumes auf einem flachen Tisch die Flasche stehen, in der sich das Tabora befand. Das goldene Wallen war entweder erloschen oder fiel bei dieser Beleuchtung nicht auf.

Um den Tisch herum standen ein paar Wissenschaftler, zwei Mutanten, der Cyno Arman Signo und fünf Angehörige der Solaren Abwehr. An allen Nebenausgängen waren bewaffnete Roboter postiert.

Rhodan nickte befriedigt. »Jetzt können wir den Behälter sehen. Gucky soll sich mit dem Tabora in Verbindung setzen und es fragen, welche Untersuchungen es freiwillig zulassen will.«

»Es hat mir Freundschaft angeboten«, erinnerte Gucky. »Deshalb werde ich mich nicht an dieser Sache beteiligen.«

»Unsinn!« rief Rhodan. »Du weißt genausogut wie ich, worum es jetzt geht.«

»Wir dürfen auch nicht vergessen, daß dieses Ding unter Umständen gefährlich werden kann«, mischte sich Fellmer Lloyd ein.

»Es war ein Fehler, es auf die Erde zu bringen!« sagte Dr. Lamers, einer der im Hauptlabor versammelten Wissenschaftler. Der schlanke Biochemiker leckte sich nervös die Lippen. »Wir hätten es auf einer abgelegenen Welt untersuchen sollen.«

Noch deutlicher als bei seiner Ankunft spürte Rhodan die Spannung, die sich innerhalb des Labors ausgebreitet hatte. Die Nervosität und Aufregung der Verantwortlichen konzentrierte sich allein auf das Tabora; Rhodan registrierte erstaunt, daß kaum jemand an die über dreihunderttausend gegnerischen Raumschiffe zu denken schien, die sich vor dem Solsystem versammelten und einen entscheidenden Schlag gegen den Paratronschirm vorbereiteten.

»Das Tabora ist nicht unser einziges Problem«, sagte er leise vor sich hin. »Aber es kann uns vielleicht dabei helfen, andere Schwierigkeiten zu beseitigen.«

»In Anbetracht dessen, was Sie mit dem Tabora vorhaben, wird es Zeit, daß ich einige weitere Erklärungen abgebe!« rief plötzlich Arman Signo. Alle Versammelten blickten in Richtung des großen Cynos.

»Was ich Ihnen zu sagen habe, wird Sie vielleicht schockieren«, fuhr der Kommandant der ATON fort. »Aber Sie müssen es nun wissen, da Sie im Begriff sind, einige schwere Fehler zu begehen.«

Es wurde vollkommen still. Rhodan wartete gespannt, daß der Cyno weitersprechen würde.

Arman Signo trat vor den Tisch, auf dem die geheimnisvolle Flasche stand. Wie alle Cynos, wirkte Signo trotz seiner menschlichen Gestalt fremdartig; seine Bewegungen sahen einstudiert aus.

»Das Tabora ist ein energetisches Lebewesen«, sagte Arman Signo. »Es wurde vor mehr als einer Million Jahre künstlich gezüchtet.«

Seine Worte lösten Unruhe unter den Wissenschaftlern aus. Ein paar drängten nach vorn und wollten Arman Signo am Weitersprechen hindern.

»Ruhe!« rief Rhodan. »Lassen Sie ihn den Bericht beenden.«

»Woher wollen wir wissen, daß er die Wahrheit sagt?« fragte einer der Hyperphysiker.

»Die Zeit wird es bestätigen«, sagte der Cyno.

Etwas ging von ihm aus, eine geheimnisvolle Strahlung, die die Versammelten zur Ruhe zwang. Auch Rhodan spürte den Druck dieser starken Persönlichkeit.

»Ein Verräter aus unseren eigenen Reihen stahl das Tabora vor einer Million von Jahren und übergab es den Karduuhls«, berichtete Signo weiter. »Was danach geschehen ist, wissen wir nicht genau, aber wir haben in den vergangenen Wochen festgestellt, wo das Tabora sich aufgehalten hat. Die Überlieferungen meines Volkes sagen aus, daß jeder, der das Tabora in seinem Besitz hat und dessen Freundschaft gewinnt, den Schwarm indirekt beherrschen kann.«

Er wandte sich jetzt direkt an den Mausbiber.

»Es ist jedoch ein Fehler, wenn jemand annimmt, der Begriff Freundschaft sei im Falle des Tabora nur etwas Ähnliches wie Sympathie oder gegenseitiges Verständnis. Wenn das Tabora an Freundschaft denkt, meint es etwas anderes.«

»Erklären Sie das!« forderte Gucky den Cyno auf.

»Freundschaft bedeutet für das Tabora nichts anderes als Kontaktaufnahme. Und zwar mit einem Cyno, der zu den Wissenden gehört.«

»Aber es hat mit *mir* Kontakt aufgenommen!« triumphierte Gucky. »Und ich bin kein Cyno.«

Techno-1 nickte. »Das Tabora brauchte wieder einen telepathischen Kontakt. Es sehnte sich danach. Doch im Endeffekt wird dieser Kontakt wieder erlöschen. Das Tabora braucht den Kontakt zu einem Wissenden.«

Einer der Wissenschaftler kam zu Rhodan. »Das alles ist zu verworren. Ich halte es für unmöglich.«

»Ich bin noch nicht fertig!« rief Arman Signo. »Ich war dabei, als die Flasche mit dem Tabora an Bord der KAPELLA gebracht wurde. Damals empfing ich seltsame Impulse. Ich war beunruhigt, aber ich schwieg, weil ich der

Ansicht war und auch noch bin, daß Sie mich nicht verstehen würden. Jetzt spreche ich trotzdem, denn ich will verhindern, daß dem Tabora Schaden zugefügt wird. Das Tabora beginnt aus seiner Lethargie zu erwachen. Gucky hat ihm dabei geholfen. Es wird nicht mehr lange dauern, bis das Tabora endgültig Kontakt zu seinem eigentlichen Bezugspunkt findet.«

Er hielt inne, als erwartete er heftige Einwände. Doch niemand sprach.

Signo hob bedauernd die Schultern. »Sie verstehen mich nicht! Aber die Ereignisse, die noch bevorstehen, werden Ihnen alles begreiflich machen.« Er zögerte, bevor er hinzufügte: »Außerdem kann ich Ihnen mitteilen, daß der Cyno Schmitt noch am Leben ist!«

Als sollte die Bedeutung seiner Worte durch ein dramatisches Ereignis unterstrichen werden, begannen in diesem Augenblick die Alarmanlagen in Imperium-Alpha zu heulen.

Rhodan wußte, was das bedeutete: Der Angriff der riesigen Schwarmflotte auf den Paratronschirm hatte begonnen.

Die in der Zentrale des Schweren Kreuzers ANTRA versammelten Besatzungsmitglieder starrten schweigend auf die Bildschirmgalerie über den Kontrollen. Kommandant Eyno Kapara hatte sich im Pilotensitz nach vorn gebeugt und beide Hände um die Sessellehne geklammert. Er bot ein Bild höchster Konzentration.

Was die Raumfahrer an Bord der ANTRA beobachten konnten, wurde auch von allen anderen Terranern gesehen, die an Bord von schnellen Erkundungsschiffen durch die Strukturschleusen des Paratronschirms das Solsystem verlassen hatten.

Eine ungeheure Flotte von Schwarmschiffen griff den Paratronschirm an.

Eyno Kapara sah Manips, Pilzschiffe der Schwarminstallateure und Einheiten der Jagd- und Wachflotte. Außerdem konnte er Tausende von Schiffen der Schwarzen Dämonen erkennen. Die Götzen boten alles auf, um den schützenden Schirm um das Solsystem endgültig aufzubrechen.

Im Hintergrund standen weitere Einheiten bereit. Sie warteten nur darauf, daß irgendwo eine Strukturlücke entstehen würde, durch die sie ins Zielgebiet eindringen konnten.

Kapara knirschte mit den Zähnen. Er war kein sehr sensibler Mann – im Gegenteil: Er galt als unnachsichtiger Vorgesetzter, der seinen Mitarbeitern alles abverlangte und auch sich nicht schonte.

Der Anblick jedoch, der sich jetzt auf den Bildschirmen bot, war geeignet, auch einen Mann wie Eyno Kapara zu erschüttern.

»Wir können nicht abwarten, bis sie sich durch den Schirm geschossen haben«, hörte er Janko Admon sagen. Admon war der Erste Offizier der

ANTRA, ein schlanker Mann mit großen Augen und vom Charakter her beinahe das Gegenteil von Kapara.

»Nein!« stimmte der Major grimmig zu. »Wenn sie nicht gestört werden, kommen sie diesmal durch.«

Er wußte, daß der Paratronschirm ungeheuren Belastungen standhalten konnte. Nicht zum erstenmal wurde er auf eine harte Probe gestellt. Aber niemals zuvor hatte er eine derartige Feuerkraft aushalten müssen.

Der Kommandant war kein Wissenschaftler, aber sein nüchterner Verstand sagte ihm, daß bei einem derartig konzentrierten Beschuß an einigen Stellen Lücken entstehen mußten. Das konnte der Anfang vom Ende sein. Wenn sich erst einmal Lücken gebildet hatten, würde der Schirm weitaus anfälliger sein als zum jetzigen Zeitpunkt.

»Rhodan müßte das Versteckspiel jetzt aufgeben«, sagte Admon beinahe beschwörend. »Wir müssen mit allen Schiffen, die uns zur Verfügung stehen, zurückschlagen.«

»Funknachricht vom Hauptquartier, Sir!« rief der Cheffunker dazwischen.

»Legen Sie in den Kommandostand, Sparks!« befahl der Kommandant.

Die Nachricht war im Flottenkode abgefaßt. Sie war nur kurz.

»Fliegen Sie Störmanöver!«

Kapara tat, als müßte er nach Luft schnappen.

»Das gilt zweifellos für die Erkundungsschiffe!« stellte Janko Admon empört fest. »Sollen die paar hundert Schiffe geopfert werden? Welche Chance hätten wir schon gegen diese Übermacht, Major?«

»Keine!« versetzte Kapara trocken.

Bei dem augenblicklichen Gewimmel von Schiffen rund um das Solsystem fiel es ihm schwer, die Einheiten der Solaren Flotte auszumachen, aber als er auf dem Rasterfeld des Raumbeobachters die entsprechenden Impulse lokalisiert hatte, sah er, daß keines der Schiffe seine Position veränderte.

»Sie sind genauso überrascht wie wir!« stellte er fest. »Sie überlegen und fragen zurück.«

»Und was tun wir?« fragte Nillson, der Zweite Offizier.

»Wir fragen ebenfalls zurück!« entschied Eyno Kapara gelassen. »Ich bin nicht bereit, Selbstmord zu begehen.«

»Störmanöver fliegen, heißt nicht unbedingt Risiken eingehen«, meinte Admon.

»Natürlich nicht!« sagte Kapara grob und deutete auf den Bildschirm der Außenbeobachtung. »Ein paar Verrückte sind ebenfalls zu dieser Ansicht gelangt und losgeflogen.«

Admon konnte sehen, daß einige terranische Patrouillenschiffe den Kurs geändert hatten und sich auf die Pulks der Schwarmschiffe zubewegten.

Kapara beugte sich über ein Mikrophon. »Sparks, ich wünsche, daß Sie sich den letzten Befehl bestätigen lassen. Bitten Sie außerdem um Differenzierung!«

»Ja, Sir!«

Als Kommandant besaß Kapara die alleinige Verantwortung für sein Schiff. Die Offiziersanwärter der Solaren Flotte lernten bereits auf der Weltraumakademie, daß sie alles andere als Befehlsempfänger waren. Sie hatten die Pflicht, jeden Befehl von ihrem Gesichtspunkt aus skeptisch zu überprüfen und dann erst zu handeln.

Die Antwort, die Kapara verlangt hatte, kam sofort. Diesmal wurde sie direkt von Julian Tifflor übermittelt, der die Sorgen der Kommandanten durchaus verstehen konnte.

»Hinhaltetaktik anwenden!« lautete Tifflors Befehl. »Verstärkung abwarten und dann in die eintreffenden Verbände eingliedern.«

»Ah!« machte Kapara befriedigt. »Das bedeutet, daß die Solare Flotte jetzt endlich eingreift.«

»Das Versteckspiel ist vorbei«, sagte Admon.

Auf Kaparas Stirn bildete sich eine Falte. »Das bedeutet, daß es zum erstenmal zu einer großen offenen Raumschlacht zwischen den Schiffen des Schwarms und der Solaren Flotte kommen wird.«

»Das befürchte ich auch!« rief Nillson.

»Ich weiß nicht, wie wir bei dieser Gegenüberstellung abschneiden werden«, sagte Kapara. »Ich weiß nur, daß das Solsystem verloren ist, wenn wir die Sklavenvölker dieser verdammten Götzen nicht daran hindern, unseren Paratronschirm zu knacken.«

Damit begann er die ANTRA zu beschleunigen.

Die sturmumtoste Kuppelstation BENNIX auf der Oberfläche des Jupiter war eingehüllt in wirbelnde Kristalle aus reinem Ammoniakschnee. Die sechs Besatzungsmitglieder der Kuppel wußten, daß es sinnlos war, wenn sie die Gesichter an die dicken Quarzglasscheiben preßten. Draußen war nichts zu sehen.

Deshalb saßen Aquamarin Thofander und seine Mitarbeiter an den Kontrollen und beobachteten die Bildschirme. Fliegende Panzerkameras übertrugen eindrucksvolle Bilder aus einer wildbewegten und menschenfeindlichen Atmosphäre.

Künstlich geschaffene Hügel brachen plötzlich auf. Berge von Ammoniakschnee wurden wie von unsichtbaren Planierraupen zur Seite geschoben. Die Kruste Jupiters schien an mehreren Stellen gleichzeitig nachzugeben. Aus den entstehenden Öffnungen schoben sich die oberen Polkuppeln mächtiger Raumschiffe.

»Da kommen sie!« rief Aquamarin Thofander.

Er wußte, daß nicht nur auf Jupiter, sondern auch auf Saturn und Neptun sich ähnliche Vorgänge abspielten. Neunzigtausend Einheiten der Solaren Flotte gaben ihre Tarnung auf und kamen aus den Verstecken, in denen sie sich bisher den Blicken der gegnerischen Beobachter entzogen hatten. Hinzu kamen zehntausend riesige Fragmentraumer der Posbis, fünftausend moderne Schiffe der USO und fünfundzwanzig Superschiffe immuner Maahks.

In der Kuppelstation BENNIX sahen vier Männer und zwei Frauen schweigend, aber voller Erleichterung zu, wie in der unmittelbaren Umgebung siebenhundert Schiffe aus ihren Verstecken kamen. Innerhalb der Kuppel war nichts von dem titanischen Kampf zu spüren, den sich die Schwerkraft des Jupiters und die mächtigen Triebwerke des Schiffsriesen lieferten. Scheinbar lautlos spielte sich dieser Kampf ab.

Draußen aber, das wußten die einsamen Menschen in der kleinen Kuppel, tobten elementare Kräfte. Das wahnwitzige Heulen des Orkans, der fast ununterbrochen über die Oberfläche des Riesenplaneten raste, reichte wahrscheinlich nicht aus, um das Tosen der Impulstriebwerke von einigen hundert Raumschiffen zu übertönen.

Die Menschen, die in BENNIX lebten, hatten die Aufgabe, Aufzeichnungen zu machen und bei Unfällen einzugreifen. Der Station war ein kleiner Hangar vorgelagert, in der ein gepanzertes Shift untergebracht war. Mit diesem Spezialfahrzeug konnten Thofander und seine Mannschaft im Notfall die Station verlassen und Verunglückten Hilfe bringen. Doch das war diesmal nicht nötig. Es kam im Gebiet von BENNIX zu keinen Komplikationen. Alle Schiffe in diesem Sektor starteten einwandfrei. Die Besatzungen schienen voller Ungeduld auf diesen Augenblick gewartet zu haben.

Langsam aber gleichmäßig gewannen die Schiffsriesen an Höhe und waren bald aus dem Beobachtungsfeld der gepanzerten Flugkameras verschwunden.

Eydie Kerolson, eine junge Kosmonautin, die zu Thofanders Gruppe gehörte, blickte auf die große Uhr über den Kontrollen. »Wir können ausrechnen, wann sie im Aufmarschgebiet eintreffen.«

»Geben Sie eine Nachricht ans Hauptquartier, daß alle Schiffe im Gebiet von BENNIX gestartet sind!« rief Aquamarin Thofander.

»Sie sehen sehr nachdenklich aus, Chef!«

»Ich denke daran, was diese Schiffe und ihre Besatzungen erwartet«, erklärte Thofander. Er begann im Innenraum der Kuppel auf und ab zu gehen. »Das Warten macht mich nervös.«

»Sie wären gern dabei, wenn es gegen die Schwarmschiffe geht?«

»Nein, nein!« wehrte Thofander ab. »Schließlich bin ich mir darüber im klaren, was auf die Raumfahrer zukommt.«

Doch obwohl er ein phantasiebegabter Mann war, konnte er sich den schrecklichen Aufeinanderprall zweier so mächtiger Flotten vor dem Solsystem nicht ausmalen.

11. April 3443 – Erdzeit
3:45 Uhr – Imperium-Alpha

In den Gesichtern der Wissenschaftler, die sich im Konferenzraum des Hauptlabors versammelt hatten, spiegelten sich Müdigkeit und Niedergeschlagenheit wider. Obwohl alle Bildschirme ausgeschaltet waren, ahnten die Terraner, was sich im Weltraum vor dem Paratronschirm abspielte. Das wahnsinnige Dauerfeuer der Schwarmschiffe hatte sich noch verstärkt. Immer noch trafen Schiffe aus dem Schwarm ein, um die Angreifer zu unterstützen.

»Wir geben uns keinen Illusionen hin«, sagte Galbraith Deighton zu den Versammelten. »Es ist nicht ausgeschlossen, daß der Paratronschirm bei einem solchen Dauerbeschuß gesprengt werden kann. Sie haben alle die Bilder von draußen gesehen. Der Hyperraum flammt an allen Öffnungen, durch die Energien vom Paratronschirm abfließen, immer stärker auf.«

»Warum dauert es so lange, bis unsere Schiffe den geplanten Ausfall wagen?« rief Dr. Jandreoll-Amisch.

Diese Frage war in den letzten Stunden immer wieder gestellt worden. Die Wissenschaftler fürchteten um die Sicherheit des Schirms und wurden immer ungeduldiger. Kaum einer von ihnen konnte sich vorstellen, welche Schwierigkeiten es den Verantwortlichen bereitete, die bisher gut versteckte Flotte in kurzer Zeit aufzugliedern und bereitzustellen.

»Wir tun alles, um möglichst bald einen Entlastungsangriff fliegen zu können«, informierte Deighton die Wissenschaftler. »Es wäre jedoch sinnlos, einen schlecht vorbereiteten Angriff auf die Schwarmflotte zu fliegen. Wir müßten dabei mit schweren Verlusten rechnen. Deshalb gehen wir das Risiko ein, den Paratronschirm noch für eine bestimmte Zeit der Gefahr einer Sprengung auszusetzen.«

»Das ist unverantwortlich!« rief ein großer Mann, der im Hintergrund des Saales auf der Kante eines Tisches saß und eine Akte auf den Beinen liegen hatte. »Ich frage mich, ob man sich in der Administration überhaupt darüber im klaren ist, was die Zerstörung des Paratronschirms für das Solsystem bedeuten würde.«

»Man ist sich darüber im klaren, Professor Etnacher!« gab Deighton zurück. Er wußte, daß die Wissenschaftler nervös waren. Das lag nicht nur an den heftigen Angriffen auf den Paratronschirm, sondern auch an der Erfolglosigkeit, mit der sich die intelligentesten Köpfe des Solsystems bisher mit dem Tabora beschäftigt hatten. Man wußte nur das von der schwarzen Flasche, was Gucky und der Cyno berichtet hatten. Über Signos Äußerungen gingen die Meinungen stark auseinander. Die Wissenschaftler waren in zwei Lager gespalten, von denen das eine Signos Informationen als Lüge, das andere sie als wichtige Neuigkeit betrachtete.

Deightons Blicke fielen zum Eingang, wo gerade Perry Rhodan, Fellmer Lloyd und Arman Signo auftauchten.

»Sie können den Großadministrator selbst fragen!«

Doch Rhodan winkte ab, durchquerte den Raum und verschwand mit seinen beiden Begleitern durch eine Hintertür, die zu den Labors führte.

»Er ignoriert uns!« rief jemand wütend.

»Völliger Unsinn!« konterte Deighton. »Perry Rhodan muß jetzt ständig wichtige Entscheidungen treffen. Er kann nicht an jeder Konferenz teilnehmen und Ihre Fragen beantworten. Ich bin jedoch autorisiert ...«

Er wurde von lauten, ärgerlichen Rufen unterbrochen. Bevor er weitersprechen konnte, wurde erneut Alarm gegeben. Diesmal kam er aus dem Hauptlabor.

»Das Tabora!« rief einer der Wissenschaftler. »Irgend etwas Unvorhergesehenes ist geschehen.«

Galbraith Deighton schloß einen Moment die Augen. Das hatte ihnen noch gefehlt! Ausgerechnet jetzt, da das Solsystem stark gefährdet war, kam es zu neuen Schwierigkeiten.

Er sah, wie die Wissenschaftler hastig den Konferenzsaal verließen, um sich ins Labor zu begeben. Niemand beachtete ihn noch. Er schlug mit einer Faust auf den Tisch und stieß eine Verwünschung aus.

»Ärgerlich?« fragte eine bekannte Stimme. Roi Danton trat zwischen zwei Säulen hervor.

Deighton blickte irritiert auf. »Ich wußte nicht, daß Sie noch da sind!«

»Es war eine menschliche Regung«, meinte Danton. »Jeder muß einmal Luft ablassen. Aus meiner Zeit als Freifahrer unter Lovely Boscyk kenne ich noch eine Reihe schöner Flüche, so daß ich Ihnen aus meinem Repertoire gern aushelfe, wenn es bei Ihnen knapp werden sollte.«

»Mein Wortschatz reicht völlig aus!«

»Ich weiß«, sagte Danton friedfertig. Er ergriff den anderen am Arm. »Gehen wir jetzt ins Labor, um festzustellen, wodurch der Alarm ausgelöst wurde.«

Deighton blieb stehen. »Manchmal wünsche ich mich von all dem weit weg«, gestand er. »Ich fühle mich überfordert und müde.«

Danton tippte auf die Brust des Freundes und berührte dabei den Zellaktivator, der die Jacke leicht ausbeulte. »Trotzdem?«

»Trotzdem!«

Danton seufzte. »Wir Menschen wünschen uns immer das, was wir gerade nicht haben.«

Es war eine doppeldeutige Bemerkung – und Deighton verstand sie.

14.

Als Perry Rhodan das Hauptlabor betrat, stellte er sofort fest, daß der Alarm, den die Beobachter des Taboras gegeben hatten, begründet war. Das Leuchten im Innern der Flasche war jetzt so stark, daß das schwarze Material des Behälters transparent aussah. Das goldene Licht überstrahlte an Intensität alle Lichtquellen im Labor.

Die Wissenschaftler waren zurückgewichen und beobachteten das Tabora jetzt aus respektvoller Entfernung. Ein paar von ihnen hatten Schutzanzüge angelegt. Strahlenmeßgeräte wurden herangerollt. Die Roboter standen mit schußbereiten Waffen an den Eingängen.

Nur Gucky stand noch unmittelbar neben dem Tisch des Taboras. Er schien keine Angst oder Nervosität zu kennen.

Rhodan übersah die Situation mit einem Blick. »Wir riegeln diesen Sektor des Labors völlig ab!« befahl er. »Ich will wissen, mit welcher Strahlung wir es zu tun haben.«

»Ich habe damit gerechnet, daß so etwas passieren würde«, erinnerte Dr. Granom. »Wir haben uns die Büchse der Pandora nach Terra geholt. Nun öffnet sie sich.«

Zwei bewaffnete Wissenschaftler traten vor.

»Noch ist es Zeit, Sir!« sagte einer von ihnen grimmig. »Wir können diese Flasche samt Inhalt vernichten, bevor einer von uns oder dieser gesamte Planet zu Schaden kommt.«

Rhodan beachtete ihn nicht, sondern schob sich durch die Beobachter bis zum Tisch.

Er nickte Gucky zu. »Hast du Kontakt mit dem Ding?«

»Ja«, erwiderte Gucky mit schläfrig wirkender Stimme. »Ich habe ständigen Kontakt mit meinem Freund.«

»Und wie erklärt sich die Veränderung, die mit dem Tabora vor sich geht?« Er beobachtete den Mausbiber mißtrauisch. War er auf parapsychischem Wege beeinflußt worden? Gucky wirkte apathisch.

»Ich weiß, was du befürchtest«, flüsterte Gucky. »Du kannst unbesorgt sein. Ich bin Herr meiner Sinne.«

Trotz dieser Versicherung ließ Rhodans Aufmerksamkeit nicht nach. Seine Blicke fielen auf die glühende Flasche, in der sich das Tabora befand, ein Wesen, das nach Auskunft Arman Signos vor mehr als einer Million Jahre von den Cynos gezüchtet worden war. Er glaubte feststellen zu können, daß die Flasche sich vergrößerte.

Er kniff die Augen zusammen. War das überhaupt möglich?

In diesem Augenblick rief einer der wissenschaftlichen Beobachter: »Treten Sie zurück, Sir! Die Flasche wird größer!«

Doch Rhodan blieb an seinem Platz. Er wußte, daß er ohne Schutzanzug gefährdet war, doch auch der Ilt trug keinen Schutz und schien sich völlig sicher zu fühlen. Dieses Vertrauen konnte nur aus einer engen telepathischen Verbindung zwischen dem Ilt und dem Tabora beruhen.

»Wir müssen es zerstören!« riefen einige Wissenschaftler. »Es bedeutet eine Gefahr für den gesamten Planeten.«

»Du hörst, was sie sagen!« wandte Rhodan sich an den Mausbiber. »Kannst du diesen Verdacht entkräften?«

Der Ilt nickte. »Das Tabora hat mir eine Nachricht gegeben. Es ist offenbar in höchster Eile. Es hat mir mitgeteilt, daß es gehen muß, um seine Aufgabe zu erfüllen. Später, so versicherte es, würde es sich wieder melden.«

»Das ist doch Unsinn!« mischte sich Reginald Bull ein, der sich ebenfalls im Raum befand. »Wohin will es gehen – und auf welche Weise?«

»Du wirst schon sehen!« entgegnete Gucky.

Die Flasche begann sich schneller auszudehnen und hatte innerhalb weniger Augenblicke ihre ursprüngliche Größe verdoppelt. Jetzt wichen auch Rhodan und Gucky zurück.

Bully trat an Rhodans Seite. In der geisterhaften Beleuchtung sah sein Gesicht fahl aus. Seine Augen waren weit geöffnet. Rhodan blickte sich um. Auch die Gesichter der anderen Frauen und Männer, die sich innerhalb des Labors aufhielten, drückten nun nackte Angst aus.

Aus den Augenwinkeln sah Rhodan, wie einer der Wissenschaftler seine Waffe hob. Rhodan schätzte die Entfernung zwischen sich und diesem Mann. Der Wissenschaftler würde abgedrückt haben, bevor Rhodan ihn erreicht haben konnte.

Doch Gucky handelte blitzschnell. Ein telekinetischer Impuls riß den Arm des Wissenschaftlers nach oben. Der Schuß löste sich und brannte ein Loch in die Decke. Dann polterte die Waffe zu Boden.

»Verlassen Sie den Raum!« rief Rhodan. »Nur Gucky und ich bleiben vorläufig hier.«

Bully packte seinen Freund am Arm. Rhodan wurde heftig geschüttelt.

»Komm zu dir, Perry!« schrie Bully ihn an. »Das Ding muß vernichtet werden, bevor es Unheil anrichten kann. Es wächst immer schneller, und niemand weiß, wie lange dieser Prozeß anhalten wird. Wir sind uns noch nicht einmal über die Strahlung im klaren, die von diesem Gebilde ausgeht.«

Rhodan machte sich frei. In Bullys Gesicht ging eine Veränderung vor. Rhodan, der seinen Freund genau kannte, wußte, was im nächsten Augenblick geschehen würde. Er duckte sich blitzschnell. Bullys Faust, die wie aus dem Nichts auf ihn zukam, traf ins Leere.

Gucky legte eine telekinetische Fessel auf Bullys Arme.

»Ich werde Alarm für die Erde geben«, sagte Bully niedergeschlagen. »Hier kann ich nichts mehr tun.« Mit gesenktem Kopf ging er hinaus.

»Das verzeiht er mir nicht!« stellte Rhodan fest. »Und vielleicht hat er sogar recht.«

Alle anderen waren gegangen. Rhodan und Gucky befanden sich allein im Hauptlabor. Das Tabora reichte jetzt fast bis unter die Decke und füllte den gesamten Raum mit goldenem Licht. Rhodans Augen schmerzten. Er wußte nicht, warum er dem Drängen der anderen nicht nachgegeben und das Tabora vernichtet hatte. Die Sicherheit der Erde und ihrer Bewohner hätten es verlangt.

»Sie sind ein kluger Mann!« sagte jemand leise.

Rhodan fuhr herum. Er sah Arman Signo neben dem Eingang stehen. Der Cyno trug keinen Schutzanzug.

Signo kam langsam heran. Er wurde in goldenes Licht getaucht und wirkte fast transparent.

»Was wissen Sie?« rief Rhodan. Er konnte seine Unruhe nicht länger verbergen. Noch war vielleicht Zeit, irgend etwas zu unternehmen.

Signo deutete auf das Tabora. »Sehen Sie selbst, was geschieht!«

Das Tabora wuchs jetzt sehr schnell. Es dehnte sich zu einer mächtigen Energiewolke aus.

Rhodan begriff, daß Signo, Gucky und er sich mitten in dieser Wolke befanden, ohne daß ihnen etwas geschah.

»Kommen Sie mit nach draußen!« forderte der Cyno die beiden anderen auf. »Dort können Sie das wunderbare Schauspiel besser beobachten.«

Rhodan fühlte sich wie benommen. Er zwang sich zu ruhiger Überlegung. Wahrscheinlich war es jetzt schon zu spät, etwas gegen das Tabora zu unternehmen. Dazu war es schon zu groß und zu stark. Aber welcher Sinn steckte hinter diesem unheimlichen Wachstumsprozeß? Wie konnte es überhaupt dazu kommen?

Er folgte dem Cyno auf den Hauptkorridor hinaus. Das Schrillen der Alarmanlagen brachte ihn zur Besinnung. Sein Verstand kehrte in die Wirklichkeit zurück und ließ ihn die Dinge nüchtern sehen.

Die Räume der Umgebung des Hauptlabors waren fluchtartig verlassen worden.

Als hätte er Rhodans Gedanken erraten, sagte Gucky: »Bully hat diesen Sektor von Imperium-Alpha evakuieren lassen.« Seine Stimme senkte sich. »Oben schwebt ein gepanzerter Gleiter mit einer thermonuklearen Bombe an Bord. Ich kann die Gedanken des Piloten fühlen. Er ist sehr aufgeregt.«

»Wer gab den Befehl?« rief Rhodan.

»Bully! Aber es ist nur eine Vorsichtsmaßnahme. Natürlich wartet der Dicke auf deinen Befehl. Er hofft, daß er ihn bekommen wird.«

Rhodan stöhnte auf. Er hob den Arm und schaltete sein Sprechgerät ein. Er bekam sofort Kontakt mit der Zentrale von Imperium-Alpha und verlangte eine Verbindung zu Bull. Bully meldete sich sofort.

»Ich habe soeben erfahren, daß du einen Gleiter mit einer Bombe an Bord losgeschickt hast«, begann Rhodan ohne Umschweife. »Ich wünsche, daß diese Maschine sofort zurückgezogen wird.«

Sekundenlanges Schweigen bewies ihm, daß Bull angestrengt nachdachte. »Du trägst die Verantwortung«, sagte Bully schließlich. »Aber du bist dir dessen noch bewußt?«

»Ja, Dicker!«

»Nun gut! Ich beordere die Maschine zurück. Aber sie wird startbereit bleiben. Wenn dir etwas zustößt, übernehme ich den Befehl, das weißt du. Ich werde die Maschine wieder starten lassen. Die Bombe wird auch explodieren, wenn das verdammte Ding sich weiter ausdehnen sollte.«

»Vorläufig geht es mir gut!« Rhodan unterbrach die Verbindung. Als er aufblickte, sah er etwas Unheimliches. Die Wände im Hintergrund schienen aufzuglühen, aber es war nur das Tabora, für das es offenbar keine Grenzen gab und das sich jetzt über den Laborsektor hinaus auszudehnen begann.

Rhodan taumelte rückwärts und fand erst wieder an einer Wand Halt. Seine Handflächen preßten sich gegen das kühle Material.

»Es wird noch größer werden!« prophezeite Signo. »Es wird wachsen und wachsen, bis es schließlich stark genug ist, um uns zu verlassen.«

»Sind sie sicher, daß es ungefährlich ist?« fragte Rhodan.

»Ja«, sagte Signo. Er sah Rhodan fragend an. »Gibt es eine Möglichkeit, schnell an die Oberfläche zu kommen?«

»Ja«, sagte Rhodan. »Gucky kann mit uns nach oben teleportieren.«

Signo trat auf den Mausbiber zu. »Wenn Sie erleben wollen, wie uns das Tabora verläßt, müssen Sie jetzt nach oben!«

Die beiden Männer nahmen den Ilt in die Mitte. Rhodan fragte sich besorgt, was außerhalb des Laborsektors geschehen mochte. Hoffentlich verlor niemand die Nerven.

Gucky entmaterialisierte. Sie wurden auf der Oberfläche von Imperium-Alpha wieder stofflich. Kühler Wind strich Rhodan über das Gesicht.

Dutzende von Gleitern kreisten über dem Gebiet. Kampfroboter waren überall aufmarschiert. Transformkanonen standen bereit und Männer in lindgrünen Uniformen rannten hin und her. Bully hatte schnell gehandelt und alles zur Absicherung getan.

»Sehen Sie dort!« forderte Signo Rhodan auf.

Rhodan drehte sich langsam um. Etwa zweihundert Meter von ihm entfernt, erschien die Spitze eines goldenen Energiedoms über der Oberfläche von Imperium-Alpha. Sie wuchs schnell und dehnte sich nach allen Seiten aus.

»Aber ... das ist doch unmöglich!« stieß Rhodan hervor.

»Es wird noch weiter wachsen!« prophezeite Signo.

Reginald Bull saß mit blassem Gesicht und zitternden Händen vor den Kontrollen in der Hauptzentrale von Imperium-Alpha. Was er auf den Bildschirmen sah, ließ ihn das augenblickliche Ausmaß des Tabora erkennen. Das Energiegebilde bedeckte eine Fläche von mindestens zehn Quadratkilometern. Es hatte eine Höhe von sechshundert Meter erreicht.

Vor wenigen Augenblicken hatte Bull erfahren, daß Rhodan zusammen mit Gucky und dem Cyno Arman Signo unbeschadet an der Oberfläche angekommen war. Ständig trafen aus allen Teilen Imperium-Alphas Nachrichten ein.

Bisher war niemand zu Schaden gekommen. Es gab keine Toten und keine Verletzten. Auch Beschädigungen waren von den Sicherheitstrupps nicht gemeldet worden.

»Trotzdem ist es Wahnsinn, daß wir nichts unternehmen«, sagte Bully wie zu sich selbst. »Ausgerechnet jetzt muß das passieren, wo wir uns ganz auf die angreifenden Schwarmschiffe konzentrieren müßten.«

»Der Einsatz unserer Schiffe wird durch dieses Ereignis bedeutend verzögert«, stimmte Deighton zu. Er saß neben Reginald Bull.

Bully fuhr sich mit einer Hand über seine kurzen Haare. Das tat er immer, wenn er sehr nervös war.

Aufnahmen von der Oberfläche Imperium-Alphas zeigten ihm, daß das Tabora weiterhin wuchs.

»Es wird zu einem Berg«, flüsterte Bully. »Wer soll es noch aufhalten?«

Die ANTRA raste durch einen Pulk von Manips. Ihr flammender Paratronschirm ließ sie doppelt so groß erscheinen, als sie überhaupt war. Sekundenlang saß Eyno Kapara mit angehaltenem Atem im Pilotensessel und wartete auf den Lichtblitz, mit dem alles zu Ende sein würde. Doch es geschah nichts. Der Schwere Kreuzer schoß in ein Gebiet hinein, wo weniger feindliche Schiffe standen. Kapara holte tief Atem.

»Wo, zum Teufel, bleibt die Flotte?« schrie Janko Admon. »Sie müßte schon längst aufgetaucht sein.«

Die Verschlüsse seiner Jacke waren aufgesprungen. Der weit aufklaffende Kragen verlieh dem I.O. ein verwegenes Aussehen. Schweiß floß über das Gesicht des hageren Raumfahrers; die letzten Minuten waren eine Serie wilder Bewegungen und hinausgebrüllter Befehle gewesen.

Kapara rückte sein GrIko-Netz zurecht. Alle Besatzungsmitglieder des Schiffes trugen ein solches Netz. Es schützte sie vor den Strahlen der Manips.

»Wir werden verfolgt!« schrie Nillson.

»Ja, ja!« gab Kapara zurück.

Die ANTRA beschleunigte in wahnsinnigen Werten. Beinahe tangential jagte sie am überlasteten Paratronschirm vorbei.

Die wenigen Schiffe der Erkundungsflotte hatten wenigstens erreicht, daß ein paar hundert Schiffe der Schwarmflotte Jagd auf sie machten. Die Raumfahrer aus dem Schwarm gingen jetzt vorsichtiger vor. Doch der Beschuß des Paratronschirmes hielt mit unverminderter Heftigkeit an.

»Warum kommen die nicht endlich?« rief der Navigator.

»Sicher ist etwas passiert!« sagte der Funker sarkastisch.

»Halten Sie Ihren Mund, Sparks!« herrschte Kapara ihn an. »Setzen Sie eine Meldung ab. Fragen Sie beim Hauptquartier an, was eigentlich los ist. Sollen wir hier verschmoren?«

»Endlich!« stellte der Funker erleichtert fest. Dann, nach wenigen Augenblicken, sagte er sorgenvoll: »Sir, das HQ antwortet nicht.«

Kapara spuckte aus. »Was bedeutet das?« Die plötzliche Angst ließ Admons Stimme ganz dünn klingen.

»Ich weiß es nicht«, gab Kapara zurück. »Ich weiß nur eines: Wir werden mit diesem Feuerstuhl noch einmal geradewegs in die Hölle reiten, wenn nicht bald Verstärkung eintrifft.«

Vom Fenster des achtundsiebzigsten Stockwerks im Etting-Haus starrten Ergol Holvaster und seine beiden Töchter Arqui und Tanamia in Richtung von Imperium-Alpha. Was sie sahen, ließ sie an eine Halluzination glauben, aber sie wußten, daß es Realität war.

»Ich habe immer gewußt, daß dort einmal etwas passieren würde«, sagte Ergol Holvaster mit rauher Stimme. »Sie haben zuviel experimentiert dort drüben. Und das so nahe bei der Stadt.«

»Vielleicht ist es nicht gefährlich«, meinte Arqui.

Ergol hob die Schultern. »Gefährlich oder nicht, man hätte uns zumindest warnen müssen!«

Andere Fenster des großen Hauses öffneten sich. Aufgeregte Rufe erschollen.

»In der ganzen Stadt werden sie es sehen!« prophezeite er. »Man kann nur hoffen, daß keine Panik ausbricht.«

Der leuchtende Berg aus reiner Energie schien jetzt das gesamte Gebiet von Imperium-Alpha zu bedecken. Ergol Holvaster schätzte, daß das Gebilde zweitausend Meter hoch war. Und es wuchs noch immer!

»Da kommt eine Meldung über Trivid!« rief eine weibliche Stimme im Hintergrund.

Ergol wandte sich zu seiner Frau um, die neben dem Wandbild stand und vergeblich versuchte, das unscharfe Bild zu regulieren. Roi Danton war zu sehen.

»Diese Nachricht wird über alle Kanäle gesendet«, sagte Danton gerade. »Im Verlauf eines Experiments ist es im Gebiet von Imperium-Alpha zu einem Energieausbruch gekommen, der für die Stadt und ihre Bevölkerung völlig ungefährlich ist. Bleiben Sie bitte ruhig. Alles wird in wenigen Minuten vorbei sein.«

»Glaubst du das wirklich?« fragte Ergolds Frau mit schwankender Stimme.

Ergol ging zu ihr und legte beruhigend einen Arm um sie. »Du bist doch sonst nicht so ängstlich!«

»Aber ... aber so etwas ist noch nie passiert.«

»Es wächst weiter!« rief Tanamia vom Fenster aus.

Ergol ging wieder zu ihr.

»Sie würden uns sagen, wenn diese Erscheinung gefährlich für uns wäre«, sagte er voller Überzeugung. »Zumindest würde mit der Evakuierung der Stadt begonnen.«

»Vielleicht ist es dazu schon zu spät«, fürchtete Arqui.

Sie trug das T-Amulett zum Zeichen, daß sie ungebunden mit zwei Männern zusammenlebte. Ergol hatte das nie gern gesehen, aber angesichts der Bedrohung durch eine geheimnisvolle Kraft erschienen ihm seine Einwände bedeutungslos, ja, er verwünschte nachträglich seine Bemerkungen, die er in den letzten Tagen seiner Tochter gegenüber gemacht hatte.

»Da!« schrie Tanamia plötzlich auf.

Aus dem domförmigen Riesengebilde raste eine goldene Spirale himmelwärts. Sie schien die Wolken aufzuspalten. Auf der Oberfläche des Energieberges begannen goldene Nebel zu wallen. Aus ihnen schossen jetzt in schneller Folge immer mehr Spiralen in den Himmel.

Es war ein phantastisches Bild. Ergol Holvaster hatte niemals zuvor etwas Beeindruckenderes gesehen.

Schreie ertönten. Im Etting-Haus drohte eine Panik auszubrechen.

Geräusche wie von einem riesigen Wasserfall drangen an Ergols Ohren. Er ahnte, daß dieser Lärm von der energetischen Erscheinung verursacht wurde, die immer mehr goldene Arme in den Himmel schleuderte.

»Was haben sie in Imperium-Alpha getan?« flüsterte Arqui verstört.

»Ein Experiment!« sagte Tanamia.

»Das ist nicht die Folge eines Experiments!« sagte Ergol überzeugt. »Wir sehen dort drüben etwas unglaublich Fremdes. So etwas hat es noch nicht gegeben, und ich bin sicher, daß es sich auch niemals wiederholen wird. Vielleicht erfahren wir nie, was es zu bedeuten hat.« Er machte eine Pause und fügte dann mit einem unmißverständlichen Unterton hinzu: »Wenn wir überhaupt noch in der Lage sein werden, etwas in Erfahrung zu bringen.«

Ein hyperenergetischer Sturm brach über das Solsystem herein. Seltsamerweise kam es nirgends zu Beschädigungen oder zu Veränderungen. Während immer mehr Spiralen in den Himmel über Terrania-City rasten und sich im Weltraum ausbreiteten, verlor die Strahlung des goldenen Berges auf der Erde an Intensität.

Perry Rhodan, der ebenso wie Gucky und Signo von der goldenen Strahlung eingehüllt wurde, konnte wieder Einzelheiten erkennen.

Der Energiedom, der sich über Imperium-Alpha aufgebaut hatte und identisch mit dem Tabora war, sank langsam in sich zusammen. Er gab seine gesamte Kraft an die Spiralen ab, die von der Oberfläche der Erde weit in den Weltraum hinaus reichten.

»Das Tabora geht!« sagte Arman Signo ergriffen. »Es ist so, wie ich es ankündigte.«

»Es befindet sich noch immer im Solsystem«, stellte Rhodan fest. Ein erschreckender Gedanke entstand in seinem Gehirn. »Und wohin soll es auch gehen, wenn alle Wege vom Paratronschirm versperrt werden?«

»Warten Sie ab!« forderte Signo ihn auf.

Rhodan wandte sich an Gucky. »Hast du noch Kontakt mit dem Tabora?«

Der Ilt verneinte. »Es hat sich von mir abgewandt. Es sucht jetzt einen anderen Kontakt, obwohl ich mir nicht erklären kann, wohin es gehen will.«

Die goldenen Schleier um sie herum verflüchtigten sich vollends, dahinter wurden die Umrisse der einzelnen Gebäude sichtbar, die direkt unter dem Tabora gelegen hatten. Sie waren völlig unbeschädigt geblieben.

Rhodan schaltete sein Sprechgerät ein, aber die Störgeräusche waren so stark, daß er keine Verbindung bekam.

Die letzten Spiralen verschwanden in den obersten Schichten der Atmosphäre. Nun befand sich das Tabora im Weltraum, eingesperrt in den Paratronschirm.

Über seine augenblickliche Größe konnte Rhodan nur Vermutungen anstellen. Wahrscheinlich wuchs es noch immer und füllte bereits den Raum zwischen Erde und Mars aus. Oder es war noch größer geworden und dehnte sich im gesamten System aus.

»Warum ist es gegangen?« fragte Rhodan.

»Es gibt viele Erklärungen«, sagte Signo ausweichend. »Es wird jedoch Zeit, daß ich die zweite zentrale Rechenwelt erwähne, einen Geheimplaneten, den Sie sicher Stato II nennen würden. Vor unendlichen Zeiten wurde von meinem Volk eine zweite Schaltwelt für den Schwarm geschaffen. Das Verschwinden des Tabora steht mit dieser Welt in einem engen Zusammenhang.«

Rhodans Blicke suchten den Himmel ab. Vom Tabora war nichts mehr zu sehen.

Er schaltete erneut sein Sprechgerät ein. Diesmal bekam er sofort Kontakt mit der Zentrale. Bully meldete sich. Sein breites Gesicht zeichnete sich auf dem winzigen Bildschirm von Rhodans Armbandgerät dreidimensional ab.

»Es ist weg!« rief Rhodan erleichtert.

»Vor wenigen Augenblicken brach es durch den Paratronschirm«, erwiderte Bully. »Frage mich nicht, wie es das geschafft hat, aber es ist durchgebrochen und im Hyperraum verschwunden.«

»Wahrscheinlich werden wir nie erfahren, was aus dem Tabora geworden ist«, vermutete Gucky.

Signo lachte auf. »Wenn es sein Ziel erreichen sollte, werden wir wieder von ihm hören. Nicht direkt von ihm, aber von seinen Meistern.« Er drehte sich um und ging davon.

»Wir müssen uns wieder um die Flotte kümmern«, meldete sich Bully noch einmal. »Die Schwarmschiffe setzen ihren Beschuß mit unverminderter Heftigkeit fort. Die wenigen Erkundungskreuzer können sie nicht daran hindern.«

Rhodan erwachte wie aus einem bösen Traum. Er gab sich einen Ruck und griff nach Guckys Arm. »Ich komme sofort in die Zentrale!«

Major Eyno Kapara stieß einen Schrei aus. Die Bildschirme über den Kontrollen strahlten plötzlich in einem goldenen Licht. Nur undeutlich war zu erkennen, daß der Paratronschirm an einer Stelle aufgebrochen war. Gewaltige Energiestöße flossen in den Hyperraum ab.

»Was ist das?« stieß Admon hervor. »Verstehen Sie das?«

»Die Energie kommt aus dem Solsystem. Das sieht nach einer schrecklichen Katastrophe aus.«

Auf Admons Stirn rötete sich eine alte Narbe. Seine Stimme war kaum hörbar, als er stockend fragte: »Glauben Sie ... die ... Sonne?«

»Die Sonne oder der Schirm selbst«, gab Kapara zurück. »Was sonst sollte eine derartige Energie entwickeln?«

Er ließ die Kontrollschaltungen los und sank im Sitz zurück. Unfähig, noch irgend etwas zu tun, starrte er auf die leuchtenden Schirme.

Das ist also das Ende! dachte er. Seltsamerweise fühlte er sich kaum von den Ereignissen betroffen. Eine Schutzmaßnahme seines Bewußtseins, das hastig alle Erkenntnisse verdrängte, um ihn vor dem Wahnsinn zu retten.

»Nein!« schrie Admon verzweifelt. »Es kann nicht sein.«

Das Lodern auf den Bildschirmen ließ nach. Und plötzlich erschien das Zeichen des Hauptquartiers.

»Sir!« rief der Funker von seinem Platz aus. »Imperium-Alpha ruft uns. Die Verbindung ist wiederhergestellt.«

Admon und Kapara tauschten einen Blick.

»Können Sie sich vorstellen, daß ich Lust hätte, Sie auf Ihre Glatze zu küssen, Sparks?« schrie Eyno Kapara dem Funker zu.

»Ich weiß es nicht«, erwiderte der Raumfahrer verwirrt. »Aber ich glaube bei einem Kommandanten wie Ihnen muß man mit allem rechnen.«

Das goldene Glühen hörte endgültig auf. Der Hyperraum schloß sich an der Stelle, wo das Tabora verschwunden war.

15.

Im Nichts

Obwohl er körperlos war, hatte Alaska Saedelaere auch innerhalb des Hyperraums sein Zeitgefühl nicht völlig verloren. Vergangenheit, Gegenwart und Zukunft besaßen nach wie vor eine Bedeutung, ließen sich aber nicht in zeitliche Maße einteilen. Es gab keine Sekunden, Minuten oder Tage – und es war unklar, wieviel Zeit überhaupt verstrich.

Alaska fürchtete, daß ihr zeitlicher Bezug zum Normalraum völlig in Unordnung geraten war, obwohl das völlig bedeutungslos war, so lange sie keine Chance zur Rückkehr besaßen.

Ein anderes Beispiel jedoch ließ Saedelaere seinen Zustand leichter ertragen und milderte seine Verzweiflung. Er spürte eine zunehmende Übereinstimmung zwischen dem Bewußtsein Irmina Kotschistowas und seinen eigenen Gedanken. Längst war er sich darüber klargeworden, daß er sich schon immer zu dieser Frau hingezogen gefühlt hatte.

Das Cappin-Fragment und die Maske in seinem Gesicht hatten ihn jedoch immer daran gehindert, sich der Mutantin in irgendeiner Weise zu nähern. Jetzt, da sie beide körperlos waren und es nur ihre Gedanken gab, existierten keine Schranken mehr.

Alaska konnte Sympathie und Zuneigung zeigen. Zwischen ihm und Irmina kam es immer wieder zu einem längeren Gedankenaustausch, bei dem die anderen ausgeschlossen waren.

Schmitt blieb stumm. Er schien sich auf irgend etwas zu konzentrieren.

Der Behälter, den Schmitt auch Paradimschlüssel genannt hatte, blieb innerhalb des Hyperraums weiterhin stofflich. Für dieses Phänomen gab es noch immer keine Erklärung.

Tschubai und Corello erörterten immer wieder die Lage. Alaska hatte den Eindruck, daß die Gedankenströme seiner Freunde verworrener wurden. Allmählich wirkte sich die schreckliche Situation auf den Verstand der Verschollenen aus.

»Ich befürchte, daß wir allmählich wahnsinnig werden«, empfing Alaska die Impulse Irmina Kotschistowas.

»Wir müssen dagegen ankämpfen«, gab er zurück. »Solange wir den Kontakt untereinander nicht verlieren, kann uns nicht viel passieren.«

»Haben wir die beiden anderen nicht ein bißchen ausgeschlossen?« fragten die Gedanken der Mutantin.

Alaska fühlte sich schuldbewußt, trotzdem wollte er die enge geistige Verbindung mit Irmina nicht aufgeben. Er teilte ihr das mit.

»Es geht mir genauso«, gestand sie. »Trotzdem dürfen wir Corello und Ras nicht sich selbst überlassen.«

»Sie ... sie würden spüren, was mit uns los ist!« dachte Alaska. Hastig dachte er weiter: »Entschuldigen Sie, Irmina! Das waren dumme Gedanken.«

Eine Zeitlang kapselte sie sich ab, dann spürte er ihre Gedankenfühler erneut.

»Warum haben Sie mich immer unfreundlich behandelt, Alaska? Warum sind Sie mir aus dem Weg gegangen?«

»Ich bin das Gespenst!« dachte er heftig. »Der Mann mit der Maske. Erklärt das nicht alles?«

»Sie haben recht!« gab sie zu.

»Wenn wir jemals zurückkommen sollten, wird alles sein wie früher«, meinte er. »Ich werde Ihnen aus dem Weg gehen und Sie abweisend behandeln.«

Ihre Gedanken blieben freundlich. »Ein kleiner Unterschied wird sein, Alaska! Ich werde wissen, warum Sie mich so behandeln und was Sie in Wirklichkeit denken!«

»Das wird nichts ändern!« Plötzlich fühlte er sich völlig verzweifelt. »Ich werde dieses verdammte Ding nicht los! Ich werde es niemals los.«

Die Heftigkeit seiner Gedanken ließ ihre Impulse verstummen.

»Ich wünsche mir, daß wir niemals in den Normalraum zurückkehren«, dachte Saedelaere plötzlich. »Hier bin ich wie Sie, hier gibt es kein Cappin-Fragment und keine Maske. Ich bin ein männliches und Sie sind ein weibliches Bewußtsein.«

Ihre Mentalimpulse vermittelten tiefe Traurigkeit, dann kapselte sie sich erneut ab.

Nun wurden sie von einem Gedanken Schmitts abgelenkt. Der Cyno mischte sich so entschieden unter sie, daß seine Gedanken fast schmerzten.

»Unterbrechen Sie Ihre Gedanken!« befahl Schmitt. »Ich muß mich jetzt konzentrieren und darf auf keinen Fall gestört werden. Der Kontakt ist zustande gekommen. Vielleicht gelingt es mir doch noch, den Dreifachzyklus herzustellen. Eine allmähliche Zustandsnormalisierung tritt ein, der Kontaktkreis beginnt sich zu schließen.«

»Was bedeutet das schon wieder?« fragte Alaska, doch er erhielt keine Antwort.

»Tun wir ihm den Gefallen, indem wir uns eine Zeitlang zurückhalten«, schlug Corello vor.

Sie brachen den Kontakt untereinander ab und warteten. Alaska empfand die Gedankenstille als unangenehm, aber er respektierte Schmitts Wunsch.

Nach einer nicht meßbaren Zeit begann der Zylinder, der mitten im Hyperraum schwebte, aufzuglühen. Der Hyperraum schien an einer Stelle aufzubrechen. Eine goldene Energieflut brach über den Behälter herein und schien sich in seinem Innern zusammenzudrängen.

Obwohl Alaska nur ein begrenztes Zeitgefühl besaß, dauerte der Vorgang seiner Ansicht nach sehr lange. Nach einiger Zeit schloß sich die Öffnung im Hyperraum, es strömte keine Energie mehr nach. Der Zylinder leuchtete etwas golden. Er blieb stofflich.

Dann geschah etwas Ungeheuerliches. Schmitt wurde stofflich!

In eine fluoreszierende Energieblase gehüllt schwebte er mitten im Hyperraum.

Alaska konnte seine Gedanken nicht länger zurückhalten. »Das ist unmöglich!« dachte er.

Doch er wußte, daß ihn sein Bewußtsein nicht trog. Der Cyno hing vor ihm im Hyperraum.

Alaska schaltete sich in die Gedanken seiner drei terranischen Freunde ein und stellte fest, daß sie Schmitt ebenfalls *sehen* konnten.

»Das ist eine hyperphysikalische Unmöglichkeit«, dachte Corello. »Aber irgendwie ist es dem Cyno gelungen, Naturgesetze zu umgehen.«

»Schmitt!« riefen Tschubais Gedanken. »Erklären Sie uns endlich, was geschehen ist!«

Sie bekamen keine Antwort.

Alaska beobachtete den Körper des Cynos. Schmitt schien benommen zu sein, der unbegreifliche Vorgang hatte offenbar seine gesamte Kraft gekostet.

»Was ihm gelungen ist, müßte doch auch uns möglich sein!« dachte Ribald Corello. »Ich bin sicher, daß ihm die Wiederverstofflichung mit Hilfe dieses Paradimschlüssels gelungen ist. Von irgendwoher strömte Energie in den Behälter, dann wurde der Cyno plötzlich sichtbar.«

»Was hätten wir davon, wenn wir hier im Hyperraum stofflich würden?« fragte Alaska ärgerlich.

»Es wäre ein Fortschritt!« meinte Tschubai.

»Ich sehe darin keinen Fortschritt. Es würde alles nur viel schlimmer machen. Wir würden ...« Seine Gedanken brachen abrupt ab, als er begriff, warum er so und nicht anders dachte.

Hastig verschloß er sich vor den anderen, denn er wollte ihre verständnisvollen Gedanken nicht empfangen.

Nach einiger Zeit begann Schmitt die Arme zu bewegen. Gleichzeitig empfingen sie ein paar schwache, aber zufriedene Gedankenimpulse des Cynos.

Corello konnte seine Ungeduld nicht länger zügeln. »Erklären Sie uns endlich, was geschehen ist!« forderte er Schmitt auf.

Der Cyno hob beide Arme und berührte dabei den Innenrand der Energieblase, die seinen Körper offenbar vor den Einflüssen des Hyperraums schützte.

»Bleiben Sie ruhig!« Noch immer waren die Gedanken des Cynos kraftlos. »Ich muß mich noch erholen, aber der Dreifachkontakt ist endgültig hergestellt.«

Nach einer kurzen Pause fuhr er fort: »Vor einer Million Jahren wurde das Tabora von einem verbrecherisch veranlagten Cyno entführt. Es sah sich daraufhin veranlaßt, aus dem Paradimschlüssel zu fliehen und sich einen anderen Behälter zu suchen. Nun ist es zurückgekehrt.«

Schmitt erklärte den vier Terranern, was das Tabora war.

»Ohne das Tabora war der Paradimschlüssel nur eine Paradimpositronik. Es dauerte Wochen, bis ich mich auf sie eingestellt hatte. Ich wurde immer wieder überprüft, bis endlich feststand, daß ich rechtmäßiges Mitglied des Dreifachzyklus bin.«

»Sagen Sie uns endlich, wer Sie sind!« forderte Alaska den kleinen Mann auf. »Sie sind nicht irgendein Cyno, sondern eine hochstehende Persönlichkeit Ihres Volkes.«

»Ich bin Imago I«, erwiderte Schmitt. »Außer mir gibt es nur noch Imago II. Ich werde meinen Bruder zur rechten Zeit rufen. Wir beide waren und sind die beiden einzigen Vertrauten der neun Imaginären.«

Ein Verdacht stieg in Alaska auf. »Sie sprachen schon oft von neun Mumien! Sind diese neun Mumien mit den neun Imaginären identisch?«

»Ja«, antwortete Schmitt. »Sie können sich vorstellen, daß es für ein so sorgfältiges Riesengebilde wie den Schwarm nicht nur eine zentrale Schaltwelt geben kann. Für Stato gibt es eine gleichwertige Ersatzstation.«

Er war noch immer schwach und mußte eine erneute Pause einlegen, ehe er seinen Bericht fortsetzen konnte.

»Die Erbauer des Schwarms haben für eine solche Ersatzstation gesorgt«, dachte er dann.

»Und wer waren die Erbauer des Schwarms?« erkundigte sich Ras Tschubai gespannt. »Etwa die Cynos?«

Die vier Terraner konnten deutlich sehen, daß Schmitts trauriges Gesicht sich zu einem Lächeln verzog.

»Wir Cynos sind nicht die Erbauer des Schwarms. Aber unsere Aufgabe bleibt für ewig bestehen.«

Mehr war von Schmitt oder Imago I, wie er sich nach seinen eigenen Worten in Wirklichkeit nannte, nicht zu erfahren. Auf Alaskas Fragen bestätigte er noch einmal, daß die Cynos nicht identisch mit den Schöpfern des Schwarmes waren. Diese Erbauer hatten den Cynos jedoch eine Aufgabe übertragen, die im Zusammenhang mit dem Schwarm stand.

Die neun Imaginären waren nach Alaskas Ansicht führende Cynos, die eine besondere Zustandsform erreicht hatten und von Imago I und Imago II betreut wurden. Doch die Karduuhls hatten die Lebensweise der Cynos empfindlich gestört. Seit einer Million Jahren konnten Schmitt und sein Volk ihrer Aufgabe nicht mehr nachgehen.

»Viele Menschen sehen in uns bösartige Gegner«, dachte Schmitt unvermittelt. »Das sind wir ganz bestimmt nicht. Wir müssen jedoch zur Erreichung unseres Zieles alles riskieren. Rücksicht können wir gegenüber keinem Volk üben, denn die Aufgabe, die wir zu bewältigen haben, ist wichtig für viele Galaxien.«

Sein Körper schien plötzlich innerhalb der Energieblase zu erschlaffen. Alaska hatte den Eindruck, daß er ein uraltes Wesen beobachtete. Vielleicht, so dachte er erschüttert, war Schmitt wirklich uralt – eine Million Jahre alt!

»Ich befürchte«, fuhr Schmitt fort, »daß viele Cynos, die heute auf den Welten dieser Galaxis leben, vergessen haben, welche Aufgabe sie haben. Sie werden nicht in den Schwarm zurückkehren wollen, wenn sich eine Gelegenheit dazu ergibt.« Er gab sich einen Ruck. »Doch das sind Probleme, mit denen wir fertig werden müssen. Jetzt kommt es darauf an, daß wir die zweite Schaltwelt und die neun Imaginären finden.«

»Glauben Sie, daß diese neun Imaginären uns helfen können?« erkundigte sich Corello.

Schmitts Gesicht schien zu zerfallen. Er machte eine hilflos wirkende Bewegung. »Ich werde sie ermorden«, dachte er dann.

Danach begann bei Imago I eine Phase völliger Stille. Bewegungslos hing er in der Energieblase und reagierte auf keinen Gedankenimpuls.

»Er erholt sich«, vermutete Alaska. »Sobald er sich kräftig genug fühlt, werden wir nach der zweiten Schaltwelt suchen.«

»Er hat ziemlich wirres Zeug zusammengedacht«, erinnerte Irmina Kotschistowa.

»Trotzdem sind die Zusammenhänge klar«, meinte Corello. »Was ich jedoch nicht verstehe, sind die Mordabsichten, die Schmitt offenbar hegt. Warum will er diese neun Imaginären ermorden? Dafür muß es doch einen Grund geben.«

Sie diskutierten über Schmitts Informationen und vergaßen dabei fast ihre eigenen Probleme. Alaska spürte deutlich die Hoffnung seiner Begleiter, die jetzige Zustandsform bald aufgeben zu können. Irmina und die beiden anderen Männer sehnten sich in ihre Körper zurück.

Anders Alaska.

Für ihn bedeutete eine Existenz als Bewußtsein eine Erleichterung, denn er war auf diese Weise von seinem Cappin-Fragment erlöst und fühlte sich den anderen gegenüber gleichwertig. Eine Wiederverstofflichung bedeutete für Alaska die Rückkehr des Cappin-Fragments.

Er wußte jedoch, daß er sich den Wünschen der anderen nicht widersetzen konnte.

Seine Gedanken suchten die mentalen Strömungen von Irminas Bewußtsein. »Wahrscheinlich werden wir jetzt bald in die reale Welt zurückkehren«, dachte der Transmittergeschädigte.

»Ich hoffe es«, gab sie zurück.

Er unterdrückte eine heftige Regung. »Alles wird uns wie ein Traum vorkommen«, überlegte er. »Mit dem kleinen Unterschied, daß Sie sich an einen Alptraum erinnern werden und ich an ein befreiendes Erlebnis.«

»Aber es ist kein Traum«, versetzte die Mutantin. »Wir befinden uns im Hyperraum.«

Obwohl sie beide körperlos waren und im konventionellen Sinn nicht sehen konnten, erschien das Bild Irmina Kotschistowas in aller Deutlichkeit in Alaskas Bewußtsein. Es war überwältigend.

Alaskas Gedanken tobten. »Lassen Sie mich in Ruhe! Ich will keinen Kontakt mehr mit Ihnen. Ich wünschte, wir wären uns nie begegnet.«

Sie nahm diesen Ausbruch gelassen hin. »Es wird sich alles normalisieren.«

Alaska erstarrte. Das Bild der schönen Frau löste sich nicht auf. Im Gegenteil – es wurde immer plastischer. Und dann sah der Transmittergeschädigte, daß Irmina Kotschistowa in einer ähnlichen Energieblase schwebte wie Schmitt.

Mitten im Hyperraum!

Alaska drehte sich um die eigene Achse. Gleichzeitig wurde er sich dieser Tatsache bewußt: Er besaß wieder einen Körper.

Seine Hände zuckten hoch. Er berührte die Plastikmaske in seinem Gesicht und stöhnte auf. Durch die Augenschlitze der Maske sah er jetzt auch Corello und Tschubai. Die beiden Mutanten befanden sich ebenfalls in Energieblasen.

»Ja«, dachte Schmitt freundlich. »Mit Hilfe des Paradimschlüssels konnten wir innerhalb des Hyperraums materialisieren. Und jetzt gehen wir nach Stato II.«

Die seltsame Umgebung begann sich so schnell vor Alaskas Augen aufzulösen, daß er erst später begriff, daß er zusammen mit den anderen eine Transition durch den Hyperraum ausführte.

Stato II

Hesze Goort …

Nicht nur dein Volk hast du betrogen und verraten, sondern alles Leben im Universum. Damit hast du Verrat an dir selbst begangen.

Hesze Goort …

Eine Million Jahre des Stillstands.

Eine Million Jahre des Rückschritts.

Eine Million Jahre des Wartens.

Hesze Goort ...

Elender Verräter ...

Doch der Dreifachzyklus hat sich geschlossen. Die Ewigen Brüder kommen zurück. Sie öffnen das Tor zur Rückkehr.

Hesze Goort ...

»Hesze Goort!«

Die Stimme tat Alaska in den Ohren weh. Vielleicht war es von Anfang an eine Stimme gewesen und keine Gedanken.

Schmitts Stimme!

Alaska lag auf dem Rücken. Über ihm flammten drei tiefgrüne Energiebögen. Sie waren untereinander mit Energiefeldern verbunden, so daß eine Art Gang mit einem gewölbten Dach aus reiner Energie entstand.

Saedelaere begriff, daß es sich um einen Transmitter handeln mußte. Er hob den Kopf.

Dicht neben ihm lagen Ribald Corello, Irmina Kotschistowa und Ras Tschubai.

Dann sah er Schmitt. Der Cyno stand zusammengekrümmt da und schrie immer wieder: »Hesze Goort!«

Bei allen Planeten, dachte Alaska erschüttert.

Schmitt mußte den Verstand verloren haben. Als Saedelaere sich aufrichten wollte, spürte er, daß sein gesamter Körper schmerzte. Diese Schmerzen waren offenbar die Folge einer gewaltigen Transition. Vom Hyperraum aus waren sie in diesen seltsamen Transmitter geraten.

Nur flüchtig überlegte der Maskenträger, wo sie herausgekommen sein konnten. Dann konzentrierte er seine Aufmerksamkeit wieder auf den Cyno. Instinktiv begriff Alaska Saedelaere, daß sie ohne Schmitt in dieser fremden Umgebung keine Überlebenschance haben würden. Deshalb durfte er Imago I nicht seinem Schicksal überlassen. Schmitt mußte aus dieser Stimmung herausgerissen werden.

Trotz heftiger Schmerzen kroch Saedelaere zu Schmitt hinüber und richtete sich schwerfällig auf. Er packte den kleinen Mann an den Schultern und schüttelte ihn.

»Hören Sie damit auf!« schrie er Schmitt an. »Hören Sie sofort auf damit!«

Imago I starrte ihn aus Augen an, in denen sich kein Leben mehr zu befinden schien.

»Er erkennt mich nicht!« schoß es durch Alaskas Gehirn.

Doch Schmitt flüsterte: »Sehen Sie nicht, daß wir durch das Aryszo gegangen sind?«

Aryszo war eine interkartiesche Bezeichnung und bedeutete sinngemäß *Tor der Wachsamkeit.*

»Der erste der Ewigen Brüder ist zurückgekommen!« schrie Schmitt weiter. »Eine Million Jahre mußten wir warten, doch jetzt werden wir unsere Aufgabe wieder übernehmen.«

Ein Zittern durchlief seinen schmächtigen Körper. Dann richtete er sich plötzlich bolzengerade auf und schien zu erstarren.

»Schmitt!« rief Saedelaere verzweifelt. »Kommen Sie zu sich!«

Irmina und die beiden Mutanten hatten sich jetzt ebenfalls erhoben und näherten sich dem Cyno.

Alaska richtete seine Aufmerksamkeit auf die nähere Umgebung. Am Ende des Ganges, über den sich das grüne Energiedach spannte, erkannte er eine hell bestrahlte Landschaft mit langgezogenen grasbewachsenen Hügeln.

Das konnte nur bedeuten, daß sie auf einem Planeten herausgekommen waren. Befanden sie sich wieder im Normalraum innerhalb des Schwarms?

»Ich glaube nicht, daß wir uns um Schmitt Sorgen zu machen brauchen«, drang Corellos Stimme in Saedelaeres Bewußtsein. »Er vollzieht irgendeinen Ritus.«

»Er nannte diesen Transmitter Aryszo«, erinnerte sich Alaska.

»Das Tor der Wachsamkeit«, übersetzte Ras Tschubai. »Das kann nur bedeuten, daß dieser Transmitter gleichzeitig eine Art Kontroll- und Eingangsstation ist.«

»Sehen wir uns draußen um!« schlug Irmina vor.

Alaska deutete auf Schmitt. »Ohne ihn können wir nicht gehen!« Seine Blicke wanderten über den Boden. In einer Ecke sah er den Paradimschlüssel liegen. Der Behälter verstrahlte goldenes Licht. Alaska konnte die Augen nicht von dem Zylinder wenden, in dem sich jetzt das Tabora aufhielt. Er ging langsam darauf zu.

»Alaska!« rief Corello warnend. »Lassen Sie die Hände von diesem Ding. Wir wissen nicht, was geschieht, wenn es von einem Fremden berührt wird.«

Doch der Maskenträger reagierte nicht. Er spürte, daß sein Cappin-Fragment sich regte, als er sich nach dem Behälter bückte. Ehe er jedoch den Paradimschlüssel aufheben konnte, stand Schmitt plötzlich neben ihm und stieß ihn mühelos zur Seite.

»Das sollten Sie besser nicht tun!« rief der Cyno ärgerlich.

Alaska sah ihn an. »Ich bin froh, daß Sie wieder bei Sinnen sind.«

»Wer durch das Tor der Wachsamkeit geht, muß Hesze Goort verfluchen«, sagte Schmitt ruhig. »Sie brauchen sich deshalb keine Sorgen zu machen.«

Schmitt trat durch die Energiesäulen und näherte sich dem Ende des Ganges. Er winkte den Terranern, daß sie ihm folgen sollten. Den Paradimschlüssel hielt er in seiner Hand.

Alaska verließ den Gang und sah, daß sie sich am Rand einer großen Station befanden. Gebäude waren nicht zu erkennen. Dafür gab es unzählige

Energieblasen verschiedenster Form und Größe. Darin waren Maschinenanlagen eingebettet. Der gesamte Komplex wurde von grünfarbenem Licht eingehüllt. Alaska mußte unwillkürlich an einen Riesenberg aus Seifenblasen denken.

Diese seltsame Station lag inmitten einer Savanne. Warmer Wind bewegte das fußhohe Gras. Auf den Hügeln wuchsen vereinzelt Bäume. Am Horizont waren die Umrisse von Bergen zu erkennen. Trotz dieser phantastischen Station machte das Land einen unberührten, paradiesischen Eindruck.

Es war ungewöhnlich hell. Alaska hob den Kopf. Der gewölbte Himmel war überraschend nahe. Er war eine einzige Lichtglocke.

»Es sind zahllose Kunstsonnen, die aufgrund ihrer Entfernung zur Oberfläche miteinander zu verschmelzen scheinen«, sagte Corello, der ebenfalls den Himmel beobachtete.

»Wir befinden uns auf Stato II«, eröffnete Schmitt seinen Begleitern.

Die vier Terraner starrten ihn ungläubig an.

Tschubai faßte sich als erster. »Das kann unmöglich ein zentraler Schaltplanet sein«, widersprach er. »Ich erinnere mich noch genau an Stato. Dort war jeder Fußbreit Boden von technischen Anlagen bedeckt. Hier sehe ich nur unberührtes Land und eine einsame Station.«

»Es gibt noch mehr Stationen«, erklärte Schmitt. »Wenn Sie aufmerksame Beobachter sind, werden Sie feststellen, daß auch Stato II eine vollkommen technifizierte Welt ist. Der Planet hat sieben Hauptkontinente. Auf ihnen sind die wichtigsten Stationen verteilt.«

Alaska entfernte sich ein paar Schritte vom Tor der Wachsamkeit und blickte an der Station empor. Er konnte weder Lebewesen noch Roboter erkennen.

Schmitt schien seine Gedanken zu erraten. »Hier lebt niemand«, erklärte er. »Nur das Energiegrab der neun Imaginären befindet sich auf der zweiten zentralen Rechenwelt. Hier ruhen die neun Imaginären seit einer Million Jahren.«

»In diesem seltsamen Gebäude?«

Der Cyno verneinte. »Nicht in dieser Station! Sie ist nur der Eingang zu Stato II.«

Sie bewegten sich langsam über den weichen Boden. Alaska ließ die Blicke über die Energieblasen wandern, die miteinander verwachsen waren.

»Vor einer Million Jahren«, ergänzte Schmitt, »herrschten die neun Imaginären über das Volk der Cynos. Sie waren gerechte und anständige Herrscher. Sie allein waren in der Lage, beim Eintritt des Todes eine Versteinerung zu verhindern. Sie konnten als Energieballung weiterexistieren. Ihre beiden Diener, die Ewigen Brüder Imago I und Imago II, konnten ebenfalls eine energetische Zustandsform annehmen, als die Götzen den Schwarm übernahmen.«

Er blieb stehen.

»Mein Bruder und ich warteten eine Million Jahre auf der Heimatwelt der Terraner auf die Rückkehr des Schwarms. Nun, da die Erde vom Schwarm geschluckt wurde, ist unsere Zeit gekommen.«

In Alaska stieg ein schrecklicher Verdacht auf. »Wo befindet sich diese Welt?« erkundigte er sich. »Wo steht Stato II?«

Schmitt machte eine schwache Handbewegung. »Stato II wird von einer riesigen Energieblase umschlossen«, erklärte er. »Die Welt befindet sich im Hyperraum.«

Seltsamerweise löste diese Eröffnung kaum noch einen Schock in Alaska Saedelaere aus. Die unwirklichen Ereignisse, die sich seit der Zerstörung Statos zugetragen hatten, schienen den Maskenträger abgehärtet zu haben. Unbewußt hatte er damit gerechnet, daß sie Stato II im Hyperraum finden würden. Schließlich hätten sich die alten Cynos kein besseres Versteck ausdenken können.

Die Zusammenhänge wurden immer deutlicher.

Vor einer Million Jahren hatten die Götzen offenbar mit Hilfe eines verräterischen Cynos namens Hesze Goort die Macht im Schwarm übernommen. Nun gingen zwei Cynos, die auf geheimnisvolle Weise eine Million Jahre überlebt hatten, daran, den Schwarm für ihr Volk zurückzuerobern und ihn seiner ursprünglichen Bestimmung zuzuführen.

Wer, so fragte sich Alaska Saedelaere, war der zweite Ewige Bruder? Wer war Imago II?

Auch dieser Cyno mußte in der Maske eines Menschen auf der Erde leben.

»Aber Stato II ist nutzlos, wenn die Welt im Hyperraum steht«, hörte Alaska die Mutantin sagen. »Von hier aus können Sie den Schwarm nicht beeinflussen.«

»Wir werden Stato II in den Schwarm zurückbringen«, versicherte Schmitt. »Auf dieser Welt gibt es entsprechende Schaltanlagen, um diesen Schritt vorzubereiten und auch durchzuführen.« Er hob den Paradimschlüssel. »Das Tabora wird uns alle Wege öffnen.«

Seit das Tabora in den Paradimschlüssel zurückgekehrt war, konnte Schmitts Zuversicht nicht mehr erschüttert werden. Alaska jedoch hatte immer mehr den Eindruck, daß er und seine terranischen Begleiter zu Randfiguren bei einem Spiel von kosmischen Ausmaßen geworden waren.

Schon wiederholt hatte Schmitt zum Ausdruck gebracht, daß die Rolle der Menschheit bedeutungslos war. Alaska wehrte sich gegen diese Vorstellung, aber er konnte nicht leugnen, daß das Volk der Cynos in Ereignisse verstrickt war, von denen auf der Erde vor zehn Jahren niemand etwas geahnt hatte.

Andererseits war es nicht sicher, ob Schmitt überhaupt *wußte,* welche Rolle die Menschheit bei diesem universellen Ereignis übernommen hatte. Vielleicht war auch Schmitt nicht in der Lage, alle Zusammenhänge zu erkennen. Die Cynos waren im Grunde genommen nur die Handlanger einer unbekannten Macht. Jene, die den Schwarm erbaut hatten, waren die eigentlichen Spieler, die Völker aus dem gesamten Universum wie Schachfiguren benutzten.

In diesem Zusammenhang drängte sich eine andere Frage bei Alaska auf: Weshalb hatten die Schwarmerbauer nicht eingegriffen, als ihr auserwähltes Volk – die Cynos – die Herrschaft über den Schwarm an die Götzen verloren hatte?

Nachdem die Karduuhls die Macht an sich gerissen hatten, war der Schwarm umfunktioniert worden. Die Schwarmerbauer hatten nichts dagegen getan.

Wußten Sie, daß die Cynos nach einer Million Jahren die Götzen wieder verjagen würden?

Alaska sah ein, daß er über das bisher Erfahrene hinaus nichts verstehen würde.

Die Erbauer des Schwarms waren unbekannt. Vielleicht lebten sie nicht mehr und hatten deshalb nicht eingegriffen. Alles erschien möglich.

Alaskas Gedanken wurden von einem Aufschrei unterbrochen. Er fuhr herum und sah Ras Tschubai mit ausgestrecktem Arm neben sich stehen. Der Teleporter deutete auf das grünleuchtende Tor der Wachsamkeit, aus dem sie vor kurzer Zeit gekommen waren. Innerhalb des Transmitters glühte es auf.

»Ich spüre starke parapsychische Kräfte!« rief Corello.

»Das kann ich ebenfalls spüren!« bestätigte Irmina Kotschistowa. »Die Impulse kommen aus dem Aryszo.«

Schmitt lächelte. »Sie haben also doch einen Weg gefunden, den Raum zwischen dem Schwarm und Stato II zu überbrücken. Sie wissen, wo sich die zweite Zentralwelt befindet und greifen jetzt an.«

»Sie?« fragte Alaska. »Wen meinen Sie?«

»Die Karduuhls natürlich«, entgegnete Schmitt gelassen. »Offenbar haben sie einen Spezialtransmitter entwickelt, mit dessen Hilfe sie jetzt nach Stato II kommen wollen.«

»Das energetische Glühen innerhalb des Transmitters wird immer stärker!« stellte Corello beunruhigt fest. »Glauben Sie, daß die Götzen die Transmitterschleuse zerstören wollen?«

Schmitt hob den Paradimschlüssel. Plötzlich bildete sich über der riesigen Station ein kuppelförmiger Energieschirm.

»Ein psionisches Riegelfeld mit stationär gebundener Ballungsleistung«, erklärte er ruhig. »Für jeden Karduuhl undurchdringlich, da er bei einer Berührung mit der psionischen Energieform sofort sterben würde.«

»Wenn die Götzen aus dem Aryszo kommen, werden sie mit Sicherheit Waffen mit sich führen«, warnte Alaska. »Sind Sie sicher, daß der Schirm über der Station uns und die nähere Umgebung auch davor schützen kann?«

»Natürlich«, versicherte der Cyno. »Sie brauchen sich deshalb keine Sorgen zu machen. Bei diesem psionischen Riegelfeld handelt es sich gleichzeitig um eine Schirmfeldkombination, die das Durchschlagen von Energiewaffen verhindert und auch das Durchdringen des Schirmes durch psionisch unbeeinflußbare Lebewesen unmöglich macht.«

»Da!« schrie Irmina auf.

Aus dem Tor der Wachsamkeit quollen plötzlich Dutzende von Karduuhls. Sie trugen alle seltsame Kopfbedeckungen, die offenbar irgendeinen Schutz bedeuteten. Alle Götzen waren bewaffnet. Sie verteilten sich schnell um die Station.

»Da sind sie!« sagte Schmitt ruhig. »Aber vorläufig sind sie innerhalb der Station gefangen.«

»Aber sie werden diese Station zerstören!« rief Ras Tschubai.

»Da bin ich noch nicht sicher!« entgegnete Schmitt. »Schließlich gibt es viele Gründe für die Götzen, keine Schaltanlagen auf Stato II zu vernichten.«

Der Cyno und seine Begleiter sahen zu, wie immer mehr Götzen aus dem Tor der Wachsamkeit kamen. Nun entdeckten Schmitt und die Terraner auch Lacoons, Skurrils und Schwarze Dämonen. Sogar Roboter der Götzen kamen aus dem Transmitter.

»Kommen Sie!« forderte Schmitt die Terraner auf. »Es wird Zeit, daß wir die nächsten Schritte unternehmen.«

Er setzte sich in Bewegung und ging schnell durch das fußhohe Gras.

»Das Auftauchen der Götzen hat auch einen Vorteil«, meinte Schmitt. »Wir wissen jetzt, daß wir ungefähr in der Realzeit herausgekommen sind. Es kann keine allzugroße Zeitverschiebung stattgefunden haben.«

Er blieb stehen und hob den Paradimschlüssel. Alaska hatte sich schon daran gewöhnt, daß nach einer solchen Handlung etwas Ungewöhnliches geschah. So war es auch diesmal.

Ein grasbewachsenes Stück schob sich ein paar Meter vor ihnen aus dem Boden. Es war eine quadratische Plattform, die auf einer etwa vier Meter durchmessenden Säule ruhte. In der Säule befand sich eine Öffnung, durch die man in einen Hohlraum blicken konnte.

Schmitt machte eine einladende Handbewegung.

Alaska warf ihm einen Seitenblick zu. »Sie kennen sich gut aus auf dieser Welt. Sicher sind Sie nicht zum erstenmal hier.«

»Natürlich nicht«, sagte Schmitt. »Vor etwa einer Million Jahren war ich schon einmal hier. Mein Bruder und ich haben jahrelang nichts anderes getan, als uns alle Daten von Stato II einzuprägen. Ich kenne jede einzelne Schaltung, die es auf dieser Welt gibt.«

Sie betraten nacheinander den Hohlraum in der Säule. Das Tor schloß sich, es wurde dunkel. Wenige Augenblicke später spürte Alaska, daß der Boden, auf dem er stand, nach unten sank. Diese Bewegung hielt ein paar Sekunden an, dann öffnete sich das Tor erneut. Licht fiel zu den Terranern und dem Cyno herein.

Vor ihnen lag ein Gang. Schmitt trat zuerst hinaus.

»Dieser Gang führt in ein Versorgungslager«, erklärte er. »Aber dort haben wir nichts zu tun. Wir werden lediglich die Transmitteranlage der Versorgungsstation benutzen, um in die Schaltzentrale zu gelangen. Sie liegt unter dem Gebirge, das Sie am Horizont gesehen haben.«

Alaska blickte sich verwundert um. »Gibt es hier keine Sperren oder Sicherheitsvorkehrungen?«

»Sehr viele sogar«, erwiderte der Cyno. »Aber Sie werden von Imago I begleitet, der den Paradimschlüssel trägt. Deshalb wird man uns nirgendwo aufhalten.«

Der Gang, durch den sie sich bewegten, mündete in den Vorraum der Transmitteranlage.

Alaska, der erwartet hatte, phantastisch aussehende und riesige Schaltanlagen zu erblicken, wurde enttäuscht. Inmitten des kleinen Raumes stand ein S-förmiger Sockel, auf dem ein Schaltbrett montiert war. Der Boden bestand aus geschliffenen achteckigen Metallplättchen.

Auf der dem Eingang gegenüberliegenden Seite erkannte Alaska eine geschlossene Tür. Dahinter mußte die eigentliche Transmitteranlage aufgebaut sein.

Schmitt legte den Zylinder auf das Schaltbrett und berührte einige farbige Markierungen. An der Decke leuchteten ein paar Leuchtsymbole auf.

Schmitt runzelte die Stirn. »Etwas ist nicht in Ordnung!« stieß er hervor. »Warten Sie!«

An der linken Seitenwand zeichneten sich jetzt die Umrisse eines Bildschirmes ab. Ein farbiges Bild erschien. Durch eine besondere Technik wurde erreicht, daß die Betrachter den Eindruck hatten, mitten im Bildschirm zu stehen. Alaska trat unwillkürlich einen Schritt zurück.

»Eine optische Täuschung!« rief Schmitt.

Auf dem Bildschirm zeichnete sich die Station ab, zu der auch das Tor der Wachsamkeit gehörte. Zu seinem Entsetzen sah Saedelaere, daß sich Hunderte von Götzen mit ihren Robotern außerhalb des grünen Riegelfelds formierten.

»Wie ist das möglich?« fragte Tschubai verblüfft. »Sie sagten doch, daß kein Karduuhl diesen Schirm durchdringen könnte.«

»Sie haben ihn nicht durchdrungen, sondern unterwandert«, erklärte der Cyno.

Das Bild blendete um zu einer anderen Stelle. Auf einem Hügel war eine der ausfahrbaren Plattformen mit einem Säulentor zu erkennen. Dort kamen die Götzen heraus.

Schmitt stieß einen überraschten Ruf aus. »Sie müssen gelernt haben, die Schaltungen zu den Notausgängen zu bedienen.«

»Bedeutet das, daß sie jetzt jeden Riegelschirm unterwandern können?« wollte Ribald Corello wissen.

»Auf keinen Fall!« behauptete Imago I. »Jede Station besitzt ein anderes System und andere Schalteinheiten. Nach einem Studium, das sich wahrscheinlich über mehrere Jahrhunderttausende erstreckt hat, ist den Karduuhls die Beherrschung dieser einzigen Schalteinheit möglich gewesen. Das bedeutet, daß sie diese eine Station unterwandern können.«

»Es bedeutet, daß sie über den gesamten Planeten ausschwärmen werden«, prophezeite Irmina Kotschistowa. »Sie werden überall auftauchen.«

»Das hilft ihnen wenig«, meinte Schmitt. »Alle Stationen liegen unter psionischen Riegelfeldern.«

»Was wollen Sie unternehmen, wenn die Götzen den gesamten Planeten zerstören?« fragte Alaska. »Dazu sind sie doch sicher in der Lage.«

»Ja«, sagte Schmitt. »Aber das werden sie nicht riskieren, weil es ihr Ende bedeuten würde.«

Mehr sagte er dazu nicht. Das Bild an der Wand verblaßte. Alaska konnte nicht einmal mehr die Umrisse eines Schirmes erkennen. Er fragte sich im stillen, ob Imago I nicht zu sorglos war. Der Diener der mysteriösen neun Imaginären schien den Schutzeinrichtungen dieser Welt ein grenzenloses Vertrauen entgegenzubringen.

Vielleicht war das vor einer Million Jahren einmal realistisch gewesen – aber wie war es heute?

Alaska begriff, daß Schmitts unglaubliches Alter auch ein unüberwindbares Problem bedeutete. Schmitt hatte den größten Teil dieser Zeit in irgendeiner unverständlichen Existenzform überlebt. Für ihn war die Vergangenheit nicht eine Million Jahre alt, sondern nur ein paar Tage.

Er handelte, als wäre die Vergangenheit gestern gewesen. Das bedeutete, daß er die Karduuhls und auch die Cynos unter Umständen völlig falsch einschätzte.

Hatten die Götzen wirklich nur gelernt, *eine* Schaltung zu benutzen, oder beherrschten sie inzwischen noch andere Anlagen?

Bevor der Maskenträger weiter darüber nachdenken konnte, öffnete sich das Tor im Hintergrund. Alaska konnte in den Transmitterraum blicken. Er sah mehrere Energiesäulen, über denen sich grünfarbene Bogen spannten.

Der Transmitter war betriebsbereit. Schmitt führte seine Begleiter in den Transmitterraum.

»Der Transmitter ist bereits programmiert!« sagte der Cyno. »Sie können sich dieser Anlage bedenkenlos anvertrauen. Sie wird uns in die Hauptschaltanlage bringen.«

Ein kurzes Zögern, dann wandte er sich noch einmal zu den Terranern um.

»Ich weiß, daß es nicht Ihrer Mentalität entspricht, alle Initiativen anderen zu überlassen. Aber ich hoffe, daß Sie die besondere Lage erkennen, in der wir uns jetzt befinden. Sie müssen wohl oder übel alles akzeptieren, was ich entscheide, denn Sie können nicht wissen, ob es richtig oder falsch sein wird.«

»Ich verstehe Sie!« sagte Alaska.

Schmitt lächelte. »Unser Verhältnis wurde nicht immer durch gegenseitiges Vertrauen gekennzeichnet«, erinnerte er sich. »Deshalb weiß ich, wie schwer es Ihnen fällt, mir vorbehaltlos zu folgen.«

»Wir werden aufpassen!« versicherte Tschubai grimmig. »Wenn wir auch nicht alles verstehen, so sind wir doch nicht blind.«

»Gut«, sagte Schmitt. »Dann gehen wir.«

Mit diesen Worten trat er in den Transmitter und entmaterialisierte. Irmina und die drei Männer folgten ihm.

Nach den Eindrücken, die er von der Versorgungsstation gewonnen hatte, rechnete Alaska damit, daß auch die Hauptschaltzentrale ein nüchternes, rein zweckgebundenes Gebäude war. Doch auch diesmal stimmte die Realität nicht mit seinen Erwartungen überein.

Der letzte Transmittersprung war von keinem Entzerrungsschmerz begleitet worden, so daß Alaska sich sofort auf die Umgebung konzentrieren konnte.

Er befand sich innerhalb einer riesigen, von verschiedenfarbigen Lichtquellen erhellten Halle. Am auffälligsten waren große Bildschirme, die schräg in die Wände eingelassen waren. Der Raum selbst war mit Schaltanlagen aller Art überfüllt. Nur im Zentrum gab es einen freien Platz, der unter einer zusätzlichen Energiekuppel lag. Alaska nahm an, daß sich dort ein besonders wichtiges Schaltelement befand. Alle Bildschirme waren dunkel, die gesamte Anlage war seit einer Million Jahre nicht mehr benutzt worden.

»Wir sind angekommen!« erklärte Schmitt. Er schien sich sofort zurechtzufinden. »Sie können sich in der Station umsehen. Berühren Sie jedoch bitte nichts, es könnte schlimme Folgen haben.«

Er entfernte sich vom Transmitter. »Ich werde jetzt einige Zeit beschäftigt sein und mich nicht um Sie kümmern können.« Mit diesen Worten verließ er die kleine Gruppe.

Irmina Kotschistowa sah sich um. »Was tun wir inzwischen?«

»Wir sollten uns ausruhen.« schlug Corello vor. »Da wir Schmitt sowieso nicht helfen können, sollten wir uns eine Ruhepause gönnen.«

»Er hat recht!« stimmte Alaska zu. »Ras, Sie als Aktivatorträger sind sicher nicht so müde wie wir. Sie können Schmitt beobachten und uns wekken, wenn irgend etwas Wichtiges passieren sollte.«

Tschubai war einverstanden. Die drei anderen suchten sich einen bequemen Platz und ließen sich dort nieder.

»Sobald Schmitt mit seinen Arbeiten fertig ist, muß er uns Nahrung beschaffen«, sagte Alaska. »Seit wir Orbinoyc verlassen haben, mußten wir ohne Essen und Trinken auskommen.«

»Ich werde mit ihm darüber sprechen!« kündigte Tschubai an.

Alaska drehte sich auf die Seite und war wenige Augenblicke später eingeschlafen.

Jemand rüttelte ihn an der Schulter. Alaska hob den Kopf und blickte auf die Uhr. Er hatte fünf Stunden geschlafen. Tschubai hockte vor ihm und lächelte. Er übergab Alaska zwei Kapseln.

»Ihr Essen«, erklärte er. »Schmitt bat mich, Ihnen zu sagen, daß Sie sie einteilen sollen.«

Alaska nahm eine der Kapseln zwischen Daumen und Zeigefinger und drehte sie mißtrauisch hin und her. »Ob sie eine Million Jahre alt sind?«

»Bestimmt!« rief Tschubai. »Aber das wird Sie nicht umbringen. Ich habe meine Ration schon vor zwei Stunden zu mir genommen.«

Der Transmittergeschädigte schob eine Kapsel in den Mund und zerbiß sie. Geschmacklose Flüssigkeit lief ihm über die Zunge. Er schluckte sie und nahm dann die zweite Kapsel zu sich.

Die anderen waren bereits wach und hatten gegessen. Alaska blickte sich um.

Tschubai, der die Gedanken des Maskenträgers erriet, sagte: »Der Cyno hält sich jetzt auf der anderen Seite der Halle auf. Er ist ständig beschäftigt.«

»Was tut er?« erkundigte sich Corello.

»In erster Linie nimmt er Schaltungen vor. Manchmal hockt er aber auch minutenlang vor kleinen Instrumenten und beobachtet sie.«

»Hoffentlich weiß er genau, was er zu tun hat«, sagte Irmina.

In diesem Augenblick sahen sie den Cyno zwischen den Schalteinrichtungen auftauchen. Nach wie vor hatte Imago I den Paradimschlüssel auf einer

Schulter liegen. Auch hier auf Stato II schien er sich von diesem wertvollen Instrument niemals zu trennen.

»Ich habe einige vorbereitende Schaltungen vorgenommen«, berichtete Schmitt. »Jetzt müssen wir warten, bis das Kontrollsystem alle Anlagen überprüft hat. Ich glaube zwar nicht, daß Einzelteile beschädigt worden sind, aber aus Sicherheitsgründen muß diese Kontrolle durchgeführt werden.«

»Wie lange müssen wir warten, bis Sie sicher sein können, daß alles in Ordnung ist?« fragte Alaska.

»Das weiß ich nicht. Es kommt darauf an, ob es bei den Kontrollen zu Rückfragen kommt. Sie werden sich jedoch nicht langweilen. Ich habe einen Film für Sie vorbereitet, der Sie sicher interessieren wird.«

»Einen Film?« wiederholte Saedelaere.

»Es handelt sich um einen zusammengefaßten Bericht über das Schicksal der Cynos«, erklärte Schmitt.

Alaska und Irmina riefen gleichzeitig: »Sehr gut!«

»Auf diesen Film bin ich gespannt«, erklärte Ribald Corello. »Ich wollte schon immer Einzelheiten erfahren.«

»Der Film wird nicht alle Rätsel lösen«, schwächte Schmitt die Begeisterung der Terraner ab. »Auf jeden Fall wird er Sie verstehen lassen, warum heute die Karduuhls den Schwarm beherrschen.«

Er führte die Terraner in einen Nebenraum. Es gab keine Bänke oder anders geformte Sitze. Alaska hatte insgeheim gehofft, aus irgendwelchen Gegenständen Rückschlüsse auf die wirkliche Körperform der Cynos ziehen zu können. Doch das war unmöglich. Die Schaltanlagen in der Zentrale sahen so ungewöhnlich aus, daß Alaska sich nicht vorstellen konnte, von welchem Wesen sie einmal bedient worden waren.

Einmal mehr bewies Imago I sein Einfühlungsvermögen. »Sie können sich auf den Boden setzen!« schlug er vor.

Ras, Alaska und Irmina kamen der Aufforderung nach. Ribald Corello machte es sich im Tragsitz seines Spezialroboters bequem.

Alle vier Wände flammten auf. Plötzlich hatte Alaska den Eindruck, sich auf einer anderen Welt zu befinden. Er war Mittelpunkt seltsamer Ereignisse. Wie ein körperloser Beobachter schwebte er über fremdartigen Landschaften und bewegte sich zwischen unbekannten Personen. Es war eine perfekte Illusion.

Von irgendwoher kam Schmitts Stimme …

»Sie sehen jetzt die neun Imaginären, wie sie vor einer Million Jahren existierten. Wundern Sie sich nicht über die nebelhafte Form ihrer Körper, niemand darf erfahren, wie ein Cyno wirklich aussieht. Der Zeitpunkt, zu dem diese Aufnahmen gemacht wurden, liegt mehr als eine Million Jahre zurück. Sie könnten jetzt den Schwarm in seiner Gesamtheit sehen, wie er durch eine Ihnen unbekannte Galaxis fliegt. Jetzt wird ein Sonnensystem in den Schwarm aufgenommen. Das geschah nicht zufällig, sondern war das Ergebnis langer und schwieriger Vorbereitungen. Dieses Sonnensystem wurde damals monatelang beobachtet. Die Cynos entdeckten auf den Planeten dieses Systems ein hochintelligentes Insektenvolk, das alle Voraussetzungen erfüllte, um innerhalb des Schwarms für die den Cynos gestellte Aufgabe tätig zu sein. Allein konnten die Cynos unmöglich alle Arbeiten innerhalb des Schwarms erledigen. Deshalb brauchten sie Hilfsvölker.

Jetzt können Sie sehen, daß mit den Vertretern dieses Insektenvolkes Verhandlungen geführt wurden. Sie erstreckten sich ebenfalls über einen Zeitraum von mehreren Monaten. Danach wurde eine Einigung erzielt. Die Ähnlichkeit dieser Insekten mit den heutigen Karduuhls ist kein Zufall, wie Sie noch sehen werden.

Die Insekten wurden mit parapsychischen und paraphysikalischen Fähigkeiten ausgestattet. Dieser Prozeß dauerte zwanzigtausend Jahre. In diesem Aufbauprogramm war die Psi-Empfindlichkeit der Karduuhls enthalten, denn die neun Imaginären dachten an alles. Nach zwanzigtausend Jahren waren also aus den Insekten die Karduuhls geworden.

Sie werden sich fragen, warum man die Götzen so enorm aufgebaut hat. Zu der damaligen Zeit fielen zahlreiche Hilfsvölker aus, so daß eine neue Hilfsorganisation mit außergewöhnlichen Fähigkeiten gebraucht wurde.

Es erwies sich jedoch bald als ein Fehler, was die Cynos getan hatten. Die Insekten wurden bösartig. Die Veränderung hatte schwerwiegende Folgen: Die Karduuhls begannen mit einer Revolte.

Natürlich wäre diese Revolte zerschlagen worden, wenn sich nicht ein führender Cyno namens Hesze Goort auf die Seite er Revolutionäre geschlagen und ihnen maßgebend geholfen hätte.

Millionen von Insektenabkömmlingen fielen über die Cynos her. Viele Cynos flohen und verließen den Schwarm. Andere versteinerten zu Obelisken.

Die neun Imaginären, die eigentlichen Lenker und Beherrscher des Schwarms, wurden in die Enge getrieben. Sie konnten nicht mehr fliehen, denn überall warteten auf sie paraphysikalische Fallen aller Art. Sie wurden von totaler Vernichtung bedroht.

Daraufhin veränderten die neun Imaginären ihre Existenzform und zogen sich in Energiekuppeln zurück. Diese Kuppeln sind über die gesamte Oberfläche des Planeten Stato II verteilt. Die neun Imaginären ruhen noch heute in ihren Energiegrüften.

Die Ewigen Brüder, Imago I und Imago II, ergriffen die Flucht und landeten auf dem Heimatplaneten der Terraner. Lange Zeit waren Imago I und II die Vertrauten der neun Imaginären gewesen.

Zu jenem Zeitpunkt stand Stato II noch mitten im Schwarm, wurde jedoch durch eine Notschaltung in den Hyperraum versetzt und auf diese Weise dem Zugriff der Götzen entzogen.

Durch den indirekten Tod der neun Imaginären wurden alle Energiequellen der Zentralwelt inaktiv. Diese Rettungsaktion war identisch mit einer ständigen Bedrohung der Karduuhls aus dem Hyperraum. Die neun Imaginären hätten jedoch den Schwarm vernichten müssen, um die Götzen zu töten. Das durften sie nicht. In der Hoffnung, daß eines Tages jemand die Karduuhls ausschalten würde, duldeten die neun Imaginären die Machtübernahme durch die Insektenabkömmlinge.

Zurückgelassene Wachstationen, von denen aus die Götzen hätten zurückgeschlagen werden können, wurden von Hesze Goort verraten und vernichtet.

Millionen von Cynos, dem Tode nahe, versteinerten zu Obelisken. Ein Planet, auf dem Millionen Cynos versteinert waren, wurde von den Karduuhls aus dem Schwarm ausgestoßen und später von den Terranern gefunden. Es ist der Planet Obelisk im Puntoren-Shin-System.

Der Paradimschlüssel blieb auf Stato I zurück, doch sein wichtigster Bestandteil, das Tabora, ergriff die Flucht.«

Benommen schüttelte Alaska Saedelaere den Kopf. Er hatte es schwer, wieder in die Wirklichkeit zurückzufinden. Das plastische Bild, das ihn aufgenommen hatte, war verblaßt. Die vollkommene Illusion existierte nicht mehr. Verwundert stellte Alaska fest, daß er nach wie vor nicht wußte, wie die Cynos in Wirklichkeit aussahen.

Er saß noch immer am Boden, neben ihm hockten Ras und Irmina. Schmitt stand am Eingang.

»Das ist vorläufig alles«, sagte er. »Ich glaube, dieser Bericht hilft Ihnen, die Dinge besser zu verstehen.«

»Aber er klärt längst nicht alle Fragen!« wandte Corello ein.

»Ich weiß«, gab Schmitt zu. »Ich kenne auch die Fragen, die Sie beschäftigen. Ich werde später darauf eingehen.«

»Ein Problem scheint vordringlich zu sein«, sagte Alaska. »Sie haben erklärt, daß mit Hilfe des Verräters Hesze Goort alle im Schwarm befindlichen Waffen, die den Götzen gefährlich werden könnten, zerstört wurden. Wie wollen Sie die Götzen jetzt noch angreifen, oder gar vernichten?«

Der kleine Mann sagte: »Ich werde es schaffen.«

Es klang sehr nachdrücklich. Schmitt schien von seinen Möglichkeiten überzeugt zu sein.

Alaska dachte an das, was er gesehen hatte. Wer hatte den Cynos den Schwarm zur Verfügung gestellt? Was war der ursprüngliche Sinn des Schwarms? Was hatten die Karties mit diesem Schwarm zu tun? Wieso konnten die Manipulationen der Karduuhls zu einer völligen Verdummung der Galaxis führen?

Unwillkürlich schüttelte Alaska den Kopf. Schmitt hatte sie nur unvollständig informiert. Zu viele Fragen blieben offen.

»Es gibt noch andere Aufnahmen, die ich Ihnen zeigen möchte«, sagte der Cyno. »Sie sind wesentlich beunruhigender, denn sie kommen aus der Gegenwart.«

Er führte seine Begleiter in den Hauptschaltraum zurück. Dort waren alle Riesenbildschirme aufgeflammt.

»Mit Hilfe des Paradimschlüssels habe ich alle Energiequellen von Stato II aktiviert«, erklärte Imago I. »Das bedeutet, daß alle Stationen auf dieser Welt funktionsfähig sind. Ich werde jetzt einige Bilder von der Oberfläche einspielen.«

Auf den Bildschirmen zeichneten sich die Umrisse verschiedener Landschaften ab. Überall waren Karduuhls zu sehen. Roboterarmeen der Götzen marschierten oder flogen über das Land und griffen Stationen an, die unter psionischen Riegelfeldern lagen. Auch Lacoons und Skurrils waren zu sehen.

Andere Bilder zeigten den Himmel von Stato II. Dort wimmelte es von kleinen gepanzerten Flugmaschinen, die ebenfalls die Station auf der Planetenoberfläche beschossen.

»Die Gleiter sind gerade noch klein genug, um durch den Transmitter nach Stato II gebracht zu werden«, erklärte Schmitt grimmig. »Wie Sie sehen, kommen immer mehr Karduuhls nach Stato II. Doch sie werden sich die Köpfe blutig stoßen.«

»Sie sagten doch, daß die Götzen niemals eine Zerstörung der Schaltanlagen riskieren würden«, erinnerte sich Tschubai. »Doch jetzt greifen sie diese Stationen an.«

»Sie tun es nur, um die Schutzschirme zu durchbrechen!« behauptete der kleine Mann. »Ihr einziges Ziel ist, in die verschiedenen Stationen einzudringen.«

»Was werden Sie jetzt tun?« Alaska blickte den Cyno an.

»Ich habe keinen Grund, meine Pläne in irgendeiner Form zu ändern«, erwiderte Imago I. »Noch bedeuten die Götzen keine Gefahr für uns. Aber das kann sich ändern, sobald wir uns mit dieser Welt nicht mehr im Hyperraum befinden. Und wir können hier nicht bleiben. Stato II muß unter allen

Umständen zurück in den Schwarm.« Er hob den Paradimschlüssel. »Das Tabora wird uns zu einer Energiegruft führen. Vielleicht gelingt es mir, Kontakt mit einer der neun Mumien aufzunehmen.«

»Um sie alle zu töten?« fragte Alaska.

»Alles geht einmal zu Ende«, entgegnete Schmitt rätselhaft. »Auch ich werde nicht ewig leben.«

16.

Das, was Schmitt als Energiegruft bezeichnet hatte, war eine fliegende Halbkugel von einhundertzwanzig Meter Durchmesser und sechzig Meter Höhe. Das eigenartige Gebilde schwebte über einem Tal, in dem sich in den letzten Stunden etwa sechshundert Karduuhls und ebenso viele Roboter eingefunden hatten, die einen Angriff vorbereiteten.

Schmitt und die vier Terraner hatten die Hauptschaltzentrale verlassen und waren durch einen Transmitter gegangen. Auf einem Felsplateau, das unter dem Gipfel eines hohen Berges lag, waren sie herausgekommen.

Von ihrem Platz aus konnten sie gleichzeitig die »Energiegruft« und das Aufmarschgebiet der Götzen beobachten. Einige von Lacoons besetzte Gleiter umkreisten im sicheren Abstand die Halbkugel.

»Das ist die Zufluchtsstätte eines der neun Imaginären«, erklärte Schmitt und deutete auf das leuchtende Gebilde, das wie eine künstliche Wolke über dem Tal hing. »An der grünen Farbe erkennen Sie, daß es ebenso wie alle Stationen auf Stato II von einem psionischen Riegelfeld abgeschirmt ist. Dadurch wird es unangreifbar.«

Alaska, der auf dem Bauch lag, schob seinen Oberkörper vorsichtig über den Abgrund hinaus und blickte ins Tal hinab.

»Die Götzen scheinen anderer Ansicht zu sein«, meinte er. »Sie rüsten für einen Angriff auf die Energiekuppel. Unten im Tal werden schwere Strahlwaffen aufgebaut.«

Zum erstenmal zeigte Schmitt leichte Anzeichen von Unsicherheit. »Mit ihren Waffen können die Karduuhls nichts ausrichten!«

Alaska drehte sich auf den Rücken. »Sie wollen sagen, daß die Waffen, die die Karduuhls vor einer Million Jahre besaßen, diesem psionischen Riegelfeld nicht gefährlich werden können?«

»Aber wie ist es heute?« fügte Ribald Corello hinzu.

»Alaska hat recht«, sagte Irmina Kotschistowa. »Schmitt, Sie beurteilen die Situation falsch. Ich wollte es nicht aussprechen, aber jetzt ist keine Zeit für falsche Rücksichtnahme. Sie gehen von Realitäten aus, wie sie vor einer Million Jahren einmal gegeben waren. Heute ist alles anders.«

»Götze bleibt Götze«, erwiderte der Ewige Bruder. »Daran ändern auch eine Million Jahre nichts.«

Alaska griff sich mit beiden Händen an den Kopf.

»Aber verstehen Sie doch! Die Karduuhls hatten eine halbe Ewigkeit Zeit, Waffen gegen die psionischen Riegelfelder zu entwickeln. Was wollen Sie tun, wenn es den Karduuhls plötzlich gelingt, einen dieser Schutzschirme zu knacken? Vielleicht ist es ihnen sogar schon gelungen, als sie die zum Aryszo gehörende Station verlassen haben. Sie behaupten, daß die Götzen die Schaltung für den Notausgang gefunden haben. Stimmt das auch? Sind sie nicht durch das Riegelfeld gegangen?«

Schmitt blickte zu der Energiegruft empor. »Wir können nicht alle gehen«, erklärte er zusammenhanglos. »Aber einer von ihnen kann mich begleiten.«

»Ich werde mitgehen«, entschied Alaska. »Die anderen werden zurückbleiben und die Götzen beobachten.«

Der Cyno umklammerte mit beiden Händen den Paradimschlüssel und sagte: »Halten Sie sich daran fest, genau wie ich es mache!«

Ohne zu zögern griff der Transmittergeschädigte zu. Der Behälter, in dem sich das Tabora befand, war eiskalt. Saedelaeres Hände schienen daran festzukleben. Unwillkürlich zog er sie zurück.

Schmitt warf ihm einen Seitenblick zu. »Was ist los? Versagen Ihre Nerven? Wir wollen lediglich eine Transition durchführen, das ist alles.«

Saedelaere stieß eine Verwünschung aus und packte mit beiden Händen den Paradimschlüssel. Nach einiger Zeit fühlte er, daß Schwingungen von dem Behälter ausgingen, die auf seinen Körper übergriffen. Er spürte die Anwesenheit des Taboras.

Das künstlich gezüchtete Energiewesen schaltete sich in Saedelaeres Bewußtsein.

»Fremder! Du bist ein Fremder!«

»Er ist ein Fremder«, sagte Schmitt. »Aber ich vertraue ihm. Er wird mich begleiten.«

»Niemand darf dich begleiten, Imago I!« sendete das Tabora. »Niemand außer dir und Imago II darf die Gruft betreten.«

»Dieses Gesetz gilt nicht mehr«, erklärte der Cyno. »Ich hebe es hiermit auf.«

Es folgte ein stummer, aber erbitterter Kampf auf telepathischer Ebene.

Endlich hatte Schmitt das Tabora überzeugt. Saedelaere wurde als Begleiter akzeptiert. Der Cyno atmete auf. Es war eine so typisch menschliche

Reaktion, daß Saedelaere sich erneut fragte, was Schmitt in Wirklichkeit sein konnte.

»Fremder!« dachte das Tabora. »Er nennt dich seinen Freund und gibt doch nicht sein größtes Geheimnis preis.«

»Sag du mir, wer er ist!« flüsterte Saedelaere angespannt. Er hatte das Gefühl, der Lösung sehr nahe zu sein. Schmitts telepathischer Protest war deutlich spürbar. Dann folgte ein strenger Befehl. Das Tabora sollte schweigen.

Doch es dachte: »Dieser Fremde ist gut. Es kann keine Gefahr bedeuten, wenn er die Wahrheit erfährt.«

In diesem Augenblick erfolgte ohne jeden Übergang die Transition. Saedelaeres Körper wurde entstofflicht. Für eine nicht meßbare Zeit schwebte er im Nichts. Doch er war nicht allein. Da waren nicht nur Schmitt und das Tabora, da war noch jemand.

Aus der Schwärze tauchte ein blasses Gesicht auf, ein jugendlicher, schmaler Körper. Das Gesicht mit den tiefliegenden Augen war von dunklen Haaren umrahmt. Alaska wurde sich der Anwesenheit dieses Wesens fast körperlich bewußt.

Aber vielleicht war alles nur ein Traum, eine Halluzination, zu der es beim Übergang zwischen Hyperraum und Normalraum kam.

»Kytoma!« wollte er schreien, doch er hatte keinen Mund, keine Lippen, er war nur reines Bewußtsein im Nichts.

»Alaska!« dachte sie, und ihre Gedanken waren wie eine Stimme. »So begegnen wir uns zum drittenmal.«

»Wer bist du?« schrien seine Gedanken. »Ein Gespenst?«

»Ich bin nur eine Illusion«, gab sie zurück. »Genau wie du, wie alles, was existiert. Aber du mußt helfen, daß der Schwarm seiner ehemaligen Bestimmung zugeführt wird.«

Das, was in diesem Augenblick von Alaska existierte, sein Ego oder sein Bewußtsein, weigerte sich, die Wahrheit zu erkennen. Doch dann brach es aus ihm hervor: »Du gehörst zu den Erbauern des Schwarms?«

Sie schüttelte den Kopf, so daß ihr Haar sich wie in langen dunklen Wellen um ihr Gesicht bewegte.

»Ich weiß es nicht«, sagte sie. »Aber manchmal komme ich aus der Einsamkeit, um mit dir zu sprechen. Du bist der Freund eines Mannes, dessen Stimme einmal im Universum Gewicht haben wird. Du gehörst zu einem Volk, das von ES gelenkt wird. Dein Weg wird lang sein, und dein Volk wird schreckliche Tiefen und einsame Höhen erleben. Am Ende werden du und ich uns wieder begegnen.«

»Mein Freund?« fragte Alaska. Sein Bewußtsein vibrierte. Sein Verstand weigerte sich, irgend etwas anzuerkennen.

»Perry Rhodan«, bestätigte sie. »Eines Tages wird seine Stimme überall zu hören sein, denn es ist eine gute Stimme. Er hat mehr von den kosmischen Zusammenhängen begriffen, als er jetzt noch ahnt. Doch er ist nur ein Mensch und wird Fehler begehen.«

Alles in Alaska sträubte sich. Er hatte nur noch den Wunsch, endlich zu rematerialisieren, um sich von dieser Illusion zu lösen.

»Mein armer Freund!« erreichten ihn Kytomas Gedanken noch einmal. »Ist es nicht schlimm, wenn man lebt, ohne sein Ziel zu kennen?«

Sie verschwand, und da war nur noch das Nichts, das Alaska hinausstieß in die Wirklichkeit.

Er stand auf einem Podest inmitten der Gruft. Neben ihm lag Schmitt am Boden und schrie in wildem Triumph: »Er ist noch da!«

Der Boden des Tales schien sich aufzuwölben, die Luft begann zu dröhnen, und die Helligkeit von zweihundertfünfzigtausend miteinander verschmolzenen Atomsonnen verblaßte gegenüber dem Lichtblitz der ersten Energiesalve, die die Karduuhls im Tal gegen die Energiegruft abfeuerten. Das Gebirgsmassiv begann zu beben, als die Götzen gleichzeitig mit ungeheurer parapsychischer und paraphysikalischer Kraft angriffen.

Mit aufgerissenen Augen und betäubt von dem unvorstellbaren Lärm, beobachtete Ras Tschubai, wie Irmina Kotschistowa vom Felsplateau hochgerissen und zurückgeschleudert wurde. Corellos Trageroboter begann zu schwanken. Tschubai selbst wurde von den Gewalten gepackt und davongewirbelt. Er prallte gegen einen Felsen und sank zu Boden.

Geblendet von der Helligkeit der Energiesalven, versuchte er sich wieder aufzurichten. Das gesamte Land schien sich von ihm zu entfernen, der Horizont wurde zu einer gewölbten Blase, aus der feurige Spiralen schossen.

Auf der anderen Seite des Tales sank ein gewaltiger Gebirgsrücken scheinbar lautlos in sich zusammen. Er verschwand in Wolken flimmernder Hitze und ließ nur einen Schleier pulverisierter Steinchen zurück.

Psionische Energie griff nach Tschubais Gehirn und begann es zu martern. Er fiel zurück und lag auf dem Rücken. Verzweifelt versuchte er zu teleportieren, doch die Psi-Kraft der Karduuhls erstickte jede andere psionische Regung.

Scheinbar schwerelos glitt Tschubai über das Plateau, in dem sich tiefe Risse bildeten. Über ihm begannen Felsen zu zerbröckeln und in Lawinen talwärts zu donnern.

Tschubai vollführte zeitlupenhafte Bewegungen. Sein Gehirn drohte unter dem Ansturm psionischer Energie zu zerplatzen. Er stieß gegen Irmina Kotschistowa, die sich mit beiden Händen an einem Bein von Corellos Trageroboter festklammerte und deren Körper sich in einem Luftstrom unvorstellbarer Stärke zu winden schien.

Blindlings griff Ras zu. Er bekam ebenfalls ein Bein des Roboters zu fassen.

Über ihnen kam die Station aus einer Wolke leuchtender Energie. Sie war unbeschädigt. Ihr grünes Riegelfeld begann die von den Götzen entfesselten Energien langsam, aber sicher zu überstrahlen.

Mit einem Schlag ließ der Ansturm parapsychischer Impulse nach. Tschubai sank zu Boden.

Irmina lag neben ihm. Sie berührte ihn mit einer Hand. Er drehte ihr den Kopf zu und sah, daß sie die Lippen bewegte, doch er konnte sie nicht verstehen. Seine Trommelfelle dröhnten noch immer. Langsam hob er den Kopf.

Corello hing schlaff im Sitz seines Spezialroboters. Sein überaus sensibles Gehirn mußte von den Psi-Angriffen noch viel stärker getroffen worden sein.

»Ein zweites Mal«, sagte Tschubai, und die Worte schienen wie dicke Blasen aus seinem Mund zu kommen, »überleben wir einen solchen Angriff nicht.«

Er rollte sich seitwärts und blickte ins Tal. Es war nichts zu sehen. Doch der Teleporter wußte, daß dort unten noch immer die Götzen und ihre Helfer waren. Unter einer Wolke aus Rauch und Staub bereiteten sie den nächsten Schlag vor.

Der Afroterraner blickte zu seinen beiden Freunden zurück. »Ich habe Angst«, gestand er. »Angst, daß wir hier nicht mehr lebend herauskommen.«

Hoch über ihnen schwebte die Energiegruft eines Imaginären. Weder die Karduuhls noch irgendeine andere Macht schienen ihr gefährlich werden zu können.

Die Mumie, oder was immer es war, lag unter dem Podest, das inmitten der Halbkugel stand. Der gesamte Raum war mit milchfarbenem Staub gefüllt, der das Atmen erschwerte und einen unangenehmen salzigen Geschmack hatte.

»Warten Sie hier!« befahl Schmitt. »Ich steige zu dem Imaginären hinab und versuche, Kontakt mit ihm aufzunehmen.«

Alaska wartete, bis der Cyno verschwunden war, dann nahm er behutsam seine Maske ab, um besser sehen zu können. Das Cappin-Fragment war wie erstarrt. Es strahlte keine Energie aus und leuchtete nicht. Wie ein toter Klumpen Protoplasma klebte es in Saedelaeres Gesicht. Alaska überlegte, ob die Nähe eines unvorstellbaren Wesens das Cappin-Fragment zur völligen Passivität verurteilt hatte. Doch das war jetzt nicht sein eigentliches Problem.

Er mußte herausfinden, wer oder was dieser Imaginäre war und wie er aussah.

Der Transmittergeschädigte trat an den Rand des Podests und fragte sich, wie Imago I nach unten gelangt war. Weder eine Treppe noch eine damit vergleichbare Einrichtung waren zu erkennen. Es gab nur das Podest.

Alaska ließ sich auf den Bauch nieder und blickte unter das Podest. Jetzt erkannte er, daß es frei im Raum schwebte.

Von der Mumie war nicht viel zu sehen. In der milchigen Substanz sah Alaska lediglich ein schwaches Glühen, das ständig seine Form veränderte. Er war auch nicht sicher, ob das der Imaginäre war. Auch von Schmitt war nichts zu sehen. Die milchige Substanz hatte ihn geschluckt.

Der Transmittergeschädigte setzte die Maske wieder auf. Es blieb ihm nichts anderes übrig, als auf Schmitts Rückkehr zu warten. Er hockte sich auf das Podest. Die ganze Zeit über war er sich der Anwesenheit eines übermächtigen und völlig fremdartigen Wesens bewußt.

Plötzlich tauchte Schmitt am Rand des Podests auf. Er hielt den Paradimschlüssel umklammert.

»Die Götzen beginnen irrational zu handeln«, sagte er grimmig. »Wie ich soeben erfuhr, bereiten sie eine große unterirdische Sprengung vor. Das müssen wir unter allen Umständen vereiteln.«

Saedelaere sah ihn gespannt an. »Sie hatten also Kontakt mit der ... Mumie?«

»Nein«, versetzte Schmitt. Die Enttäuschung war ihm anzumerken. Immer öfter zeichneten sich jetzt seine Gefühle auf der menschlichen Maske ab. Alaska fragte sich, was das zu bedeuten hatte.

Entweder akzeptierte Imago I immer mehr den menschlichen Körper, oder er verlor allmählich die Kontrolle über sich.

»Was bedeutet das für uns?« fragte Alaska weiter.

»Es ist schlimm«, gestand der Cyno. »Solange wir keinen Kontakt mit den Imaginären bekommen, muß ich alle wichtigen Entscheidungen allein treffen. Ich bin nicht sicher, ob ich richtig handeln werde, aber ich will es versuchen.« Er hob den Paradimschlüssel. »Ihre Freunde sind in Gefahr. Die Karduuhls haben einen Großangriff auf die Energiegruft gestartet.«

Alaska sah sich verblüfft um. »Aber wir spüren nichts davon!«

»Natürlich nicht!« Etwas von der alten Selbstsicherheit schwang in Schmitts Stimme mit. »Diese Station ist unzerstörbar.«

Dann wurde er ungeduldig.

»Wir müssen zurück und die drei anderen holen. Dann begeben wir uns wieder in die Hauptschaltzentrale und organisieren von dort einen Angriff gegen jene Götzengruppe, die die Sprengung vorbereitet. Danach kümmern wir uns um einige wichtige Schaltungen. Es wird Zeit, daß der entscheidende Schritt getan wird.«

»Was meinen Sie damit?« fragte Saedelaere.

Der Cyno sah ihn überhaupt nicht an, sondern streckte ihm nur den Paradimschlüssel entgegen. Als Alaska den Zylinder umklammerte, sagte Schmitt: »Ich meine, daß es Zeit wird, daß wir Stato II dorthin bringen, wohin die Welt auch gehört: in den Schwarm!«

Sie transistierten – direkt in das Chaos über dem Tal.

Saedelaere stöhnte auf, als er seine drei Freunde auf dem Felsplateau sah. Ras und Irmina lagen auf dem Boden. Corello war bewußtlos oder sogar tot. Sofort ließ der Maskenträger den Schlüssel los und rannte zu Ras Tschubai.

Das Gesicht des Teleporters war verzerrt. Schreckliche Dinge mußten sich ereignet haben, während Alaska sich zusammen mit Schmitt in der Energiegruft des Imaginären aufgehalten hatte.

»Sie haben diese Halbkugel angegriffen!« Tschubai schluckte, er preßte beide Daumenkuppen ein paarmal gegen die Ohren. »Einen solchen Angriff habe ich noch nicht erlebt.«

»Warum schreien Sie?« fragte Alaska. »Wir verstehen Sie gut.«

»Es war ein doppelter Angriff!« Tschubai dämpfte die Stimme nicht. »Verstehen Sie? Alle im Tal befindlichen Götzen – ich schätze, daß es jetzt tausend sind – haben ihre Psi-Kräfte eingesetzt und gleichzeitig aus allen verfügbaren Waffen das Feuer eröffnet.« Er hob einen Arm und deutete auf die andere Seite des Tales. »Der Berg drüben ist verschwunden. Es ist ein Wunder, daß wir nicht tot sind.«

Schmitt, der sich um Corello und Irmina gekümmert hatte, sagte: »Sie sind beide unverletzt, aber der kleine Mutant hat einen schweren Psi-Schock erlitten. Es wird einige Zeit dauern, bis er wieder einsatzfähig ist.«

»Wir müssen weg!« sagte Alaska.

Imago I nickte und bewegte den Paradimschlüssel. Über ihnen öffnete sich das Eingangstor zur Hauptschaltzentrale, die tief unter den Bergen lag.

Gemeinsam traten sie in einen Gang. Das Tor hinter ihnen schloß sich wieder. Es wurde durch ein psionisches Riegelfeld abgesichert. Ohne ein weiteres Wort zu verlieren, führte Schmitt sie zum nächsten Transmitter. Sie wurden in die Hauptschaltzentrale abgestrahlt. Als sie materialisiert waren, deutete Schmitt auf einen beleuchteten Bildschirm.

»Das ist das Gebiet, in dem die Sprengung vorbereitet wird. Ich habe keine Zeit mich darum zu kümmern, denn ich muß die Rückkehr dieser Welt in den Schwarm vorbereiten. Deshalb bitte ich Sie, diese Sache zu erledigen, Ras Tschubai!«

»Er ist viel zu schwach!« protestierte Alaska.

»Einen Augenblick!« mischte Irmina sich ein. »Darauf kommt es doch jetzt nicht an. Entscheidend ist der Plan dieses verrückten Cynos, Stato II in den Schwarm zurückzuversetzen. Dort wäre der Planet völlig ungeschützt. Die Karduuhls würden ihn überschwemmen. Wir hätten keine Chance mehr.«

»Das habe ich nicht überlegt«, gab Alaska zu. »Aber Irmina hat recht. Es wäre Selbstmord, wenn wir in der gegenwärtigen Situation in den Schwarm zurückkehren würden.«

Schmitt sah sie nacheinander an. In seinen großen Augen blitzte es.

Zorn! dachte Alaska überrascht.

»Was ich tun muß, um den Schwarm für die Cynos zu retten, kann ich nicht im Hyperraum erledigen«, versuchte Imago I zu erklären. »Dazu muß der Planet in den Schwarm zurückversetzt werden.«

»Nein!« rief Irmina. »Ich weiß, was alles geschehen kann, wenn Stato II in den Schwarm zurückkehrt. Mit Hilfe dieser Welt kann der Schwarm jederzeit wieder Transitionen durchführen. Die Strukturschleusen werden sich öffnen, und die Karties werden wieder auf Planeten unserer Galaxis Teilungen vornehmen.«

»Diese Risiken sind unbestritten!« stimmte Schmitt zu. »Trotzdem muß Stato II an seinen alten Platz zurückgebracht werden.«

Entsetzt sah Alaska, daß Irmina, die noch erschöpft und verwirrt von den Ereignissen im Tal war, einen schrecklichen Entschluß faßte. Er kannte sie gut genug, um den starren Ausdruck ihres Gesichtes richtig zu deuten.

»Sie Verräter!« schrie sie Schmitt an. Und dann schlug sie zu. Sie griff den Cyno mit ihren Psi-Fähigkeiten an.

Doch bei Schmitt trat keine sichtbare Veränderung ein. »Der Paradimschlüssel schützt mich«, erklärte Schmitt. »Ohne ihn hätten Sie mich sicher getötet.«

Er drehte sich blitzschnell zu Alaska und warf ihm den Zylinder zu. Der Maskenträger fing den Paradimschlüssel auf und hielt ihn unschlüssig in den Händen. Er wußte nicht, was der Cyno vorhatte.

Schmitt lächelte. »Ich bin jetzt ohne jeden Schutz«, sagte er zu Irmina Kotschistowa. »Wenn Sie wirklich glauben, daß ich ein Verräter bin, töten Sie mich.«

Die vier Terraner starrten den kleinen Mann ungläubig an. Corello, der inzwischen zu sich gekommen war, sagte: »Er blufft nicht, Irmina. Sie können ihn töten.«

Die Mutantin senkte den Kopf und preßte beide Hände gegen das Gesicht.

Schmitt trat auf sie zu und berührte sie sanft an der Schulter. »Menschenfrau«, sagte er.

»Zweifellos ist die Aktivität der Karduuhls auf meine Anwesenheit zurückzuführen«, sagte Schmitt, während er an einem der Bildschirme eine Feineinstellung vornahm, um Tschubai genau zu demonstrieren, wo das Einsatzgebiet lag. »Sie haben eine Möglichkeit, den Paradimschlüssel anzupeilen. Deshalb wissen sie, daß ein Imago auf Stato II angekommen ist.«

Auf dem Bildschirm war jetzt eine Höhle zu sehen, in der einige Götzen mit ihren Robotern arbeiteten.

»Die Sprengstelle liegt unter einer Energiegruft«, erklärte Schmitt. »Also wissen die Karduuhls genau, wo die Erfolgsaussichten am größten sind.« Er sah Tschubai an. »Trauen Sie sich zu, eine Teleportation an diese Stelle durchzuführen?«

»Natürlich«, sagte Ras.

Alaska sah ihn prüfend an. »Sie sind noch erschöpft. Der Angriff der Götzen im Tal hat Ihre Psi-Kräfte aufgezehrt.«

»Ich riskiere es trotzdem«, sagte Tschubai. »Sie sehen ja selbst, daß die Karduuhls die Vorbereitungen fast abgeschlossen haben.«

Diese Aussage schien Schmitt zu befriedigen, denn er nickte und nahm ein paar Schaltungen vor. Wenig später erschien ein kleiner Flugroboter und brachte eine ovale Metallkapsel. Schmitt nahm sie in Empfang und hielt sie Tschubai entgegen.

»Das ist keine Waffe gegen die Karduuhls. Aber wenn dieses Gerät im Gebiet der Energiegruft abgelegt wird, kann es zu keiner Explosion kommen.«

»Ich habe also nichts zu tun, als diese Kapsel im Sprengstollen abzulegen?«

»Unterschätzen Sie nicht die Gefährlichkeit dieser Aufgabe«, warnte Imago I eindringlich. »Die Karduuhls haben den Stollen abgesichert. Sie rechnen mit einem Eingreifen, deshalb ist es möglich, daß man Sie unmittelbar nach Ihrer Ankunft entdecken und angreifen wird.«

Tschubais rechte Hand schloß sich um die Metallkapsel.

»Sie müssen es nicht tun, Ras!« sagte Alaska ruhig.

Das schwarze Gesicht blieb ausdruckslos. Der Entschluß des Mutanten war unumstößlich.

Bevor noch jemand einen Einwand erheben konnte, war Tschubai entmaterialisiert.

Alaska blickte auf den Bildschirm, um zu beobachten, wie Tschubai an seinem Ziel ankam, doch das Gerät hatte sich verdunkelt. Der Maskenträger stieß eine Verwünschung aus.

»Warum haben Sie abgeschaltet?« fuhr er Schmitt an.

»Zur Sicherheit Ihres Freundes«, erklärte der Cyno. »Die Götzen sollen keinerlei Verbindungslinie in diese Station haben.«

»Vielleicht dachten Sie mehr an Ihre Sicherheit als an die Tschubais!« warf Alaska dem Cyno vor.

»Schon möglich«, sagte Schmitt gleichgültig. »Aber die nächsten Tage werden Ihnen beweisen, daß mein Leben schon zu Ende ist. Ich brauche mir also keine Sorgen darum zu machen.«

»Müssen Sie immer wieder die Sphinx spielen?«

Schmitt drehte sich zu Irmina Kotschistowa um, die diese Frage gestellt hatte.«

»Ich kann es noch genauer ausdrücken«, sagte er. »Ich werde sterben, um den Schwarm zu retten.«

Die Rematerialisation schien unendlich lange zu dauern. Tschubai hatte den Eindruck, daß seine Zellkerne sich in eine zähflüssige Masse verwandelt hatten, die nur widerwillig aus dem Hyperraum zurückfloß. Der Grund dafür war die psionische Ausstrahlungskraft einiger Dutzend Götzen in unmittelbarer Nähe. Diese Energie wirkte wie ein Wall. Besorgt fragte sich Tschubai, ob er unter diesen Umständen überhaupt zurückkehren konnte. Es war denkbar, daß die psionische Ausstrahlungskraft der Karduuhls eine Teleportation unmöglich machte.

Tschubai rematerialisierte endgültig. Er befand sich mitten unter den Götzen, die innerhalb eines langen Stollens die Sprengung vorbereiteten. Der Teleporter hatte seinen Mikrodeflektor eingeschaltet und sich auf diese Weise unsichtbar gemacht, war sich jedoch darüber im klaren, daß er nicht völlig geschützt war. Wenn die Götzen Ortungsgeräte mit sich trugen, würden sie ihn sofort entdecken. Außerdem bestand die Gefahr, daß sie seine Ankunft parapsychisch angepeilt hatten.

Tschubai blickte sich um. Schmitt hatte ihm erklärt, daß es genügte, wenn er die Kapsel mitten im Stollen ablegte.

Der Teleporter wollte jedoch völlig sicher sein, daß seine Aktion Erfolg haben würde. Er entdeckte einen Riß ein paar Meter von ihm entfernt. Schnell hatte er die betreffende Stelle erreicht und schob die Kapsel in die Öffnung.

Beinahe gleichzeitig erstarben alle Arbeitsgeräusche. Ras fuhr herum und blickte in Richtung der Götzen. Sie hatten ihre Arbeit eingestellt und standen in wachsamer Haltung mitten im Stollen. Noch hatten sie Ras nicht entdeckt, aber sie waren durch irgend etwas mißtrauisch geworden.

Sie lauerten.

Unwillkürlich duckte sich der Mutant. Er befand sich in Gefahr. Wenn er stehenblieb, würden ihn die Götzen früher oder später entdecken. Floh er sofort, konnte es passieren, daß die Entmaterialisation zu langsam vor sich ging und er angegriffen wurde.

Trotzdem entschied Tschubai sich für die zweite Möglichkeit. Sie bot ihm immerhin eine Chance.

Er konzentrierte sich und aktivierte alle ihm noch verbliebenen Kräfte auf einen Teleportersprung zurück in die Hauptschaltzentrale unter den Bergen.

In diesem Augenblick begannen die Götzen sich wieder zu bewegen. Sie kamen auf ihn zu.

Nur die Tatsache, daß sie nicht genau wußten, was sie entdeckt hatten, hinderte sie am sofortigen Einsatz ihrer Psi-Kräfte. Das rettete Tschubai das Leben.

Seine Blicke waren auf die Karduuhls gerichtet. Einer war besonders auffällig. Er war fast dreieinhalb Meter groß. Sein Körper war mit schwarzen, schuppenartigen Hautlappen bedeckt. Seine Augen erinnerten Tschubai an Bälle.

Der Terraner teleportierte. Wie er befürchtet hatte, war sein Beharrungsvermögen ungewöhnlich groß. Er hatte ein Gefühl, als müsse er mit einem Dutzend Personen gleichzeitig teleportieren.

Die Umgebung verschwamm vor seinen Augen, aber er konnte die Umrisse der Karduuhls deutlich erkennen. So hing er zwischen Hyper- und Normalraum und erwartete den Angriff der Götzen.

»Natürlich machen Sie sich Sorgen um den Verbleib Ihres Freundes«, sagte Schmitt verständnisvoll. »Aber für mich hat es keinen Sinn, wenn ich herumstehe und warte. Die Rückführung von Stato II in den Schwarm muß in Angriff genommen werden.«

Alaska, Irmina und Ribald sahen zu, wie Schmitt sich dem Mittelpunkt der Halle näherte. Er trug den Paradimschlüssel jetzt in beiden Händen. Scheinbar mühelos trat er durch den Riegelschirm und wurde sekundenlang unsichtbar. Als er wieder erschien, befand er sich innerhalb der zentralen Schaltanlage. Wenige Augenblicke später stand er vor dem Schaltsockel.

Einmal mehr kam sich Alaska hilflos vor. Er wußte, daß Schmitt eine Entscheidung von unvorstellbarer Tragweite getroffen hatte und nun im Begriff war, sie zu verwirklichen. Die zweite Zentralwelt des Schwarms würde an ihren Ursprungsort zurückkehren, vorausgesetzt, daß nach einer Million Jahren noch alles so funktionierte, wie der Cyno es sich vorstellte.

Alaska ahnte auch, daß Schmitt ihnen weitere Einzelheiten vorenthielt, um sie nicht zu beunruhigen.

»Wir sind ihm völlig ausgeliefert«, sagte Corello, der Alaskas Gedanken zu erraten schien. »Er macht, was er will, ohne sich an uns und unseren Interessen zu stören.«

»Wir haben keine andere Wahl, als ihm weiterhin zu glauben«, erwiderte

Saedelaere. »Wenn er uns betrügen will, hat er das bereits in einem solchen Umfang getan, daß es nichts mehr zu reparieren gibt.«

»Ich bin immer noch der Ansicht, daß wir die Rückführung dieser Welt in den Schwarm unter allen Umständen verhindern sollten«, sagte Irmina Kotschistowa. »Unter Einsatz unseres Lebens haben wir Stato vernichtet und dadurch die Galaxis vor dem Schwarm zumindest für lange Zeit gerettet. Und was tun wir jetzt? Wir bringen eine Welt, die Stato in jeder Beziehung zu ersetzen in der Lage ist, in den Schwarm zurück.«

»Aber nicht für die Götzen!« wandte Alaska Saedelaere ein. »Stato II soll den Cynos helfen, den Schwarm seiner ehemaligen Bestimmung zuzuführen.«

Irmina war nicht überzeugt. »Wie wollen wir verhindern, daß die Götzen sich dieser Welt bemächtigen?«

Alaska mußte sich eingestehen, daß dies ein Problem war, dem Schmitt sich offenbar noch nicht gestellt hatte. Getrieben von dem Wunsch, diesen Planeten zurückzubringen, vergaß Schmitt offenbar alle Gefahren, die auf ihn und seine terranischen Begleiter im Schwarm warteten.

Aber es gab entscheidende Dinge, die der Cyno nur innerhalb des Schwarms und nicht im Hyperraum vornehmen konnte.

Die Hilflosigkeit Alaskas resultierte aus seiner Unfähigkeit, die Dinge im Zusammenhang zu sehen. Die Unfähigkeit wiederum ließ sich durch einen Mangel an Informationen erklären.

Saedelaere blickte zur zentralen Schaltstelle hinüber. Schmitt war über die Anlage gebeugt. Er schien pausenlos zu arbeiten.

Alaskas Sorge um Tschubai wuchs. Der Mutant hätte längst zurück sein müssen.

Seine Überlegungen wurden unterbrochen, als der Riegelschirm über der zentralen Schalteinheit plötzlich in sich zusammenfiel. Schmitt drehte sich zu den drei Terranern um.

Beim Anblick des kleinen Mannes mit dem traurigen Gesicht wurde sich Saedelaere zum erstenmal der Tatsache bewußt, daß hier ein einzelnes Wesen daran ging, eine Welt aus dem Hyperraum in den Normalraum zu versetzen.

Für Schmitt schien das eine Selbstverständlichkeit zu sein. Eine Million Jahre hatte er auf diesen Augenblick gewartet.

»Es geht los!« sagte Schmitt sachlich. »Die Rückführung beginnt.«

Über ihnen, hoch über den Bergen, begannen eine Viertelmillion Atomsonnen zu verblassen. Der gesamte Planet begann zu entmaterialisieren und stürzte in das Normaluniversum zurück.

In seinem halbentstofflichten Zustand war Tschubai noch immer Herr seiner Sinne. Deshalb stellte er sofort fest, daß die Götzen ihn unmittelbar nach der gescheiterten Teleportation endgültig entdeckt hatten.

Alles in ihm spannte sich in Erwartung eines tödlichen Psi-Schlages. Er konnte spüren, wie die Götzen sich auf telepathischem Wege verständigten und den vernichtenden Angriff in Sekundenschnelle vorbereiteten.

Es ist aus! dachte der Teleporter wie betäubt.

Doch in diesem Augenblick schien ein Ruck durch die gesamte Welt zu gehen. Die Götzen verharrten in ihren Bewegungen und begannen zu schreien. Tschubai war plötzlich wie losgelöst und konnte die einmal begonnene Teleportation zu Ende führen.

Er kam genau in der Hauptschaltzentrale heraus. Seine drei Freunde und der Cyno standen vor einem der großen Bildschirme. Tschubai sah eine riesige blaue Sonne, die mit ihrem Licht andere Sterne fast verblassen ließ.

»Was ist geschehen?« stieß er fassungslos hervor.

»Seit zwei Minuten«, sagte Alaska Saedelaere, »befinden wir uns wieder innerhalb des Schwarms.«

17.

Terra

Michael Reginald Rhodan, auch Roi Danton genannt, erwachte nach kurzem Schlaf und blieb reglos auf dem Bett liegen. Er fühlte sich nicht ausgeruht; unangenehme Träume waren noch frisch in seiner Erinnerung. Nach einer Weile öffnete er die Augen und starrte die Decke an.

Hier, im schalldichten Schlafraum seines Büros, war er vollkommen abgeschirmt. Nichts von der Hektik, die überall in Imperium-Alpha herrschte, drang bis hierher vor.

Roi warf einen Blick auf die Uhr. Er hatte genau dreieinhalb Stunden geschlafen. Inzwischen hatten sich Galbraith Deighton und Julian Tifflor um die Arbeiten gekümmert, die er hätte erledigen müssen. Reginald Bull befand sich seit sechs Stunden nicht mehr auf Terra. Er war mit einer Space-Jet aufgebrochen und hatte das Oberkommando über die neuformierte Flotte übernommen.

Danton wußte nicht, wie die Lage jetzt war. Er glaubte nicht, daß es schon zu einem Ausbruch der terranischen Schiffe gekommen war. Vielleicht war eine Vorhut durch den Paratronschirm gestoßen, um den Schnellen Kreuzern der Raumpatrouille bei ihren Störmanövern zu helfen.

Hoffentlich hatte der Paratronschirm inzwischen standgehalten. Aber allein die Tatsache, daß man ihn ungestört hatte schlafen lassen, bestärkte Rhodans Sohn in seinem Glauben, daß nichts Entscheidendes geschehen war.

Danton richtete sich auf. Er spürte einen scharfen Stich in der Herzgegend und hielt unwillkürlich den Atem an. Seine Konstitution war sehr gut, aber die ständigen Belastungen der letzten Monate forderten ihren Tribut.

Der junge Rhodan verzog das Gesicht. Mit einem Zellaktivator hätte er diese Schwierigkeiten nicht gehabt. Ein Träger eines solchen Gerätes konnte auch auf längere Pausen verzichten.

Mechanisch griff Danton nach dem Aufputschmittel, das neben dem Bett auf einem Tischchen stand. Es war bei vorübergehender Anwendung ungefährlich, aber die Ärzte warnten davor, den menschlichen Organismus damit länger als vier Wochen ununterbrochen zu stimulieren.

»Pah!« machte Danton.

Bisher war es ihm gelungen, sich vor den ständig stattfindenden Routineuntersuchungen zu drücken. Dabei hätte man nämlich festgestellt, daß sein gesamter Organismus überreizt war.

Dantons Hand glitt über ein Lichtsignal. Es dauerte nur Sekunden, dann öffnete sich die Tür. Lärm drang herein, und augenblicklich vergaß Danton alle Schwierigkeiten, die ihm sein Körper bereitete.

Workas kam herein. Der Tetamine arbeitete jetzt seit acht Monaten in Dantons Büro. Workas war groß und mager, sein Gesicht hatte die Farbe von Wüstensand. Während der ersten Verdummungswelle war Workas nach Terra gekommen. Er gehörte zu den wenigen natürlichen Immunen. Danton schätzte den Kolonisten als Organisationstalent.

Workas warf einen Blick auf die kleine Schachtel mit den Kapseln. »Schon wieder?« fragte er.

Danton überging die Frage. »Wie sieht es im Solsystem aus?«

»Wir haben ein paar unserer Erkundungsschiffe verloren«, erklärte Workas. »Sie haben sich zu nahe an die Schwarmverbände herangewagt. Vor zwei Stunden sind zweihundert Einheiten durch eine Strukturschleuse nach draußen geflogen, um die Schnellen Kreuzer zu entlasten.«

»Und die Hauptflotte?«

»Sie formiert sich noch. Es gibt Schwierigkeiten mit den Besatzungen. Sie wissen ja, daß nach der Verdummungswelle eine vollständige Umgruppierung stattfand. Rhodan hofft jedoch, daß er die Hauptflotte in zwei bis drei Stunden losschicken kann.«

Roi seufzte. »Hoffentlich ist es bis dahin nicht zu spät.«

»Der Schirm wird stärker belastet als jemals zuvor«, berichtete der Kolonist. »Wenn die Götzen alle Einheiten, die sie zum Durchbruch zurückhalten, ebenfalls für einen konzentrierten Beschuß einsetzen, muß der Schirm brechen.«

Michael stieß eine Verwünschung aus. »Früher oder später werden sie das tun. Sie verstehen schließlich auch etwas von Strategie.«

Sie verließen gemeinsam den Schlafraum und betraten das Büro. Alle Kontrollanlagen waren besetzt. Die Bildschirme waren eingeschaltet. Der Lärm legte sich wie eine Glocke über Danton.

Workas sagte: »Arman Signo erwartet Sie!«

»Der Cyno?« fragte Danton überrascht. »Was will er von mir?«

Der Tetamine lächelte unergründlich. »Denken Sie, er würde mir das verraten?«

Danton warf dem hageren Mann einen schiefen Blick zu und durchquerte das Büro. Dabei beobachtete er mehrere Bildschirme. Auf einem sah er das Gesicht seines Vaters, der Befehle gab oder eine Ansprache hielt. Ein anderer Bildschirm zeigte einen Ausschnitt des Paratronschirms, der unter heftigem Beschuß lag. Außerdem waren Formationen der Solaren Flotte zu sehen. Andere Bildschirme zeigten die Zentralen von Imperium-Alpha.

Signo war nicht allein. Zwei Wissenschaftler saßen neben ihm. Als jedoch Danton auf die Gruppe zutrat, standen die beiden Terraner auf und zogen sich zurück.

Danton sah ihnen stirnrunzelnd nach. »Was soll das?« fragte er Signo. »Ich dachte, Sie wären längst zu Ihrem Schiff zurückgekehrt.«

»Das hatte ich ursprünglich vor«, gab Arman Signo zu. »Doch bestimmte Ereignisse haben mich veranlaßt, noch ein bißchen zu warten.«

Danton sah den Cyno fragend an.

»Ich rechne damit, daß wir Kontakt mit Schmitt bekommen«, sagte Arman Signo.

»Schmitt ist tot!«

»Glauben Sie?«

»Wir müssen uns damit abfinden, ebenso mit dem Tod Tschubais, Corellos, Irmina Kotschistowas und Alaskas. Sie sind alle umgekommen, als die zentrale Schaltwelt Stato explodierte. Der zurückgekehrte Emotionaut Mentro Kosum hat uns einen Bericht gegeben, der keinen Zweifel am Ende der genannten Personen läßt.«

Signo stand auf. Merkwürdigerweise erschien er Danton kleiner als bei früheren Begegnungen. Aber bei diesen Cynos wußte man nie, woran man eigentlich war. Vielleicht veränderten sie sogar die Gestalt, in der sie auftraten.

»Ich weiß nicht, was mit Ihren Freunden geschehen ist«, sagte Signo gelassen. »Das interessiert mich auch nicht. Es ist möglich, daß sie nicht mehr am Leben sind. Aber Schmitt lebt.«

»Woher nehmen Sie diese Sicherheit?«

»Das Tabora ist gegangen«, erklärte Signo. »Es ist zu einem der Ewigen Brüder zurückgekehrt, um den Dreifachzyklus zu schließen. Da es die Erde verlassen hat, kann es sich nur Schmitt zugewendet haben, denn Imago II befindet sich noch auf der Erde in seinem Versteck.«

»Ich verstehe kein Wort«, versetzte Danton.

»Früher oder später wird der zweite Ewige Bruder aus seinem Versteck kommen«, fuhr Arman Signo unbeirrbar fort. »Die Zeit dafür ist reif. Ich hoffe nur, daß Sie nicht den Fehler begehen und ihn angreifen.«

»Wollen Sie uns drohen?«

»Natürlich!«

Danton stieß einen Fluch aus. »Ihre verdammte Selbstsicherheit geht mir manchmal auf die Nerven. Vielleicht können Sie mir erklären, was Sie hier noch wollen?«

»Ich möchte, daß Sie mir Einlaß zur Hauptfunkzentrale von Imperium-Alpha verschaffen.«

»Wenden Sie sich an Deighton, Tifflor oder Perry Rhodan.«

»Die Herren sind ständig beschäftigt. Man kann sie praktisch nicht erreichen, wenn man nicht zu ungewöhnlichen Mitteln greifen will.« Signo ließ sich wieder auf dem Stuhl nieder und schlug die Beine übereinander. »Und das habe ich in dieser Situation nicht vor. Ich will niemanden verwirren.«

Danton dachte nach. Er studierte das Gesicht des Cynos, doch das blieb so ausdruckslos wie ein Felsblock. Danton gab sich einen Ruck. Ein sicheres Gefühl sagte ihm, daß Signo ein wichtiges Ziel verfolgte.

»Also gut!« stieß er hervor. »Ich werde Sie dorthin begleiten.«

Er sagte Workas, wohin er ging, dann verließ er mit Signo das Büro. Auch im Gang begleitete sie der Lärm der Alarmanlagen. Danton fragte sich, warum man sie nicht endlich abschaltete.

Sie ließen sich von einem Rollband zum nächsten Transmitteranschluß tragen. Danton justierte die Feineinstellung, und sie wurden entmaterialisiert. Praktisch im gleichen Augenblick materialisierten sie vor der Funkzentrale.

Danton ließ die üblichen Kontrollen über sich ergehen und hinterlegte bei der Positronik am Eingang eine Bürgschaft für Signo. Der Cyno wurde nach Waffen untersucht.

»Ein umständliches Sicherheitssystem«, sagte Signo.

»Glauben Sie?« Danton wurde ärgerlich. »Anscheinend nicht umständlich genug, denn wir haben in all den Jahrtausenden nicht bemerkt, daß wir von Mitgliedern Ihres Volkes beobachtet und teilweise auch gelenkt wurden.«

»Hören Sie doch damit auf!« rief Signo. »Sie sind doch klug genug, um keinen Cyno-Komplex zu bekommen.«

Danton zuckte mit den Achseln, dann betraten sie die riesige Funkzentrale.

»Und nun?« Roi blieb unschlüssig stehen.

»Nichts!« sagte Signo.

»Nichts?« wiederholte Danton. »Warum haben Sie mich dann hierhergeschleppt?«

»Ich warte hier«, erklärte Signo.

»Auf eine Nachricht von Schmitt«, erriet Danton.

Der Cyno nickte.

»Auf eine Nachricht von einem Toten«, sagte Danton.

Aber er war nicht mehr so sicher. Signo wirkte ungemein überzeugend. Auch wenn er ein Cyno war und seinen menschlichen Körper nur als Maske benutzte.

»Sie wären gut beraten«, klang Signos Stimme auf, »wenn Sie sich auf wichtige Nachrichten vorbereiten würden.«

18.

Stato II

Nach einer Weile gelang es Saedelaere, seine Blicke vom Bildschirm zu wenden, auf dem die blaue Heimatsonne von Stato II zu erkennen war. Er wandte sich an Schmitt, der vornübergebeugt dastand und mit offenen Augen zu träumen schien.

»Schmitt!« rief Alaska leise. »Es ist geschafft. Sie haben diese Welt in den Schwarm zurückgebracht.«

»Ja!« Die Stimme des Cynos vibrierte. »Jetzt, da es geschehen ist, kann ich Ihnen verraten, daß Stato II völlig schutzlos im Schwarm steht. Ich habe keine Möglichkeit, Landungen von Raumschiffen der Karduuhls zu verhindern.«

Saedelaere war fassungslos.

»Ich habe es gewußt!« rief Irmina verzweifelt. »Er hat uns verraten.«

»Ich bin kein Verräter!« entgegnete Schmitt heftig. »Es blieb mir keine andere Wahl. Außerdem wird es einige Zeit dauern, bis sich der Gegner auf die neue Situation eingestellt hat. Für einige Zeit haben wir es nur mit jenen Götzen zu tun, die durch das ARYSZO nach Stato II gelangt sind.«

»Und danach?« fragte Tschubai.

»Wir haben eine Chance!« sagte Schmitt. »Ich bin ein kalkulierbares Risiko eingegangen. Wir müssen Hilfe holen.«

»Wer könnte uns schon helfen?« fragte Corello.

»Die Terraner«, erwiderte Schmitt. Er packte Saedelaere am Arm. »Kommen Sie, wir haben keine Zeit zu verlieren!«

Er führte sie quer durch den Schaltraum. Unter einem grünleuchtenden Torbogen hindurch gelangten sie in einen Nebenraum. Obwohl die Kontrollinstrumente fremdartig aussahen, glaubte Alaska eine kombinierte Funkanlage zu erkennen.

»Das Solsystem steht im Schwarm«, sagte Schmitt. »Ich hoffe, daß sich ein paar Schiffe Ihrer Flotte außerhalb des Paratronschirms aufhalten, damit wir sie als Relaisstationen benutzen können.«

In Alaska stieg eine wilde Hoffnung auf. Wollte Schmitt etwa andeuten, daß es eine Möglichkeit gab, mit dem Solsystem in Funkverbindung zu treten?

»Das ist eine Funkanlage!« stieß Corello hervor.

»Ja«, bestätigte Schmitt. Er stand bereits vor den Kontrollen und nahm ein paar Schaltungen vor. Bildschirme, die bisher nicht sichtbar gewesen waren, glitten aus Vertiefungen und bildeten eine Kette. Lämpchen flammten auf. Alles ging völlig lautlos vor sich.

»Ich werde Ihnen jetzt die Funktion erklären«, sagte Schmitt zu Saedelaere. »Unser Leben hängt davon ab, daß Sie schnell begreifen.«

»Fangen Sie an!« sagte Alaska.

Schmitt trat zurück und machte Platz für den Maskenträger. Während der Cyno zu erklären begann, prägte Alaska sich die einzelnen Funktionen ein. Er merkte sich die Bedeutung der Instrumente und der seltsam geformten Schalter.

»Ich werde neben Ihnen stehen und aufpassen, daß Sie keinen Fehler begehen«, sagte Schmitt. »Sie kennen den Flottenkode. Fangen Sie an ...«

Alaska zögerte einen Augenblick, sein Verstand drohte vor der Kompliziertheit der Anlage zu kapitulieren, doch dann gab er sich einen Ruck. Er mußte es versuchen.

Es klappte besser, als er erwartet hatte.

»Gut!« lobte Schmitt. »Aber arbeiten Sie nicht zu hastig, sonst kann es zu Fehlschaltungen kommen.«

Endlich wurde der erste Impuls abgestrahlt.

»Wiederholen Sie, bis Antwort erfolgt!« forderte Schmitt ihn auf.

Der Transmittergeschädigte entspannte sich. Der erste Schritt war getan. Jetzt brauchten sie nur auf eine Antwort zu warten.

Sie erfolgte dreieinhalb Minuten später. Ein Schneller Kreuzer der Solaren Flotte meldete sich. Er bildete eine Funkbrücke nach Terra.

Die vier Terraner in der Hauptschaltzentrale von Stato II begannen zu jubeln. Nur Schmitt machte ein trauriges Gesicht.

Er wußte, daß dieser Funkkontakt im Grunde genommen bedeutungslos war. Noch hatten sie nichts gewonnen. Draußen tobten die Götzen mit ihren Robotern. Es war nur noch eine Frage der Zeit, bis Raumschiffe der Karduuhls landen würden.

Als sich die Zentrale von Imperium-Alpha meldete, trat Alaska einen Schritt zurück. Sein Herz schlug bis zum Hals. Er war aufgeregt wie selten zuvor in seinem Leben.

Dann sagte er langsam und betont: »Hier spricht Alaska Saedelaere!«

Terra

Die Nachricht erreichte Perry Rhodan, als er gerade die endgültigen Befehle zur Ausschleusung der Solaren Flotte geben wollte. Von Bord einer Space-Jet aus schaltete er sich in das Funkgespräch ein. Auf dem Bildschirm der Hyperfunkanlage erschien das maskenbedeckte Gesicht Saedelaeres.

»Alaska!« sagte Rhodan erleichtert. »Wir hielten Sie für tot.«

»Wir leben«, erwiderte Saedelaere. »Ribald, Ras und Irmina stehen neben mir. Auch Schmitt ist hier. Wir befinden uns auf Stato II. Ich werde Ihnen erklären, was alles geschehen ist.«

Rhodan hörte gespannt zu. Saedelaere berichtete, was er und seine Freunde zusammen mit dem Cyno Schmitt erlebt hatten. Vieles hörte sich phantastisch und unglaublich an, doch es deckte sich mit dem, was Arman Signo ausgesagt hatte. Auch das Tabora paßte jetzt in die Zusammenhänge.

Saedelaeres Bericht wurde von den Positroniken in Imperium-Alpha aufgezeichnet. Mit einer Auswertung der neuen Daten wurde sofort begonnen.

»Ich muß mich kurz fassen, denn wir sind in großen Schwierigkeiten«, schloß Alaska. »Außerdem bitte ich Sie, vorläufig auf Fragen zu verzichten.«

»Aber einiges ist unklar«, wandte Rhodan ein. »Um die Götzen zu schlagen, müssen wir ...«

Er unterbrach sich, als Saedelaeres Maskengesicht verschwand und Schmitt sichtbar wurde.

»Wir brauchen Ihre Hilfe!« sagte der Cyno ohne Umschweife. »Stato II befindet sich wieder innerhalb des Schwarms, das haben Sie soeben von

Alaska erfahren. Der Planet umkreist seine Heimatsonne. Ich gebe Ihnen jetzt die Koordinaten.«

»Was erwarten Sie?« fragte Rhodan.

»Ich erwarte, daß Sie schnellstens mit Ihrer gesamten Flotte hierherkommen und Stato II gegen die Karduuhls verteidigen«, erklärte Schmitt. »Wenn Sie es nicht tun, ist alles verloren.«

Einen Augenblick lang fühlte Perry Rhodan sich in der kleinen Space-Jet, die zwischen Mars und Jupiter stand, sehr einsam. Er dachte an die Schiffe der Götzen, die wütende Angriffe gegen den Paratronschirm flogen und ihn aufbrechen würden, wenn sie nicht zurückgeschlagen wurden.

Und jetzt machte Schmitt einen Erfolg im Kampf gegen die Karduuhls davon abhängig, ob Rhodan mit seiner Flotte zur Unterstützung des Planeten Stato II aufbrechen würde.

Das ist zuviel für mich! dachte Rhodan.

Verzweifelt fragte er sich, was er tun sollte. Was war jetzt richtig?

»Ich bin noch nicht fertig«, sagte Schmitt in diesem Augenblick. »Mein Bruder wird auf der Erde auftauchen. Er wird sich melden. Sein Name ist Imago II. Er kann Ihnen weiterhelfen. Schenken Sie ihm Ihr Vertrauen.«

Rhodan hörte kaum zu. Seine Gedanken waren bei der Flotte.

»Es ist fast zuviel«, hörte er sich sagen. »Sie kennen die Situation. Wie soll ich mich entscheiden?«

»Ich bin nicht Sie!« erwiderte Schmitt. »Sie sind Perry Rhodan. Sie selbst haben sich zu dem gemacht, was Sie heute sind. Sie tragen die Verantwortung. Niemand kann sie Ihnen abnehmen. Sie müssen jetzt eine Entscheidung treffen.«

»Verdammt!« stieß Rhodan impulsiv hervor.

»Kleiner Mensch«, sagte Schmitt verständnisvoll, und die Freundlichkeit in seiner Stimme klang diesmal überzeugend. »Man verlangt viel von dir. Vielleicht zu viel. Aber du mußt dich entscheiden.«

Damit wurde die Verbindung unterbrochen. Rhodan entspannte sich. Er starrte auf die Kontrollen.

»Imperium-Alpha meldet sich!« rief der Pilot.

Rhodan schreckte auf. Einer der Bildschirme erhellte sich. Diesmal erschien Gucky.

»Hallo, Kleiner!« Irgendwie tat es Rhodan gut, das Gesicht des vertrauten Freundes jetzt zu sehen.

»Ich habe einen Impuls des Tabora empfangen«, berichtete der Ilt. »Es hat mich auf telepathischem Weg aufgefordert, dich um Unterstützung zu bitten.«

»Was soll das?« entfuhr es Rhodan.

»Das Tabora täuscht sich niemals«, gab Gucky zurück.

»Das also war der Grund!« stieß Danton hervor. »Sie haben tatsächlich recht behalten.«

»Natürlich!« Arman Signo verlor auch jetzt nichts von seiner Gelassenheit. Gefühle wie Genugtuung schienen ihm fremd zu sein. »Ich hoffe nur, daß sich Ihr Vater richtig entscheiden wird.«

Danton warf ihm einen forschenden Blick zu. »Sind Sie Imago II, der Ewige Bruder?«

»Nein«, sagte Signo. »Wie kommen Sie auf eine solch unsinnige Idee? Ich kann nicht Imago II sein, denn ich lebe erst zweihundertsechzig Jahre und bin außerdem kein Vertrauter der neun Imaginären.«

Sie verließen die Funkzentrale. Signo weigerte sich, weitere Auskünfte zu geben, und bestand darauf, jetzt zu seinem Schiff zurückkehren zu dürfen.

»Ich werde mich vielleicht wieder melden, wenn Imago II auftaucht«, sagte er, als er sich von Danton verabschiedete. »Inzwischen müssen wir hoffen, daß Rhodan das Richtige tut.«

»Sie haben Nerven!« rief Danton entrüstet. »Was würden Sie denn in seiner Lage tun? Soll er die Flotte abziehen und zusehen, wie die Karduuhls ins Solsystem eindringen und alles verwüsten? Soll er das tun, um Stato II zu retten?«

»Wenn er Stato II rettet, schlägt er die Götzen und rettet diese Galaxis«, erwiderte Signo.

Er drehte sich um und betrat eine Rollstraße, die ihn schnell davontrug. Danton sah ihm nach, bis er hinter einer Biegung verschwunden war.

Dann kehrte er in sein Büro zurück. Wichtige Aufgaben und Entscheidungen warteten auf ihn, aber er fühlte sich wie gelähmt. Immer wieder kehrten seine Gedanken zu seinem Vater zurück, der vor einer der schwersten Entscheidungen seines Leben stand.

Sollte er einen Funkkontakt zu Rhodan herstellen und mit ihm sprechen? Aber vielleicht hätte er seinen Vater nur gestört.

Vater! dachte Danton. *Bald werde ich älter aussehen als er.*

Er ließ sich in einen Kontursessel fallen und überprüfte die neuesten Berichte von allen Planeten des Solsystems. Die Stützpunktkommandanten warteten auf neue Anweisungen.

Er war jedoch nicht richtig bei der Sache, als er seine Arbeit wiederaufnahm. Seine Gedanken kehrten immer wieder zu dem einsamen Mann in der Space-Jet zurück, der sein Vater war.

Schließlich hielt er die Ungewißheit nicht länger aus. Er ließ eine Funkverbindung zur Space-Jet herstellen. Zu seiner Enttäuschung meldete sich nur der Pilot, ein Major der Solaren Flotte.

»Ich möchte mit meinem Vater sprechen!« sagte Danton mit rauher Stimme.

»Entschuldigen Sie, Sir!« sagte der Offizier. »Ihr Vater möchte jetzt nicht gestört werden.«

»Aber jetzt bin ich sein Sohn!« entfuhr es Danton. »Es kann sein, daß er mich jetzt braucht. Ich muß mit ihm reden.«

»Der Großadministrator hat ausdrücklich betont, daß dieser Befehl für alle gilt, auch für seine Vertrauten. Ich kann Sie nicht verbinden.«

Danton spürte nicht, daß seine Hände einen Aktendeckel umklammert und langsam zerdrückt hatten.

Die Kluft ist zu groß! dachte er, während er die Verbindung unterbrach.

Dann, als er allmählich zu sich selbst zurückfand, erkannte er die Wahrheit. Er hatte nicht mit seinem Vater sprechen wollen, um ihm zu helfen.

Die Wirklichkeit sah anders aus.

Er selbst brauchte in seiner Unsicherheit Hilfe. Er hatte in Erfahrung bringen wollen, was Rhodan tun würde, um den Untergang der Menschheit abzuwenden. Das war der Grund! Er wollte beruhigt werden, wollte hören, daß die Gefahr beseitigt werden konnte.

Und so wie er warteten alle Menschen darauf, daß Rhodan das Richtige tun würde. Von Rhodan wurde Übermenschliches erwartet.

Warum wird er nicht müde? dachte Danton. *Woher nimmt er immer wieder die Kraft?*

Vielleicht gewann ein Mann diese Kraft, wenn er sich völlig mit der Menschheit identifizierte.

Danton konnte das nicht. Rhodan konnte es.

Stato II

Alaska starrte das Funkgerät an und fragte sich, ob es einen Sinn hatte, wenn er noch einmal eine Verbindung mit dem Solsystem herstellte.

Schmitt, der entweder Gedanken lesen konnte oder einen untrüglichen Instinkt besaß, lächelte.

»Es hätte keinen Sinn«, erklärte er. »Es würde Ihre Freunde nur verwirren. Sie wissen jetzt, worauf es ankommt.«

Er begann damit, den Paradimschlüssel zu aktivieren. Das goldene Leuchten des Zylinders wurde immer stärker. Schmitt schien fast transparent zu werden.

»Was tun Sie da?« fragte Ras Tschubai beunruhigt.

»Ich strahle eine Nachricht ab, die für einen Menschen bestimmt ist«, antwortete Imago I bereitwillig.

»Für einen Cyno?«

»Für meinen Bruder«, sagte Schmitt. »Für Imago II.«

Während Schmitt sich auf den Paradimschlüssel konzentrierte, gingen die vier Terraner in den Hauptschaltraum zurück, um die Bildschirme zu beobachten. Noch immer wurden Bilder von der Oberfläche des Planeten gesendet. Überall waren Karduuhls und ihre Hilfsvölker zu sehen. Die Götzen hatten den Rücksturz in den Schwarm offenbar unbeschädigt überstanden. Ihre Erregung war jedoch unverkennbar. Das Ereignis war also unerwartet für sie gekommen. Alaska sah, daß sie überall Stellungen errichteten. Sie richteten sich also darauf ein, längere Zeit auf Stato II zu bleiben. Wahrscheinlich warteten sie jetzt auf Verstärkung.

Schmitt kam in die Schaltzentrale. Er trug den Paradimschlüssel, dessen Strahlungsintensität wieder nachgelassen hatte, auf der Schulter.

Der Cyno warf nur einen kurzen Blick auf die Bildschirme.

»Da toben sie herum«, sagte er angeekelt. »Ich kann parapsychische Sendungen aller Art auffangen, auch Funksprüche. Die auf Stato II versammelten Karduuhls haben längst mit ihren Artgenossen Verbindung aufgenommen. Bald werden die ersten Schiffe auftauchen. Im gesamten Schwarm ist jetzt bekannt, daß Stato II seinen ursprünglichen Platz eingenommen hat.«

»Können wir nichts gegen die Karduuhls tun?« fragte Irmina.

»Natürlich könnten wir gegen sie kämpfen und wahrscheinlich auch ein paar entscheidende Erfolge erzielen. Am Ende jedoch würden wir unterliegen. Die Götzen müssen in ihrer Gesamtheit vernichtet werden. Dazu bedarf es jedoch großer Anstrengungen. Ich hoffe, daß ich Zeit dazu haben werde. Es hängt alles davon ab, ob Stato II geschützt werden kann.«

»Sie meinen, es hängt davon ab, ob die Solare Flotte hier auftauchen wird«, fügte Corello hinzu.

»So ist es«, sagte der Cyno.

Er wandte sich ab. Langsam ging er davon.

Alaska hatte ihn jedoch mit wenigen Schritten eingeholt. »Was haben Sie vor?«

Schmitt antwortete nicht, sondern ging weiter. Unschlüssig blieb der Maskenträger stehen. Imago I legte offenbar keinen Wert darauf, von den Terranern weiterhin begleitet zu werden.

Aber was, so fragte sich Alaska, sollten sie allein in dieser riesigen Station anfangen? Sie mußten Schmitts Verhalten ignorieren und ihn begleiten.

Alaska kehrte zu seinen drei Gefährten zurück. »Wir folgen ihm!« entschied er. »Ohne ihn wissen wir nicht, was wir tun sollen.«

Corello beugte sich im Tragsitz des Roboters vor. »Das hätten wir uns früher überlegen sollen«, sagte er. »Sehen Sie sich um!«

Obwohl Alaska ahnte, daß er Schmitt nicht mehr sehen würde, drehte er sich schnell um. Schmitt war verschwunden. Tschubai teleportierte zum Ausgang und blickte in den Gang hinaus. Ratlos schüttelte er den Kopf.

»Dort draußen ist er auch nicht. Es ist, als hätte er sich aufgelöst.«

»Er wollte unter allen Umständen allein sein«, stellte Irmina fest. »Was immer er vorhat, er kann uns dabei nicht brauchen. Hoffentlich tut er nichts, was uns gefährlich werden kann.«

Alaska dachte angestrengt nach. Was konnte Schmitt vorhaben? Wohin war er gegangen?

Unwillkürlich blickte er auf die Bildschirme, wo die rasenden Karduuhls zu sehen waren. Die Entscheidung würde bald fallen.

Im Augenblick sah es so aus, als hätten die Götzen bei diesem verzweifelten Kampf um die Macht im Schwarm wieder einen Vorteil erzielt. Jeder Vorteil für die Götzen führte die Menschheit dem Verderben ein Stück näher.

Das Cappin-Fragment im Gesicht des hageren Terraners regte sich. Vielleicht fühlte auch es die tödliche Bedrohung.

»Wir können nur warten«, meinte Tschubai. »Ich glaube nicht, daß es sinnvoll wäre, wenn wir diese Station verlassen. Wir wissen nicht, was uns außerhalb erwartet. Ich rechne damit, daß Schmitt früher oder später zurückkommt.«

Bewiesen diese Worte nicht, wie abhängig sie bereits von Schmitt waren? War es die gleiche Abhängigkeit wie die der Menschen von den Cynos?

Alaska schloß die Augen. In sein Bewußtsein drängte sich das Bild eines kleinen mageren Mannes mit einem traurigen Gesicht.

Schmitt blieb einen Augenblick stehen und ließ die völlige Stille auf sich einwirken. Vielleicht, überlegte er, hatte er zu lange gelebt, um noch wie ein normaler Cyno handeln und denken zu können.

Doch bevor er seiner ungeheuren Müdigkeit nachgab, mußte er seine Aufgaben erfüllen. Er preßte den Paradimschlüssel an sich, ohne den er nichts erreichen konnte.

Als er sich wieder in Bewegung setzte, dachte er an die Terraner, die er in der Zentrale zurückgelassen hatte. Was verstanden sie schon von seinen Problemen?

Er betrat einen kleinen Schaltraum, in dem völlige Dunkelheit herrschte. Mit einer Hand strich er flach über einige Sensoren. Licht flammte auf. Schmitt sah vor sich einige Instrumente, die er vor einer Million Jahren zum letztenmal gesehen hatte.

Er nahm den Paradimschlüssel und schob ihn in eine Öffnung. Dann wartete er. Er durfte nicht so vermessen sein und glauben, daß der Kontakt sofort zustande kam.

Endlich vernahm er eine telepathische Stimme. »Bruder!« klang es in seinem Gehirn auf. »Von wo rufst du mich, Bruder?«

Schmitt ließ sich auf dem Boden nieder und senkte den Kopf. Ein wohliges Gefühl rieselte durch den Körper, der nicht einmal sein eigener war.

Und wieder: »Bruder! Von wo rufst du mich, Bruder?«

Schmitt konzentrierte sich auf diese telepathische Stimme. Er wußte, daß die Verbindung nur mit Hilfe des Taboras zustande gekommen war.

»Von Stato II«, dachte Schmitt nach einer Weile. »Ich rufe dich in höchster Not von Stato II. Du mußt jetzt aktiv werden, Bruder.«

»Ich weiß«, lautete die Antwort. »Die Zeichen der Zeit sind unverkennbar. Wir müssen vor unseren Vorfahren bestehen und den Schwarm für unser Volk zurückerobern.«

Schmitt sank jetzt völlig in sich zusammen. Er kauerte dicht am Boden. Schauer durchliefen seinen schmalen Körper.

»Nicht nur für unser Volk!« entgegnete Schmitt. »Wir müssen auch an die Erbauer des Schwarms denken, die uns für eine Aufgabe von kosmischer Bedeutung ausgewählt haben.«

Zunächst erhielt er keine Antwort. Er hob den Kopf.

»Imago II!« rief er seinen Bruder.

Doch es blieb still. Schmitt kontrollierte die Instrumente, um festzustellen, ob ein Fehler aufgetreten war. Doch es schien alles in Ordnung zu sein.

Plötzlich meldete sich die telepathische Stimme von Imago II wieder. »Manchmal zweifle ich an den Erbauern!«

Schmitts Gedankenfühler zogen sich erschrocken zurück. Wie konnte sein Bruder es wagen, solche frevelhaften Gedanken zu produzieren? Die Erbauer des Schwarms waren über jeden Zweifel erhaben.

»Warum haben sie sich niemals gezeigt oder uns ein Zeichen gegeben?« fuhr Imago II fort. »Sie haben nichts getan, um uns bei unserem Kampf gegen die Karduuhls zu helfen.«

Schmitts Gedanken wirbelten durcheinander. Niemals zuvor hatte er in dieser Weise von den Erbauern gedacht. Warum ließ er sich jetzt von seinem Bruder dazu verleiten?

»Meine Gedanken hindern mich nicht an der Erfüllung meiner Pflicht«, fuhr Imago II fort. »Ich werde tun, was zu tun ist.«

»Du mußt dein Versteck verlassen und Verbindung mit Perry Rhodan aufnehmen«, forderte Schmitt.

»Ja, das werde ich tun!«

Ihre Gedanken vereinigten sich jetzt vollständig miteinander. Die Ewigen Brüder schöpften Kraft aus diesem Kontakt, auf den sie für lange Zeit hatten verzichten müssen. Dann schworen sie.

»Der Schwarm gehört den Cynos! Die Karduuhls müssen vernichtet werden. Die Ewigen Brüder werden dafür sorgen.«

»Was wirst du jetzt tun, Bruder?«

»Ich hole mir den Anzug der Vernichtung!«

Erschrockenes Schweigen.

»Ja«, dachte Imago I weiter. »Es gibt keine andere Möglichkeit, ich habe lange überlegt. Ich werde die neun Imaginären töten müssen.«

»Es wird dir nicht gelingen!«

»Es *muß* gelingen!« Schmitt wollte nicht zugestehen, daß er selbst schwere Zweifel hatte, daß er im Grunde genommen nicht daran glaubte, diese entsetzliche Tat durchführen zu können.

»Du wirst dich selbst vernichten, Bruder«, dachte Imago II erschüttert. »Wir werden niemals wieder Kontakt zueinander aufnehmen können.«

»Ich bin müde«, dachte Schmitt. »Das Ende, das ich für mich wählen mußte, berührt mich nicht.«

»Und dein Bruder?« Hinter dieser Frage spürte Schmitt die Furcht vor grenzenloser Einsamkeit. »Warum denkst du nicht an deinen Bruder?«

Schmitt verschloß sich vor allen weiteren Gedanken. Er durfte Imago II nicht länger anhören, sonst wurde er unsicher. Wenn er erst einmal in seiner Entscheidung schwankend geworden war, gab es kaum noch eine Chance für ihn.

Schmitt brach die Verbindung ab. Er wußte, daß er sich auf den zweiten Ewigen Bruder verlassen konnte. Imago II würde alles tun, was getan werden mußte. Sein Erscheinen würde einiges Aufsehen erregen, doch Schmitt hatte Perry Rhodan auf das Auftauchen von Imago II vorbereitet.

Mit einem Ruck stand Schmitt auf. Sekundenlang spürte er, daß er die Kontrolle über den menschlichen Körper zu verlieren drohte. Wenn er jetzt seine wahre Gestalt annahm, würde er versteinern, und alles wäre vorbei. Etwas in seinem Innern drängte ihn, dieser Vorstellung nachzugeben, doch dann hatte er es unterdrückt. Die Vernunft gewann wieder die Oberhand.

Er festigte sich. Endlich war er so sicher, daß nichts mehr passieren konnte. Hastig zog er den Paradimschlüssel aus der dafür vorgesehenen Öffnung. Das Leuchten des Schlüssels ließ nach.

Schmitt wußte, daß er durch das Gespräch mit seinem Bruder viel Zeit verloren hatte. Jetzt war jede Sekunde kostbar. Er verließ den Raum und stand einen Augenblick reglos im Korridor.

Jetzt brauchte er nur noch den Anzug der Vernichtung, dann konnte er mit der Durchführung seines Planes beginnen. Er berührte den Paradimschlüssel und transitierte in einen anderen Teil der Hauptschaltstation von Stato II.

Der Anzug der Vernichtung hing in einem durchsichtigen Schrein. Schmitt stand davor und starrte ihn an. Niemand wußte, wer diesen Anzug gefertigt hatte. In seiner Jugend hatte Schmitt diesen Anzug zum erstenmal gesehen.

Damals hatte Schmitt noch eine andere Gestalt gehabt und sich über Form und Aussehen des Anzugs gewundert.

Heute war er erstaunt über die Hersteller des Anzugs. Schon damals, vor mehr als einer Million Jahren, mußten sie gewußt haben, daß jener Cyno, der den Anzug einmal tragen würde, menschliche Gestalt besaß. Diese Tatsache allein ließ Schmitt daran zweifeln, daß der Anzug von Cynos hergestellt worden war.

Diese Erkenntnis bereitete ihm einen Schock. Es gab nur eine Erklärung: Jene, die den Schwarm geschaffen hatten, waren auch die Erfinder dieses geheimnisvollen Anzugs, von dessen Herkunft so gut wie nichts bekannt war.

Beinahe ehrfürchtig schritt Schmitt die Stufen zum Schrein hinauf. Seine Hände berührten den Anzug. Er fühlte sich weich und anschmiegsam an.

Wie in Trance begann Schmitt den Anzug überzustreifen. Er brauchte dazu nur wenige Augenblicke. Als er die letzte Öse zugehakt hatte, war er ein anderer geworden. Er fühlte, daß ihm der Anzug ungeheure Stärke und Macht verlieh.

Langsam stieg er die Stufen wieder hinab und hob den Paradimschlüssel vom Boden auf.

Der Kreis begann sich zu schließen. Nach einer Million Jahren würden die Cynos den Schwarm zurückerobern und seiner ursprünglichen Aufgabe zuführen.

19.

Terra

Das Jaulen und Gebell der Schlittenhunde hatte die ganze Nacht über angedauert, und einmal war der alte Muschelsammler aufgestanden und durch den Tunnel, der das Haus und den Stall miteinander verband, hinübergegangen, um die Tiere zu beruhigen. Doch sie hatten die Nackenhaare aufgerichtet und ihn angeknurrt. Den Schwanz eingeklemmt und die Vorderbeine fest in den Boden gestemmt, standen sie in den Boxen.

»Na, na!« hatte der alte Muschelsammler sie zu beruhigen versucht. »Was soll denn dieser Unsinn, meine Freunde?«

Jake-O, der Meutenführer, hatte die Ohren angelegt, den Kopf zurückgeworfen und ein schreckliches Geheul angestimmt, bis dem alten Muschelsammler im Halbdunkel des Stalles ein bißchen unheimlich geworden und er ins Haus zurückgekehrt war.

Nun stand er vor dem Bett des Reiseleiters der CLTO und überlegte, ob er ihn wecken und ihn über das Verhalten der Hunde informieren sollte. Bardonsch war ein aalglatter Typ, gerade der richtige Mann, der die unsinnigen Werbeslogans der Coats-Land-Travel-Organisation wie prophetische Aussprüche von sich geben konnte.

Kommen Sie in ein Stück unberührter Natur – vergessen Sie Ihre Sorgen.

Der alte Muschelsammler biß sich auf die Unterlippe. Kein Mensch konnte seine Sorgen vergessen; wenn er sie für ein paar Stunden verdrängte, brachen sie nach dieser Pause um so stärker wieder hervor.

Das Solsystem stand im Innern des Schwarms, gewaltige Verbände von Schwarmschiffen griffen seit Stunden den Paratronschirm an – und die CLTO empfahl ihren Kunden Vergessen auf dem letzten Gletscher des Südpolgebiets, den ein paar engagierte Umweltschützer vor dem Zugriff von energetischen Fesselfeldern und Strahlstabilisatoren bewahrt hatten.

Seit Jahr und Tag fuhr der alte Muschelsammler neugierige Menschen mit dem Hundeschlitten zu dem Gletscher hinaus; sie starrten ihn eine Zeitlang an und wurden zurückgefahren, so daß sie glaubten, für einen gewissen Zeitraum den Hauch jenes Abenteuers gespürt zu haben, das einst die Polarforscher erlebt hatten.

Nur während der Verdummungsperiode hatte die CLTO nicht gearbeitet; Bardonsch und der alte Muschelsammler hatten diese Zeit wie durch ein Wunder überlebt, denn sie hatten Jatanmansch, die nächste Stadt, nicht erreicht. Vielleicht war ihr Überleben auch kein Wunder, sondern das Verdienst des alten Muschelsammlers, der einen Instinkt besaß wie seine Hunde.

Der alte Muschelsammler versetzte dem Konturbett des Reiseleiters einen Tritt, dann sah er, daß Bardonsch die Stöpsel einer Traummaschine an die Schläfen geklebt hatte. Er löste sie und schlug dem Reiseleiter leicht auf die Wange.

Bardonsch fuhr hoch und blinzelte. Dann fiel etwas wie ein Schatten über sein Gesicht; mit einem Schlag wurde er zum nie verzagenden Reiseleiter.

Er sah erst auf Hokar, dann auf seine Uhr, dann wieder auf Hokar. Dann hob er ein wenig den Kopf, denn er hörte das Heulen der Hunde.

»Was ist los?« fragte er.

»Wenn ich das wüßte, hätte ich Sie bestimmt nicht geweckt!« Der alte Muschelsammler starrte Bardonsch, der jetzt auf der Kante des Bettes hockte, verdrossen an. »Denken Sie, ich kann in die Seelen der Tiere hineinsehen?«

»Diese Tiere, mein lieber Hokar, besitzen keine Seelen«, versetzte Bardonsch. »Wir könnten zwar ihre Intelligenz durch Verabreichung bestimmter biochemischer Präparate erhöhen, aber das lehnen Sie ja ab.«

Bardonsch war ein großer und schlanker Mann, er sah sehr gut aus, besaß feine Manieren und konnte reden wie kein zweiter. Die Touristinnen waren hinter ihm her, und nicht sein Gehalt, sondern die Höhe der Trinkgelder bestimmte seinen Lebensstandard.

»Meine Tiere besitzen mehr Seele als Sie!« behauptete Hokar, der alte Muschelsammler.

»Wenn Sie so davon überzeugt sind, dann gehen Sie endlich hinüber und beruhigen Sie diese Köter«, forderte Bardonsch. »Sie haben mich zwei Stunden zu früh geweckt.«

»Ich war bereits drüben im Stall!«

»Na und?«

»Nichts na und! Sie lassen sich nicht beruhigen. Nicht mal Jake-O, der mir normalerweise aus der Hand frißt. Irgend etwas beunruhigt sie. Etwas ist nicht in Ordnung.«

Bardonsch tippte mit allen zehn Fingern gegen seine nackte Brust.

»Und was erwarten Sie von mir? Soll ich vielleicht rübergehen und sie beruhigen?«

Der alte Muschelsammler mußte grinsen, denn er konnte sich gut vorstellen, daß Bardonsch nicht den Mut haben würde, in den Stall zu gehen, wo sich zwölf tobende Schlittenhunde aufhielten.

Bardonsch warf die Arme hoch. »Also lassen Sie mich schlafen! Kümmern Sie sich um die Köter.«

Er benutzte immer wieder den Ausdruck »Köter«, weil er wußte, daß er Hokar damit ärgern konnte.

Der alte Muschelsammler war untersetzt und muskulös. Er ging leicht vornübergebeugt und besaß ungewöhnlich lange Arme. Sein Gesicht wurde von den tiefliegenden Augen mit den dichten Brauen darüber beherrscht. Sein Kinn sprang ein Stück vor, die Lippen waren breit und wulstig. Hokars Haut war basaltfarben, hinter dem rechten Ohr hatte er eine große Frostbeule.

Bardonsch trat unwillkürlich bis an sein Bett zurück, als Hokar ihn von unten herauf ansah. »Spielen Sie nicht gleich verrückt!«

Der Reiseleiter konnte nicht vergessen, daß Hokar ihn während der Verdummungsperiode zwar ernährt und damit vor dem Tode gerettet, ihn aber auch oft verprügelt hatte.

»Sie stellen jetzt eine Funkverbindung mit Jatanmansch her und fragen in der Zentrale, ob irgend etwas passiert ist«, sagte Hokar bestimmt. »Diese Unklarheit macht mich nervös. Ich kann mich auf meine Tiere verlassen. Sie merken, wenn etwas nicht in Ordnung ist.«

»Es sind nicht *Ihre* Tiere!« stellte der Reiseleiter fest. »Sie werden mit dem Geld der CLTO gezüchtet und ernährt. Auch Sie werden von der CLTO bezahlt, Hokar, ob Ihnen das nun recht ist oder nicht.«

Hokar spie auf den Boden und sah Bardonsch an. Bardonsch zuckte mit den Schultern und setzte sich in Bewegung.

»Wenn Sie denken, daß es notwendig ist! Die werden ganz schön fluchen, wenn ich sie mitten in der Nacht rausschmeiße, nur um ihnen zu erzählen, daß Ihre Köter kläffen.«

Als Bardonsch die Tür zum anschließenden Büro öffnete, verstummte das Heulen der Schlittenhunde plötzlich. Bardonsch atmete auf und warf dem alten Muschelsammler einen triumphierenden Blick zu.

Doch Hokar war alles andere als beruhigt. Die unverhoffte Stille schien ihm ein neues unerklärliches Alarmsignal zu sein. Er kannte die Hunde genau. Normal wäre gewesen, wenn sie sich allmählich beruhigt hätten. Doch das war nicht der Fall. Ihr Bellen und Heulen war abrupt verstummt.

Ein nie gekanntes Gefühl der Furcht drohte dem alten Muschelsammler die Kehle zuzuschnüren. Er fuhr herum.

»Ich muß nach den Tieren sehen!« stieß er hervor.

»Warten Sie!« rief Bardonsch, der nun wohl ebenfalls spürte, daß etwas nicht in Ordnung war. »Ich komme mit.«

Hokar sah zurück. »Bleiben Sie in Ihrem verdammten Bett!«

Durch den Energiekeller gelangte Hokar zum Tunnel. Niemals zuvor war er so schnell in den Stall gerannt. Erst als er vor den Boxen stand und sah, daß die Hunde offensichtlich noch wohlauf waren, atmete er auf und begann sich langsam zu beruhigen. Trotzdem war das Verhalten der Tiere unerklärlich.

»Es scheint alles in Ordnung zu sein!« Bardonsch war ihm in den Stall gefolgt und stand am Tunneleingang. Er hatte eine Jacke übergezogen.

Hokar antwortete nicht. Er verzichtete darauf, dem Reiseleiter zu erklären, was er von der Sache hielt. Wahrscheinlich würde sich der Zwischenfall niemals klären lassen.

Hokar ging zu Jake-O und kraulte ihn im Nacken. Der Hund, der darauf normalerweise seinen Kopf gegen Hokars Beine zu stoßen pflegte, stand völlig still.

Hokar packte den Kopf des Hundes mit beiden Händen und hob ihn hoch. »Du bist doch nicht krank, Alter?«

Jake-O winselte leise. Hokar griff mit beiden Händen in das dicke Fell des Tieres und tastete den Bauch ab. Alles schien in Ordnung zu sein.

Bardonsch gähnte. »Ich gehe schlafen.« Er verschwand im Tunnel.

Hokar blieb noch eine Zeitlang bei den Hunden, dann kehrte er ebenfalls ins Haus zurück. Doch der alte Muschelsammler schlief nicht mehr. Er holte sich ein Bier aus dem Vorratsschrank und dachte nach. Bei Hunden kannte er sich aus. Wenn sie ihr Verhaltensmuster auf so krasse Weise durchbrachen, konnte das nur schwerwiegende Gründe haben.

Aber was war geschehen?

Der Muschelsammler nahm die Flasche mit nach oben in die Aussichtskuppel. Im ungewissen Licht lag das Coats-Land vor ihm. Am Horizont glaubte Hokar die Lichter von Jatanmansch zu sehen, aber das konnte auch eine Täuschung sein. Es war eine ruhige Nacht. Die Station war nur fünf Meilen vom Gletscher entfernt und stand mitten in Eis und Schnee. Das Coats-Land war eines der wenigen Gebiete am Südpol, die noch ihre Ursprünglichkeit erhalten hatten.

Hokar ließ sich in einem Sessel nieder. Bei Tagesanbruch würden die Touristen mit einem Spezialbus der CLTO eintreffen, einem Gefährt, das von der Gesellschaft zu einem monströsen Schlitten umfunktioniert worden war – schließlich hatte man den zahlungswilligen Narren viel Echtheit versprochen.

Früher waren Menschen von allen Welten des Solsystems und von den Kolonien hierhergekommen, doch das war im Augenblick nicht möglich.

Trotzdem hatte der Touristenstrom nicht nachgelassen. Gerade im Augenblick höchster Gefahr schien es Menschen zu geben, die auf irgendeine Weise die Flucht zu ergreifen suchten.

Als wenn das möglich gewesen wäre! Hokar schüttelte unwillig den Kopf.

Für ihn war es schon immer schwierig gewesen, andere Menschen zu verstehen. Viel besser bestand er sich mit Tieren, vor allem mit Hunden.

In der Dämmerung erschienen die Positionslampen des Spezialbusses. Hokar stand auf und stieß eine Verwünschung aus. Er hatte vor sich hin gedöst. Jetzt war der Bus fast vor der Station. Der alte Muschelsammler richtete sich auf. Unten tauchte jetzt Bardonsch auf, eine in Pelz gehüllte Gestalt, die mit langsamen Schritten auf den Bus zuging. Eine Tür öffnete sich, der Fahrer sprang heraus. Danach die Touristen, Männer und Frauen (Warum, zum Teufel, kamen nie Kinder hierher?), die unschlüssig vor dem Bus verharrten.

Hokar ging nach unten und begab sich in seinen Wohnraum. Dort legte er die Kleidung an, von der die Gesellschaft annahm, daß er in ihr besonders imposant wirkte und Eindruck auf die Touristen machen würde.

Inzwischen hatten sich die Touristen im Vorraum der Station versammelt, wo sie ein gemeinsames Frühstück einnehmen würden. Bardonsch bewegte sich geschäftig zwischen den Tischen hin und her, sammelte Bons ein und verteilte Prospekte. Hokar warf nur einen kurzen Blick in den Vorraum.

»Das ist unser Schlittenführer!« rief Bardonsch.

Wahrscheinlich hatten ihn überhaupt nicht alle Touristen gesehen, so schnell war Hokar wieder verschwunden. Er ging in den Stall zu den Hunden. Obwohl er sie aufmerksam beobachtete, konnte er nichts Ungewöhnliches in ihrem Verhalten feststellen. Sie schienen sich vollständig beruhigt zu haben.

Der alte Muschelsammler ging in den Nebenraum, wo der Schlitten stand. Er schob ihn vor das Tor, dann preßte er die Atemmaske vor das Gesicht. Als er den Schlitten ins Freie zog, hatte er seinen Zorn auf Bardonsch fast wieder vergessen. Er bereitete alles vor und holte dann die Hunde. Viel brauchte er nicht mehr zu tun. Die Tiere wußten genau, worauf es ankam, außerdem war Jake-O ein Meutenführer, der sehr diszipliniert war und von den anderen anerkannt wurde. Nur der alte Otter versuchte, einen der jüngeren Hunde zu beißen.

Bardonsch kam heraus. Er trug einen weißen Pelz und eine dunkelbraune Kappe. Mit schwerfälligen Bewegungen kam er auf Hokar zu. Der alte Muschelsammler hatte schon festgestellt, daß Bardonsch im Freien viel von seiner Eleganz verlor.

»Sind Sie fertig?« fragte der Reiseleiter.

»Das sehen Sie doch!« gab Hokar zurück. Er konnte zu Bardonsch einfach nicht freundlich sein – und umgekehrt war es offenbar genauso.

Bardonsch rief die ersten acht Passagiere heraus. »Das ist Hokar«, stellte er den alten Muschelsammler vor. »Er lebt mit seinen Hunden zusammen. Er kennt dieses Gebiet wie kein anderer Mann. Sie können ihm völlig vertrauen.«

Hokar nickte nur. Keiner der Passagiere wußte, daß unter dem Schlitten ein Mikrogravitator befestigt war, der das Gewicht der Touristen neutralisierte.

Hokar lächelte. Die meisten Besucher glaubten tatsächlich, daß die Hunde kräftig genug waren, einen vollbesetzten Schlitten mit dieser Geschwindigkeit über das Eis zu ziehen.

Der alte Muschelsammler brauchte die Tiere nicht zu dirigieren. Sie wußten genau, wie sie sich verhalten mußten und wo das Ziel lag. Ab und zu knallte Hokar mit der Peitsche oder rief den Tieren Befehle zu. Das tat er nur, weil die CLTO es verlangte. Den Touristen mußte etwas geboten werden. Die Spuren der letzten Fahrten waren noch deutlich im Schnee zu erkennen.

Hokar stand vorn auf dem Schlitten und überlegte, ob er auch in Zukunft solche Fahrten unternehmen würde. Das weitere Schicksal der Menschheit und des Solsystems war ungewiß.

Der alte Muschelsammler plagte sich nicht oft mit solchen Problemen, aber an diesem Morgen wurde er die Gedanken an die Schwierigkeiten des

Solaren Imperiums nicht los. Die letzten Nachrichten waren alles andere als erfreulich.

Endlich kamen sie in das Gletschergebiet. Schräg vor Hokar fiel das Land steil nach unten ab, der Gletscher ragte wie eine überdimensionale Zunge ins Meer. Hokar steuerte den Schlitten zum Beobachtungspunkt und hielt an.

»Sie können aussteigen!« rief er den Touristen zu. »Sie haben eine halbe Stunde Zeit, sich alles anzusehen und Aufnahmen zu machen.«

Hokar blieb auf dem Schlitten sitzen, während sich die Passagiere verteilten.

Jake-O setzte sich plötzlich auf die Hinterbeine und stieß ein langgezogenes Heulen aus. Das schien ein Signal für die anderen Hunde zu sein. Auch sie begannen zu heulen und zu winseln.

Hokar sprang vom Schlitten und rannte nach vorn. Niemals zuvor hatten die Hunde sich so benommen.

»Jake-O!« rief der alte Muschelsammler und kniete vor ihm nieder. Er wollte den Kopf des Hundes zwischen die Arme stecken, um ihn auf diese Weise zu beruhigen. Doch das Tier befreite sich mit einem Ruck und heulte weiter.

»Aufhören!« rief Hokar nervös.

Die Passagiere waren aufmerksam geworden und kamen zum Schlitten zurück. Sie umringten Hokar und die Tiere und sahen ratlos zu.

Es gelang dem alten Muschelsammler nicht, die Hunde zu beruhigen. Sie reagierten auch nicht auf scharfe Befehle. Dabei waren sie nicht bösartig. Sie ignorierten Hokar und heulten und winselten.

Ein anderes Geräusch, das den Lärm der Hunde übertönte, ließ Hokar aufhorchen. Es hörte sich an, als würde ein gewaltiger Baumstamm seiner Länge nach bersten. Das Krachen ging in ein lang anhaltendes Donnern über.

Mit einem Schlag verstummten die Hunde. Sie legten sich flach auf den Boden und rührten sich nicht mehr.

Die Touristen kamen auf Hokar zu. Er konnte nur ihre Augen in den verhüllten Gesichtern sehen.

»Es passiert nichts!« schrie er. »Der Gletscher kalbt!«

Die Angst in den Augen seiner Begleiter erlosch nicht. Das Donnern nahm an Intensität zu.

Hokar starrte zur Gletscherspitze hinüber, wo sich gewaltige Eismassen aufgetürmt hatten. Es war nicht zum erstenmal, daß Hokar erlebte, wie der Coats-Land-Gletscher kalbte, aber niemals zuvor war der Lärm so intensiv gewesen. Ein gewaltiges Eisstück schien loszubrechen, um wenig später als Eisberg im Meer zu treiben.

Etwa hundert Meter von Hokar entfernt öffnete sich plötzlich der Boden.

Der alte Muschelsammler traute seinen Augen nicht. Das war doch unmöglich!

Es widersprach allen Naturgesetzen, daß der Gletscher ein so riesiges Stück abspaltete. Hokar schätzte, daß die Entfernung vom Meer bis zur Trennstelle eintausendfünfhundert Meter betrug.

Die Touristen schrien auf Hokar ein, aber der Lärm des Gletschers machte es unmöglich, irgend etwas zu verstehen. Die Luft dröhnte. Das Donnern schien das Innere von Hokars Körper zu erschüttern. Schneestaub wurde hochgewirbelt und legte sich wie ein weißer Schleier über das Land. Der Boden bebte.

Nun begann auch der alte Muschelsammler zu schreien. »Auf den Schlitten!« Er ruderte wie wild mit den Armen, um sich auf diese Weise verständlich zu machen. »Wir müssen weg!«

Einer der Touristen verstand ihn und kletterte auf den Schlitten. Sofort begriffen auch die anderen und nahmen ihre Plätze ein. Hokar bezweifelte, daß er die Hunde antreiben konnte. Trotzdem mußte er es versuchen. In der Nähe des Gletschers war es jetzt lebensgefährlich.

»Vorwärts!« schrie der alte Muschelsammler mit sich überschlagender Stimme.

Die Schlittenhunde reagierten nicht. Zum erstenmal benutzte Hokar die Peitsche richtig, indem er ihr Ende auf die Körper der Tiere klatschen ließ. Doch die Hunde blieben liegen.

Hokar sprang vom Schlitten. Ein Teil des Gletschers löste sich vom Coats-Land und kippte unter schrecklichem Getöse langsam ins Meer. Zusammengepreßte Eismassen, die sich seit Jahrtausenden aufgestaut hatten, gerieten in Bewegung.

Der alte Muschelsammler packte Jake-O an den Riemen und riß ihn hoch. Er zog das Tier ein paar Schritte durch den Schnee, dann ließ er es los. Jake-O und die anderen Hunde brachen wieder zusammen.

Der Schlittenführer hielt beide Hände trichterförmig an den Mund.

»Wir müssen zu Fuß gehen!« rief er den Touristen zu. Er deutete mit ausgestrecktem Arm in Richtung der Station.

Plötzlich wurde es strahlend hell. Hokar fuhr herum. Aus der Trennstelle am Gletscher kam ein unwirkliches Glühen, als wäre eine unterirdische Sonne aufgegangen.

Die Touristen hielten ihre Arme vor die Gesichter.

Hokar starrte und starrte. Sein Herz schlug bis zum Hals. Er ahnte, daß es für dieses Ereignis keine natürliche Erklärung gab. Die Strahlung wurde immer intensiver. Das Licht erhellte das gesamte Gebiet rund um den Gletscher. Das Eis reflektierte das Licht.

Eine goldfarben leuchtende Energiesäule bildete sich über der Trennstelle.

Sie wurde allmählich zu einem strahlenden Ball, wuchs dann zu einem Zylinder empor und sank spiralförmig zu Boden.

Hokar glaubte zu träumen. Das konnte nicht Wirklichkeit sein.

Aus der Luft sanken gepanzerte Flugmaschinen herab. Gleiter jagten heran und landeten im Gebiet des Gletschers. Roboter und bewaffnete Männer sprangen aus den Gleitern und Shifts und nahmen rund um die Trennstelle Aufstellung. Hokar und die Touristen wurden überhaupt nicht beachtet.

Der Schlittenführer sah, daß überall Schirmfeldprojektoren und Strahlkanonen aufgestellt wurden. Noch immer landeten Flugmaschinen aller Art. Hokar fragte sich, woher sie so schnell gekommen waren. Es gab nur eine Erklärung: Die Vorgänge im Coats-Land waren von starken energetischen Ausstrahlungen angekündigt worden, die man geortet hatte. Die Verantwortlichen hatten sofort eine kleine Streitmacht an den Südpol geschickt.

Aber weshalb? fragte sich Hokar. Was wurde hier eigentlich gespielt?

Er blickte in die Richtung, wo die seltsame Energiespirale in sich zusammengesunken war. Da sah er etwas, das alles Vorausgegangene noch übertraf: Am Rand der Abbruchstelle stand ein Mann in leichter Kleidung mitten im Eis und winkte den Soldaten zu, die eine Kette um ihn zu bilden begannen.

14. April 3443 – 0:45 Uhr – Erdzeit.

Vor dreißig Minuten hatte Perry Rhodan den viertausend innerhalb des Schwarms operierenden Raumschiffen der Solaren Flotte den Befehl erteilt, Kurs auf Stato II zu nehmen. Rhodan war sich darüber im klaren, daß diese Schiffe nicht genügten, um Schmitt und seine vier terranischen Verbündeten vor den Angriffen der Karduuhls zu schützen, aber solange starke Verbände aus dem Schwarm den Paratronschirm um das Solsystem angriffen, wagte Rhodan nicht, die anderen Schiffe, die ihm noch zur Verfügung standen, ebenfalls nach Stato II zu schicken.

Eine Dreiviertelstunde nach Mitternacht begannen sich die Ereignisse jedoch zu überschlagen.

Von einer der zahlreichen Satellitenstationen, die um die Erde kreisten, wurden heftige Energieentfaltungen auf paraphysikalischer Ebene vom Südpol gemeldet. Dieses Ereignis war so ungewöhnlich, daß Rhodan eine Bestätigung verlangte, denn es war immerhin möglich, daß es durch einen Schaltfehler innerhalb des Satelliten zu einer Falschmeldung gekommen war.

Rhodan hielt sich nach wie vor innerhalb einer Space-Jet auf, die zwischen Mars und Jupiter stand. Der Großadministrator beaufsichtigte die letzten Vorbereitungen zum Ausschleusen der terranischen Raumschiffe.

Imperium-Alpha meldete sich. Dantons Gesicht erschien auf dem Bildschirm der Funkanlage. Es fiel Rhodan auf, daß sein Sohn einen übermüdeten Eindruck machte. Wahrscheinlich war er zum unzähligsten Mal in den vergangenen Wochen aus dem Schlaf gerissen worden.

»Meldung bestätigt!« rief Danton, der unter diesen Umständen auf alle überflüssigen Redewendungen verzichtete. »Satellit überträgt Originalbild vom Südpol nach Imperium-Alpha. NATHAN bestätigt Auswertung.«

Anstelle von Dantons Gesicht erschien jetzt ein Bildausschnitt jener Aufnahmen, die der Satellit vom Südpol lieferte. Rhodan sah das Gletschergebiet im Coats-Land.

»Die mysteriösen Ausstrahlungen kommen von dort!«

»Weiter beobachten!« befahl Rhodan.

»Atlan hat bereits eine Spezialistentruppe zusammengestellt«, berichtete Roi Danton. »Sie ist nach Jatanmansch unterwegs und kann in wenigen Minuten das Gletschergebiet erreichen, wenn sich dort etwas tun sollte.«

»Theorien?« fragte Rhodan knapp.

Jetzt tauchte wieder Dantons Gesicht auf. »Keine, Dad.«

»Hm!« machte Rhodan nachdenklich. »Vielleicht hat es irgend etwas mit dem Tabora zu tun. Es können irgendwelche Rückstände sein.«

»Ja«, sagte Danton, aber seine Stimme ließ erkennen, daß er nicht überzeugt war.

»Ich möchte sofort benachrichtigt werden, wenn sich irgend etwas Ungewöhnliches ereignen sollte!«

»In Ordnung!«

Dantons Bild verblaßte. Rhodan ließ sich im Sitz zurücksinken und blickte zu dem Piloten der Space-Jet hinüber. »Was halten Sie davon, Major?«

Der Raumfahrer sah hilflos aus. »Ich habe keine Ahnung!«

Rhodan strich sich mit einer Hand über das Kinn. Die Meldung vom Südpol erleichterte seine Situation nicht. Die Lage im Solsystem komplizierte sich. Die Forderung des Cynos Schmitt, sofort die Solare Flotte nach Stato II zu schicken, war noch frisch in Rhodans Gedächtnis.

Vorläufig mußte Schmitt mit den viertausend Schiffen auskommen, die bisher innerhalb des Schwarms operiert hatten und nun Kurs auf Stato II nahmen.

Wieder flammte einer der Bildschirme der Funkanlage auf. Jemand meldete sich im Geheimkode der Flotte. Es war Reginald Bull.

»Perry!« rief er aufgeregt, nachdem Rhodan auf Empfang geschaltet hatte. »Die Schwarmflotte hat soeben ihren Beschuß des Paratronschirmes aufgegeben und beginnt sich neu zu formieren.«

Rhodan traute seinen Ohren nicht.

»Was?« rief er verblüfft. »Ausgerechnet jetzt, da sie einem Erfolg so nahe waren! Sind die Götzen verrückt geworden? Sie müssen doch gesehen haben, daß der Schirm bald zusammenbrechen würde.«

Zur Bestätigung seiner Aussage blendete Bull einige Bilder ein, die von den Schnellen Kreuzern außerhalb des Paratronschirmes aufgenommen wurden.

»Tatsächlich!« Rhodan schüttelte ungläubig den Kopf. »Ob sie den Schirm jetzt an anderer Stelle angreifen wollen?«

»Es sieht eher so aus, als wollten sie sich zurückziehen«, sagte Bully.

Rhodans anfängliche Erleichterung machte einer dumpfen Vorahnung Platz. Die Götzen waren keine schlechten Strategen. Wenn sie ausgerechnet jetzt ihre Schiffe abzogen, mußten sie dafür einen bestimmten Grund haben. Einen sehr wichtigen Grund!

Rhodan glaubte zu wissen, was die Karduuhls zu diesem Schachzug veranlaßt hatte: Stato II.

Er unterrichtete Bully von seiner Theorie.

»Du hast wahrscheinlich recht«, stimmte der Staatsmarschall zu. »Das würde bedeuten, daß Schmitts Warnung nicht unbegründet war. Der Cyno, Saedelaere, Corello, Tschubai und Irmina sind in höchster Gefahr.«

»Es gibt noch schwierigere Probleme«, sagte Perry. »Du weißt genau, welche Bedeutung Stato II hat. Wenn diese Welt wieder in die Hände der Karduuhls fällt, kann der Schwarm wieder transitieren. Die Karties werden wieder Planeten in unserer Galaxis anfliegen und sich dort zu teilen beginnen. Das wäre der Anfang vom Ende.«

Rhodan ballte beide Hände zu Fäusten und hieb auf die Kontrollen.

»Ich hätte diesen Sachverhalt *sofort* erkennen müssen!« warf er sich vor. »Zumal Schmitt mich nachdrücklich gewarnt hat.«

»Jeder andere an deiner Stelle hätte die Flotte zum Schutz des Solsystems zurückgehalten.«

»Das entschuldigt nichts!« Rhodans Augen verengten sich. »Ich habe eine falsche Entscheidung getroffen. Es war kurzsichtig von mir. Allmählich sollte ich gelernt haben, die Dinge vom *kosmischen* Standpunkt aus zu betrachten. Dagegen habe ich gehandelt wie ein Offizier bei einem Sandkastenkrieg.«

»Ach, du liebe Güte!« entfuhr es Bull. »Jetzt reicht's aber.«

»Wir schicken die Flotte los«, entschied Rhodan. »Vielleicht können wir noch rechtzeitig eingreifen. Ich werde sofort entsprechende Befehle geben.«

»Warte!« rief Bull hastig. Rhodan hob den Kopf. »Unter allen Umständen müssen ein paar tausend Schiffe zum Schutz gegen eventuelle Angreifer zurückbleiben.«

Um Rhodans Lippen spielte ein spöttisches Lächeln. »Besten Dank für die Beratung.«

Das letzte, was er von Reginald Bull sah, war dessen ärgerliches Gesicht, dann wurde der Bildschirm dunkel. Rhodan nahm Verbindung zu Tifflor und den anderen Flottenkommandanten auf. Alle Befehle der letzten Stunden waren unwichtig geworden. Es ging jetzt nicht mehr darum, die Schiffe der Götzen vor dem Paratronschirm zu stören, sondern sie mußten verfolgt werden.

Die Solare Flotte mußte möglichst gleichzeitig mit den Schiffen aus dem Schwarm im System von Stato II eintreffen. Rhodan gab die Koordinaten des Planeten an alle Schiffe durch, damit die Positroniken entsprechend programmiert werden konnten.

Die Ausschleusung der neunzigtausend Einheiten wurden erneut verzögert, aber Rhodan hoffte, daß die Verbände noch vor 1:30 Uhr das Solsystem verlassen konnten.

Neue Nachrichten der Erkundungskreuzer trafen ein. Die Schiffe aus dem Schwarm zogen sich tatsächlich zurück. Sie sammelten sich und verschwanden nacheinander aus dem Raumsektor, wo sie die ganze Zeit über ihre Angriffe geflogen hatten.

Eine Auswertung von NATHAN traf ein. Mit fast hundertprozentiger Wahrscheinlichkeit war das Ziel der Schwarmschiffe Stato II. Rhodan hatte keinen Augenblick daran gezweifelt.

Auch vom Südpol trafen neue Nachrichten ein. Vom Gletscher im Coats-Land hatte sich ein Eisberg in unglaublicher Größe gelöst. Fremdartige Strahlung war geortet worden.

Die in Jatanmansch zusammengezogenen Spezialverbände brachen in diesem Augenblick ins Gletschergebiet auf.

Zu seiner Überraschung erfuhr Perry Rhodan, daß Atlan Imperium-Alpha verlassen und an Bord einer Spezialmaschine zum Südpol aufgebrochen war.

»Der Kristallprinz hatte schon immer einen Riecher für besondere Ereignisse«, sagte Rhodan zu dem Piloten an seiner Seite. »Wir fliegen jetzt zur Erde. Ich möchte ebenfalls zum Südpol, um mich davon zu überzeugen, was dort geschieht. Die ganze Zeit über werde ich mit der Flotte in Funkkontakt bleiben.«

Zwischen der Space-Jet und Imperium-Alpha gingen Funksignale hin und her. Das diskusförmige Schiff erhielt sofort Landeerlaubnis.

Auf dem Raumhafen von Terrania City wartete bereits ein Gleiter, der Rhodan zum Südpol bringen sollte. Als Rhodan über das Landefeld rannte, sah er Roi Danton auf der Gangway des Gleiters stehen.

»Ich werde dich zum Pol begleiten!« rief ihm sein Sohn zu. »Sie haben einen Mann dort unten im Eis gefunden.«

»Einen Mann?« fragte Rhodan stirnrunzelnd. »Was bedeutet das schon wieder?«

»Ich weiß es nicht«, gestand der ehemalige Freifahrer. »Aber vielleicht sagt dir sein Name etwas.«

»Und wie nennt er sich?«

»Michel de Notre-Dame, genannt Nostradamus!«

20.

Der Mann aus dem Eis war mittelgroß, trug einen dunklen Vollbart und hatte lange schwarze Haare, die leicht gelockt waren. Von seinen großen dunklen Augen schien eine geheimnisvolle Kraft auszugehen. Es war jedoch vor allem die ungewöhnliche Kleidung dieses Mannes, die Hokar faszinierte.

Der Unbekannte trug eine flache Kappe, einen kurzen Mantel mit aufgerüschten Ärmeln und eine enganliegende Kniehose mit einer kurzen, aufgebauschten Hose darüber. Seine Füße steckten in Schnallenschuhen. Im reich verzierten Gürtel, der unter dem offenen Mantel sichtbar wurde, steckte ein langer Dolch. Die eisige Kälte schien dem Mann nichts auszumachen. Er winkte den Spezialisten und kam langsam auf sie zu.

Hokar kümmerte sich nicht länger um die Touristen, die noch immer ängstlich im Schlitten kauerten, sondern rannte quer über das Eis auf den Fremden zu. Er kam jedoch nur bis zu der Absperrung, die die Soldaten und Roboter gebildet hatten. Zwei Uniformierte versperrten ihm den Weg. Einer von ihnen, ein großer bärtiger Mann, deutete zum Schlitten.

»Kehren Sie zum Schlitten zurück und warten Sie dort! Es kann sein, daß Sie noch gebraucht werden. Schließlich waren Sie von Anfang an dabei.«

Der alte Muschelsammler blieb jedoch stehen.

»Hören Sie nicht?« stieß der Soldat hervor. »Sie sollen zurückgehen.«

»Den Teufel werde ich tun!« versetzte Hokar barsch. Er hatte sich noch nie in seinem Leben einschüchtern lassen. Das Coats-Land war sein Gebiet – die *anderen* waren die Eindringlinge. Sie konnten ihn nicht einfach herumstoßen.

»Wenn Sie nicht freiwillig gehen, muß ich Sie paralysieren«, erklärte der Bärtige gelassen und zog eine Waffe aus dem Gürtel. »Dann schleppen wir Sie zu Ihrem Schlitten.« Er deutete auf das Zeichen der CLTO, das in Hokars Mantel eingestickt war. »Das ist keine Sache für eine Reisegesellschaft.«

»Ich lebe hier schon mehr Jahre, als Sie Haare auf dem Kopf haben«, gab Hokar verbissen zurück.

Der Mann hob den Paralysator. Ein Offizier, der auf den alten Muschelsammler aufmerksam geworden war, kam heran und drückte den ausgestreckten Arm des Bärtigen nach unten.

»Warten Sie!« befahl der Mann. »Wer ist das?«

Der Bärtige deutete zum Schlitten und sagte verächtlich: »Er gehört zu diesen Narren, die hier in der Gegend spazierenfahren und sich diesen Gletscher ansehen.«

»Das stimmt nicht!« widersprach Hokar heftig. »Ich lebe hier. Ich bin der Schlittenführer. Ich wußte bereits heute nacht, daß etwas nicht in Ordnung ist. Das Verhalten der Hunde bewies es mir. Die Tiere haben es bereits in der vergangenen Nacht gespürt, daß irgend etwas passieren würde. Sie benahmen ...«

»Warten Sie!« unterbrach der Offizier den Redeschwall des alten Muschelsammlers. »Sie können hier warten. In wenigen Augenblicken wird Lordadmiral Atlan von der USO hier eintreffen. Solange habe ich das Kommando.«

Er ließ Hokar stehen und kehrte an seinen alten Platz zurück.

Inzwischen hatte der Mann aus dem Eis die Absperrung erreicht. Es war offensichtlich, daß er die Waffen der Soldaten ignorierte.

»Sie werden entschuldigen«, sagte der Fremde mit einer tiefen Stimme. »Aber eine andere Kleidung stand mir nicht zur Verfügung. Mein Name ist Michel de Notre-Dame, man nannte mich Nostradamus. Aber auch das ist nicht mein richtiger Name.«

Der Kommandant sah den Fremden mit einer Mischung aus Mißtrauen und Furcht an.

»Bringt ihm andere Kleider!« rief er seinen Männern zu. »Er wird erfrieren, wenn er mit diesen Sachen hier herumsteht.«

»Wenn Sie gestatten, behalte ich meine eigenen Kleider«, hörte Hokar den Fremden sagen. »Die Kälte macht mir nichts aus.«

Der alte Muschelsammler war sicher, daß er kein menschliches Wesen dort auf dem Eis stehen sah. Aber wer war dieser Mann? Alles deutete darauf hin, daß er sich im Gletscher aufgehalten hatte. Unbekannte Kräfte hatten einen Teil des Gletschers abgetrennt und dieses Wesen freigegeben.

Hokar beobachtete, daß der Kommandant an ein Funkgerät trat und mit jemandem sprach. Es war anzunehmen, daß er sich mit seinem Hauptquartier in Verbindung setzte. Er war in diesem Fall überfordert. Hokar fragte sich, was er anstelle des Kommandanten getan hätte, doch er fand keine Antwort auf diese Frage.

Nachdem der Offizier das Funkgespräch beendet hatte, kletterte er in eine der gepanzerten Maschinen und wartete. Auch die Soldaten verhielten sich abwartend.

Offenbar hatten sie den Befehl erhalten, auf das Eintreffen ranghöherer Offiziere zu warten.

Einer der Gleiter wurde zum CLTO-Schlitten hinübergebracht. Die völlig verstörten Touristen wurden in den Gleiter geführt und weggeflogen. Wahrscheinlich brachte man sie in ein Hotel nach Jatanmansch, wo sie sich von ihrem Schrecken erholen konnten.

Die Hunde sprangen plötzlich auf und rannten mit dem leeren Schlitten hinter sich in Richtung der Station davon. Hokar machte sich keine Sorgen um sie. Sie würden den Heimweg auch ohne ihn finden. Der alte Muschelsammler konnte ein Lächeln nicht unterdrücken. Bardonsch würde einen Schock erleiden, wenn der Schlitten ohne Hokar und die Touristen zurückkam. Aber vielleicht wußte der Reiseleiter längst, was sich am Gletscher ereignet hatte. Es war anzunehmen, daß die Leuchterscheinung bis hin zur Station sichtbar gewesen war. Bardonsch würde inzwischen mit der CLTO-Stelle in Jatanmansch gesprochen und Einzelheiten erfahren haben.

Die Soldaten verhielten sich schweigend. Ihre Nervosität war jedoch unverkennbar.

Der Fremde ging zu der Maschine, in die sich der Kommandant zurückgezogen hatte. »Sie wollen mich doch nicht stundenlang hier warten lassen?« erkundigte er sich.

»Ich habe meine Befehle«, sagte der Kommandant verbissen.

»Befehle!« wiederholte Nostradamus. »Ich habe den Wunsch, so schnell wie möglich mit Perry Rhodan zu sprechen.«

»Lordadmiral Atlan wird in wenigen Augenblicken hier eintreffen«. erklärte der Kommandant.

Der Mann aus dem Gletscher brach plötzlich in schallendes Gelächter aus. Hokar fragte sich verwirrt, was ihn so erheitert haben mochte.

»Atlan!« stieß Nostradamus hervor, als er endlich wieder Luft bekam. »Auf dieses Zusammentreffen bin ich gespannt.«

Hokar erinnerte sich, daß er den Namen nicht zum erstenmal hörte. In seiner Jugend hatte irgend jemand einmal diesen oder einen ähnlichen Namen erwähnt. Auch glaubte Hokar sicher zu sein, daß er diesen Namen schon einmal gelesen hatte. Aber in welchem Zusammenhang?

Der Unbekannte verließ seinen Platz neben dem Flugpanzer und kam auf Hokar zu.

»Er darf nicht durch die Absperrung!« rief der Kommandant.

Doch die Soldaten machten bereitwillig Platz, als Nostradamus auf sie zukam. Sie bildeten eine Gasse. Ihre Waffen hielten sie gesenkt. Der Offizier begann zu fluchen und sprang aus der Maschine. Er rannte hinter Nostradamus her.

»Bleiben Sie stehen!« rief er.

Der Mann mit der seltsamen Kleidung drehte sich langsam zu ihm um.

»Machen Sie sich nicht lächerlich!« sagte er ruhig. »Glauben Sie wirklich, Sie und Ihre Männer könnten mich aufhalten, wenn es mir darauf ankäme, von hier zu verschwinden?«

Er ließ den Offizier einfach stehen und näherte sich Hokar.

Der alte Muschelsammler blickte in die dunklen Augen, deren Blicke sich an ihm festzusaugen schienen. Alles in Hokar drängte ihn zur Flucht. Statt dessen blieb er wie erstarrt stehen.

»In den letzten Jahren waren Sie mir eine große Hilfe«, sagte Nostradamus. »Ohne Sie wäre es ziemlich langweilig hier draußen gewesen.«

»Was?« brachte Hokar hervor. Dann wandte er sich an die Soldaten. »Ich habe ihn niemals zuvor gesehen, das müssen Sie mir glauben. Wieso kann er behaupten, daß ich ihm geholfen habe?«

»Sie taten es unbewußt«, erklärte Nostradamus.

Er griff unter seinen Mantel, öffnete eine kleine Tasche in seiner Jacke und nahm eine goldene Münze heraus.

»Sie ist echt«, erklärte er. »Aber sie ist uralt. Man wird Ihnen ein Vermögen dafür bezahlen.«

Die Münze wirbelte durch die eisige Luft. Wie unter einem geheimen Zwang streckte Hokar einen Arm aus und fing sie auf. Er öffnete die Hand und sah die Münze auf seinem Fellhandschuh liegen. Der Fremde hatte behauptet, daß sie alt sei, aber sie sah neu aus.

Hokar schob sie in seine Tasche.

»Ihre Hunde gefallen mir«, sagte Nostradamus mit seiner akzentfreien und wohlklingenden Stimme. »Bedauerlicherweise werde ich keine Zeit haben, mich mit ihnen zu beschäftigen. Aber vielleicht ergibt sich einmal die Gelegenheit für mich, einen Hund zu haben.«

»Sie haben Angst vor Ihnen!«

»Keineswegs!« versetzte der Fremde. »Sie haben nur einen sicheren Instinkt für alles Fremde. Sie würden sich schnell an mich gewöhnen. Ich könnte sie sogar dazu zwingen, mich anzuerkennen, aber was wäre dadurch gewonnen? Was bedeuten Anerkennung und Liebe, wenn sie nicht freiwillig gegeben werden?«

Die Situation kam Hokar immer unwirklicher vor. Da stand er am Rande des Gletschers und unterhielt sich mit einem für diese klimatischen Verhältnisse unzureichend bekleideten Fremden über Hunde.

»Als ich zum letztenmal auf dieser Welt tätig war, im Jahre fünfzehnhundertsechsundsechzig, gab es am Hof des Königs Karl des Neunten von Frankreich ebenfalls Hunde«, fuhr Nostradamus fort. »Jagdhunde und Windspiele, die meisten davon besaßen keinen Charakter – wie die Menschen, denen sie gehörten.«

Seine Augen verschleierten sich.

»Damals gab es auch unglaublich viel Korruption und Intrigen. Wenigstens in dieser Beziehung haben sich die Menschen gebessert.«

Er lächelte plötzlich.

»Aber ich rede von Dingen, die Sie wahrscheinlich nicht verstehen, Hokar. Wenn man so lange Zeit geruht hat, ist das Bedürfnis nach Konversation besonders ausgeprägt.«

Hokar preßte die Augen fest zusammen. Als er sie öffnete, stand der Fremde immer noch da. Er stand in leichten Schnallenschuhen auf einer meterdicken Eisdecke und lächelte.

»Ich ...«, begann Hokar, doch er brachte keinen zusammenhängenden Satz zustande. Er war einfach überwältigt.

»Da kommt Besuch!« rief Nostradamus.

Hokar blickte in die Richtung, in die Nostradamus' ausgestreckte Hand wies. Ein dunkler Punkt, der schnell größer wurde und sich in einen Gleiter verwandelte, sank auf das Coats-Land herab. Wenig später konnte Hokar das Zeichen der USO auf der Unterseite des Gleiters erkennen.

»Atlan!« rief einer der Soldaten erleichtert. »Da kommt endlich der Lordadmiral.«

Der Kommandant sprang aus dem Flugpanzer, in den er sich wieder zurückgezogen hatte, und begann zu winken.

Der Gleiter setzte zur Landung an. Zwei vermummte Männer sprangen heraus. Einer von ihnen war Atlan. Er wurde von einem USO-Spezialisten begleitet.

Atlan kam quer über das Eis. Er sah Nostradamus, lange bevor er ihn erreicht hatte. Unvermittelt blieb der Arkonide stehen. Dann ging ein Ruck durch seinen Körper.

Hokar sah Nostradamus an. Um die Lippen des Geheimnisvollen spielte ein Lächeln.

»Dieser Schwindler!« schrie Atlan los. »Schon damals ahnte ich, daß er nicht der war, der zu sein er vorgab.«

Er stürmte jetzt über das Eis auf Nostradamus zu und blieb erst unmittelbar vor ihm stehen.

»Michel de Notre-Dame!« brüllte Atlan mit sich überschlagender Stimme. »Nostradamus!«

»Ich ahnte, daß Sie mich sofort wiedererkennen würden«, sagte der Mann aus dem Gletscher ruhig. »In welcher Rolle traten Sie doch damals auf? Soweit ich mich erinnere, spielten Sie ein paar Monate den Berater des Königs. Allerdings war Ihr Erfolg bei den Hofdamen wesentlich größer.«

»*Sie* waren es damals, der alle meine Versuche zunichte machte, den König vernünftig zu beraten«, erinnerte sich Atlan. Er wandte sich zu dem

Kommandanten um. »Das ist Nostradamus, der berühmte Astrologe und Leibarzt des französischen Königs Karl des Neunten. Er lebte von fünfzehnhundertdrei bis fünfzehnhundertsechsundsechzig. Bekannt wurde er vor allem durch seine dunklen Prophezeiungen, die er in zehn Centuries herausgab. Es handelte sich um gereimte Vierzeiler, die sogenannten Quatrains.«

»Ihr Gedächtnis ist verblüffend«, sagte der Mann aus dem Gletscher. »Aber in einer Beziehung täuschen Sie sich. Ich lebte nicht nur bis fünfzehnhundertsechsundsechzig, sondern ich lebe noch immer, wovon Sie sich mit Ihren eigenen Augen überzeugen können.«

»Und wer«, fragte der Arkonide gedehnt, »sind Sie wirklich?«

»Wissen Sie das wirklich nicht?«

»Ich ahne es!«

»Dann«, forderte Nostradamus, »sprechen Sie Ihre Ahnung aus!«

»Sie sind ein Cyno.«

Nostradamus lächelte. »Das ist richtig!« gab er zu. Er schlug seinen Mantel auseinander und nahm mit einer Hand die flache Kapuze vom Kopf.

»Ich bin Schmitts Bruder«, sagte er. »Imago II.«

Sie hatten Nostradamus alias Imago II nach Imperium-Alpha gebracht und ihm zwei großzügig ausgestattete Räume als Unterkunft zugewiesen. Perry Rhodan merkte schnell, daß der Cyno von allen wichtigen Ereignissen der letzten Zeit auf geheimnisvolle Weise erfahren hatte und nicht unterrichtet zu werden brauchte.

»Ich kenne die Geschichte der Menschheit«, sagte Nostradamus lächelnd. »Ich kenne Sie, Perry Rhodan, und ich weiß, worauf es jetzt ankommt. *Deshalb* bin ich hier. Mein Bruder hat mich gerufen.«

Rhodan saß dem Cyno in einem bequemen Sessel gegenüber. Atlan, der sich mit dem Auftauchen eines alten Rivalen noch immer nicht abgefunden hatte, ging unruhig im Zimmer auf und ab.

Auch Danton und Deighton waren anwesend. Danton stand ständig in Funkkontakt mit Tifflor und Bully, die das Ausschleusen der Solaren Flotte befehligten. Inzwischen waren die ersten Einheiten durch die Strukturlücken des Paratronschirms gestoßen und sammelten sich außerhalb des Solsystems. Die letzten Schwarmschiffe waren vor einer halben Stunde verschwunden.

Atlan unterbrach seine Wanderung durch das Zimmer. »Ich warne dich!« rief er Perry zu. »Ich habe keine guten Erfahrungen mit diesem Mann gemacht. Er hat gelogen und betrogen, um seinen Einfluß aufrechtzuerhalten. Nur so konnte er mich damals ausschalten.«

Nostradamus warf ihm einen Blick zu. »Sie mögen alt sein«, sagte er. »Gegen mich sind Sie jedoch blutjung.«

»Sie haben die Menschheit in Ihrem eigenen Interesse beeinflußt«, rief Atlan hitzig.

»Und was haben Sie getan?« lautete die Gegenfrage. »Obwohl es geradezu lächerlich wirkte, haben Sie in einer Zeit, in der an terranische Raumfahrt überhaupt noch nicht zu denken war, versucht, technische Entwicklungen vorzubereiten, die damals auf allgemeines Unverständnis stießen.« Atlan wollte unterbrechen, doch der Cyno fuhr mit schneidender Stimme fort: »Egoismus war Ihr Beweggrund. Sie wollten unter allen Umständen in Ihre Heimat zurückkehren. Ich erkannte damals in Ihnen einen Arkoniden. Ich bedauerte Sie. Ihre Bemühungen wirkten lächerlich. Sie besaßen überhaupt keine vernünftigen Pläne.«

Im Gesicht Atlans arbeitete es. Rhodan kannte den Freund gut genug, um zu sehen, daß der Lordadmiral sich nur mühsam beherrschte.

»Von Anfang an haben Sie nicht an die Menschheit, sondern nur an sich gedacht«, behauptete der Cyno. »Dann, als Ihnen eine unerwartete Entwicklung Hilfe brachte, erkannten Sie, daß Ihr Volk degeneriert war, daß es Ihnen keine Heimat mehr bieten konnte. Sie blieben bei den Terranern, weil Sie sich leichter mit ihnen identifizieren konnten als mit Angehörigen des eigenen Volkes. Das bedeutet, daß Sie ein Parasit sind. Nicht mehr und nicht weniger.«

Atlan ging langsam auf Nostradamus zu, doch Rhodan sprang auf und trat zwischen die beiden Männer. Nostradamus machte eine Handbewegung.

»Er kann mir nichts anhaben. Ich will ihm nur begreiflich machen, daß meine Aktionen am Hofe Karls des Neunten für die damalige Zeit sinnvoll waren. Ich tat es aus *kosmischen* Überlegungen heraus. Es galt, die Menschheit zu beeinflussen, sie auf die Ankunft des Schwarms vorzubereiten. In Ihren Augen sah meine Arbeit sinnlos aus.«

»Darum geht es jetzt nicht!« mischte Rhodan sich ein.

»Sie haben recht«, gab Nostradamus zu. »Ich bin Imago II. Mein Bruder hat mich gerufen. Die Stunde der Entscheidung ist gekommen. Jetzt müssen wir Cynos wieder die Verantwortung übernehmen und die Karduuhls entmachten.«

»Warte!« rief Atlan. Sein Gesicht ließ jetzt kein Gefühl mehr erkennen. »Ich muß dich warnen, Perry. Ich traue diesem Cyno keine Sekunde. Das solltest du wissen, bevor du dich mit ihm einläßt.«

Er drehte sich um und verließ den Raum. Das war eine so ungewöhnliche Reaktion des Arkoniden, daß Rhodan aufstand, um dem alten Freund nachzugehen. Doch vor der Tür blieb er stehen.

»Es hat keinen Sinn«, hörte er seinen Sohn sagen. »Er muß erst wieder zu sich selbst finden.«

Rhodan nickte. Michael hatte recht. In seiner augenblicklichen Verfassung war Atlan nicht ansprechbar. Seine alten Vorurteile gegen den Cyno bestimmten sein Verhalten.

Trotzdem fragte sich Rhodan im stillen, ob der Arkonide nicht recht hatte. Er mußte vorsichtig sein. Jede Aussage des Cynos mußte sorgfältig geprüft werden.

Nostradamus schlug seinen Mantel zurück. »Er hat Sie mißtrauisch gemacht«, erkannte er. »Aber das ist nicht schlimm. Die Ereignisse werden mir recht geben.«

»Kommen wir zur Sache«, schlug Rhodan vor. »Ihr Bruder verlangt, daß ich alle Schiffe nach Stato II schicken soll, um den Zentralplaneten vor dem Angriff der Götzen zu retten.«

»Es ist die einzige Möglichkeit, den Schwarm vor den Karduuhls zu retten«, sagte Imago II. »Wenn die Götzen Stato II erobern, können sie den Schwarm wieder völlig beherrschen. Sie werden sofort alle teilungsbereiten Karties ausschleusen und eine Transition ausführen.«

Die gleichen Argumente hatte Schmitt ebenfalls vorgetragen. Auch Rhodan erkannte die Gefahren, die der Galaxis drohten, wenn die Karduuhls ihre alte Macht zurückgewinnen konnten. Aber es gab noch andere Probleme, die ihn beschäftigten.

»Angenommen, es gelingt uns, die Götzen zu entmachten«, wandte er sich an Nostradamus. »Wie werden sich dann die Cynos verhalten?«

»Ich habe die Katastrophe vor einer Million Jahren persönlich miterlebt, genau wie mein Bruder«, antwortete Imago II. »Natürlich kann ich nicht für die heutige Cyno-Generation sprechen. Ich verspreche Ihnen jedoch, daß mein Bruder und ich uns dafür einsetzen werden, daß der Schwarm seiner ursprünglichen Bestimmung zugeführt wird.«

Rhodan erkannte, daß alle weiteren Fragen nur zu endlosen Diskussionen führen würden. Dafür war jetzt keine Zeit. Es mußte gehandelt werden, wenn sie die Karduuhls schlagen wollten.

»Viertausend Raumschiffe unserer Flotte dürften inzwischen Stato II erreicht haben.«

»Viertausend«, wiederholte Nostradamus. »Was ist das schon?«

»Die anderen Verbände werden folgen«, versprach Rhodan. »Die Ausschleusung der Flotte aus dem Solsystem hat bereits begonnen.« Er stand auf und sah Nostradamus fragend an. »Ich werde an Bord der MARCO POLO gehen und bitte Sie, mich zu begleiten. Wir werden der Flotte folgen.«

»Ausgezeichnet!« rief Nostradamus. »Ich wollte Sie bereits darum bitten, mich an Bord eines Ihrer Schiffe gehen zu lassen.«

Vor dem Solsystem fand der größte Flottenaufmarsch seit vielen Jahren statt. Neunzigtausend Einheiten der Solaren Flotte, zehntausend Fragmentraumer der Posbis, fünftausend USO-Schiffe und fünfundzwanzig Großkampfschiffe der Maahks formierten sich für den Aufbruch. Diese riesige Flotte wurde in vier Verbände aufgeteilt. Perry Rhodan, Julian Tifflor, Roi Danton und Reginald Bull übernahmen das Kommando über je einen Verband.

Zu Rhodans Ärger hatte sich Atlan geweigert, an diesem Unternehmen teilzunehmen. Rhodan hoffte jedoch, daß der Arkonide seine Entscheidung noch rückgängig machen und über Bordtransmitter auf der IMPERATOR erscheinen würde.

Galbraith Deighton übernahm das Oberkommando in Imperium-Alpha. Ihm blieben elftausend Raumschiffe, mit denen er einen unverhofften Angriff auf den Paratronschirm zumindest stören konnte.

Am 14. April, 15:36 Uhr Erdzeit, donnerte die mächtige Flotte des Solaren Imperiums in den Linearraum. Ihr Ziel war der zur Zeit wichtigste Planet innerhalb der Galaxis.

Stato II.

21.

Stato II

Auf dem Panoramabildschirm der CRUSADER leuchtete eine blaue Riesensonne von über zweihundert Milliarden Kilometern Durchmesser. Ihre Leuchtkraft war so stark, daß der einzige Planet der Sonne, Stato II, nur als Ortungsimpuls ausgemacht werden konnte.

Zentralstatik II, wie Perry Rhodan diese Sonne genannt hatte, war 4036 Lichtjahre vom Solsystem entfernt. Die Entfernung zum Kopf des Schwarms betrug 5126 Lichtjahre. Die von Statik-Sonne I, jenem riesigen Stern, um den Stato I bis zu seiner Zerstörung gekreist war, betrug 798 Lichtjahre.

Major Callomin Dellagorde fragte sich, warum ihm diese Daten ausgerechnet jetzt durch den Kopf gingen, während er mit seinem Schiff an der Spitze eines viertausend Einheiten starken Verbandes auf das System von Zentralstatik II zuraste. Vielleicht wollte er mit der Wiederholung der Koordinaten jedes Gefühl in seinem Innern auslöschen. Er brauchte nur einen zweiten Blick auf den Bildschirm der Raumortung zu werfen, um zu sehen, was die CRUSADER innerhalb des fremden Sonnensystems erwartete.

Mindestens fünfzigtausend Schiffe aus dem Schwarm hatten sich im System von Zentralstatik II versammelt. Anhand der Informationen, die Dellagorde vorlagen, wußte er, daß sich diese Zahl unter Umständen in kurzer Zeit *versechsfachen* konnte.

Der Major schluckte.

Bei einem Kampf Schiff gegen Schiff war die Technik der Terraner überlegen. Aber was sollte ein terranisches Schiff tun, wenn es gleichzeitig von zehn, zwanzig oder mehr Gegnern angegriffen wurde?

Dellagorde konnte nur hoffen, daß die Flotte aus dem Solsystem bald eintreffen würde. Aber so lange konnte er mit einem Einflug in das Zentralstatik-System nicht warten. Die Karduuhls mußten an einer Besetzung des Planeten Stato II gehindert werden.

Major Callomin Dellagorde warf einen Blick zum Ersten Offizier der CRUSADER hinüber. Jahkahn Omal lächelte.

Er lächelte immer. Omal war fast zweihundert Jahre alt, aber sein Gesicht drückte ungebrochene Kraft aus. Der Erste Offizier wäre in der Lage gewesen, ein größeres Schiff als die CRUSADER allein zu befehligen, aber er hatte bisher alle Beförderungen abgelehnt. Er wollte, so sagte er, kein Kommandant sein.

Manchmal war Omal für den einhundertsechzig Jahre jüngeren Dellagorde eine psychische Belastung. Was hatte er, der junge, gerade zum Major beförderte Kommandant, einem erfahrenen Mann wie Jahkahn Omal entgegenzusetzen?

Andererseits war es ein Vorteil für einen jungen Schiffskommandanten, wenn er einen erfahrenen Ersten Offizier an Bord hatte. Omal hatte auch noch nie versucht, sich Dellagorde gegenüber aufzuspielen.

Dellagorde sah sein eigenes Gesicht in einer spiegelnden Fläche zwischen den Kontrollen. Er war mager und schwarzhaarig, ein dünner Bart zierte seine Oberlippe. Die Nasenwurzel lag tief zwischen seinen Schlitzaugen, so daß der obere Teil seines Gesichtes, wenn man ihn von der Seite her betrachtete, wie eingedrückt wirkte. Dellagorde hatte volle Lippen und ein kräftig entwickeltes Kinn.

Er riß sich von seinem Spiegelbild los und blickte abermals zu Omal hinüber. Der I.O. besaß ein zerfurchtes Gesicht mit den blauesten Augen darin, die Dellagorde jemals gesehen hatte. Omal hatte abstehende Ohren und dünne blonde Haare, aber irgendwie paßte das alles zu ihm, so daß es nicht häßlich wirkte.

Omal erwiderte Dellagordes Blick, und sein Lächeln vertiefte sich noch.

Aber es waren nur die Linien um seinen Mund, die sich noch tiefer in das Gesicht einzugraben schienen – die Augen blieben kalt.

Dellagorde hörte sich seufzen. »Jetzt muß ich die viertausend Einheiten in das System schicken, wo es bereits von Schiffen aus dem Schwarm wimmelt.«

Omal nickte nur. Eigentlich war es ein Zufall, daß Dellagorde Flottenführer geworden war. Der eigentliche Kommandant des viertausend Schiffe starken Verbandes, Oberst Yatuhin, hatte durch die ständige Überanstrengung einen schweren Kreislaufkollaps erlitten und war bisher noch nicht in die Kommandozentrale der HONGKONG zurückgekehrt. Da die CRUSADER das zweitgrößte Schiff des Verbandes war, hatte Yatuhin Dellagorde zu seinem Stellvertreter bestimmt, denn seiner Ansicht nach war »ein verdammter Kommandant so gut wie der andere«!

Dellagorde kannte die bissige Art des Obersten, aber er fragte sich immer wieder, ob nicht die Anwesenheit von Jahkahn Omal der eigentliche Grund dafür war, daß er jetzt viertausend Schiffe in ein aussichtsloses Gefecht führen mußte.

»Wir werden uns teilen«, entschied Dellagorde.

Die CRUSADER stand mit allen anderen Einheiten in Funkverbindung. Major Dellagorde begann seine Befehle zu geben.

»Wir formieren uns nach VT-Plan. Jeder Viererverband greift einen Pulk gegnerischer Schiffe an und zieht sich nach Möglichkeit sofort wieder zurück. Achten Sie darauf, daß Sie nicht umzingelt werden. Wir müssen diese Taktik des Vorwärtsstürmens und Zurückziehens so lange anwenden, bis die Flotte hier eintrifft.«

Er lehnte sich zurück. Omal nahm für ihn alle Bestätigungen entgegen. Dies gehörte zu den Aufgaben des I.O.

Auf den Bildschirmen konnte Dellagorde erkennen, daß die Schiffe der Solaren Flotte jetzt auseinanderstoben. Minutenlang entstand ein scheinbar unübersichtliches Durcheinander, dann fanden die Viererverbände zueinander und verteilten sich.

Auch die CRUSADER nahm an diesem Manöver teil. Bei der geringen Anzahl von Schiffen, die ihnen zur Verfügung standen, konnte Dellagorde es sich nicht erlauben, das eigene Schiff in eine besondere Position zu bringen und nur Befehle zu erteilen.

Die CRUSADER bildete zusammen mit der EYNIMOOR, der JACKON und der kleinen NASSAU einen Viererverband.

Die Verbände rasten jetzt in alle Richtungen davon. Die Kommandanten wußten alle, was sie zu tun hatten.

Dellagorde konnte beobachten, daß noch immer Schwarmschiffe im Zentralstatik-System eintrafen. Das bedeutete, daß die Übermacht des Gegners ständig zunahm.

Wenige Augenblicke später bekam der erste Viererverband Feindberührung. Omal murmelte einen Fluch, als er sah, daß die vier terranischen Schiffe in einen zweihundert Einheiten starken gegnerischen Verband hineinstießen. Explosionsbälle wurden sichtbar.

Dellagorde sah weg.

»Sie sind verrückt!« rief jemand von der Zentralebesatzung. »Warum halten sie sich nicht von den großen Pulks fern?«

Die CRUSADER beschleunigte jetzt mit Höchstwerten. Zum erstenmal konnte Dellagorde Stato II als kleinen grünen Ball auf dem Bildschirm erkennen. Die Welt sah so unbedeutend aus, daß Dellagorde sich wunderte, welche Mühe sich beide Parteien gaben, sie in ihren Besitz zu bringen.

Der Viererverband, zu dem die CRUSADER gehörte, flog in quadratischer Formation, wobei die CRUSADER die Spitze bildete. Die NASSAU und die EYNIMOOR bildeten die Flankenschiffe, während die JACKON am Ende flog.

Diese Formation war deshalb so beliebt, weil sie blitzschnelle Manöver gestattete und zahlreiche Variationsmöglichkeiten erlaubte, die der Gegner nur erahnen, nicht aber vorherberechnen konnte.

Aber was nutzte die Gefährlichkeit eines Viererverbandes, wenn der zahlenmäßig überlegene Gegner sich allein auf seine Stärke verlassen konnte?

»Feindverband in Sektor Rot!« klang Omals Stimme auf. Er sprach so ruhig und gelassen, als wären sie zu einer Übung unterwegs. Während Omal die neuesten Koordinaten gab, sprach Dellagorde mit der Feuerleitzentrale.

Das angespannte Gesicht von Captain Zerschko wurde auf dem Bildschirm sichtbar.

»Sie werden nicht lange Zeit haben, Captain«, erklärte Dellagorde seinen Plan. »Wir stoßen vor und ziehen uns zurück.«

Zerschkos Zungenspitze fuhr über die Lippen.

»Zielen Sie gut, Captain!« rief Dellagorde.

Die Schwarmschiffe hatten den näher kommenden Viererverband jetzt geortet. Die Schutzschirme der gegnerischen Schiffe flammten auf. So sicher hatten sich die Schwarmbewohner gefühlt, daß sie erst jetzt zu dieser Maßnahme griffen.

Mehr jedoch taten sie nicht. Dellagorde war zufrieden.

Wenn der Gegner darauf verzichtete, Abwehrformationen zu bilden, konnte das den Terranern nur recht sein.

»Synchronsteuerung«, gab Omal zurück.

»Viererverband in Berührungsnähe!« rief der Navigator. »Achtung! Drei! Zwei! Eins!«

Dellagorde hatte ein Gefühl, als wäre sein gesamter Körper abgestorben, so daß nur noch sein Gehirn funktionierte.

»Sechsunddreißig Feindschiffe!« stellte Jahkahn Omal fest.

»Sechsunddreißig!« bestätigte der Navigator.

Drei Schwarmschiffe begannen zu feuern, aber die Energiebahnen, die sie aussandten, verpufften im Nichts.

In diesem Augenblick verließen die NASSAU und die EYNIMOOR ihre Positionen und jagten seitwärts davon, um den gegnerischen Verband von der Seite her überraschend anzugreifen. Die JACKON schloß zur CRUSADER auf.

Jetzt eröffneten alle sechsunddreißig Schwarmschiffe, die in diesem Sektor standen, das Feuer auf die vier terranischen Einheiten.

Der Weltraum verwandelte sich in ein Meer aus Feuer.

Der Gedanke, daß in den Kommandozentralen der gegnerischen Schiffe denkende und fühlende Wesen wie er saßen, durchzuckte Dellagordes Gehirn. Sie und er ordneten sich übergeordneten Vorstellungen unter, stellten sich in den Dienst einer Sache und kämpften dafür.

Allerdings, dachte Dellagorde, gab es einen Unterschied. Die Völker aus dem Schwarm kämpften für die pervertierten Götzen, für Wesen, die unglaubliche Machtansprüche stellten und mit Hilfe des Schwarms Tod und Schrecken von Galaxis zu Galaxis trugen. Die Raumfahrer an Bord der terranischen Schiffe kämpften, um diesen Terror zu beenden.

Hier, im System der Sonne Zentralstatik II, wurde entschieden, wer zukünftig Besitzer des wichtigen Planeten Stato II sein würde. Der Besitzer von Stato II war Herr über den Schwarm.

Eine Erschütterung, die die CRUSADER aus der Bahn riß, löschte Dellagordes Gedanken an solche Dinge aus. Der Major starrte auf die Kontrollen.

Um sie herum wimmelte es von gegnerischen Schiffen, die alle das Feuer eröffnet hatten. Die JACKON war von diesem rasenden Punktfeuer offenbar schwer getroffen worden, denn sie taumelte mehr, als sie flog, durch die feindlichen Linien.

Erst jetzt wurde sich Dellagorde der Tatsache bewußt, daß auch die CRUSADER ununterbrochen feuerte. Ein Teil der Feuerbälle ringsum im Weltraum waren die Überreste von Schwarmschiffen.

In diesem Augenblick schlugen die NASSAU und die EYNIMOOR blitzschnell von den Flanken her zu.

Die Schwarmschiffe, die sich ausschließlich auf die JACKON und die CRUSADER konzentriert hatten, lösten ihren Verband auf und versuchten nach zwei Seiten zu kämpfen. Doch dazu waren sie zu schwach. Innerhalb weniger Sekunden explodierten acht pilzförmige Raumschiffe und sechs schwarze Riesenschiffe der Dämonen.

»Rückzug!« hörte Dellagorde sich rufen.

Es erschien ihm wie ein Wunder, daß sie einen Weg durch dieses Chaos fanden. Aber der Gegner war irritiert.

Dellagorde sah die NASSAU und die EYNIMOOR davonjagen. Sein eigenes Schiff beschleunigte ständig und katapultierte sich förmlich aus dem Kampfgebiet. Von der JACKON jedoch war nichts zu sehen.

Einen Augenblick holte Dellagorde Atem, denn er wußte, daß sie den Angriff überstanden hatten.

Den *ersten* Angriff!

Sie würden wieder und wieder angreifen müssen, um die Karduuhls an der Besetzung des Planeten Stato II zu hindern. Und jedesmal würden ein paar Schiffe der kleinen terranischen Flotte zurückbleiben. Dann würde die Zahl der terranischen Einheiten schließlich so gering sein, daß weitere Angriffe keinen Erfolg mehr bringen würden.

Ihre Aktionen hatten nur einen Sinn, wenn möglichst bald die zur Verfügung stehenden Schiffe aus dem Solsystem eintrafen.

Bisher jedoch tauchten nur Schwarmschiffe in diesem Raumsektor auf. Ihre Zahl war inzwischen auf einhunderttausend angewachsen, und es kamen noch immer Schiffe aus dem Linearraum.

»Die JACKON!« rief Jahkahn Omal. »Sie ist zurückgeblieben.«

Dellagorde blickte auf die Bildschirme. Dann, obwohl es sinnlos war, griff er nach dem Mikrophon und rief die JACKON über Funk. Es kam keine Antwort.

Dellagorde richtete einen Rundspruch an alle Schiffe und befahl den Kommandanten, neue Viererverbände zu bilden. In wenigen Minuten würden sie zum zweitenmal angreifen.

Michel de Notre-Dame, genannt Nostradamus und nach seinen eigenen Aussagen Schmitts Bruder Imago II, war bereit, einige Aussagen zu machen. Er hatte diese Bereitschaft zu erkennen gegeben, nachdem die Flotte vom Solsystem aus aufgebrochen war. Perry Rhodan hatte den mysteriösen Gast in die Zentrale der MARCO POLO gebeten, um im Bedarfsfall Informationen von ihm einholen zu können.

Die MARCO POLO bewegte sich jetzt im Linearraum, zusammen mit allen anderen gestarteten Schiffen.

Nostradamus saß zurückgelehnt in einem Sessel und hatte die Augen halb geschlossen. Er wirkte völlig entspannt. Obwohl Rhodan ihm eine Spezialkombination der Solaren Flotte angeboten hatte, trug Imago II noch jene seltsame Kleidung aus der Zeit Karls des Neunten. Seiner eigenen Aussage nach hatte er sich an diese Ausrüstung so sehr gewöhnt, daß er sie jetzt nicht aufgeben wollte.

Zwar trat der Ewige Bruder jetzt als Imago II auf, aber äußerlich wollte er offenbar der mysteriöse Nostradamus bleiben.

»Die ursprüngliche Aufgabe des Schwarms war, Intelligenz in alle von ihm besuchten Galaxien zu bringen«, berichtete Imago II mit leiser Stimme. »Die Cynos wachten über den Schwarm. Wir wissen nicht, wer die Erbauer des Schwarms waren, aber sie müssen Interesse daran gehabt haben, den Völkern des Universums Intelligenz zu bringen. Die Karties waren den Erbauern des Schwarms wegen ihres Zugvogeltriebs sehr willkommen, zumal dieses Volk schon seit undenklichen Zeiten die Technik der Groß- und Massentransitionen besitzt.«

Nostradamus schloß die Augen jetzt vollständig. Es sah aus, als müßte er angestrengt nachdenken.

»Unbekannte Intelligenzen waren also überzeugt davon, daß sie anderen Wesen Intelligenz bringen mußten«, fuhr Imago II fort. »Deshalb schufen sie den Schwarm, der sich zunächst nur durch die Heimatgalaxis der Karties bewegte. Dann wurde der Schwarm immer größer und begann mit seiner Wanderung durch das Universum. Er zog von Galaxis zu Galaxis.«

Rhodan hörte gespannt zu. Eine unvorstellbare Macht mußte den Schwarm geschaffen haben. Wesen, deren vornehmste Aufgabe offenbar war, Intelligenz zu verbreiten. Rhodan bewunderte diese Wesen, obwohl er sie nicht kannte.

»Wo liegt die Heimatgalaxis der Karties?« wandte er sich an Nostradamus.

Der Mann aus dem Gletscher lächelte und zeigte dabei seine Zähne. »Es ist unbedeutend!«

Rhodan war sicher, daß der Cyno trotz seiner Bereitschaft, Informationen zu geben, nicht alles verraten würde. Trotzdem stellte er Imago II eine weitere Frage.

»Wie konnte es dazu kommen, daß der Schwarm die Völker verdummte, anstatt ihnen wie früher Intelligenz zu bringen?«

»Dafür sind die Götzen verantwortlich«, antwortete der Cyno bereitwillig. »Auch zu der Zeit unserer Herrschaft war eine Reduzierung der galaktischen Gravitationskonstante erforderlich. Dadurch wurde die beabsichtigte Steigerung des Intelligenzgrades der im Wirkungsfeld liegenden Völker erst möglich. Auch wir Cynos benutzten dazu die Manips. Die Karduuhls nahmen eine Umprogrammierung der Manips in ihrem Sinne vor. Früher bedeutete die Reduzierung einer galaktischen Gravitationskonstante die Gradschwelle zwischen der schnell erwachenden Intelligenz und dem dicht benachbarten Wahnsinn.«

»Also ein Risiko?«

»Manchmal schon«, gab der Cyno zu. »In sehr seltenen Fällen wurde ein Volk, das Intelligenz erhalten sollte, auch verdummt.«

»Das müßte bedeuten, daß in den von den Karduuhls heimgesuchten Galaxien auch einmal ein Volk Intelligenz bekommen hätte«, meinte Rhodan. »Doch davon ist uns nichts bekannt.«

»Das sind Nebensächlichkeiten.« Nostradamus schlug seinen Mantel zusammen. »Etwas anderes wird Sie weitaus mehr interessieren. Während der Cyno-Herrschaft nahmen die Karduuhls ihre Geburtenteilung ausschließlich innerhalb des Schwarms vor.«

»Was?« entfuhr es Rhodan. »Sind Sie sicher?«

»Die Reduzierung der Gravitationskonstante hat mit dem Geburtsvorgang der Karties überhaupt nichts zu tun«, fügte Imago II hinzu. »Es handelt sich lediglich um eine Schutzmaßnahme der Karduuhls, die verhindern wollen, daß intelligente und raumfahrende Völker in ihren Machtbereich eindringen.«

Rhodan begriff, daß es für die Karties ausreichte, wenn auf einer geeigneten Welt die sogenannte Sekundäranpassung vorgenommen wurde. Das bedeutete, daß die Karties eine Gravitation von 2,2 Gravos und eine Temperatur von 63 Grad Celsius benötigten. Die Verdummungsstrahlung dagegen spielte für die Karties nicht die geringste Rolle. Es handelte sich nur um eine Schutzvorkehrung im Sinne der Götzen.

»Es gibt noch mehr ungewöhnliche Dinge, die Sie nicht wissen.« Der Cyno stand jetzt auf und blieb vor Rhodan stehen. »Die Karduuhls sind unfruchtbar. Sie können sich nicht fortpflanzen.«

Rhodan wollte einen Einwand erheben, doch der Cyno hob einen Arm.

»Lassen Sie mich zu Ende sprechen. Ich werde alles erklären. Die normale Lebenserwartung eines Karduuhls beträgt etwa zweitausend Jahre. Nach unserer Flucht aus dem Schwarm hatten wir mit einem schnellen Absterben der Götzen gerechnet. Bestenfalls zweitausend Jahre hätten sie unserer Ansicht nach regieren können. Doch dann entdeckten die Karduuhls die lebenserhaltende Wirkung des honigfarbenen Sekrets, das von den jungen Karties ausgeschieden wird. Für die Götzen war es ein Aktivierungselixier, das sie unsterblich machte.«

»Jetzt wird mir vieles klar!« rief Perry Rhodan. »Ich weiß jetzt, warum die Götzen, dem Tode nahe, sich so verzweifelt in diese Flüssigkeit gestürzt haben. Jetzt weiß ich auch, warum die Götzen sich solche Mühe gegeben haben, die Karties außerhalb des Schwarms gebären zu lassen.«

Rhodan unterbrach sich. Erschüttert erkannte er, daß jedes der Monstren zumindest eine Million Jahre alt war.

»Der Schwarm hat einen festen Rundkurs«, fuhr Imago II fort. »Mein Bruder und ich warteten auf seine Rückkehr, nachdem wir erkannten, daß wir vorher nicht mehr eingreifen konnten. Schmitt und ich leben ebenso wie die Karduuhls seit einer Million Jahren. Wir wechselten uns in unserer Tätigkeit ab. Während einer von uns Vorbereitungen für die Rückkehr des Schwarms traf, schlief der andere in der Energiegruft im Südpol der Erde. Die vielen anderen Cynos, die nicht zur Versteinerung gezwungen worden waren, verteilten sich auf den Welten der Galaxien und pflanzten sich normal fort.«

Eine Weile blieb es still. Rhodan mußte diese Informationen erst einmal gedanklich verarbeiten. Nicht alles war völlig neu für ihn, vieles hatte er bereits erahnt.

»Was haben die Cynos während dieser Million Jahre getan?« wollte er schließlich wissen.

»Im Grunde genommen haben sie eine neue Art von Zivilisation entwikkelt«, lautete die Antwort. »Verteilt über unzählige Planeten der Galaxis, arbeiteten sie zunächst nur an einem Ziel: Rückeroberung des Schwarms. Nach dem jeweiligen kulturellen und technischen Stand beeinflußten die Cynos die Völker der Galaxis. In ihrem eigenen Interesse taten sie dabei Dinge, die sicher nicht immer den Beifall der einzelnen Völker gefunden hätten. Unser Vorhaben, die Rückeroberung des Schwarms, durfte durch nichts gefährdet werden.« Nostradamus senkte die Stimme. »Doch es gab auch Cynos – und es gibt sie noch –, die das eigentliche Ziel vergessen haben. Sie möchten das heimliche Imperium in seiner jetzigen Form erhalten. Sie haben sich daran gewöhnt, in dieser Weise zu leben. Ich kann sie verstehen.«

»Und wo liegt Ihre Hauptwelt, das Zentrum der Organisation der Cynos?«

Nostradamus lachte auf. »Es gibt sie nicht!« versetzte er.

»Das … das bedeutet, daß Ihr Imperium keinen festen Sitz hat?«

Imago II schüttelte den Kopf. »Wir sind überall in der Galaxis verstreut. Es gibt auf den verschiedenen Welten drei, sieben oder neun Cynos, je nach der Bedeutung eines Planeten. Nur bei besonderen Anlässen trafen sich mehr Cynos.«

Rhodan versuchte sich eine Zivilisation vorzustellen, die seit einer Million Jahren lose verteilt überall in der Galaxis existierte und sogar ein Imperium gebildet hatte. Die Existenz eines solchen Reiches war nur mit den ungeheuren Fähigkeiten der Cynos erklärbar. Menschen hätten niemals auf diese Weise überleben können.

Rhodan sah die Cynos jetzt mit anderen Augen. Wenn Nostradamus die Wahrheit sprach – und daran zweifelte Rhodan keinen Augenblick –, hatten die Cynos eine wunderbare Tat vollbracht. Welches andere Volk hätte während dieser Zeit durchgehalten, ohne das Ziel aus den Augen zu verlieren?

Aber hatten noch alle Cynos das gleiche Ziel? Aus den Worten des Ewigen

Bruders Imago II sprachen leise Zweifel. Es gab heute Cynos, die nicht mehr am Schwarm interessiert waren.

»Nur Schmitt und Sie sind noch übrig«, sagte Rhodan zu Nostradamus.

»Und die neun Imaginären.«

»Werden Sie die Unterstützung aller Cynos erhalten?«

Nostradamus ließ sich mit einer Antwort Zeit.

»Es gibt immer noch genügend Cynos, die sich ihrer Aufgabe bewußt sind«, sagte Imago II schließlich. »Sobald wir die Karduuhls besiegt haben, werden alle Cynos auf unserer Seite sein.«

»Um die Karduuhls zu besiegen, müssen Sie Stato II halten.«

»Das stimmt«, gab Nostradamus zu.

»Warum legt Ihr Bruder keinen Schutzschirm um den Planeten, damit die Götzen mit ihren Raumschiffen nicht landen können?«

»Die betreffenden Anlagen existieren nicht mehr«, erklärte der Cyno. »Vor mehr als einer Million Jahren gelang es dem Verräter Hesze Goort, sie zu zerstören. Das bedeutet, daß Stato II ungeschützt innerhalb des Schwarms steht.«

Rhodan hatte mit einer solchen Auskunft gerechnet. Er wußte jetzt, worauf es ankam. Seine Blicke fielen auf die Kontrollen. Die letzte Linearetappe stand unmittelbar bevor. Danach würden sie das System von Zentralstatik II erreicht haben – ein Gebiet, in dem viertausend terranische Raumschiffe in diesem Augenblick wahrscheinlich bereits einen verzweifelten Kampf führten.

In der Hauptschaltzentrale von Stato II war es unheimlich still. Auch die Ereignisse auf den riesigen Bildschirmen spielten sich lautlos ab.

Seit zwei Stunden landeten Raumschiffe aus dem Schwarm auf den Raumhäfen von Stato II und schleusten Truppen aus. Alaska Saedelaere, Tschubai, Corello und Irmina Kotschistowa konnten beobachten, daß vor allem Schwarze Dämonen und Lacoons nach Stato II gebracht wurden. Aber auch einzelne Skurrils tauchten auf den Bildschirmen auf. Die Truppen verteilten sich über das Land und begannen die einzelnen Stationen zu belagern. Die Hauptschaltstation war von einer riesigen Armee umzingelt.

Obwohl die Schutzschirme der Stationen ständig beschossen wurden, hatte Alaska nicht den Eindruck, daß die Karduuhls Stato II vernichten wollten. Schmitt hatte vor seinem Verschwinden ja erklärt, daß die Karduuhls im Interesse der eigenen Sicherheit ein solches Vorgehen nicht verantworten könnten.

»Sie besetzen den gesamten Planeten«, stellte Ras Tschubai fest. Der Teleporter hockte auf einem Schaltsockel und hatte ein Bein über das andere geschlagen. »In diesem Raumsektor muß es von Schwarmraumschiffen wimmeln.«

»Wahrscheinlich haben sie alle Schiffe vom Solsystem abgezogen, um Stato II erobern zu können«, vermutete Ribald Corello. »Ich komme mir verdammt hilflos vor, weil ich nichts unternehmen kann. Wir sitzen in dieser Station und müssen abwarten, weil wir sie nicht verlassen können.«

Irmina ließ ihre Blicke durch die Station wandern und beobachtete die verschiedenen Zugänge. »Ich möchte wissen, wo Schmitt jetzt steckt.«

»Er verfolgt seine eigenen Ziele«, sagte Ras. »Vielleicht sehen wir ihn niemals wieder.«

Alaska sah Irmina Kotschistowa verstohlen an. Seit ihrem Aufenthalt im Hyperraum verhielt Alaska sich der schönen Mutantin gegenüber noch zurückhaltender als früher. Wenn Irmina das spürte, so ließ sie sich nichts anmerken.

»Was denken Sie, Alaska?« fragte Ribald Corello. »Werden wir Schmitt wiedersehen?«

Der Maskenträger hob die Schultern. Er wußte nicht mehr als seine Begleiter.

»Ich frage mich, wie Schmitt gegen die Invasion von Schwarmbewohnern ankämpfen will«, sagte Tschubai und deutete auf die Bildschirme.

»Er hat irgendeinen Plan«, warf Irmina ein.

Alaska wußte, wie tief das Mißtrauen gegen Schmitt in Irminas Bewußtsein verwurzelt war. Einmal hatte sie den Cyno fast getötet, weil sie ihn für einen Verräter gehalten hatte.

Saedelaere blickte immer wieder auf die Uhr. Würden terranische Raumschiffe in diesem Raumsektor des Schwarms auftauchen, um den Cynos zu helfen?

Da keine Aufnahmen aus dem Weltall auf den Bildschirmen erschienen, gab es keine Antwort auf diese Frage. Alaska wagte ohne Anwesenheit Schmitts nicht, noch einmal die große Funkanlage zu bedienen.

Corello hatte recht: Sie saßen tatenlos herum und waren zum Zuschauen verurteilt.

»Wir sollten uns auf die Suche nach Schmitt machen«, schlug Tschubai vor. »Er muß sich noch irgendwo innerhalb der Schaltzentrale aufhalten.«

»Er hat uns klar zu verstehen gegeben, daß er auf unsere Begleitung keinen Wert legt«, widersprach Corello.

»Wir werden etwas unternehmen«, entschied Alaska. »Es ist möglich, daß wir einen Fehler machen, aber das Abwarten mißfällt mir ebenfalls.« Er sah seine Begleiter an und erkannte Zustimmung in ihren Gesichtern. »Wir werden ...«

Er unterbrach sich, denn in diesem Augenblick kam Schmitt zurück. Es war ein Zufall, daß Alaska gerade in die Richtung jenes Eingangs blickte, durch den der kleine Cyno die Hauptschaltstation betrat.

Mit Schmitt war eine unübersehbare Veränderung vorgegangen. Er trug einen Schutzanzug, wie ihn Alaska zuvor niemals gesehen hatte.

Der gesamte Anzug bestand aus quadratischen Segmenten, die besonders elastisch zu sein schienen. In Höhe des Beckens ragten zwei ballförmige Stummel hervor. Auf den Achseln saßen antennenähnliche Höcker. Der Helm bestand aus einem transparenten Gespinst, das äußerst zerbrechlich wirkte, aber offenbar sehr haltbar war.

Klobig aussehende Schuhe und Handschuhe rundeten das seltsame Bild ab, das der Cyno bot. Unter dem Arm trug Schmitt den Paradimschlüssel.

Inzwischen waren auch Alaskas Begleiter auf den Cyno aufmerksam geworden. Schmitt hob den freien Arm. Seine Stimme war trotz des seltsamen Helmes, den er trug, deutlich zu verstehen.

»Ich verstehe Ihre Unruhe«, erklärte Imago I. »Offenbar bin ich gerade noch rechtzeitig zurückgekommen, um Sie am Begehen von Dummheiten zu hindern.«

Alaska deutete auf den Bildschirm unmittelbar vor ihm. »Sehen Sie denn nicht, was sich dort draußen abspielt?«

Schmitt drehte sich zur Seite. Seine Bewegungen wirkten durch den Anzug schwerfällig. Eine Weile starrte er auf die Bildschirme.

Dann machte er ein paar entschlossene Schritte auf die Kontrollen zu und änderte die Einstellung der Bildschirme. Die Terraner konnten jetzt den Weltraum in der Nähe des Planeten Stato II erkennen.

Alaska stieß einen überraschten Schrei aus, als er erkannte, daß terranische Schiffe in Gefechte mit Einheiten aus dem Schwarm verwickelt waren. An manchen Stellen wurde so heftig gekämpft, daß es aussah, als würde der Weltraum in Flammen stehen. Saedelaere sah viele Wracks von Schwarmraumschiffen, aber auch vereinzelte Trümmer terranischer Kreuzer.

»Ist die gesamte Flotte eingetroffen?« fragte Tschubai.

Schmitt schüttelte den Kopf. »Bedauerlicherweise noch nicht«, antwortete er. »Deshalb können die Karduuhls noch immer ungehindert Schiffe auf den vier Raumhäfen von Stato II landen lassen. Nur eine Vorhut von viertausend terranischen Einheiten kämpft um Stato II.« Er blickte jetzt wieder in Alaskas Richtung. »Das heißt, ursprünglich waren es viertausend Einheiten. Inzwischen hat dieser Verband Verluste erlitten.«

Wut stieg in Alaska auf. »Warum greifen wir nicht ein?«

»Gedulden Sie sich«, entgegnete Schmitt. »Noch ist nichts verloren.«

»Was ist das für ein seltsamer Anzug, den Sie tragen?« erkundigte sich Irmina Kotschistowa.

»Der Anzug der Vernichtung!«

Alaska fühlte, daß es ihm kalt über den Rücken lief. Schmitts Antwort besaß eine unheilvolle Bedeutung. Die Veränderung, die mit dem Cyno vor sich gegangen war, beschränkte sich nicht auf Äußerlichkeiten. Es war, als hätte der Anzug Schmitt eine andere Persönlichkeit verliehen.

»Sind Sie mit diesem Anzug in der Lage, den Anführer der Karduuhls zu töten?« fragte Alaska und sprach damit einen langgehegten Verdacht aus.

Schmitt lachte leise. »Ich hätte nicht gedacht, daß auch die klugen Terraner dem Kult der Karduuhls zum Opfer fallen würden. Es gibt keinen Obergötzen. Ein solches Wesen existiert nur in der Phantasie der Schwarmvölker. Sie glauben an Xantomyr oder wie immer sie ihren Götzen nennen. Die Karduuhls herrschen gemeinsam, nur die sogenannten Ressortchefs haben besondere Aufgaben.«

»Und die Schwarzen Dämonen?« wollte Corello wissen. »Wer sind sie?«

Schmitt winkte ab. »Sie sind bedeutungslos. Es handelt sich um ehemalige Karties, die von den Götzen parabiophysikalisch herangezüchtet wurden.« Er deutete auf die Bildschirme. »In wenigen Augenblicken wird die Solare Flotte eintreffen. Ich habe entsprechende Nachrichten erhalten.«

Erleichterung breitete sich in Alaska aus. Wenn Perry Rhodan mit der gesamten zur Verfügung stehenden Streitmacht des Solaren Imperiums in diesem Raumsektor eintraf, konnte die vollständige Invasion von Stato II vielleicht noch verhindert werden.

Andererseits war sich der Transmittergeschädigte darüber im klaren, daß die Schwarmvölker die terranischen Raumfahrer in ein erbittertes Gefecht verwickeln würden.

»Und was tun wir inzwischen?« wandte Alaska sich an den Cyno.

Imago I blickte an sich hinab. »Meine Aufgabe ist vorbestimmt. Ich trage jetzt den Anzug der Vernichtung. Für mich gibt es kein Zurück mehr.«

Alaska entnahm diesen Äußerungen, daß Schmitt sie abermals verlassen wollte.

»Wir wollen nicht hier unten abwarten, bis der Kampf entschieden ist!« protestierte er heftig. »Geben Sie uns eine Chance, in die Kämpfe einzugreifen.«

Schmitt schien nachzudenken. Alaska wurde durch einen Ausruf Tschubais von dem Cyno abgelenkt. Der Teleporter deutete auf einen der Bildschirme, wo in aller Deutlichkeit zu sehen war, wie Tausende von terranischen Raumschiffen aus dem Linearraum brachen, um in die Raumschlacht im System der Sonne Zentralstatik II einzugreifen.

Mit diesem Vorgang wurde eine der schrecklichsten und verheerendsten Raumschlachten in der Geschichte der Menschheit eingeleitet.

Eine Stunde äußerster Anspannung und Konzentration hatte genügt, um Major Callomin Dellagorde in einen zitternden und schweißgebadeten Menschen zu verwandeln, der mit offenstehendem Uniformkragen im Konturensessel der Zentrale hockte und seine Befehle hinausbrüllte. Dreimal hatte er die CRUSADER an der Spitze eines Viererverbandes zu einem Angriff gegen die Schiffe aus dem Schwarm geführt. Jedesmal hatte er ein Schiff verloren. Auch die CRUSADER war beschädigt worden. Das rasende Punktfeuer von über hundert Schwarmschiffen hatte den Paratronschirm der CRUSADER an einer Stelle aufgebrochen, das Schiff hatte einen Treffer in der oberen Polkuppel erhalten.

Dellagorde rechnete sich aus, daß er bisher insgesamt sechshundert Schiffe verloren hatte. Daß seine Einheiten im gleichen Zeitraum die sechsfache Anzahl an Schwarmschiffen vernichtet hatten, besaß in diesem Zusammenhang nur untergeordnete Bedeutung.

Der Major wußte, daß die eigenen Verluste mit jedem Angriff größer werden mußten, denn die Konzentration der Raumfahrer ließ nach. Auch ihre Entschlossenheit erlahmte.

Kein Wunder! dachte Dellagorde.

Sie hatten diese verzweifelten Angriffe auf eine unvorstellbare Übermacht nur mit der Hoffnung durchgeführt, daß bald Verstärkung eintreffen würde. Doch bisher war kein einziges Schiff aus dem Solsystem angekommen, um in das Gefecht einzugreifen.

Dellagorde wußte, daß die Karduuhls im Schutz ihrer gewaltigen Streitmacht pausenlos Schiffe auf Stato II landeten und Truppen ausschleusten. Die endgültige Eroberung dieser wichtigen Welt war nur noch eine Frage der Zeit.

Der Major blickte zu Jahkahn Omal hinüber. Auch der I.O. machte keinen besonders frischen Eindruck mehr, wenn auch sein Gesicht nichts von der alten Ausdruckskraft verloren hatte.

Dellagorde holte tief Atem. Er beugte sich über das Mikrophon.

»Viererverbände bilden!« befahl er in einem Funkrundspruch. »Wir fliegen den vierten Angriff.«

Irgend jemand in der Zentrale stöhnte auf. Dellagorde blickte sich nicht einmal um. Er konnte die Reaktionen der Männer verstehen.

Auf den Bildschirmen war zu sehen, wie sich die angeschlagenen Terra-Verbände neu formierten. Es dauerte länger als beim letztenmal. Nach jedem Angriff dauerte es ein bißchen länger. Da die CRUSADER angeschlagen war, bildete sie in ihrem neuen Verband ein Flankenschiff.

Dellagorde blickte auf die Uhr. Er rechnete nicht damit, daß sein Schiff den vierten Angriff überstehen würde.

Er versuchte eine Funkverbindung mit Oberst Yatuhin zu bekommen. Zu seiner Überraschung gelang es. Yatuhin befand sich trotz seines schlechten Zustands in der Zentrale der HONGKONG.

Das Gesicht des Obersten auf dem Bildschirm sah blaß und eingefallen aus. Trotzdem lächelte der erkrankte Flottenkommandeur. »Bisher haben Sie Ihre Sache gut gemacht, Major.«

Dellagorde lachte sarkastisch. »Und sechshundert Schiffe verloren! Dies ist der letzte Angriff, Oberst. Wenn im Verlauf dieser Aktion keine Verstärkung eintrifft, ziehe ich die Schiffe zurück. Ich sehe nicht ein, daß ich alles opfere, ohne die Götzen an der Verfolgung ihrer Ziele hindern zu können.«

Yatuhins Gesicht schien zu versteinern. »Sie werden einen fünften Angriff fliegen und auch einen sechsten, wenn es sein muß!«

An Dellagordes Seite stieß Omal einen leisen Fluch aus.

»Es tut mir leid, Sir!« hörte Dellagorde sich sagen. »Seit ich das Kommando übernommen habe, bin ich auch für das Leben der Raumfahrer verantwortlich. Und ich werde es nicht wegen strategischer Überlegungen aufs Spiel setzen, wenn keinerlei Chancen bestehen.«

Erst jetzt, als das Bild umblendete, konnte Dellagorde sehen, daß der Oberst auf einer Liege kauerte und nun in äußerster Erregung den Kopf hob.

»Darüber werden wir *nach* dem vierten Angriff noch einmal sprechen, Major!« stieß er hervor und sank sichtlich erschöpft zusammen. Dann wurde die Verbindung von der HONGKONG aus unterbrochen.

»Verdammt noch mal!« stieß Omal hervor. »Das kann Ihnen eine Menge Ärger einbringen, Callomin.«

Es war der höchste Ausdruck der Bewunderung, zu dem er fähig war. Die Tatsache, daß dieser alte und erfahrene Raumfahrer ihn moralisch unterstützte, bedeutete für Dellagorde mehr als alles andere.

Der Kommandant sah, daß sich alle Viererverbände gebildet hatten. »Wir versuchen es noch einmal!« sagte er über Funkrundspruch. »Es geht los!«

Die Schiffe rasten los. Vom ersten Viererverband, den die CRUSADER gebildet hatte, war sie als einziges Schiff noch übrig. Die JACKON war explodiert. Die NASSAU nur ein Wrack, und die EYNIMOOR war schwer angeschlagen hinter die Gefechtslinien zurückgekehrt.

Diesmal flog die CRUSADER zusammen mit der BRAZZAVILLE, der ALICE und der STUTTGART. Dellagorde hatte das Angriffssystem bisher nicht geändert, denn trotz ihrer zahlenmäßigen Unterlegenheit hatten sie große Erfolge erzielt.

Inzwischen hatte sich der Gegner jedoch besser auf die Taktik der Angreifer eingestellt und achtete darauf, daß nur zahlenmäßig starke Verbände miteinander operierten.

Die Triebwerke der CRUSADER funktionierten einwandfrei, so daß es den Raumfahrern in der Zentrale nicht schwerfiel, das Schiff in der richtigen Position zu halten.

Die BRAZZAVILLE bildete die Spitze des Viererverbandes, an dessen Flanke die CRUSADER und die ALICE flogen. Während des Angriffs würde die STUTTGART zur BRAZZAVILLE aufschließen.

Vor den vier Schiffen tauchte ein Pulk gegnerischer Einheiten auf. Dellagorde hatte längst aufgehört, die gegnerischen Verbände zu zählen. Es waren immer weitaus mehr.

»Feuerleitzentrale!« rief Dellagorde. »Bereithalten!«

Die CRUSADER und die ALICE rasten seitwärts davon, während die beiden anderen Mitglieder des Viererverbandes bereits das Feuer eröffneten. Dellagorde verlor die ALICE aus den Augen. Er konzentrierte sich jetzt völlig auf die Schwarmschiffe. Während die CRUSADER auf den Schwarmverband zuraste, überflogen Dellagordes Blicke die Kontrollen. Die Werte des Paratronschirms lagen weit unter dem Durchschnitt. Er würde einem heftigen Punktfeuer nicht standhalten.

Die Schwarmschiffe auf den Bildschirmen wurden immer größer, dann folgte das übliche Manöver des Gegners. Er öffnete eine Art Gasse.

»Feuer eröffnen!« rief Dellagorde.

Im selben Augenblick begannen auch die feindlichen Schiffe zu schießen. Aus ihren schweren Bordgeschützen schlugen meterdicke Strahlenbündel.

Wie immer konzentrierte sich der Gegner auf *ein* Schiff des Viererverbandes. Auf diese Weise konnten die Schwarmbewohner sicher sein, wenigstens einen von vier Angreifern zu vernichten.

Es war ein Zufall, daß die CRUSADER zum zweitenmal zum Zielpunkt wurde. Callomin Dellagorde erkannte diesen Umstand sofort, und er reagierte augenblicklich.

Doch möglicherweise war durch die Anspannung und durch seinen Streit mit Oberst Yatuhin sein Entscheidungsvermögen getrübt. Anstatt das Schiff in einem verzweifelten Flug durch die von den Gegnern gebildete Gasse zu jagen, riß Dellagorde die CRUSADER seitwärts, um blitzschnell abzudrehen.

Er führte dieses Manöver vorbildlich aus, verlor jedoch wertvolle Sekunden. Sie genügten, um die CRUSADER einem konzentrierten Feuerschlag auszusetzen.

Als würde er selbst getroffen, duckte Dellagorde sich in seinem Sitz zusammen.

»Das wird schlimm!« rief Omal, der die Sachlage sofort erkannte.

Das Schiff machte einen Satz, ein gewaltiger Energiedruck schob es seitwärts. Im Paratronschirm entstand eine Strukturlücke. Das war der Anfang vom Ende.

Das Schiff gab ein ächzendes Geräusch von sich, beinahe wie ein riesiges, sterbendes Tier. Lodernde Energie hüllte es jetzt ein. Die Werte auf den Kontrollinstrumenten schnellten auf Höchstbelastung.

Dellagorde löste Rettungsalarm aus, obwohl er wußte, daß es auch dafür zu spät war.

Auf dem großen Bildschirm sah er drei leuchtende Kugeln: die BRAZZAVILLE, die ALICE und die STUTTGART, die jetzt zum Ausgangspunkt zurückrasten.

Die CRUSADER taumelte durch atomare Wolken, die Überreste von Schiffen aus dem Schwarm. Das terranische Schiff war jetzt von erbarmungslos angreifenden Verbänden eingekreist. Das Polgeschütz der CRUSADER feuerte noch, irgendein Mann in der Feuerleitzentrale war noch in der Lage, es zu betätigen.

Dann riß ein gewaltiger Feuerschlag in Höhe des äquatorialen Ringes ein Loch in den stählernen Körper der CRUSADER. Das Schiff erbebte.

Rings um Dellagorde sprangen die Männer von ihren Sitzen auf und rannten auf die Fluchtschächte zu. Sie wollten die Rettungsboote erreichen. Doch dazu kam es nicht mehr.

Die CRUSADER brach von Pol zu Pol auseinander. Einen Augenblick noch existierte die kugelförmige Zentrale als autarke Einheit weiter, doch sie war ungeschützt dem starken Beschuß der nachstoßenden Angreifer ausgesetzt.

Eine gewaltige Flamme schlug in die Zentrale und löschte die letzten Überlebenden der CRUSADER aus.

Doch unmittelbar vor seinem Ende sah Dellagorde auf einem noch funktionierenden Bildschirm Tausende von Kugelschiffen aus dem Linearraum kommen. Er starb mit dem Bewußtsein, daß die CRUSADER das letzte Schiff eines ehemals viertausend Einheiten starken Verbandes war, das auf diese Weise untergehen würde.

Von Anfang an war zu erkennen, daß die Schiffe aus dem Schwarm den Transformsalven der terranischen Verbände nichts entgegenzusetzen hatten. Auch die Schwarzen Dämonen kamen nicht mehr dazu, ihre hypnosuggestiven Kräfte auf bestimmte Ziele zu konzentrieren. Ihre Walzenschiffe waren die ersten Opfer des terranischen Angriffs.

In der Zentrale der ebenfalls in die Kämpfe verwickelten MARCO POLO beobachteten Perry Rhodan und Nostradamus gemeinsam das Gefecht.

»Befehlen Sie Ihren Kommandanten, die Manips nach Möglichkeit zu schonen«, sagte Imago II.

Rhodan hob die Augenbrauen.

»Weshalb? Diese Schiffe sind gefährlich!«

»Diese Schlacht ist bereits entschieden, bevor sie begonnen hat«, entgegnete der Cyno. »Sie können es sich leisten, die Manips nicht zu vernichten.«

Rhodan fragte sich, warum Nostradamus diesen Wunsch äußerte. Er mußte einen schwerwiegenden Grund dafür haben.

»Glauben Sie, daß die Cynos mit Hilfe der Manips den Verdummungsprozeß in der Galaxis rückgängig machen können?«

Imago II hob die Schultern. Zögernd wandte sich Rhodan der Funkanlage zu. Aber dann gab er über Funkrundspruch den Befehl an alle Schiffe, keine Manips mehr anzugreifen. Bei dem augenblicklichen Stand der Schlacht konnten sich die terranischen Raumfahrer erlauben, die Manips zu ignorieren.

Einige verwirrte Kommandanten fragten zurück, ob dieser Befehl auch richtig verstanden worden sei. Rhodan wiederholte seine Anordnung.

Das Gefechtsgebiet war kaum noch zu übersehen. Der Raum im Gebiet der Zentralstatiksonne II schien zu glühen. Energiewolken legten sich wie Schleier über alles.

Längst gab es keine Ordnung mehr unter den Verbänden des Schwarms. Die einzelnen Pulks wehrten sich verzweifelt, aber trotz ihrer zahlenmäßigen Überlegenheit konnten sie den Angriffen der Terraflotte nicht standhalten.

Die Ortungszentrale meldete, daß die auf Stato II gelandeten Verbände wieder starteten, um in das Gefecht einzugreifen. Rhodan ahnte, daß die Karduuhls Zeit gewinnen wollten. So dumm, daß sie die Überlegenheit des Gegners nicht erkannten, waren sie bestimmt nicht. Aber sie gaben ihren Schiffen nicht den Befehl zum Rückzug.

»Wir liefern nur den äußeren Rahmen für die endgültige Entscheidung«, sagte Imago II. »Während hier die Raumschlacht tobt, muß mein Bruder den Schlüssel zum Sieg benutzen.«

»Wie meinen Sie das?« fragte Perry.

»Mein Bruder trägt den Anzug der Vernichtung«, erwiderte der Cyno. »Er muß etwas Schreckliches tun. Ich weiß nicht, ob er dazu in der Lage sein wird.«

»Sie wollen damit sagen, daß diese Raumschlacht sinnlos ist?«

»Sie ist wichtig, damit Schmitt Zeit bekommt.«

Rhodan starrte auf die Bildschirme. Wegen der Pläne zweier Cynos schickte er die größte ihm zur Zeit zur Verfügung stehende Flotte in einen solchen Kampf. War das überhaupt gerechtfertigt? Solange die Schlacht tobte, konnte er die Antwort auf diese Frage nicht finden.

22.

»Nein!« sagte Schmitt entschieden. »Sie werden mir nicht helfen können. Ich muß das allein machen. Sie bleiben in der Zentrale und warten, bis alles vorbei ist.«

Alaska löste seine Blicke von den Bildschirmen. Innerhalb weniger Minuten waren starke Verbände im Weltraum aufeinandergeprallt. Die Schlacht war bereits in vollem Gang.

»Sie unterschätzen unsere Möglichkeiten«, sagte Alaska zu dem Cyno. »Die drei Mutanten und ich können Ihnen nützlich sein.«

»Nein!« widersprach Schmitt. Sein Entschluß stand unumstößlich fest. »Sie würden mich nur behindern oder aufhalten. Doch die Zeit drängt. Je länger ich warte, desto größer werden die Schwierigkeiten sein, mit denen ich zu kämpfen habe.« Er deutete auf die Bildschirme. »Sie können inzwischen beobachten, wie die Schiffe Ihres Volkes die Verbände aus dem Schwarm dezimieren.«

»Sind Sie so sicher?«

»Ich bin davon überzeugt«, erklärte Schmitt. »Die terranischen Schiffe verhindern, daß sich die gesamte Flotte der Karduuhls auf Stato II konzentriert.«

Sein Blick fiel auf einen anderen Bildschirm, auf dem Bilder von der Oberfläche des Planeten eingeblendet wurden. Noch immer wimmelte es von Götzen und deren Helfern. Zu seinem Erstaunen sah Saedelaere, daß die Karduuhls um sämtliche Energiekuppeln Stellungen zu errichten begannen.

»Das ... das sieht ja aus, als wollten sie die einzelnen Stationen verteidigen!« rief der Maskenträger verblüfft.

Schmitt nickte langsam. »Das sieht nicht nur so aus. Sie haben genau erkannt, was dort draußen vorgeht.«

»Aber ...« Alaska sprach nicht weiter. Er dachte nach.

»Sind die Karduuhls verrückt geworden?« fragte Irmina Kotschistowa. »Sie müssen doch versuchen, in die Stationen einzudringen, wenn sie Stato II kontrollieren wollen.«

»Wenn Sie genau beobachten, sehen Sie, daß die Götzen noch immer versuchen, in verschiedene Anlagen einzudringen. Aber sie tun das sehr behutsam, denn sie müssen unter allen Umständen verhindern, daß den neun

Imaginären etwas geschieht. Das Leben der Götzen hängt von der Sicherheit der Imaginären ab.«

»Jetzt verstehe ich überhaupt nichts mehr!« gab Saedelaere zu.

Schmitt hob einen Arm. »Gegen wen, glauben Sie, wollen die Götzen die Kuppeln abschirmen?« fragte er.

»Vermutlich gegen die Raumfahrer aus den terranischen Schiffen, die nach Beendigung der Schlacht hier landen werden«, antwortete Tschubai, als Alaska keine Antwort gab.

»Falsch!« rief Schmitt. Der Anzug der Vernichtung ließ ihn größer und stärker aussehen. »Die Verteidigungsvorbereitungen gelten mir.«

»Ihnen?« rief Alaska fassungslos.

»Die Karduuhls werden alles tun, um zu verhindern, daß ich in eine Energiegruft gelange.«

Alaska erinnerte sich, daß Schmitt angedeutet hatte, daß er die neun Imaginären töten würde. Aber warum wollten die Karduuhls Cyno-Mumien gegen den Angriff eines Cynos verteidigen?

Der Maskenträger erkannte die Zusammenhänge nicht. Aber Schmitt mußte sie kennen.

»Was wird hier eigentlich gespielt? Erklären Sie uns endlich, was Sie vorhaben!« wandte er sich an Imago I.

Schmitt schüttelte den Kopf. »Sie werden es erleben!«

Er wandte sich um und ging langsam hinaus. Mit ein paar Schritten hatte Alaska ihn wieder eingeholt.

»Wir begleiten Sie!«

»Ihre Hartnäckigkeit nützt Ihnen nichts«, sagte Imago I. »Ich werde jetzt endgültig gehen.«

Er hob den Paradimschlüssel und berührte ihn an einer bestimmten Stelle. Der Zylinder glühte auf, für ein paar Sekunden wurde Schmitt fast durchsichtig, dann löste er sich auf.

»Er ist transitiert!« stellte Ribald Corello fest.

»Ich habe ein ungutes Gefühl«, sagte Tschubai. »Schmitt würde uns sagen, was er vorhat, wenn er sicher sein könnte, daß wir damit einverstanden sind.«

Irmina lächelte gequält. »Offenbar haben wir wirklich keine andere Möglichkeit, als hier zu warten und die Ereignisse auf den Bildschirmen zu beobachten.«

Damit wollte Alaska sich nicht zufriedengeben. Sie mußten eine Möglichkeit finden, Schmitt aufzuspüren und ihn zu beobachten. Wenn sie den Kontakt zu ihm verloren, konnten sie nicht feststellen, wo er sich aufhielt und was er tat.

»Können Sie ihn auf parapsychischer Ebene orten?« fragte er Corello.

Der Supermutant verneinte. »Er ist völlig abgeschirmt!«

»Und Sie, Ras?« wandte Alaska sich an den Teleporter. »Können Sie hinter ihm herspringen und ihn einholen?«

»Ich kann überallhin springen«, erwiderte der Afroterraner. »Aber um Schmitt zu finden, muß ich wissen, wo er ist.«

»Ich habe einen besseren Vorschlag«, sagte Ribald Corello. »Wir beobachten alle Bildschirme, auf denen die Vorgänge auf der Planetenoberfläche zu sehen sind. Früher oder später muß Schmitt irgendwo auftauchen.«

Widerwillig stimmte Alaska zu. Er gestand sich ein, daß sie im Augenblick keine andere Möglichkeit hatten. Trotzdem erschien ihm ihr Verhalten wie eine Kapitulation.

Wie Schmitt befürchtet hatte, materialisierte er nicht innerhalb der von ihm ausgewählten Energiekuppel, sondern unmittelbar davor. Das bedeutete, daß die automatische Sicherheitseinrichtung funktionierte und den Schirm gegen alle Eindringlinge schützte.

Schmitt stand nur einen halben Meter vor dem Riegelschirm. Der Zufall hatte ihn in einer Mulde herauskommen lassen, die ihn fürs erste vor den Blicken der überall versammelten Lacoons, Skurrils und Karduuhls schützte.

Schmitt ließ sich auf den Boden sinken und kroch bis zum Rand der Mulde. Er wollte sich zunächst einmal orientieren und seine Umgebung beobachten, dann konnte er den nächsten Schritt unternehmen.

Als er über den Rand der Mulde spähte, erkannte er, daß die Karduuhls in einem Abstand von hundert Metern ihren Abwehrring um die Energiegruft gebildet hatten. Ein paar hundert Skurrils, Tausende von Lacoons und etwa dreißig Götzen hatten schwere Waffen in Stellung gebracht.

Schmitt ließ sich in die Mulde zurücksinken. Mit ihren parapsychischen Fähigkeiten konnten ihm die Karduuhls nichts anhaben – dagegen war er immun. Trotzdem konnten ihm seine Gegner gefährlich werden. Gegen rein mechanisch wirkende Waffen war er nicht geschützt.

Imago I brachte den Paradimschlüssel vor sich in Stellung. Er mußte versuchen, Kontakt mit der Energiemumie aufzunehmen. Wenn ihm das gelang, öffnete ihm der Imaginäre vielleicht die Gruft.

Schmitt berührte den Paradimschlüssel an der entsprechenden Stelle. Ein unhörbares Signal wurde ins Innere der Gruft abgestrahlt.

Aber es kam keine Antwort. Wie schon bei seinem ersten Versuch verweigerte die Mumie den Kontakt.

Schmitt versuchte es trotzdem noch einmal. Doch die Energiemumie reagierte nicht.

Schmitt war sicher, daß sie da war und das Signal verstanden hatte. Fürchtete sie die Konsequenzen, die unter Umständen mit Schmitts Eindringen verbunden waren?

Unmöglich!

Wollte sie auf ihre Weise gegen Schmitts Entscheidung demonstrieren?

Undenkbar!

Der Grund für die völlige Abgeschlossenheit der neun Imaginären konnte nur mit der Anwesenheit der Karduuhls erklärt werden. Ihnen gegenüber hatten sich die ehemaligen Herrscher der Cynos völlig abgekapselt. Schmitt war ein ungewolltes Opfer dieser Reaktion geworden.

Minutenlang lag der Cyno da und dachte nach. Er wußte, daß er nur eine Möglichkeit hatte: Er mußte eine Gruft gewaltsam aufsprengen.

Mit Hilfe des Paradimschlüssels würde ihm das vielleicht gelingen. Doch mit einem solchen Vorgehen war das Risiko einer schnellen Entdeckung verbunden.

Schmitt seufzte.

Zunächst einmal wollte er alle neun Grüfte untersuchen. Vielleicht fand er eine, die weniger scharf bewacht wurde. Dort würde er länger Zeit haben. Er packte den Zylinder, der das Tabora enthielt, und transitierte.

Diesmal hatte er Pech: Er materialisierte inmitten einer Gruppe von Karduuhls, die sich unmittelbar vor der Energiegruft versammelt hatten und eine Beratung abhielten.

Im ersten Augenblick waren sie nicht weniger verblüfft als Imago I, aber dann griffen sie an.

Als die Hälfte aller im System der Zentralstatiksonne II versammelten Schwarmraumschiffe vernichtet oder manövrierunfähig war, begann der Gegner mit dem Rückzug. Rhodan atmete unwillkürlich auf.

»Sie geben auf!« rief Korom-Khan, dessen Erleichterung deutlich spürbar war. »Bei Jupiter! Ich dachte schon, sie würden bis zum letzten Schiff kämpfen!«

Imago II sah die beiden Männer erstaunt an.

»Sie sollten sich freuen!« rief er ihnen zu. »Wir haben unser Ziel erreicht. Sie wissen, wie wichtig das nicht nur für Ihr Volk, sondern für die gesamte Galaxis war.«

»Schon gut!« erwiderte Rhodan ärgerlich. »Ersparen wir uns eine Diskussion. Aber wir sollten nicht vergessen, daß an Bord dieser Raumschiffe nicht nur Schwarze Dämonen gekämpft haben. Es gibt viele Hilfsvölker, die von den Karduuhls irregeführt worden sind.«

Imago II wandte sich in Richtung des Panoramabildschirms.

»Ich sehe nur den Schwarm«, sagte er ruhig. »Den Intelligenzbringer des

Universums. Er muß gerettet werden, wenn das Leben in seiner jetzigen Form weiterbestehen soll.«

Rhodan und Korom-Khan tauschten einen Blick. Der Cyno schien völlig gefühllos zu sein. Oder seine Gefühle bewegten sich in einem für Menschen unbegreiflichen Bereich.

Eine Funkbotschaft von der IMPERATOR traf ein.

»Atlan ist angekommen!« rief Rhodan erfreut. »Er hat das Kommando über die USO-Schiffe übernommen.«

»Ich wußte, daß er es nicht lange auf der Erde aushalten würde«, sagte Korom-Khan.

Wenige Augenblicke später erschien Atlans Gesicht auf dem Bildschirm der Funkanlage.

»Wie ich sehe, warst du schon sehr erfolgreich!« stellte er fest. »Die Schwarmverbände befinden sich auf dem Rückzug.«

»Wir werden sie endgültig aus diesem System vertreiben«, sagte Perry Rhodan. »Danach werden die USO-Schiffe auf Stato II landen und den Planeten zurückerobern. Wahrscheinlich wird das ohne großes Blutvergießen abgehen.«

»Ich bin einverstanden«, stimmte der Arkonide zu. »Wir haben an Bord der USO-Schiffe die besten Landetruppen und Spezialisten für eine solche Aufgabe.«

Der Arkonide berichtete, daß im Gebiet des Solsystems alles ruhig geblieben war. Kein einziges Schiff aus dem Schwarm war aufgetaucht. Auch die Cynos verhielten sich nach Atlans Aussage ungewöhnlich ruhig.

»Was sagen Sie dazu?« wandte Rhodan sich an Imago II.

Nostradamus überlegte einen Augenblick. »Viele Angehörige meines Volkes sind jetzt verunsichert. Sie haben von der Rückkehr der Ewigen Brüder gehört und fragen sich, was nun auf sie zukommen wird.«

Atlan hatte die Stimme des Cynos gehört. »Wie ich feststelle, hast du noch immer diesen mysteriösen Berater«, bemerkte er bissig.

»Er spricht nur, wenn ich ihn frage«, verteidigte Rhodan den Cyno. »Bisher gibt es keinen Grund, ihm zu mißtrauen.«

»Ich kenne ihn länger als du!« erinnerte der USO-Chef. »Er hat zu seiner Zeit nicht vor Lügen und Intrigen zurückgeschreckt, um seine Ziele zu verwirklichen.«

»Ich habe mich lediglich den Gepflogenheiten der Menschheit in diesem Zeitalter angepaßt!« rief der Cyno scharf.

»Wirklich?« fragte Atlan. »Oder ist es nicht so, daß die Menschen erst durch den Einfluß der Cynos so geworden sind?«

Rhodan hob beide Hände. »Dieser Streit hat doch keinen Sinn. Wenn wir jetzt nicht zusammenhalten, werden wir unser Ziel niemals erreichen.«

Atlan bekam schmale Lippen. »Frag ihn, ob er für sein Volk garantieren kann!« forderte er den Terraner auf. »Frag ihn, ob sie uns in Ruhe lassen werden, wenn sie den Schwarm wieder unter Kontrolle bekommen und seiner ursprünglichen Aufgabe zuführen können. Frag ihn!«

»Nun gut!« Rhodan holte tief Atem. Er sah Nostradamus an. »Sie haben den Arkoniden gehört.«

Die Blicke des Cynos verloren sich irgendwo in der Ferne. »Schmitt und ich sind eine Garantie«, sagte er. »Unser Volk wird eine kluge Entscheidung treffen.«

»Er weicht aus!« stellte Atlan fest.

»Wie wird Ihr Volk entscheiden?« fragte Rhodan drängend.

»Es wird den Schwarm wieder übernehmen. Vielleicht wird es zu einigen kleineren Schwierigkeiten kommen, aber wir werden mit dem Schwarm abziehen.«

»Versprechen Sie das?«

»Pah!« rief der Arkonide dazwischen. »Das Versprechen dieses Fallenstellers – was gilt das schon?«

»Ich verspreche es!« sagte Nostradamus leise.

»Er verspricht es!« spottete Atlan. »Die Wahrheit ist, daß er es nicht weiß. Er ist über eine Million Jahre alt. Er kann nicht für Wesen garantieren, die erst seit ein paar Jahrzehnten bewußt denken. Er kann nicht für die neue Cyno-Generation sprechen.«

Die Aufregung des Arkoniden wurde immer stärker. Rhodan, der einen offenen Streit zwischen Atlan und dem Cyno verhindern wollte, schaltete die Funkverbindung kurzerhand ab.

»Er findet mich nicht sehr sympathisch!« stellte Imago II trocken fest.

Mit Hilfe des Paradimschlüssels neutralisierte Schmitt den paraphysikalischen Angriff der Karduuhls. Danach ließ er sich keine Zeit, die Energiegruft zu beobachten, denn er wußte, daß die Götzen ihre Angriffstaktik sofort umstellen würden.

Er transitierte aus der tobenden Karduuhls-Gruppe heraus und materialisierte unmittelbar in der Nähe seines nächsten Zieles. Es war eine Energiegruft, die etwa zweihundert Meter über flachem Land schwebte. Sie wurde von einigen hundert Flugmaschinen der Götzen umkreist. Am Boden hielten sich Lacoons auf, die Schmitt sofort unter Beschuß nahmen. Da sie ausschließlich Energiewaffen benutzten, konnten sie ihm nicht gefährlich werden. Aber sie bildeten einen Ring um ihn und kreisten ihn langsam, aber sicher ein.

Ohne sich um die Lacoons zu kümmern, richtete Schmitt den Paradimschlüssel auf die Unterseite der kuppelförmigen Gruft und versuchte, den psionischen Riegelschirm an einer Stelle aufzusprengen.

Es mißlang.

Die ersten Lacoons hatten ihn jetzt fast erreicht. Schmitt führte eine Kurztransition aus und landete hinter den Angreifern. Sie sahen sich verblüfft nach ihm um. Es dauerte einige Augenblicke, bis sie sich gefaßt hatten und wieder zum Angriff übergingen.

Schmitt ignorierte sie erneut. Mit aller Macht versuchte er jetzt den Riegelschirm zu durchdringen.

In diesem Augenblick begann der Boden zu beben. Sofort gab Schmitt seine Bemühungen auf und konzentrierte sich auf seine Umgebung. Auf Stato II gab es keine Erdbeben, es sei denn, jemand würde sie künstlich herbeiführen.

Vor dem Cyno öffnete sich plötzlich der Boden. Schmitt machte ein paar Schritte zurück. Die Lacoons wußten offenbar nicht, was die Erschütterungen zu bedeuten hatten, denn sie blieben verwirrt stehen und stellten das Feuer aus ihren Energiewaffen ein.

Schmitt preßte die Lippen aufeinander. Die Götzen hatten erkannt, daß unmittelbare Angriffe auf ihren Gegner keine Erfolge bringen würden, deshalb konzentrierten sie sich jetzt auf die Umgebung des Cynos.

Schmitt umklammerte den Paradimschlüssel. Der Boden unter ihm gab nach. Ein weiterer Spalt öffnete sich und drohte ihn zu verschlingen. Er transitierte im selben Augenblick.

Diesmal war er vorsichtiger und materialisierte in respektvoller Entfernung von der nächsten Energiegruft.

Seine Vorsicht hatte ihm wahrscheinlich das Leben gerettet. Rings um die Energiegruft, in deren Nähe er herausgekommen war, hatte sich der feste Boden in kochendes Wasser verwandelt. In einem Abstand von etwa hundert Metern stiegen heiße Dämpfe auf. Am Ufer des von ihnen geschaffenen Lavasees standen ein paar Karduuhls und beobachteten die Umgebung.

Wahrscheinlich sah es jetzt bei allen Grüften ähnlich aus.

Schmitt lag bewegungslos am Boden. Er sah, daß einige Lacoons, die sich zu dicht an der Energiegruft aufgehalten hatten, verbrannten und ertranken. Die Karduuhls hatten noch nie besondere Rücksicht auf ihre Hilfsvölker genommen.

Imago I ahnte, daß er jetzt doppelt vorsichtig sein mußte. Die Götzen wußten nun, wie sie ihn vernichten konnten. Sie griffen ihn nicht mehr direkt an, sondern veränderten auf parapsychischem Wege die Umwelt.

Schmitt rollte sich durch das meterhohe Gras bis zu ein paar Felsen, wo er in Deckung gehen konnte. So kam er nicht weiter. Er mußte unbedingt in eine Energiegruft eindringen. Alles andere würde sehr einfach sein, denn er brauchte dann nur noch von einer Gruft in die andere zu springen.

Schmitt aktivierte den Paradimschlüssel und versuchte einen telepathischen Kontakt zu dem Imaginären in der Energiegruft vor ihm herzustellen. Zu seiner Überraschung gelang ihm das auf Anhieb.

»Imago I oder Imago II?« fragte die Energiemumie.

»Imago I«, antwortete Schmitt erregt. »Die Zeit ist gekommen, da wir die Karduuhls vertreiben können. Ich habe mich zur Tat der letzten Möglichkeit entschlossen.«

Er konnte fast körperlich spüren, wie sich die Mumie seinen Impulsen entzog. Mit dieser Abkapselung hatte er gerechnet. Der Imaginäre mußte erst mit der Vorstellung fertig werden, daß einer seiner Diener in der Nähe war, um ihn endgültig auszulöschen.

Dann waren die telepathischen Strömungen des Imaginären wieder spürbar. »Ich bin Tanfact AU'Berchere«, dachte die Energiemumie.

»Tanfact AU'Berchere«, wiederholte Schmitt wie betäubt. Zu keinem anderen Imaginären hatte er in der Vergangenheit bessere Kontakte gehabt. Das Verhältnis zwischen ihm und dem Imaginären war nie das eines Herrn mit seinem Diener gewesen.

Zwischen Imago I und Tanfact AU'Berchere hatte es freundschaftliche Beziehungen gegeben.

Vor Schmitts geistigem Auge erschien das Bild des berühmten Imaginären, das *echte* Bild, nicht das einer nahezu körperlosen Energiemumie. Tanfact AU'Berchere hatte die beiden Ewigen Brüder niemals spüren lassen, daß er im Gegensatz zu ihnen das höchste Entwicklungsstadium im Leben eines Cynos erreicht hatte.

Ich werde es nicht tun können! dachte Schmitt verzweifelt. Auch wenn es ihm gelingen sollte, in eine Energiegruft einzudringen, konnte er die schreckliche Tat nicht vollbringen.

Tanfact AU'Berchere hatte die letzten Gedanken verstanden. »Du hast keine andere Möglichkeit, Imago I«, sendete er. »Du mußt es tun.«

Schmitt zwang sich, nicht länger an die Mumie zu denken, sondern ausschließlich an den Schirm, der sein Eindringen verhinderte.

»Durch die Anwesenheit der Karduuhls hat sich der Schirm verstärkt«, erklärte Tanfact AU'Berchere. »Es ist ein automatischer Vorgang, auf den ich keinen Einfluß habe. Ich kann ihn nicht rückgängig machen.«

»Wenn ich nur an die Kuppel herankönnte«, dachte der Cyno verzweifelt. »Wenn ich nur ein paar Minuten Zeit hätte, um einen Strukturriß zu schaffen, durch den ich eindringen könnte.«

»Du weißt, daß ich dir nicht helfen kann!«

Schmitt bewunderte die Gelassenheit des Imaginären. Eine Million Jahre hatte er in seiner Energiegruft geschlafen und auf Rettung gewartet. Nun kam sein treuester Diener, aber nicht, um ihn zu retten, sondern um ihn zu töten.

Schmitt wälzte sich auf den Bauch und begrub den Paradimschlüssel unter sich. Was konnte er tun?

Ein dumpfes Dröhnen riß ihn aus den Gedanken. Fast gleichzeitig prasselten Steine auf ihn herab. Er wollte aufspringen, doch er wurde von einem Felsbrocken getroffen und zu Boden gerissen. Nur der Anzug der Vernichtung rettete ihn vor den ersten Geschossen, die aus der Luft auf ihn herabregneten.

Die Karduuhls hatten ihn entdeckt!

Schmitt wurde erneut getroffen. Er griff nach dem Paradimschlüssel und transitierte. Als er in dreihundert Metern Entfernung materialisierte, sah er, daß an der Stelle, wo er eben noch gelegen hatte, ein ganzer Berg von Felsbrocken niederging. Sie hätten ihn zerschmettert, wenn er noch einen Augenblick gezögert hätte. Mit ihren telekinetischen Kräften hatten die Götzen die Steine in Bewegung gesetzt, in der Luft zusammengeballt und dann herabstürzen lassen.

Schmitt ahnte, daß dies nicht der letzte Angriff gewesen war. Er mußte noch vorsichtiger sein.

Die Karduuhls hatten offenbar eine Möglichkeit gefunden, ihn überall nach kurzer Zeit zu orten.

Schmitt richtete eine Gedankenbotschaft an Tanfact AU'Berchere. »Ich muß es woanders versuchen!«

»Ich weiß es, Imago I. Du mußt es schaffen, sonst war alles umsonst.«

Was muß ich schaffen? dachte Schmitt niedergeschlagen. *Den Mord an den neun besten Cynos, die jemals gelebt haben. Ich muß ihr Ende, das vor einer Million Jahren begann, endgültig besiegeln.*

Etwas zischte durch die Luft und bohrte sich neben ihm in den Boden. Das Ende eines zugespitzen Pfeiles zitterte in Höhe von Schmitts Kopf. Sie hatten ihn bereits wieder entdeckt.

Er transitierte.

Alaskas Augen brannten. Das Cappin-Fragment in seinem Gesicht begann sich zu regen. Das war eine Folge der parapsychischen Aktivität der Karduuhls. Aus den Schlitzen der Plastikmaske, unter der Alaska das gefährliche Fragment verbarg, schlugen Blitze in allen Farben des Spektrums.

Trotzdem ließ der Transmittergeschädigte die Bildschirme nicht aus den Augen. Überall in der Nähe der Energiegrüfte konnte er die Folgen der Götzenaktivität beobachten.

»Sie haben Schmitt überall Fallen gestellt«, sagte Ribald Corello. »Unter diesen Umständen kommt er erst gar nicht an eine der Kuppeln heran.«

Tschubai schüttelte den Kopf. »Ich verstehe nicht, warum er unsere Hilfe nicht angenommen hat. Wir könnten ihm Rückendeckung geben.«

»Er will das, was er vorhat, allein erledigen«, vermutete Irmina Kotschistowa.

»Sobald wir ihn entdecken, wird Ras versuchen, ihn zu erreichen«, sagte Alaska. Seine Stimme war kaum hörbar.

Irmina warf ihm einen besorgten Blick zu. »Haben Sie Schwierigkeiten, Alaska?«

»Wegen des Fragments?« Er lachte auf. »Daran habe ich mich mittlerweile gewöhnt.«

Doch diese Worte entsprachen nicht der Wahrheit. Alaska war sich darüber im klaren, daß er bald unter heftigen Schmerzen leiden würde, wenn sich die Aktivität des Organklumpens in seinem Gesicht noch steigern sollte.

Dieses verdammte Ding! dachte er haßerfüllt, obwohl ihm die Vernunft sagte, daß das Cappin-Fragment unfreiwillig in seinem Gesicht festsaß. Es hatte sich instinktiv den besten Platz ausgesucht, als es zusammen mit Alaska in eine Transmitterfehlschaltung geraten war.

»Laßt die Bildschirme nicht aus den Augen!« befahl er seinen Begleitern. »Wir werden ihn früher oder später entdecken, dann muß Ras sofort teleportieren.«

Im Grunde genommen wirkten die von den Karduuhls errichteten Fallen primitiv, aber gerade darin lag ihre Gefährlichkeit. Mit Psi-Kräften und Energiewaffen konnten die Götzen Schmitt nicht besiegen, deshalb versuchten sie es jetzt mit Veränderungen der Umwelt. Vor den Energiegrüften entstanden kochende Seen, Lavamassen brodelten auf, Steinlawinen gingen nieder, und kleine Vulkane brachen aus.

An verschiedenen Stellen wurden die Lacoons mit Speeren ausgerüstet. Alaska fragte sich, woher die Karduuhls diese Waffen so schnell geholt hatten.

Bisher hatten die Karduuhls jedoch auch mit ihren neuen Aktivitäten noch keinen Erfolg erzielen können. Alaska schloß das aus der Tatsache, daß die Götzen ihre Bemühungen überall sichtbar verstärkten. Es erschien Alaska wie eine Ironie des Schicksals, daß die Götzen erbittert um die ehemaligen Anführer der Cynos kämpften. Grundlos taten sie das bestimmt nicht.

»Da ist er!« rief Corello plötzlich.

Den Augen des Supermutanten entging nichts. Auf einem der Bildschirme war Schmitt zu sehen. Er mußte gerade materialisiert sein. Seine Entfernung zur Energiegruft betrug fast achthundert Meter. Er lag hinter einem Hügel in Deckung und hielt den Paradimschlüssel hoch. Vor der Kuppel schleuderten kochendheiße Geysire ihre Wassermassen in die Luft. Doch so weit hatte Schmitt sich gar nicht erst vorgewagt.

Alaska sah, daß sich die Lacoons, die vor den Geysiren postiert waren, in Bewegung setzten. Sie rannten auf die Stelle zu, wo Schmitt in Deckung lag.

Alaska ballte die Hände. »Sie haben ihn schon entdeckt! Ein paar von ihnen tragen Speere. Beeilen Sie sich, Ras!«

Der Teleporter machte einen Schritt auf Corello zu. Der Mutant mit dem großen Kopf verzog sein kindlich wirkendes Gesicht.

»Ich verzichte nicht gern auf meinen Spezialroboter.«

»Wir passen auf ihn auf!« versprach Saedelaere sarkastisch.

Die beiden Mutanten stellten körperlichen Kontakt her und entmaterialisierten.

Irmina sah Alaska nachdenklich an. »Schmitt wird nicht begeistert sein!« befürchtete sie.

»Schon möglich«, stimmte Alaska zu. »Aber er wird sich helfen lassen müssen, wenn er seine Pläne verwirklichen will.«

Das Cappin-Fragment bewegte sich heftig. Die Maske wölbte sich auf. Alaska griff sich mit beiden Händen ans Gesicht und stöhnte.

»Alaska!« rief Irmina besorgt.

»Es geht vorüber!« sagte er hastig. »Kümmern Sie sich nicht darum. Es kann jetzt in sporadischen Abständen immer wieder vorkommen, bis die Götzen in ihrer Aktivität nachlassen.«

Sie wollte nach seinem Arm greifen, aber er entzog sich ihrem Griff. Dann wandte er sich von ihr ab. Die Kontrollinstrumente reflektierten das Licht, das aus den Schlitzen seiner Maske drang.

Dann war es vorüber. Alaska wußte, daß das Cappin-Fragment ihn jede Sekunde erneut in Schwierigkeiten bringen konnte.

»Wenn es zu schlimm wird, müssen Sie mich paralysieren!« verlangte er von der Mutantin. »Ich habe schon einmal die Maske vom Gesicht gerissen, als ich glaubte, das Fragment nicht mehr ertragen zu können. Sie wissen, was ein Blick in den Cappinklumpen bedeutet: Wahnsinn und Tod. Diesem Risiko dürfen Sie sich nicht aussetzen.«

Irmina war blaß geworden. Sie nickte nur und zog ihren Strahler.

Alaska wandte seine Aufmerksamkeit wieder dem Bildschirm zu. Inzwischen waren Tschubai und Corello bei Schmitt angekommen.

Aus den Augenwinkeln nahm Schmitt eine Bewegung wahr. Ohne den Paradimschlüssel loszulassen, warf er sich zur Seite, denn er rechnete mit einem Angriff. Bereit, sofort zu transitieren, blickte er sich um.

Zu seiner Überraschung sah er Ras Tschubai und Ribald Corello, die unmittelbar neben ihm materialisiert waren. Seine Erleichterung ging schnell in Ärger über.

»Wie haben Sie mich gefunden?« fragte er wütend. »Was wollen Sie hier? Sehen Sie nicht, daß ich auch ohne Sie schon genügend Schwierigkeiten habe?«

Tschubai verzog das Gesicht. »Sie könnten uns ein bißchen freundlicher begrüßen, Schmitt. Wir sind schließlich gekommen, um Ihnen zu helfen.«

Schmitt deutete in die Richtung, aus der das Geschrei der näher kommenden Lacoons an sein Gehör drang.

»Wir wissen, daß die Lacoons anrücken«, erklärte Tschubai. »Und wie es vor der Energiegruft aussieht, wissen wir ebenfalls. Aber vielleicht können wir Ihnen trotzdem helfen.«

»Wie?«

»Wir halten Ihnen die Angreifer vom Leib, bis Sie in eine Gruft eingedrungen sind!«

Schmitt blieb skeptisch.

»Versuchen Sie es!« sagte er schließlich. »Aber erwarten Sie nicht, daß ich mich um Sie kümmere, wenn Sie in eine gefährliche Lage kommen. Ich habe nur ein Ziel vor Augen.«

Corello kümmerte sich nicht länger um den Cyno, sondern konzentrierte sich auf die näher rückenden Lacoons.

»Holen Sie meinen Spezialroboter, Ras!« rief er Tschubai zu. »Ich muß beweglicher sein.«

Tschubai zögerte. Es fiel ihm nicht leicht, Corello und Schmitt allein zurückzulassen. Dann jedoch sah er ein, daß Corello ohne den Trageroboter nur die Hälfte wert war.

Während Corello die Lacoons mit hypnosuggestiven Impulsen angriff, teleportierte Ras zurück in die Zentrale der Hauptschaltstation.

»Ich komme, um den Roboter zu holen«, erläuterte er Alaska und Irmina. Sein Blick blieb auf Irmina haften. »Außerdem wäre es besser, wenn Sie ebenfalls mitkämen. Ich glaube nicht, daß Ribald allein mit den Angreifern fertig werden kann.«

»Ich kann jetzt hier nicht weg!« sagte die Mutantin.

Alaska lachte auf. »Sie macht sich Sorgen wegen des Cappin-Fragments.«

»Ich will Sie nicht sich selbst überlassen!«

»Sie werden Ras begleiten!« entschied Saedelaere. »Ich komme auch allein zurecht.«

Ohne sich um die weiteren Einwände der Mutantin zu kümmern, zog Ras sie bis zum Roboter Corellos.

Dann teleportierte er zurück zu der Stelle, wo Corello gegen die Lacoons kämpfte. Bisher hatten die Karduuhls noch nicht eingegriffen, aber wenn sie merkten, daß die Schlangenköpfe von Mutanten aufgehalten wurden, würden sie sich einmischen.

»Ich bringe Verstärkung«, sagte Tschubai nach seiner Rückkehr. Er ging zu Corello und trug ihn zu seinem Roboter. Irmina begriff sofort, worum es ging, und attackierte die Lacoons mit ihren Psi-Kräften. Ras Tschubai setzte Corello in den Sitz des Roboters. Dann blickte er zu den Lacoons hinauf, die den Gipfel des Hügels erreicht hatten. Ihre Körper schienen zu zerplatzen.

Der Angriff Irminas brachte den Vormarsch der Schlangenköpfe zum Stillstand. Der Anblick ihrer sterbenden Artgenossen war für die Lacoons zuviel. Sie vergaßen ihre Aufgabe und stürmten in wilder Flucht den Hügel hinab. Tschubai ahnte, daß auch Corello an diesem Rückzug nicht ganz unbeteiligt war.

Er wandte seine Aufmerksamkeit dem Cyno zu. Völlig in sich gekehrt, kauerte Schmitt am Boden und hielt den Paradimschlüssel umklammert.

»Er versucht in die Energiegruft einzudringen!« erklärte Corello.

Tschubai blickte zu der Kuppel hinüber. Der grünleuchtende Schirm hüllte sie ein. Zwischen den Hügeln wirkte sie wie ein Anachronismus. Aus dieser Entfernung sahen die Geysire ungefährlich aus.

In der Nähe der Energiegruft sammelten sich die Lacoons wieder. Ras Tschubai sah einige Karduuhls auftauchen. Ihr Einfluß auf die Lacoons war stark. Die Schlangenköpfe formierten sich erneut. Gleichzeitig fühlte Tschubai einen starken parapsychischen Druck. Die Karduuhls griffen jetzt die Verbündeten des Cynos mit ihren Psi-Kräften an.

Tschubai warf seinen beiden Freunden einen besorgten Blick zu. »Lange werden wir uns nicht halten können? Wie lange wird Schmitt noch brauchen?«

Darauf wußten Irmina und Ribald Corello keine Antwort. Die beiden Mutanten konzentrierten sich auf den Angriff der Karduuhls. Über den Hügeln tauchten ein paar Gleiter auf.

»Irmina!« rief Tschubai warnend.

Die Mutantin hatte die Maschinen bereits entdeckt. Sie griff die Piloten an und brachte die Gleiter dadurch zum Absturz. Ein nachfolgender Pulk drehte ab und landete hinter der Energiegruft.

»Wir müssen jetzt verschwinden!« rief Ras. »Die Götzen wissen, wo wir sind. Sie werden zuschlagen.«

Er rannte auf Schmitt zu. »Transitieren Sie!«

Schmitt beachtete ihn nicht. Doch Tschubai konnte sich nicht länger um ihn kümmern. Er mußte sich und seine beiden Begleiter in Sicherheit bringen. Er kehrte zu Corello und Irmina zurück.

Im selben Augenblick kam es über ihrer Deckung zu einer gewaltigen Explosion. Der Druck warf Tschubai von den Beinen. Er kümmerte sich nicht darum, wer oder was sie ausgelöst hatte, sondern kroch auf Irmina zu.

Er packte sie an der Hand. Mit der anderen Hand umklammerte er ein Laufbein von Corellos Trageroboter. Dann teleportierte er.

Als sie in der Zentrale der Hauptschaltstation materialisierten, lag Alaska bewußtlos am Boden.

»Ich kümmere mich um ihn!« sagte Irmina und beugte sich über den Maskenträger. »Offenbar konnte er den Impulsen des erregten Cappin-Fragments nicht mehr standhalten.«

Tschubai ging auf die Bildschirme zu. Er beobachtete das Gebiet, aus dem sie gerade kamen. Die Stelle, an der sie in Deckung gegangen waren, existierte nicht mehr. Es gab nur einen riesigen Krater.

Corello steuerte seinen Roboter an die Seite des Teleporters.

Der Mutant mit dem überdimensionalen Schädel stöhnte auf. »Wo ist Schmitt?«

»Wenn er sich noch dort befand, als es zu dieser Explosion kam, die den Krater verursachte, ist er nicht mehr am Leben«, befürchtete Tschubai.

»Aber er trug einen Schutzanzug!« wandte Corello ein.

»Der hat ihn bestenfalls vor den Energiefluten geschützt, nicht aber vor einem Sturz in den Krater.«

Allmählich verzog sich der Rauch über der Explosionsstelle. Über dem neu entstandenen Krater kreisten ein paar Gleiter der Karduuhls. Auch sie schienen nach dem Cyno zu suchen.

»Wie können wir feststellen, ob er noch am Leben ist?« fragte Ribald Corello.

»Indem wir die anderen Energiekuppeln beobachten«, sagte Tschubai. »Wenn wir ihn jedoch nicht wieder entdecken, müssen wir damit rechnen, daß er den Tod gefunden hat.«

Corello schloß die Augen. »Wir sind daran nicht unschuldig. Er hat sich zu sehr auf uns verlassen. Doch gegen den massierten Götzenangriff konnten wir nichts unternehmen.«

»Kümmert euch lieber um Alaska!« hörten sie Irmina rufen. »Es geht ihm offenbar nicht gut.«

Sie verließen den Platz vor den Bildschirmen. Alaska Saedelaere wälzte sich unruhig am Boden. Irmina versuchte ihn festzuhalten, doch er riß sich immer wieder los. Das Cappin-Fragment verschleuderte farbige Blitze durch die Schlitze der Plastikmaske.

»Er hat mich aufgefordert, ihn zu paralysieren, bevor die Gefahr besteht, daß er sich die Maske abreißt«, sagte die Mutantin.

»Sein Zustand wird sich nicht bessern, solange die starke Psi-Aktivität der Karduuhls anhält«, erkannte Tschubai. Er zog seinen Strahler. »Unter diesen Umständen ist es vielleicht besser, wenn wir uns nach seinen Wünschen richten.« Er hob die Waffe und zielte.

»Warten Sie!« rief Corello. »Vielleicht geht es auch anders. Ich will versuchen, ihn zu beruhigen.«

Nach kurzer Zeit blieb Alaska tatsächlich ruhig auf dem Rücken liegen. Die Leuchtkraft des Cappin-Fragments schien nachzulassen. Tschubai steckte seine Waffe ein.

»Ich werde mich wieder um die Bildschirme kümmern!« verkündete er. Doch sosehr er seine Augen auch anstrengte, er konnte den Cyno nirgends entdecken. Allmählich machte er sich mit dem Gedanken vertraut, daß der kleine Mann mit dem traurigen Gesicht tot war.

23.

Doch das Wesen, von dem niemand genau wußte, wie es eigentlich aussah, und das nur zur Tarnung die Gestalt eines Terraners angenommen hatte, lebte noch.

Unmittelbar vor der zweiten Explosion war es Schmitt mit Hilfe des Tabora gelungen, eine winzige Strukturlücke im psionischen Riegelschirm zu schaffen, durch die er in die Energiegruft eindringen konnte. Mit einer blitzschnellen Transition hatte er diese Chance genutzt.

Erst nach der Rematerialisation spürte er die Auswirkungen seiner ungeheuren physischen und parapsychischen Anstrengungen. Halb betäubt lag er auf der Plattform inmitten der Gruft und hielt den Paradimschlüssel umklammert.

Er war den Karduuhls und ihren Hilfsvölkern vorläufig entkommen, aber seine Schwierigkeiten waren dadurch nicht geringer geworden.

Nach ein paar Minuten begann er sich zu bewegen und kroch bis zum Rand der Plattform. In der milchigen Substanz tief unter ihm erkannte er verschwommen die Umrisse einer Energiemumie. Er fühlte sich noch zu schwach, um den Versuch einer telepathischen Verbindung zu wagen, aber er wandte seine Blicke nicht von dem Ding unterhalb der Plattform ab. Manchmal hatte er den Eindruck, daß der Imaginäre sich bewegte, aber das konnte auch eine Täuschung sein, die durch die milchfarbenen Nebel hervorgerufen wurde.

Schmitt spürte die Kraft, die vom Paradimschlüssel ausströmte und auf ihn überging. Seit einiger Zeit war sein Bruder ganz in der Nähe. Der Dreifachzyklus Imago I – Tabora – Imago II hatte seine volle Wirksamkeit erlangt.

Schmitt nahm an, daß Imago II sich an Bord eines der terranischen Raumschiffe aufhielt, die vor kurzer Zeit eingetroffen waren und den Angriff auf die Schwarmraumschiffe eröffnet hatten.

Langsam schob der Cyno den Paradimschlüssel über den Rand der Plattform und richtete ihn mit einem Ende in die Tiefe. Wenn er eine Verbindung zu Tanfact AU'Berchere hergestellt hatte, mußte ihm das auch bei den acht anderen Imaginären gelingen.

Schmitt strahlte einen zaghaften telepathischen Impuls aus. Er war nicht nur körperlich geschwächt, sondern auch unsicher. Im Augenblick bezweifelte er immer noch, ob er überhaupt in der Lage sein würde, die Tat der letzten Möglichkeit zu begehen. Sein Impuls blieb unbeantwortet.

Nun gut! dachte Schmitt. Dann würde er eben zu dem Imaginären hinabsteigen, um mit ihm Kontakt aufzunehmen. Er führte eine Kurztransition aus und befand sich im selben Augenblick am Boden der Gruft.

Hier war die milchige Substanz so dicht, daß er sie kaum mit seinen Blikken durchdringen konnte. Vor ihm schwebte ein unregelmäßiger leuchtender Körper, der ständig seine Form zu verändern schien. Schmitt starrte ihn eine Zeitlang an, dann hob er den Paradimschlüssel. Ein telepathisches Signal ging von ihm aus.

Der Imaginäre bewegte sich unruhig, aber er antwortete nicht. Stellte er sich absichtlich taub?

Schmitt machte einen Schritt auf die seltsame Existenzform zu. Er mußte sich dazu zwingen, seine Gedanken in geordneten Bahnen zu halten. Alles in ihm drängte nach einer schnellen Umkehr. Doch er ging weiter. Der Imaginäre schien sich von ihm zu entfernen.

Schmitt streckte den freien Arm aus. »Hier ist dein treuer Diener!«

Er fragte sich, welcher der neun Imaginären in dieser Gruft lag. Davon hing viel ab. Die Imaginären hatten sich in ihrer Mentalität stark voneinander unterschieden.

Schmitt spannte den menschlichen Körper, den er angenommen hatte.

Täuschte er sich, oder drang durch die Mauer des Schweigens, die der Imaginäre um sich errichtet hatte, ein furchtsamer Impuls?

»Imaginärer!« dachte der Cyno heftig. »Dein treuer Diener ist zurückgekommen. Wir sind bereit, die Karduuhls entscheidend zu schlagen und den Schwarm wieder zu übernehmen.«

Die Antwort traf Schmitt wie ein körperlicher Schlag. Der Gedankenblitz, den der Imaginäre ausschleuderte, ließ den Cyno zurücktaumeln. »Du willst mich töten!«

Schmitt war überrumpelt. Sein gesamtes Bewußtsein lag frei vor den tastenden Psychofühlern des Imaginären. Er konnte kein Geheimnis zurückhalten. Der uralte Cynoherrscher in der Gruft erfuhr alles.

»Eine Million Jahre habe ich auf meine Wiederbelebung gewartet«, fuhr der Imaginäre fort. »Jetzt kommt mein Diener und will mich auslöschen.«

Schmitt stand wie erstarrt. Er war nicht fähig, dem Imaginären eine Antwort zu geben.

Lediglich das beruhigende Pulsieren des Tabora innerhalb des Zylinders rettete Imago I in diesen Sekunden vor geistiger Verwirrung und sinnloser Flucht. Niemals zuvor hatte Schmitt etwas anderes getan, als die Befehle der neun Imaginären auszuführen. Sie waren Halbgötter für ihn. Er hätte sein Leben für sie gegeben.

»Ich, Lesfestan Tabscher, gebe dir den Befehl, nach einer anderen Lösung zu suchen!« dachte die Energiemumie entschieden.

Schmitt stöhnte auf. Er hatte nicht damit gerechnet, daß einer der neun Imaginären so an seinem Pseudoleben hängen konnte. Es war fast unvorstellbar, daß dieses seltsame Ding so etwas wie einen Lebenswillen besaß. Der Cyno erkannte, daß dieser Wille besonders stark ausgeprägt war. Hier traf er nicht auf das Verständnis, das Tanfact AU'Berchere gezeigt hatte.

Lesfestan Tabscher war einer der ruhigsten Imaginären gewesen, erinnerte sich Schmitt. Er hatte während der Besprechungen mit den Ewigen Brüdern selten das Wort ergriffen. Imago I hatte sich immer zu diesem stillen Cynoherrscher hingezogen gefühlt. Sollte er sich so in diesem Wesen getäuscht haben?

Aber eine Million Jahre des Wartens konnten ein Wesen verändern, auch wenn es nur als Energiemumie existierte und nichts hatte als seine vagen Träume. Schmitt sammelte seine psychischen Kräfte.

»Es gibt keine andere Lösung«, erklärte er. »In einer Million Jahren haben die Karduuhls ihre Macht ausgebaut. Sie sind nahezu unbesiegbar geworden. Ich habe Stato II in den Schwarm zurückgebracht. Wenn wir die Karduuhls gewähren lassen, werden sie mit Hilfe dieser Welt erneut auf die lange Reise gehen und allen Völkern des Universums anstelle von Intelligenz völlige Verdummung bringen. Dazu darf es nicht kommen.« Schmitt steigerte sich in immer stärkere Erregung. »Wenn wir jetzt die Karduuhls nicht schlagen, werden wir niemals wieder die Chance dazu bekommen. Die neun Imaginären müssen dann für immer in dieser Zustandsform bleiben und die Reisen des Schwarms mitmachen.«

Seine Gedanken ließen wieder an Intensität nach, als er spürte, daß Lesfestan Tabscher sich vor ihm verschloß. Der Imaginäre wollte sich die Argumente seines Dieners nicht anhören.

»Ich hatte bereits Kontakt mit Tanfact AU'Berchere«, versuchte er es auf andere Weise. »Er war mit meinem Vorhaben einverstanden.«

Darauf erhielt er keine Antwort.

Mutig ging Schmitt vorwärts. Doch er konnte den Imaginären nicht erreichen. Auf eine unerklärbare Weise hielt dieses Wesen immer den gleichen Abstand von seinem Diener.

Schmitt schulterte den Paradimschlüssel. Er fühlte sich kräftig genug, um erneut eine Transition durchführen zu können.

»Ich werde später noch einmal zurückkehren«, verkündete er. »Ich muß nicht unbedingt in dieser Gruft beginnen.«

»Meine Meinung wird sich nicht ändern«, dachte der Imaginäre. »Es ist sinnlos, wenn du hierher zurückkehrst.«

Schmitt hörte nicht länger zu, sondern transitierte in die nächste Energiegruft.

Die Schwarmflotte war endgültig in die Flucht geschlagen worden. Die Flotte des Solaren Imperiums beherrschte das System der Sonne Zentralstatik II.

Einzelne Manipverbände griffen immer wieder an, doch die terranischen Schiffe wichen diesen Einheiten geschickt aus und ließen sich nicht in Kämpfe mit ihnen ein. Allmählich zogen sich auch die rochenförmigen Schiffe zurück.

In verschiedenen Sektoren des Systems kam es noch zu vereinzelten Feuergefechten.

»Es ist vorbei«, sagte Rhodan aufatmend. »Wir können auch sicher sein, daß sich die Schiffe aus dem Schwarm nicht zu einem neuen Angriff formieren. Hoffentlich können wir den Hilfsvölkern klarmachen, daß sie lange Zeit irregeführt wurden.«

»Dazu müssen wir erst die Götzen besiegen«, meinte Atlan, der über Transmitter an Bord der MARCO POLO gekommen war.

Rhodan blickte zu Imago II hinüber. In den letzten Minuten war der Cyno immer schweigsamer geworden. Nun saß er in einer Ecke und dachte nach. Gucky, der versucht hatte, die Gedanken von Imago II zu lesen, war nicht bis in das Bewußtsein des Cynos vorgedrungen. Ein parapsychischer Abwehrblock hatte den Mausbiber aufgehalten.

Inzwischen waren mehrere Schiffe der USO in eine Kreisbahn um Stato II gegangen. Die Vorbereitungen für ein Landeunternehmen waren in vollem Gang.

Mentro Kosum, der jetzt für Oberst Korom-Khan das Kommando in der Zentrale der MARCO POLO übernommen hatte, warf einen Blick auf die Bildschirmgalerie und sagte bedauernd: »Ich hätte gern an der Landung teilgenommen.«

»Das ist Sache der USO«, erklärte Rhodan. »Durch den Einsatz der erfahrenen Spezialisten können wir am ehesten unnötige Kämpfe vermeiden.«

»Aber nicht, solange die Karduuhls sich noch auf Stato II aufhalten«, wandte Reginald Bull ein, der an der Unterhaltung jedoch nur über Funk teilnahm.

»Bully hat recht«, stimmte Atlan zu. »Mit ihren Psi-Kräften können die Götzen jedes Landeunternehmen zum Scheitern bringen. Außerdem werden die Monstren ihre bedauernswerten Helfer zwingen, verzweifelt um den Besitz dieses wichtigen Planeten zu kämpfen. Im Augenblick können wir nur landen, wenn wir schwere Waffen einsetzen.«

Zum erstenmal seit längerer Zeit brach Nostradamus sein Schweigen.

»Das würde ich Ihnen nicht empfehlen«, sagte er. »Der Einsatz schwerer Waffen hätte Beschädigungen der Schalteinrichtungen auf Stato II zur Folge. Daraus wiederum würde eine Unbeweglichkeit des Schwarms resultieren, die nicht in Ihrem Interesse liegen kann.«

»Wir haben alles getan, um den Schwarm unbeweglich zu machen!« erinnerte Atlan.

»Das war eine andere Situation!« ergriff Rhodan die Partei des Cynos. »Jetzt sieht es so aus, als könnten die Cynos den Schwarm zurückerobern. Sie werden die Galaxis verlassen, sobald ihnen das gelungen ist.«

»Daran glauben nur Phantasten!« sagte Atlan scharf.

»Dann bin ich eben ein Phantast«, blieb Rhodan gelassen. »Aber das Landeunternehmen kann unter diesen Umständen noch nicht beginnen.«

»Worauf willst du warten?« erkundigte sich der USO-Chef.

»Auf eine Nachricht von Schmitt!«

Der Arkonide winkte ab. »Wir wissen nicht einmal, ob der Kerl noch lebt.«

»Ich weiß es!« sagte Imago II ruhig. »Er hat damit begonnen, seine Pläne zu verwirklichen. Seine Tat wird die Niederlage der Karduuhls besiegeln.«

»Ich weiß nicht«, sagte Roi Danton nachdenklich, »ob wir den Cynos vertrauen können. Bisher mußten wir uns auf Versprechen und geheimnisvolle Ankündigungen verlassen.«

Rhodan gestand sich ein, daß er sich ebenfalls Sorgen machte. Der Einsatz der Solaren Flotte war sinnlos gewesen, wenn es ihnen nicht gelang, Stato II zurückzuerobern. Vielleicht hatte Atlan recht, wenn er den Einsatz schwerer Waffen forderte.

Rhodan blickte auf seine Uhr. »Wir sollten versuchen, Funkkontakt zu der Gruppe Saedelaere zu bekommen«, schlug er vor.

In den nächsten Minuten wurden mehrere Versuche unternommen, doch weder der Transmittergeschädigte noch einer seiner Begleiter meldete sich.

»Wahrscheinlich sind sie nicht mehr am Leben«, sagte Atlan düster. »Das ist bedauerlich, aber es sollte uns die Augen für die Tatsachen öffnen.«

»Sie sind nicht tot«, widersprach der Cyno. »Aber Schmitt ist nicht mehr bei ihnen. Ohne seine Hilfe können sie die komplizierten Funkanlagen der Station nicht bedienen.«

»Warum läßt du mich keinen Teleportersprung nach Stato II machen?« fragte Gucky. »Ich würde schnell herausfinden, wo sich unsere Freunde aufhalten.«

Rhodan schüttelte den Kopf. »Das ist viel zu gefährlich. Die geballte Psi-Kraft der Götzen würde dich treffen. Du würdest unterliegen.«

Gucky streckte seine Brust heraus. »Mich besiegt niemand – auch die Götzen nicht.«

»Soll ich dich an verschiedene Situationen erinnern?«

Der Ilt kratzte sich am rechten Ohr. Er hatte keine weiteren Einwände.

»Sie können mir glauben, daß Ihre Sorgen unbegründet sind!« Nostradamus erhob sich und kam auf Rhodan zu. »Ich versichere Ihnen, daß Ihre Freunde nicht in Gefahr …«

Er unterbrach sich so plötzlich, daß Rhodan ihn verblüfft ansah. Der Cyno krümmte sich zusammen.

»Mein Bruder …«, brachte er mühsam hervor. »Er ruft mich … braucht Hilfe …«

Rhodan ergriff Imago II am Arm und führte ihn zu einem Kontursessel. Sanft drückte er den Cyno hinein. Nostradamus stöhnte. Er verdrehte die Augen und stieß unverständliche Laute aus.

»Gucky!« rief Rhodan.

»Keine Impulse!« gab der Mausbiber zurück. »Sein Gehirn bleibt weiterhin blockiert.«

»Er führt uns dieses Schauspiel vor, um uns abzulenken!« behauptete Atlan.

Rhodan beachtete den Arkoniden nicht. Es war ihm klar, daß Atlan sich nicht über seine Vorurteile hinwegsetzen konnte.

»Was ist mit Ihrem Bruder?« Rhodan brachte sein Gesicht dicht an das des Cynos. »Haben Sie Kontakt mit ihm?«

»Bruder«, sagte Nostradamus undeutlich. Plötzlich weiteten sich seine Augen. Trotzdem schien er Rhodan nicht zu erkennen. Seine Hände zuckten vor und packten Rhodan an den Schultern.

»Bruder?«

»Ich bin nicht Ihr Bruder, Nostradamus! Schmitt befindet sich auf Stato II. Haben Sie Kontakt zu ihm?«

»Er … er versucht es«, kam es stockend aus dem Mund des Ewigen Bruders. »Er … braucht … Hilfe.«

»Was können wir tun?«

Verzweifeltes Kopfschütteln. »Nichts!« Diesmal kam die Antwort ganz klar. »Er muß allein damit fertig werden.«

Rhodan machte sich los und blickte auf den im Sessel zusammengesunkenen Mann hinab.

»Sie haben recht«, sagte Nostradamus dumpf. »Er hat mich gerufen, aber es waren sehr undeutliche Impulse.«

»Sie fühlten, daß er in Not war?« fragte Atlan gespannt.

Wachsam hob Nostradamus den Kopf. Er mißtraute allen Fragen des Arkoniden, denn er ahnte, daß Atlan ihn zu Widersprüchen veranlassen wollte.

»Ich gebe zu, daß Schmitt Schwierigkeiten hat. Aber er wird sie überwinden.«

Der Cyno erholte sich schnell. Rhodan bedauerte, daß der Kontakt so plötzlich wieder abgerissen war. Ein ständiger Nachrichtenaustausch zwischen den beiden Ewigen Brüdern wäre äußerst wertvoll gewesen, aber unter diesen Umständen durften sie nicht darauf hoffen.

»Wir müssen warten, bis auf Stato II eine Entscheidung gefallen ist«, entschied Rhodan. »Wie auch immer der Kampf Schmitts enden mag ...«

Die Energiemumie, in deren Gruft Schmitt materialisierte, war vollaktiv. Ihre Gedanken überfluteten ihn, bevor er sich richtig an die neue Umgebung gewöhnt hatte.

»Ich habe gewußt, daß du auch zu mir kommen würdest, Imago I. Ich begrüße dich. Es wird wohltuend sein, nach so langer Zeit wieder in einen Gedankenaustausch treten zu können.«

»Deshalb bin ich nicht hier«, erwiderte Schmitt benommen. Er lag auf der Plattform und hielt den Paradimschlüssel umklammert. Im Innern sahen alle Kuppeln gleich aus. Sie unterschieden sich eigentlich nur durch den persönlichen Charakter der einzelnen Imaginären.

»Ich bin gekommen, weil ich die Tat der letzten Möglichkeit ausführen muß«, sendete Schmitt weiter. »Bei Tanfact AU'Berchere stieß ich dabei auf Verständnis.«

»Wir können uns über alles unterhalten!« Hinter der Bereitschaft spürte Schmitt den Wunsch der Energiemumie, möglichst viel Zeit zu gewinnen. Das war ihr einziges Ziel. Eine andere, bessere Lösung als die Tat der letzten Möglichkeit hatte auch sie nicht anzubieten.

»Zum Diskutieren haben wir keine Zeit«, erklärte Schmitt. »Du weißt, was ich tun muß.« In geduckter Haltung näherte er sich dem Rand der Plattform. »Welcher der neun Imaginären bist du?« erkundigte er sich.

»Der Name ist nicht wichtig«, dachte der ehemalige Cynoherrscher. »Wenn du zu mir herunterkommst, können wir uns bestimmt einigen.«

In Schmitt schlug eine Alarmglocke an. »Ich wollte sowieso hinabkommen«, erklärte er.

Die Energiemumie antwortete nicht. Sie schien zu warten. Schmitt hatte ein ungutes Gefühl. Eine Ahnung sagte ihm, daß der Imaginäre irgend etwas vorhatte.

Aber konnte er seinem ehemaligen Diener überhaupt gefährlich werden? Schmitt wußte zuwenig über die jetzige Zustandsform der Imaginären, um sich darauf eine Antwort geben zu können.

Wenn er das seltsame Wesen in dieser Gruft jedoch töten wollte, mußte er die Plattform verlassen und zu ihm hinabgehen. Er hatte gewußt, daß er Schwierigkeiten bekommen würde, doch er hatte niemals geglaubt, daß die Imaginären noch so intensiv leben könnten. Geistig schienen sie in keiner Weise behindert zu sein.

Vielleicht, überlegte Imago I, war es besser, wenn er den Namen der Mumie, die er zu töten beabsichtigte, nicht erfuhr. Auf diese Weise blieb sein erstes Opfer anonym.

Entschlossen, endlich zu beginnen, transitierte der Cyno in die Gruft hinab. Die milchige Substanz, in der sein ehemaliger Herr lebte, hüllte ihn ein.

Der Imaginäre war nur undeutlich zu erkennen. Schmitt machte ein paar Schritte auf den leuchtenden Körper zu. Auch dieser Imaginäre besaß die unerklärliche Fähigkeit, immer einen gewissen Abstand zu Schmitt zu wahren.

Schmitt hob den Paradimschlüssel. Er merkte, daß seine Hände heftig zu zittern begannen. Dann schloß er die Augen.

»Was hast du vor?« fragte die Energiemumie.

Schmitt antwortete nicht. Er berührte eine bestimmte Stelle des Zylinders.

»Imago I!« dachte die Energiemumie. »Imago I!«

Diesmal bemühte sie sich nicht, ihre Verzweiflung zu verbergen. Sie wußte genau, was Schmitt vorhatte. Sie schien zu spüren, daß die Entschlossenheit des Ewigen Bruders immer größer wurde.

Psionische Energie strömte aus dem Paradimschlüssel. Der Imaginäre schickte telepathische Hilferufe aus.

»Du bist schon lange tot!« dachte Schmitt. »Nur noch deine Gedanken existieren. Dein Körper ist eine Energiespirale. Du kannst niemals wieder wie ein echter Cyno leben.«

»Aber ich existiere!« dachte der Imaginäre. »Du verstehst mich und kannst mich auch sehen.«

»Ich sehe nichts«, gab Schmitt zurück. »Was ich höre, kann mein eigenes Bewußtsein sein.«

»Du kannst mich nicht töten!« Die Gedanken des Imaginären wurden immer verworrener. »Ich befehle dir, meine Gruft sofort zu verlassen, Imago II und Imago I haben den Imaginären immer gedient. Sie können mir nichts anhaben.«

»Ich führe nur einen Befehl aus, den ich von dir und den acht anderen Imaginären vor einer Million Jahren erhalten habe«, dachte Schmitt. »Dieser Befehl kann nicht aufgehoben werden.«

Er wußte, daß er nicht länger argumentieren durfte, wenn er in seiner Entschlossenheit nicht schwankend werden wollte.

Zum zweitenmal berührte er den Paradimschlüssel an der gefährlichen Stelle. Der Strom parapsychischer Energien verstärkte sich. Der Körper des Imaginären begann stärker zu leuchten.

Schmitt empfing qualvolle Gedanken, die jedoch völlig unverständlich waren. Unwillkürlich wich er bis zur Kuppelwand zurück.

Der Imaginäre bewegte sich jetzt heftig. Sein energetischer Körper zuckte hin und her. Schmitt sank langsam zu Boden. Die Telepathieimpulse wurden immer unerträglicher. Schmitt hatte das Gefühl, die Qualen des Imaginären am eigenen Körper ertragen zu müssen.

Dann schoß das seltsame energetische Gebilde plötzlich auf ihn zu und hüllte ihn ein. Sekundenlang war Schmitt ein anderer, er empfand nichts als Schmerzen, Furcht und Haß.

Er ließ den Paradimschlüssel sinken. Als er wieder halbwegs bei Sinnen war, sah er, daß der Imaginäre wieder an seinen ursprünglichen Platz in der Gruft zurückgekehrt war.

Ich kann es nicht! dachte Schmitt verzweifelt.

Fast wäre ihm die endgültige Auslöschung eines Imaginären gelungen. Er packte den Paradimschlüssel fester und transitierte in die Kuppel von Tanfact AU'Berchere. Er brauchte Rat und Hilfe.

»Ich habe gewußt, daß du zu mir zurückkommen würdest«, begrüßte ihn die telepathische Stimme des Imaginären. »Und ich weiß auch, daß es dir nicht gelungen ist, einen von uns zu töten.«

»Ja«, gab Schmitt niedergeschlagen zu. »Ich hätte es fast geschafft, doch dann gelang es der Energiemumie, mich für einen Augenblick in ihre Lage zu versetzen. Sie ließ mich fühlen, was sie fühlte. Da gab ich auf. Ich weiß nicht, ob ich die Kraft für einen neuen Versuch habe.«

»Du kannst bei mir beginnen«, schlug Tanfact AU'Berchere vor.

»Nein!« dachte Imago I entsetzt. »Alles, nur das nicht!«

»Du hast keine andere Möglichkeit!«

Schmitt fühlte sich ausgehöhlt und kraftlos. Er wünschte, sein Bruder wäre bei ihm gewesen. In seiner Hilflosigkeit schickte er ein paar verzweifelte Rufe an Imago II, aber er war nicht sicher, ob dieser ihn verstehen konnte.

Tanfact AU'Berchere störte ihn nicht.

Schließlich dachte Schmitt: »Ich muß es noch einmal versuchen. Diesmal werde ich mich vor allen Gedanken verschließen und nur meinen Auftrag ausführen.«

»Ich muß dir etwas mitteilen«, dachte der Imaginäre. »Es wird dir alles erklären. Die Imaginären reagieren nicht so, wie du erwartet hast. Sie wehren sich gegen ihr Ende. Mich erstaunt das nicht. Es mußte so kommen, nachdem sie so lange Zeit in Negativ-Kontakt standen.«

»Negativ-Kontakt?« wiederholte Schmitt ratlos.

»Es gibt nur noch acht Imaginäre!« dachte Tanfact AU'Berchere.

Die Gedanken des Ewigen Bruders wirbelten durcheinander. Er verlor in seiner Erregung den Kontakt zu dem Imaginären.

»Also ist einer bereits tot?« fragte er nach einer Weile.

»Ja«, stimmte Tanfact AU'Berchere zu.

»Aber ... aber alle neun Energiegrüfte sind besetzt!«

»In acht davon existieren Imaginäre«, berichtete Tanfact AU'Berchere. »In der neunten jedoch lebt der größte Verräter, den unser Volk jemals hervorgebracht hat: Hesze Goort!«

24.

Schmitts erste Reaktion nach Überwindung des Schocks war Ungläubigkeit. Der Name jenes Cynos, der für alles verantwortlich war, was die Karduuhls angerichtet hatten, traf den Ewigen Bruder wie ein körperlicher Schlag.

»Es gelang dem Verräter, mit Hilfe der Karduuhls eine der Grüfte aufzusprengen und in sie einzudringen«, berichtete Tanfact AU'Berchere. »Er tötete den Imaginären und nahm dessen Stelle ein.«

»Das ist unmöglich«, dachte Schmitt. Fast hätte er sich von dem Imaginären überrumpeln lassen. »Hesze Goort hat niemals eine Existenzform erreicht, die ihm ein Leben in einer Gruft ermöglicht hätte. Außerdem kann nur ein Ewiger Bruder einen Imaginären töten. Aber es gibt einen dritten Grund, der mir beweist, daß du nicht die Wahrheit berichtest. Die Karduuhls hätten niemals geholfen, einen der neun Imaginären zu vernichten, denn die Folgen wären für sie schrecklich gewesen.«

Er erhielt keine Antwort. Schmitt begriff, daß Tanfact AU'Berchere ihm niemals die Wahrheit berichten würde.

Aber der Imaginäre hatte dafür gesorgt, daß Schmitt sich Gedanken machte, ob die Behauptungen nicht richtig sein könnten. Vielleicht hatte Hesze Goort Wege gefunden, um doch eine höhere Zustandsform zu erreichen. Ebensogut konnte es ihm gelungen sein, einen der Imaginären zu töten.

Der Tod *eines* Imaginären konnte von den Karduuhls unter Umständen ertragen worden sein. Vielleicht hatten sie dieses ungeheure Risiko auf sich genommen, um Hesze Goort für den entscheidenden Verrat zu entlohnen.

Auch jetzt schwieg Tanfact AU'Berchere. Er überließ Imago I seinen Überlegungen.

»Ich denke, daß du mich belogen hast«, dachte Schmitt nach einiger Zeit. »Aber du hast mich mißtrauisch gemacht. Du könntest die Wahrheit berichtet haben.« Er hob den Paradimschlüssel. »*Du* könntest Hesze Goort sein!«

Ja! dachte Schmitt. Wie wollte er feststellen, welcher der Imaginären der Verräter war? Der uralte Haß gegen Hesze Goort drohte ihn zu überwältigen. Er zwang sich zur Ruhe.

»Ich *bin* Hesze Goort!« dachte das Ding, das sich mit Schmitt zusammen in einer Gruft befand, in diesem Augenblick. »Spürst du nicht, daß ich der einzige Imaginäre bin, der sich bereitwillig töten lassen will? Warum, glaubst du, ist das so?«

Schmitt war wie benommen. Er glitt mit den Händen über den Zylinder, in dem das Tabora in diesem Augenblick höchste Aktivität entfaltete.

»Ich *bin* Hesze Goort«, wiederholte die Energiemumie. »Meine Tat habe ich längst bereut. Ich kann sie nur mit meinem Tod sühnen.«

Hesze Goort! Schmitt konnte an nichts anderes mehr denken.

»Am Anfang habe ich versucht, die anderen davon zu überzeugen, daß die Ewigen Brüder eine Gefahr für uns bedeuten«, nahm Schmitt die Impulse des Imaginären auf. »Ich wollte erreichen, daß Imago I und Imago II niemals Gelegenheit haben würden, uns zu vernichten. Doch im Verlauf vieler Jahre änderte ich meine Meinung. Ich sah ein, daß ich mit meinem Verrat einen verhängnisvollen Fehler begangen hatte.«

Der Cyno hörte nur noch unbewußt zu. Er ließ die psionische Energie aus dem Paradimschlüssel strömen. *Hesze Goort!* hämmerten seine Gedanken.

Die Energiemumie wurde von psionischer Energie eingehüllt. Sie machte keine Anstalten, sich dagegen zu wehren. Schmitt merkte nicht, daß er zu schreien begonnen hatte. Die Energiemumie begann sich aufzublähen. Sie leuchtete immer stärker.

Ein einzelner Gedanke drang in Schmitts Bewußtsein vor. »Ich vergehe endgültig!«

»Verräter!« brüllte Schmitt. »Hesze Goort!«

Er war wie von Sinnen. Der Imaginäre schwebte langsam bis zur Plattform hinauf. Instinktiv hob Schmitt den Paradimschlüssel.

»Es muß sein!« dachte Tanfact AU'Berchere.

Schmitt spürte den schwachen Triumph des Imaginären. Er wurde ganz ruhig. Seine Lippen preßten sich aufeinander.

»Du trägst den Anzug der Vernichtung«, dachte Tanfact AU'Berchere. »Sobald ich tot bin, mußt du dein Werk vollenden.« Das waren die letzten Gedanken des Imaginären.

Der psionische Riegelschirm über der Plattform wurde von ungeheuren Energien aufgerissen. Schmitt starrte nach oben.

Er hatte Tanfact AU'Berchere mit Hilfe des Paradimschlüssels getötet. Nicht Hesze Goort!

Hesze Goort war schon lange tot. Der Imaginäre hatte ihm die Durchführung seiner schrecklichen Aufgabe nur leichter machen wollen. Es war ihm gelungen.

Weiter! dachte Schmitt.

Er veränderte die Ausstrahlkraft des Paradimschlüssels nicht, sondern sprang in die nächste Gruft. Ohne Warnung griff er sofort an. Er hinterließ eine schreckliche Spur.

Innerhalb weniger Minuten tötete er alle neun Imaginären.

Auf dem Bildschirm war deutlich zu sehen, wie der psionische Riegelschirm über einer der Kuppeln zerbarst. Ein spiralförmiges Energiegebilde raste himmelwärts und breitete sich blitzschnell aus.

Tschubai spürte, wie sich ein dumpfer Druck auf sein Gehirn legte. Er hörte Corello aufstöhnen.

»Was ist das?« rief Irmina Kotschistowa beunruhigt.

»Psionische Energie in nie gekannter Stärke«, brachte Corello hervor. »Sie entweicht aus der zerstörten Gruft.«

»Ob Schmitt dafür verantwortlich ist?« fragte Tschubai.

»Ich bin überzeugt davon«, erwiderte Corello.

Hinter ihnen blitzte es auf. Sie fuhren herum. Saedelaere lag auf dem Rükken. Er war noch immer bewußtlos. Sein Cappin-Fragment strahlte jetzt so stark, daß es mit seinem Licht die drei Mutanten blendete.

»Der Protoplasmaklumpen registriert diese Energie ebenfalls«, stellte Tschubai fest. Er wandte sich wieder zu den Bildschirmen um.

»Da!« rief er, als er sah, daß eine zweite Gruft ihren Schirm durch eine heftige Explosion verlor. Eine zweite Energiespirale wurde sichtbar. Auch sie stieg aufwärts und vereinigte sich mit der leuchtenden Wolke, die bereits über dem Land hing.

Dann barsten schnell hintereinander die psionischen Riegelschirme der übrigen Grüfte.

Tschubai verlor die Kontrolle über sich. Der Druck wurde so stark, daß er ihm nicht widerstehen konnte. Neben ihm sank Irmina Kotschistowa zu Boden. Der Teleporter wollte ihr zu Hilfe eilen, doch sein Körper reagierte nicht mehr auf die Befehle des Gehirns. Mühevoll hielt Tschubai die Augen offen. Er hörte Corello vor Schmerzen schreien. Der kleine Mutant empfand die Energiestrahlung offenbar besonders stark.

Die Umgebung verschwamm vor Tschubais Augen. Der Bildschirm war nur noch ein leuchtender Fleck mit sich bewegenden Schatten darin.

Ich darf das Bewußtsein nicht verlieren! dachte Tschubai.

Sekunden später gaben seine Beine nach. Er hatte ein Gefühl, als müßte sein Kopf unter dem Ansturm psionischer Energie zerspringen. Seine Immunität half ihm diesmal überhaupt nicht.

Tschubai kauerte auf dem Boden, sein Körper wurde wie von Krämpfen geschüttelt.

Was geschieht überhaupt? dachte er.

Das war sein letzter Gedanke. Er verlor endgültig das Bewußtsein. Es war für ihn wie eine Erlösung.

Auch an Bord der MARCO POLO wurde der ungeheure Ausbruch psionischer Energie geortet. Über die Fernortung wurden Bilder von der Oberfläche des Planeten Stato II auf die Bildschirme projiziert. Deutlich war zu erkennen, daß es neun Ausbruchsstellen gab. Die Atmosphäre von Stato II schien sich aufzuladen. Sie leuchtete immer stärker.

Wie gebannt starrte Nostradamus auf die Bildschirme. Er mußte sich stützen, als er darauf zuschwankte. Rhodan, der den Cyno noch nie so gesehen hatte, warf Roi Danton einen besorgten Blick zu.

Doch keiner der Terraner griff ein. Sie schienen alle zu ahnen, daß Imago II in diesem Augenblick allein sein wollte, daß er jede Hilfe abgelehnt hätte. In der Zentrale war es unheimlich still.

Unmittelbar vor dem großen Bildschirm blieb der Cyno stehen. Rhodan sah, daß Mentro Kosum zum Sprechen ansetzte, und legte hastig einen Finger an die Lippen. Das Leuchten in der Atmosphäre von Stato II nahm an Intensität zu.

Rhodan fragte sich, was auf der Schaltwelt in diesem Augenblick geschah. Er konnte es nur ahnen und mußte auf Informationen des Cynos warten.

Schließlich brach Nostradamus sein Schweigen. »Er hat es getan«, sagte er kaum hörbar. Nur die nächsten Umstehenden konnten ihn verstehen. »Die Tat der letzten Möglichkeit ist vollbracht.«

Seine Worte waren wie ein Signal. Alle redeten durcheinander. Rhodan verlangte Ruhe. Er sah, daß der Cyno noch völlig benommen und erschüttert war.

»Was bedeutet das?« wandte sich Roi an seinen Vater. »Ist es der Anfang einer planetaren Zerstörung?«

»Das glaube ich nicht!« Rhodan deutete auf den Cyno. »Ich hoffe, daß er uns bald eine Erklärung geben wird.«

»Sehen Sie sich den Planeten an!« rief Balton Wyt.

Rhodan hatte den Blick nicht vom Bildschirm abgewandt. Die gesamte Atmosphäre von Stato II schien jetzt zu rotieren. Dann zuckten mächtige Blitze durch den Weltraum. Die Atmosphäre von Stato II schien sich auf diese Weise zu entladen.

»Billiardenfache Überlichtgeschwindigkeit«, hörte Rhodan den Cyno sagen. »Die Energie wird auf den Schmiegeschirm treffen und von ihm verstärkt zurückgeschleudert werden.«

»Was wollen Sie damit sagen?« fragte Perry. »Erklären Sie uns, was auf Stato II geschehen ist.«

Allmählich gewann Imago II die Gewalt über sich zurück. Er straffte sich und schlug seinen spanischen Mantel über der Brust zusammen.

»Das war mein Bruder«, sagte er stolz. »Er hat dieses Chaos durch die Tat der letzten Möglichkeit ausgelöst.«

»Und auf welche Weise?«

»Er hat die ehemaligen Herrscher der Cynos getötet. Alle neun Imaginären, die als Energiemumien in Spezialkuppeln existierten, leben nicht mehr.«

»Aber welchen Sinn hat das?« wollte Atlan wissen. »Was versucht er auf diese Weise zu erreichen?«

»Diese Energien, die frei geworden sind und vom Schmiegeschirm des Schwarms reflektiert und verstärkt werden, sind ein psimodifizierter Hyperenergieschwall«, sagte Nostradamus. »Weshalb, glauben Sie, wollten die Karduuhls mit aller Gewalt das Ende der Imaginären verhindern?«

Niemand in der Zentrale wußte eine Antwort darauf. Nostradamus beantwortete seine eigene Frage.

»Die Karduuhls sind gegenüber solchen Strahlungen überaus empfindlich. Sie sind inzwischen alle längst wahnsinnig geworden und werden jetzt sterben.«

Diese so gelassen hervorgebrachte Erklärung traf Rhodan wie ein Schock. »*Alle* Götzen?« fragte er stockend.

Nostradamus blickte auf die Borduhr. »In einer halben Stunde Ihrer Zeitrechnung wird innerhalb des Schwarms kein Karduuhl mehr am Leben sein«, prophezeite er.

Rhodan versuchte, das Ausmaß eines solchen Untergangs zu begreifen. So fremd wie in diesem Augenblick waren ihm die Cynos noch nie erschienen.

Er begriff, daß diese geheimnisvollen Wesen seit einer Million Jahren auf diesen Moment hingearbeitet hatten.

Vor allem die beiden Diener der neun Imaginären, Imago I und Imago II, hatten nichts anderes getan, als sich auf den Tag der Rache vorzubereiten.

Rhodan suchte die Augen seines arkonidischen Freundes, doch Atlan wich dem Blick des Terraners aus. Diesmal erhob auch Atlan keine Einwände. Jeder, der Nostradamus sprechen gehört hatte, wußte, daß alle Behauptungen der Wahrheit entsprachen.

Gucky war der erste, der sich von seiner Überraschung erholte. »Sie haben sie mit einem Schlag erledigt«, sagte er sprachlos.

»Gab es keine andere Möglichkeit?« fragte Rhodan den Cyno.

Der Cyno sah ihn nur an.

»Natürlich nicht«, sagte Reginald Bull, der über Funk noch immer mit der MARCO POLO verbunden war. »Wir hätten die Karduuhls wahrscheinlich niemals besiegen können.«

Rhodan fragte sich, warum er jetzt keine Erleichterung empfand. Das Ende der Götzen bedeutete das Ende einer Bedrohung der Menschheit. Rhodan fragte sich, ob er erst beruhigt sein konnte, wenn der Schwarm aus der Galaxis verschwunden sein würde.

Nostradamus blickte auf die Bildschirme.

»Sie können Ihren Schiffen jetzt den Landebefehl geben«, sagte er zu Atlan. »Ihre Spezialisten werden keine allzu großen Schwierigkeiten mehr haben. Die Lacoons und alle anderen Helfer der Karduuhls werden durch das Ereignis völlig verwirrt sein.«

Atlan gab sich einen Ruck und trat vor die Funkanlage. Er sprach mit den Kommandanten der USO-Schiffe.

»Wenn Sie mir ein Beiboot zur Verfügung stellen könnten, wäre ich Ihnen sehr dankbar«, sagte Nostradamus zu Perry Rhodan.

Mißtrauen flackerte in den Augen des Terraners auf. »Was haben Sie vor?«

»Wissen Sie das nicht?« Nostradamus' Stimme klang beinahe mitleidig. »Ich will zu meinem toten Bruder.«

Schmitt stand am Boden der zerstörten Energiegruft. Von draußen drang der Lärm der Lacoons an sein Gehör. Wenn Schmitt den Kopf hob, konnte er den Himmel von Stato II sehen. Das starke Glühen in der Atmosphäre hatte nachgelassen.

Die neun Imaginären waren tot. Schmitt hatte sie umgebracht.

In Imago I war jedes Gefühl erloschen. Mit mechanisch wirkenden Bewegungen öffnete er den Anzug der Vernichtung. Er hatte ihn jetzt lange genug getragen.

Schmitt wußte, daß er sich nicht zu vergewissern brauchte, ob seine Tat den gewünschten Erfolg gebracht hatte. In wenigen Minuten würde es im Schwarm keinen lebenden Karduuhl mehr geben.

Der Cyno rollte den Anzug der Vernichtung zusammen und legte ihn neben den Paradimschlüssel. Das Tabora war nach wie vor am Leben, aber Schmitt wußte, daß der Dreifachzyklus seine Aufgabe erfüllt hatte und nicht mehr gebraucht wurde.

Noch einmal griff Schmitt nach dem Paradimschlüssel, schob den Anzug der Vernichtung unter den Arm und transitierte in die Zentrale der Hauptschaltstation. Er schenkte den Bildschirmen keine Aufmerksamkeit, denn er wußte auch so, was auf ihnen zu sehen war. Die Terraner begannen bereits damit, ihre Truppen auf Stato II zu landen. In wenigen Stunden würde der Planet gesäubert sein.

Schmitt sah, daß die drei terranischen Mutanten und der Mann mit der Maske am Boden lagen. Nachdem er sich vergewissert hatte, daß sie noch lebten, kümmerte er sich um Alaska Saedelaere. Er berührte den hageren Terraner mit dem Paradimschlüssel. Alaska stöhnte und wälzte sich auf den Rücken. Er kam langsam zu sich.

»Wachen Sie auf!« rief Schmitt. In der stillen Zentrale schien seine Stimme zu dröhnen.

Alaska hob den Kopf. »Schmitt!« sagte er. »Was ist passiert?«

»Es ist alles in Ordnung«, erwiderte der kleine Mann. »Die neun Imaginären leben nicht mehr. Die Götzen sind wahnsinnig und werden bald tot sein.«

Der Terraner rieb sich den Hinterkopf. Er begriff offenbar nicht, was Schmitt zu ihm sagte.

»Ich habe meine Aufgabe erfüllt«, fuhr Schmitt fort. »Mein Bruder wird sich später um alles andere kümmern. Für mich ist es sinnlos geworden, weiterhin in dieser Form zu existieren.«

»Ich verstehe Sie nicht«, sagte Alaska.

Schmitt nickte. Er warf den Anzug der Vernichtung neben Alaska Saedelaere auf den Boden. »Er gehört Ihnen!«

»Was soll ich damit? Er paßt mir nicht. Außerdem weiß ich nicht, was ich damit anfangen soll.«

»Der Anzug paßt jedem«, antwortete der Cyno. »Sie werden ihn eines Tages tragen. Dann werden Sie auch wissen, wozu er gut ist.«

Behutsam berührte Alaska das seltsame Kleidungsstück. Es fühlte sich weich an. Dann stand er auf. Obwohl er noch unsicher auf den Beinen war, trat er auf Schmitt zu und ergriff ihn am Arm.

»Das hört sich alles sehr nach Abschied an!«

»Es *ist* der Abschied!«

»Abschied wovon?«

Schmitt umklammerte den Paradimschlüssel.

»Sie haben mir nicht mißtraut«, sagte er. »Zumindest haben Sie versucht, meine Probleme zu verstehen. Trotzdem wissen Sie nichts von mir. Für Sie bin ich Schmitt, der Cyno.«

Er drehte sich zu den Mutanten um und überzeugte sich davon, daß sie noch ohne Bewußtsein waren. Dann streckte er eine Hand aus. Saedelaere ergriff sie. Für den Bruchteil einer Sekunde sah der Maskenträger den Cyno, wie er wirklich war. Es ging so schnell vorüber, daß Alaska nicht sicher war, ob er überhaupt etwas gesehen hatte oder einer Sinnestäuschung zum Opfer gefallen war.

»Ich verlasse Sie jetzt«, sagte Schmitt.

Er lächelte dem Terraner zu und durchquerte dann den Raum. Am Ausgang blieb er noch einmal stehen.

»Es ist sinnlos, wenn Sie mir folgen.«

»Ich weiß«, sagte Alaska.

Schmitt trat in den Korridor hinaus und führte eine Kurztransition aus. Er befand sich jetzt in einem kleinen Schaltraum. Nachdem er sich davon überzeugt hatte, daß alles in Ordnung war, schob er den Paradimschlüssel in eine Öffnung zwischen den Instrumenten.

Schmitt war jetzt sehr müde.

Er verzichtete darauf, sich von dem Tabora zu verabschieden, und transitierte ins Freie. In einem kleinen Tal, weitab von allen Stationen, tauchte er wieder auf.

Kein lebendes Wesen war in der Nähe. Schmitt entdeckte einen kleinen Baum und ging darauf zu.

»Ein guter Platz!« sagte er leise.

Er sah jetzt nicht mehr wie ein Mensch aus. Seine Gestalt besaß keine festen Konturen mehr. Er sah wie hundert verschiedene Wesen gleichzeitig aus.

Schmitt blieb vor dem kleinen Baum stehen. Es dauerte ein paar Sekunden, dann war der Cyno versteinert.

Die blaue Sonne stand schräg am Himmel. Aber der Obelisk, in den Schmitt sich verwandelt hatte, warf keinen Schatten.

Auf einem Hügel in der Nähe des größten Raumhafens von Stato II hatte Atlan ein provisorisches Hauptquartier errichtet. Von diesem Platz aus konnte er beobachten, wie die letzten Raumschiffe der Lacoons und Schwarzen Dämonen starteten. Die Landungstruppen der USO-Schiffe waren kaum auf Widerstand gestoßen.

Nach dem Tod der Karduuhls hatten sich die Angehörigen der Hilfsvölker zurückgezogen. Sie waren völlig verwirrt und wußten nicht, was sie tun sollten.

Die USO-Spezialisten hatten ihren Gegnern die Flucht ermöglicht.

Rhodan hoffte, daß die Cynos die Hilfsvölker der Götzen befrieden konnten. Der Arkonide teilte diese Hoffnung anfangs nicht, aber nachdem er die Hilflosigkeit der führungslosen Lacoons beobachtet hatte, hielt er eine gewaltlose Lösung des Problems ebenfalls für möglich.

Die Schwarzen Dämonen hatten an verschiedenen Stellen damit begonnen, sich selbst zu töten. Atlan vermutete, daß dieser Prozeß nicht mehr aufzuhalten war.

Ein Sonderkommando unter der Führung Perry Rhodans war zur Hauptschaltstation unterwegs. Rhodan hoffte, daß er dort Alaska Saedelaere und die drei Mutanten finden würde. Imago II hatte kurz vor seinem Aufbruch von Bord der MARCO POLO behauptet, daß die Gruppe und Saedelaere sich in der Zentrale der Hauptschaltstation aufhalten würden.

Nostradamus selbst war verschwunden, hatte aber versprochen, daß er sich wieder melden würde, sobald er seinen Bruder gefunden hätte. Reginald Bull, der neben Atlan stand und den Raumhafen beobachtete, ließ sich auf einer Kiste nieder.

»Manchmal habe ich das Gefühl, daß wir auf der Stelle treten«, sagte er zu dem Lordadmiral. »Zwar brauchen wir uns wegen der Karduuhls keine Sorgen mehr zu machen, aber das Solsystem befindet sich nach wie vor im Schwarm, und in unserer Galaxis ist die Verdummungswelle noch immer nicht endgültig abgeklungen.«

»Ein viel größeres Problem sind die Cynos!« sagte Atlan.

Bully runzelte die Stirn. »Du denkst an Nostradamus?«

»Ich traue ihm nicht«, bestätigte Atlan. »Wenn er sich einen Vorteil davon verspricht, wird er uns mit der gleichen Kaltblütigkeit vernichten, mit der sein Bruder die Karduuhls ausgeschaltet hat.«

Bully beobachtete ein halbes Dutzend Roboter, die die Leichen zweier Götzen vorbeiflogen. Ihr Ziel war ein Konverter, der in der Nähe des Raumhafens aufgestellt worden war. Dort wurden die toten Götzen verbrannt.

»Hoffentlich haben wir auch ein so feines Beerdigungskomitee, wenn es soweit kommen sollte«, sagte Bully.

»Deinen makabren Humor solltest du dir für andere Anlässe aufheben«, empfahl ihm Atlan.

Bully klatschte sich mit den flachen Händen auf die Schenkel.

»Ich bin optimistischer als du. Wir werden ...« Er unterbrach sich, denn in diesem Augenblick traf ein Funkspruch von Perry Rhodan ein.

Atlan blickte auf den Bildschirm des tragbaren Kombi-Gerätes. Wie alle anderen Raumfahrer trug auch Rhodan Schutzanzug und Helm.

»Der Schutzschirm um die Hauptschaltstation ist erloschen«, berichtete Rhodan.

Der Arkonide nickte. »Das gilt für alle Stationen«, antwortete er. »Die Spezialisten haben mir berichtet, daß die Schutzschirme überall gleichzeitig erloschen sind.«

»Das haben wir wahrscheinlich deinem Freund zu verdanken.«

»Ich würde mich bei Imago II erst bedanken, wenn ich sicher wäre, daß er nicht aus eigenem Interesse gehandelt hat.«

Sofort lenkte Rhodan ab.

»Wir werden jetzt in die Station eindringen«, kündigte er an. »Gucky hat bereits die Mentalimpulse der Mutanten und Alaskas aufgespürt. Sie sind also tatsächlich noch am Leben.«

Atlan wußte, daß sein Freund viel erleichterter war, als er sich jetzt anmerken ließ. Ras Tschubai war eines der wenigen überlebenden Mitglieder des alten Mutantenkorps; ihn und Rhodan verband mehr als Freundschaft und gegenseitige Achtung. Aber es war nicht nur die Zuneigung zu den Verschollenen, die Rhodans besonderes Interesse an diesen vier Personen auslöste.

Der Großadministrator wußte genau, daß er jeden Mutanten dringend brauchte, um das von der Menschheit geschaffene Imperium zu erhalten. Der Verlust Tschubais oder Corellos wäre tragisch gewesen. Aber auch die Metabio-Gruppiererin Irmina Kotschistowa und Alaska Saedelaere gehörten zu den wichtigsten Mitgliedern der Solaren Flotte.

Atlan hoffte, daß alle vier unverletzt waren und ihre Fähigkeiten behalten hatten. Nach den Ereignissen der letzten Tage konnte man das nicht voraussetzen.

»In der Nähe der Hauptstation liegen ein paar Dutzend tote Götzen herum«, berichtete Rhodan weiter. »Du kannst sie von den Robotern abholen lassen. Außerdem hatten wir ein bißchen Schwierigkeiten mit einem Schwarzen Dämon, der sich in einem Bombenkrater versteckt hatte. Doch Gucky wurde mit ihm fertig.«

»Hast du eine Spur von Schmitt gefunden?« fragte Bully.

»Nein. Ich nehme an, daß er sich auch in der Station aufhält.«

»Nostradamus sprach von seinem *toten* Bruder«, erinnerte Bully.

»Der Cyno lügt, sobald er den Mund aufmacht!« warf Atlan ein.

»Das wäre vorläufig alles«, beendete Perry das Gespräch. »Ich melde mich wieder, sobald wir in der Zentrale der Station sind.«

Der Gleiter mit dem Hoheitszeichen des Solaren Imperiums landete am Rand des kleinen Tales. Ein bärtiger, seltsam gekleideter Mann kletterte heraus und schaute sich um. Die Sonne war bereits untergegangen, aber es war noch hell genug, um die Umgebung sichtbar werden zu lassen.

Der Mann ging durch das fußhohe Gras auf einen kleinen Baum zu, neben dem ein steinerner Obelisk stand. Unmittelbar vor dem Stein blieb der Mann stehen. »Bruder!« sagte der Mann in einer Sprache, die noch niemals an ein menschliches Ohr gedrungen war. »Da bist du also, Bruder.«

Der Mann streckte beide Arme aus und berührte den Stein mit den Händen. In dieser Stellung verharrte er lange Zeit. Ein zufälliger Beobachter dieser Szene hätte glauben können, der Mann und der Stein würden stumme Zwiesprache halten.

Endlich, als es fast völlig dunkel geworden war, ließ der Mann mit den seltsamen Kleidern die Arme wieder sinken.

»Bruder«, sagte er. »Ich werde sehr einsam sein, nachdem wir eine Million Jahre alles gemeinsam planten und durchführten. Dabei könnte ich gerade jetzt deine Hilfe brauchen.« Der Mann ließ den Kopf sinken. »Ich werde allein mit allen Problemen kämpfen müssen.«

Plötzlich entstand in dem kleinen Tal ein helles Licht. Es ging von dem gleichmäßig geformten Stein aus, der neben dem Baum stand. Der Obelisk strahlte so hell, daß der Lichtschein kilometerweit zu sehen war.

Das Leuchten hielt ein paar Minuten an, dann ließ es an Intensität nach. Schließlich erlosch es völlig.

Der Mann streckte einen Arm aus. Als er den seltsamen Körper erneut berührte, zerbröckelte dieser unter seiner Hand und sank auf den Boden. Dort verwandelte er sich in eine pulverförmige Substanz.

Wie auf ein geheimes Signal kam in diesem Augenblick Wind auf. Er erfaßte die feine Substanz und wirbelte sie blitzschnell davon.

Der Mann stand noch einen Augenblick da und schien nachzudenken. Dann gab er sich einen Ruck und kehrte zum Gleiter zurück.

Als Alaska Saedelaere den Mausbiber inmitten der Zentrale materialisieren sah, wußte er, daß sie gerettet waren.

Wenige Augenblicke später tauchten auch Rhodan, Roi Danton und ein paar bewaffnete Raumfahrer auf.

Die Männer kümmerten sich sofort um Ribald Corello, der noch immer ohne Bewußtsein war. Besonders herzlich war die Begrüßung zwischen Ras Tschubai und Gucky.

Die Aktivität des Cappin-Fragments in Alaskas Gesicht war völlig abgeklungen, aber der Maskenträger fühlte sich noch immer schwach.

Rhodan und Danton sahen sich in der Zentrale um. »Wo ist Schmitt?« fragte Rhodan den Transmittergeschädigten.

»Ich glaube nicht, daß er noch am Leben ist«, antwortete Saedelaere. »Er hat sich von mir verabschiedet wie jemand, der aus dem Leben tritt.«

Alaska zeigte Rhodan den Anzug der Vernichtung.

»Das hat er zurückgelassen. Er trug diesen seltsamen Anzug, als er die neun Imaginären tötete. Vielleicht nannte er ihn deshalb Anzug der Vernichtung.«

»Wir werden ihn untersuchen müssen«, kündigte Rhodan an. »Danach werden Sie ihn zurückerhalten.«

»Die Untersuchung wird Ihnen nicht weiterhelfen!« klang eine andere Stimme auf.

»Nostradamus!«

Rhodan fuhr herum und sah den Cyno am Eingang stehen. Niemand hatte ihn hereinkommen sehen. Er war plötzlich aufgetaucht. Nostradamus kam langsam auf die Gruppe zu.

»Mein Bruder muß Sie sehr geschätzt haben, daß er Ihnen diesen Anzug schenkte. Aber dieses Geschenk kann auch zu einer Last werden.«

»Schmitt ist also tot?« fragte Rhodan.

»Ich habe mich von ihm verabschiedet«, sagte Imago II. »Jetzt bin ich allein für diese Station verantwortlich.«

»Was haben Sie vor?« wollte Roi Danton wissen.

»Wissen Sie das nicht?« Nostradamus lächelte und breitete die Arme aus, als wollte er die gesamte Station umschließen. »Hier wartet jetzt viel Arbeit auf mich. Ich muß die erforderlichen Schaltungen zur Beruhigung der Hilfsvölker im Schwarm durchführen. Das kann nur ich machen. Außerdem müssen die Strukturschleusen des Schwarms so schnell wie möglich in Ordnung gebracht werden. Ich benötige ein paar tausend Cynos, die mir bei der Wiederherstellung der Ordnung helfen müssen.«

Rhodan konnte seine Enttäuschung nicht verbergen. »Ich hatte gehofft, daß jetzt alles sehr schnell gehen würde.«

Der Mann mit der Kleidung aus dem sechzehnten Jahrhundert lachte auf. »Sie möchten den Schwarm so schnell wie möglich loswerden?«

»Natürlich!« bestätigte Rhodan.

»Ich verstehe Sie«, sagte Nostradamus. »Aber es wird einige Zeit dauern, bis wir alles in Ordnung gebracht haben.«

Unbewußt fielen Rhodan die Warnungen des Arkoniden ein. Konnten sie diesem Cyno wirklich trauen?

»Wann werden Sie mit der Rückführung der Cynos in den Schwarm beginnen?«

»Das ist nicht das eigentliche Problem«, antwortete Imago II ausweichend. Er deutete auf die riesigen Schaltanlagen. »Sie werden verstehen, wenn ich jetzt mit meiner Arbeit beginnen muß.«

Er ließ die Terraner stehen und begann sich mit den Instrumenten zu beschäftigen.

Rhodan preßte die Lippen zusammen. Er sah Schwierigkeiten mit diesem Mann und den anderen Cynos voraus. Andererseits durfte er nicht ungeduldig sein. Zumindest die Götzengefahr war gebannt. Es gab keine Karduuhls mehr.

Rhodan hoffte, daß die Cynos in der Lage sein würden, die Verdummungsstrahlung innerhalb der Galaxis aufzuheben.

»Lassen Sie mich jetzt bitte allein!« rief Nostradamus.

Rhodan sah ihn an. Der Cyno erwiderte den Blick offen.

»Das sieht fast nach einem Hinauswurf aus!« stellte Saedelaere fest.

»Sie sind mir überlegen«, gab Nostradamus zu. »Wenn Sie wollen, können Sie mich an meiner Arbeit hindern. Aber ich weiß nicht, ob das klug wäre.«

Rhodan nickte seinen Begleitern zu. »Wir verlassen die Station!« entschied er.

»Aber das kannst du nicht tun!« protestierte Roi. »Wir müssen sehen, was der Cyno tut.«

»Wir würden es sowieso nicht verstehen. Draußen bekommen wir vermutlich weitaus mehr zu sehen, denn dort werden die Folgen von Nostradamus' Arbeit sichtbar werden.«

»Ich bin gespannt, was Atlan dazu sagen wird.«

»Das weiß ich jetzt schon!« Rhodans Gesicht blieb ausdruckslos. Er führte die Gruppe aus der Station. Als sie durch das große Tor ins Freie traten, sahen sie ein paar Roboter, die damit beschäftigt waren, die überall herumliegenden Leichen der Karduuhls abzutransportieren.

Eine Million Jahre hatten die Götzen gelebt und über den Schwarm geherrscht. Nun waren sie in ein paar Minuten alle gestorben. Ihre Ära war zu Ende.

Eine Million Jahre – für nichts! dachte Rhodan. Einmal mehr erkannte er, daß auch diese Zeitspanne nach kosmischen Begriffen nicht mehr als eine Sekunde in der Geschichte des Universums war.

»Wofür haben sie gelebt?« fragte Alaska nachdenklich.

Rhodan wandte sich zu ihm um. »Wer will das beantworten? Vielleicht haben sie nur existiert, um alle positiven Kräfte zu aktivieren. Dann wäre ihr Leben nicht sinnlos gewesen.«

»Und Schmitt?« fragte der Maskenträger weiter. »Wofür hat er gelebt?«

»Für einen kurzen Augenblick«, antwortete Rhodan. »Für den Augenblick der Rache.«

25.

Bericht Tatcher a Hainu

Ich zuckte heftig zusammen, als das Krachen einer Energieentladung meine Trommelfelle malträtierte. Im nächsten Moment hatte ich mich auf den Bauch gerollt und den Strahler gezogen.

Doch ich brauchte nicht einzugreifen, wie ich erkannte. Commander Dalaimoc Rorvic stand wie ein Fettgebirge mitten auf dem schmalen Weg, seinen Strahler locker in der Hand. Er hatte offenbar in die Luft geschossen – und der Schuß hatte mich aus dem Schlaf gerissen.

Wenige Schritte vor dem fetten Albino standen zwei terranische Raumsoldaten. Zwischen ihnen schwebte eine Antigravplattform, und auf der Plattform stand ein kleiner Tiefkühl-Container, wie er auf den Raumschiffen der Solaren Flotte benötigt wurde.

»Wo wolltet ihr damit hin?« fragte Rorvic mit seiner dunklen phlegmatischen Stimme.

»Zu unserem Schiff, Sir«, antwortete einer der beiden Raumsoldaten. Auf seinem Ärmelschild stand der Name Masko Borg.

»Und wie heißt das Schiff?« fragte Rorvic weiter.

»Es ist das Superschlachtschiff EDWARD DERBY, Sir«, antwortete Borg.

»Soso!« machte der Tibeter sarkastisch. »Die EDWARD DERBY also. Wißt ihr auch, daß Edward Geoffrey Derby im Jahre 1833 terranischer Zeitrechnung die Negersklaverei abschaffte? Leider konnte er die Lügenhaftigkeit der Menschen damit nicht aus der Welt schaffen.«

Er zeigte mit dem Strahler auf den zweiten Soldaten, auf dessen Ärmelschild der Name Filding Habsberg stand.

»Wie kommt es dann, daß ihr euch von der EDWARD DERBY entfernt, statt euch ihr zu nähern?«

»Wir müssen uns verlaufen haben«, stammelte Filding Habsberg.

»Natürlich!« meinte Dalaimoc Rorvic höhnisch. »Ihr habt euch verirrt. Außerdem habt ihr vergessen, eure Peilsender zu benutzen, die euch den jeweiligen Standort des Schiffes anzeigen – und ihr habt vergessen, daß auf Diebstahl während Alarmbereitschaft oder Einsatz auf Fremdwelten hohe Strafen stehen.« Zuletzt hob er die Stimme an, daß es nur so schallte.

»Es ist alles nur ein schreckliches Mißverständnis, Sir«, flüsterte Masko Borg. Er war blaß geworden. »Wir wollten wirklich nicht …«

Rorvic winkte ab, und der Soldat verstummte augenblicklich.

»Was befindet sich in dem Container?« fragte der Albino.

Masko Borg leckte sich die Lippen, was an und für sich Antwort genug war.

»Lebensmittel, Sir«, antwortete er, wobei er furchtsam auf Rorvics Waffe schielte, die sich auf ihn gerichtet hatte. »Hauptsächlich Hammelfleisch, Gemüse und Gewürze.«

»Aha!« machte Rorvic. »Ich werde das nachprüfen. Laßt die Plattform mit dem Container hier und geht mir aus den Augen.«

»Jawohl, Sir«, sagte Borg hastig. »Werden Sie uns anzeigen, Sir?«

Dalaimoc starrte den Raumsoldaten streng an. »Eigentlich müßte ich das. Aber vielleicht lasse ich Gnade vor Recht ergehen. Verschwindet!«

Die Soldaten machten kehrt und eilten im Laufschritt davon. Ich erhob mich und schob meine Waffe ins Gürtelhalfter zurück.

»Warum haben Sie ihnen nicht befohlen, das Diebesgut zurückzubringen, Commander?« fragte ich. »Soll ich es etwa zur EDWARD DERBY schieben?«

Der fette Albino starrte mich eine Weile wortlos an, dann grinste er.

»Sie sind wirklich der größte Schafskopf, der mir je untergekommen ist, Captain Hainu. Schieben Sie die Plattform zum Seeufer und sehen Sie zu, daß Sie die Zutaten für ein Lammsteak Nelson zusammenbringen – und bereiten Sie für mich sechs Steaks zu!«

Ich schluckte. »Sir, wollen Sie etwa das Diebesgut unterschlagen? Das würde Sie auf die gleiche Stufe mit den beiden Verbrechern stellen.«

Rorvic lachte ironisch. »Was faseln Sie da zusammen, Sie marsianisches Dörrgemüse! Erstens halte ich die beiden Soldaten nicht für Verbrecher, sondern ganz einfach für etwas zu organisationstüchtig, und zweitens will ich nichts unterschlagen, sondern nur etwas essen. Wie Ihnen bekannt sein dürfte, ist Mundraub nicht strafbar.«

Gegen dieses Argument kam ich nicht an, vor allem, da Gerichte aus Hammelfleisch zu meinen Leibgerichten gehören, wenn sie richtig zubereitet werden.

Ich stellte mich neben den Steuerkasten der Antigravplattform und beschleunigte. Um ein Haar wäre Dalaimoc Rorvic gerammt worden. Im letzten Augenblick rettete er sich durch einen Sprung, der zu meiner großen Freude mitten in einer Schlammpfütze endete.

Das Zorngebrüll des rotäugigen Monstrums hallte mir noch in den Ohren, als ich den schmalen Waldgürtel vor dem Strand bereits durchquert hatte.

Wenige Meter vor dem matt plätschernden Wasser ließ ich die Plattform zu Boden sinken, öffnete den Container und inspizierte den Inhalt. Das Ergebnis meiner Inspektion war äußerst zufriedenstellend. Der Containerinhalt war zweifellos auf die Zubereitung aller bekannten Gerichte mit Hammelfleisch zugeschnitten. Ich verstand einiges davon, und ich sah keine Lücke im Bestand der Zutaten.

Da zu jedem Nahrungsmittel-Container auch ein flacher Atomofen gehörte, bereitete es mir keine Schwierigkeiten, für Rorvic und mich die gewünschten Lammsteaks zu bereiten. Lammsteak Nelson war ein Gericht, dessen Rezeptur von Admiral Viscount Horatio Nelson erfunden worden sein sollte. So hatte es jedenfalls der sagenumwobene und exzentrische Raumadmiral Guy Nelson im Vorwort zu dem Rezeptbuch seiner Schwester Mabel behauptet. Mir war es völlig gleichgültig, ob das stimmte oder nicht. Hauptsache, es schmeckte.

Ich rieb die schnell aufgetauten zwölf Keulensteaks trocken, briet sie auf einer Seite in heißer Butter an und legte sie dann mit der gebratenen Seite in eine gefettete Auflauf-Automatikform, nachdem ich die Oberseite mit Senf bestrichen hatte. Danach warf ich neun Zwiebeln und neunhundert Gramm rohen Schinken in den Expreß-Zerkleinerer, vermischte das Produkt mit sechs Eigelb, sechs Eßlöffeln Dosenmilch, hundertfünfzig Gramm geriebenem Käse und den benötigten Gewürzen und verteilte das Gemisch auf die einzelnen Steaks. Darüber streute ich Semmelbrösel und legte Butterflöckchen obenauf. Dann schaltete ich die Auflauf-Automatik an und programmierte eine Backzeit von fünfzehn Minuten.

Als ich damit fertig war, bemerkte ich Dalaimoc Rorvic. Der fette Albino stieg mit geschlossenem Raumanzug in den See, um sich den Schlamm abzuspülen. Er legte sich auf den Rücken und strampelte mit den Beinen.

Ich seufzte.

Meine Gedanken kehrten zu Caruh zurück, die nach unserer Eheschließung wieder an Bord des Spezial-Explorers KONG-KONG gegangen war. Einen ganzen Tag Flitterwochen hatte man uns gegönnt, danach hatte Rorvic mich wieder angefordert. Ihm war es zu »verdanken«, daß Caruhs Gesuch um Versetzung auf die MARCO POLO bisher nicht genehmigt worden war. Der Tibeter hatte behauptet, ich wäre zu überhaupt keiner Arbeit mehr fähig, wenn Caruh in meiner Nähe wäre.

Dafür würde ich ihn eines Tages strafen.

Zur Zeit befanden wir uns auf dem Planeten Stato II. Stato II war etwas größer als die Erde und hatte eine durchschnittliche Schwerkraft von 1,09 Gravos. Seine Rotationsdauer betrug 28,7 Stunden; eine Achsenneigung war nicht meßbar. Die Oberflächengestaltung glich weitgehend der der Erde, soweit sie noch halbwegs im Naturzustand war.

Was mir besonders auffiel, war, daß es auf Stato II keine Städte gab. Die wenigen Gebäude fügten sich harmonisch in die beinahe unberührte Natur ein. Nur die vier großen Raumhäfen bildeten große Schandflecke.

Die MARCO POLO war gemeinsam mit einundzwanzig anderen Raumschiffen auf dem größten der sieben Kontinente gelandet. Ein beschränkter Teil der Schiffsbesatzungen und Spezialeinheiten hatte Kurzurlaub bekommen. Dazu gehörten auch Dalaimoc Rorvic und ich.

Wir waren drei Stunden lang gewandert und hatten in der Nähe des Sees eine Rast eingelegt. Dabei hatte mich der Schlaf übermannt, und erst Rorvics Warnschuß hatte mich wieder geweckt.

Ich gähnte und blickte auf den Zeitmesser der Auflauf-Automatik. In fünf Minuten würden die Nelson-Steaks fertig sein.

Ich aktivierte den Armband-Telekom – der auf der gleichen Frequenz arbeitete wie die Helmtelekome von Rorvic und mir – und sagte: »In fünf Minuten ist das Essen fertig, Commander Rorvic. Werden Sie pünktlich sein?«

»Dumme Frage!« ertönte Dalaimocs Baß aus dem Empfangsteil des Armbandgeräts. »Sieh nach, ob du dem Container etwas zu trinken entlockst, aber keine Limonade!«

»Wie Sie wünschen, Sir«, erwiderte ich. »Nur empfehle ich Ihnen noch einmal, das Duzen zu unterlassen.«

»Schon gut, Sie marsianischer Staubwedel!« gab Rorvic barsch zurück.

Etwa dreißig Meter vom Ufer entfernt erhob sich der Albino aus den Fluten und watete an Land. Er klappte den Druckhelm zurück und sah mir zu, wie ich die Lammsteaks aus der Auflauf-Automatik nahm und auf Plastikteller verteilte. Nachdem ich für jeden von uns außerdem einen Kaffeebecher eingeschenkt hatte, hockten wir uns nieder, zogen unsere Flachbestecke aus den Seitentaschen der Raumanzüge und speisten.

»Hm!« machte Dalaimoc Rorvic nach den ersten Bissen. »Sie mögen ansonsten ein impertinenter Trottel sein, aber kochen können Sie besser als der Küchenmeister des ANATOL in Paris.«

»Danke!« antwortete ich grimmig. »Was Sie sonst auch sein mögen, Commander, essen können Sie fast so gut wie ein ertrusischer Vielfraß.«

Der Albino riß den fettverschmierten Mund auf und brüllte vor Lachen. Es bekam ihm schlecht, denn das halbe Lammsteak in seinem Mund landete dort, wo sich der Schlund verengte.

Rorvic verdrehte die Augen und lief blau an. Es sah aus, als stünde er dicht vor einer Explosion, die ihn zerreißen würde. Vergebens versuchte er, eine Hand in seinen Mund zu schieben.

Bevor ich den ersten Schreck überwunden hatte, kippte der Fettkloß nach hinten und fiel auf den Rücken. In dieser Stellung war er beinahe so hilflos wie eine Schildkröte.

Ich sprang auf und landete mit beiden Beinen auf Rorvics Bauch. Dort hüpfte ich auf und ab in der Gewißheit, daß der Commander bereits so gut wie tot war, es sei denn, ich konnte seinen Magen zu einer Revolte veranlassen und dadurch das steckengebliebene Fleisch hinauskatapultieren.

Sekunden später hatte ich Erfolg.

Nachdem Rorvics Mageninhalt samt dem verhängnisvollen Bissen ans Tageslicht gekommen war, schleifte ich den beschmutzten Commander mühsam zum Wasser. Dalaimoc Rorvic röchelte. Seine Brust hob und senkte sich. Ich schleppte ihn so weit, daß ich bis zu den Knien im Wasser stand, dann ließ ich ihn fallen.

Rorvic verschwand. Doch schon nach kurzer Zeit tauchte er prustend wieder auf. Eine Wasserfontäne schoß aus seinem Mund, dann befahl der Commander mit pfeifender Stimme: »Helfen Sie mir hoch, Sie marsianischer Sandwühler!«

Ich half ihm hoch, wobei ich beinahe selber ins Wasser gefallen wäre. Allein die Vorstellung, mit dem Kopf unter Wasser zu geraten, jagte mir eine Gänsehaut über den Rücken.

»Beinahe hätten Sie mich umgebracht«, warf der Albino mir vor. »Vielleicht stecken Sie auch hinter dem heimtückischen Attentat, das vor fünf Wochen im Sudatorium der MARCO POLO auf mich verübt wurde.«

Ich ließ ihn los.

»Sie sind wohl hirnamputiert, Sir!« schrie ich zornbebend. »Weil der Hintermann der Attentäter bisher nicht gefunden wurde, verdächtigen Sie jetzt einfach mich. Vielleicht waren Sie es selbst, der die Attentäter parapsychisch konditionierte. Schließlich muß man Ihr Verhalten nach der Tat als höchst verdächtig bezeichnen. Sie locken mich in Ihre Kabine und lassen mich für viele Stunden verschwinden, während Sie selbst sich im Paratronschirm des Solsystems verstecken. So etwas ist doch nicht normal, Sir.«

Dalaimoc Rorvic blieb schnaufend stehen.

»Ihr Vorwurf ist ungerechtfertigt, Captain a Hainu«, sagte er sehr förmlich. »Eigentlich bin ich zur Geheimhaltung verpflichtet, aber Ihnen will ich verraten, daß die medizinische Untersuchung nach dem Merkur-Einsatz ergab, daß jemand mir mikroskopisch winzige Nadeln ins Gehirn geschossen hatte, die aus einer unbekannten Substanz bestanden und sich nach einigen Stunden auflösten.«

»Dann sind die Mikrogeschosse an Ihrem irrationalen Verhalten schuld?« fragte ich atemlos.

»Höchstwahrscheinlich.«

»Aber wer könnte ein Interesse daran haben?«

»Keine Ahnung. Sobald ich Zeit dafür habe, werde ich mich dem Täter auf die Spur setzen.«

Er wurde von einem heftigen Niesen durchgeschüttelt. »Schnell, einen Schnaps, Tatcher!« befahl der Commander.

Ich lief los, aber weit kam ich nicht. Plötzlich wurde ich von grellem Licht geblendet. Dort, wo eben noch der Versorgungs-Container gestanden hatte, sah ich nur noch einen Feuerball – dann erfaßte mich die Druckwelle und schleuderte mich gegen den fetten Albino …

Die Dunkelheit war allumfassend. Sie wurde nur von intervallartig auftretenden klatschenden Geräuschen unterbrochen.

Ich schlug die Augen auf. Über mir rotierte eine Art Vollmond so rasend, daß ich keine Einzelheiten erkennen konnte.

Aber mitten aus dieser wirbelnden Masse kam eine tiefe, langgezogene Stimme und sagte: »Wachen Sie auf, Sie marsianische Staubmumie! Bilden Sie sich bloß nicht ein, Sie könnten sich vorm Dienst drücken.«

Das verscheuchte die letzten Schatten. Ich kam vollends zu mir und erkannte den rotierenden Vollmond als Rorvics Gesicht.

»Endlich!« sagte der Commander erleichtert. »Ich dachte schon, Sie wären gestorben, um mich zu ärgern.«

Er hob mich mühelos hoch und stellte mich auf die Füße. Als er mich losließ, brach ich zusammen. Meine Knie schienen aus Gelee zu bestehen.

Dalaimoc Rorvic hob mich wieder auf und ließ mich abermals los. Diesmal schwankte ich zwar, aber ich konnte mich auf den Beinen halten.

Dann kam die Erinnerung.

Ich blickte zu der Stelle, an der der Versorgungs-Container gestanden hatte. Weder von ihm noch von der Antigravplattform war etwas zu sehen. Im Sand befand sich ein flacher Trichter, dessen Ränder glasig zusammengeschmolzen waren.

»Der Container ist explodiert«, stellte ich fest.

»Stimmt«, antwortete Rorvic. »Jemand muß eine Bombe in ihm versteckt haben.«

»Warum?«

»Weil er mich töten wollte.«

»Die Rechnung geht nicht auf, Sir«, widersprach ich. »Der Bombenleger konnte nicht ahnen, daß der Container bei uns landen würde. Es war reiner Zufall, daß die beiden Diebe Ihnen in die Arme liefen.«

Der Tibeter schüttelte den Kopf.

»Ich glaube nicht an einen solchen Zufall, Tatcher. Der Attentäter hat die beiden Raumsoldaten bestimmt so konditioniert oder programmiert, daß sie den Versorgungs-Container stahlen und direkt zu mir brachten.«

»Sie meinen …?«

»Genau. Das war das zweite Attentat auf mich. Für mich ist es der Beweis, daß der Täter mit der MARCO POLO nach Stato II gekommen ist und sich noch auf diesem Planeten befindet.«

»Und ich gerate jedesmal in die Schußlinie!« entfuhr es mir.

»Psst!« machte Rorvic und legte mir seine behaarte fleischige Pranke auf den Mund.

Da sein Gesicht einen lauschenden Ausdruck annahm, strengte ich mein Gehör an, um ebenfalls etwas zu hören. Vielleicht befand sich der Mörder persönlich in der Nähe!

Im nächsten Augenblick hörte ich das verdächtige Geräusch ebenfalls. Es handelte sich um das charakteristische Knistern fehlerhaft arbeitender Antigravprojektoren.

Jemand versuchte, aus der Nähe des Explosionsortes zu gelangen, obwohl er die Explosion nicht überhört haben konnte.

In diesem Fall wäre jeder Mensch gekommen, um nach der Ursache der Explosion zu sehen. Nur der Schuldige selbst würde nicht zum Ort seiner Tat eilen, sondern sich so schnell wie möglich entfernen!

Plötzlich senkte Dalaimoc Rorvic den Kopf und stürmte los wie ein gereizter Kampfstier. Wer ihn nicht kannte, hätte dem Fettkloß niemals diese Geschwindigkeit zugetraut.

Ich versuchte, dem Commander zu folgen, war aber noch zu benommen, um zu laufen. Ich taumelte Rorvic nach.

Noch einmal ertönte das Knistern, dann brach es mit metallischem Knakken ab. Die Antigravprojektoren erhielten keine Energie mehr. Man hatte sie desaktiviert.

Ich kämpfte mich durch die Waldzone. Dabei rannte ich mehrmals gegen tiefhängende Äste, gegen Baumstämme und in dornige Zweige.

Als ich endlich das Grasland erreichte, sah ich in etwa fünfhundert Metern Entfernung eine Gestalt davonrennen. Sie trug die Bordkombination terranischer Kampfschiffe. Eine zweite Gestalt – unverkennbar Dalaimoc Rorvic – folgte ihr in ungefähr zweihundert Metern Entfernung –, und sie holte beständig auf.

Weiter links entdeckte ich einen Prallfeldgleiter terranischer Bauart. Rorvics Verdacht, daß der Hintermann der Attentäter zur Besatzung der MARCO POLO gehörte, schien sich zu bestätigen.

Plötzlich wandte sich der Flüchtende um, kniete nieder und feuerte mit Impulsstrahlern auf den Albino.

Aber Rorvic reagierte unheimlich schnell. Er hechtete aus dem Lauf heraus nach links.

Dennoch war er verloren, erkannte ich, denn mit dem nächsten oder übernächsten Schuß würde der Fliehende ihn treffen. Im Bruchteil einer Sekunde riß ich meine Waffe aus dem Gürtelhalfter, stieß die Hand nach vorn und schoß.

Unser Gegner bemerkte mich erst jetzt. Infolge des Überraschungsmoments ging sein Schuß in die Luft. Mein Schuß zuckte dicht an Rorvic vorbei und entlud sich vor den Füßen unseres Gegners im Boden.

Der Mann stieß einen Schrei aus, ließ seinen Strahler fallen und lief davon. Dalaimoc Rorvic schrie ebenfalls, dabei sprang er von einem Bein aufs andere und schlenkerte die Hände in der Luft.

Als ich näher kam, sah ich den angeschmorten Streifen an seiner Hose. Offenbar war mein Schuß etwas zu dicht an Rorvic vorbeigegangen.

»Bitte, Sir«, sagte ich betreten, »lassen Sie Ihre Hose herunter, damit ich die kleine Brandwunde mit Plasma einsprühen kann.«

Der Commander blickte mich aus seinen roten Augen an.

»Das könnte Ihnen so passen, Sie morbide Marsheuschrecke! Los, lassen Sie den Mörder nicht entkommen!«

Er packte mich am Ellbogen und schleuderte mich vorwärts. Ich mußte die Beine bewegen, um nicht zu stürzen. Hinter mir setzte sich auch Dalaimoc wieder in Bewegung. Er schnaufte wie ein angeschossener Saurierbulle.

Unser Gegner verschwand gerade hinter einem grasbewachsenen Hügel, auf dessen Kuppe ich mehrere riesige Steinblöcke sah, die eigentümlich übereinandergetürmt waren.

Der Anblick erinnerte mich an etwas, und bald fiel es mir ein. In einem Museum hatte ich so etwas schon einmal gesehen. Es war die Rekonstruktion eines Riesensteingrabes aus der jungsteinzeitlichen nordeuropäischen Megalith-Kultur gewesen – ein sogenanntes Hünengrab.

Rorvic überholte mich und schrie: »Nicht so lahm! Der Verbrecher darf uns nicht entkommen!«

Einer Eingebung folgend, bog ich nach links ab und lief den Hügel hinauf. Das Hünengrab war recht gut erhalten. Ich fragte mich, wer es wohl erbaut haben mochte und wohin dieses Volk verschwunden war. Wahrscheinlich hatten die Cynos es von einem anderen Planeten umgesiedelt, als sie diese Welt zu ihrer Reserve-Justierungswelt erkoren.

Wenige Schritte vor der Öffnung des Steingrabes ließ ich mich auf ein Knie nieder. Ich nahm die kleine Lampe von der Magnethalterung an meiner Brust und hielt sie in der linken Hand; die Waffe lag unverändert in der Rechten.

Dann leuchtete ich in das Grab hinein. Ein aus bearbeiteten Steinplatten gebildeter schmaler Gang führte in die eigentliche Grabkammer. Sorgfältig ausgeführte vertiefte Motive stellten offenbar Kultsymbole dar.

Als ich den Tibeter nach mir rufen hörte, verzog ich unwillig das Gesicht. Hoffentlich kam mir Rorvic nicht schon wieder dazwischen.

Leise schlich ich in den Gang. Vorher löschte ich die Lampe. Irgendwo vor mir bewegte sich etwas; ich sah es nicht, sondern erfaßte es rein instinktiv.

Als ich etwa vier Meter tief in den Gang eingedrungen war, verdeckte ein riesiger Schatten die lichtspendende Öffnung, und Dalaimoc Rorvic rief: »Sind Sie hier drin, Tatcher?«

Aus der Grabkammer erscholl ein scharfes Knacken, gefolgt vom Summen starker Energieaggregate. Dann blendete mich ein greller blauweißer Schein – und erlosch wieder.

Die Begleitumstände verrieten mir den Vorgang. Unser Gegner war mit einem Transmitter entkommen.

Ich schaltete meine Lampe wieder ein und wollte weitergehen, da wurde ich von dem vorpreschenden Commander erfaßt, mit der Schulter gerammt und zu Boden gestoßen.

Schimpfend erhob ich mich wieder und tastete nach meiner Lampe. Sie leuchtete nicht mehr, und gleich darauf wußte ich auch, warum. Der fette Albino hatte sie zertrampelt.

Mir taten beinahe alle Knochen im Leib weh. Resignierend hinkte ich zur Grabkammer, in der ein umherstreifender Lichtkegel verriet, daß Rorvic sie mit seiner Lampe ausleuchtete.

Als ich die Kammer betrat, leuchtete Dalaimoc Rorvic mir sekundenlang ins Gesicht und sagte: »Da sind Sie ja endlich, Tatcher. Woher wußten Sie, daß der Bursche in diesem Hügelgrab einen Transmitter versteckt hat?«

»Ich wußte es nicht«, gestand ich. »Es war eine Intuition.«

»Aha! Sie lassen sich von sprunghaften Eingebungen leiten, anstatt Ihre Handlungen vorher logisch zu durchdenken und sorgfältig zu planen, wie es sich für einen Offizier der Solaren Streitkräfte gehört.«

Ich spie aus.

»Sie können mich gern haben, auch wenn Sie mein Vorgesetzter sind, Mister Rorvic«, erklärte ich. »Wollen Sie etwa behaupten, Sie hätten die Lage analysiert, logisch durchleuchtet und sorgfältig geplant, bevor Sie sich in den Eingang des Hünengrabes stellten und riefen: ›Sind Sie hier drin, Tatcher?‹«

»Selbstverständlich!« brauste der Tibeter auf. »Meine Absicht war, den Gegner von Ihnen abzulenken, Ihnen damit das Leben zu retten und ihn zu veranlassen, sich zu verraten. Das ist mir voll und ganz gelungen.«

Ich starrte ihn nur sprachlos an. Gegen soviel kaltschnäuzige Demagogie war ein zivilisierter Mensch wie ich machtlos.

Der Albino nieste zweimal, dann richtete er den Lichtkegel seiner Lampe auf die beiden spindelförmigen Gebilde, die aus zwei schwarzen Sockeln ragten. Wenn das der Fluchttransmitter war, dann stellte er jedenfalls nicht das Produkt terranischer, akonischer oder arkonidischer Technik dar.

Dalaimoc Rorvic nieste abermals – und zwar so heftig, daß ihm die Lampe aus der Hand fiel. Sie stürzte auf meinen rechten Fuß.

Ich schrie auf und trat die Lampe fort. Zwischen Transmittersockeln schlug sie auf. Ich setzte mich in Bewegung, um sie zu holen.

»Halt!« rief Rorvic scharf. »Warten Sie!«

Er eilte mir nach. Ich ließ mich davon nicht beirren und spurtete los. Dicht vor den Transmittersockeln erreichte der Tibeter mich. Er packte mich an der Schulter.

Erneut erschütterte ihn ein Niesanfall. Anscheinend in dem Bestreben, höflich zu wirken und mir nicht ins Gesicht zu niesen, wandte Dalaimoc mir den Rücken zu.

Dabei geriet sein Fuß auf die im Boden eingelassene rote Metallplatte. Es knackte. Im nächsten Augenblick drehten sich die spindelförmigen Gebilde, richteten sich auf uns – und dann verwandelte sich die Welt in einen alles umfassenden grellen Blitz.

Als ich zu mir kam, war mir klar, daß ich keine normale Transmission erlitten hatte. Es war völlig anders gewesen. Neben mir fuhr anscheinend eine überlastete präkosmohistorische Dampflok an, dann nieste jemand.

»Das war Ihr bisher ärgster Streich, Tatcher!« sagte Rorvics tiefe Stimme.

Ich wälzte mich herum und erlebte mit, wie der Tibeter trotz seines erheblichen Übergewichts auf die Beine kam. Dalaimoc Rorvic sah sich um. Ich folgte seinem Blick und erkannte, daß wir uns in einem von bunten Wandreliefs geschmückten Saal befanden, und zwar lagen wir auf einem etwa zwei Meter hohen, von dunklen Flecken bedeckten Steinpodest.

Über uns, an der Decke, sah ich die Gegenstücke der Transmitterspindeln des Hügelgrabes, nur waren sie hier hornartig gekrümmt.

»Interessant«, murmelte Commander Rorvic. »Der Transmitter ist als Bestandteil eines präkosmischen Tempels getarnt. Ich würde mich nicht wundern, wenn unser Gegner sich als hiesiger Oberpriester entpuppte.«

Seine roten Augen richteten sich anklagend auf mich. »Das ist keinesfalls Stato II, Captain Hainu, und Sie haben uns das eingebrockt.«

»Wieso ich?« fragte ich im Bewußtsein meiner Unschuld. »Sie haben doch den Transmitter auf Stato II aktiviert, indem Sie auf die Schaltplatte traten.«

Rorvic faßte mein linkes Ohr und drehte es herum.

»Sie sind ein ganz durchtriebener Schlingel, Tatcher. Erst spielen Sie Fußball mit meiner Lampe, dann zwingen Sie mich, Ihnen nachzugehen, um Sie daran zu hindern, in Ihrer Dämlichkeit versehentlich den Transmitter zu aktivieren – und dann wollen Sie Ihre Schuld auch noch auf mich abwälzen!«

Er ließ mein Ohr los und stieß mir den Zeigefinger gegen die Brust, so daß ich zurückwich und vom Podest fiel. Glücklicherweise bin ich ein guter Turner, so daß ich nach einem Salto sicher auf den Füßen landete.

Gleich nach mir landete auch Rorvic. Sein Aufprall verursachte ein leichtes Erdbeben.

»Jetzt werde ich Ihnen zeigen, wie ein Kommando-Offizier der Solaren Raumflotte vorzugehen hat, Tatcher«, erklärte er in schulmeisterlichem Tonfall.

Ich seufzte ergeben.

Dalaimoc wölbte kurz die Brauen, dann fuhr er fort: »Orientierung ist das wichtigste. Wir werden also vor den Tempel gehen und uns umschauen.«

»Warum müssen wir unsere Füße und Augen anstrengen, wenn Sie parapsychische Fähigkeiten besitzen, die von keinem bekannten Mutanten übertroffen werden können?« fragte ich.

Der Albino antwortete nicht darauf, sondern ging zur offenen Tür des Tempels und spähte hinaus.

Ich folgte ihm, da ich neugierig darauf war, wohin das Schicksal uns verschlagen hatte. Das Problem, die Andersartigkeit des Transmittertransportes zu erklären, stellte ich vorerst zurück.

Als ich neben Rorvic trat, ging der Commander einige Schritte weiter. Ich folgte ihm auch dahin.

Wir standen an der Oberkante einer großen Stufenpyramide. Unter uns erstreckte sich ein großer Platz, auf dem einige unterschiedliche Steinbauten standen – und zwischen den Bauten bewegte sich eine riesige Menschenmenge. Aus einer Höhe von zirka fünfzig Metern sahen die Eingeborenen jedenfalls genau wie Menschen aus.

Einige Eingeborenen entdeckten uns. Sie erstarrten zuerst, dann flüsterten sie ihren Nachbarn Worte zu. Wenige Sekunden später starrte die ganze Menschenmenge zu uns herauf. Dann ertönte ein vielstimmiger Schrei!

»Jetzt werden sie uns in Stücke reißen«, sagte Dalaimoc Rorvic. »Wir haben in ihren Augen den Tempel geschändet.«

»Das glaube ich nicht«, widersprach ich. »Bestimmt halten sie uns für Götter, die sie besuchen.«

Rorvic nieste, wischte sich die Nase mit dem Handrücken ab und sagte: »Diese Erkältung verdanke ich Ihnen, weil Sie mich ins Wasser geschleift haben, Tatcher.«

Die Menge verstummte, verneigte sich. Es sah aus, als striche der Wind durch ein Kornfeld.

Dann erscholl Musik. Dumpfe Trommelwirbel vermischten sich mit den harten Rhythmen von anderen Trommeln. Die Menge richtete sich auf. Eine Gasse bildete sich. Durch sie hindurch schritt eine Person in buntem, besticktem Umhang, gelbbraunem Turban, Sandalen an den Füßen und einer Art Stab in der Hand.

Als sie die breite Treppe der Stufenpyramide erreichte, hob die Person den Stab an die Lippen. Eine Folge von Flötentönen erklang, während die Person langsam die Treppe heraufkam.

»Eigenartig«, flüsterte der Albino, »ich kann meine parapsychischen Kräfte nicht anwenden. Diese Welt hat etwas Unwirkliches an sich. Sie scheint nirgendwo zu sein.«

Ich blickte zum Himmel empor. Er sah tatsächlich ganz anders aus als alle mir bekannten Himmel von Planeten mit Sauerstoffatmosphäre. Zwar gab es vereinzelte Wolken, und die gelbe Sonne leuchtete dicht über dem Horizont, aber die Farbe des Himmels war wie die von poliertem Silber.

Die Person mit der Flöte verharrte drei Stufen unter uns und spielte voller Hingebung weiter. Ich sah, daß das Gesicht des Eingeborenen breit und knochig war, mit kurzer plumper Nase, leicht aufgeworfenen Lippen und rundem Kinn. Die Hautfarbe war gelbrot.

Ich musterte die aus dunklem Holz geschnitzte Flöte. Sie hatte vier Grifflöcher, ein hochgebogenes Mundstück und wurde vorn durch einen großen steinernen Vogelkopf geziert.

»Bitte, kommen Sie doch herauf, Herr Flötist!« sagte ich auf interkarties in der Hoffnung, daß die Eingeborenen dieser Nirgendwo-Welt die Verkehrssprache des Schwarms beherrschten.

»Sie Tölpel!« raunte der Commander mir erbost zu. »So begrüßt man doch keinen Stammeshäuptling.«

»Selber Tölpel!« entgegnete ich zornig und etwas lauter als Dalaimoc Rorvic.

Der Flötist brach sein Spiel ab und blickte uns aus kohlschwarzen Augen an.

Rorvic lächelte übertrieben freundlich, faltete die Hände vor dem Kugelbauch und sagte: »Ich begrüße dich, mein Sohn! Wie heißt dieser Planet?«

Auch er hatte Interkarties gesprochen, und der Flötenspieler antwortete in der gleichen Sprache: »Willkommen auf Gosh, großer fetter Gott und kleiner dürrer Gott! Das hier ...«, er machte eine alles umfassende Handbewegung, »... ist Gosh.«

»Und wie heißt die Sonne dort?« forschte Dalaimoc Rorvic weiter. Er deutete auf die gelbe Sonne.

Der Eingeborene malte imaginäre Symbole in die Luft. »Das Auge Firdovs. Und wie heißt du, großer fetter Gott des Wohlstands?«

Rorvic öffnete den Mund, um zu antworten. Doch ein neuer Niesanfall hinderte ihn daran. Der Eingeborene ertrug den Sprühregen mit stoischer Fassung.

»Er heißt Nasarov«, erklärte ich. »Und ich heiße Tatcher a Hainu.«

»Der Kerl lügt!« schrie Rorvic. »Ich heiße nicht Nasarov, sondern Dalaimoc Rorvic!«

»Der Name Nasarov paßt aber viel besser zu Ihnen, Sir«, entgegnete ich lächelnd.

Der Flötenspieler musterte uns scharf. Plötzlich holte er tief Luft, drehte sich um und rief der Menge unten zu: »Es sind die falschen Götter! Heppen Shemir hat uns betrogen. Ergreift sie und bringt sie ins Opferhaus!«

Brüllend und kreischend stürmten die Menschenmassen die breite Freitreppe. Gleich einer Sturmflut wogten sie empor.

Der Flötenspieler zog einen Feuersteindolch und stürzte sich auf Rorvic. Ich sprang ihm von hinten auf das Fersenbein, und er brach schreiend zusammen. Der Feuersteindolch glitt wirkungslos an Rorvics Raumanzug ab.

»Danke, Tatcher!« sagte der Commander freundlich.

Ich winkte ab. »Es handelte sich um eine impulsive, ungeplante Handlung, Sir.«

Der Tibeter grinste. »Wir wollen angesichts des nahen Todes nicht nachtragend sein, Tatcher. Werfen Sie Ihren Strahler fort, damit Sie nicht in Versuchung kommen, auf die Eingeborenen zu schießen!«

Der Flötenspieler wollte aufspringen, stürzte aber schreiend zurück, als er sein geprelltes Fersenbein belastete. Er rollte sich herum und biß Rorvic in die Wade.

»Laß das!« befahl der fette Albino. »Du bist doch kein Hund!«

»Wir sollten in den Tempel zurückgehen, Sir«, sagte ich. »Vielleicht können wir mit Hilfe des Transmitters fliehen.«

»Warum?« gab Rorvic zurück. Er schlenkerte sein Bein, und der Flötenspieler wurde abgeschüttelt.

»Weil ich nicht sterben will!« schrie ich und deutete auf die Menge, die schon ganz nah war.

Die Gesichter der Eingeborenen waren verzerrt. Ich sah Speere, kleine runde Schilde und reich verzierte Streitäxte blinken. Nein, ich war nicht gewillt, mich abschlachten zu lassen!

»Machen Sie, was Sie wollen, Sir!« rief ich Rorvic zu. »Ich ziehe mich zurück.«

Noch während ich sprach, änderte sich das Verhalten der Eingeborenen. Ihr Vorsturm geriet ins Stocken, bis sie nicht nur ganz zum Stehen kamen, sondern sogar furchtsam zurückwichen.

Ich konnte mir das zuerst nicht erklären, doch dann drang wütendes Hundegebell an meine Ohren.

Als ich mich umdrehte, stand zwischen Dalaimoc und mir ein kleiner

Hund mit metallisch glänzendem blauem Fell, rauhhaarig und bärtig. Er hatte einen Stummelschwanz und kupierte Ohren, war etwa vierzig Zentimeter lang und in den Schultern zwanzig Zentimeter hoch. Der kleine Bursche bleckte die Zähne und kläffte die Eingeborenen ausdauernd an.

Vor ihm bewegte sich etwas. Der Flötenspieler hatte die Augen geschlossen und bewegte stumm die Lippen. Sein Gesicht war schweißbedeckt. Langsam, am ganzen Körper zitternd, kroch er rückwärts, bis er die Treppe hinabrollte.

Ich hob die Flöte auf und steckte sie ein. Ein so kostbares Souvenir wollte ich mir nicht entgehen lassen.

Dalaimoc Rorvic hockte sich schnaufend nieder, streckte die Hand nach dem Schnauzer aus und sagte: »Braver Hund. Komm her zu mir!«

Das Tier hörte auf zu bellen, schnappte nach Rorvics Hand und biß spielerisch zu.

Ich lachte. »Man soll eben fremde Hunde nicht anfassen«, sagte ich. »Das steht übrigens in den Dienstvorschriften für Angehörige solarer Streitkräfte.«

Rorvics Gesicht lief rot an. »Was Sie nicht sagen, Captain Hainu! Wenn Sie erst beobachtet und dann Ihre Schlüsse gezogen hätten, würden Sie bemerkt haben, daß der Hund keine Steuermarke trägt und folglich niemandem gehört.«

»Das ist ein Fehlschluß«, sagte eine tiefe Stimme vom Tempeleingang her. »Auf Kamash werden Tiere nicht besteuert.«

Dalaimoc Rorvic und ich fuhren herum. Ich hatte der tiefen, volltönenden Stimme wegen erwartet, einen ähnlichen Riesen wie den Commander zu sehen zu bekommen, doch ich wurde angenehm enttäuscht.

Ich erblickte einen sogar für marsianische a-Klassen-Begriffe kleinen Mann. Er war vielleicht 1,40 Meter groß, sehr schlank, hatte goldbraune Haut und eine scharf gekrümmte schmalrückige Nase. Das grasgrüne Haar war zu kleinen Zöpfen geflochten. Die Augenbrauen waren ebenfalls grün, die Fingernägel silbrig. Und der Mann trug einen Kampfanzug der Solaren Flotte!

Er lächelte. Die blauen Augen musterten Rorvic und mich, dann wandte er sich an den Schnauzer und sagte: »Zu mir, Fenris!«

Der Hund gehorchte augenblicklich. Er trabte zu dem Grünhaarigen und legte sich neben ihn auf den Boden.

»Gestatten Sie, mein Name ist Patulli Lokoshan«, sagte der Zwerg. »Eigentlich habe ich einen viel längeren Namen, aber den will ich Ihnen nicht zumuten.«

Er lächelte mit den Augen, während sein Gesicht unbewegt blieb. »Ich bin Major der Solaren Abwehr. Wie ich an Ihren Ärmelschildern erkenne, sind Sie …«, er sah mich an, »… Captain a Hainu von der MARCO POLO, aber bei Ihnen ...«, er blickte Rorvic an, »... werde ich nicht klug. Ich sehe da die Buchstaben CCC. Was bedeutet das?«

»Commander Cyno Command«, antwortete Dalaimoc Rorvic. »Ich habe schon von Ihnen gehört, Major Lokoshan. Sie scheinen nicht viel von Disziplin zu halten.«

»Das kommt darauf an, was Sie unter Disziplin verstehen, Mister Rorvic.«

Rorvics Ohren flammten. »Ich bin Commander, Major!«

Patulli Lokoshan nickte. »Das sagten Sie bereits, Mister Rorvic.«

Nun rötete sich auch Dalaimocs Nacken. »Ich befehle Ihnen, mich mit meinem Dienstrang anzusprechen!« erklärte er.

»Welchen Dienstrang haben Sie denn?« erkundigte sich der Major freundlich.

»Ich bin Commander des Cyno Command, das wahrscheinlich bald in ›Sondergruppe der Solaren Streitkräfte für besondere Ermittlungen im Auftrag des Großadministrators‹ umbenannt werden wird.«

»Interessant!« machte Patulli Lokoshan. »Aber wollten Sie mir nicht Ihren Dienstrang nennen?«

»Das habe ich doch: Commander!«

Major Lokoshan seufzte. »Das ist kein Dienstrang, Mister Rorvic. Sind Sie Flottenadmiral, Korvettenkapitän, Oberst oder Sergeant?«

»K... keine Ahnung, Major«, stotterte der fette Albino. Er sah mich durchdringend an. »Was bin ich, Tatcher?«

»Das habe ich mich schon oft gefragt, Sir«, antwortete ich.

Dalaimoc Rorvic reagierte nicht auf die Stichelei, sondern starrte plötzlich durch mich hindurch. Im nächsten Moment spürte ich es auch. Es war ein undefinierbares Gefühl, das mir sagte, daß sehr bald etwas geschehen würde. Aber es verriet mir nicht, was es war, das geschehen sollte.

Fenris bellte wie verrückt, lief von einem zum anderen und rannte dann die Freitreppe hinunter.

»Ihm nach!« rief Lokoshan. »Es scheint, als würde Gosh bald aus der hyperenergetischen Kapsel entlassen werden und in den Normalraum zurückfallen.«

Zu meinem Erstaunen schwand Rorvics Geistesabwesenheit, ohne daß ich nachhelfen mußte. Während der Commander und ich dem Kamashiten folgten, bemerkte der Albino nachdenklich:

»Offenbar meint der Major mit der ›hyperenergetischen Kapsel‹, daß das Firdov-System kokongelagert ist, also zu den zahlreichen Sonnensystemen gehört, die der Schwarm zu ihrem Schutz in ein hyperenergetisches Feld hüllte und nach dem Vorbeiziehen des Schwarmschwanzes wieder in den Normalraum zurückkehren ließ.«

Patulli Lokoshan wandte den Kopf und sagte über die Schulter: »So ist es,

Mister Rorvic. Bevor Fenris und ich ahnten, daß der Schwarm nicht alle im Wege stehenden Sonnensysteme vereinnahmt, wollten wir uns absichtlich übernehmen lassen. Leider klappte es nur halb. Wir konnten nicht zum Solsystem, wie wir es vorgehabt hatten.«

Er hob die Schultern. »Allerdings dürfte das Firdov-System noch lange nicht in den Normalraum zurückkehren. Da muß etwas falsch gelaufen sein.«

»Den Eindruck habe ich auch«, erwiderte Dalaimoc Rorvic.

In diesem Augenblick riß der silberfarbene Himmel auseinander. Der Boden schwankte, und die ersten Steine lösten sich aus der Stufenpyramide. Der Schnauzer mit dem Namen Fenris knurrte und eilte die letzten Treppenstufen hinab.

Wir folgten ihm, so schnell wir konnten, und versuchten, offenes Gelände zu erreichen, um nicht von Trümmern erschlagen zu werden. Wenig später lagen wir auf dem Steinplattenboden eines weiten Platzes und warteten auf das Ende der Nebenerscheinungen, die mit dem Rücksturz verbunden waren.

Wir mußten nur eine knappe Stunde warten. Als sich die Strukturerschütterungen legten, standen wir auf und sahen in den blauen Himmel.

»Jetzt brauchen wir nur noch ein Raumschiff«, sagte Rorvic, »dann können wir nach Stato II zurückkehren. Aber erst will ich den Kerl finden, der mich ermorden wollte.«

»Vielleicht kann ich Ihnen dabei helfen, Mister Rorvic«, sagte Patulli Lokoshan freundlich.

26.

Bericht Atlan

Als die Besatzung der Hyperfunkzentrale verschwunden war, aktivierte ich den Hyperkom, dessen Bildschirm in regelmäßigen Intervallen blinkte. Das mit Imago II verabredete Erkennungszeichen.

Der Schirm wurde dunkel, dann tauchte schlagartig das naturgetreue Abbild jenes Cynos darauf auf, dem ich bereits im 16. Jahrhundert Erdzeit begegnet war.

Er lächelte mich spöttisch an. »Hallo, Zeitwanderer!« flüsterte er.

»Hallo, Wahrsager! Welche Prophezeiungen möchten Sie jetzt machen?«

Nostradamus' Gesicht lächelte weiter, nur die Augen blieben davon ausgeschlossen. »Welche Prophezeiungen möchten Sie denn hören, Lordadmiral?«

Er war aalglatt. So leicht würde ich ihm nicht beikommen. Doch er fühlte sich zu sicher, war felsenfest davon überzeugt, daß er mit mir spielen könne wie die Katze mit der Maus. Möglicherweise gab er sich dadurch eine Blöße.

Aber ich mußte vorsichtig sein. Als wir uns im 16. Jahrhundert auf der Erde begegneten, hatte ich ihn nicht durchschaut, aber er hatte alles über mich gewußt und mich an der Nase herumgeführt.

»Sie dürfen Ihre Prophezeiungen für sich behalten«, antwortete ich. »Berichten Sie mir lieber, wie die Reaktivierungsarbeiten vorangehen.«

Nostradamus strich sich den Bart.

»Gut. Ich hoffe, noch heute eine Strukturschleuse im Schwarmkopf schalten zu können. Es sei denn, Sie überlegen es sich anders. Die solare Menschheit kann nur gewinnen, wenn sie sich dazu entschließt, mein Angebot anzunehmen und für immer im Schwarm zu bleiben.«

Ich lachte kalt. Es war alles Bestandteil des Psychospiels, das wir beide miteinander trieben, eines Psychospiels, das uns, so hofften wir, Gewaltanwendung ersparen würde.

Aber das Spiel hatte seine Risiken.

»Sie kennen die solare Menschheit Ihrer Ansicht nach besser als ich«, versetzte ich. »Können Sie sich vorstellen, daß sie es lange ertrüge, immer die zweite Geige im Schwarm zu spielen?«

Nostradamus spielte gedankenverloren mit dem Knauf seines Kurzdegens. Seine Augen verengten sich.

»Natürlich würde sie versuchen, uns vom ersten Platz zu verdrängen. Die Menschheit ist ehrgeizig. Allerdings kennen wir Cynos Mittel und Wege, um uns gegen ehrgeizige Völker zu schützen.«

Dieser Punkt ging an ihn. Zweifellos hatten die Cynos bereits ihre Vorkehrungen getroffen, um die Menschheit an der Machtübernahme im Schwarm zu hindern. Ich konnte mir genügend Möglichkeiten vorstellen.

»Ich habe Ihnen in Rhodans Auftrag einige Forderungen vorzutragen«, erklärte ich.

»Rhodan!« stieß Nostradamus hervor. »Dieser Abenteurer hat mir keine Forderungen zu stellen. Richten Sie ihm das aus, Arkonide!«

»Ich habe bereits etwas anderes ausrichten lassen – nämlich die Geschütze der fünftausend USO-Schiffe, die diesen Planeten umkreisen. Alle Mündungen zeigen auf Stato II, und ihre Feuerkraft reicht aus, um innerhalb einer Minute Stato II fünftausendmal zu vernichten.«

Nostradamus grinste. Dennoch bemerkte ich an dem sinnend gewordenen Blick, daß es mir gelungen war, ihn unsicher zu machen.

Er wußte genau, daß ich ihn und Stato II mühelos in Atome zerstäuben konnte, wenn ich das wollte. Zwar hoffte er darauf, daß ich es aus naheliegenden Gründen nicht zum Äußersten kommen ließe, doch absolut sicher konnte er dessen nicht sein.

»Na schön«, sagte er schließlich. »Anhören kann ich mir die Vorschläge ja einmal.« Dieser Punkt war also an mich gegangen.

Ich hob das Faksimile hoch, das Perry Rhodan mir über Hyperkom hatte zugehen lassen.

»Erstens fordert der Großadministrator, daß die Schmiegeschirmschleuse ungehindert und unkontrolliert von solaren Raumfahrzeugen benutzt werden kann. Zweitens haften Sie, Imago II alias Nostradamus, dafür, daß kein einziger Kartie den Schwarm verläßt. Die Schwarminstallateure sind anzuweisen, gebärfreudige Karties mit allen Mitteln zu unterstützen und dafür zu sorgen, daß beim ersten Anzeichen für den Beginn der Teilung auf dem Planeten der betreffenden Karties selbst die erforderliche Sekundäranpassung hergestellt wird. Drittens werden Sie mit Hilfe Ihrer Schalteinheiten, besonders aber der hypnosuggestiv aufgeladenen Kristallplaneten, veranlassen, daß die Hilfsvölker geistig umgepolt werden.«

Ich ließ das Faksimile sinken. »Das wäre es, Nostradamus. Geben Sie mir in einer Stunde Bescheid, ob Sie Rhodans Forderungen akzeptieren oder nicht.«

Diesmal zeigte das Gesicht des Cynos keine Regung. »Dieser Rhodan ist ein Narr, wenn er glaubt, sich als Herrscher über den Schwarm aufspielen zu können, Atlan.«

Ich lächelte. »Sie irren sich. Rhodan will nichts weiter, als die Menschheit sicher aus dem Schwarm zu entfernen – und das Solsystem natürlich mit. Denken Sie darüber nach und rufen Sie mich in einer Stunde wieder an!«

»Terranerknecht!« schimpfte Nostradamus und unterbrach die Verbindung.

Ich schaltete den Hyperkom ebenfalls aus und rief die Besatzung der Funkzentrale per Interkom zurück.

Nachdenklich ging ich in die Hauptzentrale der IMPERATOR. Sämtliche Angehörigen des Solaren Mutantenkorps waren um den Kartentisch versammelt – bis auf Dalaimoc Rorvic.

Ich ließ mich ebenfalls am Kartentisch nieder, tastete mir am Automaten einen Becher Kaffee, trank einen Schluck und fragte: »Gibt es Neues über Rorvic und a Hainu?«

»Nicht viel«, antwortete Gucky. »Nachdem die terranischen Schiffe Stato II verlassen hatten, wurde die Abwesenheit Dalaimocs und Tatchers entdeckt. Daraufhin setzte ich mich mit diesem Nostradamus in Verbindung, Mann, das ist vielleicht eine Pflaume!«

Die Mutanten lachten, und auch ich konnte mir ein Lächeln nicht verkneifen. Wenn Gucky salopp redete, klang es immer erheiternd.

»Das ist mir bekannt«, erwiderte ich. »Ich meine, daß du mit Imago II gesprochen hast. Warst du noch einmal auf Stato II?«

Der Ilt nickte. »Ja, zusammen mit Fellmer. Wir haben entdeckt, daß Dalaimoc und Tatcher sich zuletzt am Ufer eines Sees aufhielten. In der Nähe fanden wir einen Trichter einer schwachen Explosion.«

»Überreste menschlicher Körper?« fragte ich gespannt.

»Nichts dergleichen. Aber die Fußspuren von drei Personen, die terranische Raumstiefel trugen, außerdem die Spuren eines kurzen Feuerwechsels.«

Ich runzelte die Stirn. »Das klingt mysteriös, Gucky. Wo sind die drei Personen geblieben, deren Spuren ihr gefunden habt? Konntet ihr keine Gedankenimpulse feststellen?«

»Leider nicht«, warf Fellmer Lloyd ein. »Aber in der Nähe steht auf einem Hügel ein altes Steingrab. Wir maßen von dort ausgehende Wärmestrahlung an und fanden in der Grabkammer zusammengeschmolzenes Material, hauptsächlich Metallplastik sowie einen uns unbekannten Schwingquarz.«

»Schwingquarz? Vielleicht die Überreste eines Transmitters.«

Der Interkom vor meinem Platz summte. Ich drückte die Aktivierungstaste. Auf dem kleinen Bildschirm war das Gesicht meines Cheforters zu sehen.

»Wir haben soeben eine starke Strukturerschütterung im Schwarmkopf angemessen, Lordadmiral«, berichtete er. »Analyse läuft.«

»Danke«, sagte ich. »Wir lassen die Verbindung stehen. Ich rufe inzwischen den Funk und lasse mich mit dem Großadministrator verbinden.«

Während ich mit dem Cheffunker sprach, dachte ich über die Meldung nach. Perry Rhodan hatte insgesamt 100.000 Kampfschiffe auf die strategisch wichtigsten Punkte des Schwarms verteilt. Er selbst war nach der Räumung von Stato II mit der MARCO POLO und über 20.000 Einheiten zum Schwarmkopf geflogen, um sich an der Stelle zu postieren, an der Nostradamus die Strukturschleuse schalten wollte.

Er befand sich demnach bedeutend näher an der Quelle der Strukturerschütterung als ich. Vielleicht konnte er mir Näheres berichten.

Doch bevor ich Perry erreichte, rief Nostradamus an. Er verlangte mich dringend zu sprechen.

Ich ließ das Gespräch diesmal auf meinen Interkom in der Hauptzentrale umlegen. Kurz darauf erblickte ich das Gesicht des Cynos. Die Augen Nostradamus' funkelten mich drohend an.

»Richten Sie Ihrem Freund Rhodan aus, er solle derartige Experimente künftig unterlassen, wenn er Wert auf eine Zusammenarbeit mit mir legt!« sagte er kalt.

Mir war sofort klar, daß Nostradamus von der Strukturerschütterung sprach. Ich schüttelte den Kopf.

»Sie irren sich, Imago II. Weder ich noch Perry Rhodan haben etwas mit der Strukturerschütterung zu tun. Aber Sie wissen offenbar mehr. Was ist geschehen?«

»Ein Sonnensystem ist aus dem Hyperschutzfeld ausgebrochen, das ein Auftauchen im Schwarm verhindern sollte. Jemand muß mit paraphysikalischen Kräften großen Ausmaßes gearbeitet haben, um das zu bewerkstelligen.«

»Wir waren es nicht«, versicherte ich. »Einen Augenblick, hier kommt mein Gespräch mit dem Großadministrator auf Kanal II. Sie können ›einsteigen‹, wenn Sie wollen.«

»Einverstanden«, sagte Nostradamus.

Ich schaltete beide Kanäle ineinander. Dadurch sah ich gleichzeitig Perry und Nostradamus, Perry sah gleichzeitig mich und den Cyno, und Nostradamus sah gleichzeitig Perry und mich.

Rhodan lächelte flüchtig.

»Ich grüße dich und Sie, Imago II.«

»Ave!« sagte Nostradamus trocken. Er hatte sich offenbar wieder gefaßt. »Halten wir uns nicht lange bei der Vorrede auf. Ein Sonnensystem ist aus dem Energiekokon ausgebrochen, und die Koordinaten sind nicht weit von Ihrer Position entfernt, Großadministrator.«

Perry nickte. »Wir haben die Strukturerschütterung angemessen. Außerdem wurden die Koordinaten mit Hypertastern abgesucht. Dort tauchte eine gelbe Sonne mit neun Planeten im schwarminternen Normalraum auf. Ich habe ein paar Schiffe hingeschickt, die Informationen sammeln sollen.«

»Das war richtig«, meinte Nostradamus. »Ich bin allerdings sicher, daß eventuelle intelligente Bewohner dieses Systems keine Gefahr für uns darstellen.« Er hob die Stimme. »Was mich interessiert, ist, wie die Hyper-D-Kokonhülle aufbrechen konnte, ohne daß ich auf Stato II eine entsprechende Schaltung vorgenommen habe.«

Das allerdings interessierte mich ebenfalls. Es bedurfte keiner langen Erklärungen Nostradamus'. Ich hatte auch so begriffen, daß der Vorgang ungeheuerlich war und unbedingt geklärt werden mußte.

Die sogenannte Kokonlagerung war die am meisten angewandte Methode des Schwarms, auf seinem Wege liegende Sonnensysteme zu neutralisieren. Immerhin berührte der Schwarm mit seiner Ausdehnung von fast 11.000 Lichtjahren Länge und 2000 Lichtjahren Breite bei seinen Transitionen und Normalflügen Hunderttausende von Sonnensystemen.

Diese Sonnensysteme konnte man nicht alle vereinnahmen, auch nicht durch Transitionen aus dem Weg räumen. Wenn man sie nicht vernichten wollte, mußte man sie in Hyper-D-Kokons einkapseln, schlicht gesagt, in ein anderes Kontinuum zwängen.

Nach dem Weiterziehen des Schwarms wurden diese Sonnensysteme vollautomatisch wieder aus dem Hyperschutzfeld entlassen – und, da sie keinen Ortsveränderungen unterworfen gewesen waren, wieder an ihrer richtigen galaktischen Position abgesetzt.

Niemals aber wurden solche Systeme innerhalb des Schwarms aus dem Hyperschutzfeld entlassen.

Dennoch war es vor wenigen Minuten geschehen.

»Wir werden Sie informieren, sobald wir mehr wissen, Imago II«, erklärte Perry knapp. »Atlan hat Ihnen gewisse Bedingungen genannt. Haben Sie schon darüber nachgedacht?«

»Ich habe mich entschlossen, Ihre Wünsche zu respektieren, Großadministrator«, antwortete Nostradamus. »Bitte, entschuldigen Sie mich jetzt; ich muß noch drei Testprogramme abwickeln, bevor ich eine Strukturschleuse im Schwarmkopf schalten kann.« Er verschwand aus der Verbindung.

Perry lächelte mir zu. »Ich bin froh, daß Imago II auf meine Bedingungen eingegangen ist und wir dadurch eine gewaltsame Auseinandersetzung vermieden haben.«

Ich schüttelte den Kopf. »Freu dich nicht zu früh, Perry! Imago II hat deine Bedingungen zu schnell akzeptiert, als daß ich an seinen guten Willen glauben würde. Ich bin mißtrauisch.«

»Dann schlage ich vor, wir treffen vorbeugende Maßnahmen, um den Cyno notfalls unter Druck setzen zu können. Ich meine nicht die Drohung mit Schiffsgeschützen; das ist mir zu läppisch und außerdem barbarisch.«

»Aber meist sehr wirksam, Perry. In diesem Fall stimmen unsere Meinungen allerdings überein. Wenn du mir die volle Verfügungsgewalt über das Mutantenkorps erteilst, werde ich ein paar Kuckuckseier in Imagos Nest legen. Unter anderem gefällt es mir nämlich nicht, daß Rorvic und Captain a Hainu ausgerechnet auf Stato II verschwunden sind.«

»Du denkst, Imago II könnte sie gekidnappt haben, Atlan?«

»Oder Dalaimoc Rorvic ist in Wirklichkeit ein Cyno. Der angebliche Tibeter ist mir in letzter Zeit immer unheimlicher geworden, Perry.«

»Ich bin sicher, daß du irrst«, entgegnete Perry Rhodan. »Aber prüfe die Angelegenheit ruhig nach. Du hast von mir unbegrenzte Vollmachten, auch was das Mutantenkorps angeht. Allerdings besagt das in diesem Fall nicht sehr viel, da unsere Mutanten nur mit ihrem Einverständnis eingesetzt werden.«

»Das ist mir bekannt«, erklärte ich.

»Und außerdem selbstverständlich, Chef«, rief Gucky dazwischen. »Ich werde tun, was ich kann – und das ist beinahe unbegrenzt.«

»Bis später«, sagte Perry und schaltete ab.

Ich dachte einen Moment nach, dann sagte ich: »Ein Sternenreich für hundert Pedotransferer! Mit ihnen hätten wir die Garantie, daß Nostradamus froh wäre, das Solsystem loszuwerden.«

Der Mausbiber reckte sich. »Mit mir hast du diese Garantie ebenfalls, großer Arkonide!«

Bericht Tatcher a Hainu

Nachdem Dalaimoc Rorvic dem Kamashiten berichtet hatte, welche Umstände uns nach Gosh verschlagen hatten, sagte Lokoshan: »Der Gesuchte muß Heppen Shemir sein, der Oberpriester des sogenannten Vogeltempels.«

»Wie kommen Sie darauf?« fragte ich.

»Weil er auch versuchte, mich umzubringen«, erklärte Patulli Lokoshan.

Während wir uns von der Tempelanlage und dem Platz entfernten, um nicht abermals die Eingeborenen zu reizen und herauszufordern, erzählte der Kamashite.

»Fenris und ich sind am fünfzehnten Dezember vorigen Jahres auf Gosh gelandet, weil ich annahm, das Firdov-System müßte in den nächsten Tagen vom Schwarm übernommen werden.«

»Sie wußten, daß das Solsystem ›vereinnahmt‹ worden war?« warf ich ein.

»Das war eine Vermessungs- und Berechnungssache, Captain a Hainu. Ich beabsichtigte, Kontakt mit Perry Rhodan aufzunehmen. Wir hatten uns vor seinem Flug zur Hundertsonnenwelt auf Last Hope verabschiedet.«

»Ich hörte, daß Sie Ihren Heimatplaneten aufsuchen wollten«, warf Dalaimoc Rorvic ein. »Sind Sie auf Kamash gewesen?«

»Selbstverständlich«, erklärte Patulli Lokoshan. »Was denken Sie, woher der liebe Fenris stammt!«

»Zwergpinscher oder Schnauzer gibt es auf beinahe allen von Menschen besiedelten Planeten«, meinte der fette tibetanische Albino geringschätzig.

Der Kamashite lächelte nur geheimnisvoll.

»Wie sieht es auf Kamash aus?« erkundigte ich mich.

»Besser als auf den meisten anderen Welten«, antwortete Patulli Lokoshan. »Wir Kamashiten sind sehr stark mit der Natur unseres Planeten verbunden – in einer Art parapsychischer Rückkopplung, wie man es nennen kann. Dadurch kam es bei uns zu keiner erheblichen Verdummung.«

»Wie bitte?« fuhr Rorvic auf. »Keine erhebliche Verdummung? Warum sind die Kamashiten uns dann nicht mit ihrer lokalen Raumflotte zu Hilfe geeilt?«

»Sie sollten etwas ruhiger werden, Mister Rorvic«, sagte der SolAb-Major.

»Er ist sonst viel zu ruhig«, warf ich ein. »Meist döst er vor sich hin.«

»Mischen Sie sich nicht ein, Sie marsianische Dörrpflaume!« fuhr der Commander mich an. Abermals nieste er heftig.

Fenris kläffte laut und rannte zwischen Rorvics Beinen hindurch, so daß der Tibeter stolperte und sich hart auf den Boden setzte. Er sagte keinen Ton, obwohl seine Miene verriet, daß er große Schmerzen erduldete. Immerhin war die soeben geprellte Körperstelle nicht lange vorher angesengt worden.

Patulli Lokoshan und ich streckten die Hände aus, warteten, bis Dalaimoc Rorvic sie ergriffen hatte, und zogen den Albino mit vereinten Kräften hoch.

Ich streichelte Fenris verstohlen. Der Schnauzer war wirklich goldig. Er blinzelte, dann raste er im Kreis um uns herum.

Dalaimoc Rorvic tastete seinen Hosenboden ab, wobei er mehrmals mit den Zähnen knirschte, dann sagte er: »Sie sind mir noch eine Antwort schuldig, Major Lokoshan.«

Der Kamashite lächelte. »Die parapsychische Rückkopplung mit der kamashitischen Natur ließ nur bei wenigen Kamashiten zu, daß sie ihre Heimatwelt verließen. Der größte Teil der Bevölkerung wird unterbewußt daran gehindert – und das dürfte andauern, bis die Verdummung erlischt und die Rückkopplung endet.«

»Ihr scheint seltsame Wesen zu sein, Major Lokoshan«, meinte der Tibeter.

Der Kamashite lächelte nur darüber. Bestimmt dachte er – wie ich auch –, daß die seltsamste von uns drei Personen nur Dalaimoc Rorvic sein konnte.

Offenbar kam Rorvic die gleiche Erleuchtung. Er räusperte sich und fragte in verändertem Ton: »Die Person, die Tatcher und ich verfolgten, trug eine Bordkombination der Solaren Flotte. Es kann sich also wohl kaum um den Oberpriester dieser Primitivwelt gehandelt haben, Major Lokoshan.«

»Der Tempel dieses Priesters enthält einen Transmitter«, versetzte ich. »Warum sollte dieser Mensch dann nicht auch einen Kampfanzug tragen, wenn er sich als Rorvicjäger betätigt?«

Der Tibeter schnaufte unwillig, schneuzte sich trompetend und erwiderte: »Die Bezeichnung ›Rorvicjäger‹ ist makaber und gleichzeitig typisch für die entartete Ausdrucksweise eines Staubatmers der a-M-Klasse, dennoch enthält Ihr Einwand ein Körnchen Wahrheit, Captain a Hainu.«

»Tatsächlich?« fragte ich ironisch.

Patulli Lokoshan lachte lautlos. Unvermittelt grinste Rorvic über sein Vollmondgesicht.

»Mir scheint, als hätten wir alle unsere Stärken und Schwächen«, sagte er. »Um zum Thema zurückzukehren: Nehmen wir an, dieser Heppen Shemir wäre tatsächlich der Drahtzieher der Mordversuche, dann hat er sich die terranische Bordkombination wahrscheinlich beschafft, um sich damit unauffällig unter Terranern bewegen zu können. Das mußte er nämlich, wenn er seine unfreiwilligen Helfershelfer parapsychisch programmieren wollte. Mir ist nur nicht klar, wieso sein Transmitter ihn und uns durch einen Hyper-D-Schirm schicken konnte.«

»Es war bestimmt kein normaler Transmitter«, erklärte ich. »Die Begleiterscheinungen gaben mir gleich zu denken. Aber wie wäre es, Major Lokoshan, wenn wir uns darüber die Köpfe erst zerbrechen würden, sobald wir Heppen Shemir gefaßt haben? Wo befindet sich der Oberpriester? Weit kann er nicht sein, da er kurz vor uns durch den Transmitter ging.«

»Er ist wahrscheinlich viele Lichtjahre weit, Captain a Hainu«, widersprach Lokoshan. »Ich beobachte ihn schon lange – und er hat mich beobachtet. Jeder lauerte praktisch darauf, daß sich der andere eine Blöße gab.« Er hob bedauernd die Schultern. »Leider war Heppen Shemir zu gerissen, um sich eine entscheidende Blöße zu geben.«

»Aber Sie offensichtlich auch«, warf ich ein.

Der Kamashite entblößte die silbern schimmernden Zähne. »Man tut, was man kann, Captain a Hainu.«

»Sie sagten vorhin, Heppen Shemir sei viele Lichtjahre weit von uns entfernt«, grollte Dalaimoc Rorvic. »Erklären Sie endlich, wo er sich Ihrer Meinung nach befindet, Sie geschwätziger Zwerg!«

Im nächsten Augenblick setzte der fette Albino sich abermals auf den Hosenboden. Es krachte dermaßen, daß ich zuerst dachte, er hätte sich sämtliche Knochen gebrochen. Doch ich irrte mich.

Zwar trat dem Commander der Schweiß auf die Stirn, aber seine Stimme klang sehr energisch, als er fragte: »Wie kommt eine Bananenschale nach Gosh?«

Ich folgte seinem ausgestreckten Arm mit den Augen und sah tatsächlich eine Bananenschale auf den Steinplatten liegen. »Wahrscheinlich gibt es hier ebenfalls Bananen«, sagte ich.

»Und die terranischen Markenschilder wachsen ihnen gleich mit, wie?« höhnte der Tibeter.

Ich bückte mich und hob die Schale auf. »Das ist kein terranisches Markenzeichen, sondern ein venusisches«, erklärte ich. »Omdong.«

»Das ist doch ganz egal!« schrie Rorvic entnervt. »Erkennen Sie nicht die ungeheuerliche Problematik der Frage: Wie kommt eine solare Bananenschale nach Gosh?«

»Heppen Shemir wird sie aus einem terranischen Schiff entwendet und hier weggeworfen haben«, bemerkte Patulli Lokoshan gleichgültig.

Der Albino schluckte, dann streckte er wortlos die Hände aus und ließ sich aufhelfen.

Lokoshan erklärte: »Ich habe mit den Energietastern meiner Space-Jet natürlich die Transmitter-Aktivität geortet. Zuerst kam jemand im Tempeltransmitter an – und wurde kurz darauf wieder abgestrahlt. Einige Zeit danach kamen zwei Objekte an: Sie.«

»Heppen Shemir ist also gleich nach seiner Ankunft auf Gosh weitergereist«, sagte ich nachdenklich. »Haben Sie eine Ahnung, wohin er sich gewandt hat, Major Lokoshan?«

»Yue Schen.«

»Yue Schen?« wiederholte ich. »Was heißt das?«

»Es heißt sinngemäß ›Mond der Ahnengeister‹«, erklärte Dalaimoc Rorvic.

»Kennen Sie diese Welt?« fragte Lokoshan verwundert.

Der Tibeter gab einen Grunzlaut von sich. »Nein, aber ich beherrsche die Sprache, aus der der erwähnte Name stammt. Kennen Sie diese Welt, Major Lokoshan?«

Der Kamashite schüttelte den Kopf. »Nein, aber sie soll sich ebenfalls innerhalb eines Energiekokons befinden, wird also nach dem Verschwinden des Schwarms in den galaktischen Normalraum zurückkehren.«

»Wir werden sie finden«, erklärte Rorvic feierlich. »Captain Hainu, zerstören Sie den Tempeltransmitter, damit Heppen Shemir nie wieder nach Gosh kommt.« Er wandte sich an Lokoshan. »Und Sie führen mich bitte zu der Space-Jet, mit der Sie nach Gosh gekommen sind, Major.«

»Ich soll allein auf die halb eingestürzte Stufenpyramide steigen?« fragte ich erschrocken. »Wenn die Eingeborenen mich nun angreifen?«

»Ich gebe Ihnen Fenris mit«, meinte Lokoshan. »Vor dem Kamash-Schnauzer haben die Eingeborenen Respekt.«

Fenris bellte wie zur Bekräftigung. Er kam zu mir und trottete dann langsam in Richtung der Pyramide, als hätte er verstanden, was sein Herr zu mir gesagt hatte. Seltsamerweise fühlte ich mich in Fenris' Begleitung völlig sicher. Die Eingeborenen wichen uns in großem Bogen aus. Sie schienen tatsächlich Angst vor dem kleinen Hund zu haben, obwohl ich mir das nicht zu erklären vermochte.

Der Tempel war mitsamt den Trümmern tiefer gerutscht und lag schief auf großen Steinblöcken, aber er war zu meiner Verwunderung nicht beschädigt worden. Ich befestigte zwischen den Transmitterpolen eine Mikrofusions-Haftladung mit Abbrand-Verzögerungsschaltung. Wenn ich die Ladung fernzündete, würde der Transmitter mitsamt dem Tempel innerhalb weniger

Minuten zusammenschmelzen, ohne die Eingeborenen durch Druckwellen und Erschütterungen zu gefährden.

Nach dieser Arbeit stieg ich wieder hinab und folgte Rorvic und Lokoshan. Die beiden Männer waren in ein kesselförmiges Tal gestiegen, und ich sah mich vergeblich nach einem Raumschiff um. Dann blieb der Kamashite stehen und hantierte an einem kleinen Gerät. Kurz darauf erschien in der Talmitte eine in den Farben Grün und Gold glänzende Space-Jet. Dieser Kamashite hatte schon einen exzentrischen Geschmack!

Ich wandte mich um und drückte auf den Knopf meines Kodeimpulsgebers. Einige Sekunden lang tat sich bei der drei Kilometer entfernten Tempelpyramide nichts, dann glühte der Tempel von innen heraus und verformte sich langsam.

Heppen Shemir konnte aller Voraussicht nach nicht nach Gosh zurückkehren. Doch ich war sicher, daß wir ihm wieder begegnen würden.

»Früher trug die Jet den Namen SPACE-NYMPH«, erklärte der Kamashite, während er das Diskusschiff von Gosh wegsteuerte. »Ich habe sie nach meinem Geschmack umgestaltet und ihr den Namen LOTOSBLÜTE gegeben.«

»Ein sehr schöner Name«, sagte Dalaimoc anerkennend. Der Albino hockte wie üblich mit untergeschlagenen Beinen auf dem Boden, aber er meditierte noch nicht.

Plötzlich zirpte die Ortungswarnung, und eine Automatenstimme sagte: »Schiff wird von Tasterimpulsen getroffen. Ausgangspunkte nicht zu orten, liegen wahrscheinlich unter Anti-Ortungsschirmen. Energetische Auswertung der verwendeten Hypertaster läßt den Schluß zu, daß wir von Schiffen der Solaren Flotte oder der USO geortet worden sind.«

»Solare Flotte«, erklärte Dalaimoc. »Die USO hat zur Zeit keine Schiffe in diesem Gebiet. Tatcher, melden Sie sich per Hyperfunk!«

Ich setzte mich vor den Hyperkom, schaltete das Gerät auf die solare Flottenfrequenz und sagte: »Space-Jet LOTOSBLÜTE ruft solare Raumschiffe! Hier spricht Captain a Hainu vom Cyno Discovery Command. Bitte melden Sie sich!«

Beinahe sofort wurde der Bildschirm hell. Eine Gestalt bildete sich darin ab – das Abbild eines riesenhaften schwarzhaarigen Mannes, ein seltener Anblick nach so vielen Jahrhunderten der globalen und galaktischen Vermischung. Ich kannte den Mann. Er hieß Menesh Kuruzin und war Chef der Ersten Kreuzerflottille der MARCO POLO.

Kuruzin kannte mich ebenfalls, und da er mich im gleichen Augenblick sah wie ich ihn, verzog sich sein Gesicht zu einem gewinnenden Lächeln.

»Hallo, Captain a Hainu!« rief er. »Der Großadministrator und alle Mutanten suchen schon ganz verzweifelt nach Ihnen und Commander Rorvic. Was war los – und was ist das für eine Space-Jet, mit der Sie im Schwarmkopf herumgondeln?«

»Space-Jet LOTOSBLÜTE, früher SPACE-NYMPH«, antwortete ich, »und Commander Rorvic ist ebenfalls an Bord.«

Ich drehte mich nach Rorvic um und sah, daß der fette Albino wieder einmal geistesabwesend vor sich hin döste. Er kam auch nicht zu sich, als ich meine voluminösen a-Marsianer-Klasse-Lungen ernsthaft anstrengte, um den Commander wach zu schreien.

Wenn ich nur meine alte zerbeulte Kanne bei mir gehabt hätte! Ich sah mich nach einem anderen geeigneten Gegenstand um, mit dem ich Dalaimoc Rorvic »zurückholen« konnte.

»Er ist ziemlich tief versunken«, bemerkte Patulli Lokoshan und schnippte mit den Fingern. Die silbrigen Fingernägel blinkten. »Fenris!«

Der Schnauzer mit dem metallischblauen Fell schnellte von der Liegebank, auf der er bisher gelegen hatte, sprang dem Tibeter auf den Rücken und grub seine Zähne in den Nacken. Dalaimoc Rorvic zuckte zusammen. Fenris sprang vom Rücken herab, schnüffelte an Rorvics Rückseite und hob ein Bein.

»Fenris!« rief Patulli Lokoshan warnend. »Untersteh dich!«

»Was ist los?« fragte der fette Albino.

Ich wandte mich seufzend wieder dem Bildschirm zu.

»Er ist noch immer geistig weggetreten. Bitte, geben Sie mir meine Zielkoordinaten an, Oberstleutnant Kuruzin.«

»Sofort, Captain«, erwiderte Kuruzin. »Da kommt ein Hyperkomruf von der MARCO POLO. Mein Funker hat den Großadministrator über Ihr Wiederauftauchen unterrichtet, und nun möchte Rhodan Sie sprechen.«

»Das ist nett von ihm«, sagte ich. »Blenden Sie die ...«

Doch bei Menesh Kuruzin bedurfte es einer zusätzlichen Aufforderung nicht. Er hatte die Verbindung bereits herstellen lassen.

Auf dem Schirm erschien Perry Rhodan. Er saß in einem Sessel am Kartentisch der MARCO POLO.

»Ich freue mich, Sie wiederzusehen, Captain a Hainu«, sagte er ernst. »Wie mir der Funker der CMP-1 mitteilte, kommen Sie aus der Richtung, in der wir eine Strukturerschütterung geortet hatten. Wissen Sie etwas Genaueres darüber?«

»Selbstverständlich, Sir«, antwortete ich. »Wir kommen direkt von dem eingelegten Planeten, der aus seinem Energiekokon in den schwarminternen Normalraum zurückgestürzt ist.«

»Kennen Sie den Grund dafür, Captain a Hainu?« fragte Rhodan.

»Gewiß, Sir. Wir wußten ungefähr, in welchem Gebiet des Schwarmkopfes sich die MARCO POLO aufhalten mußte – und dorthin wollten wir fliegen.«

»Das hat er doch nicht gemeint, Sie Fehlzünder!« rief Patulli Lokoshan.

Perry Rhodan wölbte die Brauen. »Wer hat da gesprochen?« fragte er atemlos.

Der Kamashite schwang sich über die Armlehne seines Kontursessels und stellte sich im Aufnahmebereich des Hypersenders auf. »Ich, Sir!« Er grüßte lässig. »Kennen Sie mich noch?«

Perry Rhodan wurde blaß. »Sie!« sagte er mit halberstickter Stimme. »Major Patulli Lokoshan und Lucky Log!«

»Mit Verlaub, Sir«, entgegnete Lokoshan, »ohne Lucky Log.«

Rhodans Miene erhellte sich etwas. »Und auch kein Erbgott?« erkundigte er sich argwöhnisch.

»Nein, nur Fenris, ein Kamash-Hund, begleitet mich, ein allerliebstes Tierchen. – Fenris, zeige dich dem Regierungschef des Solaren Imperiums innerhalb und außerhalb des Schwarms!«

Der Schnauzer raste in den Aufnahmebereich des Hyperkoms, bellte – und machte Männchen. Perry Rhodan lachte gelöst.

»Ein lieber Hund, Major. Ich möchte behaupten: besser auf den Hund gekommen als auf einen Erbgott.«

Er und der Kamashite lachten eine Weile, dann wurden sie wieder ernst. Rhodan fragte, warum Dalaimoc Rorvic nicht mit ihm spräche.

Der fette Albino erhob sich ächzend, schnaufend und stöhnend. Er ging leicht schwankend in den Aufnahmebereich der Sendeelektronik, hielt sich den verlängerten Rücken und sagte: »Sie müssen schon entschuldigen, Sir, aber nachdem dieser mumifizierte Marsianer der a-Klasse mir einen Streifschuß an der Hose verpaßte und ich einmal über Major Lokoshans Geisterhund fiel, einmal auf der Schale einer venusischen Banane ausglitt und einmal von Hirnriß ins Genick gebissen wurde …«

»Er heißt nicht ›Hirnriß‹, sondern Fenris«, korrigierte ich den Commander.

Rorvic winkte ab. »Woher wollen Sie das wissen, Tatcher? Haben Sie etwa seinen Stammbaum gesehen?«

Rhodans Miene verriet Besorgnis. »Major Lokoshan«, sagte er gepreßt, »ich glaube, niemand von der Stammbesatzung der MARCO POLO hat vergessen, daß sich auf meinem Flaggschiff immer wieder unerklärliche Vorfälle ereigneten, solange Sie und Ihr Großer Erbgott Lullog an Bord waren.« Er hob die Stimme etwas. »Wenn Sie uns mit Ihrem Kamash-Hund abermals ein Kuckucksei ins Nest legen wollen, dann …«

Major Lokoshan bückte sich und kraulte Fenris am Kinnbart. »Fenris verübt keine schlimmeren Streiche, als daß er vielleicht hier und da kleine Pfützen hinterläßt, zudringliche Menschen zwickt oder geistig Abwesende durch Bellen aufschreckt.« Er breitete theatralisch die Arme aus. »Aber was ist das schon im Vergleich zu der vielen Freude, die ein so nettes Tierchen verbreiten wird, Sir?«

»Ja, ja, selbstverständlich, Major Lokoshan«, versicherte Rhodan. »Ich freue mich schon auf den Augenblick, in dem ich Sie und Ihren Hund an Bord der MARCO POLO willkommen heißen darf.« Er räusperte sich. »Oberstleutnant Kuruzin, übernehmen Sie wieder. Ende.«

Menesh Kuruzin tauchte wieder auf dem Schirm auf. Er lächelte verschmitzt. »Willkommen, Major Lokoshan!« rief er mit dröhnender Baßstimme.

Der Frontsektor der riesigen Panoramagalerie der MARCO POLO zeigte die schimmernde Innenwand des Schwarmschirms. Davor blinkten hin und wieder die Außenhüllen anderer Raumschiffe auf.

Insgesamt 20.000 Einheiten der Solaren Flotte hatte Perry Rhodan in diesem Raumsektor zusammengezogen. In genau dreieinhalb Minuten sollte sich vor uns eine Strukturschleuse im Schmiegeschirm öffnen.

So hatte Imago II alias Nostradamus jedenfalls versichert. Er hatte außerdem erklärt, daß die in der Galaxis verteilten Cynos den sogenannten psimodifizierten Hyperenergieschwall geortet und richtig gedeutet hatten.

Er sagte voraus, daß diese Cynos bestrebt sein würden, in den Schwarm zu gelangen, und daß wir damit rechnen mußten, daß einige Cyno-Schiffe durch die Strukturschleuse kommen würden.

Ich war gespannt darauf, was die Besatzungen der Cyno-Schiffe tun würden, wenn sie 20.000 Großkampfschiffe vor sich orteten. Unseren Berechnungen zufolge bestand keine Gefahr, daß die Cynos uns angriffen, aber irgendwie mußten sie schließlich reagieren.

Ich blickte hinüber zu Dalaimoc Rorvic, der auf einem extra breiten Kontursessel saß und wieder einmal meditierte.

Perry Rhodan saß ebenfalls am Kartentisch. Er unterhielt sich leise mit Patulli Lokoshan.

Ein Stück seitlich stand Icho Tolot. Um ihn herum – und manchmal zwischen seinen Säulenbeinen hindurch – raste der Kamash-Hund Fenris. Er jagte einen großen Knochen, den der Haluter an einem Faden um sich herumwirbelte. Es bereitete eindeutig beiden Lebewesen großen Spaß, was sich am fröhlichen Bellen des Schnauzers und an Tolots dröhnendem Lachen kundtat.

Als ein elektronischer Gong ertönte, brachen Tolot und Fenris ihr ausgelassenes Treiben ab. Der Hund lief zu seinem Herrn und legte sich unter dessen Kontursessel; der Haluter drehte den kugelförmigen schwarzhäutigen Schädel und blickte aus rotglühenden Augen auf den Frontschirm.

Im Schmiegeschirm des Schwarms tobten grelle Entladungen, dann öffnete sich langsam eine Strukturschleuse.

Ich atmete tief ein, als ich voraus die glitzernden Lichtpunkte der galaktischen Sterne sah – und auch andere Personen atmeten auf, wie es an den entsprechenden Geräuschen zu erkennen war.

»Hier Ortung!« sagte die Stimme unseres Cheforters. »Die Strukturschleuse hat einen Durchmesser von zehntausend Kilometern. Auf der anderen Seite befinden sich achtzig exakt diskusförmige Objekte. Achtung, Diskusschiffe nehmen Fahrt auf. Energie-Emissionen charakteristisch für Cyno-Schiffe. Kurs führt in die Schleuse und auf uns zu.«

»Danke!« sagte Perry Rhodan ins Mikrophon des Interkoms.

»Hoffentlich kommt es nicht zu Kollisionen«, warf Kommandant Korom-Khan über die Sprechanlage ein.

»Das ist unwahrscheinlich«, sagte Icho Tolot. »Dazu sind die Cynos viel zu gute Raumfahrer – und wir rühren uns nicht von der Stelle.«

Dalaimoc Rorvic grunzte im Schlaf. Plötzlich zuckte er zusammen und griff sich an den Hals. Etwas summte.

»Eine terranische Pferdebremse«, sagte Icho Tolot. »Gibt es das auf der Erde überhaupt noch, Rhodanos?«

Der Großadministrator wirkte sichtlich verlegen. Er blickte dem davonbrummenden Insekt nach und sagte dann: »Ich werde die Hygieneabteilung anweisen, der Sache nachzugehen.«

In diesem Augenblick meldete sich wieder die Ortungszentrale und teilte mit, daß die georteten achtzig Diskusschiffe in kleinen Pulks in die Strukturschleuse einflögen.

Ich lauschte der Stimme des Offiziers, denn sie war der einzige Hinweis darauf, daß achtzig Raumschiffe der Cynos durch die Lücken unserer lockeren Formation flogen und tiefer in den Schwarm vorstießen.

Rorvic betastete die Schwellung an seinem Hals, wo die Bremse ihn gestochen – oder besser gebissen – hatte.

»Ich muß die Haltung der Cynos bewundern«, sagte er. »Sie fliegen zwischen den Einheiten eines Verbandes aus zwanzigtausend Kampfschiffen hindurch, als wenn es gar nichts wäre.«

»Sie hätten sich wenigstens über Funk melden sollen«, erwiderte Perry Rhodan. »In meinen Augen zeugt ihr Verhalten von Arroganz und Unhöflichkeit.«

»In Commander Rorvics Augen nicht, Sir«, warf ich ein, »denn er ist selbst arrogant und unhöflich, ohne es zu merken.«

Der Tibeter winkte ab. »Hören Sie nicht auf diesen marsianischen Müllhaldenkaktus, Sir«, sagte er. »Wenn er den Mund öffnet, strömt jedesmal Gift heraus.« Seine letzten Worte waren undeutlich.

Rhodan runzelte die Stirn. »Bitte hauchen Sie mich einmal an, Commander Rorvic!« befahl er.

Rorvic öffnete den Mund und blies dem Großadministrator seinen Atem ins Gesicht. Rhodan fuhr zurück.

»Sie riechen ja wie das Spundloch eines Schnapsfasses, Commander!« schimpfte er. »Schämen Sie sich nicht, volltrunken zum Dienst zu erscheinen?«

Er schaltete seinen Interkom ein und befahl Solarmarschall Julian Tifflor, der von der CID CAMPEADOR aus den Verband kommandierte, den Cynos die bereitgestellten Schnellen Kreuzer nachzuschicken, um festzustellen, welche Ziele die Diskusschiffe anflogen.

Danach wandte er sich wieder an den Tibeter und fragte: »Haben Sie mir etwas zu sagen, Commander Rorvic?«

Dalaimoc Rorvic hob resignierend die Schultern. Der ihm entströmende Schnapsdunst erreichte jetzt auch mich. Mir wurde schwindlig davon.

»Ich habe keine Ahnung«, erklärte Rorvic mit unsicherer Stimme, »wie der Alkohol in mich hineingekommen ist. So wahr Yang und Yin die Schwestern von Tschuang Tschou sind.« Er stieß auf. »Keine Ahnung«, wiederholte er.

Die Augen fielen ihm zu, aber er riß sie noch einmal auf und sagte lallend: »Das ist das Werk des Teufels. Er muß Yi-king gelesen haben. Hütet euch vor ihm!« Er sackte zusammen und begann zu schnarchen.

Perry Rhodan veranlaßte, daß zwei Medoroboter den Tibeter abholten und zur Behandlung in die Bordklinik brachten.

Kaum war Dalaimoc Rorvic verschwunden, da meldete sich der Cheffunker abermals. Seine Stimme verriet Erregung, als er sagte: »Achtung, Ortung! Objekt im Anflug auf die Strukturschleuse angemessen. Maße und Energie-Emissionen stimmen mit denen eines solaren Ultraschlachtschiffes überein.«

Rhodan schaltete seinen Interkom ein und sagte: »Rhodan an Funkzentrale. Rufen Sie das Ultraschlachtschiff an, das sich unserem Standort von draußen nähert!«

»Soeben funkt es uns per Hyperkom an, Sir«, sagte der Cheffunker der MARCO POLO. »Es identifiziert sich als die HYPERION!«

»Auf Kartentisch umlegen!« befahl der Großadministrator.

Im nächsten Moment baute sich ein Hologramm über dem Mittelpunkt der Kartentisch-Oberfläche auf. Jede Person der Kommandozentrale konnte sehen, was im Kubus abgebildet wurde – allerdings aus verschiedenen Blickwinkeln.

Ich erkannte in zwei lebensechten Projektionen Rhodans Schwiegersohn Geoffry Abel Waringer und Oberstleutnant Harbold Fuss, den Ersten Offizier der HYPERION.

Waringer lächelte. »Hallo!« sagte er. »Ich grüße alle, die mich hören können. Seit zehn Tagen steht die HYPERION vor dem Schwarmkopf, so daß wir nicht nur unser Wiedersehen, sondern auch noch ein Jubiläum feiern können.«

Rhodan lachte leise. »Gut gesagt, Geoffry. Ich grüße dich und Oberstleutnant Fuss. Du läßt die HYPERION am besten durch die Strukturschleuse steuern und sich unserem Verband anschließen. Sobald du innerhalb des Schwarms bist, kommst du per Bordtransmitter auf die MARCO POLO. Einverstanden, Geoffry?«

Der Hyperphysiker nickte. »Bis nachher also.«

Das Holo verschwand.

Eine halbe Stunde später saß uns Waringer am Kartentisch in der MARCO POLO gegenüber und berichtete. Die HYPERION gehörte zu den Großraumschiffen, die Perry Rhodan vor der Übernahme des Solsystems durch den Schwarm den Intelligenz-Suchkommandos zur Verfügung gestellt hatte.

Kommandant Kartum Schneyks war mit dem Ultraschlachtschiff schon vor vielen Wochen losgeflogen, um sogenanntes Intelligenzmaterial zu bergen. Auf dem von Menschen besiedelten exotischen Planeten Calvus landete Schneyks und lud so viele halbverdummte Menschen ein, wie das Schiff für eine längere Reise aufnehmen konnte. Als Oberst Kartum Schneyks mit den Geretteten auf der Hundertsonnenwelt eintraf, meldete er sich bei Professor Geoffry Abel Waringer zurück.

Zu dieser Zeit war das Erkundungskommando des ISK unter der Leitung von Professor Dr. Mart Hung-Chuin schon längst abgeflogen, um in den Schwarm einzudringen, das Solsystem anzufliegen und der Regierung des Solaren Imperiums die Geheimunterlagen über einen Situationstransmitter zu übergeben, die die befreundeten Maahks zur Verfügung gestellt hatten.

Vier Wochen waren vergangen, ohne daß Professor Dr. Mart Hung-Chuin eine Nachricht gegeben hätte. Professor Waringer verlor schließlich die Geduld.

Er ließ die HYPERION mit 10.000 GrIko-Netz-Trägern bemannen. Mit der von Natur aus immunen Stammbesatzung von fünfzig Personen, der Notbesatzung also, befanden sich demnach 10.050 Personen auf der HYPERION. Außerdem hatte Waringer die Pedotransfererin Merceile von Tahun abgeholt und mitgebracht. Sie hielt sich in der HYPERION auf.

Soweit mit seinem Bericht gekommen, wischte sich Geoffry Abel Waringer den Schweiß von der Stirn. Er wirkte mit einemmal verändert, wie von etwas Furchtbarem verstört.

»Auf der Suche nach einer Strukturlücke haben wir mit der HYPERION den Schwarm teilweise umflogen«, teilte er mit eigentümlich gepreßter Stimme mit.

Er schluckte mehrmals.

»Dabei fanden wir die Trümmer von sieben Sonnensystemen, die vom Schmiegeschirm mit halber Lichtgeschwindigkeit gerammt und zerstört worden waren.«

»Was?« fragte Rhodan entsetzt. Er war totenbleich geworden. »Hoffentlich keine bewohnten Sonnensysteme.«

»Doch«, erwiderte Geoffry Abel Waringer kaum hörbar. »Unsere Recherchen ergaben, daß zwei Sonnensysteme von intelligenten Lebewesen bewohnt waren.«

Perry Rhodan stöhnte. Er ballte in ohnmächtigem Zorn die Hände und starrte blicklos geradeaus.

Ich wußte, daß er sich schwere Selbstvorwürfe machte. In seinem Auftrag war Stato I vernichtet worden. Damit war das energetische Gefüge des Schwarms verändert worden. Ohne Steuerung durch die gewaltige Maschinerie von Stato I war es nicht mehr möglich, im Wege stehende Sonnensysteme durch Transitionen aus dem Wege zu räumen oder durch Kokonlagerung zu neutralisieren.

»Ihre Selbstvorwürfe sind unberechtigt, Rhodanos«, sagte Icho Tolot mit seiner dröhnenden Stimme. »Hätten Sie Stato I nicht vernichten lassen, wären inzwischen nach meiner Planhirnberechnung bereits weit über hundert teilweise bewohnte Planeten dem Teilungsdrang der Karties geopfert worden.«

»Ich weiß«, versetzte Perry Rhodan mit tonloser Stimme. »Aber ich hätte mich wahrscheinlich anders entschieden, wenn ich geahnt hätte, daß die Intelligenzen zweier Sonnensysteme durch meine Anordnungen ausgelöscht werden würden.«

»Seien Sie kein Narr«, sagte Tolot. »Ich weiß genau, was Sie denken, aber es stimmt nicht. Sie bilden sich ein, daß ohne die Zerstörung von Stato I die Intelligenzen der gerammten Systeme noch lebten. Das ist ein Irrtum; die bewußten Planeten wären von den Schwarminstallateuren angepaßt worden, wodurch die intelligenten Bewohner umgekommen wären.«

»Das stimmt«, warf Geoffry Abel Waringer ein. Der Hyperphysiker wirkte erleichtert. »Du hast nicht zwei Völker getötet, sondern vielleicht zwanzig intelligente Völker gerettet.«

Der Großadministrator nickte.

»Ich akzeptiere diese Argumente«, erklärte er mit beherrschter leiser Stimme. »Was bleibt, ist die Trauer um den Verlust zweier intelligenter Völker und ihrer Zivilisationen.«

Er schaltete den Interkom zur Funkzentrale durch und befahl: »Stellen Sie bitte sofort eine Verbindung zu Lordadmiral Atlan her!«

Zu uns gewandt, meinte er: »Atlan muß Imago II dazu zwingen, die Kokonlagerungs-Schaltung anlaufen zu lassen, damit nicht noch mehr Sonnensysteme gerammt und zerstört werden.«

27.

Bericht Atlan

Ich hörte mir Perrys Bericht an, ohne ihn ein einziges Mal zu unterbrechen.

Als er geendet hatte, sagte er: »Du mußt dich unverzüglich mit Nostradamus in Verbindung setzen, Atlan. Der Cyno soll dafür sorgen, daß kein einziges Sonnensystem mehr gerammt wird.«

»Darauf kannst du dich verlassen«, bestätigte ich grimmig. »Nostradamus wird darauf brennen, die entsprechenden Schaltungen vorzunehmen, nachdem ich mit ihm gesprochen habe.«

»Dann wollen wir keine Zeit verlieren.«

Ich schaltete ab. Die Verbindung mit Imago II kam danach schnell zustande. »Wann funktioniert das System der Kokonlagerung wieder, Nostradamus?« fragte ich.

»Es arbeitet bereits wieder«, berichtete Imago II. »Ich habe die entsprechende Programmierung der Schmiegeschirmstruktur soeben beendet, so daß unbrauchbare Sonnensystem ab sofort wieder eingekapselt werden.«

»Danke. Ich habe den Eindruck, daß Sie verantwortungsvoll handeln, Nostradamus.«

Der Bursche grinste penetrant.

»Das war ein Wink mit der Landestütze, Lordadmiral«, meinte er spöttisch. »Bestimmt werden Sie an Ihr Lob anknüpfen und mir bedeuten, daß auch Sie verantwortungsvoll zu handeln haben.«

Ich lächelte. »Sie können folgerichtig denken. Ich darf als der für Ihr Wohlverhalten verantwortliche Mann nicht länger dulden, daß Sie allein auf Stato II sitzen. Darum fordere ich Sie auf, mir die Stationierung von etwa tausend USO-Raumsoldaten auf dem Justierungsplaneten zu gestatten.« Ich verschwieg ihm wohlweislich, daß ich mit »tausend Raumsoldaten« eine vollausgerüstete Raumlandedivision meinte.

Nostradamus lächelte vielsagend. »Bitte sehr, ich habe nichts dagegen, Atlan«, antwortete er.

Seine Bereitwilligkeit erstaunte mich und machte mich argwöhnisch. Die Elite-Raumlandedivision, die ich im Auge hatte, bestand aus einem gemischten Verband, dessen Personalstärke tatsächlich nur tausend Mann betrug. Dazu gehörten allerdings zehntausend Kampfroboter vom neuen Modell MV-281/056, das von den Soldaten Bloody Calypso genannt wurde, hundertfünfzig superflache Flugpanzer, fünfundsiebzig Boden-Raum-Raketenbatterien, zwölf schwer gepanzerte fliegende Transformkanonen sowie diverse kleinere Ausrüstungsgegenstände, wozu auch zweihundert Medoroboter sowie dreißig Verwundeten-Transporter zählten.

Alles in allem eine Streitmacht, mit der man notfalls Imago II auf die Finger klopfen konnte, damit er uns nicht verriet. Das mußte er zumindest ahnen. Dennoch hatte er ohne Diskussion zugestimmt. Was mich wiederum ahnen ließ, daß da etwas nicht stimmte.

»Ich danke Ihnen, Nostradamus«, sagte ich. »Vielleicht lernen wir uns doch noch besser verstehen.«

»Sicher«, meinte der Cyno. »Sie sind ja sehr gelehrig, mein Freund.«

Damit unterbrach er die Verbindung. Ich setzte mich und dachte nach.

Führte Nostradamus etwa irgend etwas gegen uns im Schilde? Hatte er vielleicht bemerkt, daß unsere sämtlichen Mutanten – außer Dalaimoc Rorvic – heimlich auf Stato II gelandet waren und sich in einem Versteck bereit hielten? Besaß er die Möglichkeit, die Raumsoldaten nach ihrer Landung paraphysikalisch und parapsychisch in seinem Sinne zu beeinflussen, sie als Leibgarde für sich und als Druckmittel gegen uns zu mißbrauchen?

Ich zuckte mit den Achseln, schaltete den Interkom ein und bat den Kommandeur der Leonidas-Division zu mir.

Kurz darauf setzte sich Oberst Carlos Marckam mir gegenüber in einen Sessel. Marckam war Oxtorner, also ein Umweltangepaßter mit Kompaktkonstitution. Oxtorner waren keine körperlichen Riesen wie beispielsweise Ertruser, sondern glichen äußerlich weitgehend erdgeborenen Menschen von besonders athletischem Habitus. Im Unterschied zu Erdgeborenen vertrugen sie allerdings mühelos 4,8 Gravos sowie Temperaturen zwischen minus hundertzwanzig und plus hundert Grad Celsius.

Carlos Marckam musterte mich prüfend, dann nickte er und sagte: »Der alte Narr hat also zugestimmt. Nun, die Leonidas-Division steht abflugbereit.«

Ich mußte lächeln. »Nostradamus ist zwar alt, aber alles andere als ein Narr, Oberst Marckam. Wir müssen ständig auf der Hut sein.«

»Das sind wir doch immer, Sir«, erwiderte er.

Diesmal musterte ich ihn prüfend, aber Marckams Gesicht blieb absolut unbewegt. Schließlich erklärte ich: »Start der Division erfolgt gemäß Plan Albatros in einer halben Stunde. Ich werde Sie begleiten, Oberst.«

Carlos Marckam wölbte die mächtigen schwarzen Brauen, das einzige Haar an seinem Schädel.

»Entschuldigen Sie, Lordadmiral, aber vom strategischen Standpunkt aus kann ich das nicht billigen, obwohl ich mir selbstverständlich nicht anmaße, Ihnen Vorschriften zu machen.«

So direkt drückte er sich immer aus. Bei Carlos Marckam durfte man sich darauf verlassen, daß er niemals die Wahrheit scheute.

»Ich gehe nicht vom strategischen Gesichtspunkt aus«, entgegnete ich, »sondern vom psychologischen.«

»Aha!« machte der Oxtorner trocken. »Falls Sie mich als Person begleiten möchten, Lordadmiral, ich werde im Führungspanzer Olga zu finden sein.«

Er grüßte, wandte sich um und bewegte sich vorsichtig auf das Schott zu, vorsichtig deshalb, weil die Einrichtungsgegenstände nicht gegen eine Kollision mit einem Oxtorner gefeit waren.

Ich stand ebenfalls auf und ging in meine Kabine, um die Ausrüstung für den Einsatz zusammenzustellen. Dabei ließ ich mir noch einmal alle Einzelheiten des Einsatzplanes durch den Kopf gehen.

Die kleinen Kampfgruppen der Division Marckams würden auf Stato II die wichtigsten Schaltzentralen und die Hauptkraftstationen besetzen. Gleichzeitig sollten Patrouillen in Flugpanzern die Oberfläche kontrollieren. Es konnte beim besten Willen nichts schiefgehen.

Bericht Tatcher a Hainu

Ich erwachte. Der Zeitstreifen zeigte an, daß es laut Standardzeit der 26. April 3443, 2:47 Uhr war. Vor knapp drei Stunden erst hatte ich mich hingelegt – und jetzt wollte irgendein Irrer etwas erleben!

Die Rundrufanlage gab ein schmetterndes Trompetensignal von sich – manchmal griff die Hauptpositronik zu so archaischen Dingen –, dann sagte die unverkennbare Stimme Rhodans:

»Achtung, folgende Personen werden gebeten, sich umgehend im Einsatzplanungsraum 334/4c einzufinden – mit ihrer Kampfausrüstung: Commander Rorvic, Major Lokoshan, Captain a Hainu. Außerdem bitte ich Miß Merceile, ebenfalls zu erscheinen. Es geht darum, ob Miß Merceile ebenfalls an einem sehr wichtigen Geheimeinsatz teilnimmt oder nicht.«

Ich stolperte aus dem Bett, in dem ich glücklicherweise angezogen gelegen hatte, und stürzte auf das vor der Kabinentür »vorbeifließende« Transportband. Leider war es das falsche, und ich hatte Mühe, mich auf das andere zu rollen.

Im EPR 334/4c angekommen, fand ich Rhodan sowie Icho Tolot vor.

»Wo haben Sie Commander Rorvic gelassen, Captain a Hainu?« fragte Perry Rhodan.

»Nirgends, Sir«, gab ich zurück.

Rhodan runzelte die Stirn. »Was bedeutet das: nirgends?«

»Es bedeutet, daß ich ihn nirgends gelassen habe, Sir, Wie könnte ich ihn auch irgendwo ›lassen‹; er ist doch keine Aktentasche oder so.«

Icho Tolot brach in ein irrsinniges Gelächter aus und vollführte einen Schlußsprung. Dabei durchbrach sein Kopf die nur fünf Zentimeter starke Metallplastikdecke.

Äußerst vorsichtig ließ sich der Haluter mit Hilfe seines Antigravaggregats herab. Wenn er einfach gesprungen wäre, hätte er auch noch den Boden durchschlagen.

»Hoffentlich haben Sie niemanden erschreckt«, meinte Rhodan. »War denn jemand dort oben?«

»Ich glaube nicht«, antwortete der Haluter.

»Sehen Sie bitte nach, Captain a Hainu!« befahl Rhodan.

Ich spürte, wie der Zorn in mir kochte. Was bildeten sich diese Erdmenschen eigentlich ein! Alle ungelegenen Tätigkeiten wurden mir zugeschoben.

Rhodan seufzte. »Schon gut, ich sehe selbst nach.«

Er aktivierte seinen Antigrav und schwebte durch das Loch. Wir vernahmen das Geräusch eines Schlages. Es klang, als ob Holz auf Plastik prallte.

Dann rief eine weibliche Stimme: »Ich will Sie lehren, eine terranische Frau mitten in der Nacht zu belästigen, Sie rotäugiges Ungeheuer.«

Im nächsten Moment ging über dem Loch Licht an.

Ich hörte einen halberstickten Entsetzensschrei, dann rief die Frauenstimme: »Du lieber Himmel! Das wollte ich nicht. Ich dachte, es sei der Haluter, der mich erschreckt hatte. Was ist mit Ihnen los, Perry?«

In diesem Moment kam mir die Erleuchtung. Die Frau dort oben war niemand anders als Orana Sestore, ausgerechnet die Frau, die von vielen Mitarbeitern des Großadministrators als Rhodans künftige Gattin angesehen wurde.

Die untere Hälfte Perry Rhodans verschwand in dem Raum darüber. Wir sahen uns betreten an, dann drängten wir uns vor dem Loch. Jeder wollte zuerst da oben sein. Nur Icho Tolot hielt sich etwas zurück.

Als ich in Oranas Schlafzelle auftauchte, kippte die resolute Dame dem Großadministrator gerade einen Kübel Eiswasser über den Kopf. Auf dem Boden lag ein schwerer Ynkelonium-Aschenbecher.

Perry Rhodan fuhr prustend hoch und setzte sich auf. Ich sah, daß sich über seinem rechten Ohr eine beachtliche Beule bildete.

»Ich bitte um Verzeihung, Orana«, sagte Rhodan. »Ich konnte nicht ahnen, daß …«

»Schon gut«, sagte Orana Sestore, während auf ihren Wangen der Anflug eines matten Rots zu sehen war. »Es handelt sich offenbar um ein Mißverständnis.«

»Es tut mir sehr leid«, sagte der Haluter. Sein Kopf spähte durch das Loch. »Ich wollte nicht in Ihre Intimsphäre eindringen, Mrs. Sestore. Captain a Hainu brachte mich zum Lachen, und ich vollführte einen Sprung, wodurch ich mit dem Kopf durch die Decke stieß.«

»Besser als mit dem Kopf durch die Wand«, warf ich ein.

Perry Rhodan erhob sich ganz und sah mich vorwurfsvoll an. »An allem sind nur Sie schuld, Captain«, erklärte er. »Hätten Sie Commander Rorvic mitgebracht, wäre alles nicht passiert.«

»Ich gehe ihn sofort holen, Sir«, sagte ich resignierend.

Die Space-Jet LOTOSBLÜTE glich ihre Fahrt der des Schweren Kreuzers NEVERTHELESS an.

Wir – Dalaimoc Rorvic, Merceile, Patulli Lokoshan und ich – hatten von Perry Rhodan den Auftrag erhalten, dem Verbleib von 4318 Cyno-Raumschiffen nachzugehen, die am frühen Morgen den 26. April 3443 durch die Schwarmschleuse eingeflogen waren.

Rhodan vermutete, einige von ihnen würden auf Stato II landen, und er wollte, daß wir in einem solchen Fall ebenfalls auf Stato II landen sollten – heimlich, versteht sich.

»Nehmen Sie Funkverbindung auf, Captain Hainu!« befahl der Tibeter mit gelangweilter Stimme. Ich gehorchte.

Major Patzer, der Kommandant der NEVERTHELESS, meldete sich persönlich. »Nach unseren letzten Informationen«, berichtete er, »sind 1863 Cyno-Raumschiffe auf Stato II gelandet. Lordadmiral Atlan hat zirka 50.000 Cynos gezählt, die aus den Schiffen ausgestiegen sind.«

»Kann er denn so schnell zählen?« erkundigte ich mich.

»Keine Ahnung«, erwiderte Patzer mit undurchdringlichem Gesicht.

Wir schauten uns sekundenlang schweigend an, dann mußten wir lauthals lachen.

»Die Finanzabteilung des Flottenhauptquartiers bezahlt Sie nicht fürs Lachen, Captain Hainu!« schimpfte Rorvic. »Leisten Sie gefälligst etwas Produktives.«

»Ja, Sir«, sagte ich.

Major Patzer verzog das Gesicht. »Das war CYD-Commander Rorvic, wie? Scheint ein scharfer Vorgesetzter zu sein.«

Ich nickte.

Plötzlich schrillte der Ortungsalarm durch das Schiff, dann blendete sich ein starker Hypersender in das Gespräch ein.

»Hier spricht Major Kisbah«, sagte eine Stimme. »Ich komme als Kurier des Großadministrators. Die auf Stato II gelandeten Cynos haben eine feindselige Haltung eingenommen. Sie besetzten die Oberflächenanlagen des Justierungsplaneten und vertrieben Imago II in die Untergrundanlagen des Planeten. Der Großadministrator blockierte mit seinem Flottenverband erfolgreich die Schwarmschleuse, durch die weitere tausend Cyno-Raumschiffe in den schwarminternen Raum eindringen wollten. Aber seit dreieinviertel Minuten ist der Schmiegeschirm wieder geschlossen. Perry Rhodan ist mit fünfzehntausend Kampfschiffen auf dem Weg nach Stato II, um die sogenannten Kontra-Cynos zu zwingen, sich nach den mit Imago II getroffenen Absprachen zu richten. Die NEVERTHELESS wird aufgefordert, ihre derzeitige Position bis auf Widerruf beizubehalten. Die LOTOSBLÜTE soll sich nach Stato II begeben und sich bei der MARCO POLO zurückmelden. Ende und alles Gute.«

»Da haben wir es«, sagte Major Patzer, als der Kanal wieder frei war. »Kaum ist die eine Schwierigkeit behoben, kommt die nächste auf uns zu.«

»Ja!« bestätigte ich. »Wir sollen hier offenbar wieder einmal die Rosinen aus dem Feuer holen. Bis später!«

Rorvic schnaufte. »Es heißt nicht Rosinen, sondern Kohlen – und es heißt nicht Feuer, sondern Keller«, erklärte er.

»Na ja«, machte Lokoshan.

»Was heißt ›na ja‹, Sie kamashitischer Naturapostel?« fragte der Tibeter.

»Das dürfen Sie sich aussuchen«, antwortete Major Lokoshan und schaltete die Impulstriebwerke der LOTOSBLÜTE blitzschnell hoch.

Die Space-Jet schoß dicht an der NEVERTHELESS vorbei und tiefer in den schwarminternen Raum hinein. Dalaimoc Rorvic blinzelte durch die Transparent-Kanzel.

»Bei Ihrer Flugweise wird es besser sein, ich ziehe mich in meine Kabine zurück, Major Lokoshan. Ich möchte nicht mit ansehen müssen, wie Sie in eine Sonne oder einen Planeten hineinrasen.«

»Das kann ich verstehen«, erwiderte Patulli Lokoshan und aktivierte den Linearkonverter. Die LOTOSBLÜTE verschwand aus dem normalen vierdimensionalen Raum-Zeit-Kontinuum.

Der fette Albino stemmte sich hoch, murmelte etwas Unverständliches und kletterte durch das Verbindungsloch in tiefere Bereiche der Space-Jet.

Als wir nach einer guten Stunde wieder in den Normalraum zurückfielen, orteten wir viereinhalb Lichtstunden voraus den Planeten Stato II vor der beängstigenden Alptraum-Kulisse der blauen Riesensonne, die irgendein amusischer Technokrat ›Zentralstatik II‹ genannt hatte.

Der Elektronenbalken eines Ortungsgerätes schlug weit aus.

»Paralyse- und Narkose-Energie«, flüsterte Lokoshan. »Rhodan läßt den Planeten Stato II offenbar mit sämtlichen verfügbaren Narkose- und Paralysekanonen beschießen.«

»Das dürfte zwecklos sein«, erwiderte ich. »Parapsychisch hochbegabte und weitgehend immune Lebewesen, wie die Cynos es sind, kann man damit nicht ausschalten, sondern höchsten necken.«

»›Necken‹ ist ein treffendes Wort«, bemerkte der Kamashite.

Merceile lachte und schüttelte den Kopf. »Von Ihnen beiden würde Roi Danton sagen, Sie hätten sich gesucht und gefunden.«

Der Major sah mich an und streckte die Hand aus. »Ich heiße Patulli.«

»Und ich heiße Tatcher«, erklärte ich und ergriff Lokoshans Hand. »Was tun wir jetzt?«

Der Kamashite kam nicht dazu, diese Frage zu beantworten, denn die LOTOSBLÜTE wurde von einem starken Traktorstrahl eingefangen. Als der Hyperkommelder summte, aktivierte ich das Gerät. Auf dem Bildschirm erschien das Abbild Perry Rhodans.

»Hier Rhodan«, sagte er, obwohl ich ihn recht gut sah. »LOTOSBLÜTE, wir holen Sie ein. Ich erwarte die Besatzung vollzählig in der Hauptzentrale. Ende.«

Bevor ich auch nur den Mund zu einer Erwiderung öffnen konnte, schaltete er ab.

»Ein unhöfliches Volk, diese Terraner«, murmelte ich.

»Soviel ich weiß, stammen die Marsbewohner von diesen Terranern ab, gehören also zum gleichen Volk«, wandte Merceile ein.

»Ich meine ›Volk‹ nicht im ethnologischen Sinne, Mylady«, entgegnete ich, »sondern im Sinne einer Volksgruppe.«

»Beispielsweise im Sinne des Nachbardorfes«, warf Patulli ein.

Merceile lachte. »Sie sind köstlich. Wenn ich eines Tages nach Gruelfin zurückkehre, werde ich diese herzerfrischende Art der Solarier sehr vermissen.«

»Beziehen Sie Dalaimoc Rorvic darin mit ein, Mylady?« erkundigte sich der Kamashite.

Ich wartete die Antwort nicht ab. Die Nennung des Namens meines Dienstvorgesetzten erinnerte mich an eine zwar lästige, aber offenbar unausweichliche Pflicht. Ich mußte den Tibeter wecken.

Mit einem Sprung hechtete ich durch das Bodenloch in den rein energetischen Antigravschacht zwischen Steuerkanzel und Oberdeck. Ich holte die zerbeulte Kanne aus meiner Kabine, öffnete die Kabine des Commanders mit meinem Impuls-Nachschlüssel und trat ein.

Dalaimoc Rorvic stand auf dem Kopf, mit den Fersen leicht an der Wand abgestützt und die Handflächen zur Abstützung des kahlen Schädels auf dem Fußboden. Verkehrt herum sah sein Gesicht auch nicht besser aus als richtig herum. Die Augen waren geöffnet, aber am Blick erkannte ich, daß Rorvics Geist weit entfernt war, in einem anderen Universum vielleicht oder zum Besuch seiner Ahnen im Jenseits.

Unschlüssig hielt ich die Kanne in der Hand. Rorvics Stellung machte die übliche Anwendung des »Kannentricks« unmöglich. Ich beschloß, die Kanne diesmal aus dem Spiel zu lassen.

»Commander Rorvic!« rief ich. Keine Reaktion. »Dalaimocy!«

Der fette Albino rührte sich nicht. Verzweifelt überlegte ich, was ich tun könnte, um ihn aus seiner geistigen Versenkung herauszuholen. Wenn er nicht rechtzeitig in der Kommandozentrale der MARCO POLO erschien, würde der Großadministrator wieder mir die Schuld dafür geben.

Dann hatte ich eine Eingebung. Ich ging zum Versorgungsautomaten und tastete eine Bestandsliste. Sekundenbruchteile später hielt ich das Faksimile in der Hand.

Mein Finger glitt die Liste entlang – und endlich fand ich, was ich gesucht hatte. Ein Kilo für die Wiederaufbereitung vorgesehener altersweicher Romadur! Ich forderte die Hälfte davon an. Schließlich wollte ich es nicht übertreiben.

Als der Romadur in einer Plastikkapsel eintraf, schraubte ich den Deckel ab. Ein betäubender Geruch schlug mir entgegen, vergleichbar etwa dem Geruch eines halbverwesten Kadavers.

Ich nahm den halbflüssigen Klumpen mit einer Hand in seiner Folie heraus – mit der anderen Hand hielt ich mir die Nase zu. Zuerst wollte ich alles dem Tibeter ins Gesicht werfen, doch dann überlegte ich es mir anders.

Ich nahm zwei Drittel der Masse mit einem auf dem Tisch liegenden Plastiklöffel und beförderte sie zu gleichen Teilen unter die Einlegesohlen von Rorvics Raumstiefeln.

Den kleineren Rest schleuderte ich schwungvoll in Rorvics Gesicht, so daß Mund und Nase vollständig verkleistert wurden, wodurch der fette Albino am Atmen gehindert wurde.

Rasch warf ich die Verpackung und den Löffel in den Abfallvernichter, dann zog ich mich zum Schott zurück und wartete.

Rorvics Reaktion ließ nicht lange auf sich warten. Der Tibeter erzitterte, dann blähte sich die zähe Romadurmasse vor Mund und Nase ballonartig auf und barst mit schwachem Knall. Dalaimoc Rorvic blies die angestaute verbrauchte Luft zischend ab, dann kippte er um.

Ich zog mich schnell in den Flur zurück und wartete eine halbe Minute, danach drückte ich den Türmelder. Das Schott öffnete sich fast augenblicklich. Dalaimoc Rorvic lag auf dem Rücken und schnaufte.

»Sir«, sagte ich, »der Großadministrator hat angeordnet, wir sollen uns sofort in der Hauptzentrale der MARCO POLO melden.«

Rorvic stützte sich auf die Ellenbogen und blickte mich an. Seine untere Gesichtshälfte war immer noch von der schleimigen Käsemasse überzogen.

»Sind wir denn schon wieder in der MARCO POLO, Captain Hainu?« fragte er.

Ein dumpfer Schlag und eine leichte Vibration des Boden verrieten mir, daß die LOTOSBLÜTE in den Hangarfeldern der MARCO POLO verankert worden war.

»Soeben sind wir eingetroffen, Sir«, antwortete ich.

Der CYD-Commander kratzte mit den Fingern etwas Romadur aus seinem Gesicht und leckte die Masse ab.

»Hm!« machte er. »Das schmeckt ja köstlich.« Er runzelte die Stirn. »Wenn ich nur wüßte, wie dieser entzückende Romadur in mein Gesicht gekommen ist.«

»Wahrscheinlich zu Fuß, Sir«, sagte ich.

»Zu Fuß? Wie meinen Sie das?«

»Das liegt doch auf der Hand, Sir. Das Zeug läuft.«

Er warf mir einen undefinierbaren Blick zu, dann widmete er sich hingebungsvoll der Gesichtsreinigung, die in seinem Fall identisch war mit einer Zwischenmahlzeit. Anschließend rieb er sich die untere Gesichtshälfte mit einem Papierhandtuch ab, dann mußte ich ihm in die Stiefel helfen.

Als wir in den Flur hinaustraten, um zum Ausstieg zu gehen, schnupperte der Tibeter und sagte: »Komisch, die gesamte LOTOSBLÜTE duftet nach altem Romadur.«

Ich sagte nichts darauf und vermied es auch, Rorvics Stiefel anzusehen. Dennoch konnte ich nicht vermeiden, daß der Commander mir einen argwöhnischen Blick zuwarf, als wir in den Hangar der MARCO POLO traten und dort ebenfalls den durchdringenden Geruch wahrnahmen.

Merceile und Patulli, die draußen auf uns gewartet hatten, rümpften zwar die Nasen, enthielten sich aber jeglicher Bemerkung.

Dalaimoc Rorvic strahlte die Takererin an und sagte: »Die Sonne geht auf!«

»Und der Mond stinkt nach Käse«, flüsterte ich.

Rorvic wandte sich um und fragte: »Hatten Sie etwas geäußert, Captain Hainu?«

Ich blickte ihn unschuldig an. »Nicht daß ich wüßte, Sir.«

Der fette Albino kniff die Augen zusammen und musterte mein Gesicht.

Endlich seufzte er resignierend. »Was rege ich mich über einen armseligen Sandläufer auf! Der Großadministrator wartet. Gehen Sie hinter uns, Tatcher, damit Miß Merceile nicht ständig den Duft Ihres Sandwichbelages in der Nase hat!«

Perry Rhodan sah uns der Reihe nach an, dann sagte er: »Ich gestehe offen, daß wir einen Fehlschlag erlitten haben. Es ist uns trotz massierten Feuers aus Narkose- und Paralysatorgeschützen nicht gelungen, die auf Stato II gelandeten Rebellen zum Aufgeben zu zwingen.«

»Was sind das eigentlich für Leute?« fragte Rorvic.

Der Großadministrator schnupperte unauffällig und sah den Albino nachdenklich an. Dann gab er sich einen Ruck.

»Es handelt sich nach allem, was wir bisher ermitteln konnten, um die Generation der Cynos, die erst viele Jahrtausende nach der Übernahme des Schwarms durch die Götzen zur Welt kamen – und zwar jeweils auf den Planeten, auf die ihre Eltern emigriert waren und die von ihren Eltern und später von ihnen beherrscht wurden. Diese Cynos haben sich an das Leben auf Planeten gewöhnt, deren Bevölkerungen von ihnen indirekt geleitet wurden. Sie sind sozusagen seßhaft geworden und sehen nicht ein, warum sie in den Schwarm zurückkehren und die Milchstraße verlassen sollen.«

»Das finde ich verständlich«, warf Dalaimoc Rorvic ein. »Die Cynos wissen ja nicht einmal, wer ihre Urahnen einst zu Beherrschern des Schwarms machte und ihnen damit die schwere Pflicht auferlegte, von Galaxis zu Galaxis zu ziehen und sich mit der Gewinnung von Hilfsvölkern und anderen Problemen herumzuplagen, um anderen Lebewesen das Licht des Geistes zu bringen.«

»Der Commander redet und argumentiert wie ein Cyno«, sagte ich.

Perry Rhodan sah mich aufmerksam und nachdenklich an, dann aktivierte er sein Armbandgerät und bat darum, die Luftumwälzung in der Hauptzentrale mit geruchsbindenden Aerosolen anzureichern.

»Es geht nicht darum, ob wir Verständnis für die Kontra-Cynos aufbringen oder nicht«, erklärte er dann, »sondern für uns kann es nur darum gehen, das Solsystem an seine alte galaktische schwarmexterne Position zu bringen – und darum, den Schwarm so schnell wie möglich aus der Galaxis zu entfernen.«

Das war mir klar. Unser erstes Ziel galt dem Interesse der solaren Menschheit, aber wir durften uns der Verantwortung für die Schicksale zahlreicher anderer Zivilisationen nicht entziehen, deren Sonnensysteme größtenteils in Kokonhüllen eingelagert waren und niemals mehr in den galaktischen Normalraum zurückkehren konnten, wenn der Schwarm abbremste und dort blieb, wo er sich gerade befand.

»Befinden sich eigene Truppen auf Stato II?« fragte Merceile.

»Eine Elitedivision der USO«, antwortete Perry Rhodan, »unter Atlans persönlicher Leitung.«

»Haben diese Männer nicht ebenfalls unter dem Narkose- und Paralysebeschuß gelitten?« fragte die Takererin weiter.

Rhodan schüttelte den Kopf. »Sie wurden durch einen Kodeimpuls gewarnt und schützten sich durch individuelle Paratronschirme.«

Er holte tief Luft. »Die Solare Flotte wird sich zurückziehen müssen. Die Kontra-Cynos haben mir ein Ultimatum gestellt, das in sechs Stunden abläuft. Inzwischen habe ich den Beschuß Statos bereits einstellen lassen. Wenn wir uns nicht fristgemäß zurückziehen, wollen die Kontra-Cynos mit den Schaltanlagen von Stato II die Hilfsvölker des Schwarms geistig umprogrammieren und gegen uns kämpfen lassen. Außerdem würden sie in diesem Fall die Kokonprogrammierung des Schmiegeschirms löschen, so daß alle im Wege stehenden Sonnensysteme vernichtet würden.«

Er lächelte grimmig. »Selbstverständlich werde ich nicht aufgeben. Vorerst aber muß die Solare Flotte sich zurückziehen. Ich möchte Sie hiermit bitten, sich den anderen Mutanten auf Stato II anzuschließen und Imago II gegen die Kontra-Cynos zu unterstützen.«

»Mit welcher Legitimation, Sir?« fragte Lokoshan.

»Einmal mit der Legitimation, die uns der Selbsterhaltungstrieb verleiht, dann mit der offiziellen Legitimation des autorisierten Regierungschefs aller Cynos, Imago II nämlich. Imago II hat uns, kurz bevor er sich in den Untergrund des Planeten zurückzog, ermächtigt, alle Schritte zu unternehmen, um die Machtübernahme durch die Rebellen zu verhindern.«

Sein Interkommelder summte. Perry Rhodan aktivierte das Gerät.

»Hyperkomanruf von Stato II, Sir«, meldete der Cheffunker. »Ein Cyno namens Murie Rhagor, der sich als Chef des Freiheitsbundes vorstellte, verlangte Sie in reichlich anmaßendem Ton zu sprechen. Soll ich ihm ausrichten, er könne …«

»Nein!« erklärte Rhodan kategorisch. »Das nicht! Legen Sie das Gespräch zu mir um, bitte.«

Sekunden später sahen wir die dreidimensionale farbige Projektion eines riesenhaften Ertrusers. Er blickte Perry Rhodan scharf an und fragte: »Sie sind dieser Rhodan, oder?«

Perry Rhodan lächelte ironisch und erwiderte: »Ich muß wohl dieser sein, denn wäre ich jener, könnte ich es nicht, Mister Rhagor.«

Einen Herzschlag lang wirkte der Cyno-Ertruser verwirrt, dann verzog sich sein Gesicht zu einer wütenden Grimasse.

»Reden Sie mich mit ›Herr Präsident‹ an, Rhodan!« sagte er in arrogantem Befehlston. »Und unterlassen Sie Ihre Spitzfindigkeiten. Sie scheinen die Verhältnisse falsch einzuschätzen.«

»Keineswegs, Mister«, entgegnete Rhodan kühl. »Aber ich weiß, daß Sie die Verhältnisse ignorieren möchten. In Wirklichkeit sind Sie und Ihre Mitstreiter nichts weiter als eine radikale Minderheit, die sich gegen Recht und Gesetz ihrer Staatsordnung gestellt hat.«

Murie Rhagor lief rot an. »Das werden Sie mir büßen!« brüllte er mit seiner ertrusischen Stimmkraft. Ich hätte gern gewußt, welche Gestalt er besessen hatte, als es noch keine Ertruser gab.

»Können Sie bitte etwas lauter sprechen, Mister Rhagor«, sagte der Großadministrator mit spöttischer Freundlichkeit. »Ich kann Sie schlecht hören.«

Diesmal ließ sich der Cyno-Ertruser nicht aus der Ruhe bringen. Er grinste und sagte leise: »Ich werde Sie noch das Fürchten lehren. Wenn ich erst einmal richtig loslege, werden Sie sich wünschen, niemals geboren worden zu sein.«

In diesem Moment trat Icho Tolot in den Aufnahmebereich der Hyperelektronik und sagte mit dröhnender Stimme: »Es wird nicht mehr lange dauern, Sie armseliger Stümper, dann werden *Sie* das Fürchten lernen. Glauben Sie nur nicht, mein Volk hätte nicht inzwischen ein Mittel gegen die Verdummung gefunden. Möglicherweise befinden sich bereits jetzt Tausende von halutischen Kampfschiffen im Anflug auf den Schwarm – und ich bin sicher, sie haben technische Neuerungen mitgebracht, mit denen der Schmiegeschirm durchbrochen werden kann.«

Diesmal verriet Rhagors Gesicht für den Bruchteil einer Sekunde aufkeimende Panik. Aber der Cyno-Ertruser fing sich schnell wieder.

Nach einigen Sekunden des Schweigens erklärte er: »Stato II befindet sich fest in der Hand des Freiheitsbundes. Von diesem Schaltplaneten aus beherrschen wir den Schwarm – und mit dem Schwarm beherrschen wir die gesamte Galaxis. Wir kennen alle Völker dieser Galaxis. Keines ist dem unseren gleichwertig, auch das der Haluter nicht, solange Stato II von uns kontrolliert wird.«

»Es wird nicht lange von Ihnen kontrolliert werden«, versprach Icho Tolot.

Abermals glaubte ich Panik in Rhagors Augen zu sehen, aber es ging zu schnell vorüber, als daß ich mir hätte sicher sein können.

Der Cyno deutete in Rhodans Richtung: »Sie, Rhodan, werden mit Ihrer Flotte unverzüglich ins Solsystem zurückkehren und sämtliche Schiffe landen lassen. Der Paratronschirm ist zu desaktivieren. Die Menschheit hat nichts zu befürchten, solange sie folgsam bleibt. Im Gegenteil, als dem besten Hilfsvolk des Schwarms wird ihr eine gute Behandlung gewiß sein.«

Perry Rhodan war kein Zyniker, aber diesmal lächelte er ausgesprochen zynisch.

»Euer Gnaden sind zu gütig«, erwiderte er. »Die Terraner werden sich ganz gewiß drängen – um Euer Gnaden in den Hintern zu treten! Bis bald.« Er unterbrach die Verbindung.

Der Haluter brüllte wieder einmal infernalisch. Für ihn war das, was Rhodan todernst gemeint hatte, nichts als ein köstlicher Spaß.

Als Tolot verstummte, sagte Merceile: »Es war bestimmt nicht sehr klug, den Cyno so stark zu reizen, Perry, aber es zeugt wenigstens von Charakterstärke. Ein richtiger Mann muß seine Prinzipien hochhalten.«

Dalaimoc Rorvic feixte und boxte mich in die Rippen. »Sehen Sie, Tatcher! Das ist ein wahres Wort. Daran sollten Sie Ihre verkorkste Seele aufrichten.«

Ich verschränkte lächelnd die Arme vor der Brust. Mein Vorgesetzter glaubte offenbar, triumphieren zu können. Er ahnte nicht, daß meine Racheaktion bereits lief – so, wie der Käse in seinen Stiefeln immer mehr laufen – und riechen – würde.

»Wer bereit ist«, sagte Perry Rhodan, »sich heimlich den Mutanten auf Stato II anzuschließen und sich zum richtigen Zeitpunkt mit allen Kräften für die Wiederherstellung der Macht von Imago II einzusetzen, der hebe bitte die Hand!«

Wir hoben alle die Hände – einschließlich Icho Tolot.

»Danke«, sagte Rhodan. »Aber Sie nicht, Tolotos. Sie werden anderweitig dringender gebraucht. Wir werden uns mit der Solaren Flotte zurückziehen, aber durchaus nicht mit allen Einheiten zum Solsystem fliegen. Ich habe vor, verschiedene Planeten im Schwarm aufzusuchen, auf denen die Cynos gelandet sind, die sich nicht nach Stato II gewandt haben. Unsere Fernaufklärer haben über neunhundert derartiger Welten ermittelt.«

»Sie wollen mit den Pro-Cynos sprechen, Rhodanos?« erkundigte sich Icho Tolot.

Perry nickte. »Ich muß mit diesen Lebewesen sprechen. Bei geschicktem Vorgehen werde ich vielleicht die letzten Rätsel lösen können, die uns hinsichtlich der Cynos verblieben sind.«

»Ich verstehe«, sagte Tolot. »Sie wollen nach der Archillesferse der Cynos suchen, um Murie Rhagor und der Rebellenarmee heimleuchten zu können.«

Perry Rhodan lächelte ironisch. »So ist es. Freund Tolotos, Sie scheinen die Menschheit wirklich sehr zu lieben, wenn Sie so oft ihre Redewendungen gebrauchen.«

Mit dumpfer Stimme antwortete Tolot: »Sie haben recht, Rhodanos, denn ich liebe nichts stärker als den Sünder, der reumütig nach dem rechten Wege sucht.«

Perry Rhodan hüstelte. »Bitte, wenn Sie mich jetzt begleiten würden«, sagte er zu Rorvic, Lokoshan, der Takererin und mir, »damit ich Ihnen das Spezialfahrzeug übergeben kann, mit dem Sie unbemerkt auf Stato II landen werden.«

28.

Das Spezialfahrzeug war ein kleiner, wannenförmiger Gleiter mit Feldantrieb und einem sogenannten Einweg-Lineartriebwerk; der Waring-Konverter konnte nur für eine – relativ kurze – Linearetappe benutzt werden.

Wir sollten mit einem kurzen Linearmanöver bis in die Hochatmosphäre von Stato II vorstoßen und dann – zur Vermeidung einer Anmessung – mit altertümlichen Fallschirmen abspringen.

Nach einigen anderen Ratschlägen Rhodans hatte man unsere Einweg-Wanne in den Raum katapultiert. Augenblicklich befanden wir uns im Linearraum.

Ich blickte mich um. Dalaimoc Rorvic zerrte nervös am Gurtwerk seines Fallschirmpaketes. Er war sichtlich beunruhigt über die Aussicht, in Kürze frei an einem dünnen Plastikschirm durch die Atmosphäre eines Planeten zu fallen.

Patulli Lokoshan dagegen lächelte mich an. Der Kamashite schien sich keine unnötigen Gedanken zu machen. Wahrscheinlich dachte er genau wie ich, daß man das Leben nehmen mußte, wie es gerade kam, und daß es sinnlos sei, sich durch Ausmalung aller denkbaren Möglichkeiten zu beunruhigen.

Merceiles Gefühle schienen sich zwischen unseren und Rorvics zu halten. Die Takererin war ganz angespannte Wachsamkeit, offensichtlich entschlossen, dem Tod notfalls ein Schnippchen zu schlagen.

Daran tat sie gut, denn sie war von uns die einzige Person, die das Ende des Körpers überleben konnte. Merceile brauchte nur in den Körper einer bekannten Person zu pedotransferieren und ihn zu unterwerfen. Dann würde sie zwar nicht in ihrer eigenen Gestalt weiterleben, aber sie wäre nicht tot.

»Noch zehn Sekunden«, flüsterte Patulli. Er tätschelte verstohlen den Raumtransportbeutel, der vor seiner Brust hing und an das Lebenserhaltungssystem des Kampfanzuges angeschlossen war. Deutlich waren die Bewegungen des Kamash-Hundes zu erkennen.

Ich packte den Impulssteuerknüppel fester und machte mich bereit, den rechten Fuß auf das rechte Seitensteuerungspedal zu setzen. Die rechte Hand legte ich auf den Beschleunigungshebel.

Wir würden mit der Geschwindigkeit Null – relativ zum Linearraumeintrittspunkt – im Normalraum ankommen. Nach den Berechnungen der Hauptpositronik von Rhodans Flaggschiff würden wir allerdings eine Relativgeschwindigkeit zu Stato II von siebenunddreißig Metern pro Sekunde haben.

Wir durften also nicht nach unten oder oben abspringen, sondern mußten uns seitlich in Fahrtrichtung hinausschnellen. Dazu mußte ich die »Raumbadewanne« auf die Steuerbordseite legen.

Alle Hilfen, deren wir uns normalerweise bedient hätten, schieden aus, da sie zur Ortung und sicherlich zu unserer Vernichtung durch die Kontra-Cynos geführt hätten.

Jetzt war es soweit. Das Fahrzeug stürzte ins Normalkontinuum zurück. Heulend und pfeifend strömte die Luft an den Außenwänden entlang.

Ich orientierte mich. Wir bewegten uns in elftausend Metern Höhe in südwestlicher Richtung über einen Ozean. Das war äußerst ungünstig, denn es bedeutete, daß wir nach der Landung im Wasser unsere Hochenergiegeräte einsetzen mußten, um das Festland zu erreichen.

Ich teilte es den Gefährten mit. Rorvics Gesicht lief rot an.

»Das kommt nicht in Frage, Captain Hainu«, erklärte er. »Wir steigen erst dicht vor der nächsten Küste aus.«

»Und wenn man uns bis dahin ortet?« fragte ich.

»Warum fragen Sie mich?« fuhr der fette Albino mich an. »Benutzen Sie Ihr Ameisengehirn endlich einmal zum Nachdenken! Ich kann Sie doch nicht immer an der Hand führen.«

Ärgerlich wandte ich mich ab.

Im nächsten Augenblick gerieten wir in eine heftige Turbulenz. Unser badewannenförmiges Fahrzeug wurde heftig durchgeschüttelt und herumgewirbelt. Ich ließ es geschehen, da eine Aktivierung der Impulssteuerung dem Gegner die Ortung erleichtert hätte.

Aber achthundert Kilometer weiter hielten wir es nicht mehr aus. Mit Ausnahme Lokoshans hatten unsere Gesichter eine gelbgrüne Färbung angenommen, und unsere Mägen revoltierten immer drängender.

Ich hob die Schultern und aktivierte das Lagestabilisierungssystem. Sekunden darauf wurde das Stampfen und Rollen zu einem schwebenden Gleiten.

Dalaimoc Rorvic schluckte einige Male hörbar und sagte dann: »Legen Sie unser Spezialfahrzeug auf die Steuerbordseite, Captain Hainu! Vor uns ist Land in Sicht. Oder sehen Sie schlecht?«

Ich kniff die Augen zusammen, denn von Backbord feuerte die blaue Riesensonne ihre Strahlen auf uns ab. Tatsächlich, voraus konnte ich durch die spärlichen Lücken im Wolkenmeer dunkle Flecken erkennen. Ob Festland oder Inseln, war nicht auszumachen. Doch immerhin – Land war Land, und es wurde Zeit für uns, die verräterische Maschine zu verlassen.

»Major Lokoshan steigt am besten zuerst aus«, sagte Rorvic.

»Fürchten Sie sich vor dem Sprung in die Wolken, Mister Rorvic?« fragte der Kamashite belustigt. »Es gibt doch nur zwei Möglichkeiten: Entweder öffnet sich der Fallschirm, oder Sie schalten die Flugaggregate ein.«

»Ich bin jenseits aller Ängste«, behauptete Dalaimoc Rorvic pathetisch.

Ich rief meinen Gefährten zu, daß ich die Maschine auf die Steuerbordseite legen würde, dann trat ich ins rechte Seitensteuerungspedal. Die Gasdruckdüsen arbeiteten fauchend und polternd. Gehorsam legte sich unsere »Wanne« auf die rechte Seite.

Patulli Lokoshan stand auf und tastete sich zur Tür. Dort hakte er sich in einen Haltegurt ein, packte das Handrad und drehte es mit beiden Händen. Langsam glitt die Tür auf.

Der Wind fuhr herein und entfesselte ein Höllenkonzert in der engen Kabinenkanzel. Wären unsere Druckhelme nicht den ganzen Flug über geschlossen gewesen, hätte unser Blut jetzt infolge der schlagartigen Dekompression aufgeschäumt. Der Kamashite öffnete den Türgurt.

»Bis später«, sagte Patulli über Helmfunk und stieß sich kraftvoll ab.

Ich legte die Maschine auf den Rücken, um Lokoshans Fall beobachten zu können. Der Kamashite stürzte scheinbar sehr langsam auf das hochgetürmte Wolkengebirge unter uns zu und blieb sehr schnell zurück.

Ich drehte unsere Maschine wieder auf die Steuerbordseite. Diesmal sprang Dalaimoc Rorvic. Die Takererin folgte ihm eine halbe Minute später.

Dann hätte eigentlich ich springen müssen. Doch inzwischen war, kurz nach dem Absprung Merceiles, die Maschine vom Zirpen und Pfeifen der Fremdortungsmelder erfüllt worden. Man hatte uns geortet, und wahrscheinlich waren es Kontra-Cynos, deren Ortungsgeräte die Maschine gefunden hatten.

Ich wußte, daß es aus positronisch gesteuerten Ortungstastimpulsen kein Entkommen gab, ich wußte aber auch, daß man uns sehr bald aufspüren würde, wenn ich ebenfalls absprang.

Ich mußte warten, damit wenigstens meine Gefährten ihre Mission erfüllen konnten. Vielleicht wurde ich abgeschossen, aber ein gewisses Risiko ließ sich nicht vermeiden.

Als ich weitere neunhundert Kilometer zurückgelegt hatte, atmete ich auf. Ich überprüfte den Hauptring, den Verschlußstift und die Aufziehleine, dann aktivierte ich die Automatik und das sogenannte Täuschungsprogramm, hangelte mich zur Tür und blickte hinaus. Meine Hosenbeine flatterten laut im Fahrtwind, sonst hätte ich denken können, unendlich langsam über einem schneebedeckten Gebirge zu schweben.

»Na ja!« sagte ich und stieß mich mit aller Kraft in Flugrichtung ab.

Im nächsten Moment war die Maschine an mir vorbeigerast und entfernte sich rasch. Ich fiel und fiel und bildete mir ein, auf riesigen Flügeln zu schweben.

Weit entfernt blitzte es kurz auf. Das Bugtriebwerk der Maschine hatte gezündet. Unsere »Wanne« würde allmählich tiefer gehen, in geringer Höhe noch einmal abbremsen und dann wieder beschleunigen, als hätte sie jemanden abgesetzt und wollte zu ihrem Ausgangspunkt zurückkehren.

Wenn die Kontra-Cynos es nicht abschossen, würde im Weltraum eine Desintegrationsbombe zünden und das Fahrzeug in molekulares Gas auflösen.

Das Eintauchen in die Wolken bestärkte mich im Gefühl, mit riesigen Schwingen majestätisch zu fliegen. Selbstverständlich wußte ich, daß ich rasend schnell fiel und ohne Hilfsmittel bei der harten Landung zerschmettert werden würde.

In zweitausend Metern Höhe begann ich damit, durch systematische Arm- und Beinbewegungen meinen Körper entlang einer vertikalen Achse auszurichten. Es war gar nicht so einfach, wie es sich bei Rhodans Erklärung angehört hatte. In der Schwerelosigkeit des Weltraumes kam ich jedenfalls besser zurecht.

In tausend Metern Höhe zog ich an der Leine. Knallend flog der Hilfsfallschirm aus dem Verpackungssack. Es gab einen Ruck, dann flog der Hauptfallschirm nach oben. Nach einem weiteren Ruck baumelte ich unter der großen hellblauen Fallschirmkappe.

Ich atmete erleichtert aus, dann blickte ich nach unten. Unter mir breitete sich eine mit karger Vegetation bewachsene Hügellandschaft aus. Unbekannte Sukkulenten bildeten fleischige Pflanzeninseln in dürrem Graswuchs und ausgetrockneten Flächen.

Die Landung verlief recht gut, bis auf den böigen Wind, der sich mehrmals in der Fallschirmkappe verfing und mich jeweils an die fünfzig Meter über den Boden schleifte.

Nachdem ich den Schirm zusammengerafft hatte, machte ich ein Paket daraus, legte es in eine Mulde und scharrte braune sandige Erde und loses Geröll darüber. Dann klappte ich den Druckhelm zurück und atmete in vollen Zügen die trockene klare Luft dieses Planeten ein.

Als der Fremdortungsmelder an meinem Handgelenk zirpte, zuckte ich zusammen. Ich sah mich um und entdeckte in etwa vier Kilometern Entfernung einen Bodengleiter, der durch die Hügellandschaft schwebte.

Die Impulstasterantenne drehte sich in monotonem Rhythmus auf dem Gleiterdach. Ob man mich suchte?

Ich duckte mich und lief in eine schmale Felsschlucht. Mehrere kleine Tiere, wahrscheinlich Nager, rannten davon und verschwanden in ihren Höhlen. Sie hatten es gut; ich hatte keinen Platz, an dem ich mich verkriechen konnte.

Hinter einer Biegung hielt ich an und musterte die Kontrollscheibe meines Fremdortungsmelders. Die Impulse trafen mich noch immer in regelmäßigen Intervallen, aber sie waren nun durch ein geologisches Hindernis abgeschwächt, durch den Hügel, den ich zwischen mich und den Gleiter gebracht hatte.

Offenbar hatte man gar nicht nach mir gesucht und mich auch nicht erfaßt, da ich zum Zeitpunkt des Auftreffens der Fremdimpulse kein Energieaggregat aktiviert gehabt hatte. Aber dann wurden die Intervalle zwischen dem Auftreffen der Ortungsimpulse kleiner – und die Intensität erhöhte sich. Das bedeutete, der Gleiter war mir ins Tal gefolgt.

Ich lief weiter. Teilweise wurde der Boden so steinig, daß ich nur mühsam vorwärts kam. Immer schmaler wurde das Tal. Stachelige Sukkulenten wucherten über dem Grund zusammen.

Und der Gleiter näherte sich unerbittlich.

Ich erkannte, daß ich nicht entkommen konnte. Unter zusammenstoßenden Sukkulenten ging ich auf ein Knie nieder, zog den Intervallnadler und erwartete die Verfolger.

Kurz darauf brummte der Gleiter über mein Versteck hinweg. Niemand kümmerte sich um mich. Langsam ließ ich die Waffe wieder sinken. Die Gefahr war vorüber. Man hatte mich nicht gesehen. Die Erleichterung darüber war so groß, daß sie sekundenlang ein Schwindelgefühl auslöste.

Als es vorbei war, erhob ich mich, verließ die Deckung und suchte nach einem Aufstieg. Ich wollte den nächsten Hügelkamm erreichen, um mich zu orientieren. Bald hatte ich eine günstig erscheinende Stelle gefunden. Geduldig einen Fuß vor den anderen setzend, machte ich mich auf den Weg.

Ich war vielleicht zehn Meter hoch gekommen, als zu meiner Rechten ein greller Blitz aufzuckte. Ihm folgten ein ohrenbetäubender Knall und eine Druckwelle, die mich vom Hang fegte. Im Stürzen aktivierte ich den Hochenergieschirm meines Kampfanzuges, aber ich kam nicht mehr dazu, auch den Antigrav einzuschalten, denn ich fiel ins Dunkel der Bewußtlosigkeit.

Ich tauchte aus einem unendlich langen Schacht an die Oberfläche, öffnete die Augen und sah mich um. Im nächsten Moment krachte und donnerte es, als stürzten ganze Gebirge ein.

Beinahe hätte ich das Bewußtsein abermals verloren, aber jemand schlug mir unsanft ein Injektionspflaster ins Genick, und die dunklen Schleier lichteten sich, während die wirbelnden Trommelklänge in meinem Schädel allmählich verklangen.

Was blieb, waren die unverkennbaren Geräusche eines Gefechtes. Ein Gesicht erschien über meinem Gesicht, lächelte.

»Du meine Güte!« stieß ich hervor. »Jetzt gibt es auch noch Cynos in der Spiegelfeldgestalt von Oxtornern!«

»Wer sind Sie?« fragte der Oxtorner.

»Captain a Hainu von den Solaren Streitkräften«, antwortete ich. »Meine Erkennungsnummer habe ich vergessen. Man kann sich schließlich nicht alles merken.«

Das Gesicht über mir zeigte Erstaunen. »Sie halten mich für einen Cyno?«

»Für einen ziemlich konträren sogar«, entgegnete ich. »Und nun gehen Sie mir aus der Sonne!«

»Wen haben Ihre Leute da aufgegriffen, Oberst?« rief eine Stimme, bei deren Klang ich an meinem Verstand zweifelte.

Im Gesicht über mir öffnete sich der Mund. »Einen Captain a Hainu, Lordadmiral. Er hält uns für Cynos.«

»Was?«

Ich schluckte. Die Stimme in Verbindung mit der Anrede »Lordadmiral« ließ eigentlich nur einen Schluß zu.

Ich streckte die Hand aus und bat: »Helfen Sie mir auf die Füße, Oberst, und entschuldigen Sie, daß ich Sie für einen Cyno gehalten hatte.«

»Für einen ›konträren‹«, gab der Oxtorner zurück und half mir hoch.

Vor mir stand Lordadmiral Atlan. »Captain Tatcher a Hainu!« rief er. »Wie kommen Sie auf diesen Planeten?«

»Der Großadministrator hat mich geschickt – Commander Rorvic, die Takererin Merceile und Major Lokoshan außerdem auch. Wo ist der fremde Gleiter, den ich gerade verfolgte, als es plötzlich knallte?«

»Wir haben ihn abgeschossen. Die Aktionen der Kontra-Cynos ließen es mir als geraten erscheinen, den Kampf zu eröffnen. Unsere Leonidas-Division schlägt sich hervorragend. Wir haben die Cynos in heillose Verwirrung gestürzt.«

»So!« machte ich. »Sie haben die Cynos in Verwirrung gestürzt. Aber für wie lange? Sobald sich die Kontras von ihrer Überraschung erholt haben, werden sie die gelandeten Raumschiffe angreifen lassen.«

Der Arkonide lächelte. Es war ein freudloses, hartes Lächeln. »Damit haben wir natürlich gerechnet, Captain. Aus diesem Grund landen soeben alle unsere Flugpanzer, und die Raumsoldaten und Roboter gehen in Dekkung.«

Er hob die Stimme. »Die Kontra-Cynos haben nämlich einen großen Fehler gemacht, als sie keine Einwände gegen meine fünftausend Kampfschiffe erhoben, die den Planeten umkreisen. Diese Schiffe haben vor ...«, er blickte auf seinen Armband-Chronographen, »... rund dreißig Sekunden ihre Space-Jets und Raumjäger ausgeschleust, deren Besatzungen den Auftrag haben, die gelandeten Cyno-Schiffe zu zerstören.«

Ich blickte mich in der kleinen Kammer aus Ynkenitwänden um und erkannte, daß ich mich in einem der modernsten Flugpanzer befand, die die Solare Flotte und die USO besaßen.

Langsam ging ich vor zur Steuerkanzel im Bug, die sich, aus glasklarem Panzertroplon bei fünfzehn Millionen Grad Celsius geformt, wie ein halbierter Wassertropfen aus dem buckelförmigen Panzer reckte.

»Hydromedusa tectifera«, murmelte ich.

»Was sagten Sie, Captain?« fragte Oberst Marckam, der mir gefolgt war. Im Hintergrund sprach Lordadmiral Atlan in verschiedene Mikrophone.

»Diese neuen Flugpanzer haben die Form des Panzers der Hydromedusa tectifera, der Argentinischen Schlangenhalsschildkröte.«

Über uns feuerte die kleinkalibrige Transformkanone des Führungspanzers. Ich sah nicht, worauf geschossen wurde, doch dann blähte sich hoch am Himmel, bereits an der Grenze zum Weltraum, eine kleine blauweiße Sonne auf.

»Man wollte uns eine ferngesteuerte Rakete auf die Köpfe werfen«, meldete der Kanonier lakonisch.

»Immer wieder Kampf«, sagte ich resignierend. »Die Intelligenzen dieses Universums benehmen sich wie kleine Kinder, die sich wegen ihres Spielzeugs schlagen.«

Der Oxtorner lächelte. »Vorläufig ist es noch keine Prügelei, sondern nur Spiel, Captain a Hainu. Sowohl von uns als auch von den Cynos werden nur Roboter gegen Roboter eingesetzt.«

»Und der abgeschossene Gleiter?« wandte ich ein. »Und die ferngelenkte Rakete, die man zu uns schickte?«

»Der Gleiter war robotgesteuert – und die Rakete sollte wohl nur ein Scherz sein, denn sie hatte nicht die geringste Chance, ihr Ziel zu erreichen.«

»Schöner Scherz!«

Plötzlich ertönten viele Stimmen zugleich aus den zahlreichen Funkempfängern des Führungspanzers. Die Stimmen klangen aufgeregt. Wir hörten wie gebannt zu. Endlich setzte sich eine Stimme durch, die des Kommandanten der IMPERATOR.

»Stato II ist plötzlich von einem unbekannten Energieschirm umgeben«, meldete er. »Unsere anfliegenden Space-Jets und Raumjäger orteten den Schirm nicht. So kam es, daß etwa dreihundert Fahrzeuge mit ihm kollidierten.«

»Was geschah mit ihnen?« fragte Atlan, und in seiner Stimme schwang die Angst um das Leben der Besatzungen mit.

»Sie verschwanden im Hyperraum, rematerialisierten aber kurz danach wieder – allerdings anderthalb Lichtjahre von hier entfernt. Die meisten Besatzungen haben sich über Hyperkom gemeldet, und es gehen laufend weitere Meldungen ein.«

Der Arkonide atmete hörbar auf. »Danke. Die betreffenden Einheiten sollen in ihre Mutterschiffe zurückkehren.«

Er schaltete ab und wandte sich mir zu. In seinem Gesicht stand ein seltsames Leuchten. »Sie beginnen zu lernen«, flüsterte er.

»Sir«, sagte Oberst Marckam steif, »wir sind abgeschnitten. Wenn die Kampftätigkeit wie bisher anhält, sind in spätestens vierzehn Stunden unsere Roboter vernichtet.«

Atlans Gesicht wurde grau. Die rötlichen Augen flackerten.

Ich blickte hinaus in die fremde, aber nicht fremdartige Landschaft. Ab und zu blitzte es irgendwo auf, gab es dumpfe Detonationen. Aber bisher konnte man sein Gewissen damit beruhigen, daß auf beiden Seiten nur Maschinen zerstört wurden.

Doch waren die Maschinen aufgebraucht, wie sollte es dann weitergehen? Würden die Cynos ihre Kampfroboter weiter angreifen lassen – und würden in diesem Fall nicht nur Maschinen vernichtet, sondern außerdem Menschen getötet werden?

Ich wandte mich abermals um, ging zu Atlan und fragte: »Haben Sie Nachricht von Commander Rorvic, Lordadmiral?«

»Bis jetzt nicht«, erwiderte der Arkonide. »Das war allerdings auch nicht geplant. Durch Funksprüche würde Rorvic seine Position verraten.«

»Das müssen wir riskieren«, erklärte ich. »So wie bisher darf es nicht weitergehen, wenn nicht schon wieder intelligente Lebewesen auf intelligente Lebewesen schießen sollen.«

Atlans Augen musterten mich prüfend. »Falls man uns in die Enge treibt, Captain a Hainu, sollen wir uns dann ergeben?«

Ich lachte zornig. »Ergeben? Sind Sie verrückt, Sir? – Oh, Verzeihung.«

Das Gesicht des Arkoniden blieb ernst, doch seine Augen lachten, als er sagte: »Wenn alle Marsianer der a-Klasse so sind wie Sie, dann wünschte ich, die gesamte Menschheit bestünde aus a-Klasse-Marsianern.«

Er gab einen Befehl, und im nächsten Moment begannen die Funker des Führungspanzers, auf allen Frequenzen und Wellenbereichen nach Dalaimoc Rorvic zu rufen und ihn aufzufordern, sich über Funk zu melden.

Etwa zwei Minuten später entstand Dalaimoc Rorvic entstelltes Abbild auf dem flackernden Bildschirm. Auch die Stimme war entstellt. Auf Stato II gab es derzeit zahlreiche Störungsquellen.

»Hier spricht NOD-Commander Rorvic«, sagte das fette Scheusal. »Mein Bildempfang ist gestört. Wer will mich sprechen?«

»NOD-Commander?« fragte Atlan. »Ich denke, es heißt CYD-Commander?«

»Ah, der Herr Lordadmiral!« rief Rorvic. »Zur Zeit heißt es Nostradamus Discovery Command, da wir einen Cyno namens Nostradamus suchen. Sie wünschen, Sir? Oder hatten Sie mich nur angerufen, um sich NOD erklären zu lassen?«

Atlan seufzte. »Natürlich nicht. Captain a Hainu wünscht Sie zu sprechen.«

»Was, der spinnenbeinige Marsfloh?« sagte Rorvic. »Ja lebt der denn überhaupt noch?«

»Ja, falls Sie nichts dagegen haben«, sagte ich. »Was ist mit Nostradamus?«

»Was soll mit ihm sein? Verrückt geworden ist er. Die Kontra-Cynos greifen ihn pausenlos mit geballten parapsychischen Kräften an, gegen die sogar ich machtlos bin. Nostradamus hat, als er noch halbwegs klar denken konnte, psionisch an mich durchgegeben, die Kontra-Cynos hätten ihm einen Parablock verpaßt. Es ist ihm unmöglich, eine Schaltung vorzunehmen und dadurch vielleicht die Pläne der Kontras zu durchkreuzen.«

»Warum greifen denn unsere Mutanten nicht ein?« fragte ich.

Der fette Albino lachte. Es klang gequält. »Gegen fünfzigtausend parapsychisch hochbegabte Intelligenzen können wir nicht viel ausrichten, Tatcher. Jedesmal, wenn ein Mutant einzugreifen versucht, wird er parapsychisch niedergeknüppelt. Wir müssen Nostradamus finden; vielleicht können wir eingreifen, wenn wir körperlichen Kontakt hergestellt haben.«

Er blickte zur Seite. Wir hörten, daß jemand etwas sagte, verstanden aber nicht, was.

Dann richtete Dalaimoc Rorvic seinen Blick wieder auf uns und berichtete: »Lord Zwiebus hat Imago II gefunden, kann ihn aber nur mühsam halten. Leider mißlingt jeder Versuch der Teleporter, zu ihm zu springen.«

»Vielleicht sollte ein Teleporter mal zu mir springen«, sagte ich. »Es könnte ja sein, daß die Kontras diese Hyperstrecke nicht blockiert haben.«

»Das wäre möglich, Tatcher. Sogar ein blindes Pferd findet manchmal eine Nuß. Gucky wird kommen.« Damit brach die Verbindung ab.

Lordadmiral Atlan schüttelte lächelnd den Kopf. »Dieser Rorvic ist wirklich ein kompletter Blödian.«

»Sagen Sie das nicht!« protestierte ich. »Das fette Scheu… äh … Dalaimoc Rorvic hat auch seine guten Seiten.«

In diesem Augenblick materialisierte Gucky im Führungspanzer. Er winkte knapp und lispelte: »Sondermausbiber Gucky grüßt alle Menschen und die, die es werden wollen. Nun, Tatcher, welchen raffinierten Plan hat sich dein gutgeschmiertes Großhirn ausgedacht?«

»Wir müssen dafür sorgen, daß Merceile Imago II sofort übernimmt«, sagte ich.

Der Ilt zeigte seinen Nagezahn. »Schau an, wie klug Mamas Liebling sein kann! Daran haben wir selbstverständlich längst gedacht, Tatcher. Leider suchten wir Nostradamus bis vor kurzem vergebens – und zur Zeit sind wir auf unsere geplagten Füße angewiesen.« Er wurde ernst. »Die Kontras haben psionische Sperren errichtet, in denen jeder Teleporter sich verfängt und psychisch mißhandelt zurückkehrt.«

»Bringe mich zu Rorvic, Gucky«, bat ich.

Der Mausbiber blickte mich zweifelnd und dann den Lordadmiral fragend an. Atlan nickte.

»Gut, versuchen wir es«, sagte Gucky. »Nimm meine Hand, mein Freund!«

Ich faßte seine Hand – und stand eine nicht meßbare Zeitspanne später auf einer Treppe, die einen schmalen Gang hinabführte. Vor uns krümmte sich Ras Tschubai vor Schmerzen. Merceile lehnte mit bleichem Gesicht an der Wand und rang nach Atem. Dalaimoc Rorvic hielt ein flaches Injektionspflaster auf der Handfläche, holte aus und klatschte es mit Schwung auf Tschubais Rücken.

Der Teleporter beruhigte sich nach kurzer Zeit. Rorvic blickte mich an.

»Wird Zeit, daß du etwas für dein Geld tust, Tatcher!« knurrte er. Aber sein Tonfall verriet, daß er sich freute, mich lebendig wiederzusehen.

»Wo befindet sich Nostradamus?« fragte ich.

»Zu weit entfernt von uns«, antwortete Merceile. »Rund sechshundert Kilometer nordöstlich von hier in einem ausgedehnten technischen Komplex.«

Rorvic aktivierte den flachen Telekom an seinem Gürtel, nahm das Gerät aus der Magnethalterung und hielt es vor seine Lippen. »Rorvic an Zwiebus! Melden Sie sich bitte!«

Es knackte im Gerät, dann drangen aus dem Empfangsteil unterschiedliche Geräusche: Keuchen, Scharren, Stampfen und Fluchen.

»Lord Zwiebus!« rief Rorvic.

»Hier Zwiebus!« dröhnte die Stimme des Pseudo-Neandertalers aus dem Empfänger. »Zur Zeit steht es unentschieden. Die Kontras haben offenbar keine Möglichkeit, in diese Schaltzentrale einzudringen. Deshalb verhindern sie mit parapsychischen Mitteln, daß Nostradamus irgendwelche Schaltungen durchführt.«

Ein Schrei gellte, Ausdruck höchster Verzweiflung und Seelenqual. Dann klatschte es ein paarmal.

»Verzeihung«, sagte Zwiebus, »aber ich mußte ihn ohrfeigen, sonst hätte er ganz durchgedreht. Helfen Sie mir, oder es geschieht ein Unglück!«

Ras Tschubai richtete sich auf und sagte benommen: »Rufen Sie Atlan! Die Leonidas-Division soll zu Imagos Position durchstoßen und uns den Weg frei machen.«

Dalaimoc Rorvic sah mich an, und ich sah ihn an, dann hatten wir uns geeinigt.

»Das werde ich nicht tun«, erklärte der Tibeter. »Dabei könnten Hunderte von Menschenleben vernichtet werden – und nur, weil wir unfähig waren, unsere parapsychischen Kräfte erfolgreich einzusetzen.«

»Sie Narr!« sagte Tschubai. »Es geht um mehr als ein paar Raumsoldaten.« Er stöhnte. »Schön, das ist ein fragwürdiger Standpunkt, aber wir haben die moralische Pflicht, die Kontra-Cynos an der Machtübernahme zu hindern.«

Lächelnd meinte Merceile: »Ras Tschubai hat recht. Dennoch sollten wir versuchen, eine humanere Lösung zu finden. Vielleicht können die Teleporter uns in die Nähe Imagos bringen, so daß wir die restliche Entfernung zu Fuß gehen können.«

»Das geht nicht!« schrie Lord Zwiebus aus dem Telekom. »Die Schaltzentrale ist von Kampftruppen der Kontras umstellt. Hier käme nicht mal eine Maus durch.«

Gucky reckte sich. »Ich muß doch sehr bitten, Zwiebus! Worum wetten wir, daß wir durchkommen?«

»Um ein Kilo alten Käse«, entgegnete Zwiebus wütend.

Bei dem Stichwort »Käse« wurde mir der penetrante Geruch bewußt, der in dem Treppengewölbe lagerte. Rorvic schien seine »Zwischeneinlegesohlen« noch nicht entdeckt zu haben.

Mein Gedankengang wurde jäh unterbrochen, als der Tibeter mich am Waffengurt packte und zu sich heranriß. Er stellte mich unsanft auf die Füße und sagte: »Wir bilden einen Psiblock und versuchen, den Mausbiber und Tschubai psionisch derartig aufzuladen, daß sie die parapsychischen Sperren der Kontras durchbrechen – mit uns zusammen.«

»Wo ist eigentlich Major Lokoshan?« erkundigte ich mich.

Gucky kratzte sich am Hinterkopf. »Ich habe ihn bei einem gescheiterten Sprung verloren, Tatcher. Wahrscheinlich ist er aus der psionischen Sperre ›gerutscht‹ und irgendwo auf Stato II gelandet.«

»Keine ablenkenden Gespräche, bitte!« forderte Rorvic. »Faßt euch an.«

»Und geht in euch!« fügte ich hinzu.

Der fette Albino warf mir einen drohenden Blick zu. Eines Tages würde ich ihm alle Grausamkeiten heimzahlen, die er an mir verübt hatte. Dann würden auch die zahlreichen Wunden meiner Seele verheilen können.

Ich spürte, wie sich fremde Hände um meine Hände schlossen, aber ich dachte nicht einmal darüber nach, was das bedeutete. In mir gärte und brodelte der Zorn eines zutiefst verletzten Marsianers der a-Klasse.

Ein Netz aus knatternden Entladungen spie uns aus. Ich stürzte, rollte mich auf Knien und Ellenbogen in den Schatten und zog den Intervallnadler. Doch es waren keine Feinde zu sehen. Unter dem Entladungsnetz lagen vier dunkle Körper, einer davon unförmig groß, ein anderer zwergenhaft klein.

Als die knatternden Entladungen abbrachen, wurde es dunkel. Aber nicht für lange. An der Decke glühten Leuchtplatten auf, wurden allmählich heller und spendeten ausreichend Licht.

Ich stand auf und schob die Waffe ins Gürtelhalfter zurück. Die vier Körper regten sich, erhoben sich schwerfällig.

»Das war die seltsamste Teleportation, die ich je erlebte«, sagte Merceile.

»Ich frage mich, ob es überhaupt eine Teleportation gewesen ist«, meinte Ras Tschubai nachdenklich.

Gucky blickte den Commander sinnend an. »Das frage ich mich auch.«

»Was meinen Sie dazu, Captain a Hainu?« erkundigte sich Tschubai.

»Nichts«, erklärte ich. »Mich interessiert mehr, ob wir Nostradamus näher gekommen sind oder nicht.«

»Nimmst du keine Gedankenimpulse wahr, Gucky?« fragte Ras Tschubai ungeduldig.

»Da kommt jemand!« flüsterte Merceile und deutete mit dem Lauf eines Paralysators in Richtung einer breiten Öffnung, hinter der eine Rampe lag.

Im nächsten Moment raste ein Zwergpinscher mit blauem Fell die Rampe herab und sprang bellend an der Takererin hoch.

»Sollte das Fenris sein?« entfuhr es Rorvic.

»Es ist Fenris«, sagte eine tiefe, kraftvolle Stimme von der Rampe her.

Patulli Lokoshan betrat den Raum. Der Kamashite atmete schwer, sein Kampfanzug war schmutzig und wies Brandflecken auf.

»Schnell, wir müssen von hier fort!« sagte er. »Die Kontras sind hinter mir her. Ich habe sie vorhin abschütteln können, aber es wird nicht lange dauern, bis sie meine Spur wiederaufgenommen haben.«

Wir sahen uns um. Der Raum, in dem wir rematerialisiert waren, hatte vier Wände – und in jeder Wand war eine übergroße Tür. Da wir nicht die Tür benutzen durften, durch die Patulli gekommen war, blieben noch drei Türen zur Auswahl. Zwei zuviel.

»Befinden wir uns innerhalb oder außerhalb des Ringes, den die Kontra-Truppen um Nostradamus' Schaltstation gezogen haben?« fragte Tschubai.

»Innerhalb.« Patulli grinste. »Fenris hat die Kontras abgelenkt, so daß ich mich durch ihre Reihen schleichen konnte. Dann entdeckten sie mich, und es kam zu einem Feuerwechsel.« Er wandte sich an den Kamash-Hund. »Führe uns, Fenris!«

Dalaimoc Rorvic lachte dumpf grollend. »Fenris, der Zauberhund. Ich lache mich kaputt.«

Er verfiel in einen Lachkrampf, aus dem ich ihn nur mit einem Tritt ans Schienbein befreien konnte. Unterdessen hatte Fenris eine der Türen erwählt. Er stand vor der Öffnung, kläffte, jaulte, winselte und wedelte wie verrückt mit seinem Stummelschwanz.

Ras Tschubai kaute grüblerisch auf der Unterlippe. »Bevor ich mich entschließe, dem Schnauzer zu vertrauen, möchte ich wissen, ob er über parapsychische Fähigkeiten verfügt, Major Lokoshan«, sagte er und blickte den Kamashiten scharf an.

Patulli wölbte die Brauen. Sein Blick war reinste Unschuld, als er entgegnete: »Nicht die Spur, Sir! Wie kommen Sie darauf?«

»Rorvics Lachkrampf«, erklärte Tschubai, dann winkte er ab. »Also gut, wir folgen dem Geisterhund!«

Wir mußten rennen, um den Zwergpinscher nicht aus den Augen zu verlieren. Der Hund führte uns durch einen kilometerlangen Gang, dann in eine Halle, in der in zahlreichen Wandnischen mumifizierte Vertreter der unterschiedlichsten intelligenten Völker standen, hockten und lagen. Der Anblick jagte mir einen kalten Schauer über den Rücken.

Vor einer der Gestalten blieb Fenris stehen und kläffte wütend. Die Gestalt stellte ein humanoides Lebewesen von etwa drei Metern Größe und überschlankem Habitus dar. Die grüne faltenreiche Haut war mit Tausenden kleinen gelben Punkten besetzt.

Bekleidet war die Mumie mit einer knielangen engen Lederhose und einer kurzen Lederweste mit Metallknöpfen. In der rechten Hand lag ein langer Speer mit langer silberfarbener Klinge.

»Vielleicht verbirgt sich hinter dieser Mumie eine Geheimtür«, meinte Merceile. »Der Hund muß so etwas wittern.«

»Das werden wir gleich sehen«, sagte Dalaimoc Rorvic und ging auf die Mumie zu.

»Nein!« schrie der Ilt mit überschnappender Stimme.

Ich begriff und reagierte im gleichen Augenblick. Mich abschnellend, drehte ich mich, so daß ich mit meiner rechten Schulter gegen Rorvics linke Schulter stieß. Der Aufprall warf den Tibeter um.

Ich stürzte ebenfalls. Dicht über mich fuhr ein sonnenheller Blitz hinweg und verwandelte die gegenüberliegende Wand in einen kleinen Vulkan. Dann erlosch der Strahl, nachdem ein zweiter aufgeflammt war.

Ich rollte mich von Rorvics fettem Bauch, wälzte mich herum und sah, wie die grünhäutige »Mumie« umstürzte. Ras Tschubai hatte sie mit einem Schuß seines Intervallnadlers getötet.

Rorvic schnaufte, setzte sich auf und sagte: »Sie sind ein heimtückischer Mensch, Hainu. Beinahe hätten Sie mich erdrückt.«

Ich erstarrte, fassungslos – bis ich die Lachfältchen an Rorvics Augen sah. Der Tibeter sprang federnd auf, zog mich hoch und drückte mir einen schmatzenden Kuß auf die Stirn. Ich war froh, als er mich wieder freigab, denn aus seinen Stiefeln stiegen Wolken von Aasgeruch empor.

Wir alle zuckten zusammen, als sich die totgeglaubte »Mumie« noch einmal regte. Sie hob den Kopf, öffnete den Mund und sagte: »Verdammt sei Heppen Shemir!« Hart fiel ihr Kopf zurück; die Augen wurden glasig starr.

Dalaimoc Rorvic und ich sahen uns vielsagend an. Immer wieder stießen wir in letzter Zeit auf den Namen Heppen Shemir – und immer wieder mißbrauchte der falsche Oberpriester von Gosh andere Personen, um den Tibeter ermorden zu lassen.

In diesem Augenblick wurden wir uns darüber klar, daß wir notfalls den Rest unseres Lebens opfern würden, um nach Heppen Shemir zu suchen und zu erfahren, warum er Rorvic nach dem Leben trachtete. Er mußte zweifellos schwerwiegende Gründe haben, anders ließ sich seine zielstrebige Hartnäkkigkeit nicht erklären.

»Weiter!« sagte Tschubai.

Wir folgten dem Kamash-Hund in eine zweite Halle, stiegen eine zweihundert Meter hohe Wendeltreppe hinab und kamen endlich in die Schaltzentrale, in der Lord Zwiebus mit dem tobenden und schreienden Nostradamus rang.

»Tatcher, Sie übernehmen die Rückendeckung!« befahl Dalaimoc Rorvic. Er, der meist träge herumhockte oder mit halbgeschlossenen Augen vor sich hin döste, sprühte plötzlich vor Energie. »Die anderen versuchen psionisch als Block, Imago von seinem Zwangsblock zu befreien.«

»Gelingt das nicht, werde ich ihn übernehmen«, versprach Merceile.

Ich schloß meinen Druckhelm, schaltete die Außenmikrophone ein und stieg die Wendeltreppe ein Stück hinauf. In einer Nische bezog ich Stellung. Ich nahm den Intervallnadler in die linke Hand, um das Handikap auszugleichen, das jedem Verteidiger von einer rechtsherum nach oben gewendelten Treppe beschert wurde, falls der Angreifer von oben kam.

Die Kontras kamen viel zu früh für meinen Geschmack. Mein Gaumen wurde trocken, wie vor jedem Kampf auf Leben und Tod. An den Trittgeräuschen merkte ich, daß die Kontras keine Roboter vorschickten. Sie brauchten ihre Kampfmaschinen offenbar für die Einsätze gegen die Leonidas-Division.

Auf einmal wurde mir völlig klar, was Atlan mit seinem Eingreifen bezweckte. Er wollte die Kräfte der Kontra-Cynos weitgehend binden, um uns eine echte Chance zu geben, Imago II zu helfen.

Als der erste Cyno auftauchte, schoß ich, dann aktivierte ich den Paratronschirm meines Kampfanzuges und griff meinerseits an. Fünf Kontras brachen unter meinen Schüssen zusammen. Natürlich kamen die übrigen auf den Gedanken, Mikrobomben zu werfen, aber da war ich schon so weit vom Fuß der Treppe entfernt, daß die Explosion meinen individuellen Paratronschirm nicht aufreißen konnte.

Das untere Drittel der Wendeltreppe verging in der Glut entfesselter Kernenergien.

Kurz darauf erhielt ich Unterstützung durch Rorvic und Ras Tschubai, die mit Hilfe ihrer Flugaggregate von unten heraufgeschossen kamen und die Cynos bis zur Halle der Mumien zurückwarfen.

»Merceile hat Nostradamus angepeilt und wird ihn übernehmen«, flüsterte Rorvic mir in einer kurzen Kampfpause zu.

»Dann muß sie sich aber beeilen«, rief ich zurück.

Ich sagte es, weil die Kontra-Cynos sich systematisch zurückzogen, ohne daß es einen zwingenden Grund dafür gegeben hätte. Die Kampflage war festgefahren gewesen.

Der Rückzug der Kontras konnte eigentlich nur eines bedeuten, nämlich, daß sie Robottruppen herangezogen hatten und darauf verzichten würden, sich selbst zu gefährden.

Wir sahen uns an. Natürlich dachten Rorvic und Tschubai genauso wie ich. Rorvics Erfahrung war nicht geringer als meine, und was den Teleporter anging, so umfaßte sie fast anderthalb Jahrtausende.

Wir wußten, daß wir verloren waren, wenn wir uns nicht schleunigst zurückzogen. Wir wußten aber auch, daß wir uns nicht zurückziehen durften, weil dann vielleicht der Kampf um Stato II endgültig zugunsten der Kontra-Cynos entschieden würde und in diesem Fall das Solsystem auf ewig im Schwarm gefangen sein mußte.

Vielleicht lebten und kämpften wir noch lange genug, um Nostradamus Gelegenheit zu geben, den Kampf für die Pro-Cynos und die Menschheit zu entscheiden.

Mit metallischem Stampfen näherten sich die ersten Roboter. Sie hätten sich auch lautlos bewegen können, aber das Dröhnen ihrer Schritte war ein psychologischer Faktor, auf den die Cynos nicht verzichteten.

Die erste Kampfmaschine wurde nur vorgeschickt, um die Lage auszuloten. Unsere Gegner opferten sie ganz bewußt.

Wir zerstörten den Roboter durch konzentrischen Beschuß. Dennoch fand er Zeit, die Halle in einen Hochofen zu verwandeln. Die Mumien verbrannten in der heißen Luft, bis der Sauerstoff aufgezehrt war, Teile der

Decke stürzten polternd herab, und wenige Meter vor mir brodelte ein Magmasee.

Ras Tschubai erhob sich. Der Teleporter schien zu einem Entschluß gekommen zu sein. Sein schwarzes Gesicht unter dem Kugelhelm glänzte von Schweiß, aber es lächelte. In der Rechten hielt Tschubai einen eiförmigen, metallisch glänzenden Gegenstand.

Ich begriff. Er wollte hinaus, mitten unter die feindlichen Roboter teleportieren, die Bombe zünden und werfen und zurückkehren. Seine Aussichten, mit dem Leben davonzukommen, waren gering.

Stampfend kam die Phalanx der Roboter näher. Tschubai verschwand von einer Sekunde zur anderen. Wir warteten mit angespannten Sinnen.

Plötzlich verstummte das Stampfen der Roboter. Hinter uns bellte ein Hund, dann jagte Fenris an Rorvic und mir vorbei auf Ras Tschubai zu, der durch die gegenüberliegende Tür in den Saal zurückkehrte – zu Fuß, mit leeren Händen und einem eigenartigen Gesichtsausdruck.

»Was ist los?« rief Rorvic.

Tschubai blieb stehen, klappte den Helm zurück und sagte tonlos: »Die Kontra-Cynos haben sich in Obelisken verwandelt, alle. Sie sind versteinert, und ihre Werkzeuge sind erstarrt.«

»Wie …?« würgte der Tibeter heraus. Die Stimme versagte ihm.

»Mit Hilfe einer Parawaffe, die wir den ›Fluch der Imaginären‹ nennen«, sagte eine ironische Stimme hinter uns.

Ich wandte mich um und erblickte Nostradamus, der zufrieden lächelte.

»Wir haben es geschafft«, sagte er.

Im Augenblick des Todes der Kontra-Cynos war auch das sogenannte Hypertransportfeld verschwunden, das den Planeten Stato II gegen den Angriff der USO-Schiffe geschützt hatte.

Perry Rhodan und Atlan waren mit ihren Flaggschiffen auf der Justierungswelt gelandet und verhandelten mit Imago II alias Nostradamus. Dalaimoc Rorvic und ich hatten nicht viel mitzureden, deshalb saßen wir an einem separaten Tisch und ließen uns den Rotwein schmecken, den der uralte Cyno uns spendiert hatte. Merceile saß uns gegenüber und trank Tee.

»Ich habe insgesamt vierzehn Planeten aufgesucht, die von Pro-Cynos beherrscht werden«, berichtete der Großadministrator. »Dabei erfuhr ich, daß nur rund dreißig Prozent aller Cynos menschliche Gestalt angenommen haben. Sechzig Prozent stellen sogenannte Fremdintelligenzen dar, also solche, die nicht von der Ersten Menschheit abstammen wie beispielsweise die Blues.«

»Das ist richtig«, erwiderte Nostradamus. »Aber warum interessieren Sie sich überhaupt dafür? Denken Sie daran, Ihre Entscheidung zu revidieren und mit dem Solsystem im Schwarm zu bleiben?«

Perry Rhodan schüttelte den Kopf. »Darüber brauchen wir nicht mehr zu sprechen.«

Nostradamus lächelte.

»Ich hoffe, Sie versuchen nicht, uns hereinzulegen«, warnte Lordadmiral Atlan. »Vergessen Sie nicht, daß Sie ohne unsere Hilfe den Kampf gegen die Kontra-Cynos verloren hätten.«

Der Cyno lächelte weiter, ohne mit einem Wort auf Atlans Ermahnungen einzugehen.

»Mein Besuch bei den vierzehn Cyno-Gruppen war auch noch in anderer Hinsicht interessant«, fuhr Rhodan mit gespieltem Gleichmut fort. »Man glaubte, ich wüßte so gut wie alles, und enthüllte mir bereitwillig die letzten Rätsel.«

Das Lächeln verschwand aus Nostradamus' Gesicht. »Welche Rätsel?« fragte er scharf.

Diesmal lächelte der Terraner. »Das Rätsel Ihrer ursprünglichen Körperform. Ich weiß, daß kein Cyno seine Ursprungsform kennt, sondern immer nur das, was er mit Hilfe der durch Paramodulation erzeugten Spiegelfelder darstellt.«

Nostradamus wurde blaß.

»Man erklärte mir bereitwillig«, fuhr der Großadministrator fort, »daß für die Cynos ihre Urform irgendwie geisterhaft unwirklich sei und man sich davor hütet, an sie zu denken.«

»Was ist schon dabei«, konterte Imago II mit rauher Stimme. »Sie können mit dieser Information ja doch nichts anfangen.«

»Ich kann mir nur meine Gedanken darüber machen«, sagte Perry Rhodan ernst. »Meiner Meinung nach sind die Cynos vor vielen Millionen Jahren wegen ihrer Fähigkeit der Paramodulation von Unbekannten zu Beherrschern des Schwarms ausgewählt worden. Möglicherweise haben diese mysteriösen Unbekannten den Cynos damals die Fähigkeit genommen, sich in ihre Ursprungsgestalt zurückzuverwandeln, in eine Art geistige Urstruktur.«

Nostradamus atmete schwer. Nach einer Weile stand er auf, stützte sich mit den Händen auf die Tischplatte, sah Rhodan an und sagte: »Dieses Rätsel versuche ich seit vielen Zeitaltern zu lösen, Terraner. Eines Tages werde ich herausbekommen, wer uns auserwählte und zu den Herren des Schwarms und den Intelligenzverteilern des Universums machte.«

29.

»Unsere Raumschiffe, die bei der Strukturschleuse im Schwarmkopf stehen, haben einen bedeutsamen Hyperkomspruch aufgefangen«, berichtete Atlan, der mich kurzfristig in seine Gastsuite an Bord der MARCO POLO bestellt hatte, die inzwischen auf Stato II stand.

Er legte mir ein Hyperkomfaksimile vor. Ich nahm es in die Hände und las halblaut: »Der Reiter des Blauen Pferdes ruft den Freund, den er in ferner Vergangenheit am Mount Lemur kennenlernte.«

»Dunkel ist der Rede Sinn«, sagte ich und reichte Atlan das Faksimile zurück. »Wahrscheinlich hat ein Verdummter den Spruch verfaßt. Er kam doch aus dem schwarmexternen Raum, nicht wahr?«

Der Lordadmiral nickte. »Allerdings, und zwar als Pararaumrichtstrahl genau durch die Strukturschleuse.«

»Nun, Platz genug bietet das Loch ja.«

Atlan lachte. »Genau. Aber für mich ist der Rede Sinn keineswegs dunkel. Eigentlich müßten Sie wissen, wer mit dem ›Blauen Pferd‹ gemeint sein kann.«

»Doch nicht etwa Takvorian?«

»Höchstwahrscheinlich Takvorian.«

»Dann besteht die Wahrscheinlichkeit, daß der Verfasser des Hyperkomspruches der Ganjo der Ganjasen namens Ovaron ist.«

Atlan nickte.

»Ich habe den Großadministrator schon benachrichtigt. Er befand sich gerade mit Mrs. Sestore in Imperium-Alpha, um mit anderen Personen zusammen einen Sondereinsatz zu organisieren. Perry Rhodan und Mistreß Sestore fliegen zur ULAN BATOR.«

»Aha!« sagte ich. »Und da Miß Merceile sowie Mister Takvorian darauf brennen werden, Ovaron zu sehen, soll ich die Herrschaften zur ULAN BATOR bringen.«

»Stimmt. Sind Sie Hellseher?«

»Nein, nur der Fußball von Commander Rorvic. Da muß man hellseherische Gaben entwickeln, wenn man nicht zu früh verschlissen werden will.«

Der Arkonide seufzte. »Bitte, unterrichten Sie Commander Rorvic, daß er und Sie in einer halben Stunde abflugbereit sein müssen. Sie werden Merceile und Takvorian zur ULAN BATOR bringen, Ihr Fahrzeug in den Schweren Kreuzer einschleusen und zum Treffen mit Ovaron fliegen.«

»Wenn es Ovaron ist, Sir.«

»Er ist es, verlassen Sie sich darauf.«

Ich grüßte leger, wandte mich um und ging. Ich ließ mich vom Transportband zu Rorvics Kabine befördern und drückte den Türmelder.

Entgegen meines bisherigen Erfahrungen öffnete sich das Schott schon eine halbe Minute später. Rasch steckte ich den nachgefertigten Impulsgeber in meine Bordkombination zurück und trat ein.

Ich ging in die Wohnzelle. Ich war davon überzeugt, den Tibeter meditierend dort anzutreffen, doch ich irrte mich.

»Kommen Sie herein, Tatcher!« rief Dalaimoc Rorvic. Die Stimme kam aus der kabineninternen Sprechanlage.

»Wo sind Sie denn, Sir?« fragte ich.

»In der Naßzelle, Sie Faultier«, gab Rorvic zurück.

Ich seufzte resignierend.

Es war eine Schande, daß der Großadministrator zuließ, daß mein Vorgesetzter mich ständig schikanierte. Nicht nur, daß er mich beschimpfte, jetzt sollte ich auch noch zu ihm in die Naßzelle kommen, obwohl er ganz genau wußte, daß ich als Marsianer der a-Klasse feuchte Luft nicht vertrug.

Wenn ich nicht genau gewußt hätte, daß der Lordadmiral mich dafür verantwortlich machte, daß der fette Albino rechtzeitig an Bord unserer Space-Jet ging, hätte ich nicht gehorcht. So aber blieb mir nichts anderes übrig.

Ich öffnete die Schiebetür zur Naßzelle. Heißer Wasserdampf schlug mir ins Gesicht. Dalaimoc Rorvic wurde von den gepolsterten »Armen« des Pflegeroboters nach und nach in alle möglichen Stellungen gedreht und dabei mit viel Badeschaum und rotierenden Bürstenköpfen Millimeter um Millimeter abgeschrubbt.

»Sprechen Sie!« bedeutete er mir, während ihn die Bürstenköpfe durchwalkten.

»Wir haben einen neuen Einsatzbefehl erhalten, Sir«, sagte ich. »In zwanzig Minuten müssen wir an Bord der BUTTERFLY sein. Wir sollen Merceile und Takvorian in den schwarmexternen Raum bringen.«

Mindestens hundert Düsen hüllten den Tibeter in zischendes, brodelndes heißes Wasser, dann folgte eiskaltes Wasser und dann warme Trockenluft, die die Feuchtigkeit begierig aufsaugte.

Mit krebsroter Haut wurde Rorvic aus der Gewalt des Pflegeroboters entlassen. Wir gingen in die Wohnzelle, und mein Vorgesetzter zog sich gemächlich an.

»Der Großadministrator ist mit Orana Sestore auf der Erde gewesen, nachdem sie während des letzten Einsatzes auf seinem Flaggschiff gewohnt hat«, sagte ich.

»Na und?« meinte der fette Albino. »Sie sind doch beide alt genug, um zu wissen, wohin so etwas letzten Endes führen muß.«

»Jawohl!« sagte ich mit erhobener Stimme. »Aber sie sind nicht verheiratet, während ich verheiratet bin und Sie nicht zulassen, daß sich meine Frau auf die MARCO POLO versetzen läßt!«

Prustend bemühte sich Rorvic in das hautnahe, atmungsaktive Unterhemd. Als sein Kopf wieder zum Vorschein kam, entgegnete er: »Aber ich will doch nur Ihr Bestes, Tatcher.«

Er hob den Zeigefinger: »Man soll sich vor den Frauen hüten. Auf eine kluge kommen tausend dumme oder schlechte. Der Charakter der Frau ist verborgener als der Weg, den der Fisch im Wasser nimmt. Sie ist wild wie ein Räuber und ebenso hinterhältig. Nur selten spricht sie die Wahrheit. Für sie sind Wahrheit und Lüge dasselbe.«

Ich ballte die Hände. »Sie sind ein Verleumder, Sir!« schrie ich. »Meine Frau ist nicht hinterhältig und auch nicht dumm!«

Dalaimoc Rorvic seufzte. »Wer sich nach Frauen sehnt, findet keinen Frieden, Captain Hainu. Aber auf mich hört ja niemand. Diese Welt wird noch an den Frauen zugrunde gehen.«

Ich bebte innerlich vor Zorn über so viele anmaßende Behauptungen. Wahrscheinlich litt der Tibeter noch immer unter einer unglücklichen Liebe seiner Jugend – oder er war aus irgendeinem anderen Grunde zum Frauenfeind geworden.

»Bringen Sie mir meinen neuen Kampfanzug!« befahl Rorvic mir in anmaßendem Ton. »Und die neuen Raumstiefel! Die alten waren ja schon halb verwest; ich habe sie in den Müllschlucker geworfen.«

Ich ging an den Einbauschrank und nahm Rorvics Kampfanzug heraus. Plötzlich fiel mir das steinharte Ei ein, das ich gestern auf Stato II gefunden hatte. Es war nicht größer als ein Taubenei und hätte mich beinahe erschlagen, als es aus der Krone eines riesigen Baumes dicht neben mir auf weichen Waldboden gefallen war.

Ich steckte das Ei in die linke Oberschenkeltasche des Kampfanzuges. Vielleicht ging es eines Tages doch kaputt, dann würde sich der Albino über die Brühe in seiner Tasche wundern.

Nachdem ich den Magnetsaum der Tasche geschlossen hatte, half ich meinem Vorgesetzten in den Anzug und in die Stiefel. Dann eilte ich in meine Kabine und arbeitete mich in meinen eigenen Kampfanzug hinein. In zwei Minuten war ich fertig – in doppelter Hinsicht.

Als ich die Steuerkanzel der Space-Jet mit dem Namen BUTTERFLY betrat, saßen Dalaimoc Rorvic und Merceile bereits auf ihren Plätzen. Takvorian lag auf dem Boden; normale Kontursessel waren keine geeigneten Sitzmöbel für Pferde. Die Frau aus Gruelfin wirkte nervös.

Commander Rorvic wandte den Kopf und sagte über die Schulter: »Wir warten seit einer Minute auf Sie, Captain Hainu. Was bilden Sie sich eigentlich ein?«

Ich preßte die Lippen zusammen, setzte mich vor das Hauptsteuerpult und schnallte mich an.

»Lassen Sie diesen Unfug, Hainu!« fuhr der Tibeter mich an. »Anschnallen können Sie sich nach dem Start.« Er lachte schallend über das, was er für einen Witz hielt.

Takvorian entblößte die Zähne seiner lebensechten Pferdekopfmaske, wieherte feucht und sagte: »Es ist nicht alles Gold, was stinkt.«

»Wie soll ich das verstehen?« fragte Dalaimoc Rorvic argwöhnisch.

Ich legte den Hebel der Intern-Verbindung um und sagte: »Hier Captain a Hainu, Space-Jet BUTTERFLY klar zum Katapultstart. Erwarte Zeit. Ende!«

Auf dem kleinen Bildschirm erschien Mentro Kosums Gesicht. Offenbar leitete er die Abschußvorbereitungen. Der Emotionaut grinste – wie fast immer.

»Der Urmensch brauchte sie für Steine – und heute nimmt man sie für Schiffe, für große und kleine«, reimte der Bursche holprig.

»Und am Drücker sitzen meist Kinder – und zwar kleine«, warf der Tibeter ein.

Kosum blinzelte. »Aha, Meister Dick ist mit von der Partie. Das wird ein Späßchen wie noch nie. Achten Sie auf Ihren Kopf – ich drücke jetzt auf meinen Knopf.«

Die Intern-Verbindung brach ab. Vor uns öffnete sich die Hangarschleuse, und im nächsten Augenblick wurde die BUTTERFLY von einer imaginären Faust – der energetischen Startschleuder – aus dem Hangar gestoßen.

Ich aktivierte praktisch im gleichen Moment den Prallfeldschirm, denn die MARCO POLO stand ja auf Stato II und dieser Planet besaß eine erdähnliche Atmosphäre.

Vor uns flammte die ionisierte Luft. Hinter uns blieb ein rasch zerfließender Plasmaschlauch zurück. Bald wurde das Flammen vor dem Bug blasser, dann erlosch es ganz.

Wir hatten die Atmosphäre verlassen. Ich war gespannt darauf, den Ganjo zu sehen.

Perry Rhodan trug einen nagelneuen Kampfanzug; er wirkte, als sei er frisch gebadet und massiert, und sein Haar war frisch geschnitten.

Orana Sestore stand neben ihm in der Hauptzentrale der ULAN BATOR.

Sie war seit dem Tage, an dem wir sie aus dem Plejaden-Sektor zurückgeholt hatten, förmlich aufgeblüht.

Damals, als die Menschheit vor den Götzen das Jahr 2000 gespielt hatte, war sie seelisch erschüttert gewesen. Sie hatte erst kurz vor unserem Eintreffen bei ihrem Stützpunkt erfahren, daß ihre Tochter während der Verdummung umgekommen war. Zudem war ihr Ehemann mit seinem Explorerschiff verschollen und mit großer Wahrscheinlichkeit ebenfalls tot.

Während die ULAN BATOR beschleunigte, berichtete Rhodan uns, er habe veranlaßt, daß die Besatzungen der solaren Raumschiffe nach dem Abzug des Schwarms und dem Rückgang der Verdummung einige Tage Regenerationsurlaub erhalten sollten.

»Sie haben eine Erholungspause unbedingt nötig«, erklärte er, »und NATHAN errechnete, daß wir nach Verdummungsende mindestens fünf bis neun Tage in Ruhe gelassen werden und die Flotte während dieser Zeitspanne nicht einzusetzen brauchen.«

»Woher wollen Sie wissen, daß die Verdummung zurückgeht?« fragte Takvorian und scharrte mit den Vorderhufen. Die Pferdekomponente seines Mischkörpers besaß ein gewisses Maß an Eigenleben. »Muß dazu nicht von den Cynos irgend etwas unternommen werden?«

Rhodan lächelte. »Draußen in der Galaxis befinden sich dreihundert Erkundungsschiffe«, antwortete er. »Ihre Mission war bisher geheim, weil ich nicht voreilig Hoffnungen wecken wollte. Die kleinen Besatzungen hatten in erster Linie Messungen des galaktischen Energiehaushaltes durchzuführen.«

Er wurde ernst.

»Die Meßergebnisse verraten, daß die galaktische Gravitationskonstante sich allmählich wieder normalisiert, seit die Manips ihre unheilvolle Aktivität eingestellt haben. Wenn sich nichts ändert, müßte die Gravitationskonstante in spätestens fünfunddreißig Tagen wieder normal sein – und damit sollte auch die Verdummung in der Galaxis endgültig aufhören.«

Oranas Augen leuchteten auf, dann trübte sich ihr Blick.

Ich ahnte, daß sie an ihren Mann dachte. Wenn er noch lebte, würde er in spätestens fünfunddreißig Tagen damit beginnen, auf seine Rückkehr zur Erde hinzuarbeiten. Doch Oranas Gesicht war anzusehen, daß sie nicht mehr damit rechnete. Manchmal spürt man es, wenn man einen Menschen verloren hat, mit dem man emotionell besonders innig verbunden war, und Orana Sestore schien zu diesen Menschen zu gehören.

»Geben Sie die Hoffnung nicht auf, Orana«, sagte Perry Rhodan teilnahmsvoll. »Wir werden alles tun, um Gewißheit über das Schicksal Ihres Gatten zu erlangen.«

Orana nickte stumm und blickte zu Boden. Dalaimoc Rorvic wischte sich verstohlen mit dem Handrücken eine Träne vom Gesicht. *Dieser alte Heuchler!* Ich glaubte nicht, daß er eines echten menschlichen Gefühls fähig war.

»Achtung«, sagte der Erste Offizier der ULAN BATOR, »wir passieren die Strukturschleuse des Schmiegeschirms.«

Orana holte tief Luft. »Bitte, entschuldigen Sie mich für einige Zeit«, sagte sie zu uns und ging mit festen Schritten zu ihrem Platz auf diesem Schiff, dem etwas erhöhten Kommandantensitz.

Gleich darauf meldete sich die Ortungszentrale. Wir waren durch die Strukturöffnung in den schwarmexternen Raum vorgedrungen. Jede Person an Bord, die nicht gegen die Verdummung immun war, trug bereits ihr GrIko-Netz.

Zwei Schwere Kreuzer der GOLEM-Klasse, die uns außerhalb des Schwarms erwartet hatten, schlossen zu uns auf. Es waren Robotschiffe mit einem Minimum an menschlicher Besatzung; nicht in der Art jener plumpen Robotschiffe, die den Abstieg der arkonidischen Zivilisation gekennzeichnet hatten, sondern technisch perfekte biopositronische Roboter in der Gestalt von Raumschiffen.

Perry Rhodan setzte sich in einen der Sessel, die um den Kartentisch aufgestellt waren, aktivierte den Interkom und stellte ihn zur Funkzentrale durch.

»Strahlen Sie folgenden Hyperkomspruch unverschlüsselt nach allen Seiten aus. ›Der Freund aus der Vergangenheit ruft den Reiter des Blauen Pferdes. Die Frau und das Pferd sind bei mir. Wir kommen!‹ Senden Sie das, bis Sie Antwort erhalten!«

Die Antwort kam bald. Das Abbild des Ganjasen stand störungsfrei auf dem Bildschirm des Hyperkoms.

Ich sah ein scharfgeschnittenes Gesicht mit schmaler, gekrümmter Nase, hellbrauner Haut, breitem Kinn und hellblauen lächelnden Augen. Das schwarze Haar war voll und lang. Ovaron öffnete den Mund.

»Ich grüße Sie, Perry!« sagte er mit dunkler Stimme. »Und ich freue mich sehr, Sie wiederzusehen.«

»Ich grüße Sie ebenfalls«, sagte Rhodan. »Und meine Freude über unser Wiedersehen ist nicht geringer als Ihre.«

»Willkommen, Ganjo!« rief Merceile. Die Takererin war ebenfalls in den Erfassungsbereich der Bildelektronik getreten.

Ovarons Augen leuchteten auf. »Merceile! Wie geht es Ihnen?«

»Gut, Ganjo. Aber allmählich bekomme ich Sehnsucht nach der Heimat. Wie sieht es denn in Gruelfin aus?«

Ovarons Gesicht wurde ernst. »Seit einigen Wochen besser«, antwortete er. »Die Befriedung Gruelfins dauerte erheblich länger, als wir damals nach Rhodans Abflug vermuteten. Alle möglichen Cliquen versuchten, die Herrschaft über die Galaxis an sich zu reißen. Andere Machtgruppen wollten mich stürzen – aus den unterschiedlichsten Gründen.« Er seufzte. »Sonst hätte ich mich längst gemeldet und der Menschheit geholfen. Ich wußte seit über zwei Jahren, daß die Intelligenzen Ihrer Galaxis verdummt waren, aber ich konnte kein einziges Schiff entbehren – und ich konnte auch nicht aus Gruelfin weg.«

Takvorian schob seinen Pferdekopf über Rhodans Schulter und sagte: »Die Wiedersehensfreude ist darum nicht geringer, mein Reiter.«

Ovaron lachte kurz auf. »Da hast du recht, mein braver Gaul. Ich freue mich wirklich sehr, euch alle wohlbehalten zu sehen. Manchmal ...« Sein Gesicht verdüsterte sich, und er schüttelte den Kopf.

Ein elektronischer Gong hallte aus den Lautsprechern der Rundrufanlage, dann sagte Orana Sestore sachlich: »Wir haben Ovarons Schiff geortet. Frage: Hat der Ganjo uns ebenfalls in der Ortung?«

»Einen Augenblick«, bat Ovaron.

Er verschwand vom Schirm. Als sein Abbild wieder auftauchte, sagte er: »Ja, wir haben Sie ebenfalls geortet.«

Rhodan schaltete den Interkom ein. »Kommandantin Sestore, lassen Sie bitte von der Hauptpositronik einen Annäherungskurs für die ULAN BATOR und Ovarons Schiff errechnen.«

»Läuft bereits, Sir«, bestätigte Orana.

Sekunden später lieferte die Hauptpositronik die benötigten Daten. Sie wurden gleichzeitig an den Autopiloten der ULAN BATOR und den von Ovarons Schiff übermittelt – und ohne daß ein Mensch eine Taste drückte, leiteten beide Raumschiffe das koordinierte Manöver ein. Die Begleitschiffe der ULAN BATOR blieben auf Rhodans Befehl zurück.

Eine gute halbe Stunde verging dennoch, bis das Schiff des Ganjos, die DIODAN, längsseits ging und von einem Fesselfeld der ULAN BATOR gehalten wurde. Beide Raumschiffe bewegten sich mit halber Lichtgeschwindigkeit vor dem Schwarmkopf her, sonst wären sie innerhalb kurzer Zeit eingeholt worden.

Nach der überaus herzlichen Begrüßung einigten sich der Großadministrator des Solaren Imperiums und der Ganjo des Ganjasischen Reiches darüber, daß beide Schiffe in den Schwarm fliegen sollten. Und während des Fluges berichtete der Ganjo ...

Am 3. Februar dieses Jahres war er mit seinem kleinen Raumschiff vor dem Schwarm angelangt. Er hatte überall nach dem Solsystem gesucht. Vergeblich.

Langwierige Berechnungen des Ganjasen ergaben schließlich einen hohen Wahrscheinlichkeitsgrad dafür, daß das Solsystem entweder vom Schwarm geschluckt oder bei der Kollision zertrümmert worden war. Die vor dem

Schmiegeschirm umherwirbelnden Planetentrümmer sprachen eine deutliche Sprache.

Dann, vor einigen Tagen, hatte sich eine Strukturlücke im Schmiegeschirm gebildet. Ovaron hatte sämtliche Systeme seines Schiffes ausgeschaltet – bis auf die passive Energieortung. Deshalb beobachtete er, wie verschiedene Raumschiffe und kleine Verbände durch die Strukturlücke nach draußen flogen – und wie zahlreiche andere Raumschiffe aus dem schwarmexternen Raum hineinflogen.

Der Ganjo des Ganjasischen Reiches zögerte, weil er keine Ahnung hatte, wem die ein- und ausfliegenden Raumschiffe gehörten. Als er sich endlich dazu entschloß, einen verschlüsselten Pararaum-Richtstrahl durch die Strukturlücke zu schicken, schloß sich der Schmiegeschirm wieder.

Ovaron mußte abermals warten. Als sich dann am 28. April 3443, vor zwei Tagen, wieder eine Strukturlücke bildete, zögerte Ovaron nicht länger.

Er schickte einen scharf gebündelten und mit einem Fokusknick versehenen Hyperkomrichtstrahl durch die Strukturlücke. Der Fokusknick, eine programmierte energetische Struktur, bewirkte, daß aus dem Richtstrahl ein Fächer wurde, sobald er die Strukturlücke passiert hatte.

Warum die Kodierung? Weil Ovaron sicher sein wollte, daß eine eventuelle Antwort von den richtigen Leuten kam – und nur Perry Rhodan und sein engster Mitarbeiterkreis würden den verwendeten Kode durchschauen.

Was sich als richtig herausgestellt hatte.

Warum hatte Ovaron fünf Jahre seit dem Abflug der MARCO POLO aus Gruelfin – oder der Sombrero-Galaxis, wie terranische Astronomen sie nannten, nach dem New General Catalogue NGC 4594 – verstreichen lassen? Der Ganjase hatte bereits stichhaltige Erklärungen dafür gegeben.

Selbstverständlich war er äußerst beunruhigt gewesen, daß Perry Rhodan sich im Dezember 3440 nicht mit einem der fünf großen Dakkarfunkgeräte gemeldet hatte. Ovaron hatte sie dem Terraner mitgegeben.

Diesmal war es an Rhodan, Erklärungen abzugeben. Er berichtete von der Sabotage jener Gruppe »Übermenschen« an Bord der MARCO POLO. Damals hatte das Schiff auf dem Rückflug von Gruelfin zur Menschheitsgalaxis drei Jahre Standardzeit verloren – durch eine sextadimensionale Zeitverzerrung, die wiederum durch die Sabotage wichtiger Geräte entstanden war. Im Verlauf dieser Sabotageakte waren auch alle fünf Groß-Dakkarkome zerstört worden.

Die mehr als hundert von den Takerern erbeuteten Klein-Dakkarkome erwiesen sich für Entfernungen wie zwischen NGC 4594 und der Milchstraße als nutzlos. Und man konnte sie nicht öffnen, um ihre Konstruktion zu ermitteln und größere Exemplare zu bauen, denn die Takerer hatten ihre transportablen Dakkarkome mit Selbstzerstörungsanlagen gesichert.

Lediglich während der Hyper-D-Stille waren die Klein-Dakkarkome eine wesentliche Hilfe gewesen, da die Schwarmgötzen Dakkarenergie nicht anmessen konnten und man deshalb in der Lage war, wenigstens die wichtigsten hyperlichtschnellen Funkverbindungen aufrechtzuerhalten.

Ovaron akzeptierte, ohne viel zu fragen. Er wußte, daß er mehr über den Homo superior, seinen Aufstieg und Untergang erfahren würde, sobald mehr Zeit zur Verfügung stand.

Dann war der Ganjo wieder an der Reihe. Er berichtete, daß er aus dem Schweigen der Terraner geschlossen hatte, daß etwas Unvorhersehbares und ziemlich Umfassendes geschehen sein mußte.

Folglich schickte er das modernste Raumschiff der Ganjasischen Flotte zur Menschheitsgalaxis. Es traf Ende September 3440 in der Milchstraße ein.

Die ganjasische Besatzung merkte in den ersten Tagen überhaupt nicht, was geschehen war, denn ihr Schiff war aus routinemäßiger Vorsicht nicht dort in den Normalraum zurückgekehrt, wo die MARCO POLO normalerweise zurückgekehrt wäre.

Doch dann fing man immer mehr verzweifelte Funksprüche auf. Das Schiff der Ganjasen landete auf einem Planeten, dessen Großstädte eine hochentwickelte Kultur verrieten. Zu ihrer Verblüffung aber trafen die Ganjasen nur auf Lebewesen mit geringem Intelligenzquotienten.

Endlich fanden sie einen Immunen und bekamen eine kleine Ahnung dessen, was wirklich geschehen war. Allmählich schälte sich ein umfassendes Bild heraus.

Als man die Wahrheit erkannte, wurden die Ganjasen von Entsetzen ergriffen. In panischer Hast kehrten sie nach Gruelfin zurück und berichteten dem erschrockenen Ganjo, daß praktisch alle Intelligenzen in der Menschheitsgalaxis verdummt seien.

Ovaron war verzweifelt. Aber zu diesem Zeitpunkt waren die Verhältnisse in Gruelfin so verworren und kompliziert gewesen, daß es aussah, als trieben die Cappin-Völker einer neuen Katastrophe entgegen.

Der Ganjo führte einen pausenlosen zähen Kampf gegen Intriganten, Besserwisser, Machtgruppierungen, Piraten auf Raumschiffen und hinter Schreibtischen, Mörder, Sektierer und vor allem gegen die cappinsche Gleichgültigkeit, die sehr eng mit der menschlichen verwandt war und ihre Ursache in fehlerhaften Gesellschaftssystemen hatte.

Während einer Atempause wandte er seine volle Kraft dem Problem zu, wie er den Terranern helfen könne.

Er ahnte, daß er viele tausend Raumschiffe, mindestens zwanzigtausend, benötigen würde, um der Menschheit nennenswerte Hilfe zu leisten. Aber er konnte nicht einmal hundert Schiffe erübrigen. Woher hätte er sie nehmen sollen angesichts der zahllosen Krisenherde in Gruelfin, in denen täglich eigene und gegnerische Kampfschiffe vernichtet wurden und in denen der Bedarf ohnehin viel größer war als das Angebot?

So suchte und fand der Ganjo eine andere Möglichkeit, ein Hilfskorps in die Menschheitsgalaxis zu schicken. Allerdings mußte er dabei eine lange Vorbereitungszeit in Kauf nehmen.

Die Ganjasen hatten bereits vor einigen Jahrzehnten damit begonnen, einen neuartigen, riesigen mechanischen Pedopeiler zu bauen. Durch die Kriegshandlungen war dieses Projekt mehr oder weniger in Vergessenheit geraten.

Ovaron ließ es wieder aufleben.

Der halbfertige Pedopeiler wurde in zwar sorgfältiger, nichtsdestoweniger aber hektischer Arbeit fertiggestellt und mit intergalaktischen Ferntriebwerken ausgerüstet, deren Funktionsweise der terranischer Dimesextatriebwerke glich.

Der Ganjase erklärte, daß der Pedopeiler Ende Januar dieses Jahres in der Menschheitsgalaxis eingetroffen und 12.217 Lichtjahre westlich der Position des Solsystems – der auf den Sternkarten verzeichneten Position – bei einer kleinen dunkelroten Sonne hyperenergetisch verankert worden war.

Die Besatzung des Peilers bestand aus fünftausend erprobten Pedotransferern. Einige von ihnen kehrten nach der Ankunft in der Milchstraße über einen in Gruelfin stationierten Gegenpeiler zurück und veranlaßten, daß das Gros des Hilfskorps nachkam. Vierhunderttausend Pedotransferer aus dem Cappin-Volk der Ganjasen!

Nach einer Zeitspanne beeindruckten Schweigens sagte Rhodan: »Damit läßt sich eine Menge anfangen. Ich danke Ihnen im Namen der Menschheit, Ovaron. Sie brauchen vermutlich Transportschiffe, um die Pedotransferer in ihre Einsatzzonen bringen zu lassen.«

Ovaron neigte leicht den Kopf. »So ist es, Perry.«

Rhodan nickte. »Gut, das wird veranlaßt.«

Er wandte sich an Dalaimoc Rorvic und sagte: »Sie und Captain a Hainu fliegen bitte mit Ihrer Space-Jet zur Erde und melden sich bei Fellmer Lloyd, der über Imperium-Alpha zu erreichen ist.«

30.

Zwei Tage später.

Vor dreieinhalb Stunden waren die zehn Großraumtransporter, die die Pedotransferer aus ihrem Peiler abgeholt hatten, in den schwarminternen Raum zurückgekehrt. Je einer dieser Transporter wurde einem der Geschwader zugeteilt, die aus den rund 100.000 Kampfschiffen der Solaren Flotte sowie ihrer Verbündeten gebildet worden waren und den Schwarm unter Kontrolle hielten.

Dort verteilten sich die Pedotransferer nach Plan auf die verschiedenen Einheiten, informierten sich über die Lage und die Verhältnisse an Bord und wurden allmählich in die Besatzungen integriert. Auf der Erde merkte man nichts davon, es sei denn, man hatte täglich in Imperium-Alpha zu tun, wo alle Informationen zusammenliefen. Ich hatte mehr als genug in Imperium-Alpha zu tun!

Zur Zeit befand ich mich mit Dalaimoc Rorvic, Fellmer Lloyd und Ras Tschubai in einem kleinen Konferenzraum. Wir warteten auf drei Wissenschaftler, die etwas geheimnisvoll angekündigt worden waren. Ebenso geheimnisvoll tat man bislang mit der neuen Aufgabe, die uns erwartete.

Als sich die Tür öffnete, blickte ich gespannt auf die Eintretenden. Als erster kam ein riesenhafter Ertruser mit einem Leibesumfang, der auf gutes Essen und Trinken hindeutete. Er wurde uns von Lloyd als Professor Dr. Tajiri Kase vorgestellt. Nach ihm kam ein Dr. Wentworth Gunnison – und den Schluß bildete ein kleiner, zerknitterter Mann mit hohlen Wangen und ungesunder Hautfarbe.

Der Zerknitterte wurde als Dr. Bhang Paczek vorgestellt. Als er lächelte, erblickte ich ein gelblich gefärbtes Gebiß. Wenig später sah ich seine gelblich verfärbten Fingerkuppen und erkannte, daß Paczek der schädlichen Unsitte des Tabakrauchens frönte. Seinem Aussehen nach inhalierte er den Rauch sogar.

»Ich freue mich darüber, daß ich wieder mal einige neue Bekanntschaften schließen durfte«, sagte Rorvic nach der Begrüßung, »aber es wäre sehr nett, wenn ich endlich erfahren würde, wie unser neuer Auftrag lautet.«

Dr. Bhang Paczek hustete und fummelte an einer der Außentaschen seiner Kombination herum, zog aber die Finger zurück, als ihn ein warnender

Blick Lloyds traf. Wahrscheinlich steckte in der Tasche ein Päckchen Zigaretten.

»Selbstverständlich erfahren Sie, welche Mission der Großadministrator uns zugedacht hat«, sagte Fellmer Lloyd. »Bitte, folgen Sie mir!«

Er holte einen Kodegeber hervor und drückte auf den Aktivierungsknopf. Ein Wandfries, die Darstellung eines Landschaftsausschnittes vom ehemaligen Kunstplaneten Wanderer, glitt lautlos nach links in eine hohle Wand.

Dahinter lag ein kleiner Torbogentransmitter, bewacht von vier Kampfrobotern des Typs TARA-III-UH, von den Soldaten und Offizieren scherzhaft »Uhus« genannt.

Dabei hatten die Uhus absolut nichts Spaßiges an sich. In ihren kegelförmigen Körpern bargen sie eine Kampfkraft, die einen einzigen Roboter dieses Typs allen irdischen Armeen des auslaufenden 20. Jahrhunderts überlegen gemacht hätte.

Deshalb verwunderte es mich, daß der Transmitter gleich von vier Uhus bewacht wurde. Einer wäre schon mehr als genug gewesen.

Lloyd wußte natürlich, daß wir alle uns darüber wunderten. Dazu brauchte er nicht einmal unsere Gedanken zu lesen, was er ohnehin nicht bei jedem von uns konnte.

»Ihre Mission ist streng geheim«, erklärte der Telepath ernst. »So geheim, daß bisher nur wenige Personen darüber informiert wurden. Wir müssen damit rechnen, daß sich auf der Erde Cynos mit noch unbekannten Parakräften verbergen, vielleicht sogar in Imperium-Alpha.«

»Das erklärt natürlich vieles«, sagte Dr. Gunnison. »Sie befürchten, diese Cynos könnten uns unser Wissen stehlen, ohne daß wir etwas davon merken?«

»Es ist nur natürlich, daß sie sich über unsere Pläne und Durchführungsmethoden informieren wollen.« Lloyd lächelte. »An ihrer Stelle wären wir Terraner auch ungeheuer wissendurstig. Darum die strengen Geheimhaltungsvorschriften – und darum vier Uhus mit einer Programmierung, die sie mit großer Wahrscheinlichkeit befähigt, psionische Angriffe als solche zu erkennen und Alarm zu schlagen.« Er deutete auf den Transmitter. »Bitte, folgen Sie mir.«

Niemand sprach ein Wort. Jeweils zwei Personen gingen gleichzeitig durch den Transmitter – bis auf den letzten.

Es war wie immer faszinierend.

In der einen Sekunde befand man sich hier – und in der anderen schon dort. Man trat durch ein Tor, wurde von gebändigten Gewalten in die kleinsten elektrischen Ladungen zerrissen, strukturell umgeformt, als Impuls abgestrahlt und im Zieltransmitter abermals umgeformt und als Ganzheit zusammenprojiziert.

Ich sah, daß wir in der Empfangsstation eines großen Raumschiffes angekommen waren. Hier warteten ebenfalls vier überschwere Kampfroboter. Sie schwebten völlig reglos auf Antigravkissen wenige Millimeter über dem Boden.

»Gespenstisch!« sagte Dr. Bhang Paczek.

»Pah!« machte Tajiri Kase abfällig. Fellmer Lloyd achtete nicht darauf.

Als wir alle angekommen waren, führte er uns über die Transportbänder und durch Liftschächte durch ein anscheinend menschenleeres Schiff – ein Transportschiff, wie ich feststellte.

Dann öffnete sich vor uns das Schott eines Frachtraumers – und wir blickten auf eine domähnliche Kuppel, deren Material eigenartig schimmerte.

»Ach, du liebes Universum!« entfuhr es Bhang Paczek. »Die Zeitschaukel!«

Lloyd räusperte sich verweisend, zwinkerte jedoch.

»Sie sehen vor sich den Nullzeitdeformator, mit dem ja schon einige von uns vertraut sind.«

»Das kann man wohl sagen«, meinte Professor Kase und tätschelte die Außenhülle der Zeitmaschine mit seinen riesengroßen, fleischigen Pranken. »Wir haben schon einiges mitgemacht, mein liebes Mädchen, wie?« sagte er beinahe zärtlich.

Wentworth Gunnison sagte überhaupt nichts. Er starrte die Kuppel nur an.

»Was ist das für ein Material?« erkundigte sich der Commander sachlich. »Eine Legierung aus Howalgonium mit Leichtmetallen?«

»Nein«, antwortete Lloyd ebenso sachlich. »Das wurde zwar von verschiedener Seite damals vermutet, aber es stimmt nicht. Die Außenhülle besteht aus einer Legierung von seltenen Leichtmetallen mit Ynkelonium.«

»Die Hülle fungiert als einer der Zeitlinienpole«, warf Bhang Paczek ein.

Er wandte sich an Lloyd und fragte: »Sollen wir etwa wieder in die Vergangenheit reisen, Sir? Ich muß gestehen, daß mir das unangenehm wäre. Beim letztenmal sind mir die Zigaretten ausgegangen.«

Lloyds Gesicht rötete sich, aber bevor er dem kleinen Wissenschaftler antworten konnte, hallte ein elektronischer Gong durch die Frachthalle.

»Ich habe dafür gesorgt, daß dieser Einsatz für Sie nicht zur Entziehungskur wird, Professor Paczek«, sagte eine seltsam schrille Stimme. »Außerdem verfolgt die solare Politik das Ziel, den Nullzeitdeformator nicht einsetzen zu brauchen.«

»Das war doch Corello!« stieß Rorvic hervor.

»Natürlich, Sie Fettsack!« rief die dünne Stimme zurück. »Ich erwarte Sie in der Nullfeldzentrale.«

In der Kuppelhülle öffnete sich ein Mannschott. Ich blieb noch eine Weile draußen stehen, nachdem meine Gefährten den Nullfelddeformator betreten hatten.

Als die Zeitreisemaschine vor zehn Jahren zum erstenmal eingesetzt wurde, hatte die Öffentlichkeit zuerst gar nichts und später nicht viel darüber erfahren. Ich erfuhr es deshalb, weil meine Eltern beide maßgeblich an der Konstruktion und am Bau des Gerätes beteiligt gewesen waren. Bei einem Unfall während der Erprobung waren sie ums Leben gekommen.

Da es in unseren Familien der marsianischen a-Klasse keine Geheimnisse gibt, hatten sie mir das Wichtigste erzählt, als ich sie einmal während der Bauarbeiten besuchte. So hatte ich erfahren, daß das Konstruktionsprinzip des Nullzeitdeformators überwiegend von den ehemaligen Beherrschern der Andromedagalaxis, den Meistern der Insel, stammte.

Später brachten aus Andromeda ausgewanderte Tefroder die Konstruktionspläne in die Eastside der Menschheitsgalaxis, wo sie sich niederließen. Mitglieder der Lapalisten-Bewegung eigneten sie sich an und versuchten, sie zur Änderung der damaligen Verhältnisse innerhalb der Menschheit zu benutzen.

Ein Einsatzkommando des Solaren Experimentalkommandos erbeutete die Pläne, und als der Accalaurie namens Mspoern, ein Besucher aus dem Antimaterie-Gegenstück unseres Universums, innerhalb der Sonnenatmosphäre Sols den sogenannten Todessatelliten entdeckte, ordnete Perry Rhodan den beschleunigten Bau des Nullzeitdeformators an, um in die Vergangenheit reisen zu können und den Bau des Todessatelliten zu verhindern.

Meine Eltern waren Opfer der hektischen Arbeiten geworden, allerdings hatte es sich um eine Hektik gehandelt, die zur Erhaltung der solaren Menschheit unabdinglich gewesen war. Und nun stand ich vor diesem Gerät ...!

Eine unheimlich schimmernde Kuppel mit einem Grundflächendurchmesser von fünfzig und einer Höhe von siebzig Metern, mit Aggregaten vollgestopft, die es ermöglichten, im Primärzeitphasenkorridor – oder wie immer man die Orientierungslinie nannte – rückwärts weit in die Vergangenheit zu reisen.

Ich erschauerte.

Langsam, zögernd, folgte ich den Gefährten in die Maschine. Als ich die Nullfeldzentrale – die Schaltzentrale der Zeitmaschine – betrat, drehte sich Corellos Transportroboter. Die Vorderseite des kegelförmigen glatten Gebildes war geöffnet, und ich konnte in Corellos Gesicht sehen.

»Hallo, Tatcher!« sagte der Supermutant mit seiner kindlich hohen Stimme. »Ich freue mich, Sie wiederzusehen.«

»Hallo, Sir!« gab ich zurück. Eine unbestimmbare Scheu hinderte mich daran, Ribald Corello beim Vornamen zu nennen. »Ich freue mich ebenfalls.«

»Halten Sie sich nicht mit dem Austausch höflicher Floskeln auf!« sagte Dalaimoc Rorvic. »Ich möchte endlich wissen, welche Aufgabe wir zu erfüllen haben.«

Corello verzog das Gesicht zu einem Lächeln. Die großen hellgrünen Augen irrlichterten. Der Supermutant trug eine maßgefertigte enganliegende Mütze, die die Häßlichkeit seines riesigen Hirnbehälters verdeckte.

»Ich werde sofort zur Sache kommen, Dalaimoc«, sagte Corello. »Zuerst möchte ich Sie darüber informieren, daß unser Transportschiff nur ein einziges menschliches Besatzungsmitglied hat: Mentro Kosum. Er ist ein hervorragender Emotionaut, und sollte er ausfallen, werde ich seine Stelle einnehmen.«

»Warum?« fragte Tajiri Kase.

»Weil ich zu behaupten wage, ein ebenso guter Emotionaut zu sein wie Kosum.«

»Das meinte ich nicht«, erklärte Kase. »Mich interessiert, warum die Besatzung nicht größer ist.«

»Sie sollte ursprünglich größer sein«, antwortete Corello. »Doch gestern entdeckte ich einen Cyno, der die Gestalt des Zweiten Offiziers dieses Schiffes angenommen hatte. Der Offizier selbst wurde später in seinem Apartment gefunden, voller Drogen.«

»Glücklicherweise«, fiel Fellmer Lloyd ein, »wußte zu diesem Zeitpunkt noch niemand der Besatzung Genaues über die Mission. Auch befand sich der Nullzeitdeformator noch nicht an Bord.«

Dalaimoc Rorvic räusperte sich. »Ich schlage vor, daß wir unverzüglich starten, damit sich nicht doch noch ein Cyno an Bord schleicht.«

Corello lächelte freundlich. »Das Schiff bewegte sich bereits mit einer Geschwindigkeit von siebenundsechzig Prozent LG durch den schwarminternen Raum, als Sie im Transmitter rematerialisierten, Dalaimoc.«

Er nahm eine Schaltung an den Kontrollen des Transportroboters vor. »Zur Zeit müßten wir im Linearraum sein und Kurs auf den Zielstern halten. Habe ich recht?«

»Recht hat stets nur jener Mann, der es sich notfalls nehmen kann«, gab der Emotionaut launig zurück. »Wir kehren in drei Minuten in den Normalraum zurück, damit wir uns genau orientieren können und nicht etwa im Linearraum an die Innenhaut des Schmiegeschirms stoßen.«

»Was hätte das für Folgen?« fragte Tajiri Kase.

»Die Solare Flotte brauchte uns künftig kein Gehalt mehr zu zahlen«, antwortete der Supermutant lakonisch.

Die Nullfeldzentrale wirkte wie ein Dom, der zu Ehren des Götzen Technik erbaut worden war.

Dennoch hatte ich das Gefühl, als schlichen die Geister Verstorbener durch die finsteren Labyrinthe der Zeitmaschine. Ich blickte zu Rorvic, der auf dem Boden saß.

Der Tibeter murmelte mit dumpfer Stimme Sprüche, deren Sinn ich nicht begriff und die sämtlich mit einem stereotypen »Om mani padme hum« endeten.

»Commander Rorvic!« flüsterte ich. »Sir!«

Rorvics Stimme leierte unermüdlich weiter. Offensichtlich hatte er mich nicht gehört. Ich erschauerte.

Etwas Unsichtbares und Unhörbares kroch aus der Wand, streckte seine tastenden Fühler oder Finger nach mir aus und berührte mit eiskalter Haut mein Gehirn.

Ich fuhr schreiend hoch, rannte zum Liftschacht und stürzte mich hinein. Ich hatte bereits die Hälfte des Weges nach unten zurückgelegt, als ich merkte, daß das Kraftfeld des Schachtes nicht aktiviert war.

Meine Hand fuhr an die Kontrollen der Gürtelschnalle. Ich schaltete den Antigrav ein und aktivierte das Pulsationstriebwerk meines Aggregattornisters.

Wenige Meter über dem Schachtgrund kam ich zum Stillstand. Ich landete, lehnte mich gegen die Wand und dachte darüber nach, was ich tun sollte. Wenn ich die Gefährten verständigte, würden sie Beweise für meine Behauptung verlangen.

Ich besaß aber keine Beweise – ja ich wußte gar nicht genau, was überhaupt geschehen war. Alles konnte durchaus auf Einbildung beruhen. Ich durfte gar nicht an den Spott denken, mit dem der fette Albino mich überschütten würde.

Bei diesem Gedankengang angelangt, stutzte ich. Dalaimoc Rorvic hatte vorhin davon gesprochen, daß er die Ahnung einer Gefahr hätte – einer Gefahr, die aus dem Nullzeitdeformator kommen sollte. Folglich mußte er mich ernst nehmen, wenn ich ihm über das Auftauchen der Gefahr berichtete.

Ich aktivierte meinen Telekom und sandte das Rufsignal für Commander Rorvic aus. Als er sich nicht meldete, schaltete ich den Reizauslöser hinzu, der durch Funkimpuls einen Neurovibrator an Rorvics verlängertem Rükkenmark aktivierte.

Das mußte den Tibeter aus der tiefsten Versenkung reißen. Ich hatte mir das Gerät von Patulli Lokoshan bauen lassen und heimlich installiert.

Aber auch diesmal meldete sich Dalaimoc nicht. Meine Angst wich allmählich der Sorge um den Albino.

Wenn ich den Commander nun durch meine überstürzte Flucht den geisterhaften Gewalten preisgegeben hatte, wie sollte ich dann jemals wieder fröhlich sein?

Ich schaltete an meinen Gürtelschnallenkontrollen und schwebte den Liftschacht hinauf. Unterwegs zog ich meinen Strahler und machte ihn schußbereit.

Die Nullfeldzentrale war in geisterhaftes blaues Leuchten gehüllt, das hoch oben an den gewölbten Verstrebungen kleine Wirbel bildete.

Dalaimoc Rorvic schwebte einen Meter über dem Boden, und zwar in Rückenlage. Seine Augen waren weit aufgerissen und glühten dunkel. Er keuchte.

Offenbar versuchte ein Cyno, den Commander geistig zu überwältigen – falls er es nicht schon geschafft hatte. Wenn er es schaffte, war ich daran schuld, weil ich geflohen war, als die Gefahr akut wurde.

Ich blickte mich suchend um und entdeckte dort, wo Ribald Corello uns erwartet hatte, eine kleine Kühlbox. Als ich sie öffnete, sah ich zwei volle Whiskyflaschen. Da der Supermutant Antialkoholiker war, handelte es sich bei dem Whisky sicher um ein Geschenk.

Das interessierte mich augenblicklich allerdings wenig.

Ich öffnete eine Flasche, ging zu Rorvic und hob seinen Kopf leicht an. Dann hielt ich ihm die Flaschenöffnung an den Mund und kippte. Die ersten Kubikzentimeter liefen zu den Mundwinkeln heraus, dann erfaßte Rorvics Unterbewußtsein die Sachlage und reagierte dementsprechend. Die fleischigen Hände des Tibeters umfaßten die Flasche, und der Kehlkopf bewegte sich.

Die Flasche war zur Hälfte geleert, als sich die Augen des Commanders normalisierten.

Im nächsten Moment stürzte er wie ein Stein zu Boden. Ich konnte ihm gerade noch die halbvolle Whiskyflasche aus der Hand nehmen, sonst wäre die wertvolle Flüssigkeit verloren gewesen. Das geisterhafte Leuchten erlosch.

Dalaimoc Rorvic bewegte stöhnend den kahlen, ölig glänzenden Schädel, dann stieß er auf. Einige Kubikzentimeter Whisky rannen aus den Mundwinkeln.

Ich kniete neben meinem Vorgesetzten nieder und hielt ihm die Flaschenöffnung unter die Nase. Das machte ihn schlagartig munter. Seine Lider glitten hoch. Die roten Augen musterten mich durchdringend.

»Die Flasche, Tatcher!« befahl er mit schwerer Zunge.

Ich schüttelte den Kopf, griff mit der Hand an seinen Hinterkopf und zeigte sie dem Tibeter. Sie war voller Blut.

»Sie haben sich beim Sturz die Kopfschwarte verletzt, Sir«, sagte ich.

»Erst muß ich die Wunde versorgen, dann können Sie sich restlos vollaufen lassen.«

Rorvic wölbte die Brauen. »Beim – Sturz?«

Ich berichtete ihm, wie ich ihn vorgefunden und was ich dagegen unternommen hatte. Er zog mich mit einer Hand herab und tätschelte mir mit der anderen die Wange.

»Sie sind manchmal ein brauchbarer Mensch, Tatcher. Schade, daß das nur anfallartig eintritt.«

Der fette Albino mußte meine Leistungen stets herabwürdigen. Aber inzwischen hatte ich mich daran gewöhnt und war psychisch abgehärtet. Ich sprühte Heilplasma über die Wunde.

»Wo ist der Angreifer, Sir?« fragte ich.

»Welcher Angreifer?«

»Der, der Sie in den Schwebezustand versetzte und wahrscheinlich Ihre Erinnerungen angezapft hat.«

Dalaimoc Rorvic setzte sich auf, musterte erst mich, dann die Nullfeldzentrale mit gerunzelter Stirn und hob schließlich die Schultern.

»Keine Ahnung, Captain. Ich weiß, daß ein Cyno versucht hatte, mich parapsychisch zu überwältigen und meine Erinnerungen anzuzapfen, aber ich habe keine Ahnung, von wo aus er operierte und wo er sich gegenwärtig aufhält.«

»Er ist tot«, sagte eine dünne Stimme vom Liftschacht her. Ich fuhr herum und atmete auf, als ich Ribald Corello erkannte.

Der Supermutant schwebte mit seinem Transportkegel in die Zentrale, hielt an und sagte: »Es war mein Fehler, daß die Kampfroboter in den Hangars der Zeitmaschine nicht aktiviert wurden. Ich hatte sie lediglich zur Routineüberprüfung gegeben und im desaktivierten Zustand zurückbekommen. Während der Inspektion wurde die Biopositronik eines Roboters durch das parastabilisierte Gehirn eines Cynos ersetzt. Die Aktivierung muß zum Zeitpunkt des Orientierungsmanövers erfolgt sein.«

Corello seufzte. »Ich spürte den lautlosen Schrei des Gehirns, als es starb, konnte den Ausgangspunkt lokalisieren und begab mich sofort in den entsprechenden Hangar im Sockel des Deformators.«

»Und?« fragte Rorvic.

»Das Cynogehirn war zu einer kristallinen Masse erstarrt. Ich habe veranlaßt, daß der ganze Kopf des Roboters gegen einen Ersatzkopf aus dem Magazin ausgetauscht wird. Professor Kase und Ras Tschubai werden das erledigen.«

»Fein«, sagte Rorvic und stieß abermals auf. »Dann kann ich mich ja etwas entspannen. Tatcher, die Flasche!«

Ich reichte sie ihm. Er setzte sie nicht eher ab, als bis sie leer war. Dann schnalzte er mit der Zunge, stand schwerfällig auf und sagte: »Bei Akshobhya, der Cyno hatte meinen Widerstand fast gelähmt, als Captain a Hainu eingriff. Mein Gehirn wurde alkoholisiert, mein Bewußtsein umnebelt. Das muß auf den Cyno übergegriffen haben, der sich wahrscheinlich zu stark mit mir identifiziert hatte – und er wich von mir.«

»So könnte es gewesen sein«, sagte Corello. »Es würde mich interessieren, ob der Körper des Cynos sich trotz des fehlenden Gehirns in einen Obelisken verwandelt hat.«

»Mich interessiert sein kristallisiertes Gehirn viel mehr«, erklärte Rorvic.

Der Tibeter knuffte mich in die Seite, so daß ich vor Schmerzen beinahe laut geschrien hätte, und befahl: »Gehen Sie in meine Kabine und holen Sie mein Bhavacca Kr'a, Tatcher!«

Ich atmete geräuschvoll aus und ein. »Ihr was, Sir?«

»Mein Amulett, Sie hirnamputierter Sandfloh! Es ist rund und stellt das sogenannte Rad des Werdens dar.«

»Aha!« machte ich.

Ribald Corello lachte leise. Wütend fuhr Dalaimoc Rorvic zu dem Supermutanten herum und schrie unbeherrscht: »Ja, lachen Sie nur über Dinge, die Sie nicht verstehen und auch niemals verstehen werden! Sie mögen zwar klug sein, aber Sie sind nicht weise. Das unterscheidet Sie von mir.«

»Ich bitte um Entschuldigung«, sagte Corello.

Augenblicklich verrauchte Rorvics Zorn auf den Supermutanten, aber nicht der auf mich. Er sah mich mit durchbohrendem Blick an und sagte: »Geben Sie sich keine Mühe, Captain Hainu, ich durchschaue Sie. Ich weiß, daß Sie sich nur naiv geben, es aber nicht sind. Im Gegenteil, Sie sind so gerissen, daß Sie in der Vergangenheit sogar mich manchmal an der Nase herumgeführt haben. Doch künftig werde ich Ihr Verhalten sehr genau registrieren.«

»Ja, Sir«, sagte ich.

»Holen Sie das Bhavacca Kr'a, Captain!« befahl er.

Unser Transportschiff glitt in den Normalraum zurück und landete auf dem Zielplaneten Partisan, während ich noch fieberhaft nach Rorvics Amulett suchte.

Ich fand es jedoch trotz allergrößter Mühe nicht. Niedergeschlagen rief ich über Telekom nach Rorvic.

»Ach, Sie!« sagte er, nachdem ich mich gemeldet hatte. »Wie lange brauchen Sie eigentlich, um mein Amulett zu finden?«

»Ich weiß es noch nicht, Sir«, antwortete ich. »Bisher konnte ich es nicht entdecken.«

»Wahrscheinlich haben Sie sich nur faul in meinem Sessel gelümmelt«, entgegnete der Commander gereizt.«

»Soll ich weitersuchen, Sir?«

»Nein, Sie würden es ja doch nicht finden, weil Sie sich keine Mühe geben. Ich werde selbst danach suchen. Sie begeben sich unverzüglich in die Nullfeldzentrale.«

Einige Minuten später stand ich in der Nullfeldzentrale dem Tibeter und Ribald Corello gegenüber. Corello blickte mich ernst an.

»Commander Rorvic hat mir berichtet, daß Sie trotz eindringlicher Vorstellung der Wichtigkeit sein Bhavacca Kr'a nicht gefunden haben, Captain a Hainu.«

»Wie kann ich etwas finden, das nicht vorhanden ist?« protestierte ich.

»Das ist gelogen«, warf der Tibeter ein. »Das Bhavacca Kr'a ist vorhanden. Captain Hainu hat nur nicht an der richtigen Stelle gesucht.«

»Ich habe seine ganze Kabine völlig durchwühlt, Mister Corello«, erklärte ich.

»Schon gut«, sagte der Supermutant beschwichtigend. »Sie mögen seine Kabine gründlich durchsucht haben, aber dort befindet sich das Amulett überhaupt nicht, wie mir Commander Rorvic glaubwürdig versicherte.«

»Wo befindet es sich denn?« fragte ich.

»Seien Sie nicht so vorwitzig!« fuhr Dalaimoc Rorvic mich an. »Sie sollen mein Bhavacca Kr'a holen, aber nicht andauernd dumme Fragen an mich stellen!«

»Ja, Sir«, erwiderte ich mit mühsamer Selbstbeherrschung und ging zum Schott.

»Wo wollen Sie denn hin, Sie marsianischer Staubgrottenkobold?« rief der Commander.

Vor dem offenen Schott blieb ich stehen und drehte mich um. »Das Bhavacca Kr'a holen, Sir«, sagte ich mit unbewegtem Gesicht.

»Ihr Gehirn gleicht einer getrockneten Kichererbse, Captain Hainu!« sagte der Tibeter streng. »Wie können Sie das Bhavacca Kr'a holen, wenn Sie gar nicht wissen, wo es sich befindet!«

Ich bemühte mich, erstaunt dreinzusehen, und entgegnete: »Wenn das Universum nicht unendlich ist, Sir, werde ich Ihr Omelett schon eines Tages finden.«

Ribald Corello brach in schrilles Gelächter aus und schlug sich mit den kleinen Händen auf die Knie. Beinahe augenblicklich reagierte sein für alle Fälle vorprogrammierter Transportroboter. Er schaukelte sanft von einer Seite zur anderen, während die eingebaute Stereoanlage die Melodie eines Kinderliedes spielte.

Rorvic schäumte vor Wut. Er war mit wenigen Sätzen bei mir, packte mich am Vorderteil des Kampfanzuges und warf mich schwungvoll in einen fünf Meter entfernten Schalensessel. Halb betäubt blieb ich liegen und hörte mir die Erklärungen des albinotischen Monstrums an. Demnach befand sich das Bhavacca Kr'a im »Weißen Schrein« in der Stadt Kapilavasta, Terra, geographische Region Indien, Subregion Bihar. Bei dem Amulett sollte es sich um einen scheibenförmigen Diskus aus Trochat, einem schwarzen ladungsneutralen Material, vergleichbar dem Ynkelonium, handeln, auf dessen Vorderseite reliefartig einundzwanzig Bilder zu sehen wären. Er beschrieb mir die Bilder so genau, daß ich sie erkennen mußte, wenn ich sie vor mir sah.

Auf meine Frage, warum er nicht selbst zur Erde flöge, um sein Amulett zu holen, antwortete Dalaimoc Rorvic, darauf würde der geheimnisvolle Mordplaner Heppen Shemir nur warten, um ihn doch noch zur Strecke bringen zu können. Der Tibeter erklärte außerdem, daß er spürte, daß er die Kontrolle über seine Psikräfte verlieren und großes Unheil anrichten würde, wenn er das bewußte Amulett nicht innerhalb der nächsten fünf Tage bekäme. Er führte das auf die Wirkung jener Kristallnadeln zurück, die ihm Attentäter bei dem ersten Mordversuch im Sudatorium der MARCO POLO ins Gehirn geschossen hatten.

Allmählich begann ich die Zusammenhänge zu ahnen. Wahrscheinlich war das Attentat im Sudatorium nur dazu bestimmt gewesen, dem Commander unauffällig einige winzige und nicht spürbare Nadeln aus kristalliner Substanz ins Gehirn zu schießen, die sich dann später auflösten und bestimmte Wirkungen hervorriefen.

Die erste Wirkung damals war gewesen, den Tibeter vorübergehend zu einem Bestandteil des solaren Paratronschirmes zu machen und dadurch zu verhindern, daß er die verborgenen psionischen Potentiale des Götzen U'Krantomür erkannte.

Später verlor Dalaimoc Rorvic auf dem Planeten Gosh infolge der Ausstrahlung jener Kristallnadeln alle psionischen Fähigkeiten – allerdings nur für die Dauer des Verweilens im Kokonfeld.

Und jetzt schien der Commander auf eine Katastrophe zuzusteuern. Wenn er die Kontrolle über seine Parafähigkeiten verlor, diesen psionischen Vulkan nicht zu bremsen vermochte, dann konnte wer weiß was passieren.

Möglicherweise wurde der inzwischen ausgeschleuste Nullzeitdeformator mitsamt seiner Besatzung vernichtet.

Zwar war Ribald Corello eine Art Supermutant, aber Dalaimoc Rorvics Fähigkeiten waren weitgehend unbekannt, und es konnte durchaus sein, daß sie die Corellos bei weitem übertrafen.

Ich stimmte zu – und wenig später startete ich mit der MOPY II einer Space-Jet von Übergröße, die dem Nullzeitdeformator beigegeben war, in Richtung Solsystem ...

31.

Bericht Perry Rhodan

Das Gesicht mit der breiten Stirn, den fleischigen Wangen und den wasserblauen Augen verzog sich zu einem freundlichen Lächeln.

»Hallo, Perry!«

Ich lächelte zurück, obwohl wir beide – mein Freund und Stellvertreter Reginald Bull und ich – nur über Hyperkom sprachen und viele Lichtjahre voneinander entfernt waren.

»Hallo, Bully! Was gibt es Neues?«

»Nichts Unerwartetes, Perry«, antwortete er. »Waringers Team hat festgestellt, daß der Schmiegeschirm seine innere Struktur verändert hat. Die durch Vernichtung mehrerer Reizimpulsstationen entstandenen Ausfallsektoren wurden hyperenergetisch überbrückt.«

»Das bedeutet, der Schwarm bereitet sich auf die nächste Großtransition vor.«

Bully nickte. »Das kann als sicher gelten. Geoffry rief mich vor einer Minute an und legte mir entsprechende Auswertungsberichte vor, die NATHAN abgefaßt hat. Danach haben Imago II und die inzwischen auf Stato gelandeten Pros die kommende Transition bereits schalttechnisch konzipiert.«

»Das hatten wir erwartet, Bully.«

»Stimmt, aber was willst du unternehmen, um zu verhindern, daß dieser hinterhältige Nostradamus das Solsystem mitnimmt, Perry?«

Diese Frage war berechtigt, und endgültig ließ sie sich noch nicht beantworten.

Selbstverständlich verfügten wir über einige Druckmittel, aber die wirkten alle in etwa so wie eine scharfe Mikro-Atombombe, die jemand einem Räuber zeigt und mit deren Zündung er für den Fall droht, daß der Räuber ihn nicht in Frieden läßt.

Reginald grinste.

»Ich möchte zu gern wissen, welche unfeinen Gedanken zur Zeit durch die Kurven deiner Großhirnrinden rasen, Perry.«

Meine Aufmerksamkeit wurde abgelenkt, als Merceile und Ovaron die

Hauptzentrale betraten. Wir befanden uns wieder auf der MARCO POLO. »Sobald ich Neuigkeiten habe, melde ich mich bei dir, Bully.«

»Okay!« Reginald gebrauchte öfter als andere Unsterbliche die Redewendungen seines Geburtsjahrhunderts.

Bevor ich abschalten konnte, hob er die Hand und sagte hastig: »Warte noch, Perry! Eben hat sich Captain a Hainu bei Imperium-Alpha gemeldet und per Hyperkom um Einflugerlaubnis ins Solsystem gebeten.«

»Mit welchem Schiff?« fragte ich verwundert.

»Er sagte, mit einer Space-Jet namens OLEGARIS. Es wäre ein Deckname.«

Ich spürte Heiterkeit – trotz des Ernstes der Lage, in der wir alle uns befanden. Während der Zeitreise mit dem Nullzeitdeformator vor rund zehn Jahren waren wir mit der Expedition zu der lemurischen Hafenstadt Olegaris gekommen und hatten sie gegen die wütenden Angriffe der Zentauren, Zyklopen und Pseudo-Neandertaler verteidigen helfen. Bestimmt hatte Captain a Hainu den Namen OLEGARIS als Kodenamen für die Space-Jet des Nullzeitdeformators, die MOPY II, ausgesucht.

»Was will er im Solsystem?« erkundigte ich mich.

»Er will etwas suchen, was Dalaimoc Rorvic auf der Erde vergessen hat.« Bully rümpfte die Nase. »Meiner Meinung nach hast du den komischen Heiligen derartig verwöhnt, daß er bereits Starallüren entwickelt.«

Ich zuckte mit den Achseln.

»Commander Rorvic hat seine Eigenheiten, aber auch seine vorteilhaften Seiten. Ich versuche ihn zu nehmen, wie er ist. Du kannst dem Marsianer unbesorgt Landeerlaubnis erteilen, Bully. Von ihm haben wir ganz bestimmt nichts zu befürchten. – Übrigens sind seine Eltern bei der Ersterprobung des Nullzeitdeformators verschollen – irgendwo in der Zeit verlorengegangen oder umgekommen.«

»Jetzt erinnere ich mich an die beiden«, sagte Reginald. »Sie waren sehr tüchtige Temporal-Ingenieure. Gut, a Hainu erhält Landeerlaubnis. Bis später, Perry.« Er unterbrach die Verbindung.

Ich schaltete das Gerät ebenfalls ab, erhob mich und wandte mich Merceile und Ovaron zu.

Nachdem ich ihnen die von Reginald übermittelte Neuigkeit berichtet hatte, sagte ich: »Zweifellos wird Nostradamus versuchen, das Solsystem in die nächste Transition mitzunehmen, und sein Ziel weiterverfolgen, die Solarier als wertvolles Hilfsvolk zu gewinnen.«

»Das ist uns ebenfalls klar.« Merceile warf dabei dem Ganjo einen Blick von der Seite zu, der mehr über ihre Gefühle zu Ovaron verriet als manches bisherige Wort. Mein Sohn Mike würde wohl den kürzeren ziehen bei der Takererin, obwohl er sie anfänglich mit allem Charme umworben hatte.

»Ihr letztes Mittel sollten Sie auch erst ganz zuletzt ins Spiel bringen, Perry«, sagte Ovaron ernst. »Ich meine den Nullzeitdeformator.«

Ich nickte. »Das ist mir klar. Ich habe mir folgendes überlegt: Wenn wir die Pedotransferer nach und nach sämtliche auf Stato II befindlichen Cynos anpeilen und kurzfristig übernehmen lassen, können wir eventuell noch vorhandene Kontra-Cynos entlarven und gleichzeitig eine Machtdemonstration abziehen.«

Der Ganjase runzelte die Stirn und sah mich nachdenklich an, dann nickte er bedächtig.

»Das könnte gehen«, sagte er leise. »Sie müssen entschuldigen, Perry, aber für einen Pedotransferer ist das Überwechseln zu einem anderen Pedopol so selbstverständlich, daß er meist gar nicht begreifen kann, wie ungeheuerlich diese Fähigkeit pedopolisch unbegabten Lebewesen vorkommen muß.«

»So ist es«, bestätigte ich. »Bitte nehmen Sie Platz. Ich will sehen, ob ich Atlan bewegen kann, an der Konferenz mit Nostradamus teilzunehmen.«

Mein arkonidischer Freund stimmte sofort zu, als ich ihn über Hyperkom unterrichtete. Er begab sich per Bordtransmitter von seinem Flaggschiff auf die MARCO POLO und saß wenige Minuten später mit uns am Kartentisch.

Ich ließ eine Hyperkomverbindung mit Imago II herstellen. Es dauerte allerdings fast zehn Minuten, bis der Herr aller Cynos und des Schwarms sein Abbild auf unsere Bildschirmen schickte. Nostradamus lächelte sein geheimnisvolles Lächeln, das wahrscheinlich andeuten sollte, wie gering wir und die gesamte Menschheit im Vergleich zu ihm waren.

»Ich grüße Sie, Großadministrator«, sagte er, »und auch Sie, Lordadmiral Atlan sowie Miß Merceile.« Sein Blick richtete sich fragend auf den Ganjasen.

Ich lächelte ebenfalls und deutete auf Ovaron. »Ich habe die Ehre, Ihnen, Imago II alias Nostradamus, meinen Freund Ovaron vorzustellen, den Ganjo des Ganjasischen Reiches und faktisch Herrscher über die gesamte Galaxis Gruelfin.«

Ich registrierte voller Genugtuung, wie das Lächeln auf Nostradamus' Gesicht einfror.

Wieder ein Pluspunkt für uns.

Aber Nostradamus hätte nicht er selbst sein müssen, wenn er sich nicht rasch gefangen hätte.

»Willkommen, Ganjo!« sagte er liebenswürdig, doch mit lauerndem Unterton. »Ein junges Reh, das ganjasische. Auf dem letzten Zug des Schwarms begegneten wir ihm noch nicht. Ich würde mich freuen, ausgiebig mit Ihnen zu plaudern, Ganjo.«

»Vielleicht ergibt sich die Gelegenheit«, blieb Ovaron höflich. »Vorerst müssen noch einige Dinge getan werden, die wir für unabdingbar halten – auch in Ihrem Interesse, Mister Imago.«

Der Cyno wölbte die Brauen.

»Es handelt sich darum«, erklärte ich, »die Spreu vom Weizen zu trennen. Dieses terranische Sprichwort wird Ihnen sicher noch geläufig sein, Nostradamus.«

»Gewiß, Großadministrator.« Der Cyno nickte. Sein Lächeln hatte angespannter Aufmerksamkeit Platz gemacht.

»Kurzum«, erklärte ich, »es sollte festgestellt werden, wer von den auf Stato II befindlichen Cynos ein Pro oder ein Kontra ist.«

Nostradamus lachte, warf sein Barett in die Luft und fing es wieder auf.

»So?« fragte er sarkastisch. »Wollen Sie eine Befragungsaktion durchführen lassen? Ihr Terraner wart schon immer sehr für Fragebogen.«

Ich lächelte ebenfalls. »So umständlich wollen wir es uns nicht machen, Nostradamus. Nein, es wird reibungslos und schnell über die Bühne gehen, wenn ich unsere Verbündeten einsetze, die mit dem Ganjo der Ganjasen gekommen sind, um uns zu helfen.«

»Interessant! Und wie wollen Ihre Verbündeten feststellen, wer ein Pro- oder ein Kontra-Cyno ist?«

»Mit Hilfe der sogenannten Pedotransferierung«, erklärte ich. »Dabei wird ein Pedo-Opfer – auch Pedopol genannt – von der sechsdimensionalen Energiekonstante, die vollständig ›Überlagernde Sextabezugsfrequenz‹ und abgekürzt ÜBSEF-Konstante genannt wird, geistig übernommen.«

»Geistig übernommen?« fragte Nostradamus. »Und wo bleibt dabei der Körper eines Pedotransferers?«

»Er bleibt dort, wo er vor dem Pedotransfer war; allerdings verliert er die vorherige Form, die sonst durch die ÜBSEF-Konstante aufrechterhalten wird.«

Nostradamus schluckte. Er war offenbar schockiert, und es dauerte eine Weile, bis er sagte: »Ich verstehe. Es ist der gleiche Vorgang, mit dem Miß Merceile mich aus dem Parabann der Pro-Cynos befreite. Damals war ich so verwirrt, daß ich den Vorgang selbst nicht verstand – und außerdem muß ich die geistige Anwesenheit der Takererin völlig vergessen haben.«

Ovaron lachte. »Das ist immer so, wenn ein Pedotransferer ausreichend Zeit hat, sich behutsam und unter Hinterlassung einer Individualblockade aus dem sechsdimensionalen Energiehaushalt seines Opfers zu lösen.«

»Und wenn er nicht behutsam vorgeht?« fragte Nostradamus bedeutungsvoll.

Der Ganjo lächelte eisig. »Dann handelt es sich um einen Kontra-Cyno, Sir.«

»Damit wäre ich einverstanden. Schwören Sie, daß Sie keinen Pro-Cyno schädigen und Ihre Pedotransferer nicht als Druckmittel verwenden?«

Ovaron warf mir einen fragenden Blick zu. Ich nickte. Selbstverständlich sah Imago II diese Geste, und ich erkannte an dem grüblerischen Ausdruck in seinem Gesicht, daß er sich den Kopf darüber zerbrach, welches bessere Druckmittel ich gegen ihn besaß, wenn ich auf einen entsprechenden Einsatz der ganjasischen Pedotransferer verzichtete.

»Ich schwöre zwar nicht«, erklärte Ovaron, »aber ich gebe Ihnen mein Wort darauf, Nostradamus.«

»Gut«, bestätigte der Cyno.

Ich hob die Hand. »Das wäre der Dienst, den wir Ihnen und allen Pro-Cynos erweisen werden, Nostradamus«, sagte ich. »Nun zu dem Dienst, den Sie uns erweisen sollen.«

Ich hob die Stimme und erklärte in scharfem Ton: »Ich verlange, daß Sie das Solsystem innerhalb einer Frist von vier Tagen aus dem schwarminternen Bereich entlassen und auf keinen Fall die vorbereitete Großtransition vorher durchführen!«

Nostradamus legte sein Gesicht in Falten und hob bedauernd die Schultern. »Sie verlangen Unmögliches von mir, Großadministrator. Ich bin technisch nicht in der Lage, Ihren Wunsch zu erfüllen.«

»Ach nein?« entgegnete ich ironisch. »Es dürfte ja wohl keine allzu großen Schwierigkeiten bereiten, das Solsystem mit Hilfe Ihres schwarminternen Kokonsystems ebenso einzukapseln wie jene Sonnensysteme, die der Schwarm nicht aufzunehmen wünscht.«

Nostradamus antwortete nicht. Er lächelte nur. Da wurde mir endgültig klar, daß dieses Lebewesen nicht daran dachte, das Solsystem aus freiem Willen freizugeben. Wir Terraner waren als Hilfsvolk zu verlockend für den Cyno, der im Verlaufe der Wanderungen des Schwarms wahrscheinlich kein gleichwertiges kennengelernt hatte.

»Das ist kein Wunsch«, ergänzte ich, »sondern eine Forderung, der wir notfalls Nachdruck verleihen werden.«

»Das war nachdrücklich gesagt, Großadministrator, aber was können Sie schon unternehmen? Wollen Sie Stato zerstören? Das wäre eine unfehlbare Methode, den Schwarm am Weiterziehen zu hindern. Aber ebenso sicher würde es bedeuten, daß das Solsystem auf ewig in den Schwarm verbannt wäre.«

Ich lächelte. »Wir würden Mittel und Wege finden, den Schmiegeschirm aufzulösen, Nostradamus«, versicherte ich. »Terraner sind erfinderisch. Wären sie es nicht, existierte die solare Menschheit schon seit Jahrtausenden nicht mehr.«

Nostradamus lächelte zurück. Also war dieser Bluff fehlgeschlagen. Der

Cyno war viel zu schlau, um auf derartige Tricks hereinzufallen. Er kannte mich und wußte genau, daß ich niemals die angedrohte Methode wählen würde.

»Sie wissen wie ich«, sagte er betont gleichmütig, »daß der Schwarm im Fall der Vernichtung von Stato mit halber Lichtgeschwindigkeit weiterrasen würde – und durch den Ausfall des Kokonsystems würden laufend schwarmexterne Sonnensysteme zerschmettert.«

Ich hob die Schultern. »Dieser Punkt geht an Sie, aber freuen Sie sich nicht zu früh. Wer zuletzt lacht, lacht am besten.«

Der Cyno grinste. »Ihr Terraner mit euren Sprichwörtern!«

»Sie enthalten fast alle ein Körnchen Weisheit – und ein Körnchen Weisheit ist besser als eine Fuhre Sand. Sie gestatten, daß wir mit der Aktion Spreuschüttler beginnen. Der Ganjo und ich werden Ihnen bei dieser Gelegenheit unsere Aufwartung machen.«

»Einverstanden«, sagte Nostradamus. Er schaltete ab.

Als ich mich umwandte, sah ich, daß Major Patulli Lokoshan die Hauptzentrale betreten hatte. Der Kamashite kam zu mir, grüßte leger und nickte den beiden Cappins zu.

»Wie ich mitbekam, Sir«, sagte er, »landen wir demnächst auf Stato. Würden Sie mir gestatten, daß ich die Gelegenheit nutze und mich ein wenig auf dem Planeten umsehe?«

»Ich habe nichts dagegen, Major.«

»Danke, Sir. Und darf ich als Verkehrsmittel meine Space-Jet benutzen?«

»Von mir aus«, sagte ich, um ihn loszuwerden, »wenn es Ihnen Freude macht.«

»Danke, Sir.« Er wandte sich dem Ausgang zu.

Ich erhob mich. »Auf nach Stato! Aber vorher werden wir noch in aller Ruhe speisen. Mit leerem Magen pokert es sich schlecht – und ich fürchte, die Auseinandersetzung mit Nostradamus wird einer kosmischen Pokerpartie gleichen.«

Bericht Tatcher a Hainu

Diese Terraner waren so argwöhnisch, als hätten sie den Stein der Weisen gestohlen und fürchteten, man wollte ihnen das Diebesgut wieder abjagen.

Erst ließ man mich eine Viertelstunde vor dem solaren Paratronschirm warten, bevor man eine der Strukturschleusen öffnete, dann durchsuchte man die MOPY II, und dann behauptete der Funker der Erdraum-Sicherung, er könnte mir keinen Leitstrahl nach Kapilavastu geben, weil keine Stadt dieses Namens existierte.

Auch mein Argument, Commander Dalaimoc Rorvic habe mir befohlen, etwas aus Kapilavastu zu holen, folglich müsse es eine Stadt dieses Namens geben, wirkte nicht.

Schließlich ließ man sich dazu herab, mir wenigstens einen Leitstrahl nach der Subregion Bihar zu geben.

Ich landete auf dem Spaceport von Bihar City und fuhr mit einem Prallfeldgleiter zum Bürgermeisteramt. Unterwegs hatte ich Zeit, die Stadt Bihar und das Leben in ihr zu beobachten. Die Menschen hier verhielten sich beinahe, als ob gar nichts geschehen wäre. Überall wurde gebaut. Nur das Fehlen vieler Männer zwischen zwanzig und vierzig deutete auf die Krisensituation hin, in der sich die solare Menschheit befand.

Leider bekam ich den Bürgermeister nicht zu sehen, aber ein weißhaariger magerer Mann von etwa hundertachtzig Jahren führte mich ins Archiv und tastete meine Fragen in den Geschichtsdatenspeicher der Archivpositronik.

Die Antwort kam eine Sekunde später in Form eines Fakten-Faksimiles. Sie lautete, daß eine Stadt namens Kapilavastu zwar heute nicht mehr existierte, daß sie aber noch ein halbes Jahrtausend vor Beginn unserer Zeitrechnung ein blühendes Gemeinwesen gewesen sei. Sie hätte im Reich der Sakyas gelegen, an den Ufern des Flusses Rohini, dessen Wasser aus dem Himalaja kamen.

Die Stadt sei längst verfallen, seit Jahrtausenden eine Legende, die ebenfalls von den meisten Menschen vergessen war. Hin und wieder sei ein einzelner Mann aus dem tibetischen Hochland zu dem einzigen halbwegs erhaltenen Bauwerk, einem Tempel, gekommen. Die Abstände der Besuche betrugen zwischen fünfzig und hundert Jahren, aber stets habe der jeweilige Besucher die Kleidung der sogenannten Gelbmützen getragen, der tibetischen Buddhisten. Auf einer kleinen Karte wurde die Lage des Tempels dargestellt.

Ich seufzte. Es sah dem fetten Albino ähnlich, mich zu einer nichtexistenten Stadt zu schicken. Was sollte ich tun?

Zurückfliegen? Mit leeren Händen? Lieber würde ich mich irgendwo auf der Erde verkriechen – oder, noch besser, auf dem Mars. Dort kannte ich zahlreiche Schlupfwinkel, in denen mich kein Mensch finden würde.

Aussichtslos. Dalaimoc Rorvic war gar kein richtiger Mensch, sondern ein abartiges Monstrum – und er würde mich finden, das war so sicher wie die Fälligkeit der Steuer.

Ich bedankte mich bei dem alten Archivar, fuhr zur Space-Jet zurück und startete. Ich flog nach der Karte, die ich von der Archivpositronik bekommen hatte.

Unter mir sah ich, eingebettet in das wasserreiche, fruchtbare Tiefland, das sich von Delhi im Westen bis Sadya im Osten und dem Ganges-Delta im

Süden erstreckte, Städte, Fabriken und Agrodörfer, Reis- und Teefelder und tätige Maschinen.

Die erste Verdummungsphase hatte auch hier Verwüstungen hinterlassen, aber die Wunden waren größtenteils vernarbt – und die Narben würden innerhalb weniger Jahre verschwinden.

Je näher ich meinem Ziel kam, desto spärlicher wurden die Ansiedlungen, desto karger die Vegetation. Ich flog in nur zweihundert Metern Höhe, deshalb sah ich das Massiv des Himalaja gleich einer eisgekrönten Mauer vor mir aufragen.

Und dann blieben die Gemeinwesen hinter mir zurück. Vor mir lag nur noch die Einöde des Berglandes, durchschnitten von schmalen reißenden Flüssen, die ihren Ursprung in Himalaja-Gletschern hatten.

Wenig später sah ich die Überreste der Ruinen von Kapilavastu, teils am Ufer des Flusses Rohini, teils auf Felsterrassen an einem schroffen Berg. Der nördliche Horizont wurde allein vom Himalaja beansprucht.

Auf dem Berg stand der bewußte Tempel. Er mußte es sein, denn ich sah keinen anderen: ein relativ kleines Bauwerk aus schwarzen glänzenden Steinen, an denen Wind und Wetter keine Spuren hinterlassen hatten, wie es schien.

Ich verankerte die Space-Jet mit einem Kraftfeld einige Zentimeter über dem Boden und ungefähr fünfzig Meter von dem Tempel entfernt.

Als ich ausstieg, schlug mir kalte, nach Schnee riechende Luft entgegen – der Atem des Himalaja. Ich eilte zu dem Tempel, nahm die Lampe aus der Magnethalterung vor meiner Brust und schaltete sie an.

Der Lichtkegel stach in das Halbdunkel des Tempels und enthüllte eigenartig glänzende Reliefs, die Menschen, Fabelwesen und Götter zeigten. Ich trat ein und berührte ein Relief mit der bloßen Hand. Es fühlte sich an wie Terkonit, wie Metallplastik. Kein Wunder, daß die Bildwerke wie neu aussahen.

»Was suchst du hier, Fremder?« fragte eine seltsam hohl klingende Stimme, die von überall zugleich kam.

Ich erschrak, faßte mich aber schnell wieder und fragte: »Wer spricht, bitte?«

»Hier spricht der Wächter der Stätte, die Maitreya erwartet. Ich wiederhole meine Frage: Was suchst du hier, Fremder?«

Diesmal erkannte ich an der Aussprache und einem schwachen Klirren, daß nicht ein Mensch, sondern eine Positronik zu mir gesprochen hatte. Aber die Antwort des Gehirns gab mir zu denken. Sie deutete darauf hin, daß es auch auf der Erde immer noch mächtige Geheimnisse gab, von denen die meisten Menschen offenbar nicht das geringste ahnten.

»Ich bin Captain Tatcher a Hainu«, sagte ich, »Assistent von Commander

Dalaimoc Rorvic. Der Commander schickte mich hierher, damit ich ihm sein Amulett bringe. Es soll sich in einem ›Weißen Schrein‹ befinden.«

»Wie heißt das Amulett?«

Ich überlegte angestrengt. »Es war etwas mit Brabra oder Krava oder so, auf Interkosmo heißt es das Rad des Werdens.«

»Das Bhavacca Kr'a«, erklärte die Positronik. »Der Erbe des Bodiharm Arhad Rorvic vergaß es bei seinem letzten Besuch. Anuba wird dich zu dem Weißen Schrein geleiten.«

Es wurde hell, als zwölf Sektoren des Daches mildes gelbliches Licht verstrahlten. Neunmal hallte ein elektronischer Gong durch den Tempel, dann glitt eine große weiße Schlange aus einer Öffnung, die sich in einer Wand gebildet hatte.

Meine Reflexe waren schneller als mein Verstand, deshalb riß ich den Strahler heraus und schoß mit Paralysestrahlen auf die Schlange, bevor ich mir überlegte, daß es sich bei ihr vielleicht um Anuba handelte.

Das Tier reagierte nicht auf den Paralysebeschuß, sondern kroch unbeeindruckt weiter auf mich zu. Seine weißen Schuppen raschelten auf dem Boden des Tempels. Meine Stirn bedeckte sich mit Schweiß.

Einen Meter vor mir hielt die Schlange an, reckte den Kopf empor, öffnete den Mund und ließ ihre gespaltene Zunge in der Luft fächeln.

»Ich bin Anuba. Folge mir, Tatcher!« sagte die Schlange mit einer Stimme, die ich als menschlich-weiblich erkannte, gleichzeitig aber aufgrund meiner Erfahrungen als mechanisch.

Die Schlange war ein Roboter!

Ich schob den Strahler ins Gürtelhalfter zurück und folgte Anuba. Dabei konnte ich ein Grinsen nicht unterdrücken.

Ich hatte den Tibeter schon immer für übergeschnappt gehalten, aber ein positronisch gesteuerter Tempel mit einer robotischen Tempelschlange übertraf selbst meine kühnsten Erwartungen.

Anuba führte mich durch eine schmale Tür, eine Treppe hinunter und in ein mit dunkelgrünem Jade verkleidetes Gewölbe. Im Hintergrund ragte ein Standbild empor, das einen beleibten sitzenden Mann zeigte, der offenbar in Meditation versunken war.

Über dem Dicken waren fünf stehende Figuren in meditierender Haltung angeordnet – und am Sockel des Standbildes sah ich zwei sitzende Hunde, von denen einer ein äffisches Gesicht hatte.

Zwischen den Tierfiguren befand sich eine undefinierbare Figur. Auf sie wies Anubas züngelnde Zunge.

Ich begriff und betastete die undefinierbare Figur, wobei mir der Gedanke kam, daß Dalaimoc Rorvic ebenso undefinierbar war wie diese Sockelfigur.

Ein elektronischer Gongschlag ließ mich zusammenzucken. Der Beleibte auf dem Sockel bewegte sich puppenhaft, löste die verschränkten Arme – und hielt mir plötzlich eine schwarze Scheibe entgegen.

»Das Bhavacca Kr'a!« sagte die Schlange.

Ich griff hastig danach – und hätte es beinahe fallen lassen. Die leicht aussehende Scheibe wog bestimmt zwei Kilogramm.

»Danke!« sagte ich, stopfte Rorvics Amulett in das Oberteil meines Kampfanzuges und eilte aus dem Tempel. Hinter mir hörte ich die Schuppen der Robotschlange über den Boden schleifen.

Ich hielt mich nicht auf, sondern lief auf meine Space-Jet zu, schnallte mich an und startete. Ungeduldig wartete ich auf die Genehmigung zum Verlassen des erdnahen Raumes.

Als sie kam, stieß ich den Beschleunigungshebel ganz nach vorn und raste mit irrsinnigen Werten in den solaren Raum hinaus, getrieben von der Ahnung, daß während meiner Abwesenheit auf Partisan etwas Furchtbares geschehen war …

Als ich auf den Planeten Partisan zuraste, irrten meine Gedanken vorübergehend ab und beschäftigten sich absurderweise mit der Frage, wie ein so schönes Raumschiff wie meines auf einen so merkwürdigen Namen kam, wie es der Name MOPY II war.

Wenn ich bei der Namensgebung dieses Schiffes hätte bestimmen dürfen, ich hätte es MOLLY oder DOLLY genannt – oder vielleicht WITCHCRAFT, denn es war schon beinahe Hexerei, mit welchen Beschleunigungswerten der Brummkreisel durch den Linearraum fegte.

Allerdings hatte ich die vorgeschriebenen Sicherheitswerte weit überschritten und den Waring-Konverter um achtzig Prozent überbelastet. Dabei hatte ich das Gefühl gehabt, als wollte das Schiff jeden Augenblick zerplatzen wie eine Seifenblase. Aber es war gutgegangen.

Als ich die MOPY II etwas unsanft neben dem Nullzeitdeformator aufsetzte, brachen drei Landestützen weg. Eine prallte gegen das Hangarschott von MOPYS Aufbewahrungsraum.

Da würde der fette Albino mir wieder eine Predigt halten!

Ich holte das Amulett hervor und betrachtete das Relief auf seiner Vorderseite. Es zeigte in der Mitte einen Vogel, eine Schlange und ein rattenähnliches Tier, die sich gegenseitig in den Schwanz bissen, in den nächsten sechs Feldern eine Anhäufung von Landschaften, Tieren und Menschen und in den zwölf Außenfeldern Menschen in verschiedenen Lebensstadien.

Als ich mit den Fingern über das Relief strich, fühlte ich im Mittelteil ein schwaches Pulsieren. Ich zuckte zurück, aber dann überlegte ich mir, daß es durchaus das Pulsen meines Blutes sein könne, das ich spürte.

Ich schaltete den Telekom ein und sagte: »Hier spricht Captain a Hainu. Falls Sie meine Landung nicht bemerkt haben sollten, öffnen Sie wenigstens auf meine direkte Bitte hin das Tor zu MOPYS Hangar.«

Keine Reaktion.

Abermals überkam mich die Ahnung von etwas Furchtbarem. Am liebsten wäre ich wieder gestartet und hätte mich auf einem fremden Planeten verkrochen, aber ich wußte, daß ich es nicht fertigbringen würde, das fette Monstrum namens Dalaimoc Rorvic im Stich zu lassen.

Ich stand auf und verließ die Space-Jet. Zu Fuß ging ich auf den Nullzeitdeformator zu. Kurz bevor ich das Mannschott erreichte, öffnete es sich – und heraus stürzte eine kleine Gestalt im Raumanzug: Dr. Bhang Paczek!

Sein Gesicht war von grauenvollem Entsetzen gezeichnet. Er sah mich nicht, wollte an mir vorbei in die Wüste laufen.

Ich ergriff Paczek am Ellenbogen und zog ihn gewaltsam in die Mannschleuse hinein. Die einströmende Luft bildete Wirbel von Eiskristallen, dann verwandelten die starken Solarstrahler an den Wänden die Luft wieder in den gasförmigen Aggregatzustand zurück.

»Was ist los?« fragte ich über Helmtelekom.

Paczek antwortete nicht. Sein vom Nikotingenuß graues eingefallenes Gesicht trug den erstarrten Ausdruck des Entsetzens. Die Augen blickten ins Leere.

Als das Innenschott aufglitt, klappte ich unsere Helme auf, verabreichte dem Wissenschaftler eine Ohrfeige und schrie: »Dr. Paczek, kommen Sie zu sich!«

Der schmächtige Hyperstruktur-Kalkulator zuckte heftig zusammen, dann holte er aus und schlug mir die Handfläche so unsanft ins Gesicht, daß ich mich gegen meinen Willen setzte.

»Sie sind ein Sadist!« schimpfte ich und rieb mir die mißhandelte Wange.

Bhang Paczek schien mich erst jetzt bewußt wahrzunehmen. Er reichte mir die Hand und half mir aufstehen, dann sagte er: »Es ist gut, daß Sie wieder da sind, Captain a Tatcher.«

»Hainu!« korrigierte ich ihn.

»Selber Heini!« gab Paczek ärgerlich zurück.

Ich seufzte. »Nicht Heini, sondern Hainu! Tatcher ist mein Vorname und a Hainu mein Familienname.«

»Ach so!«

Das Gesicht des Wissenschaftlers verzog sich abermals zu einer Miene, die Entsetzen ausdrückte.

»Kommen Sie schnell, Captain a Hatcher!« flüsterte er. »Vielleicht können Sie Commander Rorvic zur Vernunft bringen. Sie kennen ihn schließlich lange genug.«

Ich gab es auf, Dr. Paczek über meinen Namen zu belehren. Wer sich fast ausschließlich von inhaliertem Zigarettenrauch ernährte, mußte früher oder später ein Hirngeschädigter werden.

Wir schwebten im Antigravschacht nach oben. Ungefähr in der Mitte drang ein furchterregendes Brüllen an meine Ohren. Im nächsten Augenblick sprang eine füllige Gestalt in den Schacht und sank kreischend im abwärts gepolten Feldteil herab.

Ich erkannte den Ertruser Tajiri Kase an dem langen dicken Zopf, der ihm bis auf den Rücken hing.

Ich spürte, wie ich am ganzen Körper eine Gänsehaut bekam. Meine Zähne schlugen klappernd gegeneinander, und die Hand, mit der ich den Strahler zog, zitterte heftig.

Als wir in die Höhe der Nullfeldzentrale aus dem Liftschacht stiegen, riß sich Bhang Paczek schreiend von mir los und stürzte sich kopfüber in das abwärts gepolte Feld.

Ich konnte ihn verstehen, als ich das elefantengroße Ungeheuer sah, das mitten in der Nullfeldzentrale hockte.

Ein Wesen, halb Drache, halb Mensch, mit weißer, teilweise gelbgeschuppter Haut, dolchgroßen scharfen Klauen an den Füßen, stilettartigen Fingernägeln, armlangen Stoßzähnen und handtellergroßen Augen, in denen sich glühende Spiralen zu drehen schienen.

Das Untier öffnete den Rachen. Eine heiße Wolke schlug mir ins Gesicht und betäubte mich fast mit dem beißenden Aasgeruch, den sie verbreitete.

In einer Nische entdeckte ich Wentworth Gunnison. Er hatte sich zusammengekauert und den Kopf zwischen den Knien verborgen.

An einer anderen Wand standen Ras Tschubai und Fellmer Lloyd. Die beiden Mutanten hielten sich an den Händen und starrten unverwandt auf das Monstrum.

Und in einer Ecke lag der Transportroboter Ribald Corellos. Da ich den transparenten Teil der kugelförmigen Schädelkapsel von meinem Platz aus nicht sehen konnte, wußte ich nicht, ob sich der Supermutant in seinem individuellen Fortbewegungsmittel befand.

Das Ungeheuer stieß ein markerschütterndes Gebrüll aus. Tschubai und Lloyd zuckten heftig zusammen, hörten aber nicht auf, das Untier anzustarren. Mir wurde klar, daß sie bis zuletzt versuchen würden, das Monstrum mit ihren vereinten Parafähigkeiten zu bezwingen.

Langsam kam das Ungeheuer auf mich zu. Bei jedem Schritt erbebte der Boden.

»Commander?« fragte ich mit halberstickter Stimme. »Hallo!« Ich winkte zaghaft.

Ein Arm des Untiers schnellte vor; die riesige Pranke umschloß mich und hob mich empor, zog mich auf das zähnestarrende Drachenmaul zu.

Voller Verzweiflung holte ich mit der freien Rechten Rorvics Amulett aus dem Oberteil meines Kampfanzuges und schleuderte es in den Rachen des Monstrums.

Das Maul schloß sich, dann fuhren knatternde Blitze aus den rotierenden Spiralaugen.

Der fahlweiße fette Leib des Untiers schrumpfte zusammen.

Ras Tschubai und Fellmer Lloyd stöhnten laut.

Die Pranke öffnete sich.

Ich fiel zu Boden und wich langsam zurück, den Blick auf das grauenhafte Ungeheuer gerichtet.

Plötzlich verwandelte sich das Wesen in eine Ballung unerklärlichen Flimmerns. Es sah aus, als ballte sich eine tonnenschwere Ladung Glassplitter kugelförmig zusammen und begänne dann zu rotieren, schneller und immer schneller.

Bis die wie rasend rotierende flimmernde Kugel unsichtbar wurde.

Einen Herzschlag später gab es einen dumpfen Schlag, dann wurde eine große, übergewichtige Gestalt sichtbar: Dalaimoc Rorvic.

Der Tibeter lag bewußtlos auf dem Rücken, sein Amulett mit den Händen fest an die Brust gepreßt, ein seliges Lächeln auf dem glänzenden Vollmondgesicht.

Abermals gab es einen dumpfen Schlag, gleich danach noch einen. Tschubai und Lloyd waren bewußtlos umgefallen. Wahrscheinlich hatten sie ihre Kräfte völlig verausgabt.

Als mir jemand einen spitzen Gegenstand in den Rücken stieß, sprang ich mit einem Entsetzensschrei in die Luft.

»Leise!« flüsterte die Stimme von Professor Kase. »Sie machen doch sonst das Ungeheuer wieder aufmerksam auf uns!«

Er schlich auf Zehenspitzen zum Steuerpult der Nullfeldzentrale, wobei er leise vor sich hin murmelte.

»Am besten fünfzigtausend Jahre«, sagte er undeutlich. »Dann öffnen wir die Schleusen – und wenn er draußen ist, gehen wir wieder auf Jetztzeitphase.«

Er betätigte verschiedene Tasten.

Bevor ich recht begriff, was Tajiri Kase vorhatte, schwang sich Dr., Bhang Paczek ebenfalls aus dem Liftschacht. Er blickte zu dem Ertruser, wurde noch blasser als normal und rief: »Nein, Tajiri! Das Ungeheuer war doch der Tibeter!«

»Nein, sogar Commander Rorvic ist machtlos«, sagte Kase mit dumpfer Stimme und drückte eine rote Schaltplatte nieder.

Die Lichter flackerten. Aggregate nahmen dumpf dröhnend ihre Arbeit auf, und die Bildschirme draußen zeigten eine Serie wechselnder Landschaftsbilder, die immer schneller wechselten – bis alles zu einem undefinierbaren Grau verschwamm.

Wir befanden uns auf dem Weg in die Vergangenheit …

32.

Bericht Perry Rhodan

Wir waren auf Stato II gelandet. Zusammen mit Ovaron und Merceile verließ ich die MARCO POLO. Kurz darauf wurde eine golden und grün bemalte Space-Jet ausgeschleust, die LOTOSBLÜTE des Kamashiten Lokoshan. Die Space-Jet wackelte, als sie über uns hinwegflog, dann stieß sie Töne wie ein Nebelhorn aus. Auf Einfälle kam dieser Kamashite! Ovaron und Merceile fanden es lustig. Sie lachten.

Ich seufzte und blickte hinüber zu dem kleinen weißen Kuppelbau, der Pfortenkuppel zu Imagos unterirdischer Zentralschaltstelle. Von dort aus wurden die energetischen Vorgänge innerhalb des Schwarms gesteuert, das Kokonsystem überwacht und die Transitionen des Schwarms vorbereitet und durchgeführt.

Von Stato II aus dirigierten die Cynos außerdem viele andere schwarminternen Vorgänge, so beispielsweise die Tätigkeit der sogenannten Schwarminstallateure.

Verschiedene Verbände der Solaren Flotte, der maahkschen Hilfsflotte und der Fragmentschiffe der Posbis hatten per Hyperfunk berichtet, daß die Teilungsgeburten im Schwarm rasend schnell angestiegen seien. Auf vielen tausend unbewohnten Welten des Schwarms hatten die Schwarminstallateure für die notwendige Sekundäranpassung gesorgt, und riesige Schwärme ockergelber Karties hatten ihrem Teilungszwang nachgegeben und für die lawinenartige Vermehrung ihrer Art gesorgt.

»Jetzt greifen sie ein«, sagte Ovaron und lenkte meine Aufmerksamkeit wieder auf die unmittelbare Umgebung zurück. »Dort!«

Zwei Cynos waren vor wenigen Sekunden mit einem schalenförmigen Gleiter vor der weißen Pfortenkuppel gelandet. Doch sie hatten das Fahrzeug nicht verlassen. Ich sah, daß ihre Körper sich krampfartig wanden.

»Jeweils fünf Pedotransferer übernehmen einen Cyno«, erläuterte mein ganjasischer Freund.

Einer der beiden Cynos beruhigte sich nach kurzer Zeit wieder. Er war von einem Pedotransferer übernommen worden und wurde zusätzlich von vier Ganjasen – beziehungsweise deren sechsdimensionalen Energiekonstanten – in Schach gehalten.

Der andere Cyno dagegen schrie plötzlich auf, sprang aus dem Gleiter und lief ziellos davon. Er taumelte ab und zu, stürzte, fing sich aber kurz vor dem Fallen wieder auf, lief weiter und schrie und schrie ...

Dann blieb er so plötzlich stehen, als wäre er gegen eine unsichtbare Mauer gerannt – und im nächsten Augenblick hatte er sich in einen Obelisken verwandelt, der keinen Schatten warf.

Ovaron holte geräuschvoll Luft. »Seltsame Wesen, die sich im Tode zu Obelisken verwandeln, die keinen Schatten werfen«, flüsterte er.

Er blickte mich an. »Warum werfen diese Obelisken keinen Schatten, Perry?«

Ich zuckte die Schultern. »Fragen Sie Nostradamus; vielleicht gibt er Ihnen die Antwort, die er uns bisher verweigerte.«

Der Ganjo runzelte die Stirn. »Jeder Gegenstand aus fester Materie wirft einen Schatten, wenn Licht von nur einer Seite auf ihn fällt. Dann müßten die Obelisken immateriell sein.«

Ich lächelte matt. »Schlagen Sie mit der Faust dagegen, Ovaron, dann merken Sie es. Um das Resultat vorwegzunehmen: Es tut weh.«

»Das begreife ich einfach nicht«, murmelte Ovaron. »Vielleicht existieren die Cynos in Form von Psimaterie auf einer anderen Daseinsebene weiter – und die Obelisken sind ihre materiellen Schatten!«

Ich stutzte. Was Ovaron da gesagt hatte, klang logisch. Das konnte die Erklärung für die Existenz jener schattenlosen Obelisken sein. Es wunderte mich nur, daß NATHAN nicht darauf gekommen war.

Und die Mutanten hätten eigentlich auch etwas merken müssen, zumindest Ribald Corello.

Aber vielleicht informierte man mich nicht über alle Gedankengänge. Es konnte sein, daß Corello eine Erklärung dieses Phänomens für unwichtig hielt, und im Grunde genommen war sie es auch; sie befriedigte lediglich den Wissensdurst.

»Da, schon wieder einer!« sagte Merceile atemlos und deutete nach links.

Ich folgte ihrem ausgestreckten Arm mit den Augen und sah einen weiteren Obelisken.

Ovaron winkelte seinen Arm an und sprach in das Kommandogerät, das um seinen Unterarm geschnallt war. Als das Gespräch beendet war, sah er mich an und sagte: »Die Aktionen meiner Leute laufen jetzt an allen Stellen dieses Planeten, Perry. Ich denke, daß sie in wenigen Stunden abgeschlossen sind.«

»Danke.« Ich deutete auf die weiße Pfortenkuppel. »Gehen wir zu Nostradamus, Ovaron, Merceile!«

Zwei Cynos in menschlicher Gestalt empfingen uns am Eingang der Pfortenkuppel. Sie sahen blaß aus.

Einer sagte: »Wir hätten niemals gedacht, daß es so etwas wie Pedotransferierung geben könnte. Es ist grauenhaft.«

»Für Sie aber nicht«, erinnerte der Ganjo. Er wandte sich mir zu. »Diese beiden Cynos sind bereits überprüft. Das ist noch zu spüren.«

Die Cynos bestätigten es, dann baten sie uns, ihnen zu Nostradamus zu folgen.

Der Herr des Schwarms begrüßte uns in seiner Hauptschaltzentrale. Er trug noch immer seine antiquierte Kleidung, hatte aber zusätzlich einen Waffengurt mit einem schweren Energiestrahler umgeschnallt.

Er deutete meinen Blick darauf richtig und meinte: »Verschiedene Kontras haben versucht, mich unter Androhung von Mord zu zwingen, alle Fahrzeuge abzuschießen, in denen sich Pedotransferer befinden könnten. Ich muß mich also vorsehen.«

Ovaron lächelte. »In kurzer Zeit wird kein Kontra Sie mehr bedrohen.«

Nostradamus bat uns, Platz zu nehmen. Er sah den Ganjasen nachdenklich an.

»Anfänglich war ich skeptisch, was den Einsatz Ihrer Leute betraf«, erklärte er. »Aber inzwischen habe ich erkannt, daß ausschließlich die Kontras betroffen werden.«

»Sie hätten natürlich auch wieder Ihre geheime Parawaffe, den Fluch der Imaginären, einsetzen können«, warf Merceile ein. »Warum haben Sie es nicht getan?«

Imagos Gesicht verdüsterte sich, dann hob der Cyno die Schultern und antwortete:

»Ich wollte es nicht zugeben, aber was soll's! Diese Parawaffe ist durch Sabotage unbrauchbar geworden. Deshalb bin ich eigentlich sehr froh über den Einsatz der Pedotransferer. Ich habe übrigens den per Transmitter angekommenen Hilfstruppen Anweisung gegeben, die als Kontras erkannten Cynos anzugreifen und so zu bedrängen, daß sie versteinern.«

Ich lächelte. »Schatten aus Stein, wie schön!«

Nostradamus wurde bleich. Seine Augen funkelten mich wütend an, dann merkte ich, wie er seinen Zorn unterdrückte.

Dennoch klang seine Stimme verändert, als er sagte: »Wie erkennen Ihre Pedotransferer eigentlich, ob es sich um einen Pro- oder Kontra-Cyno handelt, Ganjo?«

»Die übernehmenden Transferer werden Besitzer des gesamten Gedankengutes ihrer Opfer«, erklärte Ovaron. »Sie erkennen also sehr schnell, wonach ihr Opfer sich sehnt, welche Pläne es für die Zukunft hat und so weiter.«

Nostradamus nickte und wandte sich wieder an mich.

»Die Zeit verrinnt wie Sand in einem Stundenglas, Großadministrator.« Er seufzte. »Alle Cynos sind in den Schwarm zurückgekehrt. Die Völker der Milchstraße, die früher heimlich von jeweils sieben oder neun Weisen gelenkt wurden, müssen jetzt ihr Schicksal selbst in die Hände nehmen. Bald nimmt der Schwarm seine Wanderung wieder auf. Der ›Zugvogeldrang‹ der Karties wächst von Tag zu Tag, von Stunde zu Stunde. Auch wir Cynos können ihn nicht unterdrücken.«

Ich nickte. »Wir Menschen wollen Sie nicht an der Erfüllung Ihrer Aufgaben hindern, Nostradamus. Sobald sichergestellt ist, daß das Solsystem in der Galaxis bleibt – und zwar an seiner ursprünglichen Position –, dürfen Sie ziehen, wohin Sie wollen.«

Nostradamus beliebte wieder einmal, geheimnisvoll zu lächeln. Es gehörte zu seinem Spiel.

»Nehmen Sie doch Vernunft an, Großadministrator«, sagte er in beschwörendem Ton. »Ich biete der solaren Menschheit eine Dauerstellung an, die Position der ersten Hilfsmacht, die Möglichkeit, nacheinander Galaxien dieses Universums kennenzulernen, die Befriedigung aller erfüllbaren Wünsche.«

Er breitete die Arme aus.

»Verlangen Sie, was Sie wollen, Perry Rhodan! Fordern Sie, daß alle Planeten des Solsystems wahre Paradiese werden sollen, daß andere Völker – Tausende, wenn es sein muß – nur noch dafür dasein sollen, für die Menschheit zu produzieren, unvorstellbaren Luxus zu schaffen, alle denkbaren Dienste zu tun.«

»Schweigen Sie!« sagte ich zornig. »Was möchten Sie aus der solaren Menschheit machen? Sklavenhalter? Dekadente Luxuswesen? Ihr Angebot taugt nichts. Die Menschheit will nichts geschenkt haben. Sie wird selbst arbeiten, um sich ihre vernünftigen Wünsche zu erfüllen – vielleicht auch ein paar unvernünftige, aber keine derartig verwerflichen wie Sklavenhalterei!«

»Richtig, Terraner!« ertönte die Stimme Atlans hinter uns.

Ich wandte mich um und sah den Arkoniden in Begleitung zweier Kampfroboter aus dem Liftschacht steigen. Er kam auf uns zu und sagte nach der Begrüßung zu Imago II: »Was sind Sie doch für ein Narr, ausgerechnet meinem Freund Perry ein so schamloses Angebot zu unterbreiten? Ich hätte Sie an seiner Stelle zum Duell gefordert.«

Er trat dichter an Nostradamus heran. Der Cyno wich zurück und legte die Hand auf das Griffstück seiner Energiewaffe.

Aber dann lachte er und ließ die Hand wieder sinken. »Mit Gewalttätigkeiten waren Sie schon immer schnell bei der Hand, Arkonide.«

»Wir leben in einem Universum voller Gewalttätigkeiten, Nostradamus«, entgegnete Atlan ruhiger. »Ich habe stets eingegriffen, wenn die Lage es erforderte und meine Mittel es zuließen, und oft habe ich mir gewünscht, mehr tun zu können.«

»Ich auch«, versicherte Imago II. »Vergessen Sie nicht, daß es weder Terraner noch Arkoniden gäbe, wenn der Schwarm den sogenannten Primaten nicht die Intelligenz gebracht hätte.«

Atlan lachte verächtlich. »Dieses Märchen habe ich nie geglaubt, Sie Scharlatan! Intelligenz im Sinne von bewußtem Denken ist ein Produkt der natürlichen Evolution des Lebens – und wenn die mysteriösen Auftraggeber das Gegenteil behaupten, kann ich sie sehr leicht widerlegen.«

Nostradamus leckte sich die Lippen. Er war ganz offensichtlich nervös. »Wie denn?«

»Indem ich sie frage, wer denn ihnen und den Cynos die Intelligenz gebracht hat. Vielleicht faseln sie dann etwas von einem Überschwarm oder einem Superwesen oder so. Aber warum erzähle ich Ihnen das alles? Sie sind kein ausgesprochener Schwachkopf, Imago, und haben sich gewiß die gleichen Gedanken gemacht wie ich.«

»Danke für das Kompliment, Arkonide.« Nostradamus grinste. Er war nicht beleidigt. »Da Sie gerade von Dummheit und Intelligenz sprachen, mein Herr, möchte ich Sie darauf hinweisen, daß die solare Menschheit außerhalb des Schwarms wieder schwachsinnig werden dürfte.«

Ich grinste ihn offen an.

»Aber innerhalb des Schwarms sind wir nicht schwachsinnig, Imago«, erwiderte ich. »Darum haben wir einige Berechnungen angestellt und wissen, daß die Galaxis nach dem Abzug des Schwarms ihren fünfdimensionalen Energiehaushalt aus eigener Kraft normalisieren wird.«

Der Cyno seufzte. »Ich werde das Gefühl nicht los, daß die solare Menschheit versehentlich zweimal hintereinander an der Intelligenzverteilung teilnahm. Sie sind mir einfach zu klug für einen einzelnen, Perry Rhodan.«

»Lassen Sie das, bitte!« entgegnete ich. »Da Sie offenbar keinen friedlichen Argumenten zugänglich sind, muß ich Ihnen ein Ultimatum stellen.«

Imago II lächelte zynisch. »Ein Ultimatum, also! Wollen Sie mich umbringen? Sie sehen, daß ich keine diesbezüglichen Sicherheitsvorkehrungen getroffen habe, weil ich weiß, daß Sie wissen, daß ich unentbehrlich bin. Ohne mich geht es nicht.«

»Das bleibt abzuwarten«, sagte ich gelassen. Ich war alles andere als gelassen, aber Nostradamus brauchte das schließlich nicht zu wissen. »Sie haben zu lange in Ihrer Energiegruft gelegen, sonst wüßten Sie, daß wir eine Zeitreisemaschine besitzen, den Nullzeitdeformator.«

»So?« Das sollte ebenfalls gelassen klingen, aber ich hörte die ungeheure Anspannung heraus, die Imago belastete.

»Ja. Wenn Sie nicht unverzüglich alle Vorkehrungen treffen, um das Solsystem aus dem Schwarm zu entlassen und an seine frühere galaktische Position zu bringen, wird der Nullzeitdeformator in die Vergangenheit gehen.«

Ich wartete einige Sekunden, um Imagos Spannung einen Höhepunkt erreichen zu lassen. Als er vor Neugier beinahe platzte, erklärte ich: »Er wird eine Stunde vor jenem Zeitpunkt ankommen, zu dem Sie am Südpol der Erde aufgetaucht sind. Die Besatzung hat Anweisung, die damals auf den Millimeter angemessene Energiegruft eines gewissen Imago II vollständig zu vernichten.«

Ich hob die Stimme leicht, nur um eine Nuance, um die Wirkung nicht zu übersteigern.

»Sie werden dann niemals erwacht sein, Nostradamus. Sie werden also niemals in der Lage gewesen sein, Stato II zu übernehmen oder auch nur einen entsprechenden Gedanken zu denken.«

Der Cyno sah erst mich, dann Atlan an.

Atlan grinste Nostradamus offen ins Gesicht und sagte: »Das hatten Sie nicht erwartet, Alterchen, wie?«

Imagos Augen wurden schmal. Nachdenklich musterte er meinen arkonidischen Freund, dann sah er wieder mich an. Nach einigen Minuten des Schweigens nickte er bedächtig.

»Nein, das hatte ich nicht erwartet. Ich habe die Menschheit und Sie, Perry Rhodan, unterschätzt. Sie meinen es offensichtlich ernst mit Ihrer Drohung, und ich glaube Ihnen auch, daß der Nullzeitdeformator aktionsbereit am irdischen Südpol steht.«

Das letztere stimmte zwar nicht, aber ich sah keinen Anlaß, den Cyno über den wirklichen Standort des Geräts aufzuklären. Schließlich hatte ich ihn nur deshalb heimlich nach Partisan befördern lassen, damit er nicht als Zielscheibe diente.

Nostradamus holte tief Luft.

»Ich sehe ein, daß ich den Aktionen Ihrer Zeitreisemaschine ausgeliefert bin und meinen Tod unter den gegebenen Umständen nicht verhindern könnte. Aber Sie wissen ganz bestimmt, daß mit meinem Tod die Aussichten der solaren Menschheit, den Schwarm zu verlassen, gleich Null sein würden. Mein Bruder Schmitt wird zum Zeitpunkt der Vernichtung meiner Energiegruft schon so gut wie tot sein, so daß niemand mehr existiert, der die Schaltanlagen von Stato II umfassend bedienen kann. Die anderen Cynos wären ja zu dieser Zeit noch außerhalb des Schwarms und hätten keine Möglichkeit, hereinzukommen.«

Er lächelte mir zu.

»Was meinen Sie zu dieser Aussicht, Perry Rhodan? Und wie steht es um Ihre hohe Ethik und Ihre Moralbegriffe? Werden Sie sie verleugnen können und in Kauf nehmen, daß infolge anhaltenden Versagens des Kokonsystems Tausende und aber Tausende von Sonnensystemen gerammt und vernichtet werden – und mit ihnen zahllose Zivilisationen?«

Er hatte natürlich vollkommen recht. Ich wußte genau, daß ich es nicht zum Äußersten kommen lassen würde – aber er konnte sich dessen niemals absolut sicher sein, und er hatte ebenso starke Probleme.

Ich erwiderte das Lächeln und hoffte, ich würde dabei aussehen, als wäre mir alles egal. Der Cyno mußte es als möglich ansehen, daß ich alle ethischen und moralischen Grundsätze über Bord werfen würde, wenn man mich in die Enge trieb.

»Wenn es dazu kommen sollte, daß der Schwarm den galaktischen Zivilisationen Tod und Vernichtung bringt, dann trage ich daran keine Schuld«, erklärte ich. »Es liegt bei Ihnen, das zu verhindern.« Ich zuckte die Schultern. »Ich will nur, daß Sie die solare Menschheit entlassen. Sie nähren ohnehin eine Illusion, wenn Sie meinen, wir würden Ihnen als Hilfsvolk dienen.«

Imago grinste. »Was tun Sie denn gegenwärtig, Perry Rhodan? Glauben Sie mir, wenn Sie erst einmal fester Bestandteil des Schwarms sind, liegt es auch in Ihrem Interesse, daß alle Bedrohungen abgewendet werden. Dann sind wir sozusagen Mitglieder einer großen Familie.«

Ich schüttelte den Kopf.

»Sie werden diesen Augenblick niemals erleben, erstens, weil Sie vor dem Aufwachen sterben, wenn Sie hartnäckig bleiben, und zweitens, weil es dann innerhalb des Schwarms keine Cynos geben wird. Ich bin sicher, daß die solare Menschheit in einigen Jahren – oder vielleicht auch erst Jahrzehnten – eine Möglichkeit findet, den Schwarm zu verlassen. Wir werden auch den Schmiegeschirm auflösen – und unsere Positroniken finden mit Sicherheit heraus, wie die Schaltungen auf Stato folgerichtig bedient werden.«

Atlan lachte rauh auf und warf ein: »Sie sehen also, Nostradamus, unsere Schwierigkeiten werden zeitlich begrenzt sein – Ihre Schwierigkeiten dagegen lassen sich kaum beschreiben. Wenn Sie hartnäckig bleiben, beschwören Sie die Auflösung des Schwarms herauf, und niemand wird dasein, der die uralte Aufgabe der Cynos und des Schwarms weiterführen wird.«

Nostradamus blickte langsam von mir zu Atlan, dann wandte er sich ab und starrte an die Wand, während er leise sagte: »Sie haben gewonnen. Folgende Maßnahmen müssen vorbereitet werden …«

Ich hatte das Gefühl, ohne Flugaggregate im freien Fall einem stetig zurückweichenden Boden zuzurasen.

»Was haben Sie da angerichtet, Professor?« schrie ich Tajiri Kase an. »Wir stürzen in die Vergangenheit!«

Kase rieb sich die fleischige Nase und blickte auf den Tibeter, der immer noch bewußtlos auf dem Rücken lag.

»Ich möchte nur wissen, wohin das Untier verschwunden ist«, murmelte er.

Bhang Paczek trat näher, deutete auf Dalaimoc Rorvic und sagte verzweifelt: »Commander Rorvic war das Untier, Sie ertrusischer Tölpel! Eine unbekannte Zauberkraft hatte ihn in einen gigantischen Drachenmenschen verwandelt.«

Tajiri Kases Kinn sank herab, und er starrte mit offenem Mund auf seinen schmächtigen Kollegen.

»Zauberkraft?« rief er. »In unserem aufgeklärten, hypertechnisierten Zeitalter sprechen Sie von Zauberei, um einen nicht sofort durchschaubaren Vorgang zu erklären?«

»Nun ja ...«, machte Paczek zögernd. »Man sagt ja auch – äh – beispielsweise, daß jemand zauberhaft schön sei und ...«

»Sprechen Sie von mir, Bang-Bang?« fragte eine Stimme vom Antigravlift her.

Ich drehte mich um und mußte grinsen. Dr. Wentworth Gunnison war weder zauberhaft noch sonstwie schön zu nennen. Der Feldlinienforscher stellte mit seinen ausgeprägten O-Beinen und abstehenden Ohren einen Anachronismus dar. Jede Korrektionsklinik hätte ihn nach seinen Wünschen verändern können, aber Gunnison zog es vor, so herumzulaufen, wie eine Laune der Natur ihn geschaffen hatte.

Kase lachte. Es klang wie das Donnern einer Brandung bei Windstärke neun.

Plötzlich richtete Dalaimoc Rorvic sich auf, sah sich um und sagte schleppend: »Warum hat noch niemand die Medo-Roboter alarmiert?«

Sein Blick blieb wie gewöhnlich an mir hängen. »Captain Hainu, Sie nichtsnutziger Staubfresser, hat Ihnen noch niemand gesagt, Sie sollten handeln, wie es die jeweilige Lage erfordert?«

»Nein, Sir«, antwortete ich.

Er schluckte. Bevor Rorvic abermals auf mich schimpfen konnte, geschah etwas anderes. Die Maschinen des Nullzeitdeformators liefen rüttelnd aus.

Auf den Bildschirmen der Panoramagalerie tauchten die Konturen der planetaren Landschaft auf, einer Landschaft, die gänzlich verschieden von der war, die unser Gedächtnis gespeichert hatte.

Die Zeitreisemaschine stand mitten in einem lichten Wald, auf leicht abfallendem Boden, der ungefähr anderthalb Kilometer westlich zum Strand eines Meeres wurde. Laufvögel am Strand und Flugvögel in der Luft verrieten, daß Partisan auf dieser Zeitlinie eine dichte Atmosphäre besaß.

Ich wurde von diesem Bild abgelenkt, als Ras Tschubai und Fellmer Lloyd annähernd gleichzeitig erwachten. Die beiden erfahrenen Mutanten sahen sich kurz um, dann hatten sie begriffen, was geschehen war – und was zu geschehen hatte. Sie eilten zu Corellos Transportroboter, drehten ihn um und öffneten die Vorderseite.

»Die Medo-Roboter, schnell!« befahl Tschubai.

Ich sprang zu dem Pult, auf dem die Schaltplatte zur Alarmierung unserer drei spezialisierten Medo-Roboter angebracht war, und schlug mit der Faust darauf.

Kurz darauf bildete sich eine Öffnung in der Wand, und die Roboter schwebten auf Antigravkissen herbei. Sie hatten die gleiche Gestalt wie die Kampfroboter vom Typ TARA-III-UH. Medo I war Chirurg, Medo II Internist und Medo III Toxikologe. Selbstverständlich waren alle drei auf Diagnostik programmiert und beherrschten die grundlegenden Kenntnisse und Fähigkeiten ihrer Kollegen, so daß im Notfall einer den anderen vertreten konnte.

Der Internist untersuchte Ribald Corello einige Sekunden lang mit haarfeinen Tentakeln und Schichttastern, dann sagte er schnarrender Stimme:

»Befund des Sonderoffiziers Corello: Keine organischen Schädigungen. Es liegt eine Ohnmacht bei stabilem Herz- und Kreislaufverhalten vor. Geringe Abweichungen der enzephaloelektrischen Ströme legen den Verdacht nahe, daß ein psychischer Schock für die Ohnmacht verantwortlich ist.«

Tschubai atmete auf. »Danke, Medo II. Welche Behandlung schlagen Sie vor?«

»Ich werde den Patienten paraphysikalisch beruhigen und seine Gefühle positiv stimmen.«

»Und der Transportroboter?« fragte Gunnison aufgeregt. »Warum funktioniert er nicht mehr?«

Medo II wandte dem Feldlinienforscher die Vorderseite zu, obwohl das für ihn bedeutungslos war.

»Obwohl ich kein Klempner bin, Sir, werde ich diese Frage beantworten. Sonderoffizier Corello steuerte die Technik des Transportroboters emotionautisch, und als Mister Corello ausfiel, fiel gleichzeitig die Emotionautik seines Transportroboters aus.«

»Dann schalten Sie das andere System ein«, sagte Gunnison.

»Nein«, warf Ras Tschubai ein. »Es ist besser, wenn Corello alles wie gehabt vorfindet, wenn er zu sich kommt. Ich möchte nicht, daß er einen zweiten Schock erleidet. Medo II, verfahren Sie Ihren Vorschlägen entsprechend mit dem Patienten.«

Während der Roboter sich um Ribald Corello kümmerte, hielten wir eine Besprechung ab. Dabei erfuhr ich, daß Dalaimoc Rorvic sich kurz vor meiner Rückkehr nach Partisan unter geheimnisvollen Spukerscheinungen in den Drachenmenschen verwandelt hatte.

Niemand fand eine Erklärung dafür – außer mir, und ich schwieg eisern. Meiner Meinung nach war der Drachenmensch Rorvics richtige Gestalt, und er brauchte hin und wieder körperlichen Kontakt mit seinem Amulett, um seine menschliche Erscheinungsform stabil erhalten zu können.

Als er mich ansah, suchte ich nach den rotierenden Spiralen in seinen Augen. Doch ich fand nichts dergleichen.

»Um wie viele Jahre haben Sie uns in die Vergangenheit geschickt, Tajiri?« fragte Bhang Paczek.

»Um genau fünfzigtausend«, antwortete Kase.

»Und warum?« wollte Tschubai wissen.

Der Mathelogiker begann zu stottern.

»Ich dachte ... ich war der Meinung ... nun, die Aufregung und der Schock hatten mich verwirrt. Ich nahm an, daß fünfzigtausend Jahre vor der Gegenwartsphase kein Drachenmonstrum existierte.«

Sein Tonfall wurde selbstsicher. Er zeigte auf Rorvic und sagte laut: »Und wie man sieht, habe ich recht behalten.«

»Irrtum!« widersprach der Tibeter. »Das Monstrum hätte die Zeitreise genau wie Sie alle mitgemacht. Ich bin nur deshalb wieder ich selbst geworden, weil Captain Hainu mir mein Bhavacca Kr'a gebracht hat – mit unentschuldbarer Verspätung, muß ich hinzufügen.«

»Sie hatten mich zu einem Ort geschickt, den es seit vielen Jahrtausenden nicht mehr gibt«, protestierte ich.

»Reden Sie keinen Unsinn, Tatcher«, entgegnete Rorvic im Tonfall eines Psychiaters, der mit einer verwöhnten reichen Patientin spricht, die über alle möglichen eingebildeten Leiden klagte. »In meinem Herzen existiert Kapilavastu bis in alle Ewigkeit.« Er legte die Hand auf die Magengegend.

Fellmer Lloyd, der alles schweigend verfolgt hatte, lächelte höflich und sagte: »Bevor wir in unsere Jetztzeit zurückkehren, habe ich noch eine Frage an Sie, Commander Rorvic. Wie erklären Sie sich Ihre vorübergehende Umwandlung in ein drachenähnliches Monstrum, gegen dessen Parakräfte Ras und ich und auch Corello machtlos waren?«

»Heppen Shemir«, antwortete der fette Albino.

»Wie bitte?« fragte Lloyd.

»Jemand namens Heppen Shemir trachtet mir nach dem Leben«, erklärte Dalaimoc Rorvic. Seine phlegmatisch langsame Sprechweise würde mich eines Tages um den Verstand bringen. »Er hat Mordanschläge auf mich verübt, hat bedenkenlos Unschuldige geopfert, um mir zu schaden, und wird wohl nicht eher ruhen, als bis er sich selbst umgebracht hat.«

»Aber warum sollte dieser Heppen Shemir Sie in ein Ungeheuer verwandeln wollen, das ja doch wieder normal wird, sobald es sein Amulett erhält?«

»Das weiß er sicher selbst nicht. Fest steht nur, daß er mich haßt. Er würde die gesamte Menschheit vernichten, wenn er sicher wäre, damit auch mich umzubringen.« Der Tibeter reckte sich. »Aber dessen kann er niemals sicher sein, so wahr ich Dalaimoc Rorvic heiße!«

Ribald Corellos Transportroboter bewegte sich plötzlich. Er richtete sich in Normallage auf und glitt auf dem Prallfeldkissen zum Hauptschaltpult. Dort hob er einen Greifarm und ließ ihn auf eine Schaltplatte fallen.

Brummend wurden Aggregate hochgeschaltet. Um den Nullzeitdeformator und die draußen stehende Space-Jet baute sich ein Paratronschirm auf.

Keine Sekunde zu früh, denn im nächsten Augenblick detonierte über uns eine Nuklearwaffe. Das Universum begann sich mit ultrahellem Wabern zu füllen. Dann bildeten sich außerhalb des Paratronschirms tiefschwarze Risse in der Raum-Zeit-Struktur, und die Vernichtungsenergie wurde durch sie in den Hyperraum geschleudert.

Dennoch wäre es beinahe um uns geschehen gewesen, denn die entfesselten Gewalten waren so stark, daß schließlich die Abgabeprojektoren der Paratronschirmanlage explodierten und der Energieschirm zusammenbrach.

Kochende Luft und glühender Sand prallten gegen den Nullzeitdeformator und rissen ihn beinahe um. Wir flogen gegen die Wände, als die Zeitreisemaschine schaukelte und bockte.

Die Space-Jet wurde angehoben und wäre gegen den Nullzeitdeformator geworfen worden, wenn ihre Hauptpositronik die Lage nicht richtig beurteilt und die Notfall-Programmierung aktiviert hätte.

Mit grauenerregendem Heulen beschleunigte die MOPY II und raste dicht an der Zeitmaschine vorüber in den brennenden Himmel.

Als sich die aufgewühlten Elemente etwas beruhigt hatten, bot sich uns ein schrecklicher Anblick.

So weit die optische Erfassung reichte, gab es draußen nur glühende Sand- und Aschenhalden. Das Meer war verdampft, die ionisierte Atmosphäre entschwand infolge der hohen kinetischen Energie ihrer Restmoleküle schnell in den Weltraum.

»Das war Heppen Shemir«, sagte Rorvic. »Er hat eine blühende Welt verödet, um mich zu vernichten.«

»Aber er hat sein Ziel nicht erreicht«, warf ich ein.

»Eben«, meinte der Albino freundlich. »Der nächste Versuch kann nicht lange auf sich warten lassen. Captain Hainu, Sie werden sich in einem Shift vom Nullzeitdeformator entfernen, aber hinter sich die Schleuse offenlassen.«

»Was soll ich draußen?« fragte ich verwundert. »Etwa Schneckenhäuser suchen?«

»Werden Sie nicht unverschämt!« sagte Dalaimoc Rorvic böse. »Sie sollen selbstverständlich nicht nach Schneckenhäusern suchen, sondern Heppen Shemir verleiten, Sie als Mittel zum Zweck zu benutzen.«

»Aha!«

Rorvics feistes Gesicht verzog sich zu einem listigen Lächeln.

»Meiner Meinung nach treibt Heppen Shemir sich irgendwo im Weltraum über Partisan herum. Er wird Sie entdecken und zupacken, um dann im Shift durch die offene Schleuse in den Nullzeitdeformator zu gelangen, ohne daß er – wie er glaubt – sich verdächtig macht.«

Er packte mich an den Schultern, drehte mich herum und versetzte mir einen Schubs, der mich bis zum Liftschacht vorantrieb.

Der Shift torkelte schwerfällig durch die hocherhitzte Atmosphäre Partisans. Immer wieder wurde das Fahrzeug von harten Böen gepackt, herumgerissen und von Sandhosen mit glühender Materie überschüttet.

Nur ein ausgemachter Kretin wie Dalaimoc Rorvic konnte ernsthaft annehmen, ein raffinierter Verbrecher wie Heppen Shemir würde in diesem Chaos nach einem vergleichsweise ameisenhaft kleinen Flugpanzer Ausschau halten.

Soweit mit meinen Überlegungen gekommen, stutzte ich: Etwas stimmte hier nicht – etwas stimmte ganz und gar nicht. Die trügerische Selbstsicherheit des fetten Albinos hatte mich nur bislang davon abgehalten, den unlösbaren Widerspruch in seinen Behauptungen zu erkennen.

Heppen Shemir konnte uns in dieser Zeitphase – 50.000 Jahre vor Jetztzeit – gar nicht angegriffen haben, da er sich ja in der Jetztzeit, also von jetzt an 50.000 Jahre in der Relativ-Zukunft, aufhielt. Zumindest waren wir ihm dann begegnet.

Einige Sekunden lang hatte ich nicht auf den Kurs geachtet. Als ich aufschreckte, war es schon zu spät.

Der Shift rammte mit hundertfünfzig Stundenkilometern einen rotglühenden Aschenhaufen, einen Berg von etwa hundert Metern Höhe.

Die vorzüglichen terranischen Andruck-Absorber hielten selbstverständlich die Auswirkung der ruckhaften Negativbeschleunigung von mir fern, aber der Shift steckte zu zwei Dritteln in glühender Asche.

Ich aktivierte den Gleiskettenantrieb und schob den Rückwärtsgang ein. Heulend und scharrend, kreischend und donnernd, abwechselnd schnell und langsam drehten sich die breiten Gleisketten. Aber der Shift glitt nur zentimeterweise rückwärts.

Endlich war es doch geschafft. Ich steuerte in geringer Höhe den Shift um den Aschenkegel herum und ging auf Nordwestkurs.

Plötzlich erblickte ich anderthalb Kilometer voraus ein kleines Antigravfloß, das als Spielball der Stürme herumgewirbelt wurde. Undeutlich sah ich eine Gestalt auf dem Floß liegen; ohne den halbkugelförmigen Energieschirm über der Oberseite des Floßes wäre sie längst hinabgestürzt.

Ich bremste ab und näherte mich vorsichtig dem Antigravfloß. Es war von der Art, wie zahlreiche Raumtramps sie vor der Verdummung benutzt hatten. In einem Sonnensystem waren solche Dinger recht brauchbar, wenn man sich einiger Sonnensegel bediente, um sich treiben zu lassen.

Innerhalb des Solsystems waren derartige Fahrzeuge allerdings nicht zugelassen gewesen, denn bei dem starken Raumverkehr wären solche Trampflöße zu stark gefährdet worden. Aber es hatte stets raffinierte Tramps gegeben, die an bevorzugten Linear-Austrittskoordinaten gewartet und auf das Mitgefühl eines Handelsschiffers spekuliert hatten.

Allerdings war mir bisher unbekannt gewesen, daß es solche Reisegewohnheiten auch innerhalb des Schwarms gab.

Jedenfalls wollte ich mir den Vogel dort etwas genauer ansehen – und ich würde ihn wohl oder übel an Bord nehmen müssen, wollte ich den armen Kerl nicht dem sicheren Tod preisgeben.

Als ich noch ungefähr hundert Meter vom Floß entfernt war, richtete sich die Gestalt unter der Energieglocke ein wenig auf und winkte. Ich winkte zurück.

Behutsam manövrierte ich den Shift heran, schickte einen vorprogrammierten Traktorstrahl aus und hielt das Floß wenige Zentimeter neben dem Shift fest. Dann schloß ich meinen Druckhelm, öffnete die Schleuse und ging hinaus.

Doch es war gar nicht so einfach, den Fremden, offenbar einen Schiffbrüchigen, zu bergen. Wie ich sah, trug er zwar einen Raumanzug, aber der war zerfetzt, brandgeschwärzt und zweifellos nichts mehr wert. Mit ihm konnte der bedauernswerte Mann sich keinesfalls der sauerstofflosen hochofenheißen Atmosphäre Partisans aussetzen.

Ich kehrte in die Bugkanzel meines Shifts zurück und schaltete einen Überspannungsschirm um den Allzweckpanzer und das Antigravfloß.

Als ich zum zweitenmal hinauskam, hatte der Schiffbrüchige seinen Energieschirm ausgeschaltet. Er ergriff die Hand, die ich ihm entgegenstreckte, und ließ sich in die Schleusenkammer des Shifts ziehen.

Drinnen besah ich ihn mir genauer. Er war mittelgroß, etwas beleibt, mittelblond und hatte ein Gesicht, das – wenn man die erhebliche Stirnglatze einbezog – wie ein auf der Spitze stehendes Ei aussah.

Am Hinterkopf waren die langen Haare zu drei dünnen Zöpfen geflochten, und an den langgezogenen Ohrläppchen hingen golden glänzende Ringe mit rosafarbenen großen Steinen.

Die Augen waren dunkel umrandet. Wenn man nur flüchtig hinsah, konnte man meinen, die Verfärbung stammte von Faustschlägen. Der Bursche sah aus, als wenn er im nächsten Augenblick umfallen würde. Deshalb führte ich ihn in die Steuerkanzel, schnallte ihn auf dem Platz des Kopiloten fest und holte aus dem Medizinschrank die Flasche Energizer, die dort vorschriftsmäßig aufbewahrt wurde.

Ich trank zuerst, um mich zu vergewissern, daß der Energizer einwandfrei war. Da ich meiner Sache nach dem ersten und auch nach dem zweiten Schluck nicht ganz sicher zu sein glaubte, nahm ich einen dritten Schluck.

Diesmal war ich ganz sicher. Ich wischte mir die Lippen mit dem Handrücken ab und reichte dem Schiffbrüchigen die immerhin noch halb volle Flasche.

Zu meiner grenzenlosen Verblüffung lehnte der Bursche ab. »Schrauben Sie die Flasche zu und fliegen Sie zum Nullzeitdeformator zurück!« sagte er schroff.

Ich gehorchte verwirrt. Doch dann kam mir einiges seltsam vor. Ich blickte den Fremden prüfend an und sagte: »Es tut mir leid, aber vorerst kann ich noch nicht zum Nullzeitdeformator zurück. – Wieso wissen Sie überhaupt über den Deformator Bescheid?«

Er lächelte, aber es war kein bißchen Fröhlichkeit darin. »Ich weiß manches, was manche nicht vermuten, Captain a Hainu. Allerdings weiß ich nicht, warum Sie nicht zum Nullzeitdeformator zurückfliegen wollen.«

»Ich suche jemanden«, gab ich zurück. »Genauer gesagt, jemand soll mich finden.«

»Aha! Und wer ist das?«

»Heppen Shemir.«

Der Schiffbrüchige lachte zynisch. »Ich bin Heppen Shemir«, erklärte er unverfroren. »Also haben Sie keinen Grund mehr, Ihre Rückkehr zum Nullzeitdeformator hinauszuschieben.«

Ich war erschüttert.

Als ich nach einiger Zeit meine Sprache wiederfand, sagte ich: »Schämen Sie sich eigentlich nicht, zuerst unsere Zeitreisemaschine zu bombardieren und dann den Schiffbrüchigen zu spielen, um mühelos an Bord meines Allzweckpanzers zu gelangen?«

Heppen Shemir grinste. »Keineswegs, Captain a Hainu, ich bin nämlich tatsächlich schiffbrüchig. Die kleine Antimateriebombe, die ich auf den Nullzeitdeformator schoß, muß sich während meines Sturzes in die Vergangenheit aufgeladen haben, so daß ihre Wirkung beim Kontakt mit Normalmaterie um etwa das Siebzigfache verstärkt wurde.«

»Aha!« machte ich. »Und dabei ist Ihr Schiff flötengegangen, wie?«

»Ihre Ausdrucksweise ist nicht sehr vornehm, Captain a Hainu«, warf Heppen Shemir mir vor.

Ich winkte ab. »Es ist auch nicht sehr vornehm, Mordanschläge zu inszenieren, Mister Shemir.«

Ich musterte sein Gesicht aufmerksam. »Warum trachten Sie Commander Rorvic eigentlich nach dem Leben?«

Heppen Shemir beherrschte seine Gesichtszüge meisterhaft, aber seine Augen verrieten ihn. Sie sprühten förmlich vor Haß.

»Hätte sich Bodiharm Arhad Rorvic nicht eingemischt, ich würde seit vielen Jahrtausenden Herr dieser Galaxis sein«, flüsterte er heiser. »Er kam und zerstörte mein mühsam aufgebautes Werk, indem er nachwies, daß ich einige Tricks angewendet hatte, um mich als göttliches Wesen erscheinen zu lassen.«

Ich rieb mir die Hände.

»Ja, man soll eben die Götter nicht versuchen.« Das Stimulans in meinem Blut ließ mich keine Furcht empfinden, sondern verlieh mir die Gewißheit, daß nichts und niemand mir etwas antun könnte.

Heppen Shemir atmete pfeifend ein. »Er hat mich unmöglich gemacht bei den Menschen, deshalb werde ich nicht eher ruhen, als bis die Linie des Bodiharm Arhad Rorvic ausgelöscht ist.«

Er wandte mir sein Gesicht zu – und für einen Moment erlag ich der Einbildung, einen fleischlosen Totenkopf zu sehen. »Fliegen Sie zum Nullzeitdeformator zurück!« befahl Heppen Shemir.

Ich hob die Schultern. »Wenn ich Ihnen damit eine Freude bereiten kann, meinetwegen, Mister Shemir.«

Ich schaltete die Andruckabsorber aus und gab volle Gegenbeschleunigung. Mein Körper wurde in den Anschnallgurten nach vorn gerissen, daß ich dachte, ich würde auseinanderbrechen.

Heppen Shemir lachte nur. »Sie glauben doch nicht, ich wäre unvorbereitet an Bord gekommen, Captain«, rief er beinahe fröhlich. »Mit solchen Tricks können Sie mir nicht beikommen.«

»Nun, ich könnte beispielsweise die Schleusen öffnen«, drohte ich und griff nach dem entsprechenden Hebel. Mit seinem zerfetzten Raumanzug würde Heppen Shemir in wenigen Sekunden tot sein.

Doch ich kam nicht an den Hebel heran. Mitten auf dem Weg erstarrte meine Hand; mein Arm wurde so steif wie ein Eisblock.

Fast unerträgliche Schmerzen rasten durch meinen Schädel.

Als die Schmerzen nachließen, sah ich die Umgebung nur noch verschwommen, und auch Shemirs Stimme war undeutlich. Dennoch verstand ich ihn.

»Captain a Hainu!« sagte er scharf. »Fliegen Sie zurück zum Deformator und versuchen Sie nicht wieder einen Ihrer Tricks. Ich sagte bereits, daß ich darauf vorbereitet bin. Beim nächsten Mal ergeht es Ihnen schlimmer.«

»Noch schlimmer ist kaum möglich«, entgegnete ich.

Ich gab mir Mühe, die rotierenden Sonnen vor meinen Augen zu vertreiben. Nach einiger Zeit gelang mir das auch. Als ich wieder einigermaßen klar sah, beschleunigte ich den Allzweckpanzer und steuerte ihn in Richtung Nullzeitdeformator.

Unterwegs zerbrach ich mir den Kopf darüber, wie ich Heppen Shemir unschädlich machen könnte. Nachträglich machte ich mir die größten Vorwürfe. Wenn ich Shemir nicht an Bord genommen hätte, wäre er von ganz allein zugrunde gegangen, spätestens, wenn die Energiequelle des Antigravfloßes versiegte. Statt dessen hatte ich ihn gerettet.

Daran war nur meine Hilfsbereitschaft schuld. Ich konnte einfach nicht zusehen, wie jemand litt. Leider vergaß ich in solchen Fällen immer wieder, mir die Hilfsbedürftigen zuvor auf ihren Charakter hin anzusehen. Eine solche Unterscheidung hätte zwar gegen gewisse ethische Grundsätze verstoßen, mir aber viel Ärger erspart.

Eine halbe Stunde später tauchte der Nullzeitdeformator über dem Horizont auf.

»Hören Sie gut zu, Captain a Hainu!« sagte Heppen Shemir drohend. »Vielleicht lasse ich Sie leben ...«

»Das wäre sehr freundlich, Mister«, unterbrach ich ihn.

»Unterbrechen Sie mich nicht!« fuhr Heppen Shemir hoch.

»Nein, Mister«, erklärte ich.

Shemir schnaufte. »Ich werde Ihnen erklären, wie Sie sich zu verhalten haben, falls wir angerufen werden sollten beziehungsweise sobald wir uns an Bord des Nullzeitdeformators befinden.«

»Ich bin ganz Ohr«, versicherte ich.

Heppen Shemir seufzte. »Ruft man Sie an, erwidern Sie, alles sei in Ordnung und ...«

»Das wäre aber doch gelogen«, protestierte ich.

Abermals raste eine Schmerzwelle durch meinen Schädel. Diesmal schrie ich aus Leibeskräften. Als die Schmerzwelle verebbte, kam es mir vor, als sei mein Schädel ein Gasballon.

»Also, Sie werden sagen, es sei alles in Ordnung«, drang Heppen Shemirs Stimme wie durch eine meterdicke Lage Watte an mein Ohr. »Sobald der

Shift im Hangar steht, lassen Sie mich hinaus. Sie selbst bleiben darin und begründen das damit, daß etwas mit dem Antigravantrieb nicht in Ordnung sei und Sie nachschauen wollten.«

»Warum so umständlich?« fragte ich.

»Weil *meine* Zeitmaschine bei der Explosion zerstört wurde, Captain. Will das denn nicht in Ihren marsianischen Mumienschädel!«

Der Kerl erinnerte mich penetrant an Dalaimoc Rorvic, der auch ständig etwas an meiner marsianischen Abstammung auszusetzen hatte.

»Aha!« machte ich. »Sie wollen also unsere Zeitmaschine benutzen, um in die Jetztzeit zurückzukehren – und dort möchten Sie uns ermorden.«

»Ich ermorde niemanden, ich richte nur jemanden hin!« schrie Heppen Shemir außer sich.

»Schon gut!« versuchte ich ihn zu beschwichtigen.

Ich steuerte den Shift durch die offene Schleuse in den Hangar, setzte ihn in seinem Verankerungsfeld ab und öffnete die Schleuse.

Heppen Shemir blickte mich drohend an. »Keine Dummheiten, Marsianer!« flüsterte er. »Das nächstemal wird der Schmerz unerträglich sein.«

»Dann nehme ich eben eine Kopfschmerztablette«, entgegnete ich.

Aber da war Heppen Shemir bereits ausgestiegen. Er wollte in Richtung des Schottes eilen, hinter dem sich die Rüstkammer befand, als plötzlich mitten im Hangar Ras Tschubai, Ribald Corello und Dalaimoc Rorvic materialisierten.

»Sie sind am Ende Ihres Weges angelangt, Heppen Shemir!« rief der Tibeter. »Geben Sie auf und sagen Sie mir, was Sie dazu trieb, die Mordanschläge gegen mich zu planen!«

Heppen Shemir blieb stehen und wandte sich langsam um. Ich sah, wie Dalaimoc Rorvic wie unter einem physischen Schlag zurücktaumelte und erbleichte. Seine rötlichen Augen starrten Heppen Shemir an.

»So ist das also!« sagte er tonlos. »Der entthronte Götze will sich am fernen Nachkommen von Bodiharm Arhad Rorvic rächen. Und ich hatte immer gedacht, du seiest längst zu Stein geworden.«

Heppen Shemir lachte grauenvoll. »Dein Urahn war eben zu weich. Er glaubte mir, als ich hoch und heilig versprach, mich nie wieder in die Geschicke eines Volkes einzumischen.« Er hob die Stimme. »Nun stirb, letzter Sproß des Bodiharm Arhad! Ich bin gespannt, ob du dich in ...«

Die Stimme brach schlagartig ab, als Heppen Shemir sich in eine tiefschwarze Sphäre hüllte. Im nächsten Augenblick waren Sphäre und Heppen Shemir verschwunden.

»Sie?« fragte Tschubai den Supermutanten.

Corello bestätigte mit dumpfer Stimme. »Ich war es«, erklärte er. »Eine Ausstrahlung Heppen Shemirs verlieh mir noch einmal die Kraft, als Quintadimtrafer jemanden in ein fünfdimensionales Kontinuum zu schicken. Hätte ich es nicht getan, wären wir wenige Sekunden später durch diese Strahlung getötet worden.«

»Danke, Ribald!« sagte Rorvic.

Dann blickte er zu mir hoch und rief: »Kommen Sie endlich heraus, Sie nichtsnutziger Dünentramp! Ein wenig mehr Eigeninitiative hatte ich schon von Ihnen erwartet. Durch Ihr Verschulden wäre Heppen Shemirs Rechnung beinahe doch noch aufgegangen.«

33.

Bericht Perry Rhodan

Ich spürte, wie sich eine Art Schocklähmung in mir ausbreitete, als Ovarons Nachricht mich erreichte. Der Ganjo war als Geheimkurier nach Partisan geflogen, um die Besatzung des Nullzeitdeformators über das zwischen mir und Nostradamus getroffene Abkommen zu informieren und neue Anweisungen zu überbringen.

Wie durch einen milchigen Schleier sah ich das Bild auf dem Schirm. Es wurde durch drei Relaisstationen übermittelt und unterwegs achtzehnmal verschlüsselt, zerhackt – und schließlich in der Großstation von Imperium-Alpha in den Normalzustand zurückversetzt.

»Der Nullzeitdeformator ist verschwunden!« wiederholte ich.

Das verschwommene Abbild Ovarons nickte. »Zumindest ist er unauffindbar, Perry. Ich habe die ganze Oberfläche Partisans abgesucht, aber keine Spur des Geräts entdeckt. Ja, ich kann nicht einmal sagen, ob der Nullzeitdeformator jemals auf diesem Planeten angekommen ist.«

»Angekommen ist er«, antwortete ich. »Der Transporter hat sich von unterwegs gemeldet.« Mentro Kosum hatte Anweisung, vorläufig nicht ins Solsystem zurückzukehren, sondern mit seinem Transporter ständig die schwarminterne Position zu wechseln. Ich wollte vermeiden, daß Imagos Helfer ihn aufspürten.

»Was soll ich jetzt tun?« erkundigte sich der Ganjase.

»Gehen Sie in eine wechselnde Kreisbahn um Partisan, Ovaron – und melden Sie sich sofort, wenn Sie einen Hinweis auf den Verbleib des Nullzeitdeformators erhalten. Mehr läßt sich zur Zeit leider nicht tun.«

Ich hatte das Gespräch gerade beendet, als Atlan in die abhörsichere Zelle der Hyperkomzentrale kam. Der Arkonide bemerkte meinen grüblerischen Gesichtsausdruck. »Ärger, Perry?« fragte er.

Ich nickte. »Der Nullzeitdeformator ist verschwunden.« Ich berichtete ihm, was Ovaron durchgegeben hatte.

Atlan schüttelte den Kopf. »Ich glaube nicht, daß jemand den Nullzeitdeformator gestohlen hat. Eher nehme ich an, daß die Besatzung ihn erproben wollte und ein Stück in die Vergangenheit gereist ist.«

»Dazu ist sie nicht befugt«, entgegnete ich. »Diese Kerle müssen doch wissen, was auf dem Spiel steht, zum Donnerwetter noch einmal!«

Atlan grinste.

»Wenn Terraner neugierig sind, gehen sie jedes Risiko ein, Perry. Aber ich glaube nicht, daß sie nur aus Neugier handelten. Ras und Fellmer sind dabei, und diese beiden Männer würden niemals unbesonnen handeln, dazu besitzen sie viel zuviel Erfahrung.«

Ich stand auf. »Du hast mich überzeugt. Gehen wir zu Nostradamus und lassen uns nichts anmerken.«

Während wir einen langen Liftschacht hinabschwebten, dachte ich an die vergangenen vierundzwanzig Stunden zurück. Viel war inzwischen geschehen.

Gemäß unserem Übereinkommen waren tausend riesige Pilzraumschiffe der sogenannten Schwarminstallateure an den Polen der Erde gelandet. Nur sie mit ihren Spezialgeräten waren in der Lage, den Energiehaushalt der Sonne anzuzapfen und mit den gewonnenen Energien ein »Antitransfeld« aufzubauen.

Dieses Antitransfeld stand inzwischen. Es schirmte das gesamte Solsystem gegen die Transitionsenergien ab, die der entsprechend geschaltete Schmiegeschirm des Schwarms durch den gesamten schwarminternen Raum jagte. Sobald diese Energien das Antitransfeld trafen, würde das Solsystem sozusagen in ein dimensional übergeordnetes Kontinuum ausweichen.

Brach der Fluß der Transitionsenergie ab, würde das Antitransfeld umgepolt – und das Solsystem fiel in den Normalraum zurück. Das würde allerdings an einem schwarmexternen Koordinatenpunkt geschehen, der rund neunhundert Lichtjahre von der ursprünglichen galaktischen Position des Solsystems entfernt war.

Sobald der Schwarm weitergezogen war – und ich hatte die Zusicherung von Imago II, daß er so weit transitieren würde, daß er mindestens hundert Lichtjahre vom normalen galaktischen Standort des Solsystems rematerialisierte –, mußte ein weiteres Manöver durchgeführt werden.

Mit Hilfe der Schwarminstallateure würde das Solsystem noch einmal transitieren und rund neunhundert Lichtjahre in der bisherigen Flugrichtung des Schwarms befördert werden, wo es endgültig die alte Position einnahm.

Doch bevor all dies getan werden konnte, mußten die zahlreichen Einheiten der Solaren Flotte sowie der Flottenverbände unserer Verbündeten – der Maahks und der Posbis – ins Solsystem zurückgeführt, mußte der systemumspannende Paratronschirm aufgelöst werden.

Inzwischen war der größte Teil dieser Arbeiten beendet. Dennoch trafen immer wieder kleinere und größere Verbände im Solsystem ein. Auch die Einheiten, die während der letzten Wochen spezielle Aufgaben außerhalb des Schwarms erfüllt hatten, waren zurückgekehrt.

Hinter ihnen hatte sich die Strukturschleuse im Kopfteil des Schwarms geschlossen. Das ganze riesige Gebilde mit seinen vielen tausend Sonnensystemen und zahllosen Zivilisationen bereitete sich auf einen neuen gewaltigen Sprung vor. Die Triebkraft war in erster Linie der sogenannte Zugvogeldrang der neugeborenen Karties, der sich nicht mehr unterdrücken ließ, seit die letzten Karties ihre Teilungsgeburten beendet hatten.

Ich drängte diese Gedankengänge zurück, als Atlan und ich die Führungszentrale von Imperium-Alpha betraten. Merceile nickte mir von einem seltsam geformten Gerät zu. Es handelte sich um einen großen Dakkarkom.

»Alle Pedotransferer sind ins Solsystem zurückgekehrt und befinden sich an Bord ihrer Transportschiffe«, berichtete Merceile.

Ich bedankte mich, verschwieg aber, daß der Nullzeitdeformator verschwunden war. Niemand konnte wissen, ob sich unter den vielen tausend Menschen im Solaren Befehlszentrum nicht doch ein paar getarnte Cynos befanden.

Ich wandte mich nach links, als ich erregtes Stimmengewirr hörte. Dort saß Reginald Bull vor einem Simultan-Leitpult und sprach gleichzeitig zu mehr als einem Dutzend von Verbandskommandeuren, die ihrerseits auch etwas sagen wollten.

Bully meisterte die Situation mit Stimmkraft und Humor. Innerhalb weniger Minuten herrschte Klarheit. Er blickte sich zu mir um und kniff ein Auge zu.

»Alles klar, Perry! Sollte Nostradamus eine Schweinerei versuchen, wird ihm die Flotte die Finger platt hauen!«

»Ich hoffe, alle GrIko-Netze sind so verteilt, daß ein Optimum an Wirkung erzielt wird. Immerhin wird es noch einmal zu einer Verdummung kommen, sobald das Solsystem den Schwarm verlassen hat.«

»Das geht schon in Ordnung, Perry«, antwortete Reginald. »Zweihunderttausend Gripskopfnetze wurden an ihre früheren Träger ausgegeben, die restlichen hunderttausend, die mit der HYPERION kamen, an Neulinge.«

Ich nickte. Die letzten hunderttausend GrIko-Netz-Träger bereiteten mir

Sorgen. Erfahrungsgemäß reagierten vierzig von hundert Menschen allergisch darauf. Das würde sich aber erst bemerkbar machen, wenn das Solsystem in den Normalraum zurückgekehrt war.

Es hatte viel Mühe gekostet, jedem der hunderttausend unerprobten GrIko-Netz-Träger ein bis zwei Ersatzpersonen zuzuteilen, die bei einem Versagen des Trägers die Netze unverzüglich entfernten und an sich selbst erprobten.

Ein Signal erregte meine Aufmerksamkeit.

»Imago II für den Großadministrator!« sagte eine Robotstimme.

Ich schaltete mich in die Hyperkomanlage ein und sah wenig später das Abbild des Cynos auf einem Schirm. Nostradamus sah mich ernst an.

»Es ist soweit, Perry Rhodan«, sagte er. »Bald werden sich unsere Wege trennen. Ich wünsche Ihnen und der Menschheit alles Gute und bedaure nur, daß wir nicht länger zusammenarbeiten können. Aber ich werde mich an die Abmachungen halten, Terraner. Wie sieht es damit bei Ihnen aus?«

»Wir auch, Nostradamus«, antwortete ich.

»Gut. Aber ich verlange, daß nach dem Ausscheiden des Solsystems aus dem Schwarm der Nullzeitdeformator unter meiner Aufsicht vernichtet wird.« Der Cyno lächelte. »Ich möchte Erschütterungen der Gegenwartsstruktur vermeiden, die zweifellos entstünden, wenn Sie nach einer Transition des Schwarms mein Energiegrab vor meinem Erwachen vernichten ließen.«

Ich begriff, mit welchen Sorgen Nostradamus sich trug. Niemand konnte genau vorhersagen, was geschehen würde, wenn bereits Geschehenes plötzlich niemals hatte geschehen können, weil der Steuermann niemals erwacht war. Im Falle so energiereicher Ereignisse, wie es die Großtransition des Schwarms darstellte, mußte es zweifellos zu fürchterlichen Strukturerschütterungen kommen.

Doch ich hatte niemals vorgehabt, Nostradamus zu hintergehen. Deshalb sagte ich zu.

Der Cyno hob die Hand. »Bitte, erwarten Sie die Transition des Schwarms in einer halben Stunde, Perry Rhodan.« Er lächelte. »Es wird alles gutgehen.«

Ich erwiderte das Lächeln. »Danke, Nostradamus. Ich wünsche Ihnen ebenfalls alles Gute.«

»Wir sehen uns später noch einmal auf der Erde«, meinte er. »Wegen des Nullzeitdeformators.«

Ich nickte nur, da ich ihn nicht direkt anlügen mochte. Nostradamus war also, wie wir es beabsichtigten, davon überzeugt, daß der Nullzeitdeformator am terranischen Südpol stand – etwas in die Vergangenheit zurückversetzt, versteht sich.

Mir war es recht, wenn er auch weiterhin davon überzeugt war. Ich durfte im Interesse der Menschheit nichts riskieren. Wenn ich Nostradamus verriet – jetzt schon verriet –, daß der Nullzeitdeformator auf einem Planeten innerhalb des Schwarms stand – wer garantierte mir dann für die Loyalität der Cynos?

Dabei konnte ich nur hoffen, daß die Zeitreisemaschine bald wieder auftauchte, denn auch ich wollte nicht als wortbrüchig dastehen. Deshalb mußte der Nullzeitdeformator wieder her, damit Imago II sich von seiner Vernichtung überzeugen konnte.

Ich holte tief Luft und wandte mich an Reginald. »Bully, schick den Warnimpuls ab, damit kein Mensch unvorbereitet ist, wenn der Schwarm transitiert.«

Reginald nickte und drückte auf die entsprechende Schaltplatte. Mehr hatte er nicht zu tun, denn alles andere war längst mathelogisch berechnet und vorprogrammiert. Jeder Solarier wußte, wie er sich zu verhalten hatte, um das Risiko so gering wie nur möglich zu halten.

Bericht Tatcher a Hainu

Ich blickte beunruhigt zu Professor Tajiri Kase und Dr. Bhang Paczek, die wie hypnotisierte Kaninchen auf die Kontrollen des Nullzeitdeformators starrten.

Die Zeitreisemaschine bewegte sich schwankend und ruckend in Richtung Relativzukunft – jedenfalls hofften wir das alle, denn es stand fest, daß die vor fünfzigtausend Jahren explodierte Bombe Heppen Shemirs strukturelle Veränderungen in der Außenhülle hervorgerufen hatte.

Da die Hülle des Nullzeitdeformators bei Errichtung des Nullzeitfeldes als einer der Zeitlinienpole diente, erschwerte auch die geringfügige Veränderung ihrer Struktur die Zeitnavigation.

Immerhin waren wir wenigstens in Richtung Relativzukunft gestoßen worden, nachdem wir den Deformator zum gleichnamigen Pol unseres Vergangenheitspunktes geschaltet hatten. Da gleichpolige Ladungen sich abstoßen, brauchten wir nur wenig zusätzliche Energie.

Hoffentlich hatten wir eine einwandfreie Polung erzielt, sonst würden unbekannte Kräfte uns in eine Seitenlinie unserer eigenen Entwicklung werfen.

Eine schwere Hand krachte auf meine Schulter, und ich rutschte in meinem Sessel einen halben Meter tiefer.

»Ich an Ihrer Stelle würde mir keine Gedanken machen, Tatcher«, sagte Dalaimoc Rorvic in beinahe väterlich-wohlwollendem Ton. »Irgendwann werden wir schon ankommen.«

»Haha!« machte ich schwach. »Ihnen mag das egal sein, mir nicht. Ich bin schließlich verheiratet, Sie nicht. Sie scheinen überhaupt nichts für Frauen übrig zu haben, wie?«

»Die Frauen sind die Ursache der Sünde, mein Sohn«, erklärte der Tibeter mahnend. »Oft stehen Frauen als Motive hinter menschlicher Begehrlichkeit, dem Streben nach Leistung, Macht, Besitz und Genuß.«

»Die alte Leier«, entgegnete ich.

Rorvic drehte mich zu sich herum, packte meine Nase mit Daumen und Zeigefinger und riß sie zu sich heran. Mein Kopf prallte an seinen Bauch und flog wieder zurück. Bevor ich stürzen konnte, hielt mich Dalaimoc Rorvic am vorderen Kreuzgurt fest.

»Ich werde Sie lehren, meine gutgemeinten Ratschläge zu verspotten, Tatcher!« sagte er drohend. »Denken Sie lieber daran, daß Sie Ihren letzten Auftrag völlig verpatzt haben. Anstatt Heppen Shemir mit seinem Antigravfloß treiben zu lassen, retten Sie ihn auch noch.«

»Ich habe genau nach Ihren Anweisungen gehandelt, Sir«, protestierte ich.

Der fette Albino winkte ab. »Anweisungen, pah! Sind Sie ein Automat oder ein eigenständig denkender Mensch?«

»Ich bin ein Marsianer der a-Klasse«, erwiderte ich stolz.

Dalaimoc Rorvic grinste niederträchtig. Es wirkte direkt beleidigend.

»Das merkt man – in der Tat, das merkt man!« sagte er selbstgefällig und strich sich den fetten Bauch.

Bei Kase und Paczek fuhren einige blaue Entladungen knatternd durch die Luft. Der Nullzeitdeformator schaukelte heftig. Aus dem Liftschacht tauchte Dr. Wentworth Gunnison auf.

»Gleich sind wir da!« rief Gunnison.

Ein heftiger Ruck riß ihn von den Füßen und warf ihn quer durch die Nullfeldzentrale. Mit der Schulter prallte er gegen Kases Hüfte. Da der Ertruser halb gebeugt über seinem Schaltpult stand, genügte der Anprall, um ihn aus dem Gleichgewicht zu bringen.

Tajiri Kase fiel mit dem Oberkörper auf das Pult und drückte zur gleichen Zeit mindestens dreißig Tasten. Es summte, pfiff, blinkte und flackerte auf der Kontrollwand, dann gab es einen heftigen Knall.

Ich rang verzweifelt nach Luft, während das Licht erlosch und mehrere Kurzschlüsse die Nullfeldzentrale mit Knattern und Knistern erfüllten.

Mir war, als befände ich mich plötzlich im Vakuum oder in einer sauerstofflosen Atmosphäre. Dabei wußte ich genau, daß das nicht sein konnte, aber die Emotionen überwogen kurzfristig den Verstand.

Das Ganze dauerte vielleicht zehn Sekunden, dann ging das Licht wieder an. Auf den Bildschirmen der Panoramagalerie war die aus der Jetztzeit vertraute Landschaft Partisans zu sehen.

Als der Hyperkommelder summte, aktivierte Rorvic das vor ihm stehende Gerät. Auf dem Bildschirm entstand Ovarons Abbild.

»Ich hatte Sie schon vermißt«, sagte der Ganjo, »und auch der Großadministrator ist sehr beunruhigt.«

»So?« machte Rorvic. »Warum denn?«

Ovaron holte tief Luft. »Sie waren verschwunden!«

»Na, wennschon, Sir, jetzt sind wir doch wieder da. Weshalb also die Aufregung?«

Ovaron lachte gepreßt. »Und ich dachte, ich hätte mich im Laufe früherer Jahre an den eigentümlichen terranischen Humor gewöhnt. Ist bei Ihnen alles in Ordnung, Commander Rorvic?«

»Aber selbstverständlich, Sir. Wann soll denn die Schwarmtransition stattfinden?«

»Bald«, antwortete der Ganjo der Ganjasen ernst. »Das Solsystem befindet sich bald wieder im schwarmexternen Raum und bereitet die Rückkehr zur alten Position vor. Ich nehme an, der Großadministrator und Nostradamus werden demnächst hier eintreffen. Perry Rhodan hat dem Cyno zugesagt, den Nullzeitdeformator zu vernichten.«

Dalaimoc Rorvic hob die Schultern.

»Meinetwegen. Er taugt sowieso nicht mehr viel, seit Heppen Shemir eine Antimateriebombe auf ihn geworfen hat.«

Ovaron seufzte. »So recht begreife ich Ihre Gleichgültigkeit nicht, Commander Rorvic.«

»Wieso?«

»Nun, eine Zeitreisemaschine ist immerhin ein Gegenstand von sozusagen zeitlosem Wert. So etwas wirft man doch nicht einfach weg.«

Der fette Albino winkte ab. »Wie schon gesagt, die alte Zeitschaukel taugt nicht mehr viel. Wir sind nur durch einen glücklichen Zufall wieder hochgekommen. Bei der nächsten Zeitreise könnten die Insassen in eine Zeitphase geraten, in die sie nicht wollen – und sie kommen dann vielleicht nie wieder zurück.«

Diesmal lachte der Ganjase, dann sagte er: »Ich unterrichte schnell den Großadministrator, während mein Schiff landet. Halten Sie die Verbindung aufrecht.«

Nach kurzer Zeit meldete er sich wieder.

»Alles in Ordnung. Ich lande in zehn Minuten. Der Großadministrator berichtete mir, daß der Schwarm in zwanzig Minuten transitiert. Das Solsystem wird durch ein Antitransfeld zurückgehalten und später durch eine eigene Transition zu seiner normalen galaktischen Position zurückbefördert.«

»Fein«, lobte Dalaimoc Rorvic, »ich wußte ja, daß ich durch meinen Einsatz die positive Entscheidung herbeiführen würde.«

Ovaron gab einen Laut von sich, der sich wie unterdrücktes Stöhnen anhörte. Er hatte alle meine Sympathien, wie alle, deren Nerven Rorvic erschüttert hatte.

Genau zur angegebenen Zeit landete Ovarons Space-Jet neben dem Nullzeitdeformator. Der Ganjase teilte mit, er wolle in seinem Raumschiff warten, bis der Schwarm seine Großtransition durchgeführt habe.

Als dann die Transition kam, hatte ich das Gefühl, von innen heraus zu explodieren – doch im nächsten Augenblick war alles wieder normal, bis auf einen stechenden Schmerz im Nacken und das leichte Beben der Planetenkruste.

Als das Beben abgeklungen war, kam der Ganjo herüber. Aufmerksam sah er sich in der Nullfeldzentrale um; hier und da strich er mit der Hand über ein Kontrollpult. Ich ahnte, woran er dachte. Mit dieser Zeitmaschine hatte er vor ungefähr zehn Jahren Erdzeit zweihunderttausend Jahre der Entwicklung seines eigenen Volkes übersprungen.

Gemeinsam mit Perry Rhodan und der Besatzung der MARCO POLO war Ovaron dann in seine Heimatgalaxis zurückgekehrt und hatte in mühevollen diplomatischen und militärischen Aktionen sein von den Takerern unterdrücktes Volk befreit und Zustände geschaffen, die ein friedliches Nebeneinanderleben beider großen Cappin-Völker für lange Zeit ermöglichen würde.

Später rief uns Tajiri Kase zum Essen. Es gab relativ einfache Tiefkühlnahrung, aber dafür einen hervorragenden Kaffee.

Noch während wir beim Kaffee saßen, meldete sich über Hyperkom Mentro Kosum. Er befand sich mit dem Transportschiff im Anflug auf Partisan.

Und kurz darauf rief uns auch der Großadministrator an. Perry Rhodan und Nostradamus kamen mit dem Diskusschiff des Cynos. Sie landeten eine halbe Minute später als Kosums Transporter.

Nachdem wir den Diskus und die MOPY II in den Transporter verladen hatten, trafen wir uns in der Kommandozentrale von Kosums Schiff.

Zum erstenmal war Nostradamus vernünftig angezogen. Er trug einen enganliegenden schwarzen Kampf-Raumanzug mit Kapuzenhelm und großen gelben Emblemen auf Brust und Rücken. Die Symbole stellten je einen flammenden Kreis und eine darin liegende Schlange mit Sperberkopf dar.

Dalaimocs Augen funkelten, als er die Symbole sah. Leise, kam verständlich, sagte er: »Der Gott mit dem Sperberkopf ist der erste, er ist ewig, unübertroffen, unteilbar, ohnegleichen, der Führer zu allem, was schön ist …«

Nostradamus hatte ihn offenbar doch verstanden, denn er lächelte und sagte: »Der Kreis ist das Universum und die Schlange in seiner Mitte der gute Genius.«

Perry Rhodan runzelte die Stirn.

»Das sind uralte Sprüche, meine Herren. Commander Rorvic, Sie zitieren Zoroaster mit einem Stück aus dem heiligen Ritual der Perser – und Sie, Nostradamus, aus einer Überlieferung, die, soviel ich von meinem Freund Atlan weiß, von den Nachkommen überlebender Atlanter nach Ägypten gebracht wurde. – Offenbar sind Sie beide sehr in terranischer Geschichte bewandert.«

Dalaimoc Rorvic neigte den kahlen Schädel und sagte in demutsvollem Ton: »Ich war schon in der Schule sehr fleißig und habe später viele uralte Schriften studiert, von denen viele in vergessenen Klöstern verstaubten.«

Nostradamus grinste. »Und ich habe sehr vieles selbst miterlebt – und auch sehr vieles von Augenzeugen gehört.«

Er sah Perry Rhodan an. »Terraner, die Vergangenheit der Menschheit reicht weiter zurück, als ihr es euch heute zu träumen wagt – und sie ist so reich an atemberaubenden Ereignissen und Abenteuern, Aufstiegen und Niedergängen, daß keine Zukunft phantastischer sein könnte.«

Er hob die Schultern. »Glauben Sie mir, nicht nur aus pragmatischen Motiven heraus wollte ich das Solsystem und die Solarier im Schwarm – und damit in meiner Nähe – behalten.«

»Ich glaube es Ihnen, Nostradamus«, betonte Rhodan mit feierlichem Ernst. Er blickte den Tibeter an. »Commander Rorvic, ist der Nullzeitdeformator klar zur Sprengung?«

Rorvic sah mich an. »Captain Hainu, haben Sie den NZD klar zur Sprengung gemacht?«

»Ja, Sir«, antwortete ich.

Rorvic blickte wieder Rhodan an und sagte: »Der Nullzeitdeformator ist klar zur Sprengung, Sir.«

Leicht amüsiert wandte sich Rhodan an Kosum. »Bitte starten Sie und bringen Sie den Transporter in eine Kreisbahn. Von dort aus werden wir dann die Sprengladung zünden und die Zerstörung der Zeitmaschine beobachten.«

So hielten wir es dann auch. Schweigend blickten wir auf den betreffenden Bildschirmsektor der Panoramagalerie, als unten auf Partisan der Nullzeitdeformator in einer gewaltigen explosiven Kernfusion vernichtet wurde.

Wir schwiegen auch noch, als Mentro Kosum das Schiff aus der Kreisbahn »kickte« und das Linearmanöver vorbereitete.

Kurz vor der Strukturschleuse des Schmiegeschirms ließ Nostradamus sich mit seinem Diskusschiff ausschleusen. Er wollte den Schwarm nicht verlassen.

Wir dagegen hatten es eilig. Im Solsystem mußte inzwischen wieder die Verdummung wirksam geworden sein – keine so starke wie ganz am Anfang, sondern nur eine leichte, hatte NATHAN errechnet, aber immerhin eine Minderung der Intelligenz.

Doch das war leider nicht alles. Wir hatten den Schwarm kaum verlassen, als wir eine Hyperkomsendung von Imperium-Alpha auffingen. Darin teilte Atlan mit, die Pedotransferer hätten unter den Schwarminstallateuren einige Kontra-Cynos entdeckt, die sich mit Hilfe der Paramodulation getarnt hätten.

Perry Rhodan befahl, die Kontra-Cynos unbehelligt zu lassen, bis das Solsystem endgültig wieder seine alte galaktische Position eingenommen hatte.

Leider kam es zu einem Zwischenfall, und die Kontra-Cynos merkten, daß man sie durchschaut hatte. Auf der Erde entstand eine äußerst gefährliche Lage, denn die Kontras in der Gestalt von Schwarminstallateuren versuchten, die angezapfte Sonnenenergie zur Erhöhung der Erdschwerkraft und zur Aufheizung der Erdatmosphäre zu mißbrauchen.

Die Pedotransferer mußten mit geballten Kräften eingreifen. Sie wurden unterstützt durch die echten Schwarminstallateure und die kleinen Purpurnen, die in jedem Pilzraumschiff als Kampfmannschaft vorhanden waren.

Außerdem setzte Lordadmiral Atlan die Leonidas-Division ein, um die Landeplätze der Pilzraumschiffe abzuriegeln und flüchtende Kontra-Cynos zu bedrängen, daß sie zu steinernen Obelisken erstarrten.

Diese Aktionen wurden durch den Umstand erschwert, daß alle tausend auf der Erde gelandeten Pilzraumschiffe erforderlich waren, um das Solsystem an seinen angestammten Platz zu bringen. Keines von ihnen durfte ernsthaft beschädigt werden.

Doch alles ging noch einmal gut. Durch ein vorbildliches Zusammenspiel der Pedotransferer mit den echten Schwarminstallateuren, den Purpurnen und der Leonidas-Division konnten die Kontra-Cynos sämtlich aus den Pilzraumschiffen vertrieben werden.

Sie flüchteten über die Eiswüsten der irdischen Pole, wurden von den Robotern der Leonidas-Division angegriffen und begingen letzten Endes in ihrer ausweglosen Lage das, was die Cynos Selbstmord nannten.

Rund dreitausend schattenlose Obelisken »schmückten« schließlich die Pole der Erde.

Dann setzten die echten Schwarminstallateure ihre Arbeit fort. Mit insgesamt vier Transitionen dirigierten sie das Solsystem nicht nur in seine alte galaktische Position, sondern richteten auch Fortbewegungsrichtung und -geschwindigkeit so ein, daß diese Faktoren genau den früheren entsprachen.

Wir flogen indessen in zwanzig kurzen Linearmanövern – zwanzig deshalb, damit wir bei den Orientierungsaustritten per Hyperkom die neuesten Nachrichten aus dem Solsystem erhielten – zur alten Position.

Die Urmutter der Menschheit, Sol, war bereits deutlich als heller Stern im Frontsektor der Panoramagalerie zu sehen, als abermals etwas Unvorhergesehenes geschah.

Plötzlich erstarrte Ovaron schlagartig. Seine Augen wurden blicklos, so als sähe er nach innen.

Ich wollte rufen, aber Perry Rhodan machte eine beschwichtigende Geste. »Der Ganjo hat Pedotransferbesuch bekommen«, erklärte er mit verstecktem Lächeln.

»Einen Gastganjasen sozusagen«, warf Dalaimoc Rorvic ein.

In diesem Augenblick normalisierten sich Ovarons Augen wieder, und er sagte:

»Es war ein Sextadim-Kurier aus der Stammannschaft des Pedopeilers. Er berichtete, der Schwarm hätte zwar die Transition um zwölftausendzweihundert Lichtjahre exakt durchgeführt, dabei aber den Kurs geändert. Der Schwarmkopf ist nur noch drei Lichtstunden von jenem Sonnensystem entfernt, um dessen Sonne unser Pedopeiler kreist. Messungen ergaben, daß der Schwarm dieses Sonnensystem zwar mittels Kokonlagerung retten könne, nicht aber den Pedopeiler.«

»Warum nicht?« fragte Perry Rhodan.

»Der Schmiegeschirm und der Pedopeiler würden infolge einer gewissen energetischen Feindschaft explosiv reagieren. Es tut mir leid, Perry, aber damit dürfte mein Besuch beendet sein.«

Rhodan seufzte. »Alles geht zu schnell vorbei, Ovaron.«

Damit hatte er mir aus dem Herzen gesprochen. Als ich allerdings erfuhr, daß die KONG-KONG sich über Hyperkom bei Imperium-Alpha gemeldet hatte und übermorgen auf der Erde landen würde, änderte ich meine Ansicht über das Vergehen der Zeit.

Als wir zur Landung auf der Erde ansetzten, waren die Pilzraumschiffe gerade gestartet. Sie zogen mit feurigen Schweifen an uns vorüber, um den Schwarm einzuholen und die nächste Transition mitzumachen, die ihn aus der Galaxis hinausführen würde.

Auf dem Landefeld von Imperium-Alpha erwartete der Rest der ganjasischen Pedotransferer ihren Ganjo. Von den 400.000 waren bereits 396.000 in den Pedopeiler zurücktransferiert.

Ovaron hatte dafür gesorgt, daß wir diesmal ausreichend mit Dakkarkomen versorgt wurden. Außer dem einen riesigen Gerät, das bereits in Imperium-Alpha installiert worden war, hatten die Ganjasen uns zwanzig mittelgroße Geräte geliefert. Mit jedem Dakkarkom konnte die Galaxis Gruelfin mühelos erreicht werden.

Als der Ganjo sich von Merceile verabschieden wollte, schüttelte die Takererin lächelnd den Kopf und sagte: »Ich möchte Sie begleiten, wenn Sie nichts dagegen haben, Ganjo. Es war sehr schön bei den Menschen dieser Galaxis, aber ich sehne mich nach jenen Sternen zurück, unter denen ich vor mehr als zweihunderttausend Jahren geboren wurde.«

Ovaron blickte überrascht drein, dann erhellte sich seine Miene. Er umfaßte Merceiles Schultern. »Willkommen in der Galaxis, die unseren beiden Völkern gemeinsam gehört, Merceile! Ich freue mich, daß Sie nach Hause kommen wollen.«

Atlan, Roi Danton und ich standen ein wenig abseits. Ich sah, wie Roi das Gesicht verzog, als Merceile ihren Entschluß verkündete. Wahrscheinlich dachte er ein wenig wehmütig daran, daß seine Freundschaft mit Merceile beinahe Liebe geworden wäre – aber eben nur beinahe.

Atlan bemerkte lächelnd: »Der Ganjo der Ganjasen liebt die Takererin, daran zweifle ich nicht mehr. Wahrscheinlich wird die Vereinigung dieser beiden Cappins für Ganjasen und Takerer später einmal zum Symbol der Vereinigung ihrer Völker werden.«

Wir winkten den Pedotransferern zu, dann verschwanden die Ganjasen vor unseren Augen einer nach dem anderen völlig lautlos, um auf der sogenannten Dakkarspur, auch Sextadimspur genannt, in den Pedopeiler zurückzukehren – und von dort aus zum wartenden Pedopeiler in ihrer Galaxis.

Nachwort

Wir sind am Ende der Geschichte um den Schwarm angelangt – dies ist zugleich der Anfang einer neuen Geschichte. Denn die Geschehnisse um den Schwarm leiten eine neue Epoche in der PERRY RHODAN-Serie ein.

Mit dem Schwarm beginnt die kosmische Phase der Serie. Unter der Ägide des viel zu früh verstorbenen William Voltz macht sich Perry Rhodan auf, die Hintergründe des Universums zu enträtseln.

In den Büchern des Schwarm-Zyklus zieht ein Hauch kosmischer Geheimnisse durch die Handlung, die Ahnung von fremden, unglaublich hochentwickelten Mächten, die das Schicksal der Terraner und aller anderen Völker in der Milchstraße und weiten Teilen des Universums bestimmen.

Dieser Hauch wird sich verdichten – und zu atemberaubenden Verwerfungen führen: zum Ende des Solaren Imperiums, zu einer Erde, die auf der Flucht von den Laren viele Millionen Lichtjahre entfernt heimatlos im Mahlstrom der Sterne treibt, zu einem entvölkerten Terra und danach zu einem neuen Beginn. Nachzulesen ist diese Geschichte in den PERRY RHODAN-Silberbänden ab Band 64. Sie sind überall dort erhältlich, wo es Bücher gibt.

In diesen Band sind folgende Heftromane eingeflossen: *Die Zeit mutiert* (564) von Ernst Vlcek; *Gucky, der Meisterdieb* (565) von Clark Darlton; *Planet im Hyperraum* (566) und *Der Mann aus dem Eis* (567) von William Voltz, sowie *Rebellion der Cynos* (568) und *Das Korps der Cappins* (569) von H. G. Ewers

Ihre PERRY RHODAN-Redaktion

Zeittafel

1971/84	Perry Rhodan erreicht mit der STARDUST den Mond und trifft auf die Arkoniden Thora und Crest. Mit Hilfe der arkonidischen Technik Einigung der Menschheit und Aufbruch in die Galaxis. Das Geistwesen ES gewährt Rhodan und seinen engsten Wegbegleitern die relative Unsterblichkeit. (HC 1-7)
2040	Das Solare Imperium ist entstanden und stellt einen galaktischen Wirtschafts- und Machtfaktor ersten Ranges dar. In den folgenden Jahrhunderten Bedrohung durch die Posbi-Roboter und galaktische Großmächte wie Akonen und Blues. (HC 7-20)
2400/06	Entdeckung der Transmitterstraße nach Andromeda; Abwehr von Invasionsversuchen von dort und Befreiung der Völker vom Terrorregime der Meister der Insel. (HC 21-32)
2435/37	Der Riesenroboter OLD MAN und die Zweitkonditionierten bedrohen die Galaxis. Nach Rhodans Odyssee durch M 87 Sieg über die Erste Schwingungsmacht. (HC 33-44)
2909	Während der Second-Genesis-Krise kommen fast alle Mutanten ums Leben. (HC 45)
3430/38	Das Solare Imperium droht in einem Bruderkrieg vernichtet zu werden. Bei Zeitreisen lernt Perry Rhodan die Cappins kennen. Expedition zur Galaxis Gruelfin, um dem Ganjo Ovaron zu seinem Recht als Herrscher der Ganjasen zu verhelfen und eine Pedo-Invasion der Milchstraße zu verhindern. (HC 45-54)
3441/43	Die MARCO POLO kehrt nach zeitlicher Verzögerung in die Milchstraße zurück und findet die Intelligenzen der Galaxis verdummt vor. Der Schwarm dringt in die Galaxis ein. Gleichzeitig wird das heimliche Imperium der Cynos aktiv. (HC 55-63)

Perry Rhodan
DIE GRÖSSTE SCIENCE FICTION-SERIE DER WELT
JEDE WOCHE ERSCHEINT EIN NEUER SPANNENDER ROMAN. ERHÄLTLICH IM BAHNHOFS-BUCHHANDEL UND AM KIOSK.
1. Auflage
3. Auflage
5. Auflage
Perry Rhodan
Zeuge der Zeit
Perry Rhodan
Im Netz des Quidor
Randwelt der Rätsel
Perry Rhodan
Angriff der Barbaren
Die Spur zu Ordoban
INTERNET: WWW.PERRY-RHODAN.NET
KOSTENLOSES INFOMATERIAL:
PERRY RHODAN • POSTFACH 2352 • 76413 RASTATT
Copyright: Pabel-Moewig Verlag KG • Illustration: Dirk Schulz